LA PORTE ROUGE

DU MÊME AUTEUR
AU FLEUVE NOIR

UNE PORTE SUR L'HIVER

LE MASQUE DE L'OUBLI

DEAN KOONTZ

Né en 1945, Dean Koontz publie son premier roman à l'âge de 23 ans. Une vingtaine de livres, dont *Le Monstre et l'Enfant* ou *La Semence du démon*, adaptée au cinéma sous le titre de *Génération Proteus*, en font rapidement l'un des plus prometteurs et des plus productifs des auteurs de science-fiction. Mais, jonglant avec une dizaine de pseudonymes, dont Brian Coffey, K. R. Dwyer, Leigh Nichols, Owen West ou Norman Paige, il s'attaque à tous les genres : polar, suspense, fantastique. Et publie même, sous son propre nom, pour le *Writer's Digest* un guide expliquant comment écrire un best-seller.
Appliquant à lui-même les recettes qu'il conseille, et se tournant vers la terreur, il devient très vite un habitué des listes des meilleures ventes aux Etats-Unis. *Une porte sur l'hiver*, *La Cache du diable*, *La Maison interdite* le consacrent comme une superstar de la littérature américaine.
Devenu en quelques décennies le plus professionnel et le plus exigeant des auteurs de suspense, avec des romans comme *La Porte rouge* ou *Intensité*, il vit aujourd'hui en Californie.

COLLECTION THRILLER FANTASTIQUE
dirigée par Patrice Duvic

DEAN KOONTZ

LA PORTE ROUGE

Traduit de l'anglais (Etats-Unis)
par Michel Pagel

PLON

Titre original :
Dark Rivers of the Heart

ISBN Edition originale : Alfred A. Knopf, New York, 0-679-42524-1
ISBN : 2-265-07861-1

Dédié à Gary et Zov Karamardian,
pour leur amitié précieuse,
pour leur capacité à rendre la vie
des autres plus agréable,
et pour nous avoir donné une
seconde maison.
On a décidé d'emménager pour de bon
la semaine prochaine !

PREMIÈRE PARTIE

Sur une étrange mer

Des voyageurs perdus, voilà ce que nous sommes,
Et de notre billet, nous ignorons le coût,
Le sachant tout au plus trop élevé pour nous.
L'étrange itinéraire que suivent tous les hommes
— tableaux énigmatiques, irréels, étonnants —
Les laisse incertains de leurs propres sentiments.
Aucune expédition post mortem n'est emplie
De plus épais mystères que ne l'est notre vie.

Le Livre des chagrins comptés.

Frémissants écheveaux de la fatalité
Qui évoluez autour de moi, m'apparaissant
Si légers, éthérés — mais soudain je ressens
Votre étreinte semblable à celle de l'acier.

Le Livre des chagrins comptés.

1.

Avec la jeune femme au premier rang de ses pensées et un profond malaise au cœur, Spencer Grant cherchait la porte rouge à travers la nuit miroitante. Le chien, vigilant, demeurait assis en silence auprès de lui. La pluie ricochait sur le toit de la voiture.

L'orage était arrivé du Pacifique sans éclair ni tonnerre, sans le moindre souffle de vent, à la fin d'un sombre crépuscule de février. Entre bruine et déluge, il privait la ville de toute énergie. Los Angeles et ses environs n'étaient plus qu'une métropole dépourvue d'âme, de désirs et d'angles vifs. Les immeubles se fondaient les uns aux autres, les véhicules circulaient à une allure d'escargot, les rues disparaissaient sous un brouillard gris.

A Santa Monica, Spencer s'arrêta à un feu rouge. Les plages et les eaux noires de l'océan s'étendaient sur sa droite.

Rocky, un bâtard un peu plus petit qu'un labrador, scrutait la route avec intérêt à travers le pare-brise. Lorsqu'ils étaient dans la voiture – une Ford Explorer –, il lui arrivait de jeter un coup d'œil par les vitres latérales, mais il était toujours plus intéressé par ce qui se trouvait devant eux.

Même quand il voyageait avec les bagages, derrière les sièges, l'animal regardait rarement par la lunette arrière. Voir le paysage rapetisser le rendait nerveux. Peut-être cela suscitait-il en lui un étourdissement que ne lui inspirait pas le mouvement inverse.

Peut-être aussi associait-il la route qui s'étirait derrière eux au passé. Il avait de bonnes raisons de ne pas se pencher sur le passé.

C'était aussi le cas de Spencer.

Tout en attendant que le feu passe au vert, ce dernier porta la main à son visage. Lorsqu'il était troublé, il caressait pensivement sa cicatrice, comme un autre eût égrené un chapelet. Ce contact l'apaisait, en lui rappelant qu'il avait survécu à la pire des terreurs, que la vie ne pourrait sans doute plus lui réserver de surprise aussi sinistre pour le détruire.

La cicatrice définissait Spencer. C'était un homme blessé.

Pâle, vaguement luisante, elle s'étendait de son oreille droite à son menton, sur une largeur qui variait de cinq millimètres à un centimètre. Les températures extrêmes, basses ou hautes, la faisaient paraître encore plus blanche. Au contact de l'air hivernal, quoique le mince ruban de peau ne renfermât aucune terminaison nerveuse, il donnait à Spencer l'impression d'avoir un fil de fer chauffé plaqué en travers du visage. Sous un soleil d'été, au contraire, la balafre était froide.

Le feu passa au vert.

Le chien tendit son cou velu dans l'attente du départ.

Spencer avançait lentement, longeant la côte sombre en direction du sud, les deux mains sur le volant. Son regard nerveux cherchait la porte rouge sur la gauche de la rue, parmi de nombreux magasins et restaurants.

S'il ne touchait plus la ligne qui lui traversait le visage, il en demeurait conscient. Jamais il n'oubliait qu'il était marqué. Qu'il sourît ou fronçât le sourcil, il sentait la cicatrice dévorer la moitié de son expression. S'il riait, son amusement était tempéré par la tension de ce tissu dépourvu d'élasticité.

Le mouvement métronomique des essuie-glaces battait le rythme de la pluie.

Spencer avait la bouche sèche mais la paume des mains moite. L'étau qui comprimait sa poitrine naissait autant de l'anxiété que de l'agréable perspective de revoir Valérie.

Il avait presque envie de rentrer chez lui. L'espoir nouveau qu'il entretenait était sûrement l'équivalent émotionnel du miroir aux alouettes. Il était seul, sauf pour Rocky, et le serait toujours. Cette lueur d'optimisme toute fraîche, la naïveté, le désir secret, le désespoir qu'elle révélait lui faisaient honte. Pourtant, il continuait d'avancer.

Quoique le chien ne pût savoir ce qu'ils cherchaient, il se mit à haleter doucement quand apparut le point de repère écarlate. Il ressentait sans nul doute le changement d'humeur de son maître à la vue de la porte.

Le bar s'élevait entre un restaurant thaïlandais aux vitres couvertes de buée et une ancienne galerie d'art, déserte, dont les fenêtres étaient condamnées par des planches ; des carreaux d'albâtre manquaient sur la façade naguère élégante, comme si les propriétaires avaient non seulement fait faillite mais aussi été chassés sous une grêle de projectiles. A travers la pluie argentée, une poche de lumière révélait à l'entrée du bar la porte rouge qu'il avait remarquée la nuit précédente.

Spencer avait été incapable de se rappeler le nom de l'endroit. Un trou de mémoire qui lui paraissait à présent étonnant, compte tenu du néon écarlate surmontant l'entrée : LA PORTE ROUGE. Un rire sans joie lui échappa.

Il avait hanté tant de bars, au fil des ans, qu'il avait cessé de remarquer leurs différences et d'y attacher un nom. Ces innombrables tavernes, sises en des dizaines de villes, n'étaient qu'un seul et même confessional ; assis sur un tabouret plutôt qu'agenouillé sur un prie-Dieu, il y murmurait les mêmes aveux à des inconnus qui, n'étant pas prêtres, ne pouvaient lui donner l'absolution.

Ses confesseurs, des ivrognes, guides spirituels aussi égarés que lui-même, ne réussissaient jamais à lui indiquer la bonne pénitence pour trouver la paix. Lorsqu'ils discouraient du sens de la vie, ils se montraient incohérents.

Contrairement à ces inconnus auxquels de temps à autre il dévoilait tranquillement son âme, Spencer n'était jamais ivre. L'ébriété lui était aussi odieuse que le suicide. S'enivrer signifiait perdre la maîtrise de soi, ce qui lui était intolérable, car c'était la seule chose qu'il possédait.

Au bout du pâté de maisons, Spencer tourna à gauche et se gara dans la rue perpendiculaire.

Il fréquentait les bars non pour boire mais pour fuir la solitude – et pour raconter son histoire à quelqu'un qui l'aurait oubliée au matin. Il lui arrivait souvent de faire traîner une ou deux bières pendant toute une soirée. Plus tard, dans sa chambre, tourné vers des cieux que lui masquait le plafond, il finissait par fermer les paupières quand les ombres, inévitablement, lui rappelaient ce qu'il eût préféré oublier.

Lorsqu'il coupa le moteur, la pluie tambourinait plus fort – un bruit froid aussi glaçant que les voix d'enfants morts qui lui lançaient de fervents appels inarticulés dans ses pires cauchemars.

La lueur jaunâtre d'un lampadaire baignait l'intérieur de l'Explorer, si bien que Rocky était clairement visible. Ses grands yeux expressifs contemplaient son maître d'un air solennel.

– Ce n'est peut-être pas une bonne idée, remarqua Spencer.

Le chien tendit le cou pour lui lécher la main droite, toujours crispée sur le volant. Il semblait vouloir lui dire de se détendre et de faire tout simplement ce pour quoi il était venu.

Comme Spencer avançait la main pour le caresser, Rocky baissa la tête, non pour rendre aux doigts affectueux l'accès plus facile à l'arrière de ses oreilles ou à sa nuque, mais pour indiquer sa soumission, son absence d'agressivité.

– Il y a combien de temps que nous sommes ensemble ?

Le chien garda la tête baissée, se tassa légèrement sous la caresse, mais n'alla cependant pas jusqu'à trembler.

– Presque deux ans, reprit Spencer, répondant à sa propre question. Deux ans de douceur, de promenades, de chasse au frisbee sur la plage, de repas réguliers... et pourtant, il t'arrive encore de croire que je vais te frapper.

Rocky conserva son humble posture sur le siège du passager.

Une main se glissa sous son menton pour le forcer à relever la tête. Après avoir brièvement tenté de se dégager, l'animal cessa toute résistance.

– Est-ce que tu me fais confiance ? interrogea Spencer lorsqu'ils se regardèrent en face.

Le chien, gêné, baissa les yeux, puis les détourna vers la gauche. Son maître le secoua doucement par le museau, réclamant à nouveau son attention.

– Il faut garder la tête haute, d'accord ? Être toujours

fier. Conscient. Garder la tête haute et regarder les gens en face. C'est bien compris ?

Rocky passa la langue entre ses dents à demi serrées et lécha les doigts qui lui emprisonnaient la gueule.

– Je prends ça pour un « oui » (Spencer le relâcha.) Je ne peux pas t'emmener au bar. Je te prie de m'excuser.

Dans certaines tavernes, quoique Rocky ne fût pas un chien d'aveugle, il pouvait demeurer aux pieds de son maître, voire occuper un tabouret, sans que nul ne s'offusquât de cette violation des règlements d'hygiène. En général, la présence d'un chien était la plus petite des infractions pour laquelle un bar avait des ennuis si un inspecteur lui rendait visite. La Porte Rouge, toutefois, prétendait à une certaine classe, et Rocky n'y serait pas le bienvenu.

Spencer descendit de voiture et claqua la portière. Il ferma toutes les serrures et brancha le système d'alarme à l'aide de la télécommande pendue à son trousseau de clefs.

Il ne pouvait pas compter sur Rocky pour protéger l'Explorer. Ce chien-là ne mettrait pas en fuite un voleur déterminé – à moins que ledit voleur ne souffrît d'une peur phobique de se faire lécher la main.

Après avoir couru sous la pluie glaciale pour se mettre à l'abri de l'auvent qui longeait le bâtiment d'angle, Spencer s'arrêta et jeta un coup d'œil en arrière.

L'animal, passé sur le siège du conducteur, regardait dehors, le nez pressé contre la vitre, une oreille dressée, l'autre pendante. Son souffle embuait le verre mais il n'aboyait pas. Il n'aboyait jamais. Se contentait de regarder, d'attendre. Trente kilos de patience et d'amour à l'état pur.

Spencer se détourna de la camionnette, passa le coin de la rue et courba le dos sous l'assaut du vent glacé.

A en juger par les bruits liquides de la nuit, la côte et les ouvrages de la civilisation qui s'y élevaient auraient pu n'être que de simples remparts de glace en train de fondre dans les noires mâchoires du Pacifique. La pluie tombait goutte à goutte de l'auvent, gargouillait dans les caniveaux, jaillissait sous les roues des voitures. Au seuil de l'inaudible, si bien qu'on le ressentait plus qu'on ne l'entendait, l'incessant grondement du ressac accompagnait l'érosion régulière des plages et des falaises.

Alors que Spencer passait devant la galerie abandonnée, une voix s'éleva dans l'ombre de l'entrée en retrait. Une voix rauque, râpeuse, aussi sèche que la nuit était humide.

– Je sais qui vous êtes.

Il s'immobilisa et plissa les yeux pour percer l'obscurité. Un homme était assis là, les jambes écartées, le dos contre la porte. Sale, mal rasé, il ressemblait moins à un être humain qu'à un tas de haillons noirs, recouvert d'une telle quantité de déchets organiques qu'une vie maligne y était née par génération spontanée.

– Je sais qui vous êtes, répéta le clochard, à voix basse mais en détachant bien les mots.

Des miasmes de sueur et d'urine, ainsi qu'une odeur de vin bon marché, s'élevaient de l'entrée.

Le nombre de sans-logis drogués ou psychotiques avait augmenté à vive allure depuis la fin des années soixante-dix, quand la plupart des malades mentaux avaient été libérés des établissements psychiatriques au nom des libertés individuelles et de la compassion. Ils écumaient les villes américaines, avec l'absolution des politiciens mais sans leur aide : une armée de morts-vivants.

Le murmure pénétrant était aussi sec, aussi inquiétant que la voix d'une momie réanimée.

– *Je sais qui vous êtes.*

La seule réaction raisonnable était de continuer son chemin.

Le pâle regard du vagabond au-dessus de sa barbe et sous ses cheveux emmêlés, devint vaguement visible dans l'obscurité. Ses orbites caves paraissaient aussi dépourvues de fond que des puits abandonnés.

– *Je sais qui vous êtes.*

– Personne ne le sait, dit Spencer.

Laissant glisser les doigts de sa main droite le long de sa cicatrice, il dépassa la galerie condamnée et la loque humaine.

– *Personne ne le sait*, chuchota le clochard.

Son commentaire, qui avait tout d'abord semblé très intuitif, voire menaçant, n'était peut-être que la répétition stupide des paroles du dernier citoyen méprisant à lui avoir répondu.

– *Personne ne le sait.*

Spencer s'arrêta devant le bar. Était-il en train de

commettre une terrible erreur ? La main sur la porte rouge, il hésita.

Une fois de plus, dans l'ombre, le vagabond reprit la parole. A travers le staccato de la pluie, sa harangue avait à présent la troublante sonorité d'une voix radiophonique criblée de parasites, provenant d'une lointaine station en quelque coin reculé du monde.

– *Personne ne le sait...*

Spencer ouvrit la porte et entra.

Le mercredi soir, personne ne tenait le guichet des réservations dans le vestibule. Peut-être était-ce aussi le cas le vendredi et le samedi. L'endroit n'était pas exactement trépidant.

L'air y était chaud, malsain et empli d'une fumée bleue de cigarettes. Au fond de la salle, sur la gauche, un pianiste éclairé par un spot se livrait à une interprétation sans âme de *Tangerine.*

Tout en noir et en gris, ainsi qu'en acier poli, avec des murs couverts de miroirs et des appliques Arts déco qui projetaient au plafond des cercles d'une mélancolique lumière bleu saphir, le bar avait naguère reconstitué avec panache une époque révolue. A présent, les velours étaient râpés, les miroirs piquetés de rouille. L'acier était terni sous les résidus de fumée.

La plupart des tables étaient inoccupées, quelques couples âgés installés près du piano.

Spencer s'approcha du bar, sur la droite, et prit possession du tabouret le plus éloigné du musicien.

Le barman avait le cheveu rare, le teint olivâtre et des yeux gris humides. Sa politesse et son pâle sourire de commande ne pouvaient masquer son ennui. Il fonctionnait avec une efficacité et un détachement de robot, décourageait la conversation en s'abstenant de regarder les clients dans les yeux.

Deux hommes en costume, la cinquantaine, étaient assis au bar, tous les deux seuls, le nez dans leur verre. Avec leur col déboutonné et leur cravate de travers, ils paraissaient désorientés, maussades – tels des cadres d'une agence de publicité, licenciés depuis dix ans, qui continuaient de se lever le matin et d'enfiler leurs beaux atours parce qu'ils ne savaient que faire d'autre. Peut-être venaient-ils à La Porte Rouge parce que c'était là l'endroit où ils se retrouvaient naguère après le bureau, à l'époque où ils espéraient encore.

L'unique serveuse qui évoluait entre les tables, moitié noire, moitié vietnamienne, et d'une beauté extraordinaire, était vêtue du costume qu'elle et Valérie portaient la veille au soir : escarpins noirs, courte robe noire, pull noir à manches courtes. Sa collègue l'avait appelée Rosie.

Au bout d'un quart d'heure, Spencer l'arrêta lorsqu'elle passa près de lui, tenant un plateau chargé de verres.

– Est-ce que Valérie travaille, ce soir ?

– Elle devrait, répondit-elle.

Il en fut soulagé. Valérie ne lui avait pas menti. Il commençait à se demander si elle ne lui avait pas posé un lapin pour se débarrasser de lui en douceur.

– Je suis un peu inquiète pour elle, ajouta Rosie.

– Pourquoi ?

– Eh bien, elle aurait dû arriver il y a une heure. (Son regard ne cessait de revenir à la cicatrice.) Elle n'a pas appelé.

– Ça lui arrive souvent d'être en retard ?

– Val ? Non, pas elle. Elle est très *organisée.*

– Depuis combien de temps travaille-t-elle ici ?

– Environ deux mois. Elle... (Le regard de la jeune femme passa de la balafre de Spencer à ses yeux.) Vous êtes de ses amis, ou quoi ?

– J'étais ici hier soir, sur le même tabouret. Il n'y avait pas beaucoup de monde, si bien que Valérie et moi avons discuté un moment.

– Oui, je me souviens de vous, admit Rosie qui, à l'évidence, ne comprenait pas pourquoi sa collègue avait passé du temps avec lui.

Il n'avait rien d'un prince charmant. Il portait des baskets, un jean, une chemise épaisse et un blouson en jean de supermarché – à peu de choses près la même tenue que lors de sa première visite. Pas de bijoux. Une Timex au poignet. Et il y avait la cicatrice, bien sûr. Toujours la cicatrice.

– J'ai téléphoné chez elle, reprit Rosie. Personne n'a répondu. Je suis inquiète.

– Une heure de retard, ce n'est pas énorme. Elle a peut-être eu une crevaison.

– Dans cette ville, contra Rosie, dont le visage se para

d'une colère qui la fit instantanément vieillir de dix ans, elle a pu se faire violer par une bande de dingues, poignarder par un gamin de douze ans défoncé au crack, ou même se faire descendre devant chez elle par un voleur de bagnoles.

– Vous êtes du genre optimiste, vous, hein ?

– Je regarde les infos.

Elle emporta les consommations à la table où se trouvaient deux vieux couples aux expressions plus amères que joyeuses. Ayant échappé au néo-puritanisme qui s'était emparé de nombreux Californiens, ils tiraient furieusement sur leurs cigarettes. On aurait dit qu'ils craignaient de voir la récente interdiction totale de fumer dans les restaurants étendue cette nuit-là aux bars et aux domiciles particuliers – que chaque cigarette était la dernière.

Tandis que le pianiste tapotait *The last time I saw Paris*, Spencer avala deux petites gorgées de bière.

D'après la mélancolie palpable des clients du bar, on aurait pu tout aussi bien être en juin 1940, avec les chars allemands descendant les Champs-Élysées et des présages de destruction embrasant le ciel nocturne.

Quelques minutes plus tard, la serveuse revint auprès de lui.

– Vous avez dû me trouver un peu parano, dit-elle.

– Pas du tout. Moi aussi, je regarde les infos.

– C'est juste que Valérie est tellement…

– Extraordinaire, dit Spencer, achevant la pensée de la jeune femme avec une telle justesse qu'elle le contempla avec un mélange de surprise et de vague inquiétude, comme si elle le soupçonnait d'avoir réellement lu dans son esprit.

– Oui. Extraordinaire. Il suffit de la connaître depuis une semaine et… eh bien, on a envie qu'elle soit heureuse. On a envie qu'il lui arrive des choses sympa.

Ça ne prend pas une semaine, songea Spencer. Une soirée.

– C'est peut-être parce qu'il y a toute cette douleur en elle, continua Rosie. Elle a été terriblement blessée.

– Comment ? demanda-t-il. Par qui ?

La jeune femme haussa les épaules.

– Je n'en sais rien : elle n'en a jamais parlé. C'est juste quelque chose qu'on sent.

Lui aussi avait senti la vulnérabilité de Valérie.

– Mais elle est forte, reprit la serveuse. Mince ! Je ne sais pas pourquoi ça me rend aussi nerveuse. Ce n'est pas comme si j'étais sa grande sœur. De toute façon, tout le monde a le droit d'être en retard de temps en temps.

Elle se détourna. Il but une nouvelle gorgée de bière tiède.

Le pianiste attaqua *It was a very good year*, chanson que Spencer détestait même quand elle était interprétée par Sinatra, dont il était pourtant un fan. Il savait qu'elle se voulait intime, vaguement méditative ; toutefois, elle lui paraissait d'une terrible tristesse ; non pas la douce mélancolie d'un homme âgé se rappelant les femmes qu'il a aimées, mais la sinistre ballade d'un être arrivé à la fin de jours amers et n'ayant derrière lui qu'une existence desséchée, dépourvue de relations véritables.

Il supposait que son interprétation exprimait sa peur de disparaître dans la solitude et le remords lorsque sa propre vie s'éteindrait, dans plusieurs décennies.

Il consulta sa montre. Valérie avait à présent une heure et demie de retard.

L'inquiétude de Rosie l'avait contaminé. Une image persistante s'imposait à son esprit : le visage de Valérie, à demi dissimulé sous une cascade de cheveux noirs et une délicate dentelle de sang, une joue pressée contre le sol, les yeux grands ouverts, fixes. Il savait cette crainte irraisonnée. La jeune femme était tout simplement en retard, ce qui n'avait rien de préoccupant. Pourtant, de minute en minute, son appréhension augmentait.

Il reposa sa bière sur le bar sans la finir, descendit du tabouret et traversa la pièce aux lumières bleues pour rejoindre la porte rouge, ce qui le jeta dans la froideur de la nuit – où le pas des armées en marche n'était que la pluie battant les auvents de toile.

Comme il passait devant l'entrée de la galerie d'art, il entendit le clochard pleurer doucement dans l'ombre. Il s'arrêta, ému.

Entre de douloureux sanglots étranglés, l'inconnu quasi invisible murmurait la dernière chose que lui avait dite Spencer : *Personne ne le sait... personne ne le sait*. Cette courte déclaration avait de toute évidence acquis pour lui un sens personnel profond, car il ne la prononçait pas sur le ton qu'avait adopté son interlocuteur mais avec une angoisse intense, quoique retenue. *Personne ne le sait.*

Quoique Spencer sût qu'il était stupide de financer l'autodestruction de cet homme, il sortit de son portefeuille un billet de dix dollars. Se penchant dans l'entrée obscure, dans la puanteur fétide qu'exsudait le vagabond, il lui tendit l'argent.

– Tenez, prenez ça.

La main qui se leva vers l'offrande était couverte d'un gant sombre ou bien extrêmement sale ; à peine discernable.

– *Personne... personne...* se plaignit faiblement le clochard, tandis que le billet était retiré des doigts de Spencer.

– Tout ira bien, déclara ce dernier, compatissant. Ce n'est que la vie. On finit tous par lui échapper.

– *Ce n'est que la vie, on finit tous par lui échapper*, chuchota le vagabond.

De nouveau obsédé par l'image du visage mort de Valérie, Spencer marcha d'un bon pas jusqu'au coin de la rue, s'engagea sous la pluie et rejoignit l'Explorer.

Rocky le regardait approcher à travers la vitre. Quand son maître ouvrit la portière, le chien réintégra le siège du passager.

Spencer monta en voiture, apportant avec lui l'odeur du jean mouillé et le parfum d'ozone de l'orage.

– Je t'ai manqué, Killer [1] ?

Rocky se balança une ou deux fois d'une patte sur l'autre et tenta de remuer la queue alors même qu'il était assis dessus.

– Tu seras ravi d'apprendre que je ne me suis pas conduit comme un imbécile, annonça Spencer en démarrant.

Le chien éternua.

– Mais seulement parce qu'elle ne s'est pas montrée.

Il inclina la tête de côté, curieux.

Son maître passa la première et relâcha le frein à main.

– Alors, au lieu de laisser tomber et de rentrer à la maison pendant que j'ai l'avantage, qu'est-ce que tu crois que je vais faire, maintenant ? Hein ? (Apparemment,

1. Ironique : *killer* signifie tueur. *(N.d.T.)*

l'animal n'en avait pas la moindre idée.) Je vais aller fourrer mon nez là où il n'a strictement rien à faire et me donner une deuxième chance de tout foutre en l'air. Dis-moi franchement, vieux : tu crois que j'ai perdu la boule ?

Rocky se contenta de haleter.

– Ouais, tu as raison, commenta Spencer en quittant sa place de stationnement, je suis bon à enfermer.

Il se dirigea directement vers le domicile de Valérie, qui habitait à dix minutes du bar.

La nuit précédente, toujours en compagnie du chien, il avait attendu jusqu'à deux heures du matin devant La Porte Rouge, dans l'Explorer, et avait suivi Valérie lorsqu'elle était rentrée chez elle, juste après la fermeture. Son entraînement d'ancien policier lui permettait de filer un sujet discrètement, et il avait la certitude qu'elle ne l'avait pas remarqué.

Ce dont il n'était pas sûr, en revanche, c'était de pouvoir lui expliquer *pourquoi* il l'avait suivie – ou même de se l'expliquer à lui-même. Après une soirée à discuter avec elle, entrecoupée par son service auprès des rares clients d'un bar presque désert, il s'était senti submergé par le désir de tout savoir sur elle. Tout.

En fait, c'était plus qu'un désir. C'était un besoin, qu'une force irrépressible le poussait à satisfaire.

Quoique ses intentions fussent innocentes, il avait un peu honte de cette obsession naissante. La veille, il était demeuré dans l'Explorer en face de chez Valérie, les yeux fixés sur les fenêtres éclairées. Une fois, l'ombre de la jeune femme était brièvement apparue derrière les plis d'un rideau translucide, tel un esprit aperçu à la lueur des bougies au cours d'une séance de spiritisme. Peu après trois heures et demie du matin, la dernière lumière s'était éteinte. Avec Rocky qui dormait à l'arrière, Spencer avait encore monté la garde pendant une heure, observant la maison obscure, se demandant quel genre de livres lisait Valérie, à quoi elle occupait ses jours de congé, à quoi ressemblaient ses parents, où elle avait passé son enfance, de quoi elle rêvait lorsqu'elle était heureuse et quelle forme adoptaient ses cauchemars lorsqu'elle était troublée.

A présent, moins de vingt-quatre heures plus tard, il se dirigeait à nouveau vers le domicile de la jeune femme. L'anxiété lui irritait les nerfs à la manière d'une feuille de papier de verre. Valérie était en retard à son travail, tout simplement. L'inquiétude exagérée qu'il ressentait lui en disait plus qu'il ne l'eût voulu sur l'intensité anormale de son intérêt pour elle.

La circulation se raréfia à mesure qu'il s'éloignait d'Ocean Avenue et qu'il pénétrait dans les quartiers résidentiels. Les miroitements liquides et langoureux du bitume humide créaient une fausse impression de mouvement, comme si chaque rue avait été un fleuve paresseux courant vers sa propre embouchure lointaine.

Valérie Keene habitait un quartier paisible, empli de bungalows de la fin des années quarante, en stuc et planches à clin. Ces bâtiments qui ne comprenaient que deux ou trois pièces offraient plus de charme que d'espace : vérandas pourvues de treillis d'où pendaient de larges bougainvillées ; volets décoratifs aux fenêtres ; moulures ou sculptures géométriques intéressantes sous les gouttières ; toits aux lignes fantaisie ; lucarnes profondément encaissées.

Spencer ne désirant pas attirer l'attention, il passa devant chez la jeune femme sans ralentir. Il jeta un rapide coup d'œil sur la droite, en direction de la maison, où ne brûlait aucune lumière. Rocky l'imita mais, tout comme lui, ne sembla rien apercevoir de bien alarmant.

Au bout du pâté de maisons, Spencer tourna à droite, vers le sud. Les rues suivantes étaient des impasses qu'il franchit sans s'arrêter. Il ne voulait pas se garer dans un cul-de-sac. C'était un piège. Il tourna une nouvelle fois à droite en atteignant l'avenue suivante et se rangea le long du trottoir, dans un quartier similaire à celui de Valérie. Il coupa les essuie-glaces bruyants mais n'éteignit pas le moteur.

Il espérait toujours retrouver ses esprits, repasser une vitesse et rentrer chez lui.

Rocky le considérait avec l'air d'attendre quelque chose. Une oreille dressée. L'autre basse.

– Je ne suis pas maître de moi, remarqua Spencer, autant pour lui-même que pour l'animal. Et je ne sais pas pourquoi.

La pluie inondait le pare-brise. A travers la pellicule

d'eau parcourue de rides miroitait la lumière des lampadaires.

Il poussa un soupir et coupa le moteur.

En sortant de chez lui, il avait oublié d'emporter un parapluie. Son bref aller et retour entre la voiture et La Porte Rouge l'avait laissé un peu mouillé, mais la longue marche qui le séparait de chez Valérie allait le tremper jusqu'aux os.

Il ne savait trop pourquoi il ne s'était pas garé devant la maison. L'entraînement, peut-être. L'instinct. La paranoïa. Ou bien les trois.

Se penchant devant Rocky, ce qui lui valut un chaud et affectueux coup de langue sur l'oreille, il récupéra une lampe-torche dans la boîte à gants et la glissa dans une poche de son blouson.

– Si quelqu'un touche à la bagnole, tu lui arraches les tripes, recommanda-t-il au chien.

Comme ce dernier bâillait, il sortit de l'Explorer, la verrouilla à l'aide de la télécommande, puis s'éloigna et tourna au coin de la rue, partit vers le nord. Courir n'eût servi à rien. Quelle que fût son allure, il serait trempé avant d'arriver au bungalow.

La rue était bordée de jacarandas, lesquels n'auraient fourni qu'un abri minime même s'ils avaient été couverts de feuilles et de fleurs pourpres. A présent, en hiver, leurs branches étaient nues.

Spencer était déjà tout mouillé lorsqu'il atteignit la rue de Valérie, où les jacarandas cédaient la place à de gigantesques lauriers d'Inde. Les racines agressives avaient craquelé et soulevé le trottoir, mais la voûte de branches et de feuillage généreux isolait de la pluie glaciale.

Les grands arbres, tel un cloître longeant l'avenue, empêchaient en outre la lueur jaunâtre des lampadaires à vapeur de sodium d'éclairer correctement la cour des propriétés. Les arbres et arbustes qui entouraient les maisons étaient également assez hauts – et, pour certains, pas même taillés. Si quelqu'un regardait par une fenêtre, il était peu probable qu'il aperçût Spencer à travers cet écran de verdure, sur le trottoir plongé dans les ombres épaisses.

Sans s'arrêter, il étudia les véhicules rangés le long des trottoirs. Apparemment, tous étaient vides.

Une camionnette de déménagement Mayflower était

garée devant chez Valérie, de l'autre côté de la rue. Voilà qui faisait bien l'affaire de Spencer, car elle bouchait le champ de vision des voisins d'en face. Nul ne s'affairait autour d'elle : le déménagement ou l'emménagement devait être pour le lendemain matin.

Le visiteur nocturne suivit l'allée et monta les trois marches menant à la véranda. Le treillis, en ses deux extrémités, n'accueillait pas de bougainvillées mais des jasmins fleurissant la nuit. Bien que leur saison touchât à sa fin, ils emplissaient l'air de leur singulière fragrance.

La véranda était plongée dans des ombres épaisses. Spencer doutait qu'on pût seulement le voir de la rue.

Dans l'obscurité, il dut passer la main le long du chambranle de la porte pour trouver la sonnette. Son doux tintement s'éleva dans la maison.

Il attendit. Aucune lumière ne s'alluma.

Soudain, un picotement s'empara de sa nuque ; il se sentit observé.

Deux fenêtres flanquaient la porte d'entrée et donnaient sur la véranda. Autant qu'il pût en juger, de l'autre côté des vitres, les rideaux à peine visibles ne formaient nulle faille à travers laquelle on eût pu l'étudier.

Il se retourna vers la rue. Les lumières jaunes changeaient le déluge en étincelants écheveaux d'or fondu. La camionnette de déménagement était garée moitié dans l'ombre, moitié sous l'éclat des lampadaires. Le long de l'autre trottoir stationnaient une Honda récente et une vieille Pontiac. Pas de passants. Pas de circulation. Sauf l'incessant martèlement de la pluie, la nuit était silencieuse.

Il sonna de nouveau.

Sa nuque n'avait pas cessé de le picoter. Il y porta la main, à demi convaincu qu'il allait trouver une araignée déambulant sur sa peau humide. Pas d'araignée.

Comme il se tournait à nouveau vers la rue, il lui sembla apercevoir du coin de l'œil un mouvement furtif derrière la camionnette Mayflower. Il la fixa durant trente secondes, mais plus rien ne bougeait dans cette nuit sans vent, à l'exception du torrent de pluie dorée qui s'abattait sur l'asphalte, aussi droit que s'il s'était réellement agi de lourdes gouttes de métal précieux.

Il savait pourquoi il était nerveux. Il n'avait rien à faire ici. La culpabilité lui vrillait les nerfs.

Il tira son portefeuille de sa poche arrière de pantalon et en sortit sa Master Card.

Bien qu'il eût été incapable de l'admettre avant cet instant, il aurait été déçu de trouver les lumières allumées et Valérie chez elle. S'il s'inquiétait bel et bien à son sujet, il avait peur de la trouver effondrée dans la maison obscure, morte ou blessée. Il n'avait rien d'un voyant ; l'image du visage sanglant qu'il avait conjurée dans son esprit n'avait été qu'une excuse pour venir ici en sortant de La Porte Rouge.

Son besoin de tout savoir de Valérie était dangereusement proche d'un rêve d'adolescent. A cet instant précis, il ne pouvait se fier à son jugement. Il se faisait peur.

Mais il ne pouvait plus reculer.

Il inséra la Master Card entre la porte et son encadrement, fit jouer la serrure. Il s'attendait à trouver également un verrou – Santa Monica était aussi infestée de criminels que n'importe quelle autre ville des environs de Los Angeles –, mais peut-être aurait-il de la chance.

Il en eut plus qu'il ne l'espérait : la porte d'entrée n'était pas verrouillée. Même le pêne de la serrure n'était qu'à demi engagé. Lorsqu'il tourna la poignée, le battant s'ouvrit avec un cliquètement. Surpris, en proie à un nouveau frisson de culpabilité, il jeta un dernier coup d'œil dans la rue. Les lauriers d'Inde. La camionnette de déménagement. Les voitures. La pluie, la pluie, la pluie.

Il entra, referma la porte et y demeura adossé, dégoulinant sur le tapis, frissonnant.

Tout d'abord, la pièce dans laquelle il venait de pénétrer lui sembla plongée dans d'épaisses ténèbres. Au bout de quelques instants, sa vision s'habitua à l'obscurité et il put distinguer une fenêtre – puis une seconde, et une troisième –, seulement illuminées par la pâle lumière grise de la nuit.

Pour ce qu'il en voyait, la noirceur qui l'entourait aurait pu abriter toute une foule. Pourtant, il se savait seul. Il sentait la maison non seulement inoccupée mais désertée, abandonnée.

Sortant la lampe-torche de son blouson, il en canalisa de la main gauche le faisceau afin de s'assurer, autant que possible, qu'il n'était pas visible de l'extérieur.

La lumière révéla un salon dépourvu de meubles, nu d'un mur à l'autre. La moquette était d'un brun chocolat au lait. Les rideaux unis beiges. On pouvait sans doute allumer les deux ampoules du plafonnier à l'aide d'un des trois interrupteurs qui flanquaient la porte d'entrée, mais Spencer ne tenta pas de les utiliser.

Ses chaussettes et ses chaussures de sport trempées émirent des chuintements humides tandis qu'il traversait le salon. Une ouverture voûtée le conduisit dans une petite salle à manger, tout aussi vide.

Il songea à la camionnette Mayflower, de l'autre côté de la rue, mais il ne croyait pas que les affaires de Valérie s'y trouvaient, ni que la jeune femme avait déménagé depuis la veille, quatre heures du matin – heure à laquelle il avait quitté son poste de surveillance devant chez elle pour regagner son propre lit. Il soupçonnait au contraire qu'elle n'avait jamais *emménagé*. La moquette ne portait aucune trace de pieds de meubles, ni tables, ni chaises, ni placards, ni buffets, ni lampadaires n'y avaient été posés récemment. Si Valérie avait bien habité le bungalow durant les deux mois où elle avait travaillé à La Porte Rouge, elle ne l'avait à l'évidence pas meublé, et n'avait pas eu l'intention d'y résider très longtemps.

Sur la gauche de la salle à manger, après un second passage voûté deux fois moins large que le premier, il trouva une petite cuisine, équipée de placards en pin noueux et de plans de travail en formica. Il ne put éviter de laisser des empreintes humides sur le carrelage gris.

Près de l'évier à deux bacs s'empilaient une grande assiette, une petite, une soucoupe et une tasse – le tout propre et prêt à l'emploi. Un verre se trouvait à côté de l'ensemble. Non loin de là gisaient une fourchette, un couteau et une cuiller, eux aussi lavés.

Spencer saisit la lampe-torche un peu plus haut, de la main droite dont il écarta les doigts pour masquer partiellement le faisceau, libérant ainsi la gauche. Du bout de l'index, il suivit le bord du verre. Même si l'objet avait été nettoyé depuis que Valérie y avait bu pour la dernière fois, ses lèvres l'avaient touché.

Il ne l'avait pas embrassée. Peut-être ne le ferait-il jamais.

Cette pensée le gêna, lui donnant l'impression d'être un imbécile, et l'obligea à se redire encore que son obsession n'était pas naturelle. Il n'avait rien à faire ici. Ce n'était pas seulement une violation de domicile, mais une intrusion dans la vie même de Valérie. Jusqu'à présent, il avait vécu dans l'honnêteté, sinon dans un respect constant et inconditionnel de la loi. En pénétrant ici, il avait traversé une frontière, s'était dépouillé de son innocence, et il ne pourrait retrouver ce qu'il avait perdu.

Néanmoins, il ne quitta pas le bungalow.

Ouvrant les placards et les tiroirs de la cuisine, il les trouva vides, sauf un ustensile combinant décapsuleur et ouvre-boîtes. La maîtresse des lieux ne possédait d'autre vaisselle que celle empilée près de l'évier.

La plupart des étagères du petit garde-manger étaient désertes. Les réserves de nourriture se limitaient à trois boîtes de pêches, deux de poires, deux d'ananas en tranches, un stock d'édulcorant en petits paquets bleus, deux boîtes de céréales et un bocal de café instantané.

Le réfrigérateur était presque vide, hormis le compartiment à glace, garni de plats individuels de bonne qualité, à réchauffer au four à micro-ondes.

A côté, ouvrait une porte munie d'une fenêtre à meneaux. Les quatre carreaux étaient couverts d'un rideau jaune, que Spencer écarta assez pour distinguer une véranda latérale et un jardin obscur, martelé par la pluie.

Il laissa le rideau retomber. Le monde extérieur ne l'intéressait pas, seulement les espaces intérieurs où Valérie avait respiré, pris ses repas et dormi.

Les semelles en caoutchouc de ses chaussures crissèrent sur le carrelage humide quand il quitta la cuisine. Il faisait reculer les ombres, qui se réfugiaient dans les angles, tandis que l'obscurité retombait derrière lui.

Il ne pouvait s'empêcher de frissonner. La fraîcheur humide de la maison était aussi pénétrante que l'air hivernal au-dehors. Le chauffage avait dû rester coupé toute la journée, ce qui signifiait que Valérie était partie tôt.

Sur le visage glacé de Spencer, la cicatrice brûlait.

Une porte fermée s'encadrait dans le mur du fond de la salle à manger. Quand il l'ouvrit, elle lui révéla un étroit couloir s'étendant sur environ cinq mètres à gauche et autant à droite. Juste en face de lui, une autre porte était à demi ouverte. Derrière, il aperçut du carrelage blanc et un lavabo.

Comme il s'apprêtait à entrer dans le couloir, il entendit

autre chose que le martèlement monotone et creux de la pluie sur le toit : un coup sourd et un léger grattement.

Il éteignit immédiatement sa lampe. Les ténèbres retombèrent, aussi épaisses que dans un train fantôme de fête foraine, juste avant que les lumières stroboscopiques ne révèlent un zombie mécanique grimaçant.

Les bruits avaient tout d'abord paru étouffés, comme si un rôdeur, dehors, avait glissé sur l'herbe mouillée et s'était cogné contre la façade. Toutefois, à force de tendre l'oreille, Spencer se persuada que leur source avait été lointaine et non proche, qu'il avait fort bien pu n'entendre qu'un claquement de portière dans la rue, ou dans la cour d'un voisin.

Il ralluma la torche et poursuivit ses recherches dans la salle de bains. Une grande serviette, une plus petite et un gant de toilette pendaient sur un présentoir. Une savonnette Ivory à demi utilisée gisait abandonnée dans le porte-savon, mais l'armoire à pharmacie était vide.

A droite de la salle de bains se trouvait une petite chambre à coucher, aussi peu meublée que le reste de la maison. Et rien dans le placard.

La deuxième chambre, à l'autre bout du couloir, était plus grande que la première. Visiblement, c'était là que Valérie avait dormi. Un matelas pneumatique gonflé reposait par terre, couvert d'un enchevêtrement de draps, d'une couverture de laine et d'un oreiller. Les portes du placard, ouvertes, révélaient des cintres en fil de fer qui pendaient à une tringle de bois nu.

Si le reste du bungalow était dénué d'œuvres d'art et autres éléments de décoration, quelque chose était fixé au plus long mur de cette pièce. Spencer s'en approcha, y dirigea le faisceau de sa lampe et découvrit une photographie en couleurs : un cafard, en gros plan. Il semblait s'agir d'une page arrachée à un livre, sans doute un traité d'entomologie, car la légende figurant sous le cliché était rédigée en un anglais sec et académique. Ainsi agrandi, l'animal mesurait environ quinze centimètres de long. La photo avait été fixée au mur à l'aide d'un seul gros clou, fiché au centre de la carapace de l'insecte. Sur le sol, juste en dessous, se trouvait le marteau dont on s'était servi.

Ce n'était pas de la décoration. Il ne viendrait à l'idée de personne d'afficher une photographie de cafard pour embellir une chambre à coucher. De plus, l'utilisation d'un clou – plutôt que de punaises, d'agrafes ou de ruban adhésif – suggérait que la personne qui avait manié le marteau l'avait fait sous le coup d'une colère considérable.

Le cafard symbolisait certainement autre chose.

Spencer, mal à l'aise, se demanda si c'était Valérie qui l'avait accroché. Cela semblait peu probable. La jeune femme avec laquelle il avait discuté la veille au soir lui avait paru d'une gentillesse peu commune, très douce, quasiment incapable de se mettre en colère.

Mais si ce n'était pas elle… qui ?

La carapace de papier glacé étincelait sous le faisceau de sa lampe, comme si elle avait été humide. Les ombres de ses doigts, qui masquaient à demi la lentille, créèrent brièvement l'illusion que les pattes fuselées et les antennes de l'insecte remuaient.

Parfois les tueurs en série laissent leur signature sur les lieux du crime afin d'identifier leur œuvre. D'après ce qu'il en savait, il pouvait s'agir de n'importe quoi, depuis une carte à jouer particulière jusqu'à un symbole satanique gravé sur le corps de la victime, voire un mot ou un vers de poésie griffonné sur un mur, en lettres de sang. La photo clouée évoquait ce genre de signature, bien qu'elle fût plus surprenante que tout ce qu'il avait vu ou dont il avait pris connaissance dans les centaines d'affaires criminelles qui lui étaient familières.

Une légère nausée s'empara de lui. Il n'avait relevé aucune trace de violence dans la maison mais n'avait pas encore exploré le garage qui la jouxtait. Peut-être allait-il trouver Valérie sur une froide dalle de béton, dans la position où il l'avait vue en esprit : allongée, la joue contre le sol et les yeux grands ouverts, une dentelle de sang masquant une partie de ses traits.

Il savait cette conclusion prématurée. L'Américain moyen vivait désormais de manière routinière dans l'attente d'une violence soudaine et aveugle, mais Spencer était plus sensibilisé que la plupart des gens aux sinistres menaces du monde moderne. Il avait connu des souffrances et des terreurs qui l'avaient marqué de bien des manières et avait désormais tendance à attendre la sauvagerie aussi régulièrement que le lever et le coucher du soleil.

Comme il se détournait de la photographie du cafard, se demandant s'il allait oser pénétrer dans le garage, la fenêtre de la chambre vola en éclats et un petit objet noir traversa les rideaux. Au premier regard, à le voir tourbillonner, Spencer crut reconnaître une grenade.

Il éteignit la torche d'instinct, alors même que du verre brisé s'abattait encore dans la pièce. Le projectile tomba sur la moquette avec un bruit étouffé.

Avant que le visiteur pût se détourner, il fut frappé par l'explosion. Aucune lumière ne l'accompagna, seulement un vacarme à crever les tympans – et de la grenaille qui le percuta de plein fouet, des tibias jusqu'au front. Il poussa un cri. S'effondra. Se tordit. Se convulsa. La douleur irradiait dans ses jambes, ses mains, son visage. Son torse avait été protégé par le blouson en jean, mais ses mains, bon Dieu, elles le brûlaient. La souffrance était atroce, insoutenable. Combien de doigts tranchés, d'os brisés ? Seigneur ! Elles étaient secouées de spasmes douloureux, si bien qu'il ne pouvait évaluer les dégâts.

Le pire était la souffrance aiguë qui avait pris possession de son front, de ses joues et du coin gauche de sa bouche. Insupportable. Anxieux de l'apaiser, il porta les mains à son visage. Il craignait ce qu'il allait découvrir, les blessures qu'il allait sentir, mais ses doigts – quoique engourdis – palpitaient avec une telle force qu'il ne pouvait se fier à son sens du toucher.

Combien de nouvelles balafres, s'il survivait ? Combien de zébrures cicatricielles ou de monstruosités chéloïdes rouges, de la naissance des cheveux à la pointe du menton ?

Sortir, s'éloigner, trouver de l'aide.

Il tapa-du-pied-rampa-griffa-le-sol-se-tortilla dans l'obscurité comme un crabe blessé. Désorienté, terrifié, il n'en partit pas moins dans la bonne direction, sur un sol désormais jonché de ce qui ressemblait à de petites billes, et atteignit la porte de la chambre. Il se releva péniblement.

Il devait se trouver pris au beau milieu d'une guerre territoriale entre deux gangs. Le Los Angeles des années quatre-vingt-dix était plus violent que le Chicago de la prohibition. Les gangs de jeunes d'aujourd'hui étaient plus sauvages et mieux armés que la mafia, leurs membres bourrés de drogues, épris de leur philosophie raciste particulière, aussi froids et impitoyables que des serpents.

Haletant, tâtonnant de ses mains douloureuses, il tituba dans le couloir. La souffrance qui se diffusait dans ses jambes l'affaiblissait et menaçait son équilibre. Rester debout lui était aussi difficile que s'il s'était trouvé dans une barrique tournante de fête foraine.

Des fenêtres se brisèrent dans d'autres pièces, et plusieurs explosions étouffées s'ensuivirent. Le couloir étant dépourvu d'ouvertures sur l'extérieur, Spencer ne fut pas touché.

Malgré son égarement et sa peur, il réalisa qu'il ne sentait pas l'odeur du sang. Ni le goût dans sa bouche. En fait, il ne saignait pas.

Brusquement, il comprit ce qui se passait. Ce n'était pas une guerre des gangs. Si la grenaille ne l'avait pas blessé, c'était qu'il ne s'agissait pas de grenaille. Et ce n'étaient pas non plus des billes d'acier qui jonchaient le sol, mais des galets en caoutchouc dur. Provenant d'une grenade à « gomme-cogne ». Or, seuls les services de police et autres organismes gouvernementaux disposaient de tels engins. Lui-même en avait utilisé. Quelques secondes plus tôt, un commando devait avoir déclenché l'assaut du bungalow, lançant les grenades pour neutraliser les occupants.

La camionnette de déménagement avait sans aucun doute servi de couverture à la force d'intervention. Le mouvement qu'il avait aperçu à l'arrière du véhicule, du coin de l'œil, n'avait pas été imaginaire, en fin de compte.

Il aurait dû être soulagé. L'attaque était le fait de la police locale, de la DEA [1], du FBI ou de quelque autre organisation officielle. Apparemment, il était tombé par hasard au milieu d'une de leurs opérations. Il connaissait la procédure. S'il s'allongeait face contre terre, les bras tendus au-dessus de la tête, les mains ouvertes pour prouver qu'elles étaient vides, tout irait bien ; on ne lui tirerait pas dessus ; on lui passerait les menottes et on l'interrogerait mais on ne lui ferait pas de mal.

Sauf qu'il avait un gros problème : le bungalow ne lui

1. *Drug Enforcement Administration :* nos « stups », à l'échelon fédéral. *(N.d.T.)*

appartenait pas. Il serait accusé de violation de domicile. Du point de vue des arrivants, il pourrait même passer pour un voleur. A leurs oreilles, l'explication de sa présence en ces lieux paraîtrait au mieux bancale. Il ne comprenait pas très bien lui-même pourquoi Valérie lui faisait un tel effet, pourquoi il avait eu besoin d'apprendre tout ce qui la concernait, pourquoi il s'était montré assez téméraire et assez idiot pour pénétrer chez elle.

Il ne s'allongea pas. Sur des jambes flageolantes, laissant glisser une main contre le mur, il tituba à travers le couloir aussi noir qu'un tunnel.

La jeune femme était mêlée à quelque chose d'illégal et les autorités le croiraient tout d'abord son complice. Il serait emmené au poste, maintenu en garde à vue – voire emprisonné si on le soupçonnait d'avoir aidé et encouragé Valérie dans ses activités, quelles qu'elles fussent.

On découvrirait son identité.

Les médias exhumeraient son passé. Son visage apparaîtrait à la télévision, dans les journaux et les magazines. Il avait vécu de longues années dans un anonymat bienvenu – son nouveau nom inconnu des fichiers, son apparence altérée par le temps, si bien qu'il était méconnaissable. Mais son intimité ne tarderait pas à lui être dérobée. Il se trouverait à nouveau au centre de la piste de cirque, harcelé par les journalistes. Il entendrait des murmures chaque fois qu'il se montrerait en public.

Non. C'était intolérable. Il ne pouvait pas revivre une chose pareille. Plutôt mourir.

Ceux qui l'attaquaient étaient des flics quelconques, et lui-même était innocent de tout délit grave, mais pour le moment, ils n'étaient pas de son côté. Ils le démoliraient sans le vouloir en l'exposant aux assauts de la presse.

Encore du verre brisé. Deux explosions.

Les membres de l'équipe d'assaut ne prenaient pas de risques, comme s'ils se sentaient confrontés à des individus défoncés au crack, ou pire.

Spencer avait atteint le milieu du couloir, entre les deux portes. Une vague grisaille derrière celle de droite : la salle à manger. A sa gauche : la salle de bains.

Il pénétra dans la seconde et referma le battant, espérant gagner un peu de temps pour réfléchir.

L'intensité des brûlures de son visage, de ses mains et de ses jambes diminuait lentement. A plusieurs reprises, il serra et desserra vivement les poings, tentant de rétablir la circulation, de faire disparaître l'engourdissement.

A l'autre bout de la maison retentit un grand fracas de bois brisé qui fit trembler les murs. Probablement la porte d'entrée, ouverte à la volée ou enfoncée.

Un autre bruit du même type. La porte de la cuisine.

Ils étaient à l'intérieur.

Ils arrivaient.

Pas le temps de réfléchir. Il fallait agir, se fier à son instinct et à un entraînement militaire au moins aussi complet, il l'espérait, que celui des hommes qui le traquaient.

Dans le mur du fond de la petite pièce, au-dessus de la baignoire, l'obscurité était brisée par un rectangle de pâle lumière grise. Spencer monta dans la baignoire et explora vivement des deux mains l'encadrement de la lucarne. Il n'était pas convaincu qu'elle fût assez grande pour lui permettre de s'échapper, mais c'était l'unique issue.

S'il s'était agi d'une vitre fixe ou à jalousie, il eût été pris au piège. Heureusement, le panneau pivotait de haut en bas, sur une grosse charnière. Des deux côtés, des tiges de métal pliantes émirent un cliquètement lorsqu'il les étendit totalement, bloquant la fenêtre en position ouverte.

Spencer s'attendait à ce que le léger grincement de la charnière et le bruit des tiges provoquent un cri, à l'extérieur, mais l'inexorable ronronnement de la pluie engloutissait tous les sons. Nul ne donna l'alarme.

Il empoigna l'appui et se hissa dans l'ouverture. Des gouttes froides lui fouettèrent le visage. L'air humide était lourd de parfums épais : terre détrempée, jasmin, gazon mouillé.

Le jardin n'était qu'une tapisserie d'obscurité, exclusivement tissée en nuances de noir et de gris lugubres, délavée par la pluie qui la rendait floue. Au moins un membre du commando – sans doute deux – devait surveiller l'arrière de la maison. Bien que Spencer eût le regard perçant, il ne put forcer aucune des ombres entrelacées à dessiner une silhouette humaine.

Un instant, il crut le haut de son corps plus large que l'ouverture, mais il serra les épaules, se tortilla, se contorsionna tant et si bien qu'il finit par passer. La fenêtre ne se trouvait qu'à une courte distance du sol. Il roula sur lui-même dans l'herbe mouillée puis demeura à plat ventre, tête levée, scrutant la nuit, toujours incapable de repérer le moindre adversaire.

Çà et là dans le jardin et sur le périmètre de la propriété, les arbustes avaient poussé de manière anarchique. Plusieurs vieux figuiers que nul n'avait taillés depuis longtemps s'élevaient telles d'imposantes tours végétales.

Le ciel qui apparaissait à travers les branches de ces ficus colossaux n'était pas noir. Les lumières de la métropole tentaculaire, reflétées sur les nuages d'orage de l'est, peignaient la voûte nocturne de jaunes amers et profonds qui, vers l'ouest, l'océan, se dégradaient en des gris charbonneux.

Bien que familière, la couleur artificielle des cieux citadins emplit Spencer d'une angoisse étonnante et superstitieuse, car il lui semblait contempler un firmament maléfique sous lequel des hommes allaient mourir – et qu'ils retrouveraient lorsqu'ils s'éveilleraient en enfer. Comment le jardin pouvait demeurer sombre sous cet éclat sulfureux était un mystère. Pourtant, l'ancien policier aurait juré que plus il l'observait, plus l'obscurité s'épaississait.

Les piqûres dans ses jambes s'amenuisaient. Ses mains le torturaient toujours, mais pas au point de le handicaper, et la brûlure de son visage se faisait moins intense.

A l'intérieur de la maison obscure, une arme automatique toussa brièvement, lâchant quelques balles. Un des flics, chatouilleux de la gâchette, devait avoir tiré sur des ombres ou des fantômes. Curieux. Les nerfs à vif étaient plutôt rares chez les membres des forces spéciales.

A quatre pattes, Spencer se traîna sur l'herbe jusqu'à l'abri d'un figuier à trois troncs. Se remettant sur ses pieds, le dos contre l'écorce, il observa la pelouse, les arbustes et la rangée d'arbres qui bordait le mur du fond de la propriété, à moitié décidé à courir dans cette direction – et à moitié convaincu qu'il serait repéré et abattu dès qu'il arriverait en terrain découvert.

Serrant et desserrant les poings pour éliminer la douleur, il envisagea de grimper au sein de l'enchevêtrement végétal, au-dessus de lui, et de se dissimuler dans les hautes branches. Inutile, bien sûr. Ils le trouveraient, parce qu'ils n'admettraient pas la possibilité de son évasion avant d'avoir fouillé chaque ombre, chaque manteau de verdure, aussi haut placé fût-il.

Dans le bungalow : des voix, un claquement de porte, plus la moindre tentative de discrétion et de prudence, pas après les détonations précipitées. Toujours pas de lumière.

Le temps pressait.

L'arrestation, la révélation, les projecteurs des caméras vidéo, les journalistes hurlant des questions. Intolérable.

Spencer maudit silencieusement son indécision.

Au-dessus de lui, la pluie martelait les feuilles.

Des articles dans les journaux, des photos dans les magazines, ce détestable passé ramené à la vie, le regard fixe et curieux d'inconnus stupides pour lesquels il représenterait l'équivalent vivant, ambulant, d'une spectaculaire catastrophe ferroviaire.

Son cœur emballé battait crescendo la cadence de la progression de sa peur.

Il était incapable de bouger. Paralysé.

Cette immobilité lui fut utile lorsqu'un homme vêtu de noir passa près de l'arbre sans un bruit, armé de ce qui ressemblait à un Uzi. Bien qu'il se trouvât à moins de deux pas de Spencer, le type ne s'intéressait qu'à la maison, prêt à tirer si sa proie passait à travers une fenêtre, inconscient de la proximité du fugitif qu'il cherchait. Soudain, il découvrit la lucarne ouverte de la salle de bains et se figea.

Spencer s'ébranla avant même que l'homme ne commençât à se retourner. Un individu qui avait reçu un entraînement de commando – qu'il s'agît d'un policier local ou d'un agent fédéral – ne serait pas facile à éliminer. La seule chance de le mettre hors de combat rapidement et en silence était de frapper fort pendant qu'il était encore sous le coup de la surprise.

Spencer lui catapulta de toutes ses forces un genou dans l'entrejambe, tentant de le soulever du sol.

Lors de leurs opérations, certains agents des forces spéciales portaient aussi sûrement qu'un gilet ou une veste pare-balles en Kevlar un harnais protecteur avec coquille en aluminium. Celui-ci n'était pas protégé. Tout l'air que contenaient ses poumons s'en échappa, avec un bruit qui, dans la nuit pluvieuse, ne put porter à plus de trois mètres.

Au moment même où Spencer remontait le genou, il

empoigna l'arme automatique à deux mains et la tira violemment dans le sens des aiguilles d'une montre. Elle fut arrachée à la poigne de son adversaire avant que celui-ci ne pût lâcher convulsivement une rafale qui eût donné l'alarme.

Le policier s'effondra en arrière sur l'herbe humide. Spencer, entraîné par le mouvement tomba sur lui.

Bien qu'il tentât d'appeler, la douleur intense du coup reçu dans ses parties intimes avait dérobé sa voix à l'homme, qui était même incapable de respirer.

Spencer eût pu abattre l'arme – une mitraillette compacte, à en juger par sa forme – sur la gorge de sa victime, lui écrasant la trachée artère, si bien qu'elle se fût étranglée avec son propre sang. Un coup au visage eût brisé le nez et propulsé des fragments d'os dans le cerveau.

Il ne désirait ni tuer ni blesser gravement qui que ce fût, juste se donner le temps de sortir de là. Il frappa de la crosse la tempe du policier, retenant à demi le coup, mais plongeant néanmoins l'individu dans l'inconscience.

Son adversaire portait des lunettes à infrarouge. Le commando menait son opération avec l'aide de toute la technologie moderne. Voilà qui expliquait pourquoi aucune lumière ne s'était allumée à l'intérieur. Les flics voyaient comme des chats et Spencer était la souris.

Il roula dans l'herbe et se releva en position accroupie, serrant la mitraillette à deux mains. C'était bien un Uzi : il en reconnaissait la forme et le poids. Il en promena le canon de gauche à droite, s'attendant à voir charger un nouvel ennemi. Personne n'apparut.

Il avait pu s'écouler cinq secondes depuis que l'homme en noir était arrivé auprès du figuier.

Spencer traversa la pelouse en courant, s'éloignant du bungalow sans prendre la peine d'éviter les massifs de fleurs ou d'arbustes. Des branches lui fouettèrent les jambes. De grandes azalées lui piquèrent les mollets, se prirent dans son jean.

Il lâcha l'Uzi. De toute façon, il ne tirerait pas. Même si cela signifiait son arrestation et son exposition aux feux des médias, il se rendrait plutôt que d'utiliser l'arme.

Il navigua à travers les buissons entre deux arbres, dépassa un eugénia aux fleurs blanches phosphorescentes et atteignit le mur de la propriété.

Il était presque tiré d'affaire. S'ils l'apercevaient maintenant, ils ne lui tireraient pas dans le dos. Ils feraient des sommations, s'identifieraient, lui ordonneraient de se figer et courraient le rejoindre, mais ils ne tireraient pas.

Le mur de béton, recouvert de stuc et couronné de briques que la pluie rendait glissantes mesurait deux mètres de haut. Il s'y accrocha et s'y hissa, raclant la pierre de la pointe de ses chaussures de sport.

Alors qu'il atteignait le sommet du mur, le ventre contre les briques glacées, et ramenait les jambes à la même hauteur, des coups de feu claquèrent derrière lui. Des balles percutèrent les blocs de béton si près de lui que des éclats de stuc lui aspergèrent le visage.

Personne n'avait fait la moindre sommation.

Lorsqu'il se laissa glisser dans la propriété voisine, des armes automatiques parlèrent à nouveau – plus longuement que la première fois.

Des mitraillettes dans un quartier résidentiel. Quelle folie ! A quel genre de flics avait-il affaire ?

Il tomba dans un enchevêtrement de rosiers. C'était l'hiver : ils avaient été taillés. Même durant les mois les plus froids, pourtant, le climat californien était assez clément pour encourager une certaine croissance, et de longues tiges épineuses se prirent dans ses vêtements, lui écorchèrent la peau.

Des voix à la sonorité étrange, plate, étouffée par les parasites de la pluie, s'élevèrent derrière le mur.

– Par ici, au fond, amenez-vous !

Spencer bondit sur ses pieds et battit des bras pour se dégager des rosiers. Une branche couverte d'épines lui racla la joue dépourvue de cicatrice et s'enroula autour de sa tête, comme pour lui tresser une couronne. Il ne s'en libéra qu'au prix de douloureuses piqûres aux mains.

Il se trouvait dans un autre jardin. Il y avait de la lumière dans certaines pièces, au rez-de-chaussée de la maison. Un visage, à une fenêtre couverte de gouttes de pluie étincelantes. Une jeune fille. Spencer avait le terrible sentiment qu'il allait la mettre en danger de mort s'il ne sortait pas d'ici avant l'arrivée de ses poursuivants.

Après avoir circulé dans un labyrinthe de jardins, de murs, de clôtures en fer forgé, de culs-de-sac et de ruelles, ne sachant jamais s'il avait semé ceux qui le traquaient ou s'ils étaient encore sur ses talons, Spencer retrouva la rue où il avait garé l'Explorer. Il courut au véhicule et tira frénétiquement sur la portière.

Verrouillée, bien sûr.

Il fouilla ses poches à la recherche de ses clefs. Ne les trouva pas. Pria Dieu de ne pas les avoir perdues en chemin.

Rocky l'observait à travers la vitre. Apparemment, il jugeait cette fouille frénétique très amusante, car il souriait.

Spencer jeta un coup d'œil derrière lui, dans la rue délavée par la pluie. Déserte.

La dernière poche. Oui. Il pressa le bouton de la télécommande. Le système de sécurité émit un bruit électronique, les serrures se déverrouillèrent et il se hâta de monter en voiture.

Comme il tentait de démarrer, les clefs glissèrent entre ses doigts humides et tombèrent sur le sol.

– Merde !

Sensible à la peur de son maître, plus du tout amusé, Rocky se recroquevilla dans l'angle formé par le siège du passager et la portière. Il lâcha un petit gémissement interrogateur, inquiet.

Les mains de Spencer étaient toujours douloureuses, à cause des billes en caoutchouc qui les avaient frappées, mais elles n'étaient plus engourdies. Pourtant, il lui sembla qu'il lui fallait une éternité pour récupérer les clefs.

Peut-être valait-il mieux s'allonger sur les sièges, hors de vue, et maintenir Rocky au-dessous des vitres. Attendre que les flics arrivent… et repartent. S'ils débouchaient dans la rue au moment où il démarrait, ils le soupçonneraient d'être le visiteur de Valérie et, d'une manière ou d'une autre, l'arrêteraient.

D'un autre côté, il venait de se trouver pris dans une opération d'envergure mettant en jeu des forces nombreuses. Elles n'allaient pas abandonner la partie facilement. Pendant qu'il se terrait, elles risquaient de bloquer le quartier et d'entamer une fouille systématique des maisons. Elles inspecteraient aussi de leur mieux les voitures en stationnement, en regardant par les vitres ; il se retrouverait dans le faisceau d'une lampe et serait pris au piège dans son propre véhicule.

Le moteur démarra en rugissant.

Spencer relâcha le frein à main, passa la première et s'éloigna du trottoir en branchant les essuie-glaces et les phares. Garé près d'un coin de rue, il exécuta un demi-tour.

Un coup d'œil dans le rétroviseur intérieur, puis extérieur. Pas d'hommes armés en uniforme noir.

Deux voitures franchirent l'intersection à toute allure sur l'avenue perpendiculaire, se dirigeant vers le sud. De grands geysers jaillissaient derrière elles.

Sans même s'arrêter au stop, Spencer tourna à droite et s'inséra dans la circulation nord-sud, s'éloignant du quartier de Valérie. Il résista à la tentation de mettre le pied au plancher. Il ne pouvait prendre le risque de se faire arrêter pour excès de vitesse.

– Qu'est-ce que c'est que ce bordel ? dit-il d'une voix tremblante.

Le chien répondit par un léger gémissement.

– Qu'est-ce qu'elle a fait ? Pourquoi la cherchent-ils ?

De l'eau dégoulinait de son front, lui coulait dans les yeux. Il était trempé jusqu'aux os. Lorsqu'il secoua la tête, un nuage de gouttelettes glacées s'échappa de ses cheveux, aspergeant le tableau de bord, les sièges et le chien.

Rocky sursauta.

Spencer brancha le chauffage.

Il franchit cinq pâtés de maisons et changea deux fois de direction avant de commencer à se sentir en sécurité.

– Qui est cette fille ? Et que diable a-t-elle fait ?

Le chien avait accepté le changement d'humeur de son maître. Il ne se blotissait plus dans son coin. Ayant repris sa posture vigilante au milieu du siège, la tête inclinée de côté, il paraissait attentif mais plus terrifié. Son regard se partageait entre Spencer et la ville martelée par l'orage, devant eux, accordant à la seconde une vague inquiétude et au premier une certaine perplexité.

– Bon Dieu ! Et moi, qu'est-ce que je foutais là-bas ? se demanda son compagnon à voix haute.

Baigné de l'air chaud qui sortait des ventilateurs, Spencer continuait de frissonner. Une partie de son malaise n'avait rien à voir avec le fait d'être trempé et aucune chaleur au monde n'aurait pu la dissiper.

– Je n'avais rien à foutre là-bas, je n'aurais pas dû y aller. Est-ce que tu peux me dire ce que je foutais dans cette baraque, toi ? Parce que moi, je n'en ai pas la moindre idée. C'était complètement con.

Il ralentit pour traverser un carrefour inondé au milieu duquel une armada de déchets dérivait dans une eau sale. Spencer avait chaud au visage. Il jeta un coup d'œil à Rocky.

Auquel il venait de mentir.

Bien longtemps auparavant, il s'était juré de ne jamais se mentir à lui-même. Il n'avait respecté ce serment qu'à peine plus fidèlement que l'ivrogne moyen respecte sa résolution, pour la nouvelle année, de ne plus jamais laisser le démon du rhum approcher ses lèvres. En fait, il se laissait probablement moins aller à l'auto-aveuglement ou à l'autotromperie que la plupart des gens, mais il ne pouvait prétendre sans frémir se dire invariablement la vérité. Ni même avoir invariablement envie de l'entendre. Au bout du compte, il *essayait* d'être toujours honnête avec lui-même mais acceptait souvent une demi-vérité et un clin d'œil à la place de la vérité tout entière – et vivait très confortablement avec l'omission que représentait le clin d'œil.

Mais il ne mentait jamais au chien.

Jamais.

Ils entretenaient la seule relation entièrement honnête que Spencer eût jamais connue : elle lui était donc très importante. Non : plus qu'importante. Sacrée.

Rocky, avec ses grands yeux expressifs et son cœur franc, avec son langage corporel et ses battements de queue qui révélaient son âme était incapable de tromperie. S'il avait pu parler, il aurait toujours dit la vérité, car c'était un innocent total. Lui mentir était pire que mentir à un enfant. Bon sang ! Il ne se serait pas senti à moitié aussi mal s'il avait menti à Dieu, car ce dernier attendait sans conteste beaucoup moins de lui que le pauvre Rocky.

Ne jamais mentir au chien.

– Très bien, dit-il en freinant à l'approche d'un feu rouge, je sais pourquoi je suis allé chez elle. Je sais ce que je cherchais.

Rocky le contempla avec intérêt.

– Tu veux que je te le dise, hein ?

L'animal attendit.

– C'est important pour toi, hein ? Que je te le dise ?

Il haleta, se lécha les babines et inclina la tête de côté.

– D'accord. Je suis allé chez elle parce que... (Rocky ne le quittait pas des yeux.) Parce que c'est une très jolie femme.

La pluie martelait la voiture. Les essuie-glaces émettaient des coups sourds et réguliers.

– Oh, bon, d'accord, elle est mignonne mais ce n'est pas un canon. Il n'y a pas que son physique. Il y a... quelque chose en elle. Elle est extraordinaire.

Le moteur, qui tournait au ralenti, se mit à ronfler.

– Allez, soupira Spencer, je vais être complètement honnête, cette fois-ci. Droit au but. On arrête de tourner autour du pot. Je suis allé chez elle parce que... (Le regard du chien ne le quittait pas.) Parce que je voulais me trouver une vie.

Rocky tourna la tête et se remit à contempler la rue, à l'évidence satisfait par cette dernière explication.

Spencer médita sur ce qu'il venait de se révéler en étant honnête avec Rocky. *Je voulais me trouver une vie.*

Il ne savait trop s'il devait en rire ou en pleurer. Finalement, il ne fit ni l'un ni l'autre : il se contenta de poursuivre son chemin, ce qu'il n'avait cessé de faire depuis au moins seize ans.

Le feu passa au vert.

Tandis que Rocky regardait vers l'avant, seulement vers l'avant, Spencer rentra chez lui dans la nuit détrempée, à travers la solitude de la ville immense, sous un étrange ciel moucheté, aussi jaune qu'un œuf pourri, aussi gris que des cendres de crématorium, et d'un noir terrifiant le long de l'horizon lointain.

2.

A 21 heures, après le fiasco de Santa Monica, tandis qu'il regagnait par la voie rapide son hôtel de Westwood, Roy Miro remarqua une Cadillac arrêtée sur la bande d'arrêt d'urgence. Des serpents de lumière rouge, les feux de détresse du véhicule se tortillaient sur son propre pare-brise inondé par la pluie. Le pneu arrière gauche était à plat.

Une femme, assise au volant, attendait visiblement de l'aide. Elle paraissait seule.

Voir une femme seule en de telles circonstances, dans n'importe quelle partie de Los Angeles ne laissait pas de préoccuper Roy. De nos jours, la Cité des Anges n'était plus l'endroit paisible de naguère – et l'espoir d'y trouver quelqu'un menant une existence même vaguement angélique était bien mince. Des démons, oui. Ceux-là étaient assez faciles à localiser.

Il s'arrêta devant la Cadillac.

Il pleuvait nettement plus fort qu'auparavant. Le vent s'était levé de l'océan. De véritables feuilles de pluie argentée, gonflées telles les voiles transparentes d'un vaisseau fantôme, claquaient dans l'obscurité.

Roy ramassa son chapeau à bord mou, en vinyle, sur le siège du passager et se l'enfonça sur la tête. Comme toujours, par mauvais temps, il portait un imperméable et des couvre-chaussures. Malgré ces précautions, il allait se faire tremper, mais il ne pouvait en toute conscience continuer son chemin comme s'il n'avait pas vu l'automobiliste en détresse.

Tandis qu'il s'approchait de la Cadillac, les voitures qui circulaient sur la voie rapide aspergèrent son pantalon d'eau sale de manière quasiment continue, lui en plaquant les jambes contre la peau. Mais son costume avait besoin d'être nettoyé, de toute façon.

Lorsqu'il atteignit la voiture, la conductrice n'abaissa pas sa vitre. L'observant avec méfiance, elle vérifia par réflexe que les portières étaient bien verrouillées.

Il ne s'offusqua pas de ses soupçons. Elle connaissait la ville, tout simplement. Qu'elle fût incertaine de ses intentions était compréhensible.

Il éleva la voix pour se faire entendre à travers la vitre close.

– Vous avez besoin d'aide ?

Elle lui montra le téléphone portable qu'elle tenait en main.

– J'ai appelé une station-service. On m'a dit qu'on enverrait quelqu'un.

Roy jeta un coup d'œil à la circulation.

– Depuis combien de temps attendez-vous ?

– Une éternité, répondit la femme, exaspérée, après un instant d'hésitation.

– Je vais changer la roue. Vous n'avez pas besoin de sortir ni de me donner vos clefs. Cette voiture... j'ai eu la même. Il y a une manette qui ouvre le coffre. Tirez-la pour que je puisse prendre le cric et la roue de secours.

– Vous risquez de vous faire renverser, objecta la conductrice.

Le bas-côté étroit n'offrait qu'une marge de sécurité réduite, et les voitures passaient effectivement bien trop près, bien trop vite, pour que Roy se sentît à l'aise.

– J'ai des balises, affirma-t-il.

Se détournant avant qu'elle ne pût répliquer, il se hâta de rejoindre son propre véhicule et de récupérer les six balises du nécessaire d'urgence que contenait son coffre. Il les répartit sur la route jusqu'à cinquante mètres derrière la Cadillac, bloquant l'essentiel de la voie de droite.

Si un ivrogne surgissait de la nuit, bien entendu, aucune précaution ne serait suffisante. Et ces temps-ci, les automobilistes sobres semblaient moins nombreux que ceux qui carburaient à l'alcool ou à des drogues diverses.

L'irresponsabilité était le fléau de cette époque – raison pour laquelle Roy tentait de se faire bon Samaritain chaque fois qu'une occasion se présentait. Comme le monde aurait pu être lumineux si chacun s'était contenté d'allumer ainsi une petite flamme ! C'était là une chose en laquelle il croyait fermement.

La conductrice avait tiré sur la manette. Le coffre était entrouvert.

Roy Miro se sentait plus heureux qu'il ne l'avait été de toute la journée. Battu par le vent et la pluie, éclaboussé par les véhicules qui passaient, il se mit au travail en souriant. Plus on rencontrait de difficultés en l'accomplissant, plus une bonne action se révélait gratifiante. Comme il se battait contre un écrou coincé, la manivelle glissa et il s'écorcha une phalange. Plutôt que de jurer, il se mit à siffloter.

Lorsqu'il eut terminé, la femme descendit sa vitre de quelques centimètres pour lui éviter de crier.

– Vous pouvez repartir, lui annonça-t-il.

Penaude, elle commença à s'excuser de s'être autant

méfiée de lui, mais il l'interrompit en lui assurant qu'il comprenait.

Elle lui rappelait un peu sa mère, et cela le récompensait d'autant plus de l'avoir aidée. C'était une jolie femme d'à peine cinquante ans, ce qui lui en faisait peut-être vingt de plus qu'à lui, aux cheveux auburn et aux yeux bleus. La mère de Roy avait été brune, avec des yeux noisette, mais toutes deux possédaient une aura de douceur et de raffinement.

– Voici la carte professionnelle de mon mari, déclara-t-elle en lui passant l'objet par l'ouverture de la vitre. Il est comptable. Si vous avez besoin du moindre conseil dans cette partie, ce sera gratuit.

– Je n'ai pas fait grand-chose, répondit Roy en acceptant la carte.

– De nos jours, c'est un miracle de tomber sur quelqu'un comme vous. J'aurais bien appelé Sam plutôt que cette fichue station-service, mais il travaille tard, chez un client. Depuis un moment, j'ai l'impression qu'il travaille 24 heures sur 24.

– C'est la récession, approuva Roy, compatissant.

– Est-ce que ça ne va pas s'arrêter un jour ? se demanda-t-elle en fouillant à nouveau dans son sac à main.

Il prit la carte professionnelle en coupe dans sa main, pour la protéger de la pluie, et la tourna de manière à ce qu'elle fût illuminée par la lueur rouge de la première balise. Le mari avait son bureau à Century City, où les loyers étaient élevés. Il n'était guère étonnant que le pauvre type travaillât tard pour rester à flot.

– Et voilà ma carte, reprit la femme, en la sortant de son sac et en la lui tendant.

Pénélope Bettonfield. Décoratrice d'intérieur. Tél. 213.555.6868.

– Je travaille chez moi, dit-elle. J'avais un bureau, mais avec cette terrible récession... (Elle poussa un soupir, puis lui sourit à travers la vitre entrouverte.) Si je puis vous être d'une quelconque utilité...

Il pêcha une de ses propres cartes de visite dans son portefeuille et la lui donna. Elle le remercia à nouveau, remonta sa vitre et s'éloigna.

Roy tourna les talons et récupéra ses balises afin qu'elles cessent de gêner la circulation.

Une fois en voiture, il reprit la direction de Westwood, enchanté d'avoir allumé sa petite flamme de la journée. Parfois, il se demandait s'il existait encore un espoir pour la société actuelle, si elle n'allait pas dégringoler en flèche dans un enfer de haine, de crime et de cupidité – et soudain, il rencontrait quelqu'un comme Pénélope Bettonfield, avec son gentil sourire et son aura de douceur, de raffinement. Il s'apercevait alors qu'il était encore possible d'espérer. C'était une femme attentionnée : elle lui rendrait la faveur qu'il venait de lui faire en faisant une faveur à quelqu'un d'autre.

Malgré Mrs Bettonfield, sa bonne humeur ne dura pas. Lorsqu'il quitta la voie rapide pour Wilshire Boulevard et s'engagea dans Westwood, la tristesse s'était emparée de lui.

Partout, il apercevait les signes d'une évolution à rebours. Des graffiti à la bombe défiguraient les parois de la rampe de sortie et masquaient deux panneaux indicateurs – et ce, dans un quartier jusqu'alors épargné par ce genre de vandalisme. Un sans-logis poussant un caddie empli de ses pitoyables biens avançait péniblement sous la pluie, dénué d'expression, tel un zombie parcourant les allées d'un supermarché infernal.

A un feu rouge, dans la file voisine de celle de Roy, s'arrêta une voiture emplie de jeunes à l'aspect agressif – des skinheads qui portaient tous une boucle d'oreille luisante. Ils le fixèrent d'un œil menaçant, se demandant peut-être s'il avait une tête de juif, et lui lancèrent des obscénités en articulant bien, afin d'être sûrs qu'il pût lire sur leurs lèvres.

Il dépassa un cinéma où tous les films à l'affiche proposaient des saletés. De l'ultra-violence. De sordides histoires de sexe. C'étaient des films produits par de grands studios, avec des acteurs célèbres, mais des saletés néanmoins.

Graduellement, l'impression que lui avait laissée sa rencontre avec Mrs Bettonfield se modifia. Il se rappela ce qu'elle avait dit au sujet de la récession, des longues journées de travail de son époux, des problèmes économiques qui l'avaient forcée à abandonner son bureau et à diriger de chez elle son agence de décoration en péril. Une femme si charmante. La savoir dans des ennuis financiers attristait Roy. Comme tant d'autres, c'était une victime du système, emprisonnée au cœur d'une société d'armes et de drogues, dépourvue de compassion ou de grands idéaux. Elle méritait mieux.

Lorsqu'il atteignit son hôtel, le Westwood Marquis, Roy n'avait plus envie de rejoindre sa chambre, d'y faire monter son dîner et de se retirer pour la nuit – ce qui avait auparavant été son intention. Il dépassa l'établissement, continua jusqu'à Sunset Boulevard, prit à gauche et, un temps, se contenta de tourner en rond.

Il finit par se ranger le long du trottoir, à deux pâtés de maisons de l'UCLA [1] mais il ne coupa pas le moteur. Enjambant le levier de vitesses, il passa sur le siège du passager, où le volant ne le gênerait pas dans ses activités.

Son téléphone portable était chargé à bloc : il le débrancha de l'allume-cigares, puis récupéra une mallette sur la banquette arrière. L'ouvrant sur ses genoux, il révéla un ordinateur compact, à modem intégré, qu'il brancha sur l'allume-cigares, avant de le mettre en marche. L'écran s'alluma et afficha le menu de base, dans lequel Roy opéra une sélection.

Il apparia son téléphone au modem et composa le numéro à accès direct qui relierait son terminal aux super-ordinateurs jumeaux Cray du bureau central. La connection fut établie en quelques secondes. La litanie de sécurité familière débuta par trois mots sur l'écran : QUI VA LÀ ?

Il tapa son nom : ROY MIRO.

VOTRE NUMÉRO D'IDENTIFICATION ?

Il le fournit.

VOTRE PHRASE CODE PERSONNELLE ?

WINNIE, tapa-t-il, mot qu'il avait choisi comme code d'accès parce que c'était le nom de son personnage de fiction préféré : l'ourson amateur de miel, à l'inaltérable bonne humeur.

EMPREINTE DU POUCE DROIT, S.V.P.

Un encadré blanc de cinq centimètres de côté apparut dans le coin supérieur droit de l'écran bleu. Roy y appuya son pouce et attendit que les capteurs inclus dans le moniteur eussent achevé de bombarder sa peau de lumière intense, par micro-décharges, et de comparer la relative

1. University of California, Los Angeles. *(N.d.T.)*

obscurité des creux aux crêtes légèrement plus réfléchissantes. Au bout d'une minute, un bip léger indiqua la fin de la vérification. Lorsqu'il releva le pouce, une image détaillée de son empreinte, en noir et blanc, occupait le centre de l'encadré. Au bout de trente secondes supplémentaires, elle disparut : elle avait été digitalisée, transmise à l'ordinateur du bureau central, comparée électroniquement à celle qui figurait dans le fichier de Roy, et approuvée.

Il avait accès à une technologie nettement plus sophistiquée que le bidouilleur moyen armé de quelques milliers de dollars et de l'adresse d'une boutique, à Computer City. Ni les composants électroniques contenus dans sa mallette, ni les logiciels qu'on y avait installés n'étaient disponibles pour le grand public.

Un message apparut sur l'écran : ACCÈS À MAMAN AUTORISÉ.

Maman était le système informatique du bureau central. Bien que situé à cinq mille kilomètres de là, sur la Côte Est, tous ses programmes étaient désormais à la disposition de l'utilisateur par l'intermédiaire du téléphone. Un long menu apparut sur l'écran. Roy le parcourut rapidement et trouva un programme intitulé LOCATE, qu'il sélectionna.

Il tapa alors un numéro de téléphone et demanda l'adresse précise correspondante.

Tandis que Maman accédait aux fichiers de la compagnie du téléphone pour en tirer l'information demandée, il contempla la rue battue par l'orage. A cet instant, aucun passant, aucune voiture en mouvement n'était en vue. Certaines maisons étaient plongées dans l'obscurité, les lumières des autres tamisées par des torrents de pluie qui semblaient ne jamais devoir s'arrêter. On eût presque pu croire qu'il s'était produit une étrange apocalypse silencieuse, éliminant toute vie humaine sans toucher aux ouvrages de la civilisation.

Il allait bel et bien se produire une apocalypse, songeait Roy. Une grande guerre, tôt ou tard : nation contre nation ou race contre race, affrontement de religions ou bataille d'idéologies. L'humanité était poussée au combat et à l'autodestruction aussi sûrement que la terre achevait chaque année sa révolution autour du soleil.

La tristesse de Roy ne fit qu'augmenter.

Sous le numéro de téléphone qui figurait sur l'écran, le nom adéquat apparut. L'adresse, toutefois, fut déclarée « indisponible à la demande du client ».

Roy ordonna à l'ordinateur du bureau central de se brancher sur les archives électroniques des installations et des facturations de la compagnie du téléphone afin de mettre néanmoins au jour l'élément désiré. Pénétrer dans une telle banque de données privée était bien entendu illégal sans une ordonnance du tribunal, mais Maman se montrait extrêmement discrète. Tous les systèmes informatiques du réseau téléphonique national figurant sur la liste de ceux qu'elle avait d'ores et déjà violés, elle pouvait pénétrer dans n'importe lequel d'entre eux quasi instantanément, l'explorer à volonté, y recueillir ce qu'elle désirait, et rompre le contact sans laisser la moindre trace de son passage. Maman était un fantôme dans les machines des autres.

Quelques secondes plus tard, une adresse de Beverly Hills apparaissait sur l'écran.

Roy vida ce dernier puis demanda un plan quadrillé de Beverly Hills, qui lui fut fourni après une brève recherche. Dans son intégralité, toutefois, il était à trop petite échelle pour être lisible.

L'opérateur tapa sur le clavier l'adresse qu'il avait obtenue. La machine agrandit le carreau correspondant aux dimensions de l'écran, puis n'en conserva finalement que le quart, à nouveau agrandi. La propriété cherchée ne se trouvait qu'à un ou deux pâtés de maisons au sud de Wilshire Boulevard, dans le quartier le moins prestigieux de Beverly Hills. Elle serait facile à localiser.

Roy tapa WINNIE OUT, ce qui dégagea son terminal portable de Maman – laquelle ne quittait jamais son frais et sec bunker de Virginie.

La grande maison en brique – peinte en blanc, avec des volets vert bouteille – s'élevait derrière une clôture blanche en bois. La pelouse était ornée de deux énormes sycomores aux branches nues.

A l'intérieur, il y avait de la lumière, mais seulement à l'arrière du bâtiment, au rez-de-chaussée.

Debout devant la porte d'entrée, protégé de la pluie par

un large auvent que soutenaient de hautes colonnes blanches, Roy entendait résonner de la musique à l'intérieur : une chanson des Beatles, *When I'm Sixty-four* [1]. Lui-même avait trente-trois ans ; les Beatles n'étaient pas de son époque, mais il aimait leur musique car elle était souvent empreinte d'une tendre compassion.

Tout en fredonnant à voix basse avec les quatre de Liverpool, il glissa une carte de crédit entre la porte et son encadrement, puis la poussa vers le haut jusqu'à forcer la première serrure – et la moins sophistiquée. Il la laissa en place afin de maintenir un pêne à ressort tout simple hors de son logement dans le chambranle.

Pour ouvrir la lourde serrure à pêne dormant, il avait besoin d'un outil plus sophistiqué : un pistolet Lockaid, vendu exclusivement aux services de police. Il enfonça la fine pointe de l'engin dans le trou de serrure, sous les broches, et appuya sur la détente. Le ressort d'acier plat du Lockaid en fit bondir la pointe en hauteur, forçant une partie des broches en position ouverte. Il fallut une demi-douzaine de tels tirs pour venir à bout du mécanisme.

Le claquement du chien contre le ressort et celui de la pointe contre les broches n'avaient rien de tonitruant, mais Roy était pourtant ravi de la couverture sonore fournie par la musique. *When I'm sixty-four* s'acheva au moment même où il ouvrait la porte. Il attrapa sa carte de crédit avant qu'elle n'eût le temps de choir, se figea, et attendit la chanson suivante. Dès les premières mesures de *Lovely Rita*, il franchit le seuil.

Déposant le pistolet Lockaid par terre, sur la droite de l'entrée, il referma silencieusement l'huis derrière lui.

Le hall où il venait de pénétrer était plongé dans l'ombre. Adossé au battant, il laissa ses yeux s'accoutumer à l'obscurité.

Lorsqu'il eut la certitude de ne pas se cogner dans les meubles, il traversa plusieurs pièces successives, en direction des lumières, à l'arrière de la maison.

Il déplorait que ses vêtements fussent aussi trempés, ses couvre-chaussures aussi sales : il était probablement en train de saloper la moquette.

La femme se trouvait dans la cuisine, devant l'évier, en

1. Quand j'aurai soixante-quatre ans. *(N.d.T.)*

train de rincer un cœur de laitue, le dos tourné à la porte battante par laquelle il entra. Compte tenu des légumes qui se trouvaient sur la planche à découper, elle devait préparer une salade composée.

Roy laissa doucement la porte retomber en place, espérant éviter de faire sursauter son hôtesse, et se demanda s'il devait ou non s'annoncer. Il désirait lui faire comprendre qu'il était un ami venu la réconforter, non un inconnu aux motivations perverses.

Elle ferma le robinet et plaça la laitue dans un égouttoir en plastique. Comme elle se détournait de l'évier en s'essuyant les mains sur un torchon, elle le découvrit enfin, alors que *Lovely Rita* s'achevait.

Mrs Bettonfield parut surprise mais nullement effrayée, ce dont il était redevable, selon lui, à son visage agréable, aux traits doux – un peu poupin, parsemé de fossettes, et pourvu d'une barbe tellement clairsemée qu'il paraissait aussi glabre qu'un adolescent. Avec ses yeux bleus étincelants et son sourire chaleureux, Roy aurait pu faire avec trente ans de plus un Père Noël très convaincant. Il supposait sa tendresse de cœur et son authentique amour de ses semblables tout aussi apparents, car les inconnus le trouvaient en général sympathique plus vite que ne pouvait l'expliquer son seul visage joyeux.

Tant qu'il lui était encore possible de croire que la surprise de Mrs Bettonfield allait se changer en un sourire de bienvenue plutôt qu'en une grimace de terreur, il leva le Beretta 93-R et lui logea deux balles dans la poitrine. Un silencieux était vissé au bout du canon : les deux détonations ne firent que de petits bruits secs, presque inaudibles.

Pénélope Bettonfield s'effondra et s'immobilisa sur le flanc, les mains serrant encore le torchon. Ses yeux grands ouverts fixaient les couvre-chaussures sales et humides de Roy.

Les Beatles attaquèrent *Good morning, good morning.* Il devait donc s'agir de l'album *Sgt. Pepper.*

Le visiteur traversa la cuisine, posa son pistolet sur le plan de travail et s'agenouilla auprès de Mrs Bettonfield. Il ôta un de ses gants de cuir souple pour lui tâter la gorge, cherchant le pouls à la carotide. Elle était morte.

Une des deux balles était si parfaitement placée qu'elle

lui avait percé le cœur. En conséquence, la circulation coupée d'un coup, elle n'avait pas tellement saigné.

Sa mort avait été une évasion gracieuse : rapide, propre, dénuée de peur et de douleur.

Il remit son gant droit, puis frotta doucement le cou de la défunte, là où il l'avait touchée. Une fois ganté, il n'avait plus à craindre que ses empreintes fussent relevées sur le corps à l'aide de la technologie laser.

Des précautions s'imposaient. La plupart des juges et des jurés ne comprendraient pas la pureté de ses motivations.

Il abaissa la paupière gauche de Mrs Bettonfield et la maintint en place durant environ une minute, pour s'assurer qu'elle demeurerait close.

– Dormez, chère madame, dit-il avec un mélange d'affection et de regret tandis qu'il lui fermait aussi la paupière droite. Vous n'avez plus à vous inquiéter de vos finances ni à travailler tard. Plus de stress ni de luttes incessantes. Ce monde n'était pas digne de vous.

L'instant était à la fois triste et joyeux. Triste parce que la beauté et l'élégance de cette femme n'illuminaient plus le monde ; plus jamais son sourire ne réconforterait quelqu'un ; plus jamais sa courtoisie et sa prévenance ne contreraient le flux de barbarie qui déferlait sur cette société troublée. Joyeux, parce qu'elle n'aurait plus jamais peur, ne verserait plus de larmes, ne connaîtrait plus le chagrin, ne ressentirait plus la douleur.

Good morning, good morning céda la place à la reprise entraînante et merveilleusement syncopée de *Sgt. Pepper's Lonely Hearts Club Band* [1], meilleure que la première version, au début de l'album, et parfaitement appropriée pour célébrer le passage de Mrs Bettonfield dans un monde meilleur.

Roy tira une des chaises entourant la table de la cuisine, s'assit et ôta ses couvre-chaussures. Il retroussa les jambes trempées et boueuses de son pantalon, décidé à ne plus causer de dégâts.

La reprise de la chanson-titre de l'album était courte. Lorsqu'il se remit debout, *A Day in the life* était commencé. Il s'agissait là d'un morceau singulier, mélanco-

1. Le groupe des cœurs solitaires du sergent Pepper. *(N.d.T.)*

lique, trop sombre pour s'accorder avec l'ambiance du moment. Il devait l'interrompre avant d'en être déprimé. Roy était un individu sensible, plus vulnérable que la moyenne aux effets émotionnels de la musique, de la poésie, de la peinture, de la littérature et autres arts.

Il trouva la chaîne stéréo au fond du bureau, encastrée dans un long mur couvert de placards en acajou superbement ouvragés. Après avoir coupé le son, il explora deux tiroirs emplis de disques compacts et, toujours d'humeur à écouter les Beatles, sélectionna *A Hard day's night*, parce qu'aucun morceau de cet album n'était déprimant.

Chantant en mesure la chanson-titre, il retourna dans la cuisine et souleva Mrs Bettonfield du sol. Plus menue qu'elle ne l'avait semblé lorsqu'il lui avait parlé par la vitre de sa voiture, avec ses poignets fins, son cou de cygne et ses traits délicats, elle ne pesait guère que cinquante kilos. Roy, profondément touché par sa fragilité, la transporta dans ses bras avec douceur et respect, presque avec révérence.

Manœuvrant de l'épaule les interrupteurs successifs, il gagna l'avant de la maison, puis l'étage, parcourut le couloir, inspectant chaque pièce jusqu'à la chambre principale. Là, il déposa délicatement Pénélope Bettonfield sur un fauteuil moelleux.

Il replia l'épais couvre-lit, puis les couvertures, pour révéler le drap de dessous, et arrangea les oreillers – lesquels, en coton égyptien orné de dentelle, étaient les plus jolis qu'il eût jamais vus.

Otant les chaussures de Mrs Bettonfield, il les rangea dans un placard. La défunte avait des petits pieds de fillette.

Roy la porta jusqu'au lit et l'allongea sur le dos tout habillée, la tête soutenue par deux oreillers. Il laissa le couvre-lit plié mais remonta drap de dessus et couvertures jusqu'à la poitrine de Pénélope, dont les bras restèrent visibles.

A l'aide d'une brosse trouvée dans la salle de bains voisine, il commença à la coiffer. Les Beatles chantaient alors *If I fell*, mais ils en étaient à *I'm happy just to dance with you* quand les mèches auburn lustrées furent parfaitement disposées autour de l'adorable visage.

Après avoir allumé la lampe en bronze voisine du fauteuil, Roy éteignit le plafonnier à la lumière plus crue. De douces ombres s'échouèrent sur la femme allongée, telles les ailes des anges venus l'entraîner loin de cette vallée de larmes, vers le royaume des cieux et la paix éternelle.

Roy s'approcha de la coiffeuse Louis XVI et emporta au bord du lit la chaise assortie. Otant ses gants, il s'assit près de la morte et lui prit une main entre les siennes. La chair commençait à refroidir mais était encore tiède.

Il ne pouvait s'attarder. Il avait beaucoup de choses à faire et peu de temps à leur consacrer. Pourtant, il tenait à passer quelques minutes de qualité en compagnie de Mrs Bettonfield.

Tandis que les Beatles chantaient *And I love her* puis *Tell me why*, Roy Miro serra tendrement la main de son amie défunte et s'accorda le temps d'admirer l'ameublement exquis, les tableaux, les objets d'art, le chaleureux arrangement des couleurs et la grande variété des tissus, aux textures et motifs différents mais merveilleusement complémentaires.

– Il est vraiment injuste que vous ayez dû abandonner votre activité, dit-il à Pénélope. Vous étiez une très bonne décoratrice d'intérieur. Je vous l'assure, chère madame, je vous l'assure.

Les Beatles chantaient.

La pluie battait les fenêtres.

Le cœur de Roy se gonflait d'émotion.

3.

Rocky reconnaissait le chemin de la maison. Périodiquement, alors qu'il dépassait un quelconque point de repère, il haletait doucement, de plaisir.

Spencer habitait un quartier de Malibu dépourvu de tout *glamour* mais possédant sa propre beauté sauvage.

Les manoirs de quarante pièces, de style français ou méditerranéen, les demeures ultramodernes, à flanc de colline, faites de verre teinté, de séquoia et d'acier, les cottages du Cap Cod, aussi imposants que des paquebots, les adobes de deux mille mètres carrés, aux plafonds couverts de tentures et aux véritables salles de projection personnelles comprenant vingt places et équipées du son THX, étaient situés sur les plages ou les falaises qui les surmontaient – ou dans les terres, derrière l'autoroute de la Côte Pacifique, sur des collines avec vue sur la mer.

Le domicile de Spencer s'élevait à l'est de la dernière maison qu'eût pu choisir de photographier l'*Architectural Digest*, à mi-hauteur d'un canyon peu en vogue et guère peuplé. La petite route qui y menait avait souvent été rapiécée et était crevassée en raison des tremblements de terre qui faisaient régulièrement vibrer toute la côte. Une porte métallique grillagée marquait l'entrée d'une allée de deux cents mètres.

Un panneau rouillé où s'étalaient des lettres rouge passé était fixé à la grille par du fil de fer : DANGER/CHIEN D'ATTAQUE. Il l'avait posé lorsqu'il avait acheté la maison, bien avant que Rocky ne fût venu vivre avec lui. A l'époque, il n'avait pas de chien du tout, pas de molosse dressé à l'attaque. Le panneau n'était qu'une menace gratuite mais efficace. Nul ne l'avait jamais dérangé dans sa retraite.

L'ouverture de la grille n'était pas automatisée. Il dut sortir sous la pluie pour la déverrouiller, et accomplir l'opération inverse une fois la voiture passée.

Avec une seule chambre, un salon et une grande cuisine, le bâtiment qui s'élevait au bout de l'allée n'était pas vraiment une maison, plutôt un chalet. Les murs de cèdre, perchés sur des fondations en pierre pour échapper aux termites, et dotés par les intempéries d'un lustre gris argenté eussent pu paraître minables à un œil dépourvu de goût. Spencer, lui, à la lumière des phares de l'Explorer, les jugeait superbes et pleins de caractère.

Le chalet était abrité – entouré, masqué, étouffé – par un bouquet d'eucalyptus. Ils appartenaient à l'espèce rouge résineuse que laissaient tranquille les scarabées dévorant depuis plus de dix ans les eucalyptus bleus de Californie. Depuis que Spencer avait acheté la propriété, ils n'avaient pas été taillés.

Au-delà, broussailles et petits chênes couvraient le canyon et les pentes abruptes des falaises. En été et en automne, privées d'humidité par les vents desséchants de Santa Ana, les collines et les ravines devenaient inflammables. En huit ans, les pompiers avaient obligé deux fois Spencer à évacuer les lieux lorsque des incendies dans les canyons voisins avaient menacé de s'abattre sur lui, impitoyables, tel le jour du Jugement dernier. Les flammes, poussées par le vent, se déplaçaient à la vitesse d'un train express. Une nuit, elles pourraient bien le surprendre dans son sommeil. Toutefois, la beauté du lieu et la tranquillité qui y régnait justifiaient ce risque.

A différentes périodes de son existence, Spencer avait eu du mal à rester en vie, mais il n'avait pas peur de mourir. Il lui arrivait même d'aimer l'idée de s'endormir pour ne plus se réveiller. Lorsque la crainte du feu le saisissait, ce n'était pas pour lui, mais pour Rocky.

En ce mercredi soir de février, la saison sèche ne reviendrait pas avant plusieurs mois. Chaque arbre, chaque buisson, chaque brin d'herbe dégoulinait de pluie et paraissait devoir rester à jamais insensible au feu.

La maison était froide. On pouvait la chauffer grâce à la grande cheminée en pierre du salon, mais chaque pièce possédait aussi son radiateur électrique, encastré dans le mur. Bien qu'il préférât les lumières dansantes, les crépitements et l'odeur du feu de bois, Spencer était pressé, aussi brancha-t-il les radiateurs.

Après avoir échangé ses vêtements trempés contre une confortable tenue de jogging grise et des chaussettes de sport, il se fit un café. Pour Rocky, il déposa par terre un bol de jus d'orange.

Ce goût pour le jus de fruit ne constituait pas l'unique excentricité de l'animal. Par exemple, bien qu'il adorât se promener pendant la journée, il ne manifestait nullement l'intérêt folâtre qu'éprouvent en général les chiens pour le monde nocturne, préférant conserver à tout le moins une fenêtre entre la nuit et lui. S'il était obligé de sortir après le coucher du soleil, il demeurait au côté de Spencer, mal à l'aise, et scrutait intensément l'obscurité. Ensuite, il y avait Paul Simon. La musique le laissait le plus souvent indifférent, mais la voix de Simon l'enchantait. Lorsque Spencer en écoutait un album, en particulier *Graceland*, le chien demeurait assis devant les enceintes, les yeux grands ouverts, ou bien décrivait de grands cercles paresseux – sans se plier au rythme, perdu dans sa rêverie – pendant *Diamonds on the soles of her shoes* ou *You can call me Al*. Ce n'était pas là une réaction très canine. Encore moins canine était sa pudeur au regard des fonctions naturelles. Il refusait de faire ses besoins s'il était observé ; son maître était obligé de lui tourner le dos avant qu'il ne s'y attelât.

Parfois, Spencer se disait que Rocky n'ayant pas eu la

vie facile avant les deux ans qui venaient de s'écouler, et voyant peu de raisons de se satisfaire de son existence canine, souhaitait être un humain.

Ce qui était une grave erreur. Les hommes avaient plus de chance de mener une vie de chien au sens péjoratif du terme, que la plupart des chiens eux-mêmes.

– Une plus grande conscience de soi ne rend pas une espèce plus heureuse, mon vieux, avait-il déclaré lors d'une nuit d'insomnie. Sinon, on aurait moins de psychiatres et de bars que vous, les chiens, et ce n'est pas le cas.

Tandis que Rocky lapait son jus de fruit, Spencer emporta une grande tasse de café jusqu'à l'énorme table de travail en L qui occupait un angle du salon. D'un bout à l'autre s'étalaient deux ordinateurs pourvus de disques durs à grande capacité, une imprimante couleurs et d'autres appareils.

Ce coin du salon constituait son bureau, bien qu'il n'eût pas de véritable emploi depuis deux mois. Après ses adieux à la police de Los Angeles – au sein de laquelle, durant les deux dernières années, il avait été affecté à la *California Multi-Agency Task Force on Computer Crime* (Brigade Multi-Agences contre le Crime Informatisé) – il avait passé plusieurs heures par jour devant ses propres ordinateurs.

Parfois, grâce aux logiciels *Prodigy* et *Genie*, il s'informait sur des sujets qui l'intéressaient personnellement. Le plus souvent, il explorait les mille et une manières d'accéder clandestinement à des ordinateurs privés ou gouvernementaux, protégés par des programmes de sécurité sophistiqués.

Une fois l'accès obtenu, il entrait dans l'illégalité. Il n'avait jamais détruit de fichier appartenant à une société ou à un quelconque organisme, jamais introduit de fausses données. Pourtant, il était coupable d'ingérence.

Chose qui ne pesait pas trop sur sa conscience.

Il ne cherchait aucune récompense matérielle. Son salaire était la connaissance – et la satisfaction occasionnelle de redresser un tort.

Comme dans l'affaire Beckwatt.

Au mois de décembre précédent, alors que Henry Beckwatt, un violeur d'enfants, allait être libéré de prison après seulement cinq ans d'incarcération, le Comité des

Libérations sur Parole avait refusé, au nom du droit des prisonniers, de divulguer le nom de la ville où il résiderait durant sa période de liberté conditionnelle. Comme Beckwatt avait battu violemment certaines de ses victimes et n'en avait pas exprimé le moindre remords, sa libération future avait angoissé tous les parents de l'État.

Prenant de grandes précautions pour effacer ses traces, Spencer avait tout d'abord obtenu l'accès à l'ordinateur de la police de Los Angeles, grâce auquel il s'était branché sur le système du *state attorney general*[1] à Sacramento, avant de se faufiler dans la machine du Comité des Libérations sur Parole, où il avait trouvé la future adresse de Beckwatt. Des appels anonymes à quelques journalistes avaient forcé le comité à retarder son action jusqu'à ce qu'un nouvel emplacement secret pût être trouvé. Durant les cinq semaines suivantes, Spencer avait révélé les trois nouvelles adresses successives de Beckwatt, peu après qu'elles avaient été choisies.

Les autorités avaient frénétiquement tenté de découvrir une fuite imaginaire au sein de leurs services et nul n'avait émis l'hypothèse, du moins en public, que la fuite incombait aux banques de données informatiques ponctionnées par un audacieux pirate. Admettant enfin leur défaite, elles avaient installé Beckwatt dans une ancienne demeure de gardien, à l'intérieur de la prison de San Quentin.

Deux ans plus tard, après sa période de liberté conditionnelle, rien n'empêcherait plus l'individu de rôder à nouveau, et il détruirait sans doute psychologiquement sinon physiquement d'autres enfants. Pour le moment, toutefois, il lui était impossible de se constituer un antre au sein d'un quartier empli d'innocents sans méfiance.

Si Spencer avait trouvé le moyen d'accéder à l'ordinateur de Dieu, il serait intervenu sur le destin de Henry Beckwatt en lui déclenchant une crise cardiaque instantanée et fatale ou en le jetant sur la route d'un poids lourd emballé. Il n'aurait pas hésité à appliquer une justice que la société contemporaine, dans son égarement freudien et sa paralysie morale, trouvait difficile d'imposer.

Il n'était pas un héros ni un petit cousin de Batman,

1. Équivalent, au niveau de l'État, du ministre de la Justice. *(N.d.T.)*

couturé de cicatrices et brandissant son ordinateur au service de la bonne cause. Il n'avait pas l'ambition de sauver le monde. Dans l'ensemble, il naviguait dans le cyberespace – cette étonnante dimension d'énergie et d'informations que recelaient les ordinateurs et les réseaux informatiques – simplement parce qu'il le fascinait autant que Tahiti ou la lointaine île de la Tortue fascinaient certaines personnes ; il l'attirait tout comme Mars et la Lune attiraient ceux qui devenaient astronautes.

L'aspect le plus séduisant de cette autre dimension était peut-être le potentiel d'exploration et de découverte qu'elle offrait – *sans interaction directe avec des êtres humains*. Quand on évitait les messageries et autres conversations entre usagers, le cyberespace était un univers inhabité, créé par une humanité curieusement absente. Spencer errait à travers de grandes constructions de données infiniment plus imposantes que les pyramides d'Égypte, les ruines de la Rome antique ou les ruches rococo des grandes cités modernes – et il n'y voyait pas le moindre visage humain, n'y entendait pas la moindre voix humaine. Il était un Christophe Colomb sans équipage, un Magellan arpentant seul des autoroutes électroniques et visitant des métropoles de données aussi dépeuplées que les villes fantômes dans le désert du Nevada.

Il s'assit devant un de ses ordinateurs, le mit en marche, et sirota son café tandis que l'appareil accomplissait ses procédures de démarrage. Il utilisait notamment le programme Antivirus Norton, qui s'assurait qu'aucun fichier n'avait été infecté par un virus destructeur durant la dernière équipée de Spencer au sein des labyrinthes de données nationaux. L'ordinateur ne se révéla pas contaminé.

Le premier numéro de téléphone que tapa son utilisateur était celui d'un service offrant vingt-quatre heures sur vingt-quatre des informations sur les marchés mondiaux. En quelques secondes, la connexion fut établie et un message de bienvenue apparut sur l'écran : BIENVENUE SUR WORLDWIDE STOCK MARKET INFORMATION, INC.

Spencer tapa son numéro d'abonné et demanda un renseignement sur les valeurs japonaises. Simultanément, il activa un programme parallèle, conçu par lui-même, qui explorait la ligne téléphonique, à la recherche de la subtile signature électronique d'un dispositif d'écoute.

Worldwide Stock Market Information était un service légal et la police n'avait aucune raison d'en épier les lignes : la présence d'une écoute signifierait que c'était son propre téléphone qu'on surveillait.

Rocky arriva de la cuisine à pas de loup et se frotta la tête contre la jambe de son maître. Il ne pouvait pas déjà avoir fini son jus d'orange. A l'évidence, il avait moins soif que besoin de compagnie.

Sans quitter l'écran des yeux, attendant un signal d'alarme ou l'assurance que tout allait bien, Spencer passa la main sous le bureau et gratta gentiment le chien derrière les oreilles.

Rien de ce qu'il avait fait au cours de ses activités de pirate ne pouvait attirer l'attention des autorités, mais il valait mieux se montrer prudent. Depuis quelques années, la *National Security Agency*, le FBI et autres organismes avaient créé des services de lutte contre le crime informatisé qui poursuivaient dûment les contrevenants.

Ils faisaient parfois preuve d'un zèle presque criminel. Comme toutes les agences gouvernementales au personnel trop nombreux, ils n'avaient de cesse que de justifier leur budget toujours croissant. Il leur fallait tous les ans davantage d'arrestations et de condamnations pour prouver que le taux de vol et de vandalisme informatiques augmentait bien à une vitesse effrayante. En conséquence, il arrivait que des pirates n'ayant ni volé ni provoqué les moindres dégâts soient traînés devant les tribunaux pour des délits mineurs. On ne les jugeait pas dans l'espoir que leur exemple servît à endiguer le crime : leur condamnation permettait simplement d'alimenter les statistiques assurant des fonds supplémentaires au projet.

Certains allaient en prison.

Sacrifiés sur les autels de la bureaucratie.

Martyrs du cyberespace clandestin.

Spencer était déterminé à ne jamais devenir l'un d'entre eux.

Tandis que la pluie martelait le toit du chalet et que le vent donnait naissance à un chuchotant chœur d'âmes en peine dans les bosquets d'eucalyptus, il attendit, le regard fixé sur le coin supérieur droit du moniteur. Un unique mot y apparut, en lettres rouges : CLEAR. Rien à signaler.

Aucun dispositif d'écoute n'était en fonctionnement.

Après avoir abandonné les marchés mondiaux, il forma

le numéro de l'ordinateur central de la *California Multi-Agency Task Force on Computer Crime.* Il s'introduisit dans le système par une porte de derrière dissimulée avec soin, qu'il avait créée juste avant de donner sa démission de commandant en second de la brigade.

Puisqu'il était accepté au niveau de la gestion du système (la plus haute autorisation de sécurité), il avait accès à toutes les fonctions. Il pouvait utiliser l'ordinateur aussi longtemps qu'il le désirait, comme bon lui semblait, et ce, sans que sa présence fût remarquée ni enregistrée.

Les fichiers de la brigade ne l'intéressaient pas. Il n'utilisait cette machine qu'en guise de tremplin vers le système informatique de la police de Los Angeles, auquel elle avait un accès direct. L'ironie qu'il y avait à employer le matériel et les logiciels d'un service combattant le crime informatisé pour commettre un crime informatisé, même minime, avait quelque chose de séduisant.

C'était également dangereux.

Mais presque tout ce qui était amusant l'était aussi un peu : les montagnes russes, le saut en parachute, le jeu, la sexualité.

Depuis le système de la police, il pénétra dans l'ordinateur du Bureau des Véhicules à Moteur de Californie, à Sacramento. Ces bonds lui procuraient un tel plaisir qu'il lui semblait presque s'être déplacé physiquement, s'être téléporté de son canyon de Malibu jusqu'à Los Angeles puis Sacramento, à la manière d'un héros de science-fiction.

Rocky se souleva sur ses pattes arrière, planta les deux autres au bord du bureau et lorgna l'écran de l'ordinateur.

– Ça ne te plairait pas, lui assura Spencer.

L'animal le regarda et poussa un petit gémissement.

– Je suis sûr que tu aurais nettement plus de plaisir à ronger le nouvel os que je t'ai apporté.

Revenant à l'écran, Rocky inclina de côté sa tête velue, d'un air interrogateur.

– Ou alors, je pourrais te mettre un peu de Paul Simon.

Un autre gémissement. Plus long et plus fort que le précédent.

Spencer soupira et attira une autre chaise près de la sienne.

– D'accord, quand on se sent très seul, j'imagine que

ronger un os ne vaut pas un peu de compagnie. En tout cas, pour moi, ça ne marche pas.

Rocky bondit sur la chaise, haletant et souriant.

Ensemble, ils partirent dans le cyberespace, plongèrent illégalement dans la galaxie des immatriculations, à la recherche de Valérie Keene.

Ils la localisèrent en quelques secondes. Spencer avait espéré découvrir une adresse différente de celle qu'il connaissait déjà. Il fut déçu. Sur la liste, la jeune femme était domiciliée au bungalow de Santa Monica – où il n'avait trouvé que des pièces sans mobilier et la photo d'un cafard clouée au mur.

D'après les données qui défilèrent sur l'écran, elle possédait un permis catégorie C, sans restriction, qui expirerait dans un peu moins de quatre ans. Elle en avait fait la demande et avait passé un examen écrit début décembre, deux mois plus tôt.

Son second prénom était Ann.

Elle avait vingt-neuf ans. Spencer lui en avait donné vingt-cinq.

Jamais elle n'avait été condamnée pour infraction au code de la route.

En cas de blessure grave, si sa vie ne pouvait être sauvée, elle avait autorisé le prélèvement de ses organes.

Le Bureau des Véhicules à Moteur n'offrait par ailleurs sur elle que peu d'informations :

SEXE : F CHVX : MRN YEUX : MRN
TAIL : 1,60 PDS : 52

Cette froide description bureaucratique ne serait pas d'une grande utilité si Spencer avait besoin de décrire la jeune femme. Elle ne suffisait pas à donner une image comprenant ses véritables signes distinctifs : le regard clair et direct, le sourire légèrement en coin, la fossette de la joue droite, la ligne délicate de la mâchoire.

Depuis l'année précédente, grâce à des fonds fédéraux accordés par la Commission Nationale de Prévention du Crime et du Terrorisme, le Bureau des Véhicules à Moteur de Californie numérisait et stockait électroniquement les photos et les empreintes digitales des nouveaux conducteurs, et de ceux qui renouvelaient leur permis. Un beau jour, on disposerait de ces données pour tous les habitants des États-Unis détenteurs du permis de conduire, quoique la grande majorité d'entre eux n'aient jamais été accusés du moindre crime, encore moins condamnés.

Spencer considérait qu'il s'agissait là du premier pas vers la carte d'identité nationale, un passeport interne comme il en avait existé dans les pays communistes avant la chute du système, et il y était opposé par principe. Dans ce cas précis, ses principes ne l'empêchèrent pas de demander à voir la photo du permis de Valérie.

L'écran se vida, puis elle apparut. Souriante.

Les eucalyptus fantômes susurraient leur plainte dans l'indifférence de l'éternité, et la pluie tambourinait, tambourinait.

Spencer réalisa qu'il retenait son souffle. Il expira.

Du coin de l'œil, il remarqua que Rocky le contemplait avec curiosité, regardait l'écran, puis se retournait vers lui.

Il ramassa sa tasse et avala une gorgée de café noir. Sa main tremblait.

Valérie savait qu'elle était pourchassée par une autorité quelconque, et près d'être découverte, puisqu'elle avait abandonné son bungalow quelques heures avant qu'on ne vînt l'y chercher. Innocente, pourquoi aurait-elle opté pour une existence instable et angoissante de fugitive ?

Reposant sa tasse, il pianota sur le clavier pour demander une impression d'écran.

L'imprimante laser ronronna. Une unique feuille de papier s'en échappa.

Valérie. Souriante.

A Santa Monica, nul n'avait lancé les sommations d'usage avant l'assaut du bungalow. Quand les assaillants avaient fait irruption à l'intérieur, personne n'avait crié *Police !* Pourtant, en raison de leur tenue proche d'un uniforme, de leurs lunettes à infrarouge, de leur armement et de leur méthodologie militaire, Spencer était sûr que ces hommes appartenaient à une organisation officielle.

Valérie. Souriante.

La jeune femme à la voix douce avec qui il s'était entretenu la veille au soir, à La Porte Rouge, lui avait paru douce et honnête, moins capable d'hypocrisie que la plupart des gens. Tout d'abord, elle n'avait pas baissé les yeux devant sa cicatrice et lui avait posé une question à ce sujet, sans pitié dans le regard ni curiosité morbide dans la voix, sur le ton qu'elle aurait employé pour lui demander où il avait acheté sa chemise. Sa franchise avait été rafraîchissante. Devant la réponse de Spencer – il avait eu un accident durant son enfance –, Valérie avait senti qu'il ne voulait ou ne pouvait pas en dire plus, et elle avait abandonné le sujet comme s'il n'avait pas eu plus d'importance que celui de sa coiffure. Par la suite, il n'avait jamais surpris le regard de la jeune femme sur la marque pâle de son visage ; et, ce qui était plus important, il n'avait jamais eu le sentiment qu'elle faisait des efforts pour *ne pas* la regarder. Elle jugeait le reste de sa personne plus intéressant que la balafre qui reliait son oreille à son menton.

Valérie. En noir et blanc.

Il n'arrivait pas à croire cette femme-là capable d'un crime, et encore moins d'une atrocité de nature à pousser un commando à la traquer dans un silence absolu, avec des mitraillettes et tout le secours de la technologie moderne.

Peut-être partageait-elle le sort d'un individu dangereux.

Spencer en doutait. Il passa en revue les maigres indices dont il disposait : une seule assiette, un seul verre, un jeu de couverts en inox, un matelas pneumatique suffisant pour une personne mais trop petit pour deux.

Cette possibilité n'en existait pas moins : elle pouvait ne pas être seule, et l'extrême prudence du commando était peut-être motivée par la personne qui l'accompagnait.

La photo imprimée par l'ordinateur, trop sombre, ne rendait pas justice à la jeune femme. Spencer ordonna à l'imprimante laser d'en sortir une autre, légèrement plus pâle.

Le résultat se révélant meilleur, il demanda cinq copies supplémentaires.

Avant de tenir ce portrait entre les mains, il ignorait encore qu'il allait suivre Valérie Keene partout où elle était allée, la retrouver et lui venir en aide. Quoi qu'elle eût fait, quelque crime qu'elle eût commis, quoi qu'il pût y perdre, et sans se demander si elle serait ou non capable d'avoir un jour de l'affection pour lui. Il allait prendre le parti de cette femme contre les ténèbres qu'elle affrontait, quelles qu'elles fussent.

Alors qu'il réalisait les implications profondes de cet engagement, un frisson de stupéfaction le parcourut : jusqu'à cet instant précis, il s'était toujours considéré comme un homme moderne, ne croyant en rien ni en personne, pas plus en un Dieu tout-puissant qu'en lui-même.

– Merde, alors, dit-il doucement, impressionné, incapable de comprendre pleinement ses propres motivations.

Le chien éternua.

4.

Les Beatles chantaient *I'll cry instead* lorsque Roy Miro perçut dans la main de la défunte une fraîcheur qui se transmettait à sa propre chair.

Il la lâcha et enfila ses gants, essuya la main de Pénélope à l'aide d'un coin de drap pour étaler les sécrétions susceptibles de composer ses empreintes digitales.

Empli d'émotions conflictuelles – chagrin de la mort d'une brave femme, joie de la savoir libérée d'un monde de douleur et de déceptions –, il descendit à la cuisine. Il voulait entendre la porte automatique du garage lorsque rentrerait le mari de Mrs Bettonfield.

Quelques gouttes de sang avaient coagulé sur le carrelage. Roy nettoya les taches avec des serviettes en papier et une bombe de Fantastik trouvée dans le placard sous l'évier.

Après avoir également essuyé ses couvre-chaussures, il remarqua que l'évier en inox n'était pas parfaitement propre, aussi le frotta-t-il jusqu'à en faire disparaître la moindre trace.

Des taches de nourriture maculaient la vitre du four à micro-ondes. Lorsqu'il en eut terminé avec elle, elle étincelait.

Les Beatles en étaient à la moitié de *I'll be back*, et Roy venait de nettoyer l'avant du réfrigérateur quand la porte du garage se releva bruyamment. Il jeta les serviettes en papier usagées dans le broyeur, rangea le flacon de Fantastik, et ramassa le Beretta qu'il avait laissé sur le plan de travail après avoir libéré Pénélope de ses souffrances.

La cuisine et le garage étaient séparés par une petite buanderie. Il se tourna vers la porte close de cette dernière.

Le ronflement du moteur se répercuta sur les murs du garage pendant que Sam Bettonfield y pénétrait, puis cessa. La grande porte retomba derrière la voiture dans un vacarme métallique.

Enfin rentré de la guerre des comptables. Épuisé d'avoir travaillé tard, sous le poids écrasant des chiffres. Fatigué de payer un loyer élevé pour un bureau de Century City, de tenter de s'en sortir dans un système qui respectait plus l'argent que l'être humain.

Dans le garage, une porte claqua.

Consumé par le stress de son existence dans une ville percluse d'injustice et en conflit avec elle-même, Sam avait envie de boire un verre, d'embrasser Pénélope, de dîner et peut-être de regarder un peu la télévision. Ces plaisirs simples et huit heures de sommeil constituaient le seul répit qu'obtenait le pauvre homme de ses clients exigeants, cupides – et encore son sommeil avait-il de fortes chances d'être troublé par des cauchemars.

Roy avait mieux à lui offrir. Une évasion.

Le bruit d'une clef dans une serrure, entre le garage et la maison, le claquement d'un pêne dormant, le grincement d'une porte. Sam entrait dans la buanderie.

Roy leva le Beretta au moment où s'ouvrait le battant intérieur.

Sam pénétra dans la cuisine en imperméable, une serviette à la main. C'était un homme au front dégarni et aux yeux noirs très vifs. Il parut surpris mais ne manifesta pas d'inquiétude.

– Vous avez dû vous tromper de maison.

– Je sais ce que vous endurez, dit Roy, au bord des larmes, avant de presser la détente à trois reprises.

Sam n'avait rien d'un colosse : il ne pesait qu'une vingtaine de kilos de plus que sa femme. Pourtant, le porter jusqu'à la chambre, à l'étage, lui ôter son imperméable et ses chaussures, puis l'installer sur le lit ne fut pas facile. Sa tâche accomplie, Roy se sentit bien, car il savait avoir fait ce qui convenait en plaçant Sam et Pénélope côte à côte, dans une posture digne.

Il tira les couvertures sur la poitrine de Sam. Le drap de dessus était orné d'une dentelle assortie à celle des oreillers, si bien que le couple défunt paraissait vêtu de surplis fantaisie comme en auraient pu porter des anges.

Les Beatles s'étaient tus depuis quelque temps. Dehors, l'écho lugubre et léger de la pluie était aussi froid que la ville qui l'accueillait – aussi inexorable que le passage du temps et l'extinction de toute lumière.

Malgré son acte compatissant, la fin bienvenue des souffrances de ces gens, Roy se sentait triste. D'une tristesse étrangement douce qui lui arracha des larmes purifiantes.

Il finit par redescendre au rez-de-chaussée afin d'y nettoyer les quelques gouttes du sang de Sam qui avaient aspergé le carrelage de la cuisine. Découvrant un aspirateur dans le grand placard sous l'escalier, il fit disparaître les traces qu'il avait laissées sur la moquette en entrant.

Il chercha dans le sac à main de Pénélope la carte de visite qu'il lui avait remise. Le nom qu'elle portait était faux, mais il la récupéra tout de même.

Enfin, il composa le 911 sur le téléphone du bureau.

– C'est très triste, ici, très triste, déclara-t-il quand une femme lui répondit du poste de police. Il faudrait que quelqu'un vienne tout de suite.

Il ne raccrocha pas mais déposa le combiné sur la table de travail, en ligne. L'adresse des Bettonfield avait déjà dû apparaître sur un écran d'ordinateur, devant la personne qui avait pris l'appel, mais Roy ne voulait pas risquer que plusieurs heures, voire plusieurs jours, s'écoulent avant que Sam et Pénélope ne soient découverts. C'étaient de braves gens, qui ne méritaient pas qu'on les vît rigides, gris et baignés d'une odeur de décomposition.

Il emporta souliers et couvre-chaussures jusqu'à la porte d'entrée, les enfila rapidement, sans oublier de reprendre le pistolet Lockaid posé par terre dans le hall.

Rejoignant sa voiture sous la pluie, il ne tarda pas à s'éloigner.

D'après sa montre, il était 22 h 20. Bien qu'il fût trois heures de plus sur la Côte Est, Roy était sûr que son contact en Virginie serait prêt à lui répondre.

A la faveur du premier feu rouge, il ouvrit la mallette posée sur le siège du passager, et brancha l'ordinateur sans le désolidariser du téléphone, car il aurait besoin des deux appareils. Il lui suffit ensuite de frapper quelques touches pour configurer l'unité cellulaire afin qu'elle répondît à des instructions vocales préprogrammées et fît également office de téléphone « mains libres », ce qui lui permettrait de conduire normalement.

Le feu devenu vert, il franchit l'intersection et passa son appel longue distance en prononçant les mots « Connexion, S.V.P. », suivis d'un numéro d'abonné en Virginie.

Après la deuxième sonnerie, la voix familière de Thomas Summerton s'éleva de l'appareil, reconnaissable au premier mot, aussi suave et aussi sudiste que du beurre de noix de pécan.

– Allô ?

– Pourrais-je parler à Jerry, s'il vous plaît ? demanda Roy.

– Désolé, vous avez fait un faux numéro.

Summerton raccrocha.

Roy coupa la tonalité résultante en déclarant : « Déconnexion, S.V.P. »

Dix minutes plus tard, Summerton le rappellerait d'un appareil protégé et ils pourraient s'entretenir librement, sans crainte que leurs propos ne fussent enregistrés.

Roy dépassa les boutiques clinquantes de Rodeo Drive, atteignit Santa Monica Boulevard, puis s'engagea dans un quartier résidentiel. De hautes maisons, hors de prix, s'élevaient parmi des arbres séculaires – des palais de privilégiés, qu'il jugeait indécents.

Lorsque le téléphone sonna, il ne tendit pas la main vers le clavier, mais se contenta d'ordonner : « Acceptation de l'appel, S.V.P. »

La connexion se fit avec un cliquètement.

– Brouillage, S.V.P., dit Roy.

L'ordinateur émit un bip pour annoncer que tout ce que dirait à présent son utilisateur serait incompréhensible, sinon pour lui-même et Summerton. Durant la transmission, la conversation serait découpée en minuscules tranches de son et reclassée selon un facteur de contrôle aléatoire. Les deux téléphones étant synchronisés, la chaîne de bruits sans suite transmise serait réassemblée pour former des phrases intelligibles à la réception.

– J'ai lu le premier rapport sur Santa Monica, annonça Summerton.

– D'après les voisins, elle était là ce matin. Elle a dû se barrer avant qu'on mette en place la surveillance, dans l'après-midi.

– Qu'est-ce qui lui a mis la puce à l'oreille ?

– On jurerait qu'en ce qui nous concerne, elle a un sixième sens. (Roy prit Sunset Boulevard vers l'ouest et s'inséra dans une circulation dense qui faisait étinceler de ses phares l'asphalte mouillé.) Vous êtes au courant, pour le type qui était là ?

– Et qui s'est échappé.

– Nous n'avons commis aucune erreur.

– Alors quoi ? Il a eu de la chance ?

– Non. Pire que ça. Il savait ce qu'il faisait.

– Vous voulez dire que c'est un ancien de la police ?

– Oui.

– Police locale, police de l'État ou police fédérale ?

– Il a démoli un de nos hommes en deux coups de cuiller à pot.

– Donc il a pris quelques leçons au-delà du niveau local.

Roy tourna à droite, dans une rue moins encombrée, où les demeures se dissimulaient derrière des murs, de hautes haies et des arbres battus par le vent.

– Si on réussit à le retrouver, quelle est la priorité ?

Summerton réfléchit un instant avant de répondre.

– Apprendre qui il est. Pour qui il travaille.

– Et ensuite ? On le boucle ?

– Non. L'enjeu est trop important. Faites-le disparaître.

Virage après virage, les rues sinueuses, surmontées de branches dégoulinantes, s'enroulaient dans les collines boisées, parmi des propriétés bien cachées.

– Est-ce que ça change quelque chose pour la bonne femme ? demanda Roy.

– Non. Descendez-la à vue. Il s'est passé autre chose, de votre côté ?

Roy songea à Mr et Mrs Bettonfield mais ne les mentionna pas. L'extrême bonté dont il avait fait preuve à leur égard ne concernait en rien son travail, et Summerton n'aurait pas compris.

– Elle nous a laissé quelque chose, déclara-t-il.

Son supérieur ne répondit pas, peut-être parce qu'il avait l'intuition de ce qu'avait abandonné la bonne femme.

– Une photo de cafard clouée au mur, continua Roy.

– Démolissez-la, trancha Summerton avant de raccrocher.

– Fin de brouillage, ordonna Roy, tandis qu'il négociait une longue courbe sous des magnolias détrempés, dépassant une grille en fer forgé derrière laquelle les phares découpèrent sur la nuit pluvieuse une véritable réplique de Tara [1].

L'ordinateur émit un bip pour marquer sa soumission.

– Connexion, S.V.P., reprit le conducteur, avant de réciter le numéro de téléphone qui le jetterait entre les bras de Maman.

L'affichage vidéo clignota. Quand Roy jeta un coup d'œil à l'écran, il découvrit la question initiale : QUI VA LÀ ?

Si le téléphone répondait bien à ses ordres vocaux, ce ne serait pas le cas de Maman. Il quitta donc la route étroite et s'arrêta dans une allée, devant une grille en fer forgé haute de trois mètres, afin de taper ses réponses à l'interrogatoire de sécurité. Après la transmission de l'empreinte de son pouce, on lui permit l'accès à Maman, en Virginie.

Dans le menu de base, il choisit l'option INTERVENTIONS SUR LE TERRAIN. Ayant obtenu le sous-menu correspondant, il sélectionna LOS ANGELES, et fut alors relié au plus grand des bébés qu'élevait Maman sur la Côte Ouest.

Il fit défiler quelques menus dans l'ordinateur de Los Angeles et parvint aux fichiers des services d'analyse photographique. Celui qui l'intéressait était en plein traitement, comme il s'en était douté, aussi se contenta-t-il d'y pénétrer et d'observer.

L'écran de son portable passa en noir et blanc, puis révéla la photographie d'une tête d'homme, du col à la racine des cheveux. Le visage, à demi détourné de l'appareil, était moucheté d'ombres et un rideau de pluie le rendait flou.

Roy fut déçu. Il avait espéré un cliché plus clair.

Celui-là évoquait désespérément un tableau impressionniste : l'individu était reconnaissable dans son ensemble, mystérieux dans les détails.

1. D'*Autant en emporte le vent*, bien sûr. *(N.d.T.)*

En début de soirée, à Santa Monica, l'équipe de surveillance avait pris des photos de l'inconnu qui s'était introduit dans le bungalow quelques minutes avant le début de l'assaut. La nuit, la pluie battante et les arbres touffus qui empêchaient les lampadaires de bien éclairer les trottoirs – tout avait conspiré pour protéger l'homme des regards. De plus, on ne l'attendait pas ; on l'avait pris pour un simple passant qui allait s'éloigner, et on avait eu la désagréable surprise de le voir s'arrêter chez la bonne femme. En conséquence, on n'avait pris que peu de photos, pas une seule de qualité, et bien que l'appareil fût équipé d'un téléobjectif, aucune ne révélait l'intégralité du visage.

Le meilleur de ces clichés avait déjà été scanné par l'ordinateur du bureau local et faisait à l'heure actuelle l'objet d'un traitement. La machine allait tenter d'identifier les distorsions dues à la pluie et de les éliminer. Ensuite, elle clarifierait progressivement chaque portion de la photo, de manière uniforme, jusqu'à identifier les structures biologiques recouvertes par les ombres. Grâce à sa connaissance exhaustive du crâne humain – et à un énorme catalogue des variations en fonction du sexe, de la race et de l'âge –, l'ordinateur interpréterait les structures aperçues et les extrapolerait de son mieux.

Même compte tenu de la vitesse éclair à laquelle opérait le programme, il s'agissait d'un processus laborieux. N'importe quelle photographie pouvait être divisée en minuscules points de lumière et d'obscurité appelés pixels : des pièces de puzzle à la forme identique mais à la texture et à l'intensité lumineuse variables. Chacun des centaines de milliers de pixels contenus dans le cliché devait être analysé, afin de livrer non seulement ce qu'il représentait mais aussi le rapport, débarrassé de la distorsion, qu'il entretenait avec tous ceux qui l'entouraient, si bien que l'ordinateur allait procéder à plusieurs centaines de millions de comparaisons, de décisions, avant de clarifier l'image.

Même alors, rien ne garantissait que le visage qui surgirait de la boue serait une représentation exacte du sujet photographié. Toute analyse de ce type était autant un art – ou une devinette – qu'un processus technologique fiable. Roy connaissait des cas où une photo traitée par ordinateur s'était révélée aussi éloignée de l'original que n'importe quel tableau d'amateur représentant l'Arc de Triomphe ou Manhattan au crépuscule. Toutefois, le visage qui sortirait de la machine serait sans doute assez proche de celui de l'homme pour constituer un portrait acceptable.

Alors que l'ordinateur prenait ses décisions, modifiait des milliers de pixels, l'image affichée sur l'écran fut animée d'un train d'ondulations qui se propagea de la gauche vers la droite. Toujours décevant. Les changements qui s'étaient produits se révélaient imperceptibles. Roy était incapable de remarquer la moindre différence entre le visage qu'il découvrait et ce qu'il avait été avant la mise au jour.

Durant plusieurs heures, l'image ondulerait ainsi toutes les six à dix secondes. Les effets cumulatifs de ces modifications ne seraient appréciables qu'à de longs intervalles.

Roy quitta l'allée en marche arrière, laissant l'ordinateur branché et le moniteur tourné vers lui.

Il poursuivit quelque temps la lumière de ses phares à flanc de colline, dans des virages à angle droit, cherchant à quitter les ténèbres profondes au sein desquelles les lumières filtrées par les arbres de propriétés bien cachées laissaient deviner des existences mystérieuses, toutes de richesse et de puissance, qui dépassaient son entendement.

Parfois, il jetait un coup d'œil à l'écran de l'ordinateur. Au visage ondulant. A demi détourné. Sombre. Inquiétant.

Lorsqu'il rejoignit enfin Sunset Boulevard, puis les rues basses de Westwood, non loin de son hôtel, il fut soulagé de se retrouver parmi des gens plus semblables à lui que les habitants des collines. Dans les basses terres, les citoyens connaissaient la souffrance et l'incertitude, c'étaient des gens dont il pouvait altérer la vie dans le bon sens, à qui il lui était possible d'apporter une certaine mesure de justice et de pitié – d'une manière ou d'une autre.

Le visage amorphe et peut-être démoniaque qui occupait l'écran était toujours celui d'un fantôme. Le visage du chaos.

L'étranger était un homme qui, telle la fugitive, barrait le chemin de l'ordre, de la stabilité et de la justice. Peut-être était-il maléfique ou tout simplement troublé, égaré. Au bout du compte, ça n'avait aucune importance.

– Je te donnerai la paix, promit Roy Miro en accordant un dernier regard au visage en pleine mutation lente, sur l'écran de son terminal. Je te trouverai et je te donnerai la paix.

5.

Tandis que des sabots de pluie martelaient le toit, que la voix de troll profonde du vent grommelait derrière les fenêtres et que le chien, lové, somnolait sur la chaise voisine de la sienne, Spencer utilisait sa science des ordinateurs pour tenter d'établir un fichier concernant Valérie Keene.

D'après les archives du Bureau des Véhicules à Moteur, le permis qu'elle avait demandé était son premier, pas un renouvellement. Pour l'obtenir, elle avait fourni comme preuve de son identité une carte de Sécurité sociale. Le Bureau avait vérifié que son nom et son numéro figuraient bien dans les fichiers de cet organisme.

Voilà qui donnait à Spencer quatre indices pour la localiser dans d'autres bases de données où elle apparaîtrait probablement : nom, date de naissance, numéro de permis de conduire et numéro de Sécurité sociale. Il devrait être aisé d'en apprendre plus à son sujet.

L'année passée, usant de patience et de ruse, il s'était amusé à pénétrer les systèmes informatiques des plus grandes sociétés nationales de crédit – comme TRW – qui comptaient parmi les mieux protégés de tous. Il se fraya à nouveau un chemin, tel un ver, dans l'une de ces grosses pommes, à la recherche de Valérie Ann Keene.

Les archives comprenaient quarante-deux femmes de ce nom, cinquante-neuf si on y ajoutait celles dont le patronyme était écrit « Keen » ou « Keane », soixante-quatre lorsqu'on prenait en compte une troisième orthographe : « Kean ». Spencer pianota alors le numéro de Sécurité sociale de la jeune femme, s'attendant à éliminer soixante-quatre suspectes. Aucune ne détenait cependant le numéro prélevé dans les archives du Bureau des Véhicules à Moteur.

Fronçant le sourcil, il tapa la date de naissance de Valérie et ordonna au système de la repérer à l'aide de ce nouveau paramètre. Une des soixante-quatre Valérie était née le même jour du même mois que celle qu'il traquait – mais vingt ans plus tôt.

Avec le chien qui ronflait près de lui, il inséra le numéro du permis de conduire et attendit que l'ordinateur procédât à ses comparaisons. Parmi les Valérie qui possédaient un permis, cinq l'avaient obtenu en Californie, mais aucun de leurs numéros n'était celui qu'il connaissait. Encore une impasse.

Persuadé qu'une erreur avait dû se produire au pupitrage, Spencer examina les fichiers des cinq Californiennes, cherchant un numéro de permis de conduire ou une date de naissance ne différant que d'un chiffre, obtenu par le Bureau des Véhicules à Moteur. Il était convaincu de découvrir qu'un pupitreur avait tapé un six à la place d'un neuf ou bien inversé deux chiffres.

Rien. Pas d'erreur. Et à en juger par les informations contenues dans chaque fichier, aucune de ces femmes ne pouvait être la bonne.

Aussi incroyable que cela fût, la Valérie Ann Keene qui avait récemment travaillé à La Porte Rouge ne figurait pas dans les fichiers des sociétés de crédit, auxquelles elle n'avait jamais eu recours. Cela n'était possible que si elle n'avait jamais rien acheté à tempérament, jamais possédé la moindre carte de crédit, jamais ouvert de compte courant ni de compte épargne, jamais été soumise à une enquête par un employeur ou un propriétaire.

Pour se trouver sans le moindre historique de crédit, à vingt-neuf ans, dans l'Amérique actuelle, il fallait avoir été gitan ou chômeur sans domicile fixe pendant la plus grande partie de sa vie, au moins depuis l'adolescence. Manifestement, Valérie n'avait été ni l'un ni l'autre.

Bon. Un peu de réflexion. L'attaque de son bungalow signifiait qu'un service de police la pourchassait. Il devait donc s'agir d'une criminelle connue, possédant un casier.

Spencer s'engagea sur l'autoroute électronique qui le ramena dans l'ordinateur de la police de Los Angeles, où il compulsa les archives judiciaires de la ville, du comté et de l'État, afin d'apprendre si une dénommée Valérie Ann Keene avait jamais été condamnée ou faisait l'objet d'un mandat d'arrêt dans lesdites juridictions.

Le système de la ville afficha sur l'écran le mot NÉGATIF.

PAS DE CASIER, rapporta le comté.

AUCUNE RÉPONSE, ajouta l'État.

Rien, nada, zéro, nib.

Utilisant la ligne par laquelle la police de Los Angeles et le FBI partageaient leurs informations, il accéda aux fichiers du ministère de la Justice, à Washington, concernant les gens condamnés pour crimes fédéraux. La jeune femme n'y figurait pas non plus.

En plus de sa célèbre liste des dix criminels les plus recherchés, le FBI était perpétuellement à la poursuite de centaines de personnes concernées par des enquêtes criminelles – suspects ou témoins potentiels. Spencer ne découvrit pas le nom de Valérie dans ces listes.

Elle n'avait pas de passé.

Pourtant, elle avait accompli quelque chose qui faisait d'elle une femme traquée. Désespérément.

Spencer ne se coucha pas avant 1 h 10 du matin.

Épuisé, et malgré le sédatif qu'eût dû constituer le rythme de la pluie, il fut incapable de trouver le sommeil. Allongé sur le dos, il contemplait alternativement le plafond semé d'ombres et le feuillage luxuriant des arbres, par la fenêtre, en écoutant le monologue insensé d'un vent violent.

Au début, il ne put songer à rien d'autre qu'à la jeune femme. Ce regard. Ces yeux. Cette voix. Ce sourire. Le mystère.

Avec le temps, comme elles ne le faisaient que trop souvent, trop aisément, ses pensées dérivèrent vers le passé. Pour lui, la mémoire était une autoroute à sortie unique : une certaine nuit d'été, l'année de ses quatorze ans, durant laquelle le monde, déjà sombre, l'était devenu plus encore. Une nuit où tout ce qu'il croyait savoir s'était révélé faux, où l'espoir était mort, où l'angoisse était devenue sa compagne de chaque instant, et où il avait été éveillé par la voix insistante d'un hibou dont le cri était ensuite devenu la question centrale de son existence.

Rocky continuait de faire les cent pas et, d'ordinaire très sensible aux humeurs de son maître, il ne semblait pas sentir que ce dernier sombrait dans l'angoisse tranquille des souvenirs entêtés, qu'il avait besoin de compagnie. Le chien ne répondit pas à son nom lorsque Spencer l'appela.

Dans l'obscurité, il passait nerveusement de la porte ouverte de la chambre à coucher (où il écoutait la tempête se déchaîner dans la cheminée) à la fenêtre (où, les pattes posées sur l'appui, il contemplait les ravages du vent dans les eucalyptus). Sans gémir ni grogner, il paraissait anxieux, comme si le mauvais temps lui avait apporté un souvenir désagréable, le laissant dérouté, incapable de retrouver la paix qu'il avait connue en somnolant sur la chaise du salon.

– Ici, mon vieux, dit doucement Spencer. Viens ici.

Sans l'écouter, ombre parmi les ombres, l'animal retourna vers la porte.

Le mardi soir, Spencer s'était rendu à La Porte Rouge pour raconter une nuit de juillet vieille de seize ans. Au lieu de cela, il avait rencontré Valérie Keene et, à sa grande surprise, lui avait parlé d'autre chose. Ce lointain mois de juillet, pourtant, le hantait toujours.

– Viens ici, Rocky, l'encouragea-t-il en tapotant le matelas.

Il lui fallut encore une minute d'efforts pour que le chien obéît. Rocky lui posa la tête sur la poitrine, tout d'abord frissonnant, mais vite apaisé par la main de son maître. Une oreille dressée, l'autre basse, il écouta attentivement l'histoire qu'il avait déjà entendue, seul auditeur, lors d'innombrables nuits comme celle-ci, et quand Spencer l'avait emmené dans les bars pour payer à boire aux inconnus qui l'écoutaient dans une brume d'alcoolisme.

– J'avais quatorze ans, commença Spencer. C'était à la mi-juillet, et la nuit était chaude et humide. Je dormais sous un seul drap, la fenêtre ouverte pour que l'air puisse circuler. Je me souviens... Je rêvais de ma mère, qui était morte depuis plus de six ans, mais je ne me rappelle rien du rêve, seulement la chaleur qu'elle dégageait, le réconfort, le bonheur de me retrouver avec elle... et peut-être la musique de son rire. Elle avait un rire extraordinaire. C'est pourtant un autre bruit qui m'a réveillé, non qu'il ait été très fort, mais parce qu'il se reproduisait régulièrement – étrange, sourd. Je me suis assis dans mon lit, désorienté, encore à moitié endormi, mais pas du tout effrayé. J'ai entendu quelqu'un demander « Qui [1] ? » encore et encore. Il y avait parfois une pause, un silence, puis la voix reprenait comme avant : « Qui, qui, qui ? » Bien sûr, quand je me suis tout à fait réveillé, j'ai compris que c'était un hibou perché sur le toit juste au-dessus de ma fenêtre…

Une fois de plus, Spencer fut attiré par cette lointaine nuit de juillet, tel un astéroïde que capte la gravité supérieure de la terre, condamné à une orbite décroissante qui s'achèvera par un impact.

… c'est un hibou perché sur le toit, juste au-dessus de ma fenêtre, qui lance ses appels dans la nuit pour des raisons que seuls les hiboux connaissent.

Dans l'obscurité humide, je sors de mon lit et je vais aux toilettes, estimant que les hululements cesseront dès que l'animal, affamé, prendra son essor et repartira chasser les souris. Quand je reviens me coucher, pourtant, il semble toujours très heureux où il se trouve, satisfait de sa chanson d'un seul mot, sur une seule note.

Je m'approche de la fenêtre ouverte et je remonte doucement le store, tentant de ne pas effrayer l'oiseau. Alors que je me penche à l'extérieur, tête levée, m'attendant à découvrir des serres recourbées agrippées au bord des tuiles, un autre cri, très différent, s'élève avant que je ne puisse dire « Bouh » ou que le hibou ne puisse répéter « Qui ? ». Ce nouveau bruit, sinistre, ténu, fragile gémissement de terreur, provient du plus profond de la nuit estivale. Je jette un coup d'œil à la grange qui s'élève à deux cents mètres derrière la maison, aux champs baignés par la lune derrière la grange, aux collines boisées derrière les champs. Le cri retentit à nouveau, plus bref mais encore plus pathétique, plus perçant.

Habitant la campagne depuis ma naissance, je sais que la nature n'est qu'un gigantesque champ de bataille régi par la plus cruelle des lois – la sélection naturelle – et gouverné par les créatures les plus impitoyables. Souvent, la nuit, j'ai entendu les hurlements étranges et chevrotants des coyotes qui traquent leur proie puis en célè-

1. En anglais : *who*, dont la prononciation rappelle le cri du hibou. *(N.d.T.)*

brent la mise à mort. Le rugissement de triomphe du lion des montagnes, après qu'il a abattu un lapin, résonne parfois dans les hautes terres et ferait aisément croire que l'enfer est réel, que les damnés viennent d'en ouvrir les portes à la volée.

Le cri qui attire mon attention alors que je me penche à la fenêtre – et qui réduit au silence le hibou du toit – n'appartient pas à un prédateur mais à une proie. C'est la voix d'une créature faible et vulnérable. Champs et forêts sont emplis d'animaux timides, sans défense, vivant chaque heure de chaque jour dans l'angoisse d'une mort violente, sans sursis. Peut-être quelque dieu perçoit-il leur terreur, conscient de toutes les chutes d'hirondelles, mais il n'en est pas ému.

Soudain, la nuit devient d'une tranquillité profonde, d'une étrange immobilité, comme si ce lointain cri de terreur était le grincement des moteurs de la création s'arrêtant de tourner. Les étoiles sont des points de lumière crue qui ont cessé de clignoter. La lune pourrait aussi bien être peinte sur une toile. Le paysage – arbres, buissons, fleurs d'été, champs, collines et lointaines montagnes – semble ne constituer qu'un amas d'ombres cristallisées en diverses nuances de gris, aussi fragiles que de la glace. L'air doit toujours être chaud mais je suis frigorifié.

Refermant la fenêtre en silence, je m'en détourne et reviens vers le lit. J'ai les paupières lourdes et je me sens plus fatigué que jamais.

Soudain, je réalise que je me trouve dans un étrange état de refus de la réalité. Mon épuisement est moins physique que psychologique. Je désire le sommeil, mais je n'en ai pas vraiment besoin. Le sommeil est un refuge. Contre la peur. Je tremble, mais ce n'est pas de froid. Il fait aussi chaud qu'auparavant. Je tremble de peur.

Peur de quoi ? Je n'arrive pas tout à fait à identifier la source de mon angoisse.

Ce que j'ai perçu n'était pas un cri d'animal ordinaire. Cela résonne en moi, sonorité glacée qui m'en rappelle une autre – mais je suis incapable de retrouver laquelle, quand et où je l'ai entendue. Plus le gémissement pathétique se réverbère en moi, plus mes battements de cœur s'accélèrent.

J'ai désespérément envie de m'allonger, d'oublier le

cri, la nuit, le hibou et sa question, mais je sais que je ne pourrai pas dormir.

Ne portant que mon slip, j'enfile vivement un jean. A présent que j'ai décidé d'agir, la fuite ou le sommeil ne m'attirent plus. En fait, je suis en proie à un besoin de savoir au moins aussi fort que l'a été celui de nier la réalité. Le torse et les pieds nus, je suis attiré hors de ma chambre par une intense curiosité, par ce sens de l'aventure nocturne que partagent tous les adolescents – et par une terrible vérité que je n'ai pas encore conscience de connaître.

Derrière ma porte, la maison est fraîche, car ma chambre est la seule pièce où ne fonctionne pas l'air conditionné. Voilà plusieurs étés, j'ai coupé les ventilateurs qui diffusent la fraîcheur, parce que je préfère les bénéfices du grand air, même lors d'une humide nuit de juillet... et parce que, ces dernières années, le sifflement et le ronronnement de l'air frais qui passe dans les tuyaux pour animer les pales des ventilateurs m'empêchent de dormir. J'ai longtemps craint que ce bruit incessant, quoique ténu, n'en masque un autre, qui résonnerait dans la nuit et qu'il me faudrait absolument entendre si je voulais survivre. Je n'ai aucune idée de ce dont il pourrait bien s'agir. C'est une crainte infantile, irraisonnée, qui me met mal à l'aise, mais qui dicte les conditions dans lesquelles je dors.

Le clair de lune qui pénètre par deux vasistas dans le couloir de l'étage y jette des lueurs argentées. Çà et là, le long des murs, le plancher en pin luit doucement. Le centre du couloir est occupé par un tapis persan aux motifs intriqués, courbes, sinueux et ondulants, qui absorbent l'éclat de la pleine lune et le reflètent faiblement : des centaines de petits insectes pâles et lumineux semblent courir, non pas juste sous mes pieds, mais bien plus bas, comme si au lieu d'un tapis, j'arpentais tel le Christ la surface d'un étang, des profondeurs duquel j'observerais les mystérieux habitants.

Je dépasse la chambre de mon père. La porte en est fermée.

J'atteins le haut de l'escalier. J'hésite.

La maison est silencieuse.

Je descends les marches en tremblant, frictionnant mes bras nus, m'interrogeant sur cette peur inexplicable. A cet instant, peut-être ai-je déjà vaguement conscience d'être en train de descendre en un lieu d'où je ne réussirai jamais tout à fait à remonter...

Avec le chien pour confesseur, Spencer narra toute l'histoire de cette nuit d'autrefois, jusqu'à la porte cachée, jusqu'à l'endroit secret, jusqu'au cœur battant du cauchemar. A mesure qu'il relatait ce qu'il avait vécu, sa voix diminua peu à peu jusqu'à n'être plus qu'un murmure.

Lorsqu'il eut achevé, il se trouva dans un état de grâce temporaire qui se consumerait à l'approche de l'aube, mais que sa brièveté et sa fragilité ne rendaient que plus doux. Purgé, il put enfin fermer les yeux en sachant que lui serait accordé un sommeil sans rêve.

Au matin, il partirait sur les traces de la jeune femme.

Il avait le désagréable sentiment de pénétrer dans un nouvel enfer terrestre, capable de rivaliser avec celui qu'il avait si souvent décrit au chien patient. Il ne pouvait rien faire d'autre. Une seule route acceptable s'étendait devant lui et il était obligé de la suivre.

Mais pour le moment : dormir.

La pluie lavait le monde et le chant qu'elle susurrait était celui de l'absolution – quoique certaines taches ne pussent être effacées définitivement.

6.

Au matin, Spencer avait quelques petits hématomes et des marques rouges sur le visage et les mains, souvenir des billes de caoutchouc. Auprès de sa cicatrice, ils ne susciteraient aucun commentaire.

Tout en déjeunant de *muffins* anglais et d'une tasse de café à son bureau du salon, il s'introduisit dans l'ordinateur de la recette des impôts du comté. Il y découvrit que le bungalow de Santa Monica qu'avait occupé Valérie jusqu'à la veille appartenait au Trust Familial Louis et Mae Lee. Les impôts locaux étaient envoyés à l'adresse de la société China Dream, à West Hollywood.

Par curiosité, il demanda une liste des propriétés dudit trust. Il y en avait quatorze de plus : cinq autres maisons à

Santa Monica, deux immeubles de huit appartements à Westwood, trois pavillons à Bel Air et quatre immeubles commerciaux dans le quartier de West Hollywood, parmi lesquels celui de China Dream.

Louis et Mae Lee s'étaient fait une place au soleil.

Spencer éteignit l'ordinateur et acheva son café en contemplant l'écran vide. La boisson était amère. Il la but néanmoins.

Vers dix heures, Rocky et lui prirent l'autoroute de la Côte Pacifique en direction du sud. Ils ne cessèrent d'être dépassés, car ils respectaient la limitation de vitesse.

Pendant la nuit, la tempête s'était déplacée vers l'est, emportant avec elle la totalité des nuages. La lumière dure d'un soleil matinal blafard conférait aux ombres penchées des arêtes aussi tranchantes que des lames d'acier. Le Pacifique apparaissait vert bouteille et gris ardoise.

Spencer brancha la radio sur une station ne diffusant que des informations. Il espérait entendre parler de l'assaut lancé la nuit précédente sur le bungalow, apprendre qui en était responsable, pourquoi on recherchait Valérie.

Le présentateur l'informa que les impôts augmentaient encore. L'économie s'enfonçait de plus en plus profondément dans la récession. Le gouvernement faisait passer de nouvelles lois pour limiter la détention d'armes et la violence à la télévision. Les taux de vols, de viols et d'homicides battaient tous les records. Les Chinois accusaient les Américains de posséder des « rayons de la mort en orbite » et les Américains accusaient les Chinois de la même chose. Certains scientifiques affirmaient que le monde périrait par les flammes ; d'autres par le froid ; les deux partis comparaissaient devant le Congrès pour défendre des plans législatifs opposés, destinés à sauver la terre.

Lorsque le bulletin en arriva à une exposition canine où s'étaient réunis des manifestants exigeant l'arrêt de l'élevage sélectif et de « l'exploitation de la beauté animale en des spectacles non moins repoussants que la dégradation des jeunes femmes dans les bars *topless* », Spencer comprit qu'aucune mention ne serait faite de l'incident du bungalow. N'importe quel journaliste eût certainement estimé une telle opération plus importante qu'une exposition discutable des charmes canins.

Ou bien les médias n'avaient pas jugé intéressant l'assaut d'une propriété privée par des flics armés de mitraillettes – ou bien l'organisme qui conduisait l'opération avait magnifiquement égaré la presse. On avait transformé un spectacle public potentiel en action clandestine.

Spencer coupa la radio et prit la voie rapide de Santa Monica. Dans les collines les plus basses, direction est-nord-est, China Dream l'attendait.

– Qu'est-ce que tu penses de cette histoire d'exposition canine ? demanda-t-il à Rocky. (L'animal le considéra avec curiosité.) Après tout, tu es un chien. Tu dois bien avoir une opinion. Ce sont les tiens qu'on exploite.

Mais Rocky était soit un chien extrêmement circonspect dans ses discours sur la conjoncture actuelle, soit un insouciant clébard n'appartenant à aucun milieu culturel, qui n'avait pas la moindre opinion sur les questions sociales primordiales pour son époque et son espèce.

– Je n'aimerais pas m'apercevoir que tu es un déviant, résigné au statut de mammifère lambda, insensible à sa propre exploitation, tout en fourrure et sans fureur. (Rocky se retourna vers la route.) Ça ne te met pas en rogne que les femelles de race pure n'aient pas le droit de se taper des bâtards dans ton genre, qu'elles soient forcées de se soumettre à des mâles de race pure ? Et pour faire des chiots destinés à de dégradantes expositions ?

La queue de l'animal cognait régulièrement contre la portière du passager.

– Tu es un gentil chien, remarqua Spencer en lâchant le volant de la main droite pour caresser Rocky, lequel accepta la chose avec plaisir, sans cesser de battre de la queue. Gentil et compréhensif. Tu ne trouves même pas bizarre que ton maître parle tout seul.

Ils quittèrent la voie rapide pour Robertson Boulevard et prirent la direction des fameuses collines.

Après une nuit de tempête, la métropole tentaculaire était aussi dépourvue de brouillard que la côte qu'ils venaient de suivre. Les palmiers, les figuiers, les magnolias et les callistemons à fleurs rouges précoces étaient si verts, si luisants qu'ils semblaient avoir été polis à la main, feuille par feuille, branche par branche. Les rues avaient été lessivées, les parois de verre des hauts immeubles étincelaient sous le soleil, les oiseaux évoluaient dans un ciel bleu intense, et il semblait aisé de croire que tout allait bien dans le monde.

Le jeudi matin, alors que d'autres agents utilisaient les services d'autres organisations policières pour rechercher la vieille Pontiac immatriculée au nom de Valérie Keene, Roy Miro prit personnellement en charge l'identification de l'inconnu qu'on avait failli capturer la nuit précédente. Quittant son hôtel de Westwood, il se rendit en voiture au quartier général californien de l'agence, en plein cœur de Los Angeles.

La surface de bureaux occupée par les administrations de la ville, du comté de l'État et du pays n'avait d'égale que celle qu'occupaient les banques. Au déjeuner, repas de politiques ou de financiers, les conversations dans les restaurants concernaient le plus souvent l'argent – des sommes colossales.

L'agence possédait un bel immeuble de dix étages dans une rue très passante de ce quartier opulent, non loin de l'hôtel de ville. Banquiers, politiciens, bureaucrates et clochards avinés en partageaient les trottoirs et se témoignaient un respect mutuel – hormis en ces occasions regrettables où l'un d'entre eux décrochait de la réalité, hurlait des insultes incohérentes et poignardait sauvagement un de ses concitoyens. Le porteur du couteau (ou du pistolet, ou de l'objet contondant) était souvent persuadé qu'il était persécuté par des extraterrestres ou par la CIA. C'était plus souvent un clochard qu'un banquier, un politicien ou un bureaucrate.

Six mois plus tôt, un banquier entre deux âges s'était rendu coupable d'un véritable massacre à l'aide de deux pistolets 9 mm. L'incident avait traumatisé toute la communauté des sans-logis locaux et les avait rendus plus méfiants envers les imprévisibles « costumés » avec lesquels ils partageaient les rues

L'immeuble de l'agence – à la façade de grès plaqué et aux kilomètres carrés de vitres teintées, aussi sombres que les lunettes de soleil d'une star – n'en portait pas le nom. Les collègues de Roy ne recherchaient pas la gloire ; ils préféraient travailler dans l'ombre. De plus, l'organisme qui les employait n'avait pas d'existence officielle. Financé par des fonds détournés d'autres organisations dépendant du ministère de la Justice, il n'avait pas même de nom.

Un passant qui se serait interrogé sur les occupants des lieux pouvait imaginer une association d'avocats ou de comptables. S'il s'informait auprès du portier en uniforme posté dans le hall, il apprenait que la firme était une « société internationale de gestion de biens immobiliers ».

Roy descendit la rampe d'accès d'un parking souterrain, au bout de laquelle le chemin était bloqué par une solide grille d'acier.

Il n'obtint pas le droit d'entrée en prenant un ticket à un distributeur automatique ni en déclinant son identité à un garde. Au lieu de cela, il se tourna droit vers l'objectif d'une caméra vidéo à haute définition montée sur un piquet, à soixante centimètres de la vitre, et attendit d'être reconnu.

L'image de son visage fut transmise dans une pièce noire, au sous-sol. Là, il le savait, un homme posté devant un terminal regardait son ordinateur en éliminer la totalité à l'exception des yeux, puis les agrandir sans compromettre la résolution, analyser les stries des rétines et la disposition des vaisseaux sanguins, les comparer avec ce qui figurait dans ses fichiers, et confirmer que Roy faisait bien partie des élus.

Le garde pressa alors un bouton pour ouvrir la grille.

L'ensemble du processus aurait pu s'accomplir sans intervention humaine – sinon pour un risque qu'il convenait de prévenir. Un individu décidé à entrer aurait pu tuer Roy, lui arracher les yeux et les présenter à la caméra pour analyse. Cette ruse sanglante aurait trompé la machine, mais son opérateur humain n'aurait pas manqué de la percer à jour.

Que quelqu'un en arrivât à de telles extrémités pour déjouer la sécurité de l'agence était peu probable. Mais pas impossible. De nos jours, il y avait dans ce pays des sociopathes en liberté d'une détermination bien singulière.

Roy s'enfonça dans le parking souterrain. Lorsqu'il fut garé et descendu de voiture, la grille d'acier s'était déjà rabattue bruyamment. Les dangers de Los Angeles, d'une démocratie devenue enragée, étaient bloqués à l'extérieur.

Ses pas résonnèrent contre les murs de béton et le plafond bas. Il savait que le garde, au sous-sol, les entendait également. Le parking était aussi bien sous surveillance audio que vidéo.

L'accès à l'ascenseur de haute sécurité s'obtenait en appuyant le pouce droit sur la vitre d'un analyseur d'empreintes. La caméra qui surmontait les portes demeurait fixée sur le visiteur, si bien qu'on ne pouvait berner le garde en posant un doigt tranché sur la vitre.

Aussi intelligentes que pussent devenir les machines, on aurait toujours besoin d'êtres humains. Parfois, Roy jugeait cette pensée encourageante. D'autres fois, elle le déprimait, bien qu'il ne sût pas exactement pourquoi.

Il prit l'ascenseur jusqu'au troisième étage que se partageaient les services d'Analyse des Documents, d'Analyse des Substances et d'Analyse Photographique.

Dans ce dernier laboratoire, deux hommes jeunes et une femme entre deux âges se livraient à de mystérieux examens. Tous saluèrent l'arrivant en souriant, car son visage encourageait le sourire et la familiarité.

Melissa Wicklun, chef du Service d'Analyse Photographique de Los Angeles, se trouvait dans son bureau, qui occupait tout un angle du labo. La pièce ne possédait aucune fenêtre sur l'extérieur, mais deux parois vitrées à travers lesquelles la jeune femme pouvait observer ses subordonnés au travail.

Quand Roy frappa à la porte, elle releva les yeux du dossier qu'elle consultait.

– Entrez.

Melissa, une blonde d'à peine plus de trente ans, évoquait tout à la fois un elfe et une succube. Elle avait de grands yeux innocents – mais simultanément sombres, mystérieux. Son nez était mutin, sa bouche sensuelle, archétype des orifices érotiques. Elle choisissait de dissimuler ses seins opulents, sa taille fine et ses longues jambes sous d'amples chemisiers blancs, des blouses de laboratoire tout aussi blanches et d'informes pantalons en twill. Dans ses Nike éraflées, ses pieds étaient sans le moindre doute si féminins et si délicats que Roy se fût délecté de les embrasser pendant des heures.

Il ne lui avait jamais fait d'avances, parce qu'elle était réservée, ne se départait jamais de son attitude professionnelle – et parce qu'il la soupçonnait d'être lesbienne.

Il n'avait rien contre les lesbiennes. Vivre et laisser vivre. Toutefois, révéler son attirance pour se faire éconduire ne le tentait guère.

– Bonjour, Roy, dit sèchement Melissa.

– Comment ça va ? Bon Dieu, vous savez que je n'étais pas venu à Los Angeles et que je ne vous avais pas vue depuis...

– J'étais justement en train d'étudier le dossier. (Droit au but. Elle ne manifestait jamais d'intérêt pour les conversations badines.) Nous disposons du cliché final.

Quand Melissa parlait, Roy ne savait jamais s'il devait contempler ses yeux ou sa bouche. Elle avait un regard direct, marqué d'une expression de défi qu'il jugeait attirante. Mais ses lèvres étaient si délicieusement pulpeuses.

Elle poussa une photographie vers lui.

Roy abandonna les lèvres de la jeune femme.

L'image était une version colorée et nettement plus claire que celle qu'il avait observée sur son portable la nuit précédente : un visage d'homme, de profil. Les ombres qui s'y projetaient étaient moins sombres qu'auparavant, moins gênantes, l'écran de pluie totalement éliminé.

– C'est du beau boulot, approuva Roy, mais ça reste trop imprécis pour permettre l'identification.

– Au contraire, ça nous apprend beaucoup de choses sur lui, répliqua Melissa. Il a entre vingt-huit et trente-deux ans.

– Comment le savez-vous ?

– Extrapolation fondée sur une analyse des rides qui partent du coin des yeux, du pourcentage de gris dans les cheveux, et du degré de fermeté apparent des muscles faciaux et de l'épiderme de la gorge.

– C'est une sacrée extrapolation à partir d'aussi peu de...

– Pas du tout, interrompit-elle. Le système effectue une recherche analytique à partir d'une banque de données biologiques de dix méga-octets, et je n'hésiterais pas à parier la boîte sur la validité du résultat.

La manière dont les lèvres souples formaient les mots « banque de données biologiques de dix méga-octets » excitait Roy. La bouche de la jeune femme était plus intéressante que ses yeux. Parfaite. Il se racla la gorge.

– Eh bien...

– Cheveux bruns. Yeux marron.

Roy fronça le sourcil.

– D'accord pour les cheveux, mais là, on ne lui voit pas les yeux.

Melissa se leva, lui prit la photographie des mains et la posa sur le bureau. A l'aide d'un crayon à papier, elle désigna la courbe naissante de l'œil du sujet.

– Comme il ne regarde pas l'objectif, si vous ou moi examinions ce cliché au microscope, nous ne verrions toujours pas assez l'iris pour en déterminer la couleur. Mais même avec une perspective aussi oblique que celle-ci, l'ordinateur est capable de détecter quelques pixels colorés.

– Donc, il a les yeux marron ?

– Marron foncé. (Elle posa son crayon et demeura debout, la main gauche sur la hanche, aussi délicate qu'une fleur, aussi résolue qu'un général commandant une armée.) Sans aucun doute.

Roy adorait l'inaltérable confiance en soi de Melissa, l'assurance un peu sèche avec laquelle elle s'exprimait. Et cette bouche !

– D'après l'analyse par l'ordinateur du rapport entre son corps et les objets mesurables figurant sur la photo, il mesure un mètre soixante-dix-huit. (Elle détachait bien les mots ; les faits s'échappaient d'elle avec l'énergie saccadée de balles de mitraillette.) Il pèse soixante-quinze kilos, plus ou moins deux. Il est de type caucasien, glabre, en bonne condition physique, et il s'est récemment fait couper les cheveux.

– Autre chose ?

Melissa sortit une nouvelle photographie de son dossier.

– Le voilà de face. Tout le visage.

Roy releva la tête, surpris.

– Je ne savais pas que nous avions une autre photo.

– Nous n'en avions pas, répondit son interlocutrice qui étudiait le portrait avec une évidente fierté. Il ne s'agit pas d'une vraie photo. C'est le visage probable de ce type, composé à l'aide de ce que l'ordinateur a pu déterminer de sa structure osseuse et de la disposition des poches de graisse sous-cutanée, en se servant du profil partiel.

– On peut faire ça ?

– C'est une innovation récente du programme.

– Fiable ?

– Compte tenu de la matière avec laquelle l'ordinateur a travaillé dans ce cas précis, il y a 94 % de chances pour que nous détenions l'image exacte du véritable visage, dans 90 % des critères de référence, assura-t-elle.

– J'imagine que c'est mieux qu'un portrait-robot de la police.

– Nettement. (Après une hésitation, elle reprit :) Quelque chose ne va pas ?

Roy réalisa que le regard de sa compagne avait quitté le portrait informatique pour se poser sur lui – et qu'il était en train de contempler fixement sa bouche.

– Euh… Je me demandais… articula-t-il en baissant les yeux sur le portrait de l'homme mystérieux. Qu'est-ce que c'est que cette ligne sur sa joue droite ?

– Une cicatrice.

– Vraiment ? Vous êtes sûre ? De l'oreille à la pointe du menton ?

– Une grande balafre, approuva la jeune femme en ouvrant un tiroir de son bureau. Du tissu cicatriciel en grande partie lisse, mais plissé ici et là sur les bords.

Roy revint au cliché du profil original et constata qu'une portion de la cicatrice y figurait, bien qu'il ne l'eût pas identifiée.

– J'ai cru que c'était juste une ligne lumineuse entre les ombres, la lueur d'un lampadaire qui lui tombait sur la joue.

– Non, c'est une cicatrice, affirma Melissa en prenant un kleenex dans le tiroir de son bureau.

– C'est génial. On va l'identifier plus facilement. On dirait que ce type a reçu un entraînement au sein de forces spéciales, militaires ou paramilitaires, et avec une marque comme ça, il y a gros à parier pour qu'il ait été blessé en service actif. Gravement blessé. Peut-être assez pour avoir pris sa retraite ou été remercié en raison d'un handicap psychologique, sinon physique.

– La police et l'armée conservent leurs archives pendant des siècles.

– Exactement. Dans soixante-douze heures, on saura qui c'est. Dans quarante-huit heures, bon Dieu ! (Il releva les yeux du portrait.) Merci, Melissa.

Elle s'essuyait la bouche à l'aide du kleenex. Elle

n'avait pas à s'inquiéter d'étaler son rouge à lèvres car elle n'en portait pas. Et n'en avait pas besoin. Aucun rouge à lèvres n'eût pu l'embellir.

Roy était fasciné par la manière dont ses lèvres pleines et souples se comprimaient tendrement sous le doux mouchoir en papier.

Se rendant compte qu'il la fixait encore, et qu'à nouveau, elle en avait conscience, il laissa son regard dériver vers les yeux de la jeune femme.

Melissa rougit légèrement, se détourna et jeta le kleenex froissé dans la corbeille à papier.

– Je peux garder ce tirage ? demanda-t-il en désignant le portrait généré par l'ordinateur.

Une grande enveloppe reposait sous le dossier posé sur son bureau. Elle la lui tendit.

– J'y ai mis cinq tirages, plus deux disquettes renfermant le portrait.

– Merci, Melissa.

– De rien.

Elle avait toujours les joues un peu roses.

Roy eut le sentiment d'avoir pénétré pour la première fois depuis qu'il la connaissait son vernis froid et professionnel, d'avoir atteint, quoique superficiellement, la Melissa intérieure, cette personnalité sensuelle qu'elle tentait, en temps ordinaire, à toute force de dissimuler. Il se demanda s'il était opportun de solliciter un rendez-vous.

Tournant la tête, il contempla à travers les parois vitrées les techniciens au travail dans le laboratoire, sûr qu'ils avaient conscience de la tension érotique qui régnait dans le bureau de leur patronne. Tous trois semblaient absorbés par leur ouvrage.

Quand Roy se retourna vers Melissa Wicklun, prêt à lui proposer de dîner avec lui, elle s'essuyait discrètement le coin des lèvres du bout d'un doigt. Elle tenta de dissimuler cette manœuvre en mettant la main devant sa bouche et en toussant.

Il comprit avec dépit qu'elle avait mal interprété son regard salace. Apparemment, elle croyait qu'une tache ou une miette, provenant sans doute d'un beignet dévoré en milieu de matinée, avait attiré l'attention de son compagnon.

Elle n'avait pas ressenti son désir. Si elle était bien lesbienne, elle avait dû supposer qu'il le savait et n'éprouvait aucun intérêt pour elle. Dans le cas contraire, peut-être n'imaginait-elle pas pouvoir être attirée par un homme aux joues potelées, au menton flasque et à la taille alourdie de cinq kilos en trop – ni constituer pour lui un objet de désir. Il s'était déjà heurté à ce préjugé : l'apparence. Nombre de femmes, le cerveau lavé par une société de consommation qui vendait de fausses valeurs, ne s'intéressaient qu'aux gravures de mode qu'on voyait dans les publicités pour Marlboro ou Calvin Klein. Elles ne comprenaient pas qu'un homme doté du joyeux visage de leur oncle préféré pourrait se révéler plus doux, plus sage, plus compréhensif et meilleur amant qu'un colosse passant tout son temps à la salle de gymnastique. Il était triste que Melissa fût aussi superficielle. Bien triste.

– Je peux faire autre chose pour vous ? demanda-t-elle.

– Non, c'est parfait. Vous avez déjà fait beaucoup. Avec ça, on va le coincer. (Elle acquiesça.) Il faut que je descende aux empreintes, pour voir s'ils ont tiré quelque chose de la lampe-torche et de la lucarne de la salle de bains.

– Naturellement, oui, dit-elle, gênée.

Il s'autorisa un dernier regard sur cette bouche absolument parfaite, puis lâcha un soupir.

– A plus tard, dit-il.

Il referma la porte du bureau derrière lui. Après avoir traversé les deux tiers du long laboratoire, il se retourna, espérant à moitié que Melissa serait en train de le contempler, rêveuse. Au lieu de cela, elle s'était rassise derrière sa table de travail. Un miroir de poche à la main, elle s'examinait la bouche avec attention.

Le China Dream était un restaurant de West Hollywood, situé dans un vieil immeuble en brique à deux étages, au sein d'un quartier de boutiques de mode. Spencer se gara à un pâté de maisons de là et, laissant à nouveau Rocky en voiture, s'y rendit à pied.

L'air était agréablement chaud. La brise rafraîchissante. C'était une de ces journées au cours desquelles les luttes de l'existence semblaient valoir la peine d'être livrées.

Le restaurant ne servait pas encore, mais la porte n'en était pas verrouillée. Spencer entra.

Le China Dream ne s'autorisait aucune des décorations communes à la plupart des restaurants chinois : pas de dragons, de pagodes ou d'idéogrammes en laiton pendus aux murs. C'était un établissement d'une grande modernité, gris perle et noir, aux trente à quarante tables recouvertes de nappes blanches. Le seul objet d'art visible était la statue en bois, grandeur nature, d'une femme au visage doux, tenant ce qui ressemblait à une bouteille ou à une gourde renversée. Elle se trouvait juste derrière la porte d'entrée.

Deux jeunes Asiatiques étaient en train de disposer assiettes et verres sur les tables. Un troisième, plus vieux de dix ans, pliait vivement des serviettes blanches pour leur faire adopter une forme pointue. Ses mains étaient aussi habiles que celles d'un magicien. Les trois hommes portaient chaussures, pantalon et cravate noirs, chemise blanche.

Le plus âgé s'approcha de Spencer en souriant.

– Désolé, monsieur, nous ne servons pas avant onze heures et demie.

Il avait la voix douce, marquée d'un très léger accent.

– Je suis venu pour voir Louis Lee, si la chose est possible, déclara Spencer.

– Vous avez rendez-vous, monsieur ?

– J'ai peur que non.

– Pourriez-vous m'informer de ce dont vous désirez parler à Mr Lee ?

– De la locataire qui occupe une de ses maisons.

L'autre hocha la tête.

– Dois-je supposer qu'il s'agit de Mrs Valérie Keene ?

La voix douce, le sourire et la politesse exquise du plieur de serviettes se combinaient pour donner une image d'humilité, laquelle agissait comme un voile ayant jusqu'alors dissimulé son intelligence et ses dons d'observation.

– Oui, répondit Spencer. Je m'appelle Spencer Grant. Je suis un… un ami de Valérie. Je m'inquiète à son sujet.

L'homme tira de sa poche de pantalon un objet de la taille d'un jeu de cartes, en moins épais, muni d'une charnière à l'une de ses extrémités. Déplié, cela se révéla être le plus petit téléphone portable que Spencer eût jamais vu.

– *Made in Korea*, en déclara le propriétaire, conscient de l'intérêt qu'il suscitait.

– Ça fait très James Bond.

– Mr Lee vient tout juste de commencer à les importer.

– Je le croyais restaurateur.

– Il l'est, monsieur, mais il est aussi bien d'autres choses.

Le plieur de serviettes appuya sur un bouton, attendit que le nombre programmé à sept chiffres soit transmis par l'appareil, puis surprit une nouvelle fois son compagnon en parlant non pas anglais ni chinois, mais français à la personne qui lui répondit.

– Mr Lee va vous recevoir, annonça-t-il en repliant le téléphone et en le glissant dans sa poche. Par ici, je vous prie.

Spencer le suivit jusqu'à l'angle arrière droit de la salle, puis derrière une porte battante munie d'une vitre ronde. Il pénétra alors dans un nuage d'arômes appétissants : ail, oignon, gingembre, huile d'arachide chaude, soupe aux champignons, canard rôti, essence d'amande.

Immense, immaculée, la cuisine regorgeait de fours, de cuisinières, de grils, de marmites, de sauteuses, de plaques chauffantes, d'éviers, de billots. Les carreaux de céramique blanche étincelante et l'inox dominaient. Au moins une dizaine de chefs, de cuisiniers et de marmitons, vêtus de blanc de la tête aux pieds, s'affairaient à diverses tâches culinaires.

L'opération, aussi organisée et précise que le mécanisme intriqué d'une horloge suisse ornée de ballerines tourbillonnantes, de soldats marchant au pas et de chevaux dansants, suivait son cours dans un tic-tac régulier.

Spencer accompagna son cicérone derrière une nouvelle porte battante, dans un couloir, puis, au-delà des débarras et des toilettes des employés, jusqu'à un ascenseur. Il s'attendait à monter. Ils descendirent d'un étage, en silence. Quand les portes s'ouvrirent, son compagnon lui fit signe de passer le premier.

Le sous-sol n'était ni humide ni sinistre. Ils se trouvaient dans un hall lambrissé d'acajou, garni de moelleuses chaises en teck.

Le réceptionniste qui officiait derrière le bureau de bois et d'acier poli était un Asiatique totalement chauve, d'un mètre quatre-vingts, aux épaules larges et au cou épais. Il tapait furieusement sur un clavier d'ordinateur. Lorsqu'il releva les yeux et sourit, le revolver qu'il portait sous l'aisselle tendit fortement le tissu de sa veste grise.

– Bonjour, salua-t-il.

Spencer répondit de même.

– On peut entrer ? demanda le plieur de serviettes.

– Tout va bien, acquiesça le chauve.

Tandis que son guide escortait le visiteur jusqu'à une porte, un verrou à commande électrique s'ouvrit en cliquetant, actionné par le réceptionniste.

Derrière eux, ce dernier recommença à taper. Ses doigts couraient sur les touches. S'il se servait aussi bien de son pistolet que de son clavier, il devait s'agir d'un adversaire redoutable.

Sortis du hall, ils suivirent un couloir blanc au sol carrelé de vinyle gris, dans lequel s'inscrivaient des deux côtés les portes de pièces dépourvues de fenêtres. La plupart étant ouvertes, Spencer découvrit hommes et femmes – dont une majorité d'Asiatiques – au travail devant des bureaux, des placards à archives ou des ordinateurs, tout comme des employés normaux dans le monde réel.

La porte située au bout du couloir était celle du bureau de Louis Lee, où l'attendaient de nouvelles surprises. Un sol d'albâtre. Un superbe tapis persan, aux dominantes grises, lavande et vertes. Des murs tapissés. Des meubles français de la première moitié du XIXe siècle, avec marqueteries et fines moulures dorées. Des livres reliés cuir dans des vitrines. La lumière chaude de lampes et de lampadaires Tiffany, aux abat-jour en verre soufflé ou coloré, illuminait la grande pièce. Spencer était sûr qu'aucun de ces objets n'était une reproduction.

– Voici Mr Grant, Mr Lee, déclara le plieur de serviettes.

L'homme qui contourna le bureau à moulures mesurait un mètre soixante-dix, était mince et avait dépassé la cinquantaine. Ses épais cheveux d'un noir de jais commençaient à grisailler sur les tempes. Il portait une veste noire élégante, un pantalon bleu foncé soutenu par des bretelles, une chemise blanche, un nœud papillon bleu à pois rouges et des lunettes en corne.

– Bienvenue, Mr Grant.

Son accent musical était aussi européen que chinois. Il avait la main petite mais la poigne ferme.

– Merci de me recevoir, dit Spencer, aussi désorienté que s'il avait suivi le lapin d'Alice jusqu'en ce tunnel illuminé par des lampes Tiffany.

Lee avait les yeux d'un noir anthracite. Il fixait le visiteur d'un regard qui le pénétrait presque aussi efficacement qu'un scalpel.

Le guide, l'ancien plieur de serviettes, demeura debout sur le côté de la pièce, les mains dans le dos. Il n'avait pas grandi, mais il faisait à présent autant penser à un garde du corps que le colossal réceptionniste chauve.

Louis Lee invita Spencer à prendre place dans l'un des deux fauteuils installés en vis-à-vis, de part et d'autre d'une table basse. Un lampadaire tout proche jetait sur l'ensemble une lumière bleue, verte et écarlate.

Lee s'installa dans l'autre fauteuil, très droit. Avec ses lunettes, son nœud papillon et ses bretelles, auxquels s'ajoutaient les livres, à l'arrière-plan, il faisait penser à un professeur de littérature, chez lui, non loin du campus de Yale ou d'une autre célèbre université.

Ses manières étaient réservées, mais amicales.

– Vous êtes donc un ami de Mrs Keene ? Vous étiez au lycée ensemble ? A la fac, peut-être ?

– Non, monsieur, je ne la connais pas depuis aussi longtemps. Je l'ai rencontrée sur son lieu de travail. Je suis un ami de fraîche date. Mais elle m'est néanmoins chère et… eh bien, je suis convaincu qu'il lui est arrivé quelque chose.

– Que pensez-vous qu'il ait pu lui arriver ?

– Je ne sais pas. Mais j'imagine que vous êtes au courant de l'assaut lancé cette nuit par un commando sur le bungalow qu'elle vous louait.

Lee demeura muet un instant, puis :

– Oui, les autorités sont venues chez moi après l'incident, pour me poser des questions sur elle.

– Ces autorités, Mr Lee… de qui s'agissait-il ?

– De trois hommes qui prétendaient appartenir au FBI.

– Prétendaient ?

– Ils m'ont montré leurs cartes. Mais ils mentaient.

– Qu'est-ce qui vous en rend si sûr ? demanda Spencer en fronçant le sourcil.

– J'ai acquis dans mon existence une expérience considérable du mensonge et de la tromperie, répondit Lee, qui ne semblait ni fâché ni amer. J'ai fini par savoir les sentir.

Son visiteur se demanda si ces derniers mots ne constituaient pas autant un avertissement qu'une explication. Quelle que fût la réponse, il savait qu'il ne se trouvait pas en présence d'un homme d'affaires ordinaire.

– Si ce n'étaient pas réellement des agents du gouvernement…

– Oh, j'ai la certitude qu'il s'agissait d'agents du gouvernement. Je crois simplement que leurs cartes du FBI n'étaient qu'une couverture.

– Mais s'ils appartenaient à un autre organisme, pourquoi ne vous ont-ils pas montré leurs véritables cartes ?

Lee haussa les épaules.

– Des agents corrompus travaillant sans l'aval de leurs chefs, dans l'espoir de confisquer pour eux-mêmes une grosse quantité d'argent de la drogue, auraient de bonnes raisons de posséder de fausses cartes.

Spencer savait que de telles choses s'étaient déjà produites.

– Mais je ne… je n'arrive pas à croire que Valérie soit mêlée à un trafic de drogue.

– Je suis sûr qu'elle ne l'est pas. Sinon, je ne lui aurais pas loué une maison. Les trafiquants sont de véritables ordures, qui pervertissent des enfants et démolissent des vies. Par ailleurs, même si Mrs Keene payait son loyer en liquide, elle ne roulait pas sur l'or. Et elle travaillait à plein temps.

– Donc, si ces types ne sont pas, disons des agents de la DEA qui cherchent à se remplir les poches avec les profits d'un trafic de cocaïne, et s'ils n'appartiennent pas réellement au FBI… qui sont-ils ?

Louis Lee changea légèrement de position, demeurant assis très droit mais inclinant la tête, si bien que les reflets de la lampe Tiffany à abat-jour fumé obscurcirent ses verres de lunettes et lui masquèrent les yeux.

– Il arrive qu'un gouvernement – ou une organisation qui en dépend – se sente frustré lorsqu'il demeure dans la légalité. Avec l'océan d'impôts qui leur parvient et une comptabilité qui serait jugée risible dans n'importe quelle entreprise privée, certaines personnalités officielles ont beau jeu de financer des agences clandestines afin d'obtenir des résultats que la légalité n'autoriserait pas.

– Vous lisez beaucoup de romans d'espionnage, Mr Lee ?

Louis Lee eut un petit sourire.

– Ils ne présentent pour moi aucun intérêt.

– Excusez-moi, mais votre idée me semble un peu paranoïaque.

– Je ne parle que par expérience.

– En ce cas, vous avez eu une vie encore plus intéressante que ne me l'avaient fait supposer les apparences.

– En effet, répondit Lee sans explication. (Après une pause, les yeux toujours dissimulés par les reflets colorés qui luisaient sur ses lunettes, il continua :) Plus un gouvernement est puissant, plus il a de chances d'abriter des organisations clandestines de ce type… certaines d'importance limitée, mais pas toutes. Et nous avons un gouvernement très puissant, Mr Grant.

– Oui, mais.

– Les impôts directs et indirects conduisent le citoyen moyen à travailler de janvier à la mi-juillet pour financer ce gouvernement. Ce n'est qu'ensuite qu'il commence à travailler pour lui.

– J'avais déjà entendu ces chiffres.

– Quand un gouvernement atteint une telle importance, il devient arrogant.

Lee n'avait rien d'un fanatique. Ni colère ni amertume ne vibraient dans sa voix. En fait, bien qu'entouré de meubles français extrêmement ouvragés, il y avait en lui un air de simplicité zen, une résignation typiquement orientale devant les défauts du monde. Il ressemblait plus à un individu pragmatique qu'à un croisé.

– Les ennemis de Mrs Keene sont aussi les miens, Mr Grant.

– Et les miens.

– Cela dit, contrairement à vous, je n'ai pas l'intention de leur servir de cible. Hier soir, je n'ai pas exprimé le moindre doute quant à leur identité lorsqu'ils se sont présentés comme des agents du FBI. Ce n'aurait pas été prudent. Je ne leur ai certes apporté aucune aide, mais je l'ai fait en ayant l'air de coopérer, si vous voyez ce que je veux dire.

Spencer poussa un soupir et se laissa glisser au fond de son fauteuil.

Lee se pencha en avant, les mains sur les genoux. Comme les reflets de la lampe délaissaient ses lunettes, ses yeux noirs intenses redevinrent visibles.

– C'est vous qui étiez chez elle, hier soir.

Spencer allait de surprise en surprise.

– Comment savez-vous qu'il y avait quelqu'un ?

– On m'a interrogé au sujet d'un homme avec qui elle aurait pu vivre. De votre taille et de votre poids. Que faisiez-vous là-bas, si je puis me permettre ?

– Elle était en retard à son travail. Comme je m'inquiétais, je suis allé chez elle pour voir si elle avait besoin d'aide.

– Vous travaillez aussi à La Porte Rouge ?

– Non. Je l'y attendais. (Il choisit de ne pas épiloguer : le reste était trop compliqué… et gênant.) Que pourriez-vous me dire sur elle qui m'aiderait à la localiser ?

– Rien, vraiment.

– Je désire uniquement lui venir en aide, Mr Lee.

– Je vous crois.

– En ce cas, pourquoi ne pas m'aider ? Qu'y avait-il sur sa demande de logement ? Une ancienne adresse. Un ancien emploi, des références de crédit… toutes ces choses-là pourraient m'être utiles.

L'homme d'affaires se laissa aller en arrière. Ses petites mains quittèrent ses genoux pour les accoudoirs de son fauteuil.

– Elle n'a pas fait de demande de logement.

– Vous possédez énormément de propriétés. Je suis sûr que la personne qui les gère exige des dossiers complets.

Louis Lee haussa le sourcil, ce qui, chez un homme aussi placide, paraissait presque théâtral.

– Vous avez fait des recherches à mon sujet. Très bien. Dans le cas de Mrs Keene, il n'y a pas eu de dossier, parce qu'elle m'a été recommandée par une personne, à La Porte Rouge, qui fait aussi partie de mes locataires.

Spencer songea à la très belle serveuse, moitié noire et moitié vietnamienne.

– S'agirait-il de Rosie ?

– Absolument.

– C'était l'amie de Valérie ?

– Elle l'est toujours. J'ai rencontré Mrs Keene et elle

m'a fait bonne impression. J'ai estimé qu'il s'agissait de quelqu'un de fiable. Et je n'avais pas besoin d'en savoir plus à son sujet.

– Il faut que je voie Rosie, dit Spencer.

– Elle travaille sans doute ce soir.

– J'ai besoin de lui parler avant. En partie à cause de notre conversation, Mr Lee, j'ai la sensation très nette d'être traqué et de manquer de temps.

– J'estime qu'il s'agit d'un bon résumé de la situation.

– En conséquence, il me faut le nom de famille et l'adresse de Rosie.

Louis Lee demeura silencieux si longtemps que Spencer devint nerveux.

– Je suis né en Chine, Mr Grant, reprit-il enfin. Quand j'étais enfant, nous avons fui les communistes et émigré à Hanoï, au Vietnam – alors contrôlé par les Français. Nous avons tout perdu, mais cela valait mieux que de faire partie des dizaines de millions de personnes liquidées par Mao Tse Toung.

Quoique Spencer ne vît pas bien ce qui liait l'histoire personnelle de l'homme d'affaires à ses propres problèmes, il était sûr que le rapport existait et ne tarderait pas à apparaître. Louis Lee était chinois mais nullement impénétrable. En fait, à sa manière, il était aussi direct qu'un paysan de la Nouvelle-Angleterre.

– Au Vietnam, les Chinois étaient opprimés. La vie était dure, mais les Français juraient de nous protéger contre les communistes. Ils ont échoué. Quand le Vietnam a été divisé, en 1954, j'étais encore un jeune garçon. Une fois de plus, nous avons fui, au Sud-Vietnam... et nous avons tout perdu.

– Je vois.

– Non. Vous commencez à percevoir quelque chose, mais vous ne voyez pas encore. En 1955, ma sœur cadette a été abattue dans la rue par un tireur embusqué. Trois ans plus tard, une semaine après la promesse de John Kennedy que les États-Unis garantiraient notre liberté, mon père a été tué au cours d'un attentat terroriste, dans un bus de Saigon.

Lee ferma les yeux et croisa les mains sur les genoux. Il paraissait plutôt méditer que remuer des souvenirs.

Spencer attendit.

– Fin avril 1975, à la chute de Saigon, j'avais trente

ans, quatre enfants et ma femme, Mae. Ma mère vivait toujours, ainsi qu'un de mes trois frères et de deux de ses enfants. Nous étions dix. Six mois de terreur plus tard, ma mère, mon frère, une de mes nièces et un de mes fils étaient morts. Je n'ai pas réussi à les sauver. Les six qui restaient... nous nous sommes joints à trente-deux autres personnes pour tenter de nous échapper par la mer.

– Les *boat-people*, murmura avec respect Spencer, qui savait à sa manière ce que signifiait être coupé de son passé, dériver, la peur au ventre, en luttant quotidiennement pour survivre.

Les yeux toujours fermés, s'exprimant de manière aussi sereine que s'il avait raconté une simple partie de campagne, Lee continua :

– Par mauvais temps, des pirates ont tenté d'aborder notre bateau. C'était une canonnière des Vietcongs, mais ils ne valaient pas mieux que des pirates. Ils auraient massacré les hommes, violé puis tué les femmes, et dérobé nos maigres possessions. Sur les trente-huit que nous étions, dix-huit ont péri en tentant de les repousser. Parmi eux, mon fils de dix ans. Une balle. Je n'ai rien pu faire. Les autres ont été sauvés grâce à l'aggravation rapide du mauvais temps : la canonnière a abandonné l'abordage pour éviter de chavirer et la tempête nous en a séparés. De grandes vagues ont emporté deux autres personnes par-dessus bord, ce qui en laissait dix-huit. Quand le beau temps est revenu, notre bateau était endommagé : plus de moteur ni de voiles, ni de radio, au beau milieu de la mer de Chine.

Spencer ne supportait plus de regarder cet homme si placide, mais il était incapable de détourner les yeux.

– Nous avons dérivé pendant six jours, sous un soleil de plomb. Nous n'avions pas d'eau potable. Très peu de nourriture. Une femme et quatre enfants ont succombé avant que nous ne traversions une frontière maritime et ne soyons recueillis par un navire de la marine américaine. Parmi les enfants morts de soif se trouvait ma fille. Je n'ai pas pu la sauver. Je n'ai pu sauver personne. Des dix membres de ma famille qui ont survécu à la chute de Saigon, seulement quatre sont montés sur ce navire. Ma femme, la fille qui me restait – alors mon unique enfant –, une de mes nièces... et moi.

– Je suis désolé, dit Spencer, paroles qui lui parurent

tellement peu appropriées qu'il regretta de les avoir prononcées.

Louis Lee ouvrit les yeux.

– Neuf autres personnes ont été sauvées sur notre bateau démoli, il y a plus de vingt ans. Comme moi, elles ont adopté un prénom américain, et aujourd'hui, elles sont toutes mes associées dans ce restaurant et d'autres affaires. Je considère qu'elles font aussi partie de ma famille. Nous formons notre propre nation, Mr Grant. Je suis américain parce que je crois aux idéaux de l'Amérique. J'aime ce pays et ses habitants. Je n'en aime pas le gouvernement. Je suis incapable d'aimer quelqu'un à qui je ne fais pas confiance, et je ne ferai plus jamais confiance à un gouvernement, où et quel qu'il soit. Cela vous choque ?

– Oui. C'est compréhensible, mais déprimant.

– En tant qu'individus, familles, voisins, membres d'une communauté, reprit Lee, les gens de toutes races et de toutes opinions politiques sont le plus souvent honnêtes, bons, compatissants. Mais au sein des grandes sociétés ou des grands gouvernements, quand le pouvoir s'accumule dans leurs mains, certains deviennent des monstres – même s'ils ont de bonnes intentions. Je ne puis être loyal envers des monstres. En revanche, je le serai envers ma famille, mes voisins, ma communauté.

– J'estime que c'est assez normal.

– Rosie, la serveuse de La Porte Rouge, n'était pas avec nous sur le bateau. Toutefois, sa mère était vietnamienne et son père, un Américain, est mort là-bas. En conséquence, elle fait partie de ma communauté.

Fasciné par le récit de Louis Lee, Spencer avait oublié la demande qui avait ravivé ces sinistres souvenirs. Il voulait parler à Rosie aussi vite que possible et désirait obtenir son nom et son adresse.

– Rosie ne doit pas être plus impliquée dans cette affaire qu'elle ne l'est déjà, dit Lee. Elle a affirmé à ces faux agents du FBI qu'elle ne savait pas grand-chose sur Mrs Keene, et je ne veux pas que vous lui fassiez courir des risques.

– Je désire seulement lui poser quelques questions.

– Si on vous voyait en sa compagnie et qu'on vous identifiait comme l'homme qui se trouvait au bungalow hier soir, on penserait qu'elle était plus qu'une camarade de travail pour Mrs Keene… alors qu'elle n'était bel et bien que cela.

– Je serai discret, Mr Lee.

– Oui. C'est le seul choix que je vous laisse.

Une porte s'ouvrit doucement. Spencer se retourna pour voir entrer dans la pièce le plieur de serviettes, le guide si poli qui l'avait accompagné depuis la salle de restaurant. Il ne l'avait pas entendu sortir.

– Elle se souvient de lui, annonça l'arrivant à son patron, tout en tendant à Spencer un morceau de papier. C'est arrangé.

– Rosie vous recevra à cet endroit à 13 heures, précisa Lee. Il ne s'agit pas de son appartement, au cas où celui-ci serait surveillé.

La vitesse avec laquelle avait été arrangé le rendez-vous, sans qu'un seul mot fût échangé entre le restaurateur et son employé, avait quelque chose de magique.

– Elle ne sera pas suivie, ajouta Lee en se levant. Assurez-vous de ne pas l'être non plus.

– Vous et votre famille, Mr Lee… commença Spencer, qui se leva également.

– Oui ?

– Impressionnant.

Lee s'inclina légèrement puis se détourna et passa derrière son bureau.

– Une dernière chose, Mr Grant.

Quand il ouvrit un tiroir, Spencer eut la folle sensation que ce gentleman à l'apparence et à la voix si douces, aux allures de professeur, allait exhiber un pistolet muni d'un silencieux et l'abattre sur place. La paranoïa lui fit l'effet d'une injection d'amphétamines dans le cœur.

Ce que Lee sortit du tiroir avait l'aspect d'un médaillon de jade pendu à une chaîne en or.

– Il m'arrive de donner un de ces objets aux gens qui paraissent en avoir besoin.

Craignant presque que les deux hommes entendent tambouriner son cœur, Spencer s'approcha du bureau et accepta le présent.

Le médaillon mesurait cinq centimètres de diamètre. D'un côté était gravée une tête de dragon, de l'autre un faisan stylisé.

– Ce bijou a l'air bien trop précieux pour…

– Ce n'est que de la stéatite. Les faisans et les dragons,

Mr Grant. Vous avez besoin de leur puissance. Les faisans et les dragons. Prospérité et longue vie.

– Un charme ? interrogea Spencer en regardant le pendentif se balancer au bout de sa chaîne.

– Très efficace, affirma Lee. Avez-vous vu Quan Yin quand vous êtes entré dans le restaurant ?

– Je vous demande pardon ?

– La statue en bois, près de la porte.

– Oh, oui. La femme au doux visage.

– L'esprit qui réside en elle empêche mes ennemis de franchir mon seuil. (Lee s'exprimait de manière aussi solennelle que lorsqu'il avait raconté son évasion du Vietnam.) Elle est particulièrement douée pour barrer le chemin aux envieux, et parmi les sentiments les plus dangereux, l'envie ne le cède qu'à l'auto-apitoiement.

– Après une vie comme la vôtre, vous croyez à cela ?

– Il faut bien croire à quelque chose, Mr Grant.

Ils se serrèrent la main.

Emportant papier et médaillon, Spencer suivit son guide hors de la pièce.

Dans l'ascenseur, il se rappela le bref échange entre ce dernier et le chauve, lors de leur arrivée à la réception.

– J'ai été soumis à un détecteur d'armes en descendant, non ? demanda-t-il.

Le plieur de serviettes parut amusé mais ne répondit pas.

Une minute plus tard, devant la porte d'entrée, Spencer marqua une pause pour observer Quan Yin.

– Il croit vraiment que ça marche ? Qu'elle empêche ses ennemis d'entrer ?

– S'il le croit, c'est sans doute le cas, répondit son guide. Mr Lee est un grand homme.

– Vous étiez sur le bateau ? interrogea Spencer en se tournant vers lui.

– Je n'avais que huit ans. C'est ma mère qui est morte de soif la veille du jour où nous avons été secourus.

– Il dit n'avoir sauvé personne.

– Il nous a tous sauvés, conclut son interlocuteur en ouvrant la porte.

Sur le trottoir, à moitié aveuglé par la lumière crue du soleil, ébranlé par le bruit de la circulation et du passage d'un avion à réaction, Spencer eut l'impression de s'éveiller d'un rêve en sursaut. Ou d'en commencer un.

Durant tout le temps qu'il avait passé dans l'établissement et les autres pièces de l'immeuble, nul n'avait prêté attention à sa cicatrice.

Il se tourna pour regarder à travers la porte vitrée du restaurant.

L'homme dont la mère était morte de soif en mer de Chine circulait à nouveau entre les tables, pliant des serviettes blanches pour leur faire adopter une forme pointue.

Le laboratoire où David Davis et son jeune assistant attendaient Roy Miro était l'une des quatre pièces occupées par le Service d'Analyse des Empreintes. On y trouvait à profusion systèmes de traitement d'images, moniteurs à haute définition et autres appareils sophistiqués.

Davis se préparait à relever les empreintes sur la lucarne de la salle de bains, emportée avec soin hors du bungalow de Santa Monica. Elle gisait sur une paillasse en marbre : la totalité du cadre, la vitre intacte et la grosse charnière en laiton oxydé.

– C'est important, annonça Roy en s'approchant des deux techniciens.

– Oui, bien sûr, répondit Davis. Toutes les affaires le sont.

– Celle-là plus que les autres. Et elle est urgente.

Roy n'aimait pas Davis, parce qu'il portait un nom ridicule et parce que son enthousiasme finissait par se révéler fatigant. Grand et mince, à la manière d'une cigogne, les cheveux blonds en broussaille, David Davis ne marchait pas : il courait, s'affairait, s'empressait. Il ne se retournait pas, il faisait volte-face. Il ne désignait pas les choses : il braquait vers elles un doigt accusateur. Du point de vue d'un Roy Miro, qui évitait en public tous les extrêmes en matière d'apparence et de comportement, Davis était théâtral au point d'en devenir horripilant.

Son assistant – que Roy ne connaissait que sous le nom de Wertz – était une pâle créature portant sa blouse de labo tel un humble séminariste sa soutane. Lorsqu'il ne courait pas exécuter un ordre de Davis, il gravitait autour de ce dernier avec un respect teinté d'agitation. Roy en avait la nausée.

– La lampe-torche n'a rien donné, annonça David Davis avec un grand geste de la main pour dessiner un cercle. Zéro ! Pas même une empreinte partielle. De la merde. Cette lampe, c'est une vraie merde ! Pas une seule surface lisse. De l'acier brossé, de l'acier strié, mais pas d'acier poli !

– Dommage, remarqua Roy.

– Dommage ? s'exclama Davis, les yeux écarquillés, comme si son interlocuteur avait réagi à l'assassinat du pape par un rire et un haussement d'épaules. On jugerait que cette saleté a été conçue exprès pour les voleurs et les bandits. Bon Dieu ! Ça devrait être la lampe-torche officielle de la mafia !

– Bon Dieu, marmonna Wertz, approbateur.

– Eh bien, voyons la fenêtre, dit Roy, impatient.

– Avec la fenêtre, nous avons bon espoir, déclara le spécialiste, agitant la tête de haut en bas à la manière d'un perroquet amateur de reggae. La laque. L'encadrement a été recouvert de plusieurs couches de laque jaune moutarde pour résister à la vapeur d'eau. C'est lisse. (Davis adressa un sourire à la lucarne, sur la paillasse blanche.) S'il y a quelque chose dessus, on va le trouver.

– Le plus vite sera le mieux, insista Roy.

Dans un angle de la pièce, sous une hotte, reposait un aquarium de trente litres, vide. Les mains revêtues de gants chirurgicaux, Wertz y emporta la lucarne, qu'il tenait par les bords. Un objet plus petit eût été suspendu à des fils, par des clips à ressorts, mais celui-là était trop lourd et trop encombrant pour une telle procédure et l'assistant se contenta de le poser à l'oblique dans le récipient, appuyé contre une des parois de verre. Il y tint tout juste.

Davis mit trois balles de coton dans une soucoupe, qu'il plaça au fond de l'aquarium. A l'aide d'une pipette, il les humecta d'une solution d'ester de méthyle cyanoacrylique. A l'aide d'une autre, il y appliqua une quantité similaire d'hydroxyde de sodium.

Immédiatement, un nuage de fumée cyano-acrylique bouillonna dans l'aquarium, remontant vers la hotte.

Les empreintes digitales laissées par les matières grasses de la peau, la sueur et la poussière sont généralement invisibles à l'œil nu avant d'être révélées par diverses substances : poudres, iode, nitrate d'argent, ninhydrine – ou vapeurs cyano-acryliques, lesquelles donnent souvent les meilleurs résultats avec les matériaux non poreux tels que le verre, le métal, le plastique et les laques dures. Elles se condensent spontanément en résine sur n'importe quelle surface, mais en couche d'autant plus épaisse sur les matières grasses formant les empreintes.

Le processus prendrait un minimum de 30 minutes. S'ils laissaient la lucarne dans l'aquarium pendant plus d'une heure, il s'y déposerait tant de résine que les empreintes seraient perdues. Davis se décida pour 40 minutes et laissa Wertz surveiller le dégagement de fumée.

Ce furent pour Roy 40 minutes bien cruelles. David Davis, fou de technologie, insista pour lui faire la démonstration des nouveaux appareils de laboratoire à la pointe du progrès. Avec force gesticulations et exclamations, les yeux luisants, en vrille, tels ceux d'un oiseau, il s'étendit longuement, douloureusement, sur le moindre détail mécanique.

Quand Wertz annonça que la lucarne était sortie de l'aquarium, Roy était épuisé d'avoir fait semblant d'être attentif. Songeur, il se rappela la chambre à coucher des Bettonfield, la veille au soir, où il avait tenu la main de l'adorable Pénélope en écoutant les Beatles. Comme il était détendu, alors.

Souvent, les morts étaient de meilleure compagnie que les vivants.

Wertz les entraîna jusqu'à la table de photographie, sur laquelle était posée la lucarne. Un Polaroïd CU-5 fixé à un châssis au-dessus du meuble, objectif dirigé vers le bas, permettrait de prendre des clichés en gros plan de toute empreinte éventuelle.

La face intérieure de la fenêtre, celle que le mystérieux visiteur avait fatalement touchée en s'évadant, était tournée vers le haut. L'extérieur, bien entendu, avait été lavé par la pluie.

Un support noir aurait été idéal, mais il aurait fallu que la laque jaune moutarde soit assez sombre pour faire contraste avec des dépôts cyano-acryliques en relief. Un examen attentif ne révéla strictement rien, ni sur l'encadrement, ni sur la vitre.

Wertz éteignit les tubes à fluorescence du plafond, ne laissant pour éclairer le laboratoire que le vague jour qui s'infiltrait à la périphérie des stores. Dans la pénombre, son visage pâle paraissait légèrement phosphorescent, telle la chair d'un habitant d'une profonde faille sous-marine.

– La lumière oblique va faire apparaître quelque chose, assura Davis.

Une lampe halogène, avec abat-jour conique et câble métallique flexible en guise de corps, était suspendue à un crochet mural, non loin de là. Il s'en empara, l'alluma et la déplaça lentement au-dessus de la lucarne, en dirigeant le faisceau le long du cadre selon un angle aigu.

– Rien, dit Roy, impatient.

– Essayons la vitre, contra Davis, qui examina le verre avec tout autant de minutie, l'éclairant d'abord par l'avant, puis par l'arrière.

Rien.

– La poudre magnétique, continua-t-il. Voilà ce qu'il nous faut.

Wertz ralluma les tubes à fluorescence. Il s'approcha d'un placard à matériel et en rapporta une fiole de poudre, ainsi qu'un applicateur qu'on appelait Magna-Pinceau et que Roy avait déjà vu employer.

Des jets de poudre noire en jaillissaient pour se coller sur les traces d'huile ou de graisse, mais les grains libres étaient attirés à nouveau par le pinceau magnétique. L'avantage de cette poudre par rapport aux autres méthodes de détection des empreintes était de ne pas enduire d'un matériau superflu la surface suspecte.

Wertz parcourut le moindre centimètre carré de vitre et d'encadrement. Pas d'empreintes.

– Bon, très bien, parfait, ainsi soit-il ! s'exclama Davis, que le défi mettait de bonne humeur, en frottant ses longs doigts les uns contre les autres et en agitant la tête. Nous ne sommes pas encore vaincus. Loin de là ! C'est ça qui fait l'intérêt de ce boulot.

– Si c'est facile, c'est pour les cons, déclara Wertz en souriant, répétant à l'évidence un de leurs aphorismes favoris.

– Exactement ! renvoya Davis. Vous avez raison, mon

jeune maître Wertz. Et nous ne sommes justement pas n'importe quels cons.

La difficulté de la tâche semblait les rendre euphoriques.

Roy consulta ostensiblement sa montre.

Tandis que Wertz rangeait le Magna-Pinceau et le bocal de poudre, David Davis enfila une paire de gants en latex et emporta la lucarne dans une pièce adjacente, plus petite que le labo principal. Il la déposa dans un évier en inox. S'emparant d'une des deux bouteilles en plastique posées sur la tablette voisine, il inonda de son contenu l'encadrement laqué et la vitre.

– Solution de méthanol de rhodamine 6G, expliqua-t-il, comme si Roy avait su de quoi il s'agissait – ou même en avait eu chez lui dans son réfrigérateur.

A cet instant, Wertz entra.

– J'ai connu une Rhodamine. Elle occupait l'appartement 6G, de l'autre côté du couloir.

– Et elle dégageait ce genre d'odeur ? interrogea Davis.

– La sienne était plus agressive, répondit l'assistant.

Ils éclatèrent de rire.

De l'humour de potaches. Roy jugeait cela ennuyeux, absolument pas drôle. Il supposa qu'il devait s'en réjouir.

Échangeant la première bouteille contre la seconde, David Davis reprit :

– Méthanol pur. Pour laver la rhodamine en excès.

– Rhodamine faisait toujours des excès et on ne pouvait pas la laver pendant des semaines, remarqua l'assistant.

Ils se remirent à rire.

Parfois, Roy détestait son métier.

Wertz brancha un générateur laser à ions d'argon, refroidi par circulation d'eau, qui était posé contre un mur. Il effectua quelques réglages.

Davis emporta la lucarne jusqu'à la table d'examen laser.

Dès que la machine fut prête, l'assistant distribua des lunettes protectrices contre les rayons laser. Son patron éteignit à nouveau les tubes à fluorescence. La pièce n'était plus éclairée que par le pâle rai filtrant de la porte du labo voisin.

Roy chaussa les lunettes et s'approcha de la table en compagnie des deux techniciens.

Davis mit le laser en route. Une empreinte soulignée de rhodamine apparut presque aussitôt que l'étrange rayon se posa au bas la lucarne : de bizarres volutes luminescentes.

– Le voilà, cet enculé ! annonça Davis.

– Ça pourrait être l'empreinte de n'importe qui, remarqua Roy. On va bien voir.

– On dirait un pouce, commenta Wertz.

La lumière se déplaça. De nouvelles empreintes se mirent à luire comme par magie autour de la poignée et de son support, sur la section inférieure du cadre. Cette fois, il y en avait beaucoup ; certaines partielles, certaines floues, mais d'autres entières et bien découpées.

– Si j'étais joueur, je parierais un gros paquet que cette lucarne avait été nettoyée récemment, essuyée avec un chiffon, commenta Davis, ce qui nous donne un champ immaculé. Je parierais que toutes ces empreintes appartiennent à la même personne et qu'elles ont été déposées au même moment, par votre type d'hier soir. Elles ont été plus difficiles à détecter que d'habitude parce qu'il n'avait pas beaucoup de gras sur les doigts.

– C'est normal : il venait de marcher sous la pluie, ajouta Wertz, enthousiaste.

– Et il s'est peut-être essuyé les mains en entrant.

– Il n'y a pas de glandes huileuses à l'intérieur des mains, se sentit obligé de préciser Wertz, à l'adresse de Roy. Le bout des doigts devient huileux quand il touche le visage, les cheveux ou d'autres parties du corps. On dirait que les êtres humains passent leur temps à se toucher.

– Allons, pas de ça ici, mon jeune maître Wertz, reprocha Davis, faussement sévère.

Tous deux éclatèrent de rire.

Les lunettes pinçaient l'arête du nez de Roy. Elle lui donnaient mal à la tête.

Sous la lumière blafarde du laser, une autre empreinte apparut.

Même Mère Teresa aidée de puissantes méthamphétamines aurait été frappée de dépression en compagnie de David Davis et de la chose appelée Wertz. Malgré cela,

Roy sentait le moral lui revenir un peu plus à l'arrivée de chaque nouvelle empreinte lumineuse.

L'homme mystérieux ne serait plus très longtemps un mystère.

7.

La journée était douce, mais pas assez pour les bains de soleil. Sur Venice Beach, Spencer vit pourtant six jeunes femmes en bikini, déjà bronzées, et deux hommes en caleçon de bain hawaiien, allongés sur des serviettes et absorbant les rayons solaires, décidés à rester malgré la chair de poule.

Deux autres hommes, très musclés, en short, avaient installé un filet de volley-ball sur la plage. Ils jouaient avec énergie, bondissant et poussant cris ou grognements. Sur la promenade pavée, quelques badauds se déplaçaient en patins à roulettes, certains en maillot de bain, d'autres non. Un barbu, vêtu d'un jean et d'un T-shirt noir, faisait évoluer un cerf-volant rouge que complétait une longue traîne de rubans de même couleur.

Tous ces gens n'avaient plus l'âge du lycée et paraissaient bien assez âgés pour être censés travailler un jeudi après-midi. Spencer se demanda combien étaient victimes de la dernière récession et combien de perpétuels adolescents vivaient aux crochets de leurs parents ou de la société. Ces derniers étaient depuis longtemps fort répandus en Californie, et la politique économique de l'État avait récemment créé des hordes de chômeurs aussi nombreuses que les légions de nantis auxquelles elle avait donné naissance durant les décennies précédentes.

Rosie était assise au milieu d'une pelouse jouxtant la plage, sur un banc en béton et en séquoia, le dos tourné à la table de pique-nique assortie. Les ombres mouvantes d'un énorme palmier la caressaient.

En sandales blanches, pantalon blanc et chemisier mauve, elle paraissait encore plus exotique, encore plus belle que dans l'ambiance Arts déco nostalgique de La Porte Rouge. Les sangs mêlés de sa mère vietnamienne et de son père afro-américain transparaissaient tous deux sur ses traits, mais elle n'évoquait pourtant ni l'un ni l'autre de ces héritages ethniques ; elle ressemblait au contraire à l'Ève exquise d'une race nouvelle : parfaite et innocente, conçue pour un nouvel Éden.

Toutefois, ce n'était pas la sérénité des innocents qui l'habitait tandis qu'elle contemplait la mer : elle paraissait hostile, tendue, et cela ne s'améliora pas lorsqu'elle se retourna pour voir Spencer approcher. Quand elle aperçut Rocky, elle eut néanmoins un large sourire.

– Qu'il est mignon ! (Elle se pencha et fit signe au chien de s'approcher.) Viens, chéri. Viens, mon joli.

Rocky avait gambadé joyeusement, en remuant la queue et en regardant la plage. Confronté à la jeune beauté du banc qui l'appelait d'une voix douce, les mains tendues vers lui, il se figea. Sa queue se glissa entre ses pattes arrière et ne bougea plus. Il se tendit, prêt à s'enfuir si on s'approchait de lui.

– Comment s'appelle-t-il ? demanda Rosie.

– Rocky, répondit Spencer en s'asseyant à l'autre bout du banc. Il est un peu timide.

– Viens ici, Rocky, encouragea la jeune femme. Viens, joli petit chien.

L'animal inclina la tête de côté et la contempla avec méfiance.

– Qu'est-ce qu'il y a, mon mignon ? Tu n'as pas envie de te faire caresser ?

Rocky gémit. Les pattes avant tendues, il se courba très bas, tortilla de l'arrière-train, mais ne put se contraindre à remuer la queue. Il avait bel et bien envie de caresses : simplement, il se méfiait.

– Plus vous avancerez, plus il reculera, déclara Spencer. Si vous l'ignorez, en revanche, il y a de bonnes chances pour qu'il décide que vous n'êtes pas méchante.

Quand Rosie cessa de l'appeler et se redressa, Rocky fut surpris par son mouvement brusque. Il recula de quelques pas, encore plus circonspect.

– Il a toujours été aussi timide ? demanda la jeune femme.

– Depuis que je le connais, oui. Il a quatre ou cinq ans, mais il n'est à moi que depuis deux. J'ai lu une de ces petites annonces que publie tous les vendredis le journal du refuge pour animaux. Personne ne voulait l'adopter. Ils allaient le piquer.

– Mignon comme il est, n'importe qui l'adopterait.

– Il était bien pire, à l'époque.

– Vous ne voulez pas dire qu'il mordait ? Pas un trognon pareil.

– Non, il n'a jamais mordu. Il était trop traumatisé pour ça. Chaque fois qu'on essayait de l'approcher, il se mettait à trembler et à gémir. Quand on le touchait, il se roulait en boule, fermait les yeux et gémissait de plus belle en frissonnant de partout, comme si le simple contact d'une main l'avait fait souffrir.

– C'était un chien battu ? demanda la jeune femme, sombre.

– Oui. Normalement, les gens du foyer n'auraient même pas dû en parler dans le journal. Il avait peu de chances d'être adopté. Ils m'ont dit que quand un chien est aussi handicapé émotionnellement, en général, il vaut mieux ne pas tenter de le placer et le piquer tout de suite.

– Qu'est-ce qui lui est arrivé ? interrogea Rosie, qui contemplait toujours Rocky, lequel lui rendait la politesse.

– Je n'ai pas demandé, je ne voulais pas le savoir. Il y a déjà trop de choses que j'aimerais ne jamais avoir apprises… parce que maintenant, je suis incapable de les oublier.

Rosie se désintéressa de l'animal pour croiser le regard de Spencer.

– L'ignorance ne fait pas le bonheur, commença-t-il, mais parfois…

– Elle nous permet de dormir la nuit, acheva la jeune femme.

Elle avait nettement plus de vingt ans, sans doute la trentaine. Sa petite enfance était donc déjà derrière elle quand les bombes et les mitrailleuses avaient déchiré l'Asie, quand Saigon était tombée, quand les soldats conquérants, ivres d'alcool et de victoire, avaient pillé ce qui restait, quand étaient nés les camps de rééducation. Elle devait avoir alors huit ou neuf ans, déjà jolie : cheveux noirs soyeux, yeux gigantesques. Bien trop âgée pour que le souvenir de ces terreurs s'efface jamais, telles la souffrance oubliée de la naissance et les peurs nocturnes du berceau.

La veille au soir, à La Porte Rouge, quand Rosie avait parlé des souffrances passées de Valérie Keene, elle n'avait exprimé ni une intuition ni une supposition : elle avait reconnu en Valérie un tourment comparable au sien.

Spencer contempla les petites vagues qui se brisaient doucement sur le rivage, traçant sur le sable une dentelle d'écume sans cesse changeante.

– Quoi qu'il en soit, dit-il, si vous ignorez Rocky, il est possible qu'il s'approche. Peu probable, mais possible.

Son regard se posa sur le cerf-volant rouge qui oscillait, emporté par les courants ascendants, très haut dans le ciel bleu.

– Pourquoi voulez-vous aider Val ? demanda enfin la jeune femme.

– Parce qu'elle a des ennuis. Et parce que, comme vous le disiez hier soir, c'est quelqu'un d'extraordinaire.

– Elle vous plaît.

– Oui. Non. Enfin, pas comme vous le croyez.

– Comment, alors ?

Spencer était incapable d'expliquer ce que lui-même ne comprenait pas.

Il quitta le cerf-volant des yeux mais ne se tourna pas vers sa compagne. Rocky marchait lentement de long en large au bord de la plage, fixant avec attention Rosie, qui se faisait un devoir de l'ignorer. Au cas où elle se fût brusquement tournée pour l'attraper, il demeurait hors de portée.

– Pourquoi voulez-vous l'aider ? insista-t-elle.

Le chien était assez près pour entendre Spencer.

Il ne fallait jamais mentir au chien.

– Parce que je veux me trouver une vie, dit-il, comme il l'avait admis la veille au soir, dans la camionnette.

– Et vous croyez pouvoir y arriver en aidant Valérie ?

– Oui.

– Comment ?

– Je ne sais pas.

Rocky contourna le banc, derrière eux, et disparut de leur vue.

– Vous pensez qu'elle fait partie de la vie que vous cherchez, commenta Rosie. Et si vous vous trompez ?

Spencer contemplait les patineurs qui s'éloignaient sur la promenade, telles des enveloppes humaines évidées, emportées par le vent. Ils glissaient, glissaient loin de lui.

– En ce cas, je ne serai pas moins avancé que maintenant, dit-il enfin.

– Et elle ?

– Je ne veux rien obtenir d'elle qu'elle n'ait pas envie de donner.

Il y eut un long silence, au bout duquel Rosie reprit la parole.

– Vous êtes un être étrange, Spencer.

– Je sais.

– Très étrange. Vous êtes extraordinaire, vous aussi ?

– Moi ? Non.

– Extraordinaire comme Valérie ?

– Non.

– Elle mérite quelqu'un d'extraordinaire.

– Je ne le suis pas.

Des bruits feutrés, derrière lui, lui apprirent que le chien rampait à plat ventre sous l'autre banc, puis sous la table, tentant de s'approcher de Rosie, afin d'en détecter et d'en jauger l'odeur.

– Vous avez discuté un bon moment, mardi soir, observa la jeune femme. (Il ne répondit pas, la laissant se former une opinion à son sujet.) Et j'ai vu qu'une ou deux fois… vous l'avez fait rire. (Il attendit.) Bon, depuis que Mr Lee m'a appelée, j'ai essayé de me rappeler tout ce qu'a dit Val qui pourrait vous aider à la retrouver. Mais il n'y a pas grand-chose. On a sympathisé immédiatement et on est devenues proches très vite. Mais on parlait surtout du boulot, de livres et de cinéma, des actualités. Du présent, pas du passé.

– Où vivait-elle avant de venir à Santa Monica ?

– Elle ne me l'a jamais dit.

– Vous ne le lui avez pas demandé ? Vous croyez que ç'aurait pu être dans la région de Los Angeles ?

– Non. Elle ne connaissait pas la ville.

– Elle n'a jamais dit où elle était née, où elle avait grandi ?

– Je ne sais pas pourquoi, mais je crois que c'était quelque part dans l'Est.

– Est-ce qu'elle vous a parlé de ses parents, ou d'éventuels frères et sœurs ?

– Non, mais quand quelqu'un abordait le sujet de la famille, elle avait l'air triste. Je pense que, peut-être… tous les siens sont morts.

Il la regarda enfin en face.

– Vous ne lui avez pas posé la question ?

– Non. C'est juste une impression.

– Est-ce qu'elle a été mariée ?

– Peut-être. Je ne le lui ai pas demandé.

– Pour une amie, vous ne lui avez pas demandé grand-chose.

Rosie acquiesça.

– Je savais qu'elle ne pourrait pas me dire la vérité. Je n'ai pas tant d'amis que ça, Mr Grant, et je ne voulais pas détruire nos rapports en la mettant dans une position où elle aurait été obligée de me mentir.

Spencer porta la main à son visage. Dans l'air tiède, sa cicatrice lui parut glacée.

Le barbu ramenait lentement son cert-volant, gros losange rouge flamboyant, dont la traîne de rubans s'agitait telles des flammes.

– Alors, vous aviez l'impression qu'elle fuyait quelque chose ? demanda Spencer.

– Je pensais que c'était peut-être un mari brutal.

– Il y a beaucoup de femmes battues qui fuient leur mari et recommencent leur vie de zéro, au lieu de se contenter de divorcer ?

– Ça arrive dans les films, répondit-elle. Si le type est assez violent.

Rocky était sorti de sous la table, au côté de Spencer, après les avoir entièrement contournés. Il n'avait plus la queue entre les pattes, mais il ne l'agitait pas non plus. Tout en continuant son discret mouvement tournant, il fixait intensément Rosie.

– Je ne sais pas si ça vous sera utile… reprit cette dernière en faisant mine de ne pas le voir, mais d'après certains de ses propos, je crois qu'elle connaît Las Vegas. Elle y est allée plusieurs fois, peut-être même assez souvent.

– Est-ce qu'elle aurait pu y habiter ?

La jeune femme haussa les épaules.

– Elle aime les jeux. Et elle est douée. Le Scrabble, les échecs, le Monopoly... Il nous est même arrivé de jouer aux cartes, au rami ou au bridge. Vous auriez dû la voir battre et distribuer. On aurait dit que les cartes volaient littéralement entre ses mains.

– Et vous croyez qu'elle a appris ça à Las Vegas ?

Elle haussa à nouveau les épaules.

Rocky s'assit dans l'herbe, en face d'elle, brûlant à

l'évidence de s'approcher. Pourtant, il demeurait à trois mètres, largement hors de portée.

– Il a décidé qu'il ne pouvait pas me faire confiance, remarqua-t-elle.

– Ça n'a rien de personnel, assura Spencer en se levant.

– Peut-être sait-il.

– Quoi ?

– Les animaux sentent les choses, déclara-t-elle, solennelle. Ils voient à l'intérieur des gens. Ils voient les souillures.

– Rocky voit seulement une belle jeune femme qui a envie de le caresser et ça le rend dingue, parce qu'il n'y a rien à craindre, sinon la peur elle-même.

Comme s'il avait compris son maître, l'intéressé poussa un gémissement pitoyable.

– Il voit les souillures, répéta Rosie. Il sait.

– Moi, tout ce que je vois, c'est une charmante jeune personne par un beau jour ensoleillé, répliqua Spencer.

– Il arrive qu'on fasse des choses terribles pour survivre.

– C'est vrai de tout le monde, admit-il, conscient qu'elle parlait plus pour elle-même que pour lui. Ce sont de vieilles souillures, depuis longtemps effacées.

– Jamais totalement.

Elle ne paraissait plus contempler le chien mais quelque chose qui se trouvait de l'autre côté d'un invisible pont temporel.

Bien qu'il répugnât à l'abandonner dans cet étrange et soudain état d'esprit, Spencer ne trouvait rien à ajouter.

A la frontière du sable blanc et de la pelouse, le barbu manœuvrait son moulinet. On l'eût dit en train de pêcher au lancer dans le ciel. Le cerf-volant rouge sang descendait lentement. Sa traîne claquait tel un fouet de feu.

Finalement, Spencer remercia Rosie de s'être entretenue avec lui. Elle lui souhaita bonne chance et il s'éloigna en compagnie de Rocky.

Le chien s'arrêta à plusieurs reprises pour regarder en arrière, puis rattrapa son maître en courant. Au bout de cinquante mètres, à mi-chemin du parking, il poussa un jappement bref pour marquer sa décision et repartit vers la table de pique-nique au grand galop.

Spencer se retourna pour observer les événements.

Sur les derniers mètres du parcours, Rocky perdit courage. Il s'arrêta dans une glissade et s'approcha de Rosie timidement, tête basse, frissonnant et agitant frénétiquement la queue.

La jeune femme se laissa glisser dans l'herbe et attira l'animal entre ses bras. Un charmant rire léger s'éleva dans le parc.

– Gentil chien, dit doucement Spencer.

Les joueurs de volley musclés marquèrent une pause pour aller chercher deux canettes de Pepsi dans une glacière en polystyrène.

Ayant ramené son cerf-volant au sol, le barbu passa devant Spencer pour rejoindre le parking. Il ressemblait à un prophète dément : sale, décoiffé ; les yeux bleus hallucinés, renfoncés dans les orbites, le nez crochu ; les lèvres pâles ; les dents jaunes abîmées. Sur son T-shirt noir, des lettres rouges proclamaient : ENCORE UNE BELLE JOURNÉE EN ENFER. Il lança à l'ancien policier un regard farouche, serrant contre lui son cerf-volant comme s'il avait été persuadé que toutes les gardes noires du monde n'avaient qu'une seule idée en tête, le lui voler, puis il quitta vivement les lieux.

Spencer se rendit compte qu'il avait levé la main pour dissimuler sa cicatrice quand l'homme l'avait regardé. Il l'abaissa.

Rosie s'était un peu éloignée de la table de pique-nique. Sortie de l'abri des palmiers, en plein soleil, elle tentait de chasser Rocky, lui reprochant visiblement de faire attendre son maître.

Quand le chien abandonna à regret sa nouvelle amie et se mit à trotter vers lui, ce dernier fut une nouvelle fois frappé par l'exceptionnelle beauté de la serveuse, nettement supérieure à celle de Valérie. S'il avait cherché à jouer un rôle de sauveur et de guérisseur, la jeune métisse aurait sans doute eu nettement plus besoin de lui que celle qu'il cherchait. Pourtant, il était attiré par Valérie, pas par Rosie, pour des raisons qu'il ne pouvait expliquer – sinon en s'accusant d'être obsédé, de se laisser emporter par les courants impénétrables de son subconscient, où qu'ils pussent l'entraîner.

Le chien arriva auprès de lui, haletant et souriant.

Rosie agita la main pour dire au revoir.

Spencer lui répondit de même.

Peut-être sa quête de Valérie Keene ne recouvrait-elle pas qu'une obsession. Il avait l'étrange sensation d'être un cerf-volant dont elle figurait le moulinet. Une étrange puissance – appelons-la le destin – tournait la manivelle, enroulait le fil autour de la bobine, et l'attirait inexorablement vers la jeune femme sans qu'il eût la moindre voix au chapitre.

Tandis que l'océan qui roulait depuis la Chine lointaine venait lécher la plage, tandis que les rayons du soleil franchissaient cent cinquante millions de kilomètres de vide spatial pour caresser le corps doré des beautés en bikini, Spencer et Rocky rejoignirent l'Explorer.

David Davis, suivi d'un Roy Miro plus modéré dans son allure, se précipita dans le laboratoire de traitement des données, muni des clichés des deux empreintes les plus nettes relevées sur la lucarne. Il les confia à Nella Shire, qui travaillait à l'un des postes de travail.

– La première provient à l'évidence d'un pouce, lui dit-il. L'autre, il pourrait s'agir d'un index.

Nella avait environ quarante-cinq ans, le visage aussi sèchement taillé qu'une tête de renard, les cheveux orange frisottés et du vernis à ongles vert. Le réduit à demi cloisonné qu'elle occupait s'ornait de trois photographies découpées dans des magazines de culturisme : des hommes aux muscles saillants, en slip.

– Je vous ai déjà dit que c'était intolérable, Miss Shire, s'exclama Davis en remarquant lesdites montagnes de muscles et en fronçant le sourcil. Je vous ordonne de décrocher ces photos.

– Le corps humain est de l'art.

– Vous savez très bien que ça pourrait être considéré comme du harcèlement sexuel sur le lieu de travail ! insista son patron, très rouge.

– Ah oui ? (Elle lui prit des mains les clichés des empreintes.) Par qui ?

– Par n'importe quel mâle travaillant dans cette pièce.

– Aucun homme travaillant ici ne ressemble à ces colosses. Tant que cet état de choses se maintiendra, personne n'aura rien à craindre de moi.

Davis arracha une des photos de la cloison, puis une deuxième.

– La dernière chose dont j'aie besoin, c'est d'une note dans mon dossier disant que j'ai toléré le harcèlement au sein de mon service.

Quoique Roy fût en faveur de la loi que violait Nella Shire, il jugea ironique que le spécialiste des empreintes s'inquiétât d'une telle accusation pour son dossier. Après tout, l'agence sans nom pour laquelle il œuvrait était une organisation illégale, qui ne dépendait d'aucun élu. En conséquence, chacun de ses actes dans le cadre de son travail violait la loi.

Bien entendu, comme la plupart du personnel de l'agence, Davis ignorait son appartenance à une conspiration. Il était persuadé de figurer comme employé dans les dossiers du ministère de la Justice, qui lui versait son salaire. Il avait prêté serment de ne révéler ses activités professionnelles à personne mais pensait appartenir à un organisme légal – quoique aux activités potentiellement discutables – luttant contre le crime organisé et le terrorisme international.

– Si vous détestez tellement ces photos, déclara Nella Shire alors qu'il arrachait le troisième cliché du mur et le froissait, c'est peut-être parce qu'ils vous excitent, vous, et que vous êtes incapable de l'accepter. (Elle jeta un coup d'œil aux empreintes.) Alors ? Qu'est-ce que vous voulez que je fasse de ça ?

Roy vit David Davis exercer un gros effort sur lui-même pour ne pas répondre la première chose qui lui venait à l'esprit.

– Nous avons besoin de savoir à qui elles appartiennent, dit-il plutôt. Branchez-vous par Maman sur la Division d'Identification Automatique du FBI. Commencez par passer l'Index Descriptif Latent.

Les fichiers du *Federal Bureau of Investigation* comprenaient cent quatre-vingt-dix millions d'empreintes. Son nouvel ordinateur pouvait effectuer des milliers de comparaisons par minute, mais explorer l'intégralité de cette banque de données lui demandait néanmoins beaucoup de temps.

Un logiciel astucieux, l'Index Descriptif Latent, permettait de réduire énormément le champ des recherches et d'obtenir rapidement des résultats. Si on cherchait un tueur en série, par exemple, on fournissait à l'ordinateur les caractéristiques de base des meurtres – le sexe et l'âge des victimes, la méthode, les éventuelles blessures similaires des cadavres, l'endroit où ils avaient été retrouvés –, et l'index comparait ces données au *modus operandi* des criminels connus, produisant finalement une liste de suspects, ainsi que leurs empreintes digitales. Ensuite, il ne fallait plus procéder qu'à quelques centaines de comparaisons – voire moins – et non à des millions.

Nella Shire se tourna vers son ordinateur.

– Allez-y, donnez-moi des précisions.

– Nous ne cherchons pas un criminel connu, l'informa Davis.

– Nous pensons que notre homme a appartenu à des forces spéciales, ou qu'il a reçu un entraînement militaire en matière d'armement et de tactique, ajouta Roy.

– Ces types-là sont tous bien musclés, apprécia Nella, ce qui lui valut une grimace de David Davis. Armée de terre, marine, ou aviation ?

– Aucune idée, répondit Roy. Il n'a peut-être jamais été dans l'armée. Il peut avoir travaillé dans un service de police local ou d'État. Peut-être même au FBI, à la DEA, ou à l'ATF[1].

– Pour que ça marche, il faut que je tape des informations limitant le champ des recherches, déclara Nella, impatiente.

Cent millions des empreintes contenues dans le système du FBI concernaient des criminels, ce qui en laissait quatre-vingt-dix millions pour les employés fédéraux, le personnel de l'armée, des services secrets, de toutes les polices, et les extraterrestres. Si le mystérieux individu avait à coup sûr été un ancien marine, par exemple, explorer la majorité de ces quatre-vingt-dix millions de fichiers serait superflu.

Roy ouvrit l'enveloppe que lui avait donnée Melissa Wicklun, au Laboratoire d'Analyse Photographique. Il en sortit l'un des portraits réalisés par l'ordinateur. Derrière, figuraient les données obtenues informatiquement à partir du profil flou de l'homme qui s'était introduit dans le bungalow, la nuit précédente.

1. *Bureau ofπ Alcohol, Tobacco and Firearms. (N.d.T.)*

– Mâle. Caucasien. Vingt-huit à trente-deux ans, annonça Roy.

Nella Shire tapa vivement ces informations. Une liste apparut à l'écran.

– Un mètre soixante-dix-huit, continua Roy. Soixante-quinze kilos, plus ou moins deux. Cheveux bruns, yeux marron.

Il retourna la photo afin de contempler le visage inconnu. David Davis se pencha pour l'observer également.

– Longue cicatrice faciale, reprit Roy. Sur la joue droite. Commençant à l'oreille, s'achevant près du menton.

– Blessé en service ? demanda le spécialiste des empreintes.

– Probablement. Un de nos critères pourrait bien être une mise à la retraite anticipée, éventuellement pour handicap physique.

– Qu'il ait eu besoin ou non d'aide médicale, on peut parier qu'il a suivi une longue psychothérapie, déclara Davis, enthousiaste. Une balafre comme ça, c'est un coup terrible pour la fierté. Terrible.

Nella Shire fit pivoter sa chaise et prit le portrait des mains de Roy.

– Je ne sais pas… Je trouve que ça lui donne l'air sexy. Dangereux et sexy.

– Le gouvernement s'intéresse de près à la fierté des gens, de nos jours, reprit Davis, l'ignorant. Le manque de fierté est la source du crime et de l'agitation sociale. On ne va pas braquer une banque ou attaquer une vieille dame si on n'est pas d'abord persuadé d'être un voleur ou un minable.

– Ah ouais ? fit Nella Shire en rendant le cliché. Moi, j'ai connu un paquet de salopards qui se prenaient pour la huitième merveille du monde.

– Faites figurer la psychothérapie comme critère, insista fermement Davis.

Elle ajouta ce détail aux caractéristiques.

– Autre chose ?

– C'est tout, dit Roy. Combien de temps ça va prendre ?

Nella parcourut des yeux la liste affichée sur l'écran.

– Difficile à dire. Pas plus de huit ou dix heures. Peut-être moins. Voire nettement moins. Si ça se trouve, d'ici une heure ou deux, j'aurai son nom, son adresse, son numéro de téléphone et je saurai s'il porte à droite ou à gauche.

David Davis, qui serrait toujours une poignée de culturistes froissés et s'inquiétait pour son dossier, parut choqué de cette remarque.

Roy en fut simplement intrigué.

– Une ou deux heures seulement, peut-être ? Vraiment ?

– Pourquoi voulez-vous que je vous raconte des craques ? demanda la technicienne, irritable.

– Alors, je vais rester dans le coin. On a vraiment besoin de trouver ce type.

– Il est presque à vous, promit Nella Shire en se mettant au travail.

A quinze heures, ils déjeunèrent sous la véranda, derrière le chalet, en regardant les ombres des eucalyptus ramper vers le haut des falaises, sous un soleil d'après-midi de plus en plus jaune. Assis dans un fauteuil à bascule, Spencer faisait passer un sandwich jambon-fromage avec une canette de bière. Après avoir nettoyé un bol de Purina, Rocky usa de son sourire, de son plus beau regard triste, de son gémissement le plus pathétique, de sa queue battante et de tous les artifices d'un maître comédien pour se faire accorder quelques miettes du sandwich.

– Laurence Olivier n'était rien auprès de toi, le complimenta Spencer.

Le repas achevé, Rocky descendit à pas lents les marches de la véranda et traversa le jardin en direction du buisson sauvage le plus proche, cherchant comme à l'ordinaire un peu d'intimité pour faire ses besoins.

– Attends, attends, attends, le rappela Spencer. (Le chien se retourna vers lui.) Tu vas revenir avec plein de teignes dans les poils et je serai obligé de te brosser pendant une heure. Je n'ai pas le temps.

Il se leva du fauteuil à bascule, tourna le dos à l'animal et acheva sa bière en contemplant le mur du chalet.

Quand Rocky revint, ils rentrèrent, laissant s'allonger sans témoins les ombres des arbres.

Tandis que le chien somnolait sur le divan, Spencer s'assit devant son ordinateur et commença à chercher Valérie Keene. Depuis le bungalow de Santa Monica, elle avait pu se rendre n'importe où, dans le monde entier, si bien qu'il avait autant de chances de la trouver à Bornéo qu'à Ventura, la ville voisine. En conséquence, il ne pouvait que retourner en arrière, dans le passé.

Il disposait d'un unique indice : Las Vegas. *On aurait dit que les cartes volaient littéralement entre ses mains.*

Sa connaissance de la ville du jeu et son habileté aux cartes pouvaient signifier qu'elle avait vécu là-bas et gagné sa vie comme croupière.

Par le chemin habituel, Spencer s'introduisit dans l'ordinateur principal de la police de Los Angeles. De là, il s'insinua au cœur d'un réseau d'échange de données utilisé par les polices des différents États, dont il avait déjà souvent usé. Franchissant les frontières, il gagna l'ordinateur du shérif du comté de Clark, Nevada, dont dépendait la ville de Las Vegas.

Sur le divan, le chien ronflait et agitait les pattes, comme s'il rêvait qu'il poursuivait des lapins. Dans le cas de Rocky, c'étaient sans doute plutôt les lapins qui le poursuivaient.

Après avoir exploré la machine et s'être notamment frayé un chemin dans les dossiers du personnel, Spencer finit par découvrir un fichier intitulé NEV CODES. Ayant une bonne idée de ce dont il pouvait s'agir, il désirait y pénétrer.

NEV CODES était muni d'une protection spéciale : son utilisation nécessitait un code d'accès. Dans bien des services de police, aussi incroyable que cela pût paraître, ce type de code était constitué par le numéro d'insigne d'un agent ou le numéro de carte d'identité d'un employé de bureau – tous chiffres disponibles dans les dossiers du personnel, lesquels n'étaient pas protégés. Spencer avait d'ores et déjà noté quelques numéros d'insignes, au cas où. L'un d'entre eux lui ouvrit NEV CODES.

Le fichier abritait une liste de codes numériques permettant d'accéder aux banques de données des services gouvernementaux du Nevada. En un éclair, il quitta Las Vegas par l'autoroute du cyberespace et rejoignit la Commission des Jeux du Nevada, à Carson City, la capitale de l'État.

La commission délivrait les permis d'exercer de tous les casinos et faisait appliquer lois et règles les gouvernant. Quiconque désirait investir ou devenir cadre dans l'industrie du jeu devait se soumettre à une enquête afin d'être reconnu dépourvu de tout lien avec des criminels. Dans les années soixante-dix, une commission exceptionnelle avait chassé du Nevada l'essentiel des membres de la pègre et de la mafia, fondateurs de sa principale industrie, pour les remplacer par des entreprises telles que Metro Goldwyn Mayer et Hilton.

Il était logique de supposer que les employés des casinos, en dessous du niveau de cadre, des croupiers aux barmaids, faisaient l'objet d'une enquête similaire, quoique moins fouillée, et recevaient des cartes de travail. Spencer explora menus et tables des matières. En 20 minutes, il découvrit les archives dont il avait besoin.

Les permis de travail des employés de casinos étaient divisés en trois fichiers principaux. Expiré, En Vigueur et Futur. Valérie ayant travaillé à La Porte Rouge durant les deux derniers mois, Spencer commença par consulter la première de ces listes.

Au cours de ses errances dans le cyberespace, il avait vu peu de dossiers aussi documentés que celui-ci – et les autres avaient eu trait à d'importantes questions de défense nationale. Le système permettait de rechercher un sujet grâce à vingt-deux paramètres, allant de la couleur des yeux à l'emploi le plus récent.

Il tapa VALÉRIE ANN KEENE.

En quelques secondes, l'ordinateur répondit : INCONNU.

Passant au fichier En Vigueur, il tapa à nouveau le nom de la jeune femme.

INCONNU.

Le fichier Futur donna le même résultat. Valérie Ann Keene était inconnue des autorités des jeux du Nevada.

Un instant, Spencer demeura figé devant son écran, dépité devant l'impasse où l'avait conduit son unique indice. Il lui vint bientôt à l'esprit qu'une femme traquée, désireuse de se rendre plus difficile à localiser, n'utilisait sans doute pas le même patronyme dans tous les endroits où elle séjournait. Si Valérie avait bel et bien vécu et travaillé à Las Vegas, elle avait alors certainement porté un autre nom.

Pour la retrouver, il allait devoir faire preuve d'astuce.

En attendant que Nella Shire trouve la trace du balafré, Roy Miro courait le risque de subir plusieurs heures de conversation polie avec David Davis. Il aurait plus volontiers dévoré un biscuit au cyanure, qu'il eût fait passer à l'aide d'une grande éprouvette de phénol, que côtoyé une seconde de plus le magicien des empreintes.

Prétendant ne pas avoir dormi de la nuit, alors qu'il avait en fait connu le sommeil innocent d'un bienheureux après son cadeau sans prix à Pénélope Bettonfield et à son époux, Roy manipula Davis jusqu'à ce que ce dernier lui proposât l'usage de son bureau.

– J'insiste, vraiment, et je n'accepterai aucun argument, aucun ! déclara-t-il avec force gesticulations et hochements de tête. Il y a un divan. Vous pouvez vous étendre. Et vous ne me dérangerez pas. J'ai plein de travail de labo qui m'attend : je n'aurai pas besoin de mon bureau de toute la journée.

Roy n'avait pas l'intention de dormir. Il comptait s'allonger dans la pénombre fraîche, d'où les stores vénitiens étroitement clos bannissaient le soleil de Californie, contempler le plafond, visualiser le cœur de son être spirituel – lieu où son âme entrait en contact avec la mystérieuse puissance qui régissait le cosmos – et méditer sur le sens de la vie. Il s'efforçait chaque jour d'approfondir son champ de conscience. Chercheur par nature, il ne cessait de s'enthousiasmer pour la quête de l'illumination. Curieusement, pourtant, il s'endormit.

Il rêva d'un monde parfait, où n'existaient ni cupidité, ni envie ni désespoir, parce que tout le monde y était identique. Il n'existait qu'un seul sexe, et les êtres humains se reproduisaient par une discrète parthénogenèse, dans l'intimité de leur salle de bains – et encore, rarement. La seule couleur de peau était un bleu pâle légèrement luisant. Tout le monde était beau, quoique légèrement androgyne. Nul n'était stupide, mais nul n'était non plus trop malin. Tout le monde portait les mêmes vêtements et vivait dans des maisons identiques. Tous les vendredis soirs avait lieu le tirage d'un loto à l'échelle planétaire, où tout le monde gagnait, et le samedi…

Quand Wertz le réveilla, il confondit un instant le rêve et la réalité et demeura paralysé par la terreur. En découvrant la face pâle comme une limace et ronde comme la lune de l'assistant, révélée par une lampe de bureau, Roy crut que lui-même et tous les habitants du monde ressemblaient exactement à ça. Il tenta de hurler mais ne trouva pas sa voix.

Puis Wertz parla, ce qui l'éveilla tout à fait.

– Miss Shire l'a trouvé. Le balafré. Elle l'a trouvé.

Roy bâilla, grimaça en sentant le goût amer qui emplissait sa bouche et suivit le technicien jusqu'au labo de traitement des données. David Davis et Nella Shire, debout devant le poste de travail, étaient tous deux munis d'une liasse de papiers. L'arrivant plissa les yeux sous l'assaut des lampes à fluorescence, mais il n'en contempla pas moins avec intérêt les feuillets sortis de l'ordinateur que Davis lui passa un à un, les commentant avec enthousiasme, secondé par Nella Shire.

– Il s'appelle Spencer Grant, annonça le spécialiste des empreintes. Pas de deuxième prénom. A dix-huit ans, à la sortie du lycée, il s'est engagé dans l'armée.

– Q.I. élevé, motivation de même, précisa Nella. Il s'est porté volontaire pour les forces spéciales. Les Rangers.

– Il a quitté l'armée au bout de six ans, continua Davis, qui se délesta d'une nouvelle feuille, et il s'est servi de sa prime pour s'inscrire à l'UCLA.

– Maîtrise de criminologie, remarqua Roy en parcourant la dernière page.

– Et licence de psychologie criminelle, ajouta son interlocuteur. Il est allé à l'école toute l'année, a suivi une grande quantité de cours, et a obtenu ses diplômes en trois ans.

– Un jeune homme fort pressé, intervint Wertz, sans doute pour que les autres se rappellent son existence et ne lui marchent pas dessus par accident, l'écrasant comme une punaise.

Tandis que Davis passait une autre feuille à Roy, ce fut Nella Shire qui poursuivit :

– Alors, il a fait l'académie de police de Los Angeles. Il est sorti major de sa promotion.

– Un jour, après moins d'un an dans la rue, il a déboulé au beau milieu d'un vol de voiture, reprit son patron. Deux hommes armés. Ils l'ont vu arriver et ont essayé de prendre l'automobiliste, une femme, en otage.

– Il les a tués tous les deux, acheva Nella. La nana n'a pas eu une égratignure.

– Grant s'est fait botter le cul ?

– Non. Tout le monde a considéré qu'il avait eu raison de tirer.

– D'après ceci, déclara Roy en jetant un coup d'œil au papier que venait de lui confier Davis, il a quitté le service en tenue.

– Il a des compétences en informatique et il est doué pour ça, expliqua Davis. On l'a transféré dans une brigade du crime informatisé. Uniquement du travail de bureau.

Roy fronça le sourcil.

– Pourquoi ? Il a été traumatisé par la fusillade ?

– Il y en a qui ne supportent pas, déclara Wertz, sentencieux. Ils n'ont pas ce qu'il faut, pas assez d'estomac, et ils craquent.

– D'après son dossier de thérapie obligatoire, il n'a pas été traumatisé, dit Nella. Il s'en est bien tiré. C'est lui qui a demandé son transfert, mais pas parce qu'il était traumatisé.

– Sans doute par aveuglement, remarqua Wertz. Parce qu'il était macho, il avait trop peur de sa faiblesse pour l'admettre.

– Quelles qu'aient été ses raisons, c'est lui qui a demandé son transfert, conclut Davis. Et puis il y a dix mois, après presque deux ans dans sa nouvelle brigade, il a tout bonnement démissionné de la police.

– Où travaille-t-il, à présent ? demanda Roy.

– On n'en sait rien. En revanche, on sait où il habite, annonça David Davis.

Il exhiba un nouveau papier avec un grand geste dramatique.

– Vous êtes sûr que c'est notre homme ? s'enquit Roy en prenant connaissance de l'adresse.

Nella feuilleta sa propre liasse de papiers et en tira l'impression à haute résolution d'une fiche d'identification personnelle de la police de Los Angeles, où figuraient les empreintes digitales du sujet – tandis que son patron produisait la photo de celles qu'ils avaient relevées sur la lucarne.

– Si vous savez faire des comparaisons, dit Davis, vous allez voir que l'ordinateur a raison de les déclarer parfaitement identiques. Parfaitement. C'est notre homme. Il n'y a aucun doute à ce sujet. Aucun !

– Voilà la photo de lui la plus récente des archives de la police, déclara Nella Shire en tendant ledit document à Roy.

De face comme de profil, Grant présentait une incroyable ressemblance avec le portrait déterminé par l'ordinateur de Melissa Wicklun, au Laboratoire d'Analyse Photographique.

– C'est vraiment une photo récente ? demanda Roy.

– La moins vieille que la police ait en stock, répondit la technicienne.

– Prise longtemps après l'incident de la fusillade ?

– Ça, c'était il y a deux ans et demi. Oui, je suis sûre que cette photo est bien plus récente. Pourquoi ?

– La cicatrice a l'air totalement guérie.

– Oh, il ne l'a pas reçue pendant la fusillade, s'exclama Davis. Loin de là. Il l'avait depuis longtemps, très longtemps, avant même de s'engager dans l'armée. Un accident, pendant son enfance.

Roy releva la tête.

– Quel genre d'accident ?

Davis haussa ses épaules anguleuses. Ses longs bras battirent sa blouse blanche.

– On n'en sait rien. Aucun dossier ne le précise. La chose est juste signalée comme son plus gros signe particulier : « Cicatrice allant de l'oreille droite à la pointe du menton, résultat d'une blessure reçue pendant l'enfance. » C'est tout.

– Il ressemble à Igor, renifla Wertz.

– Moi, je le trouve sexy, contra Nella Shire.

– Igor, insista l'assistant.

– Igor comment ? demanda Roy en se tournant vers lui.

– Rappelez-vous. Les vieux films de Frankenstein. Igor : l'assistant du docteur Frankenstein. Le bossu sinistre, avec le cou tordu.

– Je ne m'intéresse pas à ce genre de divertissements, trancha Roy. Ils glorifient la violence et les difformités. C'est malsain.

Retournant à la photo, il se demanda quel âge avait le

jeune Spencer Grant lorsqu'il avait subi une telle blessure. Apparemment, cela s'était produit pendant son adolescence.

– Le pauvre gosse, dit-il. Ah ! le pauvre gamin. Quelle vie a-t-il bien pu avoir avec un visage abîmé comme ça ? Imaginez un peu le fardeau psychologique qu'il transporte.

– Je croyais que c'était un salopard mêlé à une histoire de terrorisme, ou quelque chose comme ça, intervint Wertz.

– Même les salopards ont droit à la compassion, expliqua patiemment Roy. Cet homme a souffert. Ça se voit. Je dois lui mettre la main dessus, oui, et m'assurer qu'il ne puisse pas nuire à la société – mais il mérite tout de même d'être traité avec compassion, avec autant de pitié que possible.

Davis et Wertz le regardaient sans comprendre.

– Vous êtes un type bien, Roy, dit Nella Shire.

L'intéressé haussa les épaules.

– Si, si, vraiment, insista-t-elle. Ça fait plaisir de savoir qu'il y a des gens comme vous parmi ceux qui sont chargés de faire respecter la loi.

Roy, gêné, sentit la chaleur lui monter au visage.

– Merci, c'est très gentil, mais je n'ai rien d'extraordinaire.

Puisqu'elle n'était à l'évidence pas lesbienne, et quoiqu'elle eût au moins quinze ans de plus que lui, il eût aimé qu'un trait quelconque de Nella fût aussi attirant que la bouche exquise de Melissa Wicklun. Mais elle avait les cheveux trop frisottés et trop orangés. Les yeux d'un bleu trop froid, le nez et le menton trop pointus, les lèvres trop sèches. Son corps était raisonnablement bien proportionné mais en aucun cas exceptionnel.

– Bon, soupira-t-il, je ferais mieux d'aller rendre visite à ce Mr Grant pour lui demander ce qu'il faisait la nuit dernière à Santa Monica.

Plongé au cœur de la Commission des Jeux du Nevada, à Carson City, quoique assis devant son ordinateur, dans son chalet de Malibu, Spencer explorait à nouveau le fichier des croupiers qui avaient un permis en règle. Il demanda les noms de toutes les femmes de vingt-huit à trente ans, mesurant un mètre soixante, pesant entre cinquante et cinquante-cinq kilos, avec les cheveux bruns et les yeux marron. Ces paramètres lui fournirent un nombre de candidates relativement restreint – quatorze en tout. Il demanda à l'ordinateur d'en imprimer les noms par ordre alphabétique.

Commençant au sommet de la liste obtenue, il ouvrit le fichier de Janet Francine Arbonhall. La première page qui apparut sur l'écran renfermait une rapide description, la date d'obtention de son permis, et une photographie de face. La jeune femme en question ne ressemblant nullement à Valérie, Spencer quitta le fichier sans prendre la peine de le parcourir.

Il en ouvrit un autre : Teresa Elisabeth Dunbury. Pas elle.

Bianca Marie Haguerro. Pas elle non plus.

Corrine Serise Huddleston. Non.

Laura Linsey Langston. Non.

Rachael Sarah Marks. Rien de commun avec Valérie.

Jacqueline Ethel Mung. Sept de passées, encore sept.

Hannah May Rainey.

Valérie Ann Keene apparut sur l'écran, dotée d'une autre coiffure qu'à La Porte Rouge, très jolie, mais le visage fermé.

Spencer ordonna l'impression complète du fichier de Hannah May Rainey, lequel ne comportait que trois pages. Il le lut d'un bout à l'autre, tandis que la jeune femme, sur l'écran, continuait de l'observer.

Sous le nom de Rainey, l'année précédente, elle avait travaillé plus de quatre mois comme croupière de black jack au casino du Mirage Hotel de Las Vegas – exactement jusqu'au 26 novembre, un peu moins de deux mois et demi auparavant. D'après le rapport du directeur du casino, elle était partie sans prévenir.

Ils – qui que pussent être ces « ils » – avaient dû la retrouver en ce 26 novembre, et elle les avait sans doute évités de justesse, tout comme à Santa Monica.

Dans un coin du parking souterrain de l'immeuble, au centre de Los Angeles, Roy Miro échangeait quelques mots avec les trois hommes qui allaient l'accompagner chez Spencer Grant pour mettre ce dernier en état d'arrestation. L'agence n'ayant pas d'existence officielle, le mot « arrestation » était quelque peu abusif ; « enlèvement » eût été plus près de la réalité.

Ni l'un ni l'autre ne posaient de problème à Roy. La morale était chose relative et aucun acte accompli pour la bonne cause ne pouvait être un crime.

Les futurs visiteurs étaient munis de cartes de la DEA, si bien que Grant se croirait en route pour un bureau fédéral où on l'interrogerait – et où on lui permettrait d'appeler un avocat. En fait, il aurait plus de chances de rencontrer le Seigneur Dieu tout-puissant sur son trône volant doré que n'importe quel titulaire d'un diplôme de droit.

Les quatre agents le questionneraient sur ses relations avec la bonne femme et la nouvelle résidence de cette dernière, usant de toutes les méthodes nécessaires pour obtenir des réponses sincères. Lorsqu'ils auraient appris ce qu'ils voulaient – ou seraient sûrs de lui avoir arraché tout ce qu'il savait –, ils disposeraient de lui.

Roy s'en chargerait en personne, libérant ce pauvre diable balafré de ses souffrances en ce monde troublé.

Le premier des autres agents, Cal Dormon, portait un pantalon et une chemise blanche, à la poitrine ornée du logo d'une chaîne de pizzerias. Il conduirait une petite camionnette avec le même logo : une des nombreuses pancartes magnétiques qu'on y apposait afin d'en changer la fonction apparente selon les besoins des opérations.

Alfonse Johnson arborait des chaussures de ville, un pantalon kaki et une chemise en denim. Mike Vecchio un ensemble de jogging et une paire de baskets.

Roy était le seul à porter un costume. Comme il avait dormi tout habillé sur le divan de Davis, il était cependant loin d'avoir l'allure de l'agent fédéral type impeccablement vêtu.

– Bon, cette fois, ce n'est pas comme hier soir, dit-il. (Tous avaient fait partie du commando de Santa Monica.) Ce type, il faut qu'on lui *parle.*

La veille, si l'un d'eux avait vu la bonne femme, il l'aurait abattue sans sommation. Pour sauvegarder les apparences devant la police locale, au cas où celle-ci se fût montrée, on lui aurait mis une arme en main : un Desert Eagle .50 Magnum, un pistolet si puissant que ses balles laissaient un trou aussi gros que le poing en ressortant d'un corps, un engin conçu à l'évidence pour tuer. Officiellement, la victime aurait été abattue en état de légitime défense.

– Mais on ne peut pas le laisser filer, continua Roy, et ce gars est au moins aussi entraîné que n'importe lequel d'entre vous, alors il est possible qu'il ne se contente pas de tendre les bras pour qu'on lui passe les menottes. Si vous ne réussissez pas à vous en dépêtrer et s'il fait mine de s'enfuir, tirez-lui dans les jambes. Au besoin, démolissez-les-lui complètement. Il n'aura plus jamais besoin de marcher. Mais ne vous laissez pas emporter, d'accord ? Rappelez-vous qu'il faut absolument le faire parler.

Spencer avait obtenu tous les renseignements qu'il désirait dans les fichiers de la Commission des Jeux du Nevada. Empruntant à nouveau les autoroutes du cyberespace, il regagna l'ordinateur de la police de Los Angeles.

De là, il établit le contact avec celle de Santa Monica et examina la liste des affaires débutées dans les dernières vingt-quatre heures. Aucune ne comportait le nom de Valérie Ann Keene ni l'adresse du bungalow que louait la jeune femme.

Quittant le fichier des nouvelles affaires, il s'informa des appels reçus durant la soirée du mercredi : des agents de police avaient pu répondre à un coup de fil concernant le vacarme entendu au bungalow, sans affecter un numéro à l'incident. Cette fois, il trouva la bonne adresse.

La dernière note prise par l'agent concerné expliquait pourquoi l'affaire n'avait pas été enregistrée. OP ATF EN COURS. FED RESP. Ce qui signifiait : opération de l'ATF en cours. Autorités fédérales responsables.

La police locale avait eu les mains liées.

Sur le divan, non loin de là, Rocky sortit du sommeil en sursaut, avec un aboiement strident, tomba par terre, se releva d'un bond, commença à courir après sa queue, puis tourna vivement la tête de droite et de gauche, désorienté, cherchant la menace qui l'avait poursuivi hors de son rêve.

– C'était juste un cauchemar, lui assura Spencer.

Le chien le regarda d'un air sceptique et gémit.

– Qu'est-ce que c'était, cette fois-ci ? Un chat préhistorique géant ?

Rocky traversa vivement la pièce et posa les pattes avant sur un appui de fenêtre. Il scruta l'allée et les bois environnants.

La courte journée de février approchait de son crépuscule coloré. Les feuilles d'eucalyptus ovales, d'ordinaire argentées, reflétaient à présent la lumière dorée qui se déversait à travers les brèches des frondaisons. Elles luisaient, agitées par une faible brise, si bien qu'on eût dit des arbres parés de décorations de Noël, alors que l'année s'était achevée depuis plus d'un mois.

Rocky poussa un nouveau gémissement inquiet.

– Un chat ptérodactyle ? suggéra Spencer. De grandes ailes, des crocs géants, et ronronnant assez fort pour fendre les pierres ?

Guère amusé, le chien quitta son poste d'observation et se hâta de passer dans la cuisine. Il réagissait toujours ainsi quand un cauchemar l'éveillait en sursaut : il faisait le tour de la maison, fenêtre après fenêtre, convaincu que l'ennemi rencontré au pays des rêves était tout aussi dangereux dans le monde réel.

Spencer se retourna vers l'écran de l'ordinateur.

OP ATF EN COURS. FED RESP.

Si le commando qui avait attaqué le bungalow la veille au soir se composait d'agents de l'ATF, pourquoi les hommes venus chez Louis Lee, à Bel Air, disposaient-ils de cartes du FBI ? Quoique des changements fussent à l'étude à ce sujet, le premier organisme était placé sous le contrôle du ministère des Finances, alors que le second ne dépendait que du ministre de la Justice. Il arrivait que les différentes agences coopèrent dans un intérêt mutuel. Toutefois, compte tenu de l'intensité des rivalités et de la méfiance régnant entre elles, toutes deux auraient envoyé des représentants au domicile de Louis Lee, ou de n'importe qui d'autre susceptible de fournir une piste.

Grommelant dans sa barbe, tel le Lapin Blanc en retard pour prendre le thé avec le Chapelier Fou, Rocky fila hors de la cuisine et passa en courant la porte ouverte de la chambre.

OP ATF EN COURS…

Il y avait quelque chose d'anormal…

Le FBI était de loin le plus puissant des deux bureaux

et si l'affaire l'intéressait au point d'être présent sur le terrain, il n'aurait jamais accepté de laisser toutes les responsabilités à l'ATF. En fait, à la demande de la Maison Blanche, le Congrès travaillait sur une loi destinée à fondre l'ATF au sein du FBI. La note de l'agent de police aurait dû être libellée : OP FBI/ATF EN COURS.

Tout en méditant sur le sujet, Spencer quitta la police de Santa Monica pour celle de Los Angeles, où il demeura un instant en se demandant s'il avait encore besoin de quelque chose, avant de faire retraite dans l'ordinateur de son ex-brigade, refermant toutes les portes derrière lui, effaçant habilement la moindre trace de son incursion.

Rocky jaillit hors de la chambre, passa auprès de son maître et retourna se poster à la fenêtre du salon.

Spencer éteignit l'ordinateur, se leva, s'approcha de la fenêtre et se tint auprès du chien.

Le bout noir de sa truffe appuyé contre la vitre, il avait une oreille dressée, l'autre basse.

– De quoi peux-tu bien rêver ? se demanda son maître.

Rocky gémit à voix basse, fixant les profondes ombres pourpres et les lueurs dorées qui ornaient le bouquet d'eucalyptus baigné par le crépuscule.

– De monstres grotesques ? De choses impossibles ? Ou juste… du passé ?

Le chien frissonnait.

Spencer lui posa la main sur la nuque et le caressa doucement.

L'animal leva les yeux un instant, mais recommença aussitôt à scruter les eucalyptus, peut-être parce que d'épaisses ténèbres descendaient lentement sur un crépuscule mourant. Il avait toujours eu peur de la nuit.

8.

La lumière déclinante se concentrait à l'horizon en une tache rouge lumineuse. Le soleil cramoisi se reflétait sur chaque particule microscopique de pollution et de vapeur d'eau en suspension dans l'air, si bien que la ville semblait reposer sous un fin brouillard de sang.

Cal Dormon récupéra une grande boîte à pizza à l'arrière de la camionnette blanche et, à pied, se dirigea vers la maison.

Roy, arrivé dans la rue en sens contraire, était garé près du trottoir d'en face. Il descendit de voiture et referma doucement la portière.

A présent, Johnson et Vecchio devaient avoir coupé par les propriétés voisines pour passer derrière la maison.

Roy entreprit de traverser la rue.

Dormon était arrivé à la moitié de l'allée. La boîte qu'il portait ne renfermait pas une pizza mais un pistolet Desert Eagle .44 Magnum, équipé d'un silencieux très performant. L'uniforme et l'accessoire ne serviraient qu'à écarter les soupçons si Spencer Grant voyait approcher l'agent par la fenêtre.

Roy atteignit l'arrière de la camionnette blanche.

Le faux livreur avait monté les marches du perron.

Se posant une main sur la bouche comme pour étouffer une toux, le chef de l'opération parla dans le micro-émetteur accroché à la manchette de sa chemise.

– Comptez jusqu'à cinq et allez-y, chuchota-t-il aux deux hommes qui arrivaient par-derrière.

Cal Dormon ne se soucia ni de sonner ni de frapper : il tenta d'entrer. Le verrou devait être mis car il ouvrit sa boîte à pizza, la laissa choir, et leva le puissant pistolet israélien.

Roy pressa le pas, sans plus chercher à passer pour un badaud.

Malgré le silencieux de bonne qualité, le .44 émit un bruit sec chaque fois qu'il parla. Rien à voir avec de véritables coups de feu mais assez bruyant pour attirer l'attention des passants s'il y en avait eu. Cette arme était conçue pour démolir les portes, après tout. Trois balles successives eurent raison du dormant et du dosseret. Même si le pêne du verrou demeurait intact, l'encoche dans laquelle il s'insérait n'en était plus une, mais un amas d'éclats de bois.

Quand Dormon entra, Roy sur les talons, un homme pieds nus, vêtu d'un jean et d'un T-shirt « Jésus-Christ », une boîte de bière à la main, quittait un fauteuil en vinyle bleu – stupéfait, terrifié d'avoir senti les échardes de bois et de laiton provenant de la porte s'éparpiller autour de lui, sur le tapis du salon. Le premier agent le repoussa dans son fauteuil, assez fort pour lui couper le souffle. La boîte de bière roula sur le tapis en vomissant de grands jets de mousse.

Cet homme n'était pas Spencer Grant.

Tenant à deux mains son Beretta muni d'un silencieux, Roy traversa vivement le salon, franchit une ouverture voûtée qui le conduisit dans la salle à manger, puis la porte ouverte donnant dans la cuisine.

Une blonde d'environ trente ans, allongée à plat ventre par terre, la tête tournée vers lui, tendait le bras gauche vers le couteau de boucher qui lui avait été arraché et gisait à quelques centimètres de sa main. Elle ne pouvait s'en rapprocher, car Vecchio lui maintenait un genou au creux des reins et le canon de son pistolet juste derrière l'oreille gauche.

– Salaud, salaud, *salaud !* couinait la jeune femme.

Ses cris suraigus n'étaient ni clairs ni puissants, car elle avait le visage pressé contre le linoléum. En outre, avec un genou dans les reins, elle ne respirait pas à son aise.

– Du calme, ma petite dame, du calme, tempêtait Vecchio. Calmez-vous un peu, bon Dieu !

Alfonse Johnson venait de passer la porte de derrière, laquelle devait être déverrouillée car les deux hommes n'avaient pas eu à l'enfoncer. Il pointait son arme sur la seule autre personne présente : une fillette d'environ cinq ans, recroquevillée dans un angle, blafarde, les yeux écarquillés, trop terrifiée pour crier.

Une odeur de sauce tomate chaude et d'oignons régnait dans la pièce. Des poivrons verts coupés en lamelles reposaient sur une planche. La jeune femme était en train de préparer le dîner.

– Amène-toi, ordonna Roy à Johnson.

Ensemble, ils fouillèrent rapidement le reste de la maison. L'élément de surprise avait disparu mais l'initiative était toujours de leur côté. Le placard du couloir. La salle de bains. La chambre de l'enfant : ours en peluche et poupées, porte d'armoire ouverte et lieux déserts. Une autre petite pièce : une machine à coudre, une robe verte inachevée sur un mannequin de couturière, un placard plein à craquer, nulle part où se cacher. Ensuite la chambre principale, avec placard, placard, salle de bains attenante : personne.

– A moins que ce ne soit lui, allongé par terre, dans la cuisine, avec une perruque blonde… fit Johnson.

Roy regagna le salon, où l'homme aperçu en entrant était enfoncé au plus profond de son fauteuil, les yeux fixés sur le .44 de Dormon, qui lui hurlait au visage, l'aspergeant de postillons :

– Juste une fois. Tu m'entends, enculé ? Je vais te reposer ma question juste une fois : où il est ?

– Je vous ai déjà dit qu'il n'y avait que nous ici, bon Dieu ! s'exclama son interlocuteur.

– Où est Grant ? insista Dormon.

L'homme tremblait comme si le moelleux fauteuil avait été équipé d'un système de massage par vibrations.

– Je ne connais pas de Grant, je vous jure que je n'ai jamais entendu ce nom-là. Alors, s'il vous plaît, ça vous ennuierait de pointer ça ailleurs ?

Roy trouvait regrettable qu'il fût parfois nécessaire de priver les gens de leur dignité pour les amener à coopérer. Il abandonna Johnson dans le salon, avec Dormon, et rentra dans la cuisine.

La jeune femme était toujours allongée par terre, avec le genou de Vecchio au creux des reins, mais elle ne tentait plus d'atteindre le couteau et ne traitait plus son agresseur de salaud. La fureur ayant cédé la place à la peur, elle suppliait qu'on ne fît pas de mal à sa petite fille.

L'enfant demeurait dans l'angle, suçant son pouce. Des larmes coulaient sur ses joues, mais elle n'émettait aucun son.

Roy ramassa le couteau et le posa sur le plan de travail, hors de portée de la femme.

Celle-ci leva un œil pour le regarder.

– Ne faites pas de mal à mon bébé.

– Nous ne ferons de mal à personne, assura-t-il. (Il s'approcha de la fillette, s'accroupit, et reprit de sa voix la plus douce :) Tu as peur, ma chérie ? (Le regard de l'enfant quitta sa mère pour Roy.) Bien sûr que tu as peur. N'est-ce pas ? (Suçant fiévreusement son pouce, elle acquiesça.) Eh bien, tu n'as aucune raison d'avoir peur de moi. Je ne ferais pas de mal à une mouche. Même si elle me bourdonnait autour de la tête, me dansait dans les oreilles et faisait de la luge sur mon nez.

La petite fille le contemplait d'un air solennel à travers ses larmes.

– Quand un moustique atterrit sur moi et essaie de me piquer, tu crois que je l'écrase ? poursuivit Roy. Oh, que non ! Je lui installe une petite serviette, une toute petite fourchette et un tout petit couteau, et je dis : « Il faut que tout le monde mange. C'est moi qui vous invite à dîner, Mr Moustique. » (Les larmes semblèrent commencer à se tarir dans les yeux de l'enfant.) Je me rappelle la fois où un éléphant partait au supermarché pour acheter des cacahuètes. Il était très pressé, et il a carrément fait sortir ma voiture de la route. La plupart des gens l'auraient suivi jusqu'au magasin et lui auraient donné un coup de poing sur le bout de la trompe, là où ça fait mal. Mais est-ce que j'ai fait une chose pareille ? Oh, que non ! « Quand un éléphant est en manque de cacahuètes, on ne peut pas le tenir pour responsable de ses actes », me suis-je dit. J'admets que je l'ai quand même suivi au supermarché et que j'ai dégonflé les pneus de sa bicyclette, mais ce n'était pas un mouvement de colère. Je voulais juste l'empêcher de reprendre la route avant qu'il n'ait pu se calmer un peu en mangeant des cacahuètes. (Cette enfant était adorable. Il eût aimé la voir sourire.) Et maintenant ? Tu crois vraiment que je pourrais faire du mal à quelqu'un ?

La fillette secoua la tête : non.

– Alors, donne-moi la main, ma chérie.

Elle le laissa lui prendre la main gauche, celle qui n'avait pas le pouce mouillé, et il l'entraîna à l'autre bout de la cuisine.

Vecchio relâcha la blonde, laquelle se redressa à genoux, en pleurs, pour enlacer sa fille.

Lâchant la petite main et s'accroupissant à nouveau, touché par les larmes de la jeune mère, Roy reprit :

– Je suis désolé. J'abhorre sincèrement la violence, mais nous pensions qu'un individu très dangereux se trouvait dans cette maison. Nous ne pouvions pas vraiment frapper à la porte pour lui demander de venir jouer avec nous. Vous comprenez ?

La lèvre inférieure de la jeune femme se mit à trembler.

– Je… je ne sais pas. Qui êtes-vous ? Qu'est-ce que vous voulez ?

– Comment vous appelez-vous ?

– Mary. Mary Z… Zelinsky.

– Et votre mari ?

– Peter.

Mary Zelinsky avait un très joli nez. L'arête en était parfaite, les lignes droites et pures. Les narines délicates.

Ce nez semblait fait de la porcelaine la plus fine. Roy estimait n'en avoir encore jamais observé d'aussi beau.

– Bon, dit-il en souriant. Il faut que nous apprenions où il se trouve, Mary.

– Qui ? demanda-t-elle.

– Je suis sûr que vous le savez. Spencer Grant, bien sûr.

– Je ne sais pas qui c'est.

Il la regarda droit dans les yeux au moment où elle lui répondait, et n'y trouva aucune trace de duplicité.

– Je n'ai jamais entendu parler de lui, assura-t-elle.

– Éteins le gaz sous la sauce tomate, ordonna Roy à Vecchio. Elle va finir par brûler.

– Je vous jure que je n'ai jamais entendu parler de cet homme, insista la jeune femme.

Roy inclinait à la croire. Même Hélène de Troie n'eût pu avoir un plus joli nez que Mary Zelinsky. Bien entendu, Hélène de Troie avait causé indirectement la mort de milliers d'hommes, et beaucoup d'autres avaient souffert par sa faute. La beauté n'était nullement une garantie d'innocence. En outre, au cours des millénaires écoulés depuis l'époque d'Hélène, les humains étaient passés maîtres dans l'art de dissimuler le mal : les créatures qui paraissaient les plus innocentes se révélaient parfois les plus dépravées.

Roy devait avoir une certitude.

– Si j'ai l'impression que vous me mentez…

– Je ne mens pas, assura Mary d'une voix tremblante.

Il leva la main pour lui imposer silence et reprit là où il avait été interrompu :

– Je pourrais emmener cette gentille fillette dans sa chambre, la déshabiller… (La jeune femme serra les paupières, horrifiée, comme pour effacer la scène qu'il lui décrivait avec une telle délicatesse.) Et là, parmi les ours en peluche et les poupées, je pourrais lui apprendre quelques jeux d'adultes…

Les narines de Mary palpitaient de terreur. Elle avait réellement un nez exquis.

– Alors, maintenant, acheva-t-il, vous allez me regarder dans les yeux et me répéter que vous ne connaissez personne du nom de Spencer Grant.

Elle ouvrit les paupières et soutint son regard.

Ils étaient face à face.

Roy posa la main sur la tête de l'enfant, lui caressa les cheveux et sourit.

Mary Zelinsky serra sa fille contre elle avec un désespoir pitoyable.

– Je jure devant Dieu que je n'ai jamais entendu ce nom-là. Je ne sais pas qui c'est, je ne comprends rien à ce qui arrive.

– Je vous crois, dit-il. Rassurez-vous, ma chère Mary, je vous crois. Je suis désolé d'avoir dû recourir à des méthodes aussi déplaisantes.

Quoique sa voix demeurât tendre et chagrine, une vague de colère s'était abattue sur lui. Une fureur dirigée contre Grant, qui s'était débrouillé pour les attirer sur une fausse piste, et non contre cette femme, sa fille ou son époux inoffensif, dans le fauteuil du salon.

Bien qu'il tentât de réprimer sa fureur, Mary dut la lire dans ses yeux, lesquels n'exprimaient ordinairement que douceur, car elle s'écarta brusquement de lui.

– Il n'habite plus ici, déclara Vecchio près de la cuisinière, après avoir coupé le feu sous la sauce, ainsi que sous une casserole d'eau.

– Je crois qu'il n'a *jamais* habité ici, répliqua Roy, tendu.

Spencer sortit deux valises du placard, les observa un instant, puis écarta la plus petite et ouvrit l'autre sur son lit, avant d'y jeter assez de vêtements pour une semaine. Il ne possédait ni costume, ni chemise blanche, ni même une seule cravate. La penderie abritait une dizaine de jeans, une demi-douzaine de pantalons en twill brun, des chemises kaki, et d'autres en denim. Le tiroir du haut de la commode renfermait quatre gros chandails : deux bleus, deux verts. Il en prit un de chaque.

Tandis qu'il remplissait sa valise, Rocky ne cessait de passer de pièce en pièce, inquiet, pour monter la garde devant toutes les fenêtres à sa portée. Le pauvre avait bien du mal à oublier son cauchemar.

Laissant ses hommes surveiller la famille Zelinsky, Roy sortit et traversa la rue pour rejoindre sa voiture.

Le crépuscule s'était assombri, passant du rouge au violet. Les lampadaires de la rue s'étaient allumés. Dans l'air immobile, le silence paraissait presque aussi profond qu'en pleine campagne.

Ils avaient de la chance : les voisins n'avaient rien entendu d'inquiétant.

De toute façon, aucune lumière ne brûlait dans les maisons qui flanquaient celle des Zelinsky. Cet agréable quartier réservé à la classe moyenne abritait sans doute de nombreuses familles qui ne parvenaient à maintenir leur train de vie que si la femme et le mari travaillaient tous deux à plein temps. En fait, en cette époque d'économie précaire, de baisse des salaires, nombre de couples ne s'en sortaient que de justesse, même avec deux emplois. A présent, en pleine heure de pointe, les deux tiers des maisons de la rue étaient obscures, désertes : les propriétaires, pris dans les embouteillages, allaient chercher leurs enfants chez des baby-sitters ou dans des crèches qu'ils n'avaient pas réellement les moyens de payer, et faisaient de leur mieux pour trouver chez eux quelques heures de paix, avant de retourner s'atteler à la tâche au matin.

Parfois, Roy ressentait avec une telle acuité la détresse de l'Américain moyen qu'il se retrouvait au bord des larmes.

En cet instant précis, pourtant, il ne pouvait se permettre de succomber à l'empathie qui lui était si naturelle. Il devait trouver Spencer Grant.

Dans la voiture, après avoir démarré et s'être glissé sur le siège du passager, il brancha son ordinateur portable et y coupla le téléphone cellulaire.

Appelant Maman, il lui demanda de rechercher un numéro de téléphone au nom de Grant dans la région de Los Angeles. L'ordinateur entama le processus du centre de sa toile d'araignée virginienne. Roy espérait obtenir l'adresse de Grant par la compagnie du téléphone, comme il avait obtenu celle des Bettonfield.

David Davis et Nella Shire avaient certainement quitté leur lieu de travail pour rentrer chez eux si bien qu'il ne pouvait les appeler et les insulter. De toute façon, bien qu'il eût adoré le mettre sur le dos du premier – et de

Wertz, qui devait se prénommer Igor –, le problème ne leur était pas imputable.

Au bout de quelques minutes, Maman annonça qu'aucun Spencer Grant n'était titulaire d'une ligne téléphonique dans la région de Los Angeles – même sur liste rouge.

Roy n'en croyait pas ses yeux. Maman, aussi irréprochable que sa propre chère mère défunte, n'était pas en cause et conservait toute sa confiance. Mais Grant était intelligent. Beaucoup trop intelligent.

L'ordinateur reçut l'ordre de traquer le même nom dans les archives *comptables* de la compagnie du téléphone. L'homme qu'il cherchait pouvait être inscrit dans l'annuaire sous un pseudonyme, mais avant de lui accorder un contrat, la compagnie avait sans nul doute requis la signature d'une personne réelle, aux antécédents bancaires satisfaisants.

Tandis que Maman travaillait, Roy vit une voiture le dépasser et s'arrêter dans une allée, à quelques maisons de là.

La nuit régnait sur la ville. A l'ouest, le crépuscule avait abdiqué à l'horizon. Aucune trace ne subsistait de son noble éclat violet.

L'écran clignota brièvement. L'utilisateur s'intéressa de nouveau à l'appareil posé sur ses genoux. D'après Maman, le nom de Spencer Grant n'apparaissait pas non plus sur les factures téléphoniques.

Ce type s'était introduit dans son dossier de la police de Los Angeles et y avait glissé l'adresse des Zelinsky, de toute évidence choisie au hasard, à la place de la sienne. A présent, quoiqu'il vécût toujours aux alentours de Los Angeles et disposât vraisemblablement d'un téléphone, il s'était effacé des archives de la compagnie – Pacific Bell ou GTE – qui lui fournissait sa ligne.

Grant semblait tenter de se rendre invisible.

– Mais qui c'est, ce mec, bon Dieu ? se demanda Roy à voix haute.

Après les découvertes de Nella Shire, il avait cru connaître l'homme qu'il recherchait. Il éprouvait soudain la sensation de ne pas le connaître du tout, pas de manière fondamentale. Il n'avait appris que des généralités, du superficiel – et c'était peut-être dans les détails que résidait le moyen de perdre l'individu.

Pourquoi Grant s'était-il trouvé dans le bungalow de Santa Monica ? Quels étaient ses rapports avec cette femme ? Que savait-il ?

Trouver les réponses à ces questions devenait de plus en plus urgent.

Deux nouvelles voitures disparurent dans deux nouveaux garages.

Roy sentit que plus le temps passait, plus ses chances de mettre la main sur Grant s'amoindrissaient.

Fiévreusement, il passa en revue les possibilités qui s'offraient à lui, puis chargea Maman de pénétrer l'ordinateur du Bureau des Véhicules à Moteur de Californie, à Sacramento. Quelques instants plus tard, une photo de Grant apparaissait sur l'écran, prise tout exprès pour un nouveau permis de conduire. Toutes les caractéristiques du sujet figuraient dans le fichier. Notamment son adresse.

– Bon, chuchota Roy, comme si élever la voix avait pu annuler ce coup de chance.

Il demanda et obtint trois impressions des données figurant sur l'écran, quitta le Bureau des Véhicules à Moteur, salua Maman, éteignit l'ordinateur et retraversa la rue pour rentrer chez les Zelinsky.

Mary, Peter et leur petite fille étaient assis sur le divan du salon, pâles, silencieux, se tenant par la main. On eût dit trois fantômes dans une antichambre céleste, qui attendaient l'arrivée imminente du verdict les concernant et craignaient fort de recevoir des allers simples pour l'enfer.

Dormon, Johnson et Vecchio montaient la garde, armés jusqu'aux dents, le regard vide. Sans commentaire, Roy leur donna les tirages de la nouvelle adresse obtenue par le Bureau des Véhicules à Moteur.

Quelques questions lui apprirent que Peter et Mary Zelinsky, tous deux à la recherche d'un emploi, vivaient de l'allocation chômage. Voilà pourquoi ils se trouvaient chez eux prêts à dîner, alors que la plupart de leurs voisins étaient encore prisonniers de bancs de poissons d'acier, au gré des mers bétonnées du système autoroutier. Ils épluchaient tous les jours les petites annonces d'offres d'emploi publiées par le *Times* de Los Angeles, proposaient sans relâche leurs services à des entreprises et s'inquiétaient tellement pour l'avenir que, d'une certaine manière, l'arrivée explosive des quatre agents ne les avait pas surpris. C'était une étape logique dans la dynamique de la catastrophe.

Roy n'eût pas hésité à sortir sa carte de la DEA et à user de toutes les techniques d'intimidation de son répertoire pour réduire les Zelinsky à un état de soumission totale, afin de s'assurer qu'ils ne porteraient jamais plainte, que ce fût auprès de la police locale ou des autorités fédérales. Toutefois, ils étaient déjà si éprouvés par l'agitation économique qui leur avait ôté leur emploi – et par la vie citadine en général – qu'il n'eut pas même besoin d'exhiber ses faux papiers.

Trop contents de s'en sortir vivants, ils répareraient discrètement leur porte et nettoieraient les dégâts. Sans doute estimeraient-ils avoir été terrorisés par des trafiquants de drogue qui s'étaient trompés de maison en cherchant un de leurs concurrents.

Nul ne portait plainte contre les trafiquants. Dans l'Amérique actuelle, ils évoquaient une force de la nature. Il eût été tout aussi inutile – quoique nettement moins dangereux – de déposer une plainte contre un ouragan, une tornade ou un orage.

– A moins que vous n'ayez envie de savoir ce que ça fait d'avoir la tête qui explose, vous avez intérêt à rester sagement assis pendant dix minutes après notre départ, les avertit Roy, sur le ton impérieux d'un roi de la cocaïne. Vous avez une montre, Zelinsky. Vous croyez que vous saurez compter dix minutes ?

– Oui, monsieur, répondit l'interpellé.

Mary conservait la tête baissée, si bien que Roy distinguait assez mal son nez splendide.

– Vous êtes conscient que je ne plaisante pas ? demanda-t-il au mari, qui lui répondit par un acquiescement. Vous allez être bien sages ?

– On ne veut pas d'ennuis.

– Je suis ravi de l'entendre.

La soumission instinctive de ces gens mettait tristement en évidence la progression de la violence dans la société américaine. Roy en était déprimé.

D'un autre côté, leur docilité lui facilitait nettement le travail.

Il suivit Dormon, Johnson et Vecchio dehors, et fut le dernier à partir en voiture, après avoir jeté un long regard vers la maison : personne n'apparut à la porte ni aux fenêtres.

Le désastre avait été évité de justesse.

Roy, qui se piquait d'une humeur égale, ne se rappelait pas avoir été aussi en colère depuis fort longtemps. Il avait hâte de mettre la main sur Spencer Grant.

Spencer fourra dans un sac de toile plusieurs boîtes de pâtée pour chien, un paquet de biscuits, un os en cuir neuf, les bols à eau et à nourriture de Rocky, ainsi qu'un jouet en caoutchouc évoquant de manière convaincante un cheeseburger dans un petit pain semé de graines de sésame. Il déposa le sac près de sa propre valise, devant la porte d'entrée.

Il arrivait encore à l'animal de regarder par les fenêtres, mais plus de manière aussi obsessionnelle. Il avait en grande partie surmonté la terreur innommable qui l'avait chassé de son rêve et n'éprouvait plus qu'une peur de nature plus banale, plus tranquille : l'angoisse qui le saisissait toujours lorsqu'il sentait que se préparait un événement sortant de la routine, la crainte du changement. Il suivait Spencer pas à pas pour voir si ce dernier ne prenait pas quelque mesure alarmante, retournait encore et encore auprès de la valise, la reniflait, et visitait tous ses coins favoris, où il poussait de grands soupirs, comme s'il craignait de ne plus jamais avoir la chance d'en apprécier le confort.

Spencer récupéra un ordinateur portable sur une étagère, au-dessus de son bureau, et le déposa auprès des bagages. Il l'avait acheté en septembre, afin de pouvoir créer ses programmes sous la véranda en profitant de l'air frais et du murmure apaisant des brises d'automne qui agitaient le bouquet d'eucalyptus. L'appareil allait à présent lui permettre de rester relié à l'immense réseau informatique américain pendant ses déplacements.

De retour à son bureau, il alluma le grand ordinateur et copia sur disquettes certains des programmes qu'il avait conçus, notamment celui qui détectait la signature électronique des dispositifs d'écoute sur les lignes téléphoniques utilisées pour un dialogue entre systèmes informatiques. Un autre avait pour but de l'avertir si, tandis qu'il jouait les pirates, quelqu'un commençait à le traquer à l'aide d'une technologie sophistiquée.

Rocky, de nouveau posté à une fenêtre, grognait et gémissait doucement à l'adresse de la nuit.

Roy traversait collines et canyons, à l'ouest de la vallée de San Fernando. Il n'avait pas encore franchi le réseau des villes entrelacées, mais des poches de ténèbres s'inscrivaient déjà entre les lumières agglutinées des banlieues.

Cette fois, il allait faire preuve de plus de prudence. Si l'adresse fournie par le Bureau des Véhicules à Moteur se révélait encore celle de gens qui n'avaient jamais entendu parler de Spencer Grant, il préférait s'en assurer *avant* d'enfoncer leur porte, de les terroriser avec des armes à feu, de gâcher la sauce bolognaise mijotant sur la cuisinière, et de risquer les foudres d'un bourgeois irascible, lequel pouvait fort bien être aussi un fanatique armé jusqu'aux dents.

En cette époque de chaos social imminent, il était plus dangereux qu'autrefois de s'introduire dans une propriété privée – avec ou sans l'autorité d'un insigne officiel. On risquait de tomber sur absolument n'importe qui, depuis des satanistes violeurs d'enfants jusqu'à des tueurs en série cannibales, aux réfrigérateurs emplis de morceaux de cadavres, amateurs d'ustensiles de cuisine joliment sculptés dans des os humains. A l'approche de la fin du millénaire, des êtres bien étranges s'ébattaient en liberté dans ce grand terrain de jeux qu'était l'Amérique.

Alors qu'il suivait une petite route dans un creux obscur, où traînait un brouillard translucide, Roy commença à comprendre qu'il n'allait pas trouver une maison de banlieue ordinaire, et que savoir si Spencer Grant l'occupait ou non n'allait pas être son seul problème. Autre chose l'attendait.

L'asphalte se changea en gravillons, sur un chemin étroit, flanqué de palmiers maladifs n'ayant pas été taillés depuis des années et chargés de longs entrelacs de branches mortes. Enfin, le chemin aboutit devant une grille, seule brèche dans un périmètre clôturé.

La fausse camionnette de pizzeria était déjà là : la

brume en réfractait les feux rouges arrière. Roy jeta un coup d'œil dans son rétroviseur et aperçut des feux de croisement, à cent mètres derrière lui : Johnson et Vecchio.

Il s'approcha de la grille, devant laquelle l'attendait Cal Dormon.

Au-delà de la clôture, au milieu du brouillard que les phares paraient d'argent, d'étranges machines fonctionnaient en rythme, à contretemps les unes des autres, tels des oiseaux préhistoriques géants fouillant le sol à la recherche de vermisseaux. Des pompes Wellhead. Il s'agissait d'un champ de puits de pétrole, comme il s'en trouvait beaucoup, éparpillés dans le sud de la Californie.

Johnson et Vecchio rejoignirent Roy et Dormon devant l'entrée.

– Des puits de pétrole, remarqua Vecchio.

– Des putains de puits de pétrole, soupira Johnson.

– Juste une poignée de putains de puits de pétrole, renchérit le premier.

Sur l'ordre de Roy, Dormon alla chercher des torches électriques et une paire de cisailles solides dans la camionnette. Cette dernière n'était pas simplement un faux véhicule de livraison, mais une unité logistique bien équipée, munie de tous les outils ou appareils électroniques utiles sur place.

– On entre là-dedans ? demanda Vecchio. Pourquoi ?

– Il y a peut-être un pavillon, répondit Roy. S'il habite ici, Grant peut servir de gardien.

Il sentait que ses hommes étaient aussi peu soucieux que lui de passer pour des imbéciles deux fois dans la même soirée. Ils savaient comme lui que Grant avait sûrement glissé une fausse adresse dans son dossier automobile et que la probabilité de le trouver parmi ces puits de pétrole était au mieux très faible.

Quand Dormon eut cisaillé la chaîne fermant la grille, ils suivirent l'allée de gravillons, explorant de leurs torches tout espace compris entre deux pompes. Par endroits, la pluie torrentielle de la nuit précédente avait emporté les graviers, ne laissant que de la boue. Une fois achevée leur tournée des machineries cliquetantes, grinçantes et percutantes, quand ils se retrouvèrent devant la grille sans avoir découvert le moindre gardien, les chaussures neuves de Roy étaient fichues.

En silence, ils décrottèrent leurs souliers du mieux qu'ils le purent avec les hautes herbes qui bordaient l'allée.

Laissant les autres dans l'expectative, Roy remonta en voiture pour se rebrancher sur Maman et chercher une nouvelle adresse au nom de cette ordure humaine, ce bouffeur de merde, cet enculeur de serpents de Spencer Grant.

Il était furieux, ce qui n'était pas bon. La colère nuisait à la clarté d'esprit. Aucun problème n'avait jamais été résolu par un individu en proie à la rage.

Il respira à fond, inhalant à la fois de l'air et du calme. Chaque expiration chassait un peu de sa tension. Il visualisait la tranquillité comme une pâle vapeur couleur pêche, la fureur comme une brume d'un vert bileux qui sortait de ses oreilles, bouillonnant, en deux nuages jumeaux.

Il avait appris cette technique de méditation pour maîtriser ses émotions dans un livre de sagesse tibétaine. Ou peut-être chinoise. Voire indienne. Il ne savait plus. Dans sa quête perpétuelle de la conscience de soi et de la transcendance, il avait exploré nombre de philosophies orientales.

Lorsqu'il monta en voiture, son bipeur sonnait. Il le détacha du pare-soleil. Sur le petit écran à messages étaient inscrits le nom « Kleck » et un numéro de téléphone dans la zone code 714.

John Kleck dirigeait l'équipe qui recherchait la vieille Pontiac immatriculée au nom de Valérie Keene. Si la bonne femme avait agi comme à son habitude, le véhicule avait été abandonné dans un parking ou au bord d'une rue, en pleine ville.

Quand Roy appela le numéro transmis par le bipeur, ce fut sans conteste Kleck qui lui répondit. Agé de moins de trente ans, grand et maigre, doté d'une pomme d'Adam proéminente et d'un visage rappelant celui d'une truite, il possédait cependant une voix remarquable, profonde et douce.

– C'est moi, dit Roy. Où êtes-vous ?

Les mots s'échappèrent des lèvres de Kleck avec leur habituelle splendeur sonore.

– Aéroport John Wayne, comté d'Orange. (Les recherches, commencées à Los Angeles, n'avaient cessé de s'étendre au cours de la journée.) La Pontiac est là, sur un des parkings. On est en train de rechercher les agents des compagnies aériennes qui étaient de service hier après-midi et dans la soirée. On a des photos de la fille. Quelqu'un se rappellera peut-être lui avoir vendu un billet.

– Allez-y toujours, mais ça ne donnera rien. Elle est trop maligne pour abandonner sa bagnole à l'endroit où elle prend l'avion. C'est de l'intox. Elle sait qu'on ne peut pas avoir de certitude et qu'on est obligé de perdre du temps à vérifier.

– On essaie aussi de voir tous les chauffeurs de taxi qui sont venus à l'aéroport pendant cette période. Elle n'en est peut-être pas repartie en avion.

– Autant élargir encore les recherches. Elle a pu marcher de l'aéroport jusqu'à un hôtel du coin. Essayez de voir si un portier, un chasseur ou un réceptionniste se rappelle lui avoir appelé un taxi.

– D'accord, répondit Kleck. Elle n'ira pas loin, cette fois, Roy. On va carrément lui coller au cul.

Roy eût pu trouver un certain réconfort dans l'assurance de son interlocuteur et le timbre riche de sa voix – s'il n'avait pas su que Kleck ressemblait à un poisson tentant d'avaler un cantaloup.

– A plus tard, conclut-il en raccrochant.

Couplant le téléphone à l'ordinateur, il mit le moteur en marche, et se relia à Maman, en Virginie, à qui il confia une tâche colossale, même compte tenu des talents et des connexions considérables de la machine : traquer Spencer Grant dans les archives informatiques des compagnies du gaz, de l'eau et de l'électricité, ainsi que des impôts. Fouiller les fichiers de toutes les agences municipales, régionales, comtales ou de l'État, ainsi que ceux des entreprises qu'elles régissaient, dans les comtés de Ventura, Kern, Los Angeles, Orange, San Diego, Riverside et San Bernardino. Accéder en outre aux fichiers-clients de toutes les institutions bancaires de Californie : comptes chèques, comptes d'épargne, prêts et crédits. Au niveau national, explorer les dossiers de la Sécurité sociale et des impôts, en commençant par la Californie et en progressant vers l'est, État par État.

Enfin, après avoir signalé qu'il rappellerait dans la

matinée pour obtenir le résultat de l'enquête, il referma la porte électronique de Virginie et éteignit son ordinateur.

Ses trois hommes l'attendaient toujours près de la grille, frissonnant. A chaque minute qui passait, le brouillard devenait plus épais, l'air plus frais.

– On peut aussi bien laisser tomber pour cette nuit, leur annonça Roy. On reprendra tout de zéro demain matin.

Ils parurent soulagés. Qui savait où Grant pourrait les envoyer, la prochaine fois ?

Leur patron leur prodigua de grandes claques dans le dos et des encouragements chaleureux avant de les laisser regagner leurs véhicules. Il les voulait en paix avec eux-mêmes. Tout homme avait le droit d'être en paix avec lui-même.

Tandis qu'il suivait l'allée de graviers en direction de la route goudronnée, Roy respirait profondément, lentement. Absorbant la vapeur pêche de la tranquillité bienheureuse. Rejetant le brouillard vert de la colère, de la tension et du stress. Vert dehors. Pêche dedans.

Sa fureur ne l'avait pas quitté.

Puisqu'ils avaient déjeuné tard, Spencer traversa une longue étendue désolée de désert – le Mojave – et rejoignit Barstow avant de quitter la route inter-États 15 et de faire halte pour dîner. Au guichet pour automobilistes d'un McDonald's, il commanda un Big Mac, des frites et un petit milk-shake à la vanille pour lui. Plutôt que de perdre du temps avec les boîtes de pâtée pour chien, il prit également deux hamburgers et un grand gobelet d'eau à l'intention de Rocky – puis se laissa attendrir et demanda un deuxième milk-shake à la vanille.

Il se gara au fond du parking illuminé du restaurant, laissa le moteur tourner pour éviter que l'Explorer ne se refroidisse, et s'installa à l'arrière pour manger, adossé aux sièges avant, les jambes tendues. Rocky se lécha les babines d'un air gourmand quand les sacs en papier s'ouvrirent et emplirent la voiture de merveilleux arômes. Spencer avait replié la banquette arrière avant de quitter Malibu, si bien que même avec la valise et les autres bagages, le chien et lui disposaient d'assez de place.

Il ouvrit les hamburgers de Rocky et les déposa sur leurs emballages. A peine eut-il extrait son propre Big Mac de sa boîte et mangé une bouchée, que Rocky avait déjà dévoré ses steaks et l'essentiel d'un petit pain – dont, visiblement, il ne voulait plus. Il contempla avec envie le sandwich de son maître et gémit.

– A moi, dit Spencer.

L'animal poussa un nouveau gémissement. Pas un gémissement effrayé. Pas un gémissement de douleur. Un gémissement qui disait : « Oh-regarde-moi-qui-suis-si-mignon-comme-je-suis-malheureux-et-comme-me-ferait-plaisir-ce-hamburger-avec-le-fromage-la-sauce-spéciale-et-peut-être-même-les-cornichons. »

– Tu sais ce que ça veut dire : *à moi* ?

Rocky regarda la pochette de frites qui reposait sur les genoux de l'ancien policier.

– A moi.

Le chien paraissait sceptique.

– A toi, ajouta Spencer en désignant le petit pain qu'avait ignoré l'animal.

Rocky contempla tristement le pain sec – puis le juteux Big Mac.

Après avoir avalé une autre bouchée et l'avoir fait passer à l'aide d'une gorgée de milk-shake, Spencer consulta sa montre.

– Le temps de faire le plein, on retrouvera la route inter-États vers neuf heures. Il y a dans les deux cent cinquante kilomètres avant Vegas. Même sans forcer, on devrait y être avant minuit.

Rocky faisait à nouveau une fixation sur les frites.

Spencer, attendri, en déposa quatre sur l'un des emballages de hamburger.

– Tu es déjà allé à Vegas ? demanda-t-il.

Les quatre frites avaient disparu. Rocky jeta un regard d'amour à celles qui dépassaient encore de la pochette, sur les genoux de son maître.

– C'est une ville très dure. Et j'ai l'impression que quand on y arrivera, les choses ne tarderont pas à se gâter pour nous.

Spencer acheva le sandwich, les frites et le milk-shake sans plus rien partager, en dépit de l'air de reproche du chien. Il fourra emballages et déchets dans un des sacs.

– Je voudrais que ce soit bien clair, vieux. Les types

qui nous poursuivent, quels qu'ils soient... ils sont sacrément puissants. Dangereux. Chatouilleux de la gâchette, à cran – hier, ils tiraient sur tout ce qui bougeait. Ils doivent avoir beaucoup à perdre.

Quand Spencer ôta le couvercle du second milk-shake à la vanille, le chien inclina la tête de côté, intéressé.

– Regarde ce que j'ai gardé pour toi. Tu n'as pas honte, maintenant, d'avoir eu de mauvaises pensées à mon égard parce que je ne voulais plus te donner de frites ?

Il garda le gobelet en main afin qu'il ne se renverse pas.

Rocky, la langue la plus rapide à l'ouest de Kansas City, attaqua le liquide crémeux avec une véritable frénésie. Quelques secondes plus tard, sa truffe s'enfonçait profondément dans le récipient, en faisant disparaître la friandise à toute vitesse.

– S'ils avaient placé la maison sous surveillance, hier soir, ils ont peut-être une photo de moi.

S'écartant du gobelet, le chien lança à Spencer un regard curieux. Il avait la truffe couverte de milk-shake.

– Tu manges comme un cochon.

Rocky baissa à nouveau le nez et l'Explorer s'emplit des bruits de succion de sa gloutonnerie canine.

– S'ils ont une photo, ils finiront par me trouver. Et en cherchant Valérie, en explorant son passé, j'ai de bonnes chances de tomber sur une chausse-trape et d'attirer l'attention sur moi.

Le gobelet vide n'intéressait plus l'animal et, par une étonnante série de rotations de la langue, il élimina la plus grande partie du milk-shake étalé sur sa truffe.

– Quels que soient ses ennemis, je suis le pire des crétins de croire que je pourrai les maîtriser. Je le sais. J'en ai une conscience aiguë. Et me voilà quand même en route pour Vegas.

Rocky toussa. Un peu de milk-shake restait dans sa gorge.

Spencer ouvrit le gobelet d'eau et le tint pendant que le chien buvait.

– Ce que je fais, me mêler comme ça de cette affaire… ce n'est pas très gentil pour toi. J'en suis conscient aussi.

L'intéressé, le museau trempé, ne voulait plus d'eau.

Après avoir refermé le récipient, Spencer le fourra dans

le sac de déchets. S'emparant d'une ou deux serviettes en papier, il empoigna Rocky par le collier.

– Viens ici, gros dégoûtant.

Le chien se laissa patiemment essuyer la truffe et le menton.

– Tu es mon meilleur ami, déclara son maître en le regardant dans les yeux. Tu le sais ? Bien sûr que tu le sais. Je suis ton meilleur ami aussi. Et si je me fais tuer... qui s'occupera de toi ?

L'animal soutenait solennellement son regard. On eût dit qu'il sentait le sujet d'importance.

– Et ne me raconte pas que tu n'as besoin de personne. Tu vas mieux que quand je t'ai récupéré, mais tu n'es pas encore indépendant. Tu ne le seras probablement jamais.

Il haleta comme pour contredire son compagnon, mais tous deux savaient la vérité.

– S'il m'arrive quoi que ce soit, je crois que ça te démolira. Tu régresseras. Tu redeviendras comme au refuge pour animaux. Et qui d'autre te donnera le temps et l'attention qu'il te faudra pour te remettre à nouveau, hein ? Personne.

Spencer lâcha le collier.

– Alors, je veux que tu saches que je ne suis pas autant ton ami que je le devrais. Je veux courir ma chance avec cette femme. Je veux savoir si elle est assez extraordinaire pour aimer… quelqu'un comme moi. Je suis prêt à risquer ma vie pour l'apprendre… mais je ne devrais pas être prêt à risquer aussi la tienne.

Ne jamais mentir au chien.

– Je ne suis pas capable d'être aussi fidèle que toi en amitié. Je ne suis qu'un humain, après tout. Regarde assez profond en n'importe lequel d'entre nous, et tu trouveras un salopard égoïste.

Rocky remua la queue.

– Arrête ! Tu veux que je me sente encore plus mal ?

La queue battant furieusement de droite à gauche, le chien grimpa sur les genoux de son maître pour se faire caresser.

Spencer poussa un long soupir.

– Eh bien, il faudra que j'évite de me faire tuer.

Ne jamais mentir au chien.

– Mais je crois que les probabilités sont contre moi, acheva-t-il.

Roy Miro avait retrouvé le labyrinthe banlieusard de la vallée. Il traversait une série de quartiers commerçants sans savoir où s'arrêtait une ville et où commençait la suivante, toujours furieux, mais aussi au bord de la dépression. Avec un désespoir croissant, il cherchait une épicerie, où il espérait trouver un présentoir de presse doté d'un choix complet. Il lui fallait un journal bien particulier.

Curieusement, dans deux quartiers fort éloignés l'un de l'autre, il eut la certitude de reconnaître deux opérations de surveillance sophistiquées.

La première avait pour siège un van modifié, avec empattement étiré et enjoliveurs chromés. Les flancs du véhicule étaient décorés d'un tableau au pistolet représentant des palmiers, des vagues qui se brisaient sur une plage et un coucher de soleil pourpre. Deux planches de surf étaient fixées sur la galerie. Aux yeux d'un non-initié, le van pouvait passer pour la propriété d'un vagabond fou de surf qui avait gagné à la loterie.

Roy distingua pourtant de nombreux indices qui en dénonçaient la véritable fonction. Toutes les vitres, y compris le pare-brise, étaient fumées, mais les deux grands carreaux latéraux autour desquels s'étalait la fresque apparaissaient si noirs qu'il ne pouvait s'agir que de miroirs sans tain, munis à l'extérieur d'un film coloré pour arrêter le regard des passants mais fournissant une bonne vue du monde extérieur aux agents embusqués – et à leurs caméras vidéo. Quatre spots étaient disposés côte à côte sur le toit, au-dessus du pare-brise, éteints. Chaque ampoule se trouvait fixée dans une pièce en forme de cône évoquant un petit mégaphone qui eût pu être un réflecteur destiné à focaliser le faisceau lumineux – mais était en fait tout autre chose. L'un des cônes constituait l'antenne d'un émetteur-récepteur à ondes ultra-courtes, relié aux ordinateurs du van, qui permettait de recevoir en même temps de plusieurs correspondants d'importants volumes de données codées, ou de les leur expédier. Les trois autres étaient des microphones directionnels.

L'une des ampoules n'était pas tournée comme ses trois voisines vers l'avant du véhicule, mais vers une boutique de sandwichs très fréquentée – Submarine Dive –, de l'autre côté de la rue. Les agents enregistraient les propos des dix ou douze personnes qui discutaient aimablement sur le trottoir, devant l'établissement. Plus tard, un ordinateur analyserait les voix, isolerait les orateurs, leur attribuerait des numéros qu'il associerait entre eux en fonction du débit vocal et des intonations, éliminerait la plus grande partie des bruits parasites tels que ceux de la circulation ou du vent, et produirait un enregistrement séparé de chaque conversation.

La deuxième opération de surveillance se déroulait à plus d'un kilomètre de la première, dans une rue de moyenne importance. Elle était dirigée depuis un autre van, maquillé en un véhicule commercial censé appartenir à la société de verrerie Jerry's Glass Magic. Des miroirs sans tain étaient audacieusement insérés dans les flancs de la camionnette, incorporés au logo de la société fictive.

Roy était toujours heureux de voir opérer des équipes de surveillance, particulièrement celles qui utilisaient un matériel high tech, parce qu'elles avaient plus de chances d'appartenir aux services fédéraux qu'à la police locale. Leur présence discrète prouvait qu'il y avait quelqu'un pour se préoccuper de la stabilité sociale et de la tranquillité des rues.

Lorsqu'il les remarquait, il se sentait généralement plus en sécurité – et moins seul.

Ce soir-là, son humeur ne s'en trouva pas améliorée. Ce soir-là, il était pris dans un tourbillon d'émotions négatives. Ce soir-là, il ne pourrait trouver le réconfort dans l'existence des équipes de surveillance, dans le travail qu'il effectuait pour Thomas Summerton, ni dans quoi que ce monde eût à offrir.

Il avait besoin de localiser le centre de son être, d'ouvrir la porte de son âme et de se présenter devant les forces cosmiques, face à face.

Avant d'avoir repéré un 7-Eleven ou une autre épicerie, Roy découvrit ce qu'il cherchait devant un bureau de poste : dix ou douze distributeurs de journaux, bien cabossés.

Il se gara le long du trottoir, marqué d'une ligne rouge, descendit de voiture et étudia le contenu des appareils. Le *Times* ou le *Daily News* ne l'intéressaient pas. Ce dont il avait besoin ne se trouvait que dans la presse alternative. La plupart des publications de ce genre vendaient du sexe, montrant célibataires aventureux, couples échangistes et gays, ou se spécialisant dans les services et divertissements pour adultes. Il ignora ces torchons salaces. Le sexe ne suffirait jamais à qui cherchait la transcendance de l'âme.

Nombre de grandes villes finançaient un hebdomadaire *New Age*, où il était question de produits naturels, de guérisons holistiques et de questions métaphysiques allant de la thérapie par la réincarnation à la canalisation de l'énergie spirituelle.

A Los Angeles, il s'en publiait trois.

Roy les acheta tous et retourna à sa voiture.

A la lueur ténue du plafonnier, il les feuilleta l'un après l'autre, n'inspectant que les annonces de professionnels. Gourous, swamis, voyants, tireurs de cartes, acupunteurs, herboristes pour stars de cinéma, magnétiseurs, lecteurs d'auras, chiromanciens, conseillers en théorie du chaos, guides des vies précédentes, thérapeutes de groupe et autres spécialistes offraient leurs services avec une profusion qui faisait chaud au cœur.

Roy habitait Washington, D.C., mais son travail l'entraînait aux quatre coins du pays. Il avait visité tous les lieux sacrés où la terre, telle une batterie géante, avait accumulé d'importantes réserves d'énergie spirituelle : Santa Fe, Taos, Woodstock, Key West, Spirit Lake, Meteor Crater, et d'autres encore. Il avait connu en ces saints confluents d'énergie cosmique des expériences fascinantes – mais il soupçonnait depuis longtemps Los Angeles d'être un nœud ignoré dont la puissance n'avait rien à envier aux plus grands. A présent, le simple nombre des guides spirituels qui figuraient dans les petites annonces renforçait ces soupçons.

Confronté à une myriade de choix, il sélectionna Le Temple De La Voie, à Burbank. Il était intrigué par la majuscule qui parait tous les mots constituant le nom de l'établissement, y compris la préposition et le deuxième article. Ces gens-là proposaient de nombreuses méthodes pour « chercher son identité et trouver l'œil de l'orage universel », non pas dans une boutique minable mais « dans la sphère paisible de notre domicile ». Il aimait également le nom des propriétaires – et le fait qu'ils aient la délicatesse de le mentionner dans leur annonce. Guinevere et Chester.

Il consulta sa montre. Plus de 21 heures.

Toujours en stationnement illicite devant le bureau de poste, il composa le numéro qui figurait dans l'annonce.

– Ici Chester, du Temple De La Voie, répondit un homme. Que puis-je pour vous ?

Roy s'excusa d'appeler à pareille heure, puisque le temple était situé au domicile de ses responsables, mais expliqua qu'il était en train de glisser dans une sorte de néant spirituel et avait besoin de retrouver aussi vite que possible un terrain ferme. A sa grande joie, on lui assura que Chester et Guinevere remplissaient leur mission à toute heure. Après avoir reçu des indications de direction, il estima qu'il pourrait être sur leur seuil vers 22 heures.

Il arriva à 21 h 50.

La jolie maison espagnole à un étage s'ornait d'un toit de tuiles et de fenêtres teintées renfoncées. De superbes palmiers et des fougères australiennes baignés par un éclairage artistique jetaient des ombres mystérieuses contre les murs de stuc jaune pâle.

Quand Roy sonna à la porte, il remarqua l'autocollant d'un fabriquant d'alarmes sur une fenêtre. L'instant d'après, la voix de Chester s'échappait de l'interphone.

– Qui est là, je vous prie ?

Roy fut à peine surpris qu'un couple aussi éclairé, conscient de ses talents psychiques, jugeât ces précautions nécessaires. Il était dans un bien triste état, ce monde où même les mystiques n'étaient pas à l'abri de la violence.

Souriant et amical, Chester accueillit Roy dans Le Temple De La Voie. C'était un homme d'environ cinquante ans, au ventre rond, pratiquement chauve mais doté d'une couronne de cheveux à la Frère Tuck, et au bronzage impeccable alors qu'on était au milieu de l'hiver. En dépit de son embonpoint, il paraissait fort comme un ours. Il portait des chaussures de sport, un pantalon kaki et une chemise de même couleur, dont les manches retroussées révélaient d'épais avant-bras velus.

Chester guida Roy à travers des pièces au plancher de pin blond ciré avec soin, aux tapis navajos et aux meubles grossiers qui eussent été plus à leur place dans un chalet des Sangre de Cristo Mountains que dans un pavillon de

Burbank. Après un foyer où trônait une télévision à écran géant, ils passèrent dans un vestibule, puis une pièce ronde d'environ quatre mètres de diamètre. Murs blancs et pas d'autre fenêtre que le vasistas circulaire inscrit dans le plafond voûté.

Une table ronde en pin occupait le centre de la salle. Chester désigna une chaise. Roy s'assit. On lui proposa une boisson – « n'importe quoi, du Coca light au thé » –, mais il refusa car son unique soif était celle de l'âme.

Au centre de la table se trouvait un panier en feuilles de palmes tressées que Chester montra alors au visiteur.

– Je ne suis, en cette matière, qu'un assistant. C'est Guinevere, l'adepte spirituelle. Ses mains ne doivent jamais toucher l'argent, mais bien qu'elle ait transcendé les questions temporelles, il faut qu'elle mange.

– C'est évident, approuva Roy.

Il tira trois billets de cent dollars de son portefeuille et les déposa dans le panier. Chester parut agréablement surpris de cette offrande, mais Roy avait toujours été convaincu qu'on n'obtenait que l'édification que l'on était prêt à payer.

Son hôte quitta les lieux en emportant le panier.

De minuscules ampoules fixées au plafond jetaient des arcs de lumière blanche sur les murs. Leur intensité diminua jusqu'à ce que la pièce s'emplît d'ombres et d'un éclat ambré semblable à celui de quelques bougies.

– Salut, je m'appelle Guinevere ! Non, je t'en prie, ne te lève pas.

L'arrivante pénétrait dans la pièce avec une insouciance de jeune fille, la tête haute et les épaules en arrière. Elle contourna la table pour s'installer en face de Roy.

Guinevere, la quarantaine, était extrêmement belle, quoiqu'il n'appréciât pas la crinière de tresses évoquant Méduse que composaient ses longs cheveux blonds. Ses yeux vert jade brûlaient d'une lumière intérieure et chacune des courbes de son visage rappelait les déesses mythologiques représentées dans les tableaux classiques. Son corps mince et souple, couvert d'un jean serré et d'un ample T-shirt blanc se déplaçait avec une grâce fluide. Ses seins lourds oscillaient de manière aguichante. Leurs mamelons se dressaient contre le coton du vêtement.

– Comment ça va ? demanda-t-elle, désinvolte.

– Pas terrible.
– Nous allons arranger ça. Comment t'appelles-tu ?
– Roy.
– Et que cherches-tu, Roy ?
– Je désire un monde de paix et de justice, un monde parfait dans les moindres détails. Mais les gens ne sont pas parfaits. Il y a tellement peu de perfection dans l'univers ! Pourtant, je la désire profondément. Parfois, ça me déprime.
– Tu dois comprendre le sens des imperfections du monde et la raison pour laquelle elles t'obsèdent. Quelle route vers l'illumination préfères-tu emprunter ?
– N'importe laquelle. Toutes.
– Excellent ! déclara la superbe rasta nordique, avec un enthousiasme tel que ses tresses s'agitèrent et que cliquetèrent les amas de perles rouges qui en marquaient l'extrémité. Nous allons peut-être commencer avec les cristaux.

Chester revint, poussant un grand coffre roulant, qu'il approcha à la droite de Guinevere.

Roy constata qu'il s'agissait d'un placard à outils métallique gris et noir, un mètre vingt de haut, un mètre de large, soixante centimètres de profondeur, deux portes sur le tiers inférieur, des tiroirs au-dessus. Le logo de Sears Craftsman luisait d'un éclat mat dans la lumière ambrée.

Tandis que Chester s'installait sur la troisième et dernière chaise, un peu à gauche et très légèrement en retrait de Guinevere, celle-ci ouvrit un des tiroirs et en sortit une sphère de cristal de la taille d'une boule de billard. Elle la prit dans ses mains en coupe pour la tendre à Roy, qui l'accepta.

– Ton aura est sombre, troublée. Occupons-nous tout d'abord de la purifier. Tiens la boule de cristal entre les mains, ferme les yeux et recherche le calme de la méditation. Ne pense qu'à une seule chose, à cette seule image pure : des collines enneigées. De douces éminences couvertes de neige fraîche, plus blanche que le sucre, plus légère que la farine. De douces collines, de l'horizon à l'horizon, et des flocons qui voltigent, de la blancheur à travers la blancheur, sur la blancheur, dans la blancheur…

Guinevere continua ainsi quelques instants, mais malgré ses efforts, Roy fut incapable de visualiser les collines drapées dans leur manteau blanc et les chutes de neige. Au lieu de cela, l'œil de son esprit ne voyait qu'une chose, des mains. Des mains magnifiques. Des mains *incroyables.*

Guinevere avait un physique tellement spectaculaire qu'il n'avait pas remarqué ses mains avant qu'elle ne lui passât la boule de cristal. Il n'en avait jamais vu de pareilles. Exceptionnelles. A la simple idée d'en embrasser les paumes, il sentait sa bouche s'assécher ; son cœur battait follement au souvenir des doigts élégants. Ils lui avaient semblé *parfaits.*

– Bien, c'est mieux, déclara joyeusement Guinevere, au bout de quelque temps. Ton aura est nettement plus claire. Tu peux ouvrir les yeux, à présent.

Il craignait d'avoir imaginé la perfection de ses mains, de les découvrir en les revoyant fort semblables à celles des autres femmes – et non, en définitive, à celles d'un ange. Mais non : délicates, gracieuses, éthérées, elle lui reprirent la boule de cristal, la remirent dans le tiroir ouvert du placard, puis désignèrent – telles les ailes écartées d'une colombe – sept nouveaux morceaux de cristal que la mystique avait posés sur un carré de velours noir, au centre de la table, tandis qu'il avait les yeux fermés.

– Donne-leur la disposition qui te paraît convenable, dit-elle. Ensuite, je l'interpréterai.

Les objets ressemblaient à ces flocons de neige en cristal épais vendus comme décorations de Noël. Il n'y en avait pas deux pareils.

Roy avait beau tenter de se concentrer sur sa tâche, son regard revenait subrepticement aux mains de la jeune femme. Chaque fois qu'il les apercevait, son souffle s'étranglait dans sa gorge. Il se demanda si elle se rendait compte qu'il avait, lui, les mains tremblantes.

Guinevere passa des cristaux à l'observation de son aura au travers de lentilles prismatiques, puis aux tarots et aux runes, et ses mains fabuleuses devinrent encore plus belles. Roy parvint à répondre aux questions, à suivre les instructions, et à faire mine de s'intéresser à la sagesse qu'on lui dispensait. Elle dut le croire ivre, ou simple d'esprit, car il s'exprimait d'une voix grasse et avait les paupières de plus en plus tombantes à mesure que la vision de ces mains l'intoxiquait davantage.

Il jeta un coup d'œil coupable à Chester, soudain persuadé que ce dernier – peut-être l'époux de Guinevere – était conscient et furieux du désir lascif qu'engendraient les mains de sa femme. Mais Chester ne leur accordait pas la moindre attention. Sa tête chauve baissée, il se curait les ongles de la main gauche avec ceux de la droite.

Roy était convaincu que la Sainte Mère de Dieu ne pouvait avoir eu des mains plus douces que celles de son interlocutrice, et que la plus grande succube de l'Enfer ne pouvait en avoir de plus érotiques. Ses mains étaient à Guinevere ce qu'était sa bouche à Melissa Wicklun, mais en mille fois, en dix mille fois plus fort. Parfaites, parfaites, parfaites.

Elle secoua le sac contenant les runes et les jeta à nouveau.

Roy oserait-il lui demander de se faire chiromancienne, afin qu'elle lui prît la main ?

Cette pensée délicieuse le fit frissonner et une spirale de vertige tourbillonna en lui. Il ne pouvait sortir de cette pièce et permettre à la jeune femme de toucher d'autres hommes de ces doigts exquis, divins.

Plongeant la main sous sa veste, il tira le Beretta de son étui puis appela :

– Chester.

L'interpellé releva les yeux et Roy lui tira dans la tête. Projeté en arrière avec sa chaise, Chester s'effrondra bruyamment, hors de vue de son assassin.

Il fallait changer le silencieux. La détonation étouffée avait dû s'entendre hors de la pièce mais, heureusement, pas hors de la maison.

Quand Roy avait pressé la détente, Guinevere contemplait les runes jetées sur la table. Elle devait être très concentrée sur son interprétation, car lorsqu'elle releva les yeux et découvrit l'arme, elle parut désorientée.

Avant qu'elle ne pût lever les mains pour se protéger, le forçant à les endommager, ce qui était impensable, il lui logea une balle au milieu du front. Elle partit en arrière rejoindre Chester sur le plancher.

Roy posa son pistolet, se leva et contourna la table. Les deux mystiques contemplaient sans ciller la lucarne du plafond et la nuit infinie qui s'étendait au-delà. Ils étaient passés instantanément de vie à trépas, aussi la scène était-elle fort peu sanglante. Leur mort avait été rapide et sans douleur.

L'instant, comme toujours était à la fois triste et joyeux. Triste, parce que le monde avait perdu deux êtres d'une grande sagesse, au cœur généreux et aux perceptions aiguisées. Joyeux, parce qu'ils n'étaient plus obligés de vivre dans une société de mécréants et d'égoïstes.

Roy les enviait.

Il tira ses gants de la poche intérieure de son manteau et gaina ses mains pour la tendre cérémonie qui l'attendait.

Tout d'abord, il redressa le siège de Guinevere. Il le poussa vers la table en maintenant la jeune femme en position assise, afin de la caler contre le meuble. La tête tomba en avant, le menton sur la poitrine, et les nattes émirent un léger bruit de crécelle, tandis qu'un rideau de perles venait masquer le visage. Roy leva le bras droit du cadavre, qui pendait à son côté, et le posa sur la table, puis procéda de même avec le gauche.

Les mains. Il les contempla un instant. Aussi attirantes mortes que vivantes. Gracieuses. Élégantes. Radieuses.

Elles lui apportaient l'espoir. Si la perfection existait bel et bien, sous quelque forme que ce fût, même négligeable, même dans une paire de mains, alors son rêve d'un monde parfait pouvait se réaliser un jour.

Il posa ses propres doigts sur ceux de Guinevere. Malgré les gants, ce contact avait quelque chose d'électrifiant. Roy frissonna de plaisir.

Il lui fut plus difficile de s'occuper de Chester, en raison de son poids. Il parvint néanmoins à le porter de l'autre côté de la table, face à Guinevere, mais vautré sur sa propre chaise et non sur celle qu'avait occupée le visiteur.

Roy se rendit à la cuisine, où il explora placards et garde-manger, glanant ce dont il avait besoin pour achever la cérémonie. Il alla chercher le dernier accessoire nécessaire au garage, apporta le tout dans la pièce ronde et le disposa au sommet du coffre roulant où Guinevere rangeait ses instruments de divination.

Un torchon lui permit d'essuyer la chaise où il s'était assis car, à ce moment-là, il n'avait pas porté de gants, et il risquait d'avoir laissé des empreintes. Il frotta également la table, la boule de cristal, et les flocons qu'il avait disposés pour la lecture psychique. Il n'avait rien touché d'autre dans la pièce.

Il lui fallut quelques minutes pour examiner le contenu magique de la boîte à outils et découvrir un objet approprié aux circonstances : un pentalpha, ou pentacle, vert dessiné sur du feutre noir, qu'on utilisait pour les questions plus sérieuses – comme une tentative de communication avec les esprits des morts – qu'une simple interprétation des runes, des cristaux ou des tarots.

Le morceau de tissu mesurait quarante-cinq centimètres de côté. Roy l'étendit au centre de la table, symbole de la vie après la vie.

Il brancha la petite scie électrique trouvée parmi les outils du garage et débarrassa Guinevere de sa main droite, qu'il déposa délicatement dans un Tupperware rectangulaire, au fond duquel il avait plié un torchon au tissu doux. Il referma la boîte.

Bien qu'il eût aussi envie d'emporter la main gauche, il lui semblait que vouloir posséder les deux eût été égoïste. Il était plus juste d'en laisser une avec le corps, afin que les policiers, le médecin légiste, l'entrepreneur des pompes funèbres et quiconque verrait le cadavre de Guinevere sachent qu'elle avait possédé les plus belles mains du monde.

Il souleva les bras de Chester et les laissa retomber sur la table, puis lui prit la main droite afin de l'unir à la gauche de Guinevere, au centre du pentalpha, exprimant ainsi sa conviction qu'ils se trouvaient réunis dans l'autre monde.

Roy aurait aimé posséder la puissance psychique, la pureté, ou quoi que ce fût qui permît de canaliser les esprits des morts. Il aurait immédiatement invoqué celui de Guinevere afin de lui demander s'il pouvait prendre également sa main gauche sans trop la contrarier.

Il poussa un soupir, ramassa le Tupperware et, à regret, quitta la pièce ronde. Dans la cuisine, il composa le 911 :

– Le Temple De La Voie n'est plus qu'une maison ordinaire, annonça-t-il à l'opératrice de la police. C'est très triste. Venez, s'il vous plaît.

Laissant le téléphone décroché, il s'empara d'un nouveau torchon dans un tiroir et se hâta de retourner à la porte d'entrée. Autant qu'il s'en souvînt, lorsqu'il était arrivé et avait suivi Chester jusqu'à la pièce ronde, il n'avait touché à rien. A présent, il n'avait qu'à essuyer la sonnette et à se débarrasser du torchon en regagnant sa voiture.

Il quitta Burbank, rejoignit Los Angeles par les collines, et s'engagea dans un quartier animé d'Hollywood. Les taches criardes des graffiti sur les murs et les ponts de l'autoroute, les voitures emplies de jeunes voyous cherchant la bagarre, les librairies et les théâtres pornographiques, les boutiques vides et les caniveaux jonchés d'ordures, les signes de l'effondrement économique et moral, la haine, l'envie, la cupidité et la concupiscence qui épaississaient l'air plus efficacement que le brouillard – rien de tout cela ne le déprimait pour le moment, car il emportait avec lui un objet d'une beauté assez parfaite pour prouver qu'une force créatrice sage et puissante était à l'œuvre dans l'univers. Il avait la preuve de l'existence de Dieu enfermée dans un Tupperware.

Au sein de l'immense Mojave où régnait la nuit, où les seules œuvres humaines étaient la route obscure et les véhicules qui y circulaient, où l'on recevait très mal les stations de radio éloignées, Spencer sentit ses pensées attirées contre son gré vers l'obscurité encore plus profonde et le silence encore plus inquiétant de cette fameuse nuit d'il y avait seize ans. Une fois pris dans cette boucle de souvenirs, il ne pouvait s'en échapper avant de s'être purgé en racontant ce qu'il avait vu et subi.

Les plaines et les collines désolées n'offraient pas la moindre taverne susceptible de servir de confessional. Les seules oreilles attentives étaient celles du chien.

Je descends les marches en tremblant, frictionnant mes bras nus, m'interrogeant sur cette peur inexplicable. A cet instant, peut-être ai-je déjà vaguement conscience d'être en train de descendre en un lieu d'où je ne réussirai jamais tout à fait à remonter.

Le cri que j'ai entendu en me penchant à la fenêtre pour voir le hibou m'attire. Bien qu'il ait été bref et n'ait retenti que deux fois, faiblement, il était tellement perçant, tellement pathétique que son souvenir m'ensorcelle. Un garçon de quatorze ans est parfois aussi aisément séduit par la perspective d'une énigme terrifiante que par les mystères de la sexualité.

J'arrive en bas des escaliers. Traverse des pièces aux fenêtres baignées par la lune, qui luisent faiblement, tels des écrans vidéo. Les meubles Stickley, dignes d'un musée, ne sont que des ombres anguleuses au sein de la pénombre bleu nuit. Je passe devant des peintures d'Edward Hopper, de Thomas Hart Benton et de Steven Ackblom. Ce dernier a peint des visages légèrement lumineux, à l'expression étrange, aussi indéchiffrable que les idéogrammes d'un langage extraterrestre né à des millions d'années-lumière de la terre.

Dans la cuisine, le sol de grès est glacé sous mes pieds. Durant la longue journée et toute la nuit, il a absorbé la fraîcheur de l'air refroidi au fréon et il absorbe désormais ma chaleur par la plante de mes pieds.

Un petit voyant rouge orne le clavier du système de sécurité installé près de la porte de derrière. Un mot figure sur l'affichage de l'appareil en lettres vertes éclatantes : ACTIVÉ. Je tape le code qui débranche le système. Le voyant rouge passe au vert. L'affichage se modifie : DÉSACTIVÉ.

Nous ne sommes pas dans une ferme ordinaire. Pas chez des gens qui vivent de la terre et ont des plaisirs simples. La maison renferme des trésors – de beaux meubles et des œuvres d'art –, si bien que même au fin fond du Colorado, des précautions s'imposent.

Je tire les deux verrous, ouvre la porte, et pénètre sous la véranda, quittant la maison glaciale pour la chaude nuit de juillet. Pieds nus, je gagne les marches et descends dans le patio dallé qui entoure la piscine. Je dépasse les eaux sombres étincelantes, entre dans la cour, tel un somnambule en plein rêve, attiré au cœur du silence par le souvenir du cri.

Le visage argenté et fantomatique de la pleine lune se reflète sur chaque brin d'herbe, la pelouse semble recouverte d'une gelée totalement hors de saison. Étrangement, soudain, je ne crains plus seulement pour moi-même, mais aussi pour ma mère, bien qu'elle soit morte depuis plus de six ans et n'ait rien à redouter. Ma peur devient si intense qu'elle me force à m'arrêter. Au milieu de la cour, je demeure immobile, attentif, dans le silence incertain. Mon ombre, projetée par la lune, entache la fausse gelée qui s'étend à mes pieds.

Devant moi s'élève la grange, laquelle n'a pas accueilli bêtes, foin ou tracteurs depuis au moins quinze ans, avant ma naissance. Pour qui passe en voiture sur la route, la propriété ressemble à une ferme, mais elle n'est pas ce qu'elle paraît être. Rien n'est ce qui paraît être.

La nuit est chaude. La sueur perle sur mon front et mon torse nu. Pourtant, un froid entêtant demeure sous ma peau, dans mon sang et les creux les plus profonds de mes jeunes os, un froid que la chaleur de juillet est impuissante à dissiper.

L'idée me vient que je frissonne parce que, sans savoir pourquoi, je me rappelle trop clairement le froid de fin d'hiver qui régnait en cette triste journée de mars, il y a six ans, lorsqu'on a retrouvé ma mère après trois jours de recherches. On a découvert son corps meurtri, recroquevillé dans un fossé, au bord d'une petite route, à plus de cent kilomètres, où l'a jetée le salopard qui l'a enlevée puis tuée. A huit ans, j'étais trop jeune pour comprendre le sens exact de la mort. Et ce jour-là, nul n'a osé me dire avec quelle sauvagerie elle avait été traitée : ces horreurs m'ont été révélées plus tard, par certains de mes camarades de classe – dotés de la cruauté des enfants et des adultes qui n'ont jamais grandi. Pourtant, malgré ma jeunesse et mon innocence, j'avais assez bien compris la mort pour savoir que je ne reverrais plus jamais ma mère. Le froid de cette journée de mars est le plus pénétrant que j'aie jamais connu.

A présent, sur la pelouse baignée de lune, je me demande pourquoi mes pensées reviennent régulièrement à ma mère perdue, pourquoi le cri inquiétant que j'ai entendu lorsque je me penchais à ma fenêtre me semble à la fois infiniment étrange et familier, pourquoi j'ai peur pour une morte et pourquoi je crains aussi intensément pour ma propre vie, alors que la nuit estivale ne recèle pas de menace visible.

Je me remets en marche vers la grange, devenue le point focal de mon attention, quoique j'aie cru initialement entendre le cri d'un animal dans les champs ou les premières collines. Mon ombre flotte devant moi, si bien que je ne pose jamais les pieds sur le tapis de lune mais sur des ténèbres créées par ma propre imagination.

Plutôt que de m'approcher directement des portes colossales de la façade de la grange, au sein desquelles s'en inscrit une plus petite, je suis mon instinct et me dirige vers la gauche, coupant l'allée goudronnée qui repart vers la maison et le garage. De nouveau sur l'herbe, mes pieds nus silencieux quand ils se posent sur mon ombre lunaire, je dépasse le coin du bâtiment et longe le mur jusqu'au bout.

Là, je m'immobilise, parce qu'un véhicule que je n'ai encore jamais vu est garé derrière la grange : un van Chevrolet qui n'est sans doute pas aussi sombre qu'il en a l'air, car le clair de lune, cet alchimiste, réduit toutes les couleurs à l'argenté et au gris. L'arc-en-ciel peint sur le flanc du véhicule paraît lui aussi composé de nuances de gris. La portière arrière est ouverte.

Le silence profond.

Il n'y a personne.

Même à l'âge impressionnable de quatorze ans, avec derrière moi toute une enfance d'Halloweens et de cauchemars, je n'ai jamais connu mystère ni terreur plus séducteurs. Je ne puis résister à leur attrait pervers. Je fais un pas en direction du van et… quelque chose fend l'air juste au-dessus de ma tête, avec un sifflement et un battement d'ailes, me faisant sursauter. Je trébuche, tombe, roule sur moi-même et relève les yeux pour voir d'énormes ailes blanches se déployer dans la nuit. Une ombre recouvre le gazon inondé de lune et l'idée folle me vient que ma mère, sous quelque forme angélique, est descendue du ciel pour m'éloigner du véhicule. Quand la présence céleste s'élève plus haut dans les cieux obscurs, pourtant, je constate que ce n'est qu'un grand hibou blanc, d'un mètre cinquante d'envergure, qui explore la nuit estivale à la recherche de mulots et autres proies.

Le hibou disparaît.

La nuit demeure.

Je me remets sur mes pieds.

Je m'approche lentement du van, irrésistiblement attiré par ce mystère, cette promesse d'aventure. Et par une terrible vérité dont je ne me sais pas encore dépositaire.

Le bruit des ailes du hibou, récent et effrayant, ne demeure pas dans ma mémoire, alors que le cri pitoyable entendu à ma fenêtre y résonne de manière inexorable. Peut-être commencé-je à reconnaître que ce n'était pas la plainte d'un animal sauvage trouvant la mort dans les champs ou les bois mais celle, abjecte, désespérée, d'un être humain en proie à une terreur sans nom...

Dans l'Explorer, lancé à toute allure au cœur du Mojave illuminé par la lune, Spencer, certes dépourvu d'ailes mais aussi sage que n'importe quel hibou, suivit ses souvenirs tenaces jusqu'au cœur des ténèbres, jusqu'à l'éclair d'acier jailli des ombres, la douleur soudaine et l'odeur du sang, la blessure qui deviendrait sa cicatrice. Il se frayait un chemin vers l'ultime révélation qui lui échappait toujours.

Elle lui échappait encore une fois.

Il ne se rappelait rien de ce qui s'était produit dans les derniers instants de cette infernale et lointaine confrontation, après qu'il eut appuyé sur la détente et fut retourné à l'abattoir. La police lui avait dit comment les choses avaient dû se terminer. Il avait lu le récit de ce qu'il avait fait, écrit par des journalistes qui fondaient livres et articles sur des indices. Mais aucun des conteurs ne s'était trouvé là. Ils ne pouvaient connaître la vérité. Lui seul avait été présent. Ses souvenirs, jusqu'à un certain point, étaient si vifs qu'ils en devenaient douloureux, mais ils s'achevaient sur un trou noir d'amnésie : après seize ans, il n'était toujours pas capable de jeter ne fût-ce qu'un rai de lumière en ces ténèbres.

S'il se remémorait ce qui lui manquait, peut-être pourrait-il trouver une paix durable. A moins que cela ne le détruisît. Au bout de ce noir tunnel d'oubli, il risquait de découvrir une honte avec laquelle il ne pourrait pas vivre. Se rappeler pourrait bien se révéler encore moins agréable qu'une balle dans le cerveau.

Pourtant, en se déchargeant périodiquement de tout ce dont il se souvenait bel et bien, il trouvait toujours un soulagement temporaire à son angoisse. Et il le trouva à nouveau dans le désert Mojave, en fonçant à quatre-vingt-dix kilomètres à l'heure.

Jetant un coup d'œil à Rocky, il constata que le chien dormait, roulé en boule sur l'autre siège. Sa position paraissait peu confortable, voire précaire, sa queue pendait dans le vide sous le tableau de bord, mais l'animal était visiblement à son aise.

Son maître supposa que dès qu'il abordait ce sujet, après avoir raconté son histoire un nombre incalculable de fois au fil des années, le rythme de son élocution et le ton de sa voix devenaient soporifiques. Même au beau milieu d'un orage, le chien n'aurait pu rester éveillé.

A moins que Spencer n'ait plus parlé depuis un certain temps. Peut-être son soliloque s'était-il très vite changé en murmure, puis en silence tandis qu'il ne continuait à s'exprimer que par une voix intérieure. L'identité du confesseur n'avait aucune importance – un chien était tout aussi acceptable qu'un inconnu dans un bar –, et il n'était pas très important que ledit confesseur écoutât. Sa présence n'était qu'une excuse qui permettait à Spencer de revivre son histoire, afin de trouver une absolution temporaire ou – s'il parvenait à jeter la lumière sur les ténèbres finales – une paix permanente, quelle qu'en fût la nature.

Il n'était plus qu'à soixante-dix kilomètres de Las Vegas.

Des buissons d'épineux emportés par le vent, aussi gros que des barriques, roulaient en travers de la route, dans la lumière des phares, allant de nulle part à nulle part.

L'air clair et chaud du désert ne brouillait guère la vue que Spencer avait de l'univers. Des millions d'étoiles éclataient de l'horizon à l'horizon, belles mais froides, aguichantes mais hors d'atteinte. Elles éclairaient remarquablement peu la plaine alcaline qui flanquait la route – et, malgré leur grandeur, elles ne révélaient rien.

Quand Roy Miro s'éveilla dans sa chambre d'hôtel de Westwood, la pendule numérique de la table de nuit indiquait 4 h 19. Il avait dormi moins de cinq heures mais se sentait reposé, aussi alluma-t-il sa lampe de chevet.

Il rejeta les couvertures, s'assit en pyjama au bord du lit, et garda les paupières plissées jusqu'à ce que ses yeux se fussent habitués à la lumière – puis il sourit au Tupperware posé près de la pendule. Une vague forme était visible à l'intérieur, à travers le plastique translucide.

Attirant la boîte sur ses genoux, il en ôta le couvercle.

La main de Guinevere. Il se sentait béni de posséder un objet d'une telle beauté.

Mais comme il était triste que cette splendeur ne dût pas se perpétuer très longtemps. Vingt-quatre heures plus tard, sinon avant, sa détérioration deviendrait visible. Son charme ne serait plus qu'un souvenir.

Déjà, la main avait subi un changement de couleur. Par bonheur, son aspect un peu crayeux ne faisait que mettre en évidence l'exquise structure osseuse des longs doigts effilés, élégants.

A regret, Roy reposa le couvercle, prit soin de le refermer étroitement, et écarta la boîte.

Il passa dans le salon de la suite. Son ordinateur et son téléphone portables étaient déjà connectés, branchés, posés sur une table basse, près d'une grande fenêtre.

Bientôt, il entra en contact avec Maman et demanda les résultats de l'enquête qu'il avait ordonnée la veille au soir, quand ses hommes et lui avaient découvert un champ de puits de pétrole désert à l'adresse de Spencer Grant fournie par le Bureau des Véhicules à Moteur.

Comme il avait été furieux, alors.

A présent, il était calme. Détendu. Maître de lui.

En lisant le rapport qui s'inscrivait sur l'écran, frappant sur la touche PAGE SUIVANTE lorsqu'il désirait aller plus loin, Roy comprit vite que la quête de la véritable adresse de Spencer Grant n'avait pas été facile.

Durant les mois qu'il avait passés dans les rangs de sa brigade contre le crime informatisé, Grant avait tout appris du réseau informatique national et de la vulnérabilité des milliers de systèmes informatiques qui le composaient. Il s'était procuré des livres de codes et de procédures, ainsi que des atlas de programmation à l'usage de diverses compagnies du téléphone, agences de crédit et services publics. Ensuite, il avait dû s'arranger pour les emporter ou les transmettre électroniquement des bureaux de la brigade à son propre ordinateur.

Après avoir quitté son emploi, il avait effacé toute référence à son adresse des archives publiques et privées. Son nom ne figurait que dans son dossier militaire, au Bureau des Véhicules à Moteur, dans les fichiers de la Sécurité sociale et dans son dossier de police. Partout, l'adresse mentionnée était l'une des deux qui s'étaient déjà révélées fausses. Le fichier national du Trésor public accueillait d'autres hommes du même nom, mais aucun du même âge, avec le même numéro de Sécurité sociale, vivant en Californie ou ayant bénéficié d'une réduction d'impôts en tant qu'employé de la police de Los Angeles. Grant ne figurait pas non plus dans les archives des impôts de l'État de Californie.

A défaut d'autre chose, c'était au minimum un fraudeur fiscal. Roy détestait les fraudeurs fiscaux, archétypes de l'irresponsabilité sociale.

D'après Maman, aucun service public n'avait actuellement de Spencer Grant parmi ses clients. Pourtant, où qu'il vécût, il avait besoin de l'électricité, de l'eau courante, du téléphone, du ramassage des ordures ménagères et probablement du gaz. Même s'il avait effacé son nom des dossiers de facturation afin d'éviter de payer, il ne pouvait quitter les dossiers clients sans déclencher la suspension des services. Pourtant, il demeurait introuvable.

Maman avait émis deux hypothèses. Primo : Grant était assez honnête pour payer ce qu'il utilisait mais il avait modifié les archives de services et de facturation pour que ses comptes soient enregistrés sous un faux nom. Le seul but de cet acte était de disparaître des fichiers publics afin de se rendre difficile à localiser quand un service de police ou un organisme gouvernemental désirait s'entretenir avec lui. Comme en ce moment. Secundo : il était malhonnête, s'était éliminé des dossiers de facturation, ne payait rien du tout, mais se faisait tout de même servir sous un faux nom. Dans l'un ou l'autre cas, il figurait *quelque part* dans les fichiers de ces sociétés, avec son adresse, sous une identité secrète. Si on la découvrait, on pourrait mettre la main sur lui.

Roy interrompit le rapport de Maman et retourna chercher dans la chambre l'enveloppe qui contenait le portrait de Spencer Grant obtenu par ordinateur. Cet homme était un adversaire d'une habileté peu coutumière. Roy voulait en avoir le visage en face de lui tandis qu'il lisait les informations le concernant.

Revenu devant l'ordinateur, il fit passer une nouvelle page du rapport.

Maman n'avait pas trouvé la moindre trace de Grant dans les banques et les sociétés d'épargne ou de crédit. Soit il effectuait tous ses achats en liquide, soit ses comptes étaient ouverts sous un faux nom. La première hypothèse était sans doute la bonne : les actes de cet homme révélaient de nettes tendances paranoïaques, qui l'empêchaient certainement de confier son argent à une banque.

Roy jeta un coup d'œil au portrait. Grant avait bel et bien des yeux étranges. Fiévreux. Aucun doute à ce sujet. Il y avait une trace de folie dans son regard. Peut-être même plus qu'une trace.

L'individu avait pu former une association à travers laquelle il effectuait ses opérations de trésorerie, aussi Maman avait-elle fouillé les dossiers du secrétaire au Trésor de Californie et de divers organismes régulatoires, cherchant son nom dans les listes des actionnaires connus. Rien.

Tout compte bancaire étant relié à un numéro de Sécurité sociale, Maman en avait cherché un, courant ou d'épargne, portant le numéro de Grant, quel que fût le nom sous lequel l'argent était déposé. Rien.

Il était peut-être propriétaire de son domicile, si bien que Maman avait exploré les archives des taxes foncières dans les comtés spécifiés par Roy. Rien. S'il était bien propriétaire, c'était sous une fausse identité.

Autre espoir : si Grant avait jamais été inscrit à une université ou soigné dans un hôpital, il avait pu oublier que son adresse figurait sur les formulaires d'inscription ou de prise en charge et, en conséquence, négliger de l'y effacer. La plupart des institutions scolaires et médicales étaient régies par des lois fédérales ; en conséquence, de nombreux organismes gouvernementaux avaient accès à leurs archives. Compte tenu du nombre de ces institutions, même dans une zone géographique limitée, il avait fallu à Maman une patience de sainte ou de machine – et elle possédait cette dernière. Malgré tous ses efforts, elle n'avait rien trouvé.

Roy jeta un nouveau coup d'œil au portrait de Spencer Grant. Il commençait à se dire que cet homme ne souffrait pas simplement de troubles mentaux. La réalité était plus sinistre que cela. C'était un être activement *maléfique*. Quiconque se montrait aussi obsédé de son intimité ne pouvait être qu'un ennemi du peuple.

Glacé, il se retourna vers l'ordinateur.

Quand Maman entreprenait une recherche aussi vaste que celle-là, et que ladite recherche se révélait vaine, elle n'abandonnait pas la partie. Elle était programmée pour brancher ses circuits logiques libres – durant les périodes de travail plus calmes ou entre ses diverses tâches – sur une importante liste d'adresses accumulées par l'agence, cherchant le nom qui se révélait introuvable ailleurs. La soupe de noms. C'était ainsi qu'on appelait cette liste. Les éléments en étaient recueillis dans les fichiers des clubs du livre ou du disque du mois, des magazines nationaux, des grands éditeurs, des principaux partis politiques, des sociétés de vente par correspondance aux spécialités allant de la lingerie sexy aux gadgets électroniques en passant par la viande fraîche, et des associations telles que celles des fanatiques de vieilles voitures ou celles de philatélistes, ainsi que de nombreuses autres sources.

Dans la soupe de noms, Maman avait trouvé un Spencer Grant différent de ceux que connaissaient les archives du Trésor public.

Intrigué, Roy se redressa sur sa chaise.

Presque deux ans plus tôt, ce Spencer Grant-là avait commandé un jouet pour chien dans un catalogue de vente par correspondance destiné aux propriétaires d'animaux de compagnie : un os en caoutchouc musical. Il possédait une adresse en Californie. A Malibu.

Maman était retournée dans les fichiers des services publics pour savoir si cette adresse y était inscrite. Elle l'était.

Le contrat pour l'électricité était rédigé au nom de Stewart Peck.

Ceux du service d'eau et du ramassage des ordures ménagères avaient été passés avec Mr Henry Holden.

Le gaz naturel était facturé à James Gable.

La compagnie du téléphone avait accordé une ligne à un certain John Humphrey. A la même adresse, elle envoyait les factures du téléphone portable de William Clark.

La compagnie AT&T transmettait les appels longue distance de Wayne Gregory.

Les dossiers des impôts fonciers connaissaient le propriétaire des lieux sous le nom de Robert Tracy.

Maman avait trouvé le balafré.

Malgré tous ses efforts pour disparaître derrière un complexe écran d'identités multiples, bien qu'il eût diligemment tenté d'effacer son passé et de rendre son existence aussi difficile à prouver que celle du monstre du

Loch Ness, et après avoir presque réussi à se faire aussi immatériel qu'un fantôme, il avait été trahi par un os en caoutchouc musical. Un jouet pour chien. Grant avait paru doté d'une intelligence surhumaine, et c'était le désir simple et très humain de faire plaisir à un animal qui provoquait sa chute.

9.

Roy Miro observait la scène depuis les ombres bleues du bouquet d'eucalyptus, goûtant l'agréable odeur pharmaceutique des feuilles grasses.

Un commando assemblé à la hâte donna l'assaut au chalet une heure avant l'aube, alors que seul troublait la quiétude du canyon le gémissement des arbres agités par la brise de l'océan. Ce calme fut rompu par un bruit de verre brisé, l'explosion de grenades incapacitantes, puis le craquement sinistre de la porte d'entrée et de celle du jardin, qui cédèrent simultanément.

La maison n'étant pas bien grande, la première fouille dura moins d'une minute. Un Micro Uzi en main, revêtu d'un gilet en Kevlar tellement lourd qu'il paraissait même capable d'arrêter des balles au Teflon, Alfonse Johnson sortit sous la véranda de derrière pour annoncer que le chalet était désert.

Déçu, Roy quitta le bouquet d'arbres et suivit son subordonné dans la cuisine où des éclats de verre crissaient sous les pas.

– Il est parti en voyage, déclara Johnson.

– Qu'est-ce que vous en savez ?

– Là-dedans.

Roy l'accompagna dans l'unique chambre à coucher, presque aussi spartiate qu'une cellule de moine. Aucune œuvre d'art ne parait les murs grossièrement enduits. Au lieu de rideaux, des stores en vinyle blanc pendaient devant les fenêtres.

Une valise se trouvait près du lit, devant la table de nuit.

– Il a dû décider qu'il n'avait pas besoin de celle-là, commenta Johnson.

Le dessus-de-lit en coton, très simple, était légèrement

froissé – comme si Grant avait posé là un autre bagage afin de préparer son voyage.

La penderie ouverte révélait quelques chemises, jeans et pantalons en twill, mais la moitié des cintres étaient nus.

Roy tira un à un les tiroirs de la commode. Ils renfermaient quelques effets – surtout des chaussettes et autres sous-vêtements. Une ceinture. Un pull vert et un pull bleu.

Même une grosse valise n'eût pas suffi à les contenir. Grant avait donc emporté au moins deux bagages – ou alors son budget vêtements était aussi limité que celui qu'il allouait à sa décoration d'intérieur.

– Des traces de chien ? demanda Roy.

Johnson secoua la tête.

– Rien vu de tel.

– Regardez aussi dehors, ordonna le chef des opérations en quittant la pièce.

Trois membres du commando, des types grands et massifs avec qui il n'avait encore jamais travaillé, se tenaient au milieu du salon. Dans cet espace confiné, leur équipement protecteur, leurs bottes de combat et leurs armes les faisaient paraître encore plus imposants qu'ils ne l'étaient. Sans personne à abattre ou à maîtriser, ils étaient aussi mal à l'aise, empruntés, que des catcheurs professionnels invités à prendre le thé avec les octogénaires d'un club de tricot.

Roy s'apprêtait à les faire sortir quand il s'aperçut que, parmi les divers appareils électroniques qui couvraient le bureau d'angle en forme de L, un écran d'ordinateur était allumé. Des lettres blanches luisaient sur fond bleu.

– Qui a allumé ça ? demanda-t-il aux trois hommes.

Ils contemplèrent la machine, perplexes.

– Ça devait déjà être comme ça quand on est arrivé, supposa l'un d'eux.

– Ça ne vous aurait pas frappés ?

– Peut-être pas.

– Grant a dû partir en catastrophe, avança un autre.

Alfonse Johnson, qui pénétrait dans la pièce, était d'un avis différent.

– Je jurerais que ce machin n'était pas allumé quand je suis entré.

Roy s'approcha du bureau. Le même nombre, répété à trois reprises, occupait le centre de l'écran :

31
31
31

Soudain, le nombre du sommet de la colonne se modifia, lentement suivi de celui qui venait ensuite, puis du dernier, jusqu'à ce qu'ils fussent à nouveau tous semblables :

32
32
32

Alors qu'apparaissait le troisième 32, un léger ronflement s'échappa d'un des appareils posés sur le grand bureau. Cela ne dura qu'une ou deux secondes, si bien que Roy ne pût identifier l'élément concerné.

Les chiffres changèrent encore, de haut en bas, comme la première fois : 33, 33, 33. Et à nouveau, ce ronflement ténu pendant deux secondes.

Quoique Roy fût nettement plus au fait des possibilités et du fonctionnement des ordinateurs sophistiqués que le citoyen moyen, la plupart des gadgets posés sur cette table lui étaient inconnus. Certains paraissaient même de fabrication artisanale. De petites ampoules rouges et vertes brillaient sur plusieurs appareils bizarres, indiquant qu'ils étaient sous tension. Des enchevêtrements de câbles aux diamètres variés reliaient la plupart des machines familières à celles qui demeuraient mystérieuses.

34
34
34

Un ronflement.

Quelque chose d'important était en train de se produire, Roy en avait l'intuition. Mais *quoi ?* Il ne comprenait pas. Ce fut avec une frénésie croissante qu'il étudia l'équipement électronique.

Sur l'écran, les nombres augmentèrent encore d'une unité, toujours de haut en bas : 35. Il y eut un ronflement.

S'ils avaient été décroissants, Roy aurait estimé qu'il assistait au compte à rebours précédent la mise à feu d'une bombe. Naturellement, aucune loi cosmique ne contraignait les bombes à retardement à exploser au bout d'un compte *à rebours*. Pourquoi pas l'inverse ? Début à zéro, explosion à 100. Ou à 50. Ou à 40.

36
36
36

Ronflement.

Non, ce n'était pas une bombe. Ç'aurait été stupide. Pourquoi Grant aurait-il voulu démolir son propre domicile ?

Simple. Parce qu'il était fou. Paranoïaque. Il n'y avait qu'à voir ses yeux, sur le portrait généré par ordinateur : fiévreux, marqués par la démence.

37, de haut en bas. Et un ronflement.

Roy explora l'entrelacs de câbles, espérant apprendre de quelle manière les appareils étaient reliés.

Une mouche se posa sur sa tempe gauche. Il l'écrasa d'une main impatiente. Ce n'était pas une mouche. C'était une goutte de sueur.

– Qu'est-ce qui ne va pas ? demanda Alfonse Johnson.

Il se dressa au côté de Roy, anormalement grand, armé, cuirassé, tel un basketteur venu d'un monde futur où ce jeu eût évolué pour devenir une forme de combat mortel.

Sur l'écran, le compte avait atteint 40. Roy se figea, les mains pleines de câbles, entendit le ronflement et se réjouit que le chalet se fût abstenu d'exploser.

Si ce n'était pas une bombe, de quoi s'agissait-il ?

Pour comprendre, il lui fallait réfléchir comme Grant. Tenter d'imaginer de quelle manière un sociopathe paranoïaque envisageait la réalité. Voir avec les yeux de la folie. Pas facile.

Bon, très bien. Si Grant était psychotique, il n'en était pas moins rusé. Par conséquent, après avoir failli être arrêté durant l'assaut du mercredi soir à Santa Monica, il avait deviné qu'on détenait une photo de lui et qu'il était devenu l'objet de recherches intensives. Après tout, il avait été flic. Il connaissait la musique. Bien qu'il eût employé toute l'année précédente à s'escamoter progressivement des archives de l'administration, il n'avait pas encore franchi le pas qui l'eût rendu invisible, aussi avait-il eu pleinement conscience du fait que son chalet serait découvert tôt ou tard.

– Qu'est-ce qui ne va pas ? répéta Johnson.

Grant s'attendait à ce qu'on pénètre chez lui de la manière dont on était entré dans le bungalow. Tout un commando. Fouillant les lieux. Se dispersant.

Roy avait la bouche sèche. Son cœur s'emballait.

– Jetez un coup d'œil à l'encadrement des portes. On a dû déclencher une alarme.

– Une alarme ? répéta Johnson, sceptique. Dans cette vieille cabane ?

– Exécution !

Le subalterne se hâta d'obtempérer.

Roy triait frénétiquement les câbles emmêlés, noués. L'ordinateur en action était celui qui, de toute la collection de Grant, possédait l'unité centrale la plus puissante. Il était relié à de nombreux éléments, dont un boîtier vert dépourvu d'inscription, qui l'était lui-même à un modem, lequel était branché sur un téléphone à six lignes.

Pour la première fois, Roy réalisa qu'un des voyants « marche » luisant parmi les appareils était l'indicateur de la première ligne téléphonique. Une communication était en cours.

Il décrocha le combiné et le porta à son oreille. Une transmission de données à grande vitesse lui parvint sous la forme d'une cascade de notes électroniques, langage musical étrange, sans rythme ni mélodie.

– Il y a un contact magnétique sur le seuil ! s'écria Johnson depuis la porte d'entrée.

– Le câblage est visible ? demanda Roy en laissant retomber le combiné dans son logement.

– Ouais. Et c'est du travail récent. Le fil de cuivre est flambant neuf au point de contact.

– Suivez la piste.

Il se retourna ver l'écran.

Le compte en était à 45.

Il s'intéressa à nouveau à la boîte verte qui reliait ordinateur et modem. Un câble gris en partait pour rejoindre un élément qu'il n'avait pas encore trouvé. Il le suivit le long du bureau, à travers de véritables écheveaux, entre des appareils, jusqu'au bord du meuble, puis jusqu'au sol.

A l'autre bout de la pièce, Johnson arrachait le fil de l'alarme à la plinthe sur laquelle il était agrafé et l'enroulait autour de son poing ganté. Les trois autres hommes le regardaient, demeurant en retrait, hors de son chemin.

Roy suivit le câble gris qui courait sur le plancher avant de disparaître derrière une haute bibliothèque.

En suivant sa propre piste, Johnson arriva de l'autre côté de la même bibliothèque.

Chacun exerça une légère traction sur son fil. Des livres tressautèrent bruyamment sur la deuxième étagère en partant du haut.

Roy cessa de se concentrer sur le câble et releva la tête. Juste devant lui, un tout petit peu au-dessus de ses yeux, une lentille de deux centimètres et demi de diamètre lui jetait un regard noir entre d'épais traités d'histoire reliés. Les ôtant de la bibliothèque, il révéla une caméra vidéo compacte.

– Qu'est-ce que c'est que ce bordel ? demanda Johnson.

Sur l'écran de l'ordinateur, le compte venait d'atteindre 48, au sommet de la colonne.

– Quand vous avez brisé le contact magnétique, à la porte, vous avez mis la caméra en marche, expliqua Roy.

Il lâcha le câble gris et enleva un nouveau livre de l'étagère.

– Bon, eh bien, il n'y a qu'à détruire la cassette vidéo et personne ne saura jamais qu'on est venus, déclara Johnson.

Roy ouvrit le livre et déchira un coin de page.

– Ce n'est pas si simple. En mettant la caméra en marche, vous avez aussi activé l'ordinateur, tout le système, et il a passé un coup de téléphone.

– Quel système ?

– La caméra vidéo transmet ses images à cette boîte verte oblongue, sur le bureau.

– Et alors ? Qu'est-ce que ça fait ?

Après avoir préparé un épais crachat, Roy humecta son morceau de papier et le colla sur l'objectif.

– Je ne sais pas exactement, mais d'une manière ou d'une autre, la boîte traite l'image vidéo, la transcode en données non visuelles, et la transmet à l'ordinateur.

En s'approchant de l'écran, il se sentit moins tendu qu'avant la découverte de la caméra, car à présent, il savait ce qui se passait. Il n'en était pas très heureux – mais au moins, il comprenait.

51
50
50

Le second nombre passa à 51. Puis le troisième.

Ronflement.

– Toutes les quatre ou cinq secondes, l'ordinateur bloque un écran de données provenant de la caméra vidéo et le renvoie à la boîte verte. C'est à ce moment-là que le premier nombre change.

Ils attendirent. Pas longtemps.

52
51
51

– La boîte verte, continua Roy, transmet cet écran de données au modem, et c'est là que le deuxième nombre change.

52
52
51

– Le modem traduit l'ensemble en code sonore et l'envoie au téléphone. Le troisième chiffre change et…

52
52
52

– … à l'autre bout du fil, le processus est inversé. On retraduit les données codées en images.

– Des images ? Des photos de nous ? s'inquiéta Johnson.

– Il vient de recevoir sa cinquante-deuxième photo depuis que vous êtes entrés.

– Merde.

– Et il en a eu cinquante d'une qualité parfaite – avant que je ne masque l'objectif de la caméra.

– Où ? Où est-ce qu'il les reçoit ?

– Il va falloir retrouver la trace de l'appel passé par l'ordinateur quand vous avez enfoncé la porte, expliqua Roy en désignant le voyant rouge de la ligne téléphonique numéro un. Grant ne voulait pas se retrouver en face de nous, mais il voulait savoir à quoi on ressemblait.

– Alors, en ce moment même, il est en train de regarder nos tronches ?

– Probablement pas. L'autre bout de la chaîne est peut-être aussi automatisé que celui-ci. Mais il finira par s'y arrêter, histoire de voir si quelque chose lui a été transmis. A ce moment-là, avec un peu de chance, on aura retrouvé à quel numéro de téléphone était adressée la communication et on l'attendra sur place.

Les trois autres agents s'étaient encore éloignés des ordinateurs. Ils contemplaient l'équipement électronique avec méfiance.

– Qui diable est ce type ? demanda l'un d'entre eux.

– Personne en particulier, répondit Roy. Juste un malade, rempli de haine.

– Pourquoi n'avez-vous pas arraché les fils quand vous avez compris qu'il nous filmait ? interrogea Johnson.

– Il nous avait déjà photographiés, ça n'avait plus d'importance. Et il est possible qu'il ait programmé le système pour que son disque dur s'efface si les fils étaient arrachés. On ne saurait plus quels programmes, quelles informations se trouvaient dans la machine. Tant que le système est intact, on peut se faire une bonne idée de ce que ce type a fabriqué ici. Peut-être même reconstituer ses activités des derniers jours ou des dernières semaines, voire des derniers mois. On devrait trouver quelques indices sur la destination de son voyage – et éventuellement mettre la main sur la bonne femme grâce à lui.

55
55
55

Ronflement.

L'écran, soudain, s'illumina, ce qui fit sursauter Roy. La colonne de chiffres fut remplacée par trois mots : LE NOMBRE MAGIQUE.

Le téléphone se déconnecta. Le voyant rouge de la ligne numéro un s'éteignit.

– Sans importance. La trace de l'appel figure dans les archives automatiques de la compagnie du téléphone.

L'écran se vida.

– Qu'est-ce qui se passe ? s'inquiéta Johnson.

Deux nouveaux mots apparurent : MORT CÉRÉBRALE.

– Espèce d'enculé de salopard de balafré de merde ! s'emporta Roy.

Alfonse Johnson recula d'un pas, surpris par une telle fureur de la part d'un homme qu'il avait toujours connu souriant et d'humeur égale.

Roy s'assit au bureau. Comme il posait les mains sur le clavier, MORT CÉRÉBRALE disparut de l'écran.

Il se retrouvait face à un simple plan bleu ciel.

En jurant, il tenta d'appeler un menu de base.

Bleu. Un bleu serein.

Ses doigts volèrent sur les touches.

Serein. Inchangé. Bleu.

Le disque dur était vide. Même le système, sûrement encore intact, demeurait figé, refusait de fonctionner.

Grant avait nettoyé derrière lui, puis s'était autorisé à leur faire un pied de nez avec son annonce de MORT CÉRÉBRALE.

Respirer profondément. Profondément et lentement. Inhaler la vapeur pêche de la tranquillité. Exhaler la brume verte de la colère et de la tension. Le bon dedans, le mauvais dehors.

Quand Spencer et Rocky étaient arrivés à Las Vegas, aux environs de minuit, le colossal rempart de néons clignotant-frémissant-tournoyant-palpitant qui jouxtait le fameux Strip rendait la nuit presque aussi claire qu'une journée ensoleillée. Même à pareille heure, Las Vegas Boulevard était bloqué par la circulation. Des essaims de piétons bourdonnaient sur les trottoirs, les traits étranges, parfois démoniaques, dans les lumières fantasmagoriques. Ils allaient de casino en casino, tels des insectes cherchant leur butin.

L'énergie frénétique de la scène avait troublé Rocky. Il se trouvait en sécurité dans l'Explorer, avec les vitres closes, mais n'avait pas tardé à frissonner, puis à gémir, tournant la tête de droite à gauche, anxieux, comme certain qu'une agression sauvage se préparait et incapable de déterminer de quelle direction allait surgir le danger. Peut-être doté d'un sixième sens, l'animal avait-il senti dans la foule la fièvre des joueurs les plus compulsifs, la cupidité prédatrice des escrocs et des prostituées, et le désespoir des gros perdants.

Sortis de toute cette agitation, ils avaient passé la nuit dans un motel de Maryland Parkway, à deux longs pâtés de maisons du Strip. Dépourvu de casino et de bar, l'endroit était paisible.

Spencer, épuisé, avait rapidement trouvé le sommeil malgré un matelas trop mou. Il avait rêvé d'une porte rouge qu'il ouvrait encore et encore, dix fois, vingt fois, cent fois de suite. Parfois, il ne trouvait de l'autre côté que l'obscurité, une noirceur qui sentait le sang et faisait résonner un tonnerre soudain dans son cœur. Parfois, Valérie était là, mais lorsqu'il tendait la main vers elle, elle lui échappait, et le battant se refermait en claquant.

Le vendredi matin, après s'être rasé et douché, il emplit un bol de pâtée pour chien, un autre d'eau, et les déposa près du lit avant de gagner la porte.

– Ils doivent avoir une cafétéria. Je vais déjeuner. On part dès que je reviens.

Le chien ne voulait pas rester seul. Il poussa un gémissement implorant.

– Tu es en sécurité, ici, assura Spencer.

Il ouvrit la porte avec méfiance, s'attendant à ce que Rocky se précipite à l'extérieur.

Plutôt que de courir vers la liberté, l'animal demeura assis, pitoyablement recroquevillé sur lui-même, et baissa la tête.

Son maître sortit sous l'auvent, puis jeta un nouveau coup d'œil dans la chambre.

Rocky n'avait pas bougé. Tête basse, il frissonnait.

Spencer revint et referma le battant en soupirant.

– Très bien : déjeune. Ensuite, tu viendras avec moi.

Le chien roula de grands yeux sous ses arcades fournies, tandis que l'ancien policier prenait possession d'un fauteuil. Il s'approcha de son bol de nourriture, mal à l'aise, regardant tour à tour son compagnon et la porte.

– Je ne bouge pas de là, lui assura Spencer.

Plutôt que de dévorer, comme à l'ordinaire, Rocky mangea avec une délicatesse et une lenteur peu canines. Il savoura ce repas comme s'il avait été convaincu qu'il s'agissait de son dernier.

Quand il eut enfin terminé, son maître rinça les bols, les essuya et porta tous les bagages dans l'Explorer.

Las Vegas pouvait être aussi chaude en février qu'à la fin du printemps, mais le désert était également sujet à un hiver lunatique qui révélait des crocs acérés lorsqu'il décidait de mordre. En ce vendredi matin, le ciel était gris et la température n'atteignait pas dix degrés. Un vent aussi froid que le cœur d'un directeur de casino arrivait des montagnes occidentales.

Après avoir chargé la voiture, ils firent un détour par un coin fort tranquille du terrain vague broussailleux qui s'étendait derrière le motel. Spencer monta la garde, le dos tourné, les épaules voûtées et les mains dans les poches de son jean, pendant que Rocky répondait à l'appel de la nature.

Cette formalité expédiée avec succès, ils retournèrent à l'Explorer, que Spencer déplaça de la moitié sud à la moitié nord du motel où se trouvait la cafétéria. Il se gara devant le trottoir, face à la grande baie vitrée.

A l'intérieur du restaurant, il choisit un box auprès de la vitre pour voir le véhicule, lequel ne se trouvait qu'à six mètres de lui. Rocky se redressait de toute sa hauteur sur le siège du passager pour l'observer à travers le pare-brise.

Spencer commanda des œufs, des frites, des toasts et du café. Tout en mangeant, il regardait fréquemment vers la voiture. Le chien ne le quittait pas des yeux.

A une ou deux reprises, l'ancien policier lui fit un signe de la main.

Rocky adorait cela. Chaque fois que son maître se montrait conscient de son existence, il remuait la queue. Un moment, il posa les pattes sur le tableau de bord, appuya le nez contre le pare-brise et sourit.

– Qu'est-ce qu'on t'a fait, mon vieux ? Qu'est-ce qu'on t'a fait pour te rendre comme ça ? se demanda Spencer à voix haute, tandis qu'il achevait son café sous le regard adorateur du chien.

Roy Miro laissa Alfonse Johnson et les autres passer au crible le chalet de Malibu, et retourna à Los Angeles. Avec un peu de chance, ils découvriraient parmi les possessions de Grant quelque chose qui jetterait un peu de lumière sur sa personnalité, révélerait un aspect inconnu de son passé, ou leur donnerait une piste pour le retrouver.

Dans le QG du centre-ville, des agents exploraient déjà les machines de la compagnie du téléphone, recherchant le destinataire de l'appel passé par l'ordinateur de Grant. Ce dernier avait sans doute effacé ses traces. Ils auraient de la chance si, le lendemain à la même heure, ils disposaient du numéro et de l'adresse où il avait reçu les cinquante images vidéo.

Rejoignant Los Angeles par l'autoroute de la Côte, Roy régla son téléphone en mode « mains libres » pour appeler Kleck, à Orange County.

Bien qu'il parût fatigué, John Kleck s'exprimait toujours de sa belle voix profonde.

– Je commence à la détester, cette salope, déclara-t-il, faisant référence à celle qui s'était appelée Valérie Keene avant d'abandonner sa voiture à l'aéroport John Wayne, le mercredi, et de devenir une nouvelle fois quelqu'un d'autre.

En l'écoutant, Roy avait du mal à se représenter un jeune agent grand et maigre, au visage de truite effrayée. Sa voix basse et sonore rappelait davantage un solide chanteur noir de l'époque *wap-dou-wap*.

Les rapports que délivrait Kleck semblaient toujours avoir une importance vitale – même quand il n'avait strictement rien à dire. Comme à présent. Son équipe et lui n'avaient toujours pas la moindre idée de la direction prise par la bonne femme.

– On élargit les recherches aux agences de location de véhicules de tout le comté, entonna-t-il. On épluche aussi les rapports de vols de voiture. Toute bagnole piquée dans la journée de mercredi se retrouve sur notre liste.

– Elle n'a encore jamais volé de voiture, remarqua Roy.

– C'est bien pour ça qu'elle risque de le faire cette fois-ci – histoire de nous désorienter. Ce que je crains, c'est qu'elle ait fait du stop. Ça, c'est une filière qu'on ne peut pas remonter.

– Si elle a fait du stop, avec tous les malades qui circulent de nos jours, on n'a plus à s'en faire pour elle, dit Roy. Elle a déjà été violée, assassinée, décapitée, éventrée et démembrée.

– Dès l'instant où je peux récupérer un morceau de cadavre pour l'identification, ça me convient parfaitement, assura Kleck.

Après cette conversation, quoique la matinée fût encore jeune, Roy avait la certitude que la journée ne lui apporterait que des mauvaises nouvelles.

La pensée négative n'était généralement pas son fait. Il éprouvait un profond mépris pour ses adeptes. S'ils étaient trop nombreux à irradier le pessimisme au même moment, ils risquaient de distordre le tissu de la réalité, causant tremblements de terre, tornades, catastrophes ferroviaires ou aériennes, pluies acides, cancers, perturbations des communications hertziennes et dangereuses montées de nervosité au sein de la population. Pourtant, il était incapable de retrouver sa bonne humeur.

Conduisant d'une main, il sortit délicatement le trésor de Guinevere du Tupperware et le posa près de lui, sur le siège, pour tenter de se remonter le moral.

Cinq doigts exquis. Des ongles parfaits, naturels, sans vernis, chacun avec sa lunule en croissant, précisément symétrique. Et les quatorze plus jolies phalanges du monde : aucune ne mesurait un millimètre de plus ou de moins que la longueur idéale. Le long du dos gracieusement voûté de la main, les cinq métacarpes les plus délicatement formés qu'il eût jamais vus tendaient la peau. Laquelle était pâle mais dépourvue de taches, aussi lisse que la cire fondue des bougies éclairant la grande table de Dieu lui-même.

Tandis qu'il se dirigeait vers le centre-ville, Roy laissa de temps à autre son regard dériver vers le trésor, et chacun de ces brefs coups d'œil lui fut bénéfique. Lorsqu'il arriva près de Parker Center, le quartier général administratif de la police de Los Angeles, il était d'un optimisme à toute épreuve.

Arrêté à un feu rouge, il replaça à regret la main dans son récipient avant de déposer ce reliquaire et son précieux contenu sous le siège du conducteur.

A Parker Center, il abandonna le véhicule sur une place de parking réservée aux visiteurs, prit l'ascenseur et, usant de sa carte du FBI, rejoignit le quatrième étage. Il avait rendez-vous avec le capitaine Harris Descoteaux, qui l'attendait dans son bureau.

Roy s'était brièvement entretenu avec Descoteaux depuis Malibu, si bien que le découvrir noir ne fut pas une surprise. Il avait cette superbe pigmentation anthracite, presque luisante, que possédaient parfois les natifs des Caraïbes. Bien qu'il résidât à l'évidence depuis des années à Los Angeles, un vague accent insulaire conférait encore une certaine musicalité à ses paroles.

En pantalon bleu marine, bretelles à rayures, chemise blanche et cravate bleue à rayures rouges obliques, Descoteaux avait l'allure, la dignité et la gravité d'un juge de la Cour suprême, malgré ses manches retroussées et sa veste posée sur le dossier de sa chaise.

Il serra la main de Roy et désigna l'unique autre siège.

– Asseyez-vous, je vous en prie, invita-t-il.

Le petit bureau n'était pas digne de l'homme qui l'occupait. Mal ventilé. Mal éclairé. Meublé sans recherche.

Le visiteur en était désolé. Aucun cadre du gouvernement, policier ou non, n'aurait dû travailler en un lieu aussi exigu. Le service public était une noble vocation, et Roy estimait que ceux qui se portaient volontaires pour servir leurs semblables devaient être traités avec respect, gratitude et générosité.

– Le Bureau confirme votre identité mais refuse de révéler sur quelle affaire vous travaillez, déclara Descoteaux en s'asseyant.

– Question de sécurité nationale, lui assura Roy.

Toute question à son sujet adressée au FBI était transmise à Cassandra Solinko, l'inestimable assistante administrative du directeur, laquelle entérinait (quoique jamais par écrit) le mensonge voulant que Roy fût un agent du Bureau. Toutefois, elle ne pouvait préciser la nature de ses investigations, car elle ignorait totalement de quoi il s'occupait.

Descoteaux fronça le sourcil.

– Question de sécurité… c'est assez vague.

Si Roy se trouvait pris dans de graves ennuis – du

genre à inspirer les enquêtes du Congrès et les manchettes des journaux –, Cassandra nierait avoir jamais confirmé qu'il appartenait au FBI. Si on ne la croyait pas, si elle était convoquée au tribunal pour y dévoiler le peu qu'elle savait de Roy et de son agence anonyme, la probabilité pour qu'elle souffrît d'une embolie cérébrale, d'un infarctus du myocarde ou d'une collision frontale à grande vitesse avec une pile de pont était extrêmement forte. Elle n'ignorait pas les conséquences de sa collaboration.

– Désolé, capitaine Descoteaux, mais je ne peux pas me montrer plus précis.

Roy lui-même subirait des conséquences similaires s'il se montrait imprudent. Une carrière dans le service public pouvait parfois se révéler stressante – une des raisons qui justifiaient, selon lui, des locaux confortables, une enveloppe généreuse en fin de mois et des honneurs littéralement sans limites.

Descoteaux n'appréciait pas d'être court-circuité.

– Il n'est pas évident d'aider quelqu'un quand on ne sait pas de quoi il a besoin, déclara-t-il en échangeant son froncement de sourcils contre un sourire, s'exprimant avec une aisance tout insulaire.

Il eût été facile de succomber à son charme, de prendre ses gestes délibérés et pourtant fluides pour l'indolence d'un esprit tropical, de l'estimer frivole en entendant sa voix musicale.

Roy, toutefois, lut la vérité dans les gigantesques yeux d'encre du capitaine, noirs et liquides, aussi directs et pénétrants que ceux d'un personnage de Rembrandt. Ces yeux-là révélaient l'intelligence, la patience, l'insatiable curiosité des hommes qui représentaient la pire des menaces pour quelqu'un travaillant dans sa partie.

Il rendit son sourire à Descoteaux de façon que le sien fût encore plus doux, convaincu que son allure de jeune et svelte Père Noël n'avait rien à envier au charme des Caraïbes.

– En fait, je n'ai pas besoin d'aide, au sens où vous l'entendez : services et personnel. Seulement de quelques renseignements.

– Je serais ravi de vous les donner si je les possède, assura le capitaine.

L'intensité de leurs deux sourires avait temporairement rectifié le problème d'éclairage du petit bureau.

– Avant d'être promu à l'administration centrale, je crois que vous étiez capitaine de division, commença Roy.

– Oui, je commandais la division de Los Angeles Ouest.

– Vous rappelez-vous un jeune policier qui a servi sous vos ordres pendant un peu plus d'un an : Spencer Grant ?

Les yeux de Descoteaux s'agrandirent légèrement.

– Et comment que je me souviens de Spence. Je m'en souviens très bien.

– C'était un bon flic ?

– Le meilleur, affirma Descoteaux sans la moindre hésitation. Académie de police, diplôme de criminologie, services spéciaux de l'armée... il avait de la *substance.*

– Un homme très compétent, donc.

– « Compétence » n'est même pas le terme qui convient.

– Intelligent ?

– Très.

– Les deux voleurs de voiture qu'il a abattus... c'était en état de légitime défense ?

– Bon Dieu, oui, on ne peut plus légitime. Un des deux était recherché pour meurtre, et le deuxième devait répondre de trois crimes divers. Tous les deux étaient armés et lui ont tiré dessus. Spence n'avait pas le choix. Le conseil de discipline l'a innocenté aussi vite que Dieu a laissé entrer saint Pierre au paradis.

– Mais il n'est pas retourné dans la rue, remarqua Roy.

– Il ne voulait plus porter d'arme.

– Il avait pourtant été dans les Rangers.

Descoteaux acquiesça.

– Il avait participé à plusieurs missions – en Amérique centrale et au Moyen-Orient. Il avait déjà été obligé de tuer, et il a fini par admettre qu'il ne pouvait pas faire carrière dans le service actif.

– A cause de ce qu'il ressentait quand il tuait ?

– Non. Plus parce que... parce qu'à mon avis, il n'était pas toujours convaincu que ces morts soient justifiées, quoi qu'en disent les politiciens. Mais c'est une supposition. Je ne sais pas avec certitude ce qu'il pensait.

– Un homme qui hésite à se servir d'une arme contre un autre… c'est compréhensible, dit Roy. Mais si le même homme quitte l'armée pour la police, je ne comprends plus.

– J'imagine qu'en tant que flic, il croyait être plus maître des circonstances dans lesquelles utiliser la force. C'était son rêve, en tout cas, et les rêves ont la vie dure.

– Il rêvait d'être flic ?

– Pas nécessairement. Juste un héros en uniforme qui risque sa vie pour aider des gens, sauver des existences, faire respecter la loi.

– C'était un jeune homme bien altruiste, remarqua Roy, quelque peu sarcastique.

– On en a quelques-uns. En fait, ils sont nombreux… au moins au début. (Descoteaux contempla ses mains noires comme le charbon, croisées sur le sous-main vert qui parait son bureau.) Dans le cas de Spence, ces grands idéaux l'ont conduit à l'armée, puis à la police… mais il y avait plus que cela. D'une certaine manière… en aidant les gens de toutes les manières qui s'offrent à un flic, il tentait de se trouver lui-même, d'atteindre un certain équilibre.

– Troubles psychologiques ? demanda Roy.

– Pas assez pour ne pas être un bon flic.

– Ah ? Et qu'est-ce qu'il tentait de comprendre à son propre sujet ?

– Je ne sais pas. Je crois que ça remontait loin.

– Loin ?

– Dans son passé. Il le transportait sur son dos comme une tonne de briques.

– Ça avait un rapport avec sa cicatrice ? s'enquit Roy.

– Un grand rapport, à mon avis.

Le capitaine releva la tête. Ses immenses yeux sombres étaient emplis de compassion. Des yeux expressifs, exceptionnels. S'ils avaient appartenu à une femme, Roy eût voulu les posséder.

– Comment a-t-il reçu cette blessure ? Comment est-ce arrivé ?

– Il a toujours dit qu'il avait eu un accident quand il était enfant. De voiture, je crois. Il n'avait pas réellement envie d'en parler.

– Il avait des amis intimes parmi ses collègues ?

– Pas intimes, non. C'est un type sympathique mais réservé.

– Un solitaire, approuva Roy.

– Non. Pas comme vous l'imaginez. Il ne finira jamais en haut d'un gratte-ciel avec un fusil, à flinguer tout ce qui bouge. Les gens l'aiment bien, et il aime bien les gens. Il est juste… réservé.

– Après la fusillade, il a réclamé un emploi de bureau. Il a spécifiquement demandé son transfert à la brigade contre le crime informatisé ?

– Non. On est venu le chercher. Je suis sûr que vous le savez, mais bien des gens seraient surpris d'apprendre que bon nombre de policiers détiennent des diplômes de droit, de psychologie ou, comme Spence, de criminologie. La plupart n'étudient pas dans l'espoir de changer de branche ou de faire carrière au sein de l'administration. Ils veulent rester dans la rue. Ils aiment leur travail, et ils pensent qu'un peu d'études supérieures les aidera à le faire mieux. Ils sont dévoués, impliqués dans leur tâche. Leur seul désir est d'être de bons flics, et ils…

– C'est admirable, certes. Mais on peut aussi les considérer comme des réactionnaires extrémistes, incapables de renoncer au *pouvoir* que confère l'uniforme.

Descoteaux cligna des yeux.

– Quoi qu'il en soit, quand un de ceux-là veut abandonner la rue, il ne se retrouve pas à remplir de la paperasse. On utilise ses compétences. Le Bureau Administratif, les Affaires Internes, la Division du Crime Organisé, la plupart des divisions du Groupe des Enquêtes… ils voulaient tous Spence. Il a choisi la brigade.

– Ce n'est pas lui qui en a fait la demande ?

– Il n'a rien eu besoin de solliciter. Comme je le disais, on s'est adressé à lui.

– Et avant d'appartenir à la brigade, c'était un dingue des ordinateurs ?

– Un dingue ? (Descoteaux ne parvenait plus à masquer son impatience.) Il savait utiliser les ordinateurs dans le cadre de son travail, mais il n'en était pas obsédé. Spencer n'était dingue de rien du tout. C'est un homme très solide, très fiable.

– Sauf que – je vous cite – il essaie toujours de se trouver, de trouver un certain équilibre.

– N'est-ce pas notre cas à tous ? fit sèchement le capitaine.

Il se leva et se tourna vers la petite fenêtre qui flanquait sa table de travail. A travers les lattes poussiéreuses du store, il contempla la ville nimbée de brouillard.

Roy attendit. Il valait mieux le laisser se calmer. Le pauvre type méritait bien cela. Son bureau était terriblement petit et ne comportait pas même de toilettes privées.

– Je ne sais pas de quoi vous croyez Spence responsable, reprit enfin Descoteaux en se retournant, et il ne sert à rien que je vous pose la question…

– Sécurité nationale, confirma Roy, suffisant.

– … mais vous vous trompez à son sujet. Cet homme-là ne se tournera jamais vers le mal.

Roy haussa les sourcils.

– Qu'est-ce qui vous en rend si sûr ?

– Il souffre.

– Vraiment ? De quoi ?

– De la différence entre le bien et le mal. De ce qu'il fait, des décisions qu'il prend. Il souffre en silence, en lui-même… mais il souffre.

– N'est-ce pas notre cas à tous ? demanda Roy en se levant.

– Non, répondit son interlocuteur. Plus maintenant. La plupart des gens estiment que tout est relatif, y compris la morale.

Roy n'estimait pas que Descoteaux fût d'humeur à lui serrer la main, aussi se contenta-t-il de déclarer :

– Eh bien, je vous remercie de m'avoir accordé un peu de temps, capitaine.

– Quel que soit le crime, Mr Miro, l'homme qui le commet est absolument certain de son bon droit.

– Je m'en souviendrai.

– Il n'y a rien de plus dangereux qu'un homme convaincu de sa propre supériorité morale, insista Descoteaux.

– C'est bien vrai, approuva Roy en ouvrant la porte.

– Quelqu'un comme Spence… ce n'est pas l'ennemi. En fait, les gens comme lui sont la seule raison pour laquelle cette foutue civilisation ne nous est pas encore tombée sur la tête.

– Bonne journée, dit Roy en sortant dans le couloir.

– Quel que soit le côté où se rangera Spence, je parierais mon cul que ce sera celui de la justice, conclut le capitaine avec une agressivité tranquille mais certaine.

Son visiteur referma derrière lui la porte du bureau. Lorsqu'il atteignit les ascenseurs, il avait déjà pris la décision de faire abattre Harris Descoteaux. Peut-être s'en chargerait-il lui-même, une fois débarrassé de Spencer Grant.

En rejoignant sa voiture, il se calma. Lorsqu'il se fut à nouveau inséré dans la circulation, avec près de lui, sur le siège, le trésor de Guinevere qui exerçait son influence apaisante, il retrouva assez de maîtrise de lui-même pour réaliser qu'une exécution sommaire ne constituait pas une réponse convenable aux insultantes insinuations du policier. Il était en son pouvoir d'infliger des punitions pires que la mort.

Les trois ailes du petit immeuble enlaçaient une modeste piscine. Un vent froid découpait la surface de l'eau en vaguelettes qui giflaient le carrelage bleu, sous le rebord. En traversant la cour, Spencer identifia une odeur de chlore.

Le ciel était plus bas qu'avant le petit déjeuner, tapis de cendres grises se déposant sur terre. Les branches luxuriantes des palmiers agités par le vent bruissaient, s'entrechoquaient, ce qui était peut-être signe d'orage.

Rocky, qui trottinait au côté de son maître, éternua à deux reprises à cause du chlore, mais les palmes animées de soubresauts le laissèrent de marbre. Aucun arbre ne l'avait jamais effrayé. Ce qui ne signifiait pas qu'il n'en existait pas un quelque part de diabolique. Dans ses crises les plus étranges, lorsque pris de frissons il sentait derrière chaque ombre une sorcellerie maléfique à l'œuvre, l'animal aurait probablement pu se laisser terroriser par un rachitique arbuste en pot.

D'après les renseignements que Valérie – qui s'appelait alors Hannah May Rainey – avait fournis pour obtenir son permis de travail comme croupière de casino, elle habitait cet immeuble. Appartement 2-D.

Les appartements du premier et dernier étage ouvraient sur un balcon couvert qui surplombait la cour et abritait l'allée passant devant ceux du rez-de-chaussée. Tandis que les arrivants gravissaient un escalier de béton, le vent agita un balustre descellé de la rampe en fer forgé, piquetée de rouille.

Spencer avait emmené Rocky parce qu'un bon chien est un excellent moyen de briser la glace. Les gens ont tendance à se fier aux hommes auxquels se fient les chiens, et ils s'ouvrent plus facilement à un inconnu auprès duquel se tient un bon gros toutou – même si cet inconnu possède le regard sombre, intense, et une cicatrice de l'oreille au menton. Telle est la puissance du charme canin.

L'ancien appartement d'Hannah-Valérie se trouvait dans la partie centrale de la construction en U, au fond de la cour. La grande fenêtre, à droite de la porte, était masquée par des rideaux opaques. Sur la gauche, une autre, plus petite, révélait une cuisine. Le nom « Traven » surmontait la sonnette.

Spencer sonna et attendit.

Son plus grand espoir était que Valérie eût partagé l'appartement et que l'autre locataire fût toujours là. Elle avait habité ici au moins quatre mois – la durée de son engagement au Mirage. Durant une telle période, même si elle avait autant vécu dans le mensonge qu'en Californie, sa colocataire avait pu remarquer quelque chose qui permettrait au visiteur de remonter la piste à partir du Nevada, tout comme Rosie l'avait fait passer de Santa Monica à Las Vegas.

Il sonna de nouveau.

Aussi étrange qu'il pût paraître de vouloir la retrouver en essayant d'apprendre d'où elle venait plutôt qu'où elle était allée, il n'avait pas de meilleur choix. Il ne disposait d'aucun moyen de savoir où elle s'était rendue après avoir quitté Santa Monica. En outre, s'il explorait le passé, il risquait moins de se heurter aux agents fédéraux – ou aux autres gens, quels qu'ils fussent, qui traquaient la jeune femme.

Il avait entendu la sonnette tinter à l'intérieur. Malgré cela, il frappa.

Cette fois on lui répondit – mais pas de l'ancien appartement de Valérie. Un peu plus à droite, le long du balcon, la porte du 2-E s'ouvrit, et une femme aux cheveux gris, d'environ soixante-dix ans, passa la tête dans l'entrebâillement.

– Je peux vous aider ?

– Je cherche miss Traven.

– Elle travaille toute la matinée au Caesar's Palace. Elle ne sera pas là avant plusieurs heures.

La nouvelle venue s'avança sur le seuil. C'était une femme de petite taille, au visage doux, potelée, qui portait de bruyantes chaussures orthopédiques, des bas de maintien aussi épais que la peau d'un dinosaure, une robe d'intérieur jaune et grise et un gilet vert foncé.

– En fait, la personne que je cherche, c'est... commença Spencer.

Rocky, qui se dissimulait derrière lui, se risqua à passer la tête autour de ses jambes pour jeter un coup d'œil à la grand-mère de l'appartement 2-E, laquelle poussa un couinement ravi. Bien qu'elle chancelât plus qu'elle ne marchait, elle quitta le pas de sa porte avec l'exubérance d'un enfant ignorant le sens du mot « arthrite ». Des niaiseries plein la bouche, elle s'approcha à une vitesse qui stupéfia Spencer et terrifia totalement le chien. Alors qu'elle fondait sur lui avec des exclamations extatiques, il poussa un jappement et tenta de grimper le long de la jambe droite de son maître comme pour se dissimuler sous son blouson. Quand la vieille femme lui lança un « Toutou, toutou, gentil toutou », il se laissa tomber à terre, étourdi par la peur, se roula en boule, croisa les pattes avant sur les yeux et se prépara à connaître une mort violente.

La jambe gauche de Bosley Donner glissa du marchepied de son fauteuil roulant électrique et racla le trottoir. Riant, laissant le siège s'arrêter de lui-même, Donner souleva à deux mains sa jambe insensible pour la remettre en place.

Son véhicule, équipé d'une puissante batterie et d'un système de propulsion de voiturette de golf, était capable d'aller nettement plus vite que la plupart des fauteuils roulants électriques. Roy Miro le rattrapa, le souffle court.

– Je vous avais dit que cette petite merveille roulait bien, déclara l'infirme.

– Oui, je vois, haleta Roy. Impressionnant.

Ils se trouvaient dans le parc de la propriété de Donner, à Bel Air, que parcourait un large ruban d'asphalte couleur brique permettant au propriétaire d'accéder à tous les recoins de ses deux hectares superbement arrangés par un paysagiste. L'allée, parsemée de côtes et de descentes successives, passait dans un tunnel, sous le patio, et serpentait parmi des palmiers phénix, des palmiers de la reine, des palmiers du roi, de gigantesques lauriers d'Inde et des mélaleucas, dans leur costume d'écorce râpée. De toute évidence, Donner l'avait conçue pour qu'elle lui servît de montagnes russes privées.

– C'est illégal, vous savez, déclara-t-il.

– Illégal ?

– Il est interdit de modifier un fauteuil roulant comme je l'ai fait.

– Eh bien, oui, je comprends ça.

– Vraiment ? s'étonna Donner. Pas moi : c'est *mon* fauteuil.

– A filer comme ça sur ce circuit, vous pourriez bien vous retrouver tétraplégique au lieu de paraplégique.

Donner sourit et haussa les épaules.

– En ce cas, je brancherai un ordinateur sur mon engin pour le faire fonctionner à l'aide de commandes vocales.

Agé de trente-deux ans, Bosley Donner avait été privé de l'usage de ses jambes lorsqu'il en avait vingt-quatre, par un éclat d'obus dans la colonne vertébrale, reçu durant une intervention policière de son unité d'US Rangers au Moyen-Orient. C'était un individu trapu, très bronzé, aux cheveux blonds taillés en brosse et aux yeux bleu-gris encore plus joyeux que ceux de Roy. Si son handicap l'avait jamais déprimé, c'était terminé depuis longtemps – ou bien il avait appris à le dissimuler.

Son visiteur le trouvait antipathique en raison de son style de vie extravagant, de sa bonne humeur exaspérante, de sa chemise hawaiienne outrageusement voyante – et pour d'autres raisons, assez indéfinissables.

– Une telle insouciance est-elle bien responsable, socialement parlant ?

Donner fronça le sourcil sans comprendre, puis son visage s'éclaira.

– Oh, vous voulez dire que je pourrais devenir un poids pour la société. Bon Dieu, je n'irai jamais dans un hôpital public, de toute manière. Ils me traîneraient dans la tombe en six secondes chrono. Regardez autour de vous, Mr Miro, je peux payer ce qu'il faut. Venez. Je vais vous montrer le temple. C'est vraiment quelque chose.

Accélérant rapidement, Donner s'éloigna et descendit une éminence où alternaient l'ombre des palmes et des plages de soleil rouge doré.

Roy le suivit en s'efforçant de réprimer son irritation.

Après avoir été démobilisé, Donner s'était rabattu sur son talent de dessinateur de personnages comiques. Son *book* lui avait valu un emploi dans une entreprise de cartes de vœux. Durant ses loisirs, il avait créé une bande dessinée qui lui avait valu un contrat du premier quotidien auquel il l'avait proposée. En deux ans, il était devenu le dessinateur humoristique le plus en vogue du pays. A présent, grâce à ses célèbres personnages – que Roy jugeait stupides –, Bosley Donner était une industrie : best-sellers, dessins animés télévisés, T-shirts, sa propre collection de cartes de vœux, produits dérivés, disques, et bien d'autres choses encore.

Au bas d'une longue pente, l'allée menait à un temple ouvert de style classique. Cinq colonnes reposaient sur un sol de craie, soutenant une lourde corniche et un dôme à l'épi sphérique. Tout autour fleurissaient d'éclatantes primevères anglaises, jaunes, rouges, roses et mauves.

Donner, dans son fauteuil, attendait au centre de l'édifice baigné d'ombres. Un tel environnement aurait dû lui conférer une allure mystérieuse. Son embonpoint, son visage large, sa coupe en brosse et sa chemise hawaiienne s'unissaient pour le faire ressembler à un de ses propres personnages de BD.

– Vous me parliez de Spencer Grant, lui rappela Roy en pénétrant dans le temple.

– Vraiment ? fit Donner, légèrement ironique.

Durant les vingt dernières minutes, tandis qu'il guidait Roy à un train d'enfer à travers la propriété, il avait beaucoup parlé de Grant – en compagnie de qui il avait servi dans les Rangers. Il n'avait pourtant en rien révélé la personnalité de son ex-frère d'armes, ni le moindre détail important de l'existence que menait ce dernier avant de s'engager.

– J'aimais bien Hollywood, déclara-t-il. C'est le type le plus calme que j'aie jamais connu, un des plus polis, un des plus intelligents – et certainement le plus modeste.

Pas du tout le genre à frimer. Et quand il était de bonne humeur, il pouvait se montrer très drôle. Mais il était du genre effacé. Personne ne le connaissait vraiment.

– Hollywood ? demanda Roy.

– C'est le surnom qu'on lui donnait quand on voulait le faire marcher. Il adorait les vieux films. Ça confinait même à l'obsession.

– Un genre de films particulier ?

– Les histoires à suspense et les drames avec des héros à l'ancienne mode. Il disait que, de nos jours, les films ont oublié ce que sont les héros.

– Comment ça ?

– Il pensait que les héros, autrefois, avaient un sens du bien et du mal plus développé que ceux d'aujourd'hui. Il adorait *La Mort aux trousses*, *Les Enchaînés*, *Du silence et des ombres*, parce que les protagonistes avaient de grands principes, de la morale. Ils se servaient plus de leur intelligence que de leur arme.

– Alors que maintenant, enchaîna Roy, on fait des films où deux flics démolissent une ville et descendent la moitié des habitants pour s'emparer d'un seul bandit.

– Ils disent des gros mots, des tas d'obscénités.

– Ils emmènent au lit des femmes rencontrées deux heures auparavant…

– Et ils se baladent à moitié à poil pour montrer leurs gros muscles. Ils sont complètement imbus d'eux-mêmes.

– Il n'avait pas tort, votre ami, acquiesça Roy.

– Les acteurs préférés d'Hollywood étaient Cary Grant et Spencer Tracy, alors bien sûr, on le chahutait pas mal avec ça.

Roy était surpris d'avoir la même opinion que le balafré au sujet des films modernes. Se trouver d'accord sur un point avec ce dangereux sociopathe le troublait.

Trop préoccupé, il n'avait qu'à moitié entendu ce que venait de dire Donner.

– Excusez-moi… vous le chahutiez pas mal à cause de quoi ?

– Eh bien, que Spencer Tracy et Cary Grant aient aussi été les acteurs préférés de sa mère, au point de lui avoir donné leurs noms, ce n'était pas particulièrement marrant. Mais un type comme Hollywood, tellement modeste, tellement calme, timide avec les filles, un type qui semblait carrément dépourvu d'ego – on trouvait ça drôle qu'il s'identifie avec tant de force à ces deux acteurs, aux personnages qu'ils jouaient. Il n'avait que dix-neuf ans quand il s'était engagé dans les Rangers mais, de bien des manières, il en paraissait vingt de plus que nous. On ne voyait le gamin resurgir en lui que lorsqu'il parlait de vieux films ou lorsqu'il les regardait.

Roy sentit que ce qu'il venait d'apprendre était d'une importance capitale, mais il ne comprenait pas pourquoi. Il se tenait au bord d'une révélation dont il ne discernait pas encore la forme.

Il retint son souffle, craignant que le simple fait d'expirer l'éloignât tel un vent violent de l'illumination qui semblait à sa portée.

Une brise chaude soufflait à travers le temple.

Sur le sol de craie, près du pied gauche du visiteur, un scarabée noir rampait péniblement vers son étrange destin.

Soudain, comme dans un rêve, Roy s'entendit poser une question qu'il n'avait pas préparée consciemment.

– Vous êtes sûr que sa mère l'a appelé ainsi en hommage à Spencer Tracy et à Cary Grant ?

– N'est-ce pas évident ? répliqua Donner.

– Évident ?

– Pour moi, ça l'est.

– C'est lui-même qui vous a dit qu'elle avait choisi son nom comme ça ?

– Je suppose. Je ne me le rappelle pas, mais il a dû le faire.

La douce brise soufflait, le scarabée avançait et un frisson d'illumination traversait Roy.

– Vous n'avez pas encore vu la cascade, s'exclama Donner. Elle est superbe. Vraiment très, très belle. Venez, il faut que vous voyiez ça.

Le fauteuil quitta le temple en ronronnant.

Roy se détourna. Entre les colonnes, il vit le fauteuil accélérer follement sur une autre pente abrupte, vers les ombres fraîches d'une verte vallée. L'infirme traversait à toute allure des javelots de soleil rouge doré, qui faisaient flamboyer sa chemise hawaïenne aux dessins éclatants. Quelques instants plus tard, il disparut derrière une rangée de hautes fougères australiennes.

A présent, Roy savait pourquoi Bosley Donner lui déplaisant tant : il était tout simplement trop confiant, trop indépendant. Même handicapé, il se prenait totalement en charge, n'avait besoin de personne.

De tels gens représentaient un grave danger pour le système. Maintenir l'ordre dans une société composée d'individualistes forcenés était impossible. La dépendance du peuple était la source de la puissance de l'État, et si l'État ne disposait pas d'une puissance énorme, on ne pouvait pas progresser, ni assurer la paix dans les rues.

Il aurait fort bien pu suivre le dessinateur et l'éliminer au nom de la stabilité sociale, de crainte que d'autres ne suivissent l'exemple de Bosley, mais le risque d'être surpris était trop important. Deux jardiniers travaillaient dans le parc, et Mrs Donner ou n'importe quel membre de la maisonnée pouvait regarder par une fenêtre au moment le plus inopportun.

D'autre part, alarmé mais aiguillonné par ce qu'il pensait avoir découvert au sujet de Spencer Grant, Roy avait hâte de voir ses soupçons confirmés.

Il quitta le temple en prenant garde à ne pas écraser le scarabée noir, ct prit la direction opposée à celle que venait d'emprunter Donner. Rejoignant vivement les hauteurs du parc, il contourna la gigantesque maison pour monter dans sa voiture, garée au milieu de l'allée de gravillons circulaire.

De l'enveloppe donnée par Melissa Wicklun, il tira une photo de Grant qu'il posa sur le siège. En dehors de la cicatrice, ce visage lui avait d'abord paru tout à fait anodin. A présent, il savait que c'était celui d'un monstre.

De la même enveloppe, il sortit un exemplaire du rapport demandé à Maman la nuit précédente et consulté quelques heures plus tôt à l'hôtel sur l'écran de son ordinateur. Il le feuilleta jusqu'à la page où figuraient les faux noms utilisés par Grant pour bénéficier des services publics et en payer les factures.

Stewart Peck
Henry Holden
James Gable
John Humphrey
William Clark
Wayne Gregory
Robert Tracy

Roy prit un stylo dans la poche intérieure de sa veste et redisposa noms et prénoms pour obtenir une nouvelle liste :

Gregory Peck
William Holden
Clark Gable
James Stewart
John Wayne

Voilà qui ne lui laissait plus que quatre noms dans la liste originale : Henry, Humphrey, Robert et Tracy.

Tracy, bien entendu, correspondait au prénom de ce salopard – Spencer. Et dans un but que ni Maman ni Roy n'avaient encore découvert, cet enculé de balafré utilisait probablement une autre fausse identité incorporant le nom Cary, lequel manquait dans la première liste mais constituait le complément logique de son patronyme – Grant.

Restaient Henry, Humphrey et Robert.

Henry. Il ne faisait aucun doute que Grant opérait parfois sous le nom de Fonda, peut-être avec un prénom emprunté à Burt Lancaster ou à Gary Cooper.

Humphrey. Dans un cercle quelconque, n'importe où, Grant était connu sous le nom de Mr Bogart – avec un prénom aimablement fourni par encore un autre acteur du passé.

Robert. Ils finiraient certainement par découvrir qu'il se faisait également appeler Mitchum ou Montgomery.

Spencer Grant changeait d'identité avec la même insouciance qu'un autre de chemise.

Ils recherchaient un fantôme.

Sans pouvoir encore le prouver, Roy était à présent convaincu que le nom de Spencer Grant était tout aussi faux que les autres. Grant n'était pas un patronyme hérité du père, pas plus que Spencer n'était un prénom conféré par la mère. Le balafré s'était rebaptisé lui-même, en hommage à ses acteurs préférés, qui avaient incarné des héros d'autrefois.

Son véritable nom était énigme. Son véritable nom était mystère, ombre, fantôme, fumée.

Roy ramassa le portrait réalisé par l'ordinateur et étudia le visage mutilé.

Cette énigme aux yeux noirs s'était engagée dans l'armée sous le nom de Spencer Grant à l'âge de dix-huit ans. Quel adolescent pouvait bien se forger une fausse identité, avec les papiers correspondants et passer tous les contrôles ? Que fuyait donc, à cet âge déjà, ce mystérieux individu ?

Et que diable pouvaient être ses rapports avec la bonne femme ?

Rocky était allongé sur le sofa, les quatre pattes en l'air, détendu. La tête sur les genoux de Theda Davidowitz, il contemplait avec adoration la grosse femme aux cheveux gris qui lui caressait le ventre, lui grattait le menton et l'appelait « mignon », « trognon », « jolis yeux » ou « biquet ». Tout en lui disant qu'il était un petit ange velu tombé du ciel, le plus beau chien de toute la création, merveilleux, extraordinaire, craquant, adorable, parfait, elle lui donnait de petits morceaux de jambon qu'il lui prenait des mains avec une délicatesse de duchesse.

Encastré dans un fauteuil extrêmement rembourré, muni d'une têtière, Spencer sirotait une tasse de café riche en arôme, que Theda avait encore amélioré d'une pincée de cannelle. Sur la table, près de lui, reposaient une cafetière pleine et une assiette garnie de cookies maison au chocolat. Il avait poliment refusé des biscuits anglais, des *biscotti* italiens à l'anis, une tranche de gâteau au citron et au chocolat, un beignet aux myrtilles, du pain d'épice, des sablés et un pain aux raisins ; épuisé par la persévérance hospitalière de Theda, il avait fini par accepter un cookie et s'en était immédiatement vu offrir douze, gros comme des soucoupes.

Tout en roucoulant des sottises au chien et en poussant Spencer à reprendre un cookie, Theda révéla qu'elle avait soixante-seize ans, et que son mari – Bernie – était mort onze ans plus tôt. Tous deux avaient élevé deux enfants : Rachel et Robert. Ce dernier – le meilleur garçon de la terre, prévenant et généreux – avait servi au Vietnam, s'y était comporté en héros, y avait gagné un nombre incroyable de médailles… et y était mort. Rachel – oh, vous auriez dû la voir, tellement belle, il y avait sa photo sur la cheminée mais elle ne lui rendait pas justice, aucune photo n'aurait pu lui rendre justice – avait été tuée quatorze ans plus tôt dans un accident de voiture. Survivre à ses enfants était terrible ; cela conduisait à se demander si Dieu savait ce qu'il faisait. Theda et Bernie avaient passé la plus grande partie de leur vie de couple en Californie, où il avait été comptable et elle institutrice. Une fois à la retraite, ils avaient vendu leur maison, récolté beaucoup d'argent et déménagé à Las Vegas, non parce qu'ils jouaient – sauf vingt dollars par mois, perdus dans les machines à sous –, mais parce que l'immobilier y était meilleur marché qu'en Californie. Des milliers de retraités s'y étaient installés pour les mêmes raisons. Bernie et elle, après avoir payé comptant leur nouveau domicile, avaient déposé en banque soixante pour cent de ce qu'avait rapporté la vente de l'ancien. Bernie était mort trois ans plus tard. L'homme le plus gentil, le plus doux et le plus prévenant du monde. L'épouser avait été la grande chance de Theda. Après la mort de son mari, la maison étant trop grande pour elle seule, elle l'avait revendue et s'était installée dans cet appartement. Pendant dix ans, elle avait eu un chien, un adorable cocker du nom d'Étincelle – ce qui lui convenait parfaitement –, mais deux mois plus tôt, il avait passé comme passent toutes choses. Dieu, comme elle avait pleuré, vieille femme stupide, pleuré des rivières de larmes ! Elle l'avait aimé. Depuis, elle s'occupait en faisant le ménage, des gâteaux, en regardant la télévision et en jouant aux cartes deux fois par semaine avec des amies. Elle n'avait pas envisagé de prendre un autre chien après Étincelle, car elle craignait de ne pas lui survivre et ne voulait pas, à sa mort, laisser une pauvre petite bête à l'abandon. Quand elle avait vu Rocky, son cœur avait fondu et elle savait à présent qu'elle allait adopter un nouvel animal. Si elle choisissait à la fourrière un gentil toutou destiné à être piqué, chaque jour de bonheur qu'elle pourrait lui apporter serait plus qu'il n'en obtiendrait sans elle. Et qui sait ? Peut-être lui survivrait-elle bel et bien et lui donnerait-elle un foyer jusqu'à sa mort à lui. Après tout, deux de ses amies demeuraient alertes à plus de quatre-vingts ans.

Pour lui faire plaisir, Spencer but une troisième tasse de café et mangea un deuxième immense cookie au chocolat.

Rocky eut la grâce d'accepter d'autres fins morceaux

de jambon et de se soumettre à de nouvelles caresses sur le ventre ou sous le menton. De temps à autre, il roulait de grands yeux vers Spencer, comme pour lui dire : *Pourquoi ne m'as-tu pas parlé de cette dame avant ?*

Spencer n'avait jamais vu le chien charmé aussi vite et aussi complètement. Les battements périodiques qui agitaient sa queue étaient si vigoureux que le tissu du sofa se retrouvait en grand danger d'être réduit en lambeaux.

– Ce que je voulais vous demander, intervint Spencer quand Theda reprit son souffle, c'est si vous connaissez la jeune femme qui a occupé l'appartement voisin jusqu'en novembre dernier. Elle s'appelle Hannah Rainey et elle…

A la mention d'Hannah – que Spencer connaissait sous le nom de Valérie – Theda se lança dans un monologue enthousiaste, semé de superlatifs. Cette jeune femme-là ? Cette extraordinaire jeune femme ? Ç'avait été la meilleure des voisines, très prévenante, dotée d'un cœur d'or. Hannah travaillait de nuit au Mirage comme croupière, aussi dormait-elle jusqu'en début d'après-midi. Souvent, Theda et elle dînaient ensemble, parfois chez l'une, parfois chez l'autre. En octobre dernier, la vieille femme avait souffert d'une très mauvaise grippe, et Hannah s'était occupée d'elle, l'avait soignée, comme si elle avait été sa propre fille. Non, elle ne parlait jamais de son passé, n'avait jamais dit d'où elle venait, ni évoqué sa famille, parce qu'elle tentait d'oublier une chose terrible – cela, au moins, était évident – et ne s'intéressait qu'à l'avenir, ne regardait qu'en avant, jamais en arrière. Un temps, Theda avait songé à un mari brutal, encore en liberté, qui la traquait et l'avait condamnée à abandonner son ancienne existence pour sauver sa vie. De nos jours, on entendait tellement de choses, le monde était un véritable enfer, tout était sens dessus dessous et cela ne faisait qu'empirer. Et puis un jour, en novembre dernier, la DEA avait opéré une descente dans l'appartement d'Hannah, à onze heures du matin, alors qu'elle eût dû dormir à poings fermés. Mais elle avait disparu. Elle avait fait ses bagages et déménagé pendant la nuit, sans un mot à son amie Theda, comme si elle avait su qu'on s'apprêtait à l'appréhender. Les agents fédéraux, furieux, avaient longuement questionné la vieille femme, comme s'ils l'avaient soupçonnée d'être un véritable cerveau criminel. Elle avait appris par leurs soins qu'Hannah

Rainey était recherchée par la justice, appartenait au plus gros réseau de trafic de cocaïne du pays, et avait tué deux policiers lors d'une opération d'infiltration qui avait mal tourné.

– Alors, elle est recherchée pour meurtre ? demanda Spencer.

Theda Davidowitz serra un poing marqué de taches de rouille et tapa si fort du pied que, malgré le tapis, sa chaussure orthopédique rendit un bruit sonore.

– Conneries ! déclara-telle.

Ève Marie Jammer travaillait dans une pièce fermée, au bas d'un gratte-ciel, quatre étages en dessous du centre-ville de Las Vegas. Parfois, elle se comparait à Quasimodo dans son clocher ou au fantôme du sous-sol de l'Opéra de Paris, voire à Dracula dans la solitude de sa crypte : un personnage mystérieux, en possession de terribles secrets. Elle espérait un jour être plus crainte, et par plus de gens, que ne l'avaient été le sonneur de cloches, le fantôme et le comte réunis.

Contrairement à ces monstres cinématographiques, Ève Jammer n'était pas difforme. A trente-trois ans, cette ancienne danseuse de music-hall, blonde aux yeux verts, était d'une beauté à couper le souffle. Son visage était de ceux qui conduisent les hommes à se retourner et à rentrer dans les lampadaires. Son corps aux proportions parfaites n'existait guère, par ailleurs, que dans les rêves érotiques moites des garçons pubères.

Elle était consciente de son exceptionnelle beauté. Elle en jouissait, car c'était une source de pouvoir, et il n'y avait rien qu'Ève aimât autant que le pouvoir.

Son domaine souterrain avait des murs et un sol gris bétonnés. Des rampes d'ampoules à fluorescence y brûlaient d'un éclat froid, peu flatteur, dans lequel la jeune femme apparaissait néanmoins superbe. Quoique équipée d'un radiateur au thermostat réglé en permanence sur trente degrés, cette crypte de ciment déjouait tous les efforts visant à la chauffer, si bien que son occupante portait souvent un chandail pour combattre la fraîcheur. Elle ne partageait son bureau qu'avec une grande variété d'araignées, toutes indésirables, que le plus puissant insecticide ne parvenait pas à détruire totalement.

En ce vendredi matin de février, Ève gérait avec diligence les rangées de platines enregistreuses qui s'étalaient sur les étagères métalliques tapissant l'essentiel d'un mur. Cent vingt-huit lignes téléphoniques parvenaient au bunker ; toutes sauf deux étaient reliées à une platine qui n'était pas toujours branchée. Pour le moment, l'agence ne procédait qu'à quatre-vingts écoutes sur Las Vegas.

Ces platines sophistiquées ne fonctionnaient pas à l'aide de bandes mais de disques laser. Les écoutes étaient déclenchées par la voix, si bien que ces derniers ne s'emplissaient pas de longues plages de silence. En raison de leur immense capacité de stockage, ils avaient rarement besoin d'être remplacés.

Ève n'en vérifia pas moins l'affichage numérique de chaque machine, lequel indiquait le temps d'enregistrement restant. Quoiqu'une alarme fût censée attirer l'attention sur tout défaut de fonctionnement des platines, Ève les testa une à une pour s'assurer qu'il n'y avait aucun problème. Si un seul disque ou appareil présentait un défaut, l'agence risquait de perdre des informations d'une valeur incalculable : Las Vegas était le cœur de l'économie souterraine du pays ; il s'agissait donc d'un important centre d'activités criminelles et de complots politiques.

Les jeux rapportant principalement de l'argent liquide, la ville évoquait un gigantesque navire de plaisance, brillamment éclairé, flottant sur une mer de pièces et de billets. Même les casinos qui appartenaient à des entreprises respectables étaient soupçonnés de détourner 15 à 30 % de leurs recettes, et ce pactole n'apparaissait jamais sur les registres ni sur les déclarations d'impôts. Une portion de ce trésor secret circulait grâce à l'économie locale.

Ensuite, il y avait les pourboires. Les joueurs gagnants laissaient des dizaines de millions aux divers employés, millions dont la plus grande partie disparaissait dans les poches profondes de la municipalité. Afin d'obtenir un contrat de trois ou de cinq ans comme maître d'hôtel dans les salons d'un grand hôtel, un candidat devait verser un quart de million en liquide – voire plus – à qui était en position de le lui procurer. Les pourboires reçus des touristes cherchant de bonnes places remboursaient vite cet investissement.

Les plus belles call-girls, auxquelles la direction des casinos envoyait de riches clients, pouvaient gagner un demi-million par an – net d'impôts.

Les transactions immobilières se concluaient fréquemment avec des billets de cent dollars entassés dans des sacs en papier ou des glacières en polystyrène. Elles s'effectuaient par contrat privé, hors la présence d'un notaire, et sans enregistrement officiel – ce qui empêchait le Trésor public de découvrir qu'Untel avait bénéficié d'une plus-value spectaculaire ou s'était offert une propriété avec des revenus non déclarés. Certains des plus beaux manoirs de la ville avaient changé de main trois ou quatre fois durant les vingt dernières années, mais le nom qui figurait dans les archives était toujours celui du propriétaire d'origine, auquel étaient adressés tous les courriers officiels, même après sa mort.

Le Trésor public et nombre d'agences fédérales disposaient d'antennes importantes à Las Vegas. Rien n'intéressait plus le gouvernement que l'argent – particulièrement celui dont il n'avait pas eu sa part.

Le gratte-ciel qui surmontait le domaine souterrain d'Ève Jammer appartenait à une agence dont la présence à Las Vegas était aussi marquée que celle de n'importe quel bras du gouvernement. La jeune femme était censée croire qu'elle travaillait sur un projet secret, mais parfaitement légal, de la Sécurité nationale. Toutefois, elle savait qu'il n'en était rien. L'organisme qui l'employait n'avait pas de nom, s'occupait de tâches mystérieuses, variées, obéissait à une hiérarchie complexe, opérait en marge de la loi, manipulait les pouvoirs législatif et judiciaire (voire l'exécutif), et agissait à volonté comme juge, jury ou bourreau. C'était une sorte de Gestapo, très discrète.

Si on avait placé Ève à l'un des postes clefs du quartier général de Las Vegas, c'était en partie grâce à l'influence de son père. Cependant, on lui accordait également toute confiance dans ce studio d'enregistrement souterrain parce qu'on la croyait trop bête pour comprendre quels avantages personnels elle pourrait tirer des informations qu'elle recevait. Son visage était l'incarnation la plus pure des fantasmes sexuels masculins, ses jambes les plus fines, les plus excitantes à avoir jamais arpenté une scène de Las Vegas, et ses seins énormes, fièrement dardés – si bien qu'on l'estimait tout juste assez intelligente pour changer périodiquement les disques laser et, en cas de besoin, appeler le technicien maison qui réparerait une platine défectueuse.

Quoique Ève eût mis au point une prestation convaincante de blonde idiote, elle était plus rusée que n'importe lequel des individus machiavéliques qui occupaient les bureaux des étages. Durant ses deux années au service de l'agence, elle avait épié les conversations des plus importants propriétaires de casinos, patrons de la mafia, hommes d'affaires et politiciens sur écoute.

Elle avait gagné de l'argent en apprenant l'imminence de transactions boursières secrètes, ce qui lui avait permis d'acheter et de vendre sans risque ses propres valeurs. Elle se tenait informée des cotes des événements sportifs truqués pour assurer de grands profits aux casinos prenant des paris. En général, quand un boxeur était payé pour se coucher, Ève pariait sur son adversaire – par l'intermédiaire d'un bookmaker de Reno, où sa chance insolente attirait moins l'attention.

La plupart des individus surveillés par l'agence s'avéraient assez expérimentés – et malhonnêtes – pour savoir que traiter des affaires illégales par téléphone était dangereux, si bien qu'ils surveillaient leurs lignes vingt-quatre heures sur vingt-quatre, à la recherche de mouchards électroniques. Certains se servaient même de brouilleurs. Dans leur arrogance, ils étaient donc convaincus que leurs communications ne pouvaient être interceptées.

L'agence, toutefois, employait une technologie dont nul ne disposait hors du saint des saints du Pentagone. Aucun système de détection n'était capable d'en renifler le parfum électronique. Ève savait que la ligne « sûre » de l'agent spécial en charge de l'antenne de Los Angeles du FBI était sur écoute. Elle n'aurait pas été surprise d'apprendre que le directeur du Bureau, à Washington, fût également surveillé.

En deux ans, grâce à une longue série de gains réduits que nul n'avait remarqués, elle avait amassé plus de cinq millions de dollars. Sa seule opération d'envergure lui avait rapporté un million en liquide, lequel devait originellement être versé par la pègre de Chicago à un sénateur en voyage officiel à Las Vegas. Après avoir effacé les traces en détruisant le disque laser où figurait une conversation concernant le pot-de-vin, Ève avait intercepté les deux convoyeurs dans un ascenseur d'hôtel alors qu'ils quittaient leur suite pour rejoindre le foyer. Ils transportaient l'argent dans un grand sac de toile à l'effigie de Mickey Mouse. Des costauds. Les traits durs. Le regard froid. Des chemises italiennes en soie aux motifs voyants, sous des vestes de sport noires. Ève fouillait dans son grand sac à main en paille alors même qu'elle pénétrait dans la cabine, mais les deux truands n'avaient vu que ses seins qui tendaient l'encolure très basse de son pull. Sachant qu'ils pouvaient se révéler plus rapides qu'ils n'en avaient l'air, elle n'avait pas pris le risque de sortir le Korth .38 de son sac, mais simplement tiré à travers ce dernier. Deux balles chacun. Ils s'étaient effondrés avec une telle force que l'ascenseur en avait été secoué, et l'argent avait changé de main.

La seule chose qu'elle regrettait dans cette opération, c'était le troisième individu. Un petit homme au cheveu rare, avec des poches sous les yeux, qui se recroquevillait dans un coin de la cabine comme pour se faire si petit qu'on ne le remarquerait pas. D'après l'insigne épinglé à sa chemise, il s'appelait Thurmon Stookey et participait à une convention de dentistes. Ce pauvre type constituait un témoin. Après avoir arrêté l'ascenseur entre le douzième et le treizième étage, Ève lui avait logé une balle dans la tête, mais elle n'avait pas aimé cela.

Ayant rechargé le Korth et fourré le sac en paille éventré dans le sac de toile avec l'argent, elle était descendue au neuvième étage, prête à abattre quiconque eût attendu l'ascenseur – mais Dieu merci, il n'y avait personne. Quelques minutes plus tard, elle sortait de l'hôtel et rentrait chez elle, avec un million de dollars et un élégant sac Mickey Mouse.

Néanmoins, la mort de Thurmon Stockey, qui n'aurait jamais dû se trouver dans cet ascenseur, l'avait déprimée. Le mauvais endroit au mauvais moment. Le destin aveugle. La vie était décidément pleine de surprises. Au cours des trente-trois années qu'elle avait passées sur cette terre, Ève Jammer n'avait tué que cinq personnes, et Stockey était le seul innocent. Durant un bon moment elle avait conservé devant les yeux le visage du petit homme, tel qu'il lui était apparu avant de l'abattre. Une bonne partie de la journée lui avait été nécessaire pour se défaire de sa culpabilité.

D'ici un an, elle n'aurait plus jamais besoin de tuer qui que ce fût. Elle pourrait payer des gens pour se charger des exécutions à sa place.

Quoique inconnue du public, Ève Jammer ne tarderait pas à devenir la personne la plus crainte du pays – et hors de portée de tous ses ennemis. L'argent qu'elle amassait fructifiait selon une progression géométrique, mais ce ne serait pas lui qui la rendrait intouchable. Son véritable pouvoir viendrait du monceau de preuves compromettantes qu'elle détenait contre politiciens, hommes d'affaires et célébrités. Elle les avait transmises depuis les disques du bunker, sous forme de données digitales comprimées, à sa propre platine enregistreuse automatique, située au bout d'une ligne téléphonique spéciale, dans un bungalow de Boulder City qu'elle louait par l'intermédiaire d'une longue liste de sociétés fictives et de fausses identités.

On était après tout dans l'Ère de l'Information, qui succédait à l'Ère du Service, ayant elle-même remplacé l'Ère Industrielle. Ève avait lu tout ce qui s'était écrit sur le sujet dans *Fortune*, *Forbes* et *Business Week*. L'avenir était là, et l'information était l'argent.

L'information était le pouvoir.

La jeune femme avait achevé de vérifier les quatre-vingts platines en marche. Elle commençait à sélectionner de nouvelles conversations à transmettre à Boulder City, quand une tonalité électronique lui apprit qu'il se passait quelque chose sur l'une des écoutes.

Si elle s'était trouvée hors de son bureau, par exemple chez elle, l'ordinateur l'aurait avertie par bipeur et elle serait immédiatement revenue sur son lieu de travail. Être de service vingt-quatre heures sur vingt-quatre ne la dérangeait pas. C'était nettement préférable à la présence d'assistants dans la pièce pendant les deux tiers de la journée : elle ne faisait tout bonnement confiance à personne pour gérer les informations délicates que recelaient les disques.

Un voyant rouge clignotant la guida jusqu'à la

machine concernée. Elle appuya sur un bouton pour couper l'alarme.

Une étiquette collée sur la face avant de la platine fournissait les détails de l'écoute en cours. La première ligne indiquait le numéro de l'affaire, les deux suivantes l'adresse correspondant au téléphone surveillé. Sur la quatrième figurait le nom du sujet : THEDA DAVIDOWITZ.

La surveillance de Mrs Davidowitz ne consistait pas en une pêche standard, où chaque mot de chaque conversation était sauvegardé sur disque. Après tout, il ne s'agissait que d'une veuve âgée, une anonyme dont les activités ne constituaient pas une menace pour le système – et n'étaient donc d'aucun intérêt. Par le plus grand des hasards, elle s'était brièvement liée d'amitié avec la fugitive la plus activement recherchée du pays, et l'agence s'intéressait à elle dans la mesure, bien improbable, où elle recevrait de cette personne un coup de téléphone ou une visite. Enregistrer les conversations ennuyeuses de Mrs Davidowitz avec ses autres amis et voisins eût été une perte de temps.

Au lieu de cela, l'ordinateur autonome du bunker, qui contrôlait toutes les platines, était programmé pour analyser les paroles que lui transmettait la table d'écoute et ne mettre en marche le disque qu'en reconnaissant un mot clef lié à la fugitive, ce qui s'était produit quelques instants plus tôt. À présent, ledit mot clef apparaissait sur le petit écran de la platine : HANNAH.

Ève appuya sur le bouton MONITEUR et entendit Theda Davidowitz s'entretenir avec quelqu'un dans son salon, à l'autre bout de la ville.

Dans chaque téléphone de l'appartement, le microphone standard avait été remplacé par un autre, capable de capter non seulement les conversations téléphoniques mais aussi ce qui se disait dans la pièce, même quand le combiné n'était pas utilisé, et de transmettre ces informations en temps réel le long de la ligne. Il s'agissait d'une variante d'un appareil connu dans les services secrets sous le nom de Infinity Transmitter.

L'agence en utilisait de considérablement plus performants que ceux du marché. Celui-là pouvait rester en marche en permanence sans compromettre le fonctionnement du téléphone où il était dissimulé. En conséquence, Mrs Davidowitz entendait toujours la tonalité lorsqu'elle décrochait, et les gens qui l'appelaient n'étaient jamais frustrés de trouver la ligne occupée par les opérations du Infinity Transmitter.

Ève Jammer écouta patiemment la vieille femme s'extasier sur Hannah Rainey. De toute évidence, elle parlait non pas à mais *de* son amie, la fugitive.

Quand la veuve marqua une pause, un homme à la voix jeune, qui se trouvait en sa compagnie et non au bout du fil, posa une question au sujet d'Hannah. Avant de répondre, Mrs Davidowitz appela son visiteur « Mon gentil mignon tout plein aux jolis yeux » et lui demanda : « Donne-moi un baiser, allez, donne-moi un petit coup de langue, montre à Theda que tu l'aimes, espèce de petit trognon, espèce de petite cracotte, oui, c'est ça, remue bien la queue et donne un petit coup de langue à Theda, un petit baiser. »

– Seigneur ! fit Ève en grimaçant de dégoût.

La veuve allait sur ses quatre-vingts ans. A en juger par sa voix, l'homme qui se trouvait en sa compagnie était de quarante ou cinquante ans son cadet. C'était répugnant. Répugnant et pervers. Où donc allait le monde ?

– Un cafard, déclara Theda en caressant doucement le ventre de Rocky. Énorme. Un mètre ou un mètre cinquante de long, sans compter les antennes.

Après avoir envahi l'appartement d'Hannah Rainey et découvert qu'elle s'était envolée, les huit agents de la DEA avaient questionné Theda et les autres voisins pendant des heures, posant les questions les plus stupides. Ces adultes, qui décrivaient Hannah comme une dangereuse criminelle, alors qu'en la côtoyant pendant cinq minutes, on la savait totalement incapable de vendre de la drogue ou de tuer des policiers. C'était purement et simplement stupide. Ensuite, n'ayant rien appris d'intéressant des voisins, ils avaient encore cherché Dieu sait quoi pendant des heures, dans l'appartement d'Hannah.

Le soir, bien après le départ des enquêteurs – une bande de crétins bruyants et malpolis –, Theda s'était rendue dans l'appartement 2-D en utilisant la clef qu'Hannah lui avait confiée. Plutôt que d'enfoncer la porte, les agents de la DEA avaient démoli la grande fenêtre de la salle à manger qui surplombait le balcon et la cour. Le concierge avait déjà colmaté la brèche à l'aide de contreplaqué, en attendant la venue du vitrier. Mais la porte d'entrée était intacte, et la serrure n'avait pas été changée, si bien que Theda n'avait eu aucun problème. L'appartement – contrairement au sien – était loué meublé. Hannah l'avait toujours impeccablement entretenu, traitant les meubles comme s'ils avaient été les siens, méticuleuse, responsable, et la vieille femme voulait savoir quels dommages avaient causés les crétins, s'assurer que le concierge ne tenterait pas d'en accuser l'ancienne locataire. Si jamais celle-ci revenait, Theda témoignerait de la manière irréprochable dont elle tenait son domicile et de son respect pour la propriété du logeur. Seigneur ! Elle ne laisserait pas la pauvre fille payer les dégâts alors même qu'on la jugerait pour des meurtres qu'elle n'avait à l'évidence pas commis. Et bien entendu, l'appartement était dans un état lamentable : les agents s'étaient conduits comme des porcs. Ils avaient écrasé leurs cigarettes sur le carrelage de la cuisine, renversé des gobelets de café achetés à la caféteria du coin de la rue, et même omis de tirer la chasse d'eau, ce qui était incroyable : ces gens-là, tous adultes, devaient bien avoir eu une mère pour leur apprendre les bonnes manières. Mais le plus étrange, c'était le cafard qu'ils avaient dessiné sur le mur de la chambre, à l'aide d'un feutre à pointe large.

– Ce n'était pas très bien fait. Plus une esquisse qu'un vrai dessin, mais on voyait parfaitement ce que ça représentait, assura Theda. Un simple gribouillis, mais très laid tout de même. Au nom du ciel, qu'est-ce que ces crétins essayaient de prouver en griffonnant sur les murs ?

Spencer était presque sûr qu'Hannah-Valérie avait elle-même dessiné le cafard – tout comme elle avait cloué la photo du même insecte sur le mur de son bungalow, à Santa Monica. Il sentait que cet acte visait à railler, à décourager ceux qui la traquaient, mais il n'avait aucune idée de ce que signifiait ce symbole ni de la raison pour laquelle la jeune femme savait qu'il provoquerait la colère de ses poursuivants.

Ève Jammer, assise à son bureau dans son domaine sans fenêtres, appela le centre des opérations, quelques étages plus haut, au rez-de-chaussée de ce qui passait pour l'antenne locale de la société Carver, Gunmann, Garrote & Hemlock. L'agent de service, ce matin-là, était John Cottcole et elle l'informa de la situation dans l'appartement de Theda Davidowitz.

Cottcole, électrisé par la nouvelle, fut incapable de dissimuler son excitation. Il se mit à hurler des ordres aux gens qui se trouvaient dans son bureau alors même qu'il avait encore Ève au bout du fil.

– Je veux une copie, Mrs Jammer, déclara-t-il. Je veux chaque mot contenu sur ce disque. C'est compris ?

– Bien sûr, répondit la jeune femme, mais son correspondant raccrocha avant même qu'elle n'eût achevé sa phrase.

On croyait qu'Ève ignorait qui avait été Hannah Rainey avant de prendre ce nom, mais elle connaissait toute l'histoire. Elle savait aussi que cette affaire représentait pour elle une chance énorme, une occasion d'accroître sa fortune et son pouvoir, mais elle n'avait pas encore décidé de la manière dont elle allait l'exploiter.

Une grosse araignée courait sur son bureau.

Elle abattit violemment la main, écrasant l'animal sous sa paume.

Tandis qu'il regagnait le chalet de Spencer Grant, à Malibu, Roy Miro ouvrit le Tupperware. Il avait besoin du regain de bonne humeur qu'allait lui apporter le trésor de Guinevere.

Choqué, déçu, il constata qu'une tache bleuâtre-verdâtre-brunâtre s'étalait entre le pouce et l'index. N'attendant pas pareil événement avant plusieurs heures encore, il ressentit une bouffée de colère irrationnelle contre la morte, à cause de sa fragilité.

Il eut beau se dire que la tache de décomposition était petite, que l'ensemble de la main restait exquis, qu'il eût dû s'intéresser à sa forme parfaite et inchangée plutôt qu'à sa couleur, il ne put retrouver la passion qu'il avait éprouvée. En fait, si la relique ne dégageait toujours pas d'odeur nauséabonde, ce n'était cependant déjà plus un trésor, juste un déchet.

Profondément attristé, il remit en place le couvercle de la boîte.

Il parcourut encore quelques kilomètres avant de quitter l'autoroute de la Côte Pacifique et de se garer sur un parking désert, au pied d'une jetée.

Il descendit de voiture, emportant le Tupperware, et monta les marches qui menaient au sommet de la jetée.

Ses pas résonnaient sourdement sur le bois. Le grondement et les clapotis des vagues résonnaient entre les pilotis, sous les poutres étroitement serrées.

La jetée était déserte, elle aussi. Pas de pêcheurs. Pas de jeunes amoureux appuyés à la rambarde. Pas de touristes. Roy était seul avec son trésor décomposé et avec ses pensées.

Au bout de la jetée, il demeura quelques instants immobile, fixant l'immense étendue d'eau étincelante et le ciel d'azur qui s'incurvait à l'horizon pour la rejoindre. Le ciel serait encore là le lendemain, et un millier d'années plus tard ; la mer roulait pour l'éternité. Tout le reste passait.

Il tenta d'éviter les pensées négatives. Ce n'était pas facile.

Ouvrant le Tupperware, il jeta l'ordure à cinq doigts dans le Pacifique. Elle disparut dans les paillettes de soleil dorées qui ornaient le dos des vaguelettes.

Il ne craignait pas qu'on relevât ses empreintes par rayons laser sur la peau blafarde de la main tranchée. Si les poissons ne dévoraient pas ce dernier souvenir de Guinevere, l'eau salée effacerait toute trace de ses manipulations.

Il jeta également dans l'océan la boîte et son couvercle mais se le reprocha alors que les deux objets n'avaient pas encore atteint la surface. Attentif à l'environnement, il n'abandonnait jamais d'ordures dans la nature.

La main ne le préoccupait pas : organique, elle deviendrait partie intégrante du Pacifique, lequel demeurerait inchangé.

Il faudrait en revanche plus de trois cents ans au plastique pour se désintégrer totalement. Durant toute cette période, il répandrait des produits chimiques toxiques dans l'eau.

Il eût dû abandonner le Tupperware dans une des poubelles disposées à intervalles réguliers le long de la jetée.

Trop tard, ma foi. Il n'était qu'un être humain. C'était toujours le même problème.

Il s'accouda un instant à la rambarde, déprimé. Contemplant l'infini du ciel et l'eau, il médita sur la condition humaine.

Pour lui, le plus triste était que les êtres humains, malgré leurs aspirations et leurs efforts les plus ardents, ne parvenaient jamais à atteindre la perfection physique, émotionnelle ou intellectuelle. L'espèce était condamnée à l'imperfection, ce qu'éternellement elle tentait de nier – ou dont elle se désespérait.

Quoique indéniablement séduisante, Guinevere n'avait été parfaite qu'en une seule matière : ses mains.

A présent, même cela avait disparu.

Elle avait toutefois fait partie des plus heureux, car la vaste majorité des gens, imparfaits en *tout*, ne goûteraient jamais l'étonnante confiance en soi et le plaisir que devait procurer la possession d'un trait parfait, même unique.

Roy avait la chance de connaître un rêve récurrent, qui lui venait deux ou trois nuits par mois, et d'où il s'éveillait toujours en pleine extase. Il fouillait le monde entier à la recherche de femmes telles que Guinevere, et sur chacune, il prélevait le trait parfait : sur l'une, des oreilles si belles qu'elles faisaient battre douloureusement son cœur insensé ; sur une autre, les chevilles les plus exquises qu'un homme pût espérer contempler ; sur une autre encore, des dents de déesse, blanches comme neige, finement sculptées et implantées avec goût. Il conservait ces trésors dans des flacons magiques où ils ne se détérioraient pas le moins du monde, et lorsqu'il avait réuni tous les éléments de la femme idéale, il les assemblait pour donner corps à l'amante qu'il avait toujours désirée. Elle était tellement radieuse, dans son inhumaine perfection, que la regarder l'aveuglait à demi et que le plus petit contact avec elle lui procurait la jouissance la plus pure.

Malheureusement, il finissait toujours par s'éveiller du paradis qu'était son étreinte.

Dans la réalité, jamais il ne connaîtrait pareille beauté. Les rêves étaient l'unique refuge de l'homme qui n'acceptait rien en deçà de la perfection.

Il contemplait le ciel et la mer. Solitaire, à la pointe

d'une jetée déserte. Imparfait en tous les aspects de son propre visage et de sa propre silhouette. Animé d'un terrible désir de ce qu'il ne pouvait atteindre.

Il savait son personnage à la fois romantique et tragique. Certains eussent même pu le traiter d'imbécile. Mais à tout le moins, il osait rêver, et ses rêves avaient de l'ampleur.

Avec un soupir, il se détourna de l'océan insensible pour regagner sa voiture.

Après avoir démarré mais avant de passer une vitesse, Roy se permit de tirer la photo couleurs de son portefeuille. Il la portait sur lui depuis plus d'un an et l'avait souvent étudiée. En fait, elle le fascinait à tel point qu'il eût pu passer la moitié de la journée à la contempler, rêveur.

C'était un portrait de celle qui s'était récemment fait appeler Valérie Ann Keene. Une femme indéniablement séduisante, peut-être même autant que Guinevere.

Ce qui la rendait extraordinaire, ce qui emplissait Roy de respect pour la puissance divine ayant créé l'humanité, c'étaient ses yeux parfaits. Ils étaient encore plus frappants, encore plus époustouflants que ceux du capitaine Harris Descoteaux, de la police de Los Angeles.

Sombres et pourtant limpides, énormes et pourtant parfaitement proportionnés au visage, directs et pourtant énigmatiques, c'étaient là des yeux qui avaient observé le cœur de tous les mystères. Les yeux d'une âme préservée du péché, mais aussi ceux d'une voluptueuse hétaïre – à la fois timides et francs. Des yeux auxquels la moindre tromperie apparaissait aussi transparente que le verre. Des yeux emplis de spiritualité, de sensualité et d'une parfaite compréhension du destin.

Il était sûr que, dans la réalité, ils seraient plus puissants que sur la photo, et non l'inverse. Il avait vu d'autres clichés de la jeune femme, ainsi que de nombreux films vidéo, et chaque image avait martelé son cœur plus douloureusement que la précédente.

Lorsqu'il la trouverait, il la tuerait pour l'agence, pour Thomas Summerton et tous les autres philanthropes qui travaillaient dur à rendre le pays et le monde meilleurs. Elle n'aurait droit à aucune pitié. Malgré son unique trait parfait, c'était un être maléfique.

Mais une fois son devoir accompli, Roy lui prendrait

ses yeux. Il les méritait. Pendant une trop courte période, ces yeux enchanteurs lui apporteraient l'apaisement dont il avait désespérément besoin, sur une Terre parfois trop cruelle et trop froide pour être supportable, même quand on cultivait une attitude aussi positive que la sienne.

Quand Spencer parvint enfin à gagner la porte de l'appartement, avec Rocky dans les bras (le chien n'eût peut-être pas trouvé la volonté de sortir de son propre chef), Theda emplit un sac en plastique des dix cookies restants et insista pour qu'il les emportât. Elle trottina jusqu'à la cuisine, en revint avec un beignet aux myrtilles maison dans un petit sac en papier brun – puis fit un autre voyage pour rapporter deux tranches de gâteau au citron et à la noix de coco, dans un Tupperware.

Spencer ne protesta que contre ce dernier présent, car il ne pourrait pas rendre le récipient.

– Aucune importance, assura-t-elle. Inutile de me le rendre. J'ai assez de Tupperware pour deux vies. Je les ai collectionnés pendant des années, parce qu'on peut y conserver n'importe quoi, ce qui est bien pratique, mais il y a des limites et je les ai atteintes. Alors, mangez le gâteau et jetez la boîte. Bon appétit.

En plus de toutes les pâtisseries, Spencer repartait avec deux renseignements au sujet d'Hannah-Valérie. L'histoire du cafard dessiné sur le mur de la chambre, tout d'abord, dont il ne savait toujours que penser. Ensuite, une chose que Theda se rappelait avoir entendu des lèvres de son amie, lors d'une de leurs conversations badines du soir, peu avant qu'elle ne fît ses bagages et quittât Las Vegas en quatrième vitesse. Elles parlaient d'endroits où elles auraient rêvé de vivre, et si Theda ne parvenait à se décider entre Hawaï et l'Angleterre, Hannah affirmait que seule la petite ville portuaire de Carmel, Californie, recelait toute la paix et la beauté désirables.

Spencer se rendait compte qu'il s'agissait là d'un indice plutôt mince, mais c'était pour le moment sa meilleure piste.

La jeune femme ne s'était pas rendue à Carmel après avoir quitté Las Vegas : elle s'était arrêtée dans l'agglomération de Los Angeles et avait tenté de se refaire une existence sous le nom de Valérie Keene. A présent que ses mystérieux ennemis l'avaient retrouvée dans deux grandes villes, peut-être allait-elle décider de s'intégrer à une communauté bien plus petite pour voir s'ils la localiseraient aussi facilement.

Theda n'avait pas parlé de Carmel à la bande de crétins bruyants, impolis et casseurs de fenêtres. Peut-être cela donnait-il à Spencer un avantage.

Il s'en voulait de laisser la vieille femme seule avec le souvenir de son mari bien-aimé, de ses enfants disparus et de son amie enfuie. Pourtant, après l'avoir remerciée avec effusion, il quitta l'appartement, retrouva le balcon et se dirigea vers l'escalier de la cour.

Le ciel moucheté de gris et le vent le surprirent. Tant qu'il était demeuré dans l'univers de Theda, il avait presque oublié qu'autre chose existait au-delà de ses murs. Un souffle violent agitait toujours la cime des palmiers. L'air était plus frais qu'auparavant.

Chargé d'un chien de trente kilos, d'un sac en plastique empli de cookies, d'un beignet aux myrtilles dans un sachet en papier et d'un Tupperware garni de tranches de gâteau, il négocia les marches avec difficulté. Il n'en porta pas moins Rocky jusqu'en bas, car il avait la certitude que l'animal courrait rejoindre Theda sitôt déposé sur le balcon.

Quand Spencer le relâcha enfin, il se retourna pour contempler avec envie l'escalier menant à ce petit coin de paradis canin.

– Il est temps de retrouver la réalité, lui dit son maître.

Rocky gémit.

Spencer se dirigea vers la sortie de la cour, sous les arbres battus par le vent. Arrivé à la moitié de la piscine, il regarda en arrière.

Rocky était toujours en bas des marches.

– Hé, vieux. (Le chien leva les yeux vers lui.) Rappelle-moi un peu qui est ton maître.

L'animal prit une expression coupable et rejoignit enfin Spencer en trottinant.

– Lassie n'abandonnerait jamais Timmy, même pour la propre grand-mère de Dieu.

Rocky éternua de plus belle sous l'effet de la puissante odeur de chlore.

– Et si j'avais été pris sous un tracteur renversé, incapable de me dégager, ou bien acculé par un ours furieux ? demanda l'ancien policier alors que son compagnon arrivait auprès de lui.

Rocky poussa un gémissement qui ressemblait à des excuses.

– Je te pardonne, déclara Spencer. (Remonté dans l'Explorer, il ajouta :) En fait, je suis fier de toi, vieux. (Tandis qu'il démarrait, l'animal inclina la tête avec curiosité.) Tu deviens plus sociable de jour en jour. Pour un peu, je croirais que tu as pillé ma réserve d'argent liquide pour te payer le meilleur psy de Beverly Hills.

A un demi-pâté de maisons de là, une Chevrolet vert mousse s'engagea sur l'avenue à toute vitesse, dans un crissement de pneus et un nuage de poussière. Son dérapage faillit lui faire exécuter des tonneaux à la manière d'un véhicule de cascadeur lors d'un spectacle, mais elle parvint tout de même à rester sur ses roues et fonça vers l'Explorer avant de s'arrêter bruyamment le long du trottoir d'en face.

Spencer supposait que la voiture était conduite par un ivrogne ou un gamin qui carburait à quelque chose de plus fort que le Pepsi Cola – jusqu'à ce que les portières s'ouvrent à la volée. Quatre hommes d'un genre qu'il ne connaissait que trop bien apparurent telles des furies et se ruèrent vers la cour de l'immeuble.

Il relâcha le frein à main et passa la première.

L'un des arrivants le repéra et tendit le bras vers lui en criant. Ses trois compagnons se tournèrent vers l'Explorer.

– Accroche-toi, vieux !

Spencer écrasa l'accélérateur. La Ford jaillit de sa place de stationnement et fila en direction du premier coin de rue.

Des coups de feu retentirent.

10.

Une balle frappa le hayon de l'Explorer. Une autre ricocha sur le métal avec un crissement aigu. Le réservoir n'explosa pas. Aucune vitre ne se brisa. Aucun pneu ne creva. Spencer tourna brutalement à droite devant la cafétéria qui faisait l'angle. Il sentit la voiture se soulever et la fit partir en dérapage pour éviter qu'elle ne se renverse. Le caoutchouc des pneus arrière glissa sur l'asphalte en aboyant, puis le véhicule se stabilisa, hors de vue des tireurs, et l'ancien policier accéléra.

Rocky, qui avait peur du noir, du vent, de la foudre, des chats et d'être surpris en train de faire ses besoins – entre autres choses : la liste était bien plus longue –, ne fut nullement effrayé par les coups de feu ni par les cascades de son maître. Assis très droit, les griffes plantées dans le siège, il oscillait avec la voiture, haletant et souriant.

Jetant un coup d'œil au compteur, Spencer constata qu'ils faisaient du cent kilomètres à l'heure dans une zone limitée à soixante. Il accéléra.

Près de lui, Rocky fit une chose qu'il n'avait encore jamais faite : il se mit à agiter la tête de haut en bas, comme pour encourager son compagnon à aller plus vite, *ouiouiouioui.*

– C'est sérieux, lui rappela Spencer.

Le chien haleta, méprisant le danger.

– Ils devaient écouter tout ce qui se passait dans l'appartement.

Ouiouiouiouioui.

– Ils dépensent leur précieux budget pour surveiller *Theda* – et depuis le mois de novembre. Qu'est-ce qu'ils veulent à Valérie ? Qu'est-ce qui peut être assez important pour motiver ça ?

Spencer jeta un coup d'œil dans le rétroviseur. Un pâté de maisons et demi derrière eux, la Chevrolet tournait devant la cafétéria.

Il avait prévu d'obliquer à gauche, hors de vue, à la deuxième intersection, dans l'espoir de faire croire aux fous de la gâchette du véhicule vert qu'il avait tourné à la première. A présent, ils le voyaient à nouveau. La Chevrolet rattrapait son retard, nettement plus rapide qu'elle n'en avait l'air, bolide gonflé à bloc et maquillé en l'un de ces tacots poussifs que le gouvernement allouait aux inspecteurs du ministère de l'Agriculture et aux agents du Bureau des Prothèses dentaires.

Quoique visible, Spencer tourna à gauche au bout du deuxième pâté de maisons, comme prévu. Cette fois, il décrivit un large virage, afin de ne pas perdre de temps et d'éviter d'user ses pneus par un nouveau dérapage.

Malgré cela, il allait si vite qu'il effraya le conducteur d'une Honda arrivant en sens inverse. Le type donna un coup de volant à droite, grimpa sur le trottoir, effleura une bouche d'incendie et défonça la vieille clôture grillagée qui entourait une station-service abandonnée.

Spencer vit du coin de l'œil la force centrifuge pousser Rocky vers la portière du passager, mais il n'en continuait pas moins de hocher la tête avec enthousiasme. *Ouiouiouiouioui.*

Des béliers de vent froid percutaient l'Explorer. Les nuages de sable soulevés dans une parcelle inutilisée de plusieurs arpents, sur la droite, tourbillonnaient jusqu'à la rue.

Las Vegas a grandi de manière anarchique au fond d'une vaste vallée désertique, et même la plupart des secteurs développés de la ville comprennent de grands espaces vides. Au premier coup d'œil, on peut les prendre pour des terrains vagues, alors qu'ils sont au contraire la manifestation d'un désert maussade attendant son heure. Quand le vent souffle assez fort, les terres sauvages encerclées rejettent avec colère leur mince déguisement pour se déchaîner dans les quartiers voisins.

A demi-aveuglé par la tempête rugissante, avec des paquets de sable qui s'écrasaient sur le pare-brise, Spencer pria que les choses empirent : davantage de vent, davantage de nuages de poussière, pour s'évanouir à la manière d'un vaisseau fantôme dans le brouillard.

Il jeta un coup d'œil dans le rétroviseur. Derrière lui, la visibilité était limitée à quatre ou cinq mètres.

Il recommença à accélérer, puis leva légèrement le pied. Il plongeait déjà à une vitesse suicidaire dans le blizzard sec et n'y voyait pas mieux devant que derrière. S'il rencontrait un véhicule arrêté, ou lent, s'il traversait soudain une intersection encombrée, les quatre maniaques de la bagnole trafiquée seraient le moindre de ses soucis.

Un jour, quand l'axe de la terre se déplacerait d'une minuscule fraction de degré, ou quand, pour quelque raison mystérieuse, augmenteraient la force et la vitesse des courants de la troposphère supérieure, il ne faisait aucun doute que le vent et le désert conspireraient pour réduire

Las Vegas à un tas de ruines enseveli sous des tonnes de sable triomphant, sec et blanc. Peut-être ce moment était-il arrivé.

Quelque chose heurta l'arrière de l'Explorer. Spencer, secoué regarda dans le rétroviseur. La Chevrolet. Sur ses talons. Elle se laissa distancer de quelques mètres, dans le sable tourbillonnant, puis bondit à nouveau, percutant la Ford, tentant sans doute de lui faire quitter la route – à moins que les fédéraux ne voulussent juste signaler leur présence à leur proie.

Conscient du regard de Rocky sur lui, l'ancien policier lui jeta un coup d'œil.

Bon, et maintenant ? semblait demander le chien.

Ils dépassèrent le dernier terrain vague et débouchèrent dans la clarté silencieuse d'une rue que n'atteignait pas la tempête de sable. Baignés par la lumière froide et métallique de l'orage qui couvait, ils n'avaient plus aucun espoir de disparaître, tel Lawrence d'Arabie, dans les tourbillonnants manteaux de silice du désert.

Une intersection se profilait à un demi-pâté de maisons de là. Le feu était rouge. De nombreux véhicules passaient dans la rue transversale.

Spencer garda le pied sur l'accélérateur, priant qu'il y eût une brèche dans la circulation. Au dernier moment, toutefois, il écrasa le frein pour éviter une collision avec un autobus. L'Explorer sembla se soulever sur ses roues avant, puis s'arrêta avec un sursaut dans une petite rigole de drainage, à l'entrée du carrefour.

Rocky jappa, perdit sa prise sur le siège et s'effondra sous le tableau de bord.

Le bus passa lourdement sur la plus proche des quatre voies, en vomissant des vapeurs bleu pâle.

Le chien fit un tour sur lui-même dans l'espace exigu réservé aux jambes du passager et sourit à son maître.

– Reste là, vieux, c'est plus sûr.

Ignorant le conseil, il regrimpa sur le siège au moment où Spencer accélérait pour s'inscrire dans le sillage puant de l'autobus.

Tandis qu'il tournait ainsi à droite et se préparait à dépasser le grand véhicule, son rétroviseur lui montra la Chevrolet verte qui rebondissait sur la même rigole que lui et décrivait un arc de cercle dans les airs avant de prendre à son tour la rue perpendiculaire, aussi aisément que si elle avait volé.

– Cet enfoiré sait tenir un volant.

Ses poursuivants apparurent sur le côté du bus. Ils se rapprochaient rapidement.

Spencer s'inquiétait moins de les voir derrière lui que de se faire encore tirer dessus avant de pouvoir s'échapper.

Il eût fallu être dingue pour ouvrir le feu depuis une voiture en marche, au beau milieu de la circulation, alors que les balles perdues risquaient de toucher automobilistes ou passants innocents. On n'était pas dans le Chicago des années vingt. On n'était pas à Beyrouth, ni à Belfast, ni même à Los Angeles, nom de Dieu.

D'un autre côté, ils n'avaient pas hésité à l'arroser en pleine rue, devant l'immeuble de Theda Davidowitz. Ils l'avaient mitraillé. Pas de questions. Pas de lecture polie de ses droits constitutionnels. Bon Dieu ! Ils n'avaient même pas attendu d'être sûrs de son identité. Ils avaient tellement hâte de s'emparer de lui qu'ils prenaient le risque d'abattre quelqu'un d'autre.

Apparemment, ils étaient convaincus que Spencer savait quelque chose d'essentiel au sujet de Valérie et qu'il devait être éliminé. En fait, il en savait moins sur le passé de la jeune femme que sur celui de Rocky.

S'ils l'éperonnaient et l'abattaient en public, ils exhiberaient des cartes, vraies ou fausses, d'une quelconque agence fédérale, et nul ne les tiendrait pour coupables de meurtre. Ils prétendraient que leur victime était un fugitif, armé et dangereux, un tueur de flics. Sans doute pourraient-ils produire un mandat d'arrêt à son nom, délivré une fois le fait accompli mais antidaté. Ils lui refermeraient la main autour d'un revolver qu'on identifierait comme l'arme du crime dans plusieurs affaires d'homicide non résolues.

Il accéléra pour franchir un feu orange au moment même où il passait au rouge. La Chevrolet demeura collée à son pare-chocs.

S'ils ne l'abattaient pas sur-le-champ, s'ils le blessaient et le capturaient, ils l'emmèneraient dans une pièce capitonnée où ils useraient de méthodes d'interrogatoire inventives. On ne le croirait pas lorsqu'il affirmerait son innocence et on le tuerait lentement, progressivement, dans le vain espoir de lui arracher des secrets qu'il ne possédait pas.

Lui-même ne disposait d'aucune arme. Il n'avait que ses mains. Son entraînement. Et un chien.

– On a de gros ennuis, avoua-t-il à Rocky.

Dans la cuisine douillette du chalet, au fond du canyon de Malibu, Roy Miro, assis seul à la table, triait les quarante photos trouvées par ses hommes dans une boîte à chaussures, sur l'étagère supérieure du placard de la chambre. Trente-neuf en vrac, la quarantième dans une enveloppe.

Six des premières représentaient un chien – un bâtard noir et brun, avec une oreille pendante. Très certainement l'animal pour lequel Grant avait acheté l'os en caoutchouc musical à la société de vente par correspondance qui, deux ans plus tard, avait conservé son nom et son adresse dans ses fichiers.

Tous les clichés en vrac restants montraient la même femme, parfois âgée d'une vingtaine d'années, parfois de plus de trente ans. Ici : en jean et pull, décorant un arbre de Noël. Là : vêtue d'une simple robe d'été et de chaussures blanches, un sac blanc sur l'épaule, souriante, baignée de soleil et d'ombre, debout devant un arbre chargé de fleurs blanches en grappes. Sur plusieurs photos, elle bouchonnait des chevaux, les montait ou leur donnait des pommes.

Quelque chose, en elle, troublait Roy. Toutefois, il ne comprenait pas pourquoi elle l'affectait à ce point.

Elle était indéniablement séduisante mais n'avait rien d'un sexe-symbole. Quoique bien faite, blonde, les yeux bleus, elle ne possédait aucun trait transcendant qui l'eût placée au panthéon de la beauté véritable.

Son sourire était sa seule caractéristique vraiment frappante – et l'élément qui revenait le plus régulièrement, de photo en photo : un sourire chaleureux, franc, naturel, un sourire charmant qui ne semblait jamais affecté et révélait une grande douceur.

Un sourire, toutefois, n'était pas un trait physique. Voilà qui se révélait particulièrement vrai dans le cas de cette femme, car ses lèvres n'étaient pas particulièrement charnues, comme celle de Melissa Wicklun. Il n'y avait rien d'étonnant, encore moins d'électrisant dans la forme et la largeur de sa bouche ou de ses dents. Tel le reflet éblouissant du soleil sur la surface par ailleurs banale d'un étang, son sourire était plus beau que sa personne entière.

Roy ne voyait rien en elle qu'il eût aimé posséder.

Pourtant, elle le fascinait. S'il doutait de l'avoir jamais rencontrée, il lui semblait pourtant la reconnaître. Il l'avait déjà vue quelque part.

En contemplant ce visage, ce sourire radieux, il sentait une terrible présence suspendue au-dessus de la jeune femme, juste à la lisière des clichés. Une froide obscurité qui s'étendait sur elle sans qu'elle en eût conscience.

Les photos les plus récentes avaient au moins vingt ans, et une bonne partie des autres datait sûrement de trois décennies. Sur les premières, les couleurs avaient quelque peu passé. Sur les autres, on n'en distinguait plus qu'une vague trace, au milieu de gris et de blanc jauni par endroits.

Roy espérait trouver quelques explications au dos des clichés, mais ce ne fut pas le cas. Pas même un nom ou une date.

Deux d'entre eux montraient la même personne en compagnie d'un jeune garçon. Tout d'abord, mystifié par sa réaction violente à la femme, trop occupé à se demander pourquoi elle lui semblait si familière, Roy ne réalisa pas que c'était Spencer Grant. Lorsqu'il s'en aperçut enfin, il posa les deux photos côte à côte sur la table.

Grant, avant qu'il n'eût reçu sa cicatrice.

Dans son cas, plus que chez la plupart des gens, le visage de l'homme reflétait l'enfant qu'il avait été.

Sur le premier cliché, il avait six ou sept ans : c'était un gamin maigre, en slip de bain, debout au bord d'un étang, dégoulinant. La femme se tenait près de lui, en maillot une pièce, et se livrait à une plaisanterie stupide : une main derrière la tête de Grant sans qu'il s'en doutât, elle levait deux doigts écartés pour lui faire une petite paire de cornes ou d'antennes.

Sur le deuxième, les mêmes personnages étaient assis à une table de pique-nique. Lui, âgé d'un ou deux ans de plus, portait un jean, un T-shirt et une casquette de baseball. Sa compagne l'entourait d'un bras pour l'attirer contre elle, déséquilibrant son couvre-chef.

Le sourire de la jeune femme était aussi radieux que sur les photos où elle apparaissait seule, mais son visage y était également éclairé par l'amour, l'affection. Roy ne doutait pas d'avoir découvert la mère de Spencer Grant.

La raison pour laquelle elle lui paraissait familière, terriblement familière, toutefois, lui échappait encore. Plus il la contemplait, avec ou sans son fils à son côté, plus il était sûr de la connaître – et de l'avoir déjà vue dans un contexte très étrange, sombre, troublant.

Il reporta son attention sur le cliché de la mère et du fils près de l'étang. Au second plan, à quelque distance de là, s'élevait une grange. Malgré les couleurs passées, on apercevait encore des traces de peinture rouge sur les hauts murs aveugles.

La femme, le garçon, la grange.

Un frisson le parcourut.

Relevant les yeux vers la fenêtre qui surmontait l'évier, il contempla l'épais bouquet d'arbres au-dehors, les maigres poches de soleil qui s'infiltraient à travers les ombres agglutinées. Si seulement ses souvenirs avaient pu, eux aussi, revenir luire dans l'obscurité des eucalyptus !

La femme. Le garçon. La grange.

Malgré tous ses efforts, l'illumination le fuyait. Un nouveau frisson le parcourut.

La grange.

A travers des rues flanquées de maisons en stuc, autour desquelles cactus, yuccas et oliviers solides parsemaient un paysage désertique ; à travers un parking de centre commercial ; à travers une zone industrielle ; à travers un labyrinthe de cabanes en métal rouillées servant d'entrepôts, hors de la route ; à travers un parc gigantesque, où les palmes s'agitaient violemment pour souhaiter une bienvenue frénétique à l'orage, Spencer tenta sans succès de semer la Chevrolet.

Tôt ou tard, ils allaient croiser une voiture de police. Dès que les flics locaux se mêleraient de l'affaire, le fugitif aurait encore plus de mal à s'échapper.

Désorienté par les chemins détournés qu'il avait pris pour semer ses poursuivants, il fut surpris de laisser sur sa droite un des hôtels les plus récents. La partie sud de Las Vegas Boulevard ne s'étendait qu'à quelques centaines de mètres de là. A l'intersection, le feu était rouge, mais Spencer paria qu'il aurait changé de couleur lorsqu'il y arriverait.

La Chevrolet était juste derrière lui. S'il s'arrêtait, ces salopards en jailliraient pour encercler l'Explorer, plus bardés d'armes qu'un porc-épic de piquants.

Plus que trois cents mètres avant le carrefour. Deux cent cinquante.

Le feu était toujours rouge. La circulation, sur le Strip, n'était pas aussi chargée qu'un peu plus au nord, mais elle n'était pas non plus fluide.

Manquant de temps, Spencer ralentit légèrement, assez pour avoir plus de liberté de manœuvre au moment décisif mais pas pour encourager le conducteur de la Chevrolet à le dépasser.

Cent mètres. Soixante-quinze. Cinquante.

Madame la Chance n'était pas avec lui. Il jouait toujours le vert et le rouge ne cessait de sortir.

Un camion-citerne chargé d'essence approchait de l'intersection par la gauche. Saisissant la rare occasion de prendre un peu d'élan sur le Strip, il était en excès de vitesse.

Rocky recommença à agiter la tête de haut en bas.

Le conducteur du poids lourd aperçut l'Explorer au dernier moment. Il tenta de piler sans faire un tête-à-queue.

– Ça va passer, ça va passer, s'entendit dire Spencer en une sorte d'incantation, comme s'il avait eu la folle intention de modeler la réalité par ses pensées positives.

Ne jamais mentir au chien.

– On est dans une merde noire, vieux, corrigea-t-il en abordant le carrefour, décrivant un large arc de cercle pour contourner l'avant du camion.

En proie à une panique totale, Spencer vit le lourd véhicule glisser vers eux comme au ralenti, les gigantesques pneus rouler et rebondir, rouler et rebondir, alors que le routier terrifié écrasait le frein autant qu'il l'osait, par à-coups. A présent, le monstre métallique ne se contentait plus d'approcher : il était presque sur eux, mastodonte inévitable, bien plus massif qu'une fraction de seconde auparavant, et soudain plus encore, imposant, immense. Seigneur ! Il paraissait plus gros qu'un jumbo-jet, et l'Explorer n'était qu'un insecte au milieu de la route. Un insecte qui commençait de pencher à tribord, menaçant de se retourner. Spencer compensa d'un petit coup de volant à droite et d'un léger freinage. L'énergie du tonneau avorté fut toutefois canalisée en un dérapage, et l'arrière de la voiture dériva dans un hurlement de pneus torturés. Le volant échappa aux mains moites de l'ancien policier et se mit à tourner librement. Spencer avait perdu le contrôle de son véhicule, et le camion-citerne arrivait sur eux, aussi gros que Dieu lui-même – mais à tout le moins glissaient-ils dans la bonne direction, hors du chemin du mastodonte, quoique sans doute pas assez vite pour l'éviter.

Finalement, le monstre à seize roues les dépassa en hurlant, ne les manquant que de quelques centimètres – courbe paroi d'acier que la vitesse rendait floue, et qui fila près d'eux dans un courant d'air que Spencer crut sentir, même à travers les vitres étroitement closes.

L'Explorer exécuta un tour complet et pivota encore de 90 degrés, avant de s'immobiliser en vibrant de l'autre côté du boulevard, dans le sens de la circulation, alors que le camion-citerne ne l'avait pas encore totalement dépassée.

Les voitures roulant sur les voies que la Ford bloquait pilèrent pour éviter la collision, dans un chœur de freins hurlants et de coups de klaxon furieux.

Rocky était à nouveau sur le plancher.

Spencer ignorait s'il y avait encore été projeté ou s'il était descendu dans un soudain accès de prudence.

– Reste là, lui enjoignit-il, alors que l'animal grimpait à nouveau sur le siège.

Le rugissement d'un moteur retentit sur sa gauche. Traversant le grand carrefour, la Chevrolet dépassait par l'arrière le camion-citerne enfin arrêté et fonçait sur eux.

Spencer écrasa l'accélérateur. Les pneus patinèrent un instant, puis le caoutchouc mordit l'asphalte. La Ford partit comme une flèche, juste au moment où ses poursuivants en frôlaient le pare-chocs arrière. Il y eu un couinement sinistre quand le métal racla le métal.

Trois ou quatre coups de feu claquèrent. Aucune balle ne toucha le véhicule des fuyards.

Rocky demeurait sur le siège, haletant, les griffes plantées, bien décidé, cette fois, à rester en place.

Son maître se dirigeait vers les limites de Las Vegas, ce qui était à la fois une bonne et une mauvaise idée. Bonne, parce qu'à mesure qu'il se rapprochait du désert et de la dernière entrée de la route inter-États 15, il risquait moins d'être bloqué par un embouteillage. Mauvaise, parce qu'une fois la forêt d'hôtels dépassée, le terrain désertique ne lui fournirait que peu d'échappées, encore moins de cachettes. Au milieu de l'immense Mojave, les tueurs pourraient lui laisser prendre ou un deux kilomètres d'avance sans cesser de le surveiller.

Mais quitter la ville était le seul choix raisonnable. Le remue-ménage au carrefour, derrière lui, allait attirer les flics.

Alors qu'il dépassait à toute vitesse le plus récent des hôtels-casinos – qui abritait un parc d'attractions de quatre-vingts hectares, Spaceport Vegas –, son seul choix raisonnable lui fut soudain retiré. A une centaine de mètres de là, une voiture qui circulait de l'autre côté du boulevard franchit le terre-plein central, traversa une rangée d'arbustes et s'immobilisa en dérapant au beau milieu du chemin de Spencer, de guingois, prête à l'éperonner s'il tentait de la dépasser par l'avant ou par l'arrière.

Il s'arrêta à trente mètres du barrage.

Ce nouveau véhicule, une Chrysler, était par ailleurs si semblable à la Chevrolet qu'elles auraient pu sortir de la même usine.

Le conducteur demeura au volant, mais les autres portières s'ouvrirent, livrant le passage à des hommes de haute taille, menaçants.

Le rétroviseur révéla à Spencer ce qu'il s'attendait à voir : la Chevrolet s'était également mise en travers de la chaussée pour bloquer le boulevard, quinze mètres derrière lui. Des hommes en jaillissaient – armés de revolvers.

Il se rendit compte que les occupants de la Chrysler étaient armés et, curieusement, n'en éprouva pas la moindre surprise.

La dernière photo était rangée dans une enveloppe blanche scellée par du ruban adhésif.

En raison de la forme et de la minceur de l'objet, Roy sut de quoi il s'agissait avant même de la découvrir, bien qu'elle fût plus grande que les autres. Il arracha le Scotch, s'attendant à découvrir un portrait en 24 × 36 de la mère de Grant, réalisé chez un photographe – un souvenir inoubliable pour le balafré.

C'était bien une photo de studio, mais celle d'un homme entre trente et quarante ans.

Un instant, étrangement, il n'y eut plus pour Roy d'eucalyptus derrière la fenêtre, ni de fenêtre à travers laquelle les observer. La cuisine elle-même disparut de son champ de conscience jusqu'à ce que plus rien n'existât que lui-même et ce portrait, lequel lui paraissait encore plus familier que ceux de la femme.

Il avait le souffle court.

Quelqu'un fût-il entré dans la pièce pour lui poser une question, qu'il eût été incapable de parler.

Il se sentait détaché de la réalité, comme fiévreux, bien que sa peau ne fût pas chaude. En fait, elle était même plutôt froide, sans que cela le mît mal à l'aise. C'était un froid de caméléon attentif, feignant d'être pierre sur la pierre par un matin d'automne. Un froid qui le renforçait, qui focalisait sa conscience, contractait les rouages de son esprit et permettait à ses pensées d'évoluer librement. Son cœur ne battait pas à tout rompre comme sous l'effet de la fièvre. Il avait ralenti au contraire jusqu'à un pouls de dormeur. Chaque battement résonnait à travers tout son corps, tel l'enregistrement passé quatre fois trop lentement d'une cloche de cathédrale : long, lourd et solennel.

De toute évidence, la photo avait été prise par un professionnel de talent, dans un studio. On avait accordé beaucoup d'attention à l'éclairage et à la sélection de l'objectif idéal. Le sujet, qui portait une chemise blanche au col ouvert et un blouson de cuir, était coupé à la taille et posait devant un mur blanc, les bras croisés. C'était un homme extrêmement séduisant, aux épais cheveux noirs plaqués en arrière. Le cliché, du type que les jeunes acteurs utilisent souvent pour leur publicité, était empli de *glamour* mais sans artifice : le personnage possédait naturellement cette caractéristique, une aura de mystère et de drame que le photographe n'avait pas eu à créer.

Le portrait était une étude en noir et blanc, le noir primant le blanc. Des ombres étranges, dues à des objets hors champ, paraissaient se rassembler sur le mur, attirées par l'homme comme la nuit l'était par le ciel du soir et le poids du soleil couchant.

Le regard droit, perçant, le pli ferme de la bouche, les traits aristocratiques et même la pose faussement décontractée révélaient un individu n'ayant jamais connu le doute, la lassitude ou la peur. Il n'était pas simplement confiant et maître de lui. La photo dénonçait une arrogance subtile mais évidente. L'expression du sujet semblait indiquer qu'il considérait tous les autres membres de la race humaine, sans exception, avec amusement et mépris.

Pourtant, il demeurait très sympathique, comme si son intelligence et son expérience lui avaient donné le droit de se sentir supérieur. En étudiant le cliché, Roy sentit que cet homme eût pu être un ami intéressant, imprévisible. Le singulier personnage, à demi plongé dans l'ombre, possédait un magnétisme animal qui faisait oublier son expression méprisante. Une telle arrogance, en lui, semblait même parfaitement normale – tout comme un lion doit se déplacer avec une arrogance féline s'il veut ressembler à ce qu'il est.

L'enchantement jeté par la photo se dissipa graduellement, mais il ne disparut pas tout à fait. La cuisine reprit ses droits, surgissant des brumes de l'idée fixe de Roy, en même temps que la fenêtre et les eucalyptus.

Il connaissait cet homme. Il l'avait déjà vu.

Il y avait bien longtemps.

Cette certitude était l'une des raisons pour lesquelles l'image lui faisait un tel effet. Tout comme pour la femme, cependant, il était incapable d'associer un nom à ce visage ou de se rappeler en quelles circonstances il avait rencontré cette personne.

Il regretta que le photographe n'eût pas laissé plus de lumière sur le visage de son sujet. Les ombres, toutefois, semblaient aimer l'homme aux yeux noirs.

Roy reposa le portrait sur la table de la cuisine, près de la photo de la mère et de l'enfant, devant l'étang.

La femme. Le garçon. La grange au second plan. L'homme dans les ombres.

Spencer s'était arrêté sur Las Vegas Boulevard. Alors que les hommes en armes se rapprochaient par-devant et par-derrière, il klaxonna frénétiquement, tourna le volant à fond et écrasa l'accélérateur. L'Explorer partit comme une fusée vers la droite, en direction de Spaceport Vegas, le parc d'attractions, écrasant ses deux occupants contre leur siège, tels des astronautes s'envolant vers la lune.

L'audace des tueurs prouvait qu'il s'agissait bel et bien d'agents fédéraux, même s'ils se servaient de faux papiers pour dissimuler leur véritable identité. Ils n'auraient pas pris le risque de le pourchasser aussi ouvertement au beau milieu d'une artère importante, devant témoins, sans la certitude d'avoir autorité sur la police locale.

Les passants qui allaient de casino en casino sur le trottoir, devant Spaceport Vegas, s'éparpillèrent alors que l'Explorer traversait à toute allure la voie réservée aux autobus – dont, par bonheur, aucun n'était en vue.

A cause du froid de février et de l'orage imminent, ou peut-être parce qu'il n'était que midi, Spaceport Vegas n'était pas ouvert. Les volets des guichets à billets étaient clos, et les manèges d'assez grande taille pour qu'on les voie par-dessus les murs du parc paraissaient en animation suspendue.

Néons ou applications futuristes des fibres optiques n'en palpitaient et n'en fulguraient pas moins le long de l'enceinte, haute de trois mètres, évoquant la coque blindée d'un croiseur stellaire. Une cellule photosensible avait dû allumer les lumières, prenant l'obscurité diurne de l'orage en marche pour un début de crépuscule.

Spencer passa entre les deux guichets et fonça vers le tunnel d'acier de quatre mètres de diamètre qui permettait d'accéder au parc. Les mots TUNNEL TEMPOREL POUR SPACEPORT VEGAS, en néon bleu luisant, promettaient plus d'évasion qu'il n'en désirait.

Il fila le long de la pente douce sans toucher une seule fois au frein, et traversa le temps sans même y songer.

L'énorme canalisation s'étendait sur soixante mètres.

Les tubes au néon bleu qui s'incurvaient sur les parois et au plafond y clignotaient rapidement les uns après les autres, depuis l'entrée jusqu'à la sortie, créant l'illusion d'un entonnoir d'éclairs.

D'ordinaire, les visiteurs atteignaient le parc dans de poussifs tramways. A plus grande vitesse, les décharges lumineuses quasi aveuglantes étaient plus efficaces. Spencer avait mal aux yeux. Pour un peu, il se serait réellement cru catapulté en un lointain futur.

Rocky recommençait à hocher la tête en rythme.

– Je ne savais pas que j'avais un chien dingue de vitesse, remarqua son maître.

Il se réfugia dans les profondeurs du parc où les lumières, en revanche, n'avaient pas été allumées. L'allée principale, déserte, apparemment infinie, ne cessait de monter et de descendre, de se rétrécir, de s'élargir et de se rétrécir à nouveau, s'enroulant souvent sur elle-même.

On trouvait à Spaceport Vegas des montagnes russes, une grande roue, une chenille, des balançoires et autres retourneurs d'estomac classiques, tous parés de façades, d'accessoires et de noms ronflants évoquant la science-fiction. Une Roquette pour Ganymède, Le Marteau de l'Hyperespace, L'Enfer des Radiations Solaires, Collision d'Astéroïdes, Évolution à Rebours. Le parc proposait également des simulations de vol et des expériences de réalité virtuelle, dans des bâtiments à l'architecture futuriste, censément extraterrestre. La Planète des Hommes-Serpents, Lune de Sang, le Désintégrateur du Vortex, Le Monde de la Mort. Des machines tueuses aux yeux rouges gardaient l'entrée de La Guerre des Robots, et le portail du Monstre des Étoiles évoquait un orifice luisant, à l'un ou l'autre bout du système digestif de quelque Léviathan cosmique.

Sous le ciel gris balayé par un vent froid, avec la lumière d'orage qui dévorait toutes les couleurs, le futur imaginé par les créateurs de Spaceport Vegas était sans conteste assez peu souriant.

Curieusement, cela le rendit plus crédible aux yeux de Spencer, plus proche de la réalité et moins d'un parc d'attractions que ne l'avaient désiré ses concepteurs. Des prédateurs humains, extraterrestres ou cybernétiques rôdaient partout. Des catastrophes cosmiques surgissaient à chaque tournant : L'Explosion du Soleil, La Chute de la

Comète, La Distorsion Temporelle, le Big Bang, Terre Désolée. Sur le même tronçon de l'allée principale, on trouvait La Fin du Monde au côté de L'Extinction. En découvrant un tel environnement, on pouvait presque se persuader que cet avenir sinistre – dans son ambiance sinon dans ses détails – était assez terrifiant pour que la société contemporaine fût en train de le bâtir.

Spencer, à la recherche d'une issue de service, conduisait comme un fou sur les routes sinueuses, parmi les attractions. Il apercevait régulièrement la Chevrolet et la Chrysler, entre les manèges et les bâtiments fantaisistes, mais jamais assez près de lui pour le mettre en danger, plutôt comme des requins tournant au loin. Chaque fois qu'il les voyait, il disparaissait vivement dans une autre branche de ce véritable labyrinthe qu'était l'allée principale.

Au coin de la Prison Galactique, derrière le Palais des Parasites puis une rangée de ficus et une haie de lauriers-roses en pleine floraison, sans doute un peu banale par rapport aux arbustes qui poussaient sur les planètes de la Nébuleuse du Crabe, il découvrit une petite route de service marquant le bout du parc. Il la suivit.

Sur sa gauche s'alignaient les arbres, un tous les six mètres, reliés par la haute haie de lauriers. Sur sa droite, au lieu du mur décoré de néons qui fermait les sections publiques, s'élevait une clôture de trois mètres de haut, surmontée par un enchevêtrement de barbelés. Au-delà s'étendait le désert.

Il passa un virage. Cent mètres plus loin se dressait une porte métallique grillagée, montée sur roues, et mue par des bras hydrauliques, conçue pour rouler de côté quand on manipulait la télécommande appropriée – que Spencer ne possédait pas.

Il accéléra. Il allait falloir passer au travers.

Retrouvant sa prudence habituelle, le chien se laissa glisser à bas de son siège et se recroquevilla sur le plancher plutôt que d'y être projeté par l'impact.

– Névrosé mais pas idiot, approuva Spencer.

Il avait parcouru plus de la moitié du chemin qui le séparait de la grille quand il perçut un mouvement rapide du coin de l'œil gauche. La Chrysler fit irruption entre deux figuiers, défonçant la haie de lauriers, et s'engagea sur la route de service dans un déluge de feuilles vertes et de fleurs roses. Elle arriva juste derrière sa proie, percutant la clôture avec une telle force que le grillage en ondula jusqu'au bout de l'allée, tel un drap agité par le vent.

L'Explorer, qui atteignit la grille une fraction de seconde après ces remous, la frappa assez fort pour que le capot s'écrase sans s'ouvrir, que la ceinture de sécurité se tende douloureusement sur son torse, lui coupant le souffle, le faisant claquer des dents, et pour que les bagages, à l'arrière, bringuebalent sous le filet qui les maintenait – mais pas assez pour démolir l'obstacle. La barrière se retrouva pliée, déchirée, à moitié effondrée, parsemée d'écheveaux de fils barbelés qui lui faisaient comme des nattes de rasta – mais encore bien présente.

Spencer passa la marche arrière et accéléra, boulet de canon retournant à sa pièce d'artillerie dans un monde tournant à l'envers.

Les passagers de la Chrysler ouvraient déjà leurs portières et sortaient, l'arme au poing, quand ils le virent reculer. Ils l'imitèrent, remontant en voiture.

La Ford éperonna violemment la conduite intérieure. Le fracas de la collision fut tel qu'un instant Spencer craignit d'avoir exagéré et démoli son propre engin.

Lorsqu'il repassa la première, toutefois, l'Explorer s'élança en avant. Le pneu n'était ni crevé ni bloqué par une aile tordue. Aucune vitre ne s'était brisée. Et puisque nulle odeur d'essence ne s'y élevait, le réservoir devait être intact. La voiture vibrait, cliquetait, grinçait, bringuebalait – mais elle avançait, puissante et gracieuse, quoique cabossée.

Le deuxième impact eut raison de la grille. La voiture roula sur le grillage abattu et quitta Spaceport Vegas en s'engageant sur un vaste terrain désertique où nul n'avait encore bâti de parc à thème, d'hôtel, de casino ni de parking.

Spencer enclencha les quatre roues motrices et tourna le dos au Strip pour partir vers l'ouest, en direction de la route inter-États 15.

Se souvenant de Rocky, il baissa les yeux vers la boîte à gants. Le chien, roulé en boule, les yeux hermétiquement clos, semblait s'attendre à une nouvelle collision.

– Tout va bien, vieux.

L'animal continua de grimacer et de craindre le pire.

– Fais-moi confiance.

Rocky ouvrit enfin les yeux et remonta sur le siège dont le vinyle avait été copieusement percé et déchiré par ses griffes.

Ils cahotèrent violemment sur un sol sec et irrégulier, jusqu'à la base de la grande route surélevée.

Un remblai escarpé de graviers et de schiste, de dix à quinze mètres de haut, flanquait les voies est-ouest. Même s'il avait trouvé une faille dans le rail de sécurité, au-dessus de lui, l'artère n'eût apporté à Spencer aucune chance d'évasion – et certainement pas de salut. Les gens qui le cherchaient allaient y établir des barrages dans les deux sens.

Après un bref instant d'hésitation, il partit vers le sud en longeant la route inter-États.

La Chevrolet vert mousse arrivait de l'est, sur le sable blanc et le schiste ardoisier gris rose. Quoique la journée fût froide, on eût dit un mirage de chaleur. Les dunes et les creux incessants en auraient raison : contrairement à l'Explorer, elle n'était pas conçue pour le tout-terrain.

Spencer atteignit une ravine asséchée que la route inter-États franchissait grâce à un pont de béton assez bas. Il s'engagea dans la déclivité, sur un doux tapis de boue séchée et de branches brisées, où des épineux arrachés roulaient en permanence, telles les ombres inquiétantes d'un cauchemar.

Suivant l'arroyo sous la route, il pénétra dans l'inhospitalier désert Mojave.

Le ciel hostile, aussi dur, aussi sombre que le granit dont on fait les sarcophages, lévitait à quelques centimètres des montagnes de fer. Une plaine désolée s'élevait progressivement jusqu'à ces pentes stériles, parsemée de mesquite desséchée, d'herbes rêches et de cactus, de plus en plus désertique.

Spencer sortit de la ravine mais continua d'en suivre le cours vers les pics lointains, aussi nus que d'antiques ossements.

La Chevrolet avait disparu.

Lorsqu'il s'estima enfin hors de vue de tout guetteur éventuel, posté pour surveiller la circulation sur la route inter-États, il obliqua vers le sud et suivit une direction parallèle à cette dernière. Sans cette référence, il se perdrait. Des diables de poussière tourbillonnants parcouraient le désert, masquant les vapeurs d'échappement révélatrices de l'Explorer.

Bien qu'il ne plût pas encore, des éclairs parcouraient le ciel. Les ombres de petites formations rocheuses surgissaient et disparaissaient alternativement sur le sol d'albâtre.

Rocky avait renoncé à sa façade courageuse dès qu'avait diminué la vitesse et se trouvait à nouveau pris dans les rets d'une crainte irrépressible. Il gémissait périodiquement, espérant que son maître lui apporterait le réconfort.

Des fissures de feu lacéraient le ciel.

Roy Miro écarta les troublantes photographies pour installer son ordinateur portable sur la table de la cuisine. Il le brancha sur une prise murale et se connecta avec Maman, en Virginie.

Quand Spencer Grant s'était engagé dans l'armée des États-Unis, à dix-huit ans, il y avait une douzaine d'années, il avait dû remplir le formulaire standard. Entre autres choses, on lui avait demandé des précisions sur ses études, son lieu de naissance, le nom de son père, le nom de jeune fille de sa mère et l'existence de frères et sœurs éventuels.

L'officier recruteur qui s'était occupé de lui avait vérifié ces informations. Une seconde vérification, encore plus stricte, avait été effectuée avant l'incorporation de Grant dans le service actif.

Si « Spencer Grant » était une fausse identité, le jeune homme aurait dû avoir beaucoup de mal à l'utiliser pour entrer dans l'armée. Pourtant, Roy demeurait convaincu que tel n'était pas le nom qui figurait à l'origine sur son certificat de naissance, et il était décidé à découvrir la vérité.

A sa demande, Maman pénétra dans les dossiers du ministère de la Défense consacrés aux anciens militaires. Elle fit apparaître à l'écran la fiche de Spencer Grant.

D'après cette dernière, le nom de jeune fille de sa mère – celui qu'il avait fourni à l'armée – était Jennifer Corrine Porth.

La jeune recrue l'avait déclarée décédée.

A la rubrique dévolue au père figurait la mention « inconnu ».

Roy cligna des yeux sous la surprise. INCONNU.

Voilà qui n'était pas banal. Grant ne s'était pas simplement prétendu enfant illégitime : il avait aussi laissé entendre qu'en raison des mœurs de sa mère, son géniteur n'avait pu être identifié. N'importe qui d'autre eût donné un faux nom, un père fictif mais pratique, pour épargner une humiliation à sa mère – et à lui-même.

En toute logique, s'il était effectivement né de père inconnu, Spencer aurait dû s'appeler Porth. En conséquence, soit Jennifer avait emprunté le nom de Grant à un acteur célèbre, comme le croyait Bosley Donner, soit elle avait choisi celui d'un des hommes ayant traversé sa vie, sans savoir s'il était bel et bien le père de l'enfant.

Il se pouvait aussi que la mention « inconnu » fût un mensonge et que « Spencer Grant » ne fût qu'une identité d'emprunt, peut-être la première de la longue série qu'avait utilisée ce véritable fantôme.

Au moment de son incorporation, avec sa mère décédée et son père inconnu, il avait déclaré comme plus proches parents : « Ethel Mary et George Daniel Porth, grands-parents ». Il devait s'agir des parents de Jennifer Corrine.

Roy nota que leur adresse – à San Francisco – était la même que celle de Grant avant son entrée dans l'armée. Apparemment, ils l'avaient recueilli après la mort de sa mère, quelle qu'en eût été la date.

Si quelqu'un connaissait les véritables origines de Grant et celles de sa cicatrice, ce seraient Ethel et George Porth. En supposant qu'ils ne fussent pas seulement des noms sur un formulaire que, douze ans plus tôt, un officier recruteur avait négligé de contrôler.

Roy demanda une impression de la partie intéressante de la fiche de Grant. Même si la découverte des Porth semblait constituer une bonne piste, il craignait de ne pas apprendre quoi que ce fût, à San Francisco, pour donner plus de substance à cet insaisissable fantôme, aperçu pour la première fois à peine quarante-huit heures plus tôt, dans la nuit pluvieuse de Santa Monica.

Grant s'était totalement gommé des dossiers des services publics, des impôts locaux et même de l'impôt sur le revenu. Pourquoi avoir laissé son nom dans ceux du

Bureau des Véhicules à Moteur, de la Sécurité sociale, de la police et de l'armée ? Il avait modifié ces derniers pour remplacer sa véritable adresse par plusieurs fausses, mais il eût pu s'en éliminer entièrement. Il en avait les moyens et le talent. Sa présence dans certaines banques de données devait donc servir un but.

Roy avait le sentiment de n'être qu'un jouet entre les mains de Grant, alors même qu'il tentait de le retrouver.

Frustré, il s'intéressa de nouveau aux deux photographies les plus troublantes. La femme, le garçon et la grange, à l'arrière-plan. L'homme dans les ombres.

Tout autour de l'Explorer s'étendaient un sable aussi blanc que de la poudre d'os, des roches volcaniques cendrées et des pentes de schiste fissurées par des millions d'années de chaleur, de froid et de tremblements de terre. Les rares végétaux étaient secs, cassants. En dehors de la poussière et des plantes agitées par le vent, seuls remuaient les scorpions, les araignées, les scarabées, les serpents venimeux et autres créatures à sang froid, voire dépouvues de sang, qui subsistaient dans cette région aride.

Piques et javelots de foudre argentée ne cessaient de jaillir. Des nuages rapides aussi noirs que de l'encre rédigeaient une promesse de pluie en travers du ciel, leur ventre lourd pendant mollement vers le sol. Avec de grands roulements de tonnerre, l'orage travaillait à sa propre création.

Pris entre la terre morte et les cieux tumultueux, Spencer suivait autant que possible le tracé de la lointaine route inter-États, ne faisant un détour que lorsque le terrain l'exigeait.

Rocky, tête basse, les flancs animés de frissons, contemplait ses pattes pour ne pas voir les éléments déchaînés. Des courants de terreur circulaient en lui telle de l'électricité en circuit fermé.

Un autre jour, en un autre endroit, au milieu d'un autre orage, Spencer n'eût pas manqué de lui parler pour l'apaiser. Mais en cet instant, son humeur s'obscurcissait avec le ciel et il n'était capable de s'intéresser qu'à son propre tourment.

Pour une femme, il avait abandonné la vie qu'il menait, laissé derrière lui le confort paisible du chalet, la beauté des eucalyptus, la quiétude du canyon – et il était désormais peu probable qu'il les retrouvât un jour. Il s'était désigné comme cible à des tueurs et avait compromis son précieux anonymat.

Il ne regrettait rien – car il avait toujours l'espoir de gagner une véritable vie, avec un sens et un but. S'il voulait sincèrement aider Valérie, il voulait également s'aider lui-même.

Mais l'enjeu venait d'augmenter. La mort et les manchettes des journaux ne seraient plus les seuls risques à affronter s'il continuait à se mêler des problèmes de la jeune femme. Tôt ou tard, il devrait tuer quelqu'un. On ne lui laisserait pas le choix.

Après avoir réchappé de l'assaut du bungalow, le mercredi soir, il avait évité de songer aux troublantes implications de la violence extrême employée par le commando. A présent, il se rappelait des rafales tirées sur des cibles imaginaires, dans la maison obscure, les balles dirigées contre lui lorsqu'il avait escaladé le mur de la propriété.

Ce n'était pas simplement la réaction de policiers nerveux, intimidés par leur proie. C'était une utilisation de la force excessive au point de devenir criminelle, caractéristique d'une agence dépourvue de contrôle et, dans son arrogance, convaincue de pouvoir commettre des atrocités en toute impunité.

Il venait juste de rencontrer la même arrogance dans la conduite irresponsable des hommes qui l'avaient pourchassé à Las Vegas.

Il songea à Louis Lee, dans son élégant bureau, sous le China Dream. Le restaurateur avait dit que les gouvernements, quand ils devenaient trop puissants, cessaient souvent de respecter le code de justice qui faisait leur légitimité.

Tous, même les plus démocrates, conservaient leur emprise sur la population en faisant peser sur elle une menace de violence et d'emprisonnement. Quand cette menace n'était plus régie par la loi, même avec les meilleures intentions du monde, il n'existait plus qu'une différence terriblement faible entre un agent fédéral et un truand.

Si Spencer localisait Valérie et apprenait pourquoi elle

fuyait, lui venir en aide ne consisterait pas simplement à puiser dans ses économies pour lui procurer le meilleur avocat – comme il en avait naïvement eu l'idée lors des rares occasions où il s'était donné la peine de réfléchir à ce qu'il ferait s'il la retrouvait.

L'impitoyable détermination de l'ennemi ne permettait pas d'envisager une solution mettant en jeu un tribunal.

Obligé de choisir entre la violence et la fuite, il aurait toujours choisi la fuite, au risque de recevoir une balle dans le dos, si sa vie avait été seule en jeu. Lorsqu'il prendrait la responsabilité de celle de la jeune femme, il ne pourrait lui demander de tourner le dos à une arme. Tôt ou tard, il devrait répondre à la violence de ces hommes par la violence.

Ressassant ces sombres pensées, il continua de se diriger vers le sud entre un désert par trop présent et un ciel vague. La route inter-États sur sa gauche, était à peine visible et aucun chemin défini ne se profilait devant lui.

La pluie arrivait de l'ouest, en cascades aveuglantes d'une rare férocité pour le Mojave, gigantesque marée grise sous laquelle le désert commença à disparaître.

Bien qu'elle ne les eût pas encore rejoints, Spencer en sentait le parfum froid, humide, chargé d'ozone, d'abord rafraîchissant puis surprenant, glacé.

– Ce n'est pas que je me demande si je serais capable de tuer quelqu'un en cas de besoin, dit-il au chien prostré.

La paroi grise qui se ruait vers eux, plus rapide à chaque seconde, ne semblait pas receler que de la pluie. Elle était aussi l'avenir, et tout ce que Spencer craignait d'apprendre sur le passé.

– Je l'ai déjà fait. Je peux le refaire, si je suis obligé.

Par-dessus le ronflement du moteur, à présent, il entendait la pluie, telle un million de cœurs battant.

– Et si un salopard mérite de mourir, je le tuerai sans me sentir coupable, sans avoir de remords. Parfois, c'est une bonne chose. C'est la justice. Ça ne me pose pas de problème.

La pluie s'abattit sur eux en tourbillonnant, tels des foulards de prestidigitateur, apportant de prodigieuses métamorphoses. Le sol pâle s'assombrit d'un coup dès les premières gouttes. Dans l'étrange lumière de l'orage, la végétation étique, plus brune que verte, parut soudain luisante, luxuriante. En quelques secondes, herbes et feuilles desséchées semblèrent se changer en plantes grasses tropicales – mais tout cela n'était qu'illusion.

– Ce qui m'inquiète… reprit Spencer en activant les essuie-glaces, ce qui me fait peur, c'est que je vais peut-être descendre un salaud qui le méritera… une ordure ambulante… et que cette fois, ça va me plaire.

Le déluge qui avait lancé Noé sur son arche ne pouvait avoir été plus cataclysmique que celui-ci. Le violent martèlement de la pluie sur la voiture était assourdissant. Rocky, terrifié, n'entendait probablement pas son maître à travers le vacarme, mais Spencer profitait néanmoins de sa présence pour admettre une chose qu'il n'aimait pas entendre, s'exprimant à haute voix car il craignait de mentir s'il ne s'adressait qu'à lui-même.

– Je n'ai encore jamais aimé ça. Ça ne m'a jamais donné l'impression d'être un héros. Mais ça ne m'a pas non plus rendu malade. Je n'ai pas vomi ni perdu le sommeil. Alors, si la prochaine fois… ou la suivante ?

Sous les nuages menaçants, chargés de linceuls de pluie aussi lourds que des tentures en velours, le début d'après-midi s'était grimé en crépuscule. Abandonnant la brume pour le mystère, Spencer alluma les codes et eut la surprise de découvrir que les feux avaient survécu aux impacts contre la grille.

La pluie tombait avec une telle profusion qu'elle fondit et balaya le vent qui auparavant animait le sable du désert.

L'Explorer arriva devant un arroyo aux pentes douces, de trois mètres de profondeur. Les codes révélèrent un filet d'eau argenté, large de trente centimètres et profond de cinq ou six, qui luisait au centre de la dépression. Spencer traversa le lit du ruisseau et rejoignit un terrain plus élevé.

Alors qu'il atteignait l'autre rive, une impressionnante série d'éclairs se déchaîna dans le désert, accompagnée par des coups de tonnerre qui firent vibrer toute la voiture. La pluie tombait encore plus fort qu'auparavant, plus fort qu'il ne l'avait jamais vue tomber.

Lâchant le volant d'une main, il caressa la tête de Rocky. Le chien était trop effrayé pour lever les yeux ou se laisser aller contre les doigts apaisants.

Ils n'avaient pas parcouru plus de cinquante mètres depuis la ravine quand Spencer vit la terre remuer devant eux, rouler en ondoyant, comme si une colonie de serpents géants avait rampé juste sous la surface du désert. Lorsqu'il pila, les codes lui fournirent une explication moins fantaisiste mais tout aussi inquiétante. La terre ne bougeait pas : un flot boueux courait d'ouest en est, le long de la plaine légèrement pentue, bloquant la route du sud.

Le fond de ce nouvel arroyo était en grande partie recouvert. Les eaux rapides ne se trouvaient plus qu'à quelques centimètres des berges.

Un tel torrent n'avait pu se créer depuis que l'orage avait atteint les basses terres, quelques minutes plus tôt. Il trouvait sa source dans les montagnes, où les éléments se déchaînaient depuis plus longtemps, et dont les pentes rocheuses, dépourvues d'arbres, ne retenaient pas la pluie. Le désert connaissait peu de déluges d'une telle ampleur. En de rares occasions, pourtant, avec une soudaineté à couper le souffle, des inondations éclair atteignaient même la route inter-États surélevée ou bien s'engouffraient dans les tronçons les plus encaissés du Strip de Las Vegas, emportant les voitures garées devant les casinos.

Spencer n'avait aucun moyen d'estimer la profondeur de l'eau, qui pouvait aussi bien être de soixante centimètres que de six mètres.

Même dans le premier cas, le courant était si rapide, si puissant, qu'il n'osait pas traverser. Cet arroyo-là était plus large que le premier : douze mètres. La voiture n'en aurait pas parcouru la moitié qu'elle serait soulevée et emportée vers l'aval, ballottée à la manière d'un espar.

Spencer fit demi-tour et rebroussa chemin, atteignant l'autre ravine plus vite qu'il ne s'y attendait. Depuis qu'il l'avait traversé, le filet d'eau argenté s'était changé en une rivière turbulente qui emplissait presque son lit.

Pris en tenaille par des torrents infranchissables, il n'avait plus la possibilité de suivre la route inter-États.

Il envisagea de faire halte sur place pour attendre la fin de l'orage. Quand la pluie cesserait, les arroyos se videraient aussi vite qu'ils s'étaient remplis. Cependant, il sentait que la situation était plus dangereuse qu'elle ne le paraissait.

Ouvrant sa portière, il sortit sous l'orage et se retrouva trempé jusqu'aux os en quelques secondes. Comme à coups de marteau, le déluge planta un frisson au plus profond de sa chair.

Le froid et l'humidité lui étaient cependant moins pénibles que l'incroyable vacarme et le rugissement oppressant de la tempête, qui engloutissaient tous les autres bruits.

Le martèlement de la pluie, les clapotis et les bouillonnements de la rivière, ainsi que le tonnerre éclatant s'unissaient pour changer le vaste Mojave en un espace confiné, aussi propre à inspirer la claustrophobie qu'un tonneau de cascadeur au bord des chutes du Niagara.

Spencer voulait observer le flux naissant de plus près qu'il ne l'avait pu en voiture, et ce qu'il découvrit l'alarma. De seconde en seconde, l'eau léchait plus haut les bords de son lit. Bientôt, elle inonderait la plaine. Les tendres parois de l'arroyo s'effondraient par pans entiers, qui se dissolvaient dans les flots boueux avant d'être emportés. Alors même que le fleuve nouveau-né se creusait un canal plus large, il enflait terriblement, montait et s'élargissait tout à la fois. Spencer s'en détourna pour courir vers le second cours d'eau. Encore une fois, il l'atteignit plus tôt qu'il ne s'y attendait. Cette rivière impromptue, comme sa sœur, débordait et prenait de l'ampleur. Quand il les avait découvertes, cinquante mètres séparaient les deux ravines : cette distance avait été ramenée à trente.

Ce qui restait considérable. Il avait peine à croire que les deux crues auraient assez de puissance pour dévorer autant de terrain et finir par se rejoindre.

A cet instant, juste devant ses pieds, une fissure s'ouvrit dans le sol, longue crevasse déchiquetée. La terre souriait. Deux mètres de berge s'effondrèrent dans l'eau tumultueuse.

L'ancien policier tituba en arrière pour se mettre hors de danger. Le sable détrempé, sous ses pieds, commençait à devenir spongieux.

L'impensable semblait soudain inévitable. De grandes parties du désert étaient constituées de schiste, de roche volcanique et de quartz, et il avait la malchance d'être pris dans un orage au beau milieu d'une fantastique mer de sable. A moins qu'une couche de roc, invisible ne fût enterrée entre les deux arroyos, si la tempête faisait rage assez longtemps, le terrain qui les séparait risquait bel et bien d'être emporté et toute la plaine redessinée.

D'un coup, la pluie déjà diluvienne le devint plus encore.

Spencer courut à l'Explorer, se hâta d'y grimper, et ferma sa portière. Frissonnant, dégoulinant, il s'éloigna de la ravine du nord, de peur de s'enliser.

La tête toujours baissée, Rocky jeta par-dessous son front affaissé un coup d'œil inquiet à son maître.

– Il faut se diriger vers l'est ou vers l'ouest entre les arroyos, songea ce dernier tout haut. Pendant qu'il y a encore quelque chose sur quoi rouler.

Les essuie-glaces n'étaient pas à la hauteur des cascades qui se déversaient sur la vitre, et le paysage flou de pluie adoptait une teinte plus sombre de crépuscule factice. Spencer voulut faire battre les balais plus vite, mais ils étaient déjà réglés au maximum.

– Il vaut mieux monter. L'eau gagne en vitesse à mesure qu'elle coule. En bas, il y a plus de chances pour que ce soit inondé.

Il alluma les phares. Ce surcroît de lumière ne clarifia nullement la situation : les faisceaux se reflétaient sur les écheveaux de pluie, si bien que la route semblait bloquée par une succession de rideaux de perles réfléchissantes. Il repassa en codes.

– En haut, c'est plus sûr. Il doit y avoir davantage de roche.

Le chien tremblait comme une feuille.

– Et puis la distance entre les arroyos doit augmenter.

Spencer repassa en première. La plaine s'élevait progressivement vers l'ouest dans l'obscurité.

Tandis que de gigantesques aiguilles de foudre cousaient les cieux à la terre, il s'avança dans l'étroite poche de ténèbres.

Des agents de San Francisco alertés par Roy Miro recherchaient Ethel et George Porth, les grands-parents maternels qui avaient élevé Spencer Grant après la mort de sa mère. Pendant ce temps, Roy lui-même se dirigeait vers le cabinet du Dr Nero Mondello, à Beverly Hills.

Mondello était le chirurgien esthétique le plus célèbre

d'une région où l'œuvre de Dieu se voyait corrigée plus souvent que n'importe où ailleurs, à l'exception de Palm Springs et de Palm Beach. Il était capable de réaliser sur un nez imparfait des miracles équivalents à ceux de Michel-Ange sur de gigantesques blocs de marbre – quoique ses honoraires fussent relativement plus élevés que ceux du maître italien.

Il avait accepté de modifier un emploi du temps chargé pour recevoir Roy, car il était persuadé d'aider le FBI dans la recherche frénétique d'un tueur en série particulièrement violent.

Ils firent connaissance dans le grand bureau du médecin : carrelage de marbre blanc, murs et plafond blancs, appliques blanches en forme de coquillages. Deux tableaux abstraits étaient accrochés aux murs, dans des cadres blancs : l'unique nuance en était le blanc, l'artiste ne produisant ses effets que grâce à la texture différente de couches multiples. Deux chaises en bois, peintes en blanc et garnies de coussins en cuir blanc, flanquaient une table en acier et verre, devant un bureau lui aussi peint en blanc, sur un fond de rideaux opaques en soie blanche.

Roy, tache de suie au milieu de toute cette blancheur, prit possession d'une chaise en se demandant quelle vue lui serait révélée si les rideaux étaient ouverts. Il avait l'idée folle que derrière la fenêtre, au cœur de Beverly Hills, s'étendait un paysage enneigé.

En dehors des photographies de Spencer Grant qu'il avait apportées, le seul objet sur la surface polie du bureau était une rose rouge dans un vase en cristal Waterford. La fleur montrait que la perfection était possible – et attirait l'attention du visiteur sur l'homme assis derrière la table de travail.

Grand, mince, séduisant, la quarantaine, le Dr Nero Mondello était le point focal de ce domaine immaculé. Avec ses épais cheveux noirs coiffés en arrière, son teint olivâtre chaleureux et ses yeux à la nuance violet foncé de prunes bien mûres, le chirurgien produisait une impression presque aussi forte qu'une manifestation spirite. Il portait une blouse blanche de laboratoire par-dessus une chemise blanche et une cravate en soie rouge. Tout autour du cadran de sa Rolex en or étincelaient des diamants identiques, comme chargés d'une énergie surnaturelle.

La pièce et l'homme, pour être ouvertement théâtraux, n'en étaient pas moins impressionnants. Le travail de Mondello consistait à remplacer la vérité par de convaincantes illusions, et tous les bons magiciens avaient le sens du théâtre.

– Oui, il a dû s'agir d'une blessure très grave, terrible, déclara-t-il après avoir observé la photo de Grant obtenue par le Bureau des Véhicules à Moteur et celle qu'avait générée l'ordinateur.

– Qu'est-ce qui a pu la provoquer ? demanda Roy.

Le médecin ouvrit un tiroir de son bureau et en tira une loupe à manche d'argent. Il étudia les clichés avec attention.

– C'est plus une coupure qu'une déchirure, annonça-t-il enfin. Sans doute faite avec un objet relativement tranchant.

– Un couteau ?

– Ou un éclat de verre. Pas une lame totalement régulière. Très coupante mais légèrement déchiquetée, comme du verre – ou un couteau à scie. Une lame normale aurait causé une blessure plus propre et une cicatrice moins large.

En regardant Mondello inspecter les photos, Roy réalisa que le chirurgien avait les traits si raffinés, si bien proportionnés, qu'un de ses talentueux collègues avait dû les remodeler.

– C'est une balafre cicatricielle.

– Je vous demande pardon ? fit Roy.

– Du tissu conjonctif qui s'est contracté – pincé ou froissé, répondit Mondello sans relever les yeux des clichés. Toutefois, compte tenu de sa largeur, elle est relativement lisse. (Il reposa la loupe dans le tiroir.) Je ne peux pas vous dire grand-chose de plus, sinon que ce n'est pas récent.

– Est-ce qu'on pourrait l'éliminer par chirurgie ? Par greffes de peau ?

– Pas entièrement, mais on pourrait la rendre nettement moins visible : juste une ligne, un filet de décoloration.

– Ce serait douloureux ?

Le chirurgien tapota une des photos.

– Oui, mais ça ne demanderait pas une longue série

d'opérations, sur plusieurs années, comme pourrait l'exiger une brûlure.

Il avait un visage exceptionnel, aux proportions étudiées avec soin, comme si le sens esthétique ayant présidé aux interventions n'avait pas seulement été régi par l'intuition de l'artiste mais aussi par la logique du mathématicien. Le praticien s'était remodelé avec la même fermeté qu'appliquent au pays les grands politiciens, afin d'en changer les citoyens imparfaits en individus meilleurs. Roy savait depuis beau temps les êtres humains tellement emplis de défauts que la société ne pouvait rendre une justice parfaite sans imposer des plans d'une rigueur mathématique et un contrôle sévère depuis le sommet. Toutefois, avant cet instant, il n'avait encore jamais réalisé que sa passion pour la beauté idéale et son désir de justice étaient deux aspects d'un même rêve d'utopie.

Parfois, il était stupéfait de sa propre complexité intellectuelle.

– Pourquoi un homme choisit-il de vivre avec une telle cicatrice, s'il est possible de la rendre presque invisible ? demanda-t-il à Mondello. A part, bien entendu, s'il ne peut pas s'offrir l'opération.

– Oh, le prix n'est pas un problème. Si le patient n'a pas d'argent et si le gouvernement refuse de l'aider, il peut quand même se faire opérer. La plupart des chirurgiens consacrent une partie de leur temps à des œuvres de charité de ce genre.

– Alors, pourquoi ?

Mondello haussa les épaules et repoussa les photos vers Roy.

– Il a peut-être peur de la douleur.

– Je ne crois pas. Pas cet homme-là.

– Alors, il a peur des médecins, des hôpitaux, des instruments tranchants, de l'anesthésie. Des tas de phobies empêchent les gens de se faire opérer.

– Ce type n'a pas une personnalité phobique, contra Roy en remettant les clichés dans l'enveloppe.

– C'est peut-être aussi la culpabilité. S'il a survécu à un accident où d'autres gens ont été tués, il peut souffrir du syndrome du survivant. Surtout s'il a perdu des êtres chers. Il a l'impression de ne pas valoir mieux qu'eux et se demande pourquoi il a été épargné alors qu'ils sont morts. Il se sent coupable de vivre. Supporter cette cicatrice est une manière d'expier.

Le visiteur fronça le sourcil et se leva.

– Possible.

– J'ai eu des patients de ce type. Ils ne voulaient pas se faire opérer parce que le syndrome du survivant leur soufflait qu'ils méritaient leurs cicatrices.

– Ça ne me semble pas tellement convenir non plus. Pas pour lui.

– Si ce n'est ni une phobie ni le syndrome du survivant, vous pouvez quand même être sûr que c'est une forme de culpabilité, dit Mondello en contournant le bureau pour accompagner Roy à la porte. Avec cette balafre, il se punit. Elle lui rappelle quelque chose qu'il aimerait oublier mais qu'il se sent obligé de se rappeler. J'ai aussi déjà rencontré ce genre de cas.

Tandis qu'il parlait, son interlocuteur le contemplait, fasciné par la délicate structure osseuse de son visage. Roy se demanda dans quelles proportions les os d'origine et les implants plastiques contribuaient à cet effet, mais poser la question eût été impoli.

– Croyez-vous à la perfection, docteur ? demanda-t-il, à la porte.

La main sur la poignée, Mondello s'immobilisa, un peu étonné.

– La perfection ?

– Personnelle et générale. Un monde meilleur.

– Ma foi… je crois qu'il faut toujours la rechercher.

– Bien, sourit Roy. C'est ce que je pensais.

– Mais je ne crois pas qu'on puisse l'atteindre.

Le sourire du visiteur se figea.

– Moi, il m'est arrivé de l'observer. Peut-être pas des choses totalement parfaites, mais partiellement.

Mondello secoua la tête, l'air indulgent.

– L'idée qu'on se fait de l'ordre parfait est celle qu'un autre se fait du chaos. La vision qu'on a de la beauté parfaite est celle qu'un autre a de la difformité.

Roy n'aimait pas ce genre de propos. Ils impliquaient que toute utopie était également un enfer. Soucieux de convaincre le médecin du contraire, il reprit :

– La beauté parfaite existe dans la nature.

– Il y a toujours un défaut. La nature a horreur de la

symétrie, de la douceur, des lignes droites, de l'ordre – de toutes les choses que nous associons à la beauté.

– J'ai récemment rencontré une femme qui possédait des mains parfaites. Sans le moindre défaut, la moindre erreur, exquisement ciselées.

– Les chirurgiens esthétiques portent un regard plus critique que les autres gens sur les formes humaines. Je suis sûr que moi, j'aurais relevé un tas de défauts.

La suffisance du praticien irritait Roy.

– J'aurais dû vous les apporter, ces mains. Une des deux, en tout cas. Si je l'avais apportée, si vous l'aviez vue, vous auriez été d'accord avec moi.

Il réalisa soudain qu'il avait été bien près de révéler des choses qui auraient réclamé l'exécution immédiate de son interlocuteur.

Craignant que son agitation ne le conduisît à commettre une autre erreur, plus grave, il ne s'attarda pas plus longtemps. Après avoir remercié Mondello de sa coopération, il quitta la pièce blanche.

Dans le parking de la clinique, le soleil de février paraissait plus blanc que doré, violent. Une rangée de palmiers jetait de longues ombres vers l'est. L'après-midi fraîchissait.

Comme Roy tournait la clef de contact, son bipeur sonna.

En consultant le petit écran, il y découvrit un numéro de téléphone qui commençait par l'indicatif du quartier général de Los Angeles. Il le composa sur le cadran de son portable.

De grandes nouvelles l'attendaient. On avait failli coincer Spencer Grant à Las Vegas, mais il s'était enfui dans le désert Mojave. Un Learjet attendait Roy à l'aéroport pour l'emmener au Nevada.

Spencer, gêné par la visibilité de plus en plus réduite, remontait la pente à peine perceptible de la péninsule de sable détrempé qui se rétrécissait progressivement, entre les deux rivières furieuses. Il cherchait une plaque de sol rocheux où s'arrêter et attendre la fin de l'orage. Le désert surmonté de nuages noirs et épais n'était pas plus lumineux que le fond de la mer. La pluie tombait tel le déluge, dépassant la capacité des essuie-glaces. Malgré les codes du véhicule, le conducteur n'apercevait que par intermittence – et fort brièvement – le terrain qui l'attendait.

Les grandes lanières flamboyantes torturaient le ciel, feux d'artifice aveuglants qui jaillissaient désormais en chaînes d'éclairs continues, dont les maillons faisaient vibrer les cieux comme si un ange maléfique, emprisonné au cœur de l'orage, avait furieusement secoué ses fers. Même alors, la lumière inconstante n'illuminait nullement le paysage, alors qu'y clignotaient des essaims d'ombres stroboscopiques qui ajoutaient aux ténèbres et à la confusion.

Soudain, à quelque quatre cents mètres de l'Explorer, semblant sortir d'une autre dimension, une lumière bleue apparut au niveau du sol et partit à toute vitesse vers le sud.

Spencer plissa les yeux pour tenter de discerner la nature et la taille de la source lumineuse à travers la pluie et l'obscurité. Les détails en demeurèrent vagues.

Le voyageur bleu obliqua vers l'est, parcourut quelques centaines de mètres, puis bifurqua vers le nord, fonçant droit sur la Ford. Sphérique. Incandescent.

– Mais qu'est-ce que c'est que ça ?

Spencer roulait au pas afin d'observer l'étrange phénomène.

Alors qu'il se trouvait encore à cent mètres de lui, ce dernier exécuta un nouveau virage pour s'en retourner vers l'endroit où il était né, qu'il dépassa, avant de s'élever dans les airs, d'exploser et de disparaître.

Il ne s'était pas totalement éteint que Spencer en aperçut un deuxième du coin de l'œil. Il arrêta le véhicule et se tourna vers le nord-ouest.

Le nouvel arrivant – bleu, palpitant – se déplaçait à une vitesse incroyable, selon une course sinueuse et erratique qui le rapprocha de l'Explorer avant de l'entraîner vers l'est. D'un coup, il se mit à tourbillonner tel un tourniquet de feu d'artifice, et s'évanouit à son tour.

Les deux apparitions avaient été silencieuses, glissant tels des fantômes à travers le désert que martelait la tempête.

Spencer en eut la chair de poule sur les bras et la nuque.

Bien qu'il se montrât généralement sceptique en matière de mysticisme, il sentait depuis quelques jours qu'il s'aventurait dans l'inconnu, dans l'étrange. Sa vie était devenue un conte de fées macabre, empli de sorcellerie, comme un de ces romans situés en un pays gouverné par des magiciens, hanté par des dragons, et parsemé d'ogres mangeurs d'enfants. Le mercredi soir, il avait franchi un seuil invisible qui séparait sa réalité de toujours d'un monde différent. Au cœur de cette nouvelle réalité, il y avait Valérie, son destin. Une fois qu'il l'aurait trouvée, elle serait comme une lentille magique qui altérerait à jamais sa vision des choses. Tout ce qui était mystérieux deviendrait clair, ce qu'il connaissait et avait admis depuis longtemps redeviendrait mystérieux.

Il sentait cela dans ses os, à l'instar d'un arthritique qui sent l'approche de l'orage avant l'apparition du premier nuage à l'horizon. Il le sentait sans le comprendre, et la visite des deux sphères bleues semblait confirmer qu'il était bien sur la piste de Valérie, qu'il se dirigeait vers un lieu étrange où il se métamorphoserait.

Il jeta un coup d'œil à son compagnon à quatre pattes, dans l'espoir de le trouver en train de regarder fixement l'endroit où avait disparu la seconde lumière. Il avait besoin de s'assurer qu'il n'avait pas tout imaginé, même si la confirmation ne venait que d'un chien. Mais Rocky, prostré, frissonnait de terreur. Il gardait la tête basse, les yeux fermés.

A droite de l'Explorer, la foudre se reflétait sur des eaux enragées. Le fleuve était bien plus proche que Spencer ne l'avait cru. Durant la dernière minute, l'arroyo du nord avait énormément grossi.

Courbé sur son volant, le fugitif rejoignit le nouveau point médian de la bande de terre sans cesse rétrécie et repartit à la recherche d'une roche stable, se demandant si le mystérieux Mojave lui réservait d'autres surprises.

La troisième énigme bleue plongea du ciel à deux cents mètres de lui, légèrement sur sa gauche, aussi vite et aussi droit qu'un ascenseur express. Elle s'arrêta souplement et se mit à léviter juste au-dessus du sol en tournant rapidement sur elle-même.

Le cœur de l'ancien policier battait douloureusement contre ses côtes. Il leva un peu le pied, partagé entre l'émerveillement et l'angoisse.

L'objet se précipita droit sur lui : aussi gros que la voiture, toujours un peu flou, irréel, comme décidé à provoquer la collision. Spencer écrasa l'accélérateur. Le phénomène obliqua pour contrer la manœuvre, tandis que l'éclat s'en intensifiait, emplissant l'Explorer de lumière bleue. Le conducteur affolé tourna à droite et pila, opposant l'arrière de la Ford à la chose qui le poursuivait, afin de présenter une cible plus petite. L'impact eut lieu sans la moindre force, dans un nuage d'étincelles saphir. Des dizaines d'arcs électriques jaillirent entre les différents éléments proéminents du véhicule.

Spencer, ébloui, se retrouva enfermé dans une sphère de lumière sifflante, crépitante. Et comprit enfin de quoi il s'agissait. De l'un des phénomènes météorologiques les plus rares qui soient. Une boule de foudre. Ce n'était pas une entité consciente, ni la puissance extraterrestre qu'il avait presque imaginée. Cela ne cherchait ni à le tuer ni à le séduire. C'était juste une nouvelle composante de l'orage, aussi impersonnelle que la foudre ordinaire, le tonnerre ou la pluie.

Perchée sur ses quatre pneus, l'Explorer n'avait rien à craindre. Dès que la boule de foudre explosa sur elle, son énergie commença à se dissiper. Crépitante, détonnante, de moins en moins lumineuse, elle se para bientôt d'un bleu plus clair.

Une étrange jubilation avait fait battre le cœur de Spencer, comme s'il avait réellement eu envie de rencontrer un phénomène paranormal, même dangereux, plutôt que de retrouver un monde dépourvu de magie. Quoique rares, les boules de feu étaient trop réelles pour satisfaire son attente. La déception ramena son pouls à un rythme presque normal.

Brutalement, l'avant de la voiture sursauta puis s'affaissa, tandis que la cabine s'inclinait vers l'avant. Alors qu'un dernier arc électrique fulgurait entre le phare de gauche et l'angle supérieur droit du pare-brise, une vague d'eau boueuse aspergea ce dernier.

Dans sa panique, pendant qu'il tentait d'éviter la lumière bleue, Spencer avait braqué trop à droite et s'était arrêté sur la berge de l'arroyo. La paroi de sable meuble s'érodait sous ses roues.

Son cœur se remit à cogner. Sa déception était oubliée.

Il passa la marche arrière et accéléra doucement. L'Explorer remonta le long de la pente en pleine désintégration.

Un nouveau morceau de rive céda. Le nez du véhicule plongea. L'eau envahit le capot, atteignit presque le pare-brise.

Abandonnant toute prudence, Spencer accéléra à fond. La Ford bondit littéralement en arrière. Hors de l'eau. Ses pneus dévoraient le sol humide et tendre. Elle recula encore et encore, et retrouva presque la position horizontale.

La paroi de l'arroyo était trop instable pour supporter pareille épreuve. Le mouvement des roues déstabilisa le sol visqueux. Malgré les efforts du moteur hurlant, les pneus patinèrent dans la vase et l'Explorer finit par glisser dans le fleuve, protestant avec autant de véhémence qu'un mastodonte avalé par un puits de goudron.

– Saloperie !

Spencer inspira à fond et retint son souffle, comme un écolier sautant dans un étang.

La voiture disparut sous l'eau, totalement submergée.

Rocky, terrassé par le vacarme et les bringuebalements évocateurs de catastrophe, poussa un gémissement désespéré. Il ne semblait pas seulement réagir aux événements présents mais aux terreurs accumulées dans toute son existence.

L'Explorer creva la surface, tanguant tel un bateau sur une mer agitée. Les vitres étaient closes, ce qui empêchait l'eau glacée d'y pénétrer, mais le moteur avait calé.

Le véhicule fut emporté vers l'aval, oscillant et tourbillonnant, sa ligne de flottaison plus haute que Spencer ne l'eût espéré. La surface clapoteuse léchait la carosserie dix à quinze centimètres en dessous des vitres.

Le marinier malgré lui était agressé par des sons liquides, torture chinoise aquatique et symphonique : le *staccato* creux de la pluie sur le toit, les clapotis, les bouillonnements et les gargouillements du flot emballé contre la voiture.

Au-dessus de cette mêlée sonore, un autre bruit attira son attention, parce qu'il lui parvenait directement, sans avoir été filtré par l'acier ou le verre – et la crécelle d'un serpent à sonnettes n'eût pas été plus alarmante. Quelque part, l'eau s'infiltrait dans la Ford.

La brèche n'était pas énorme – une fuite, pas une inondation. Chaque litre entré dans l'Explorer, toutefois, la ferait s'enfoncer un peu plus, jusqu'à ce qu'elle coule. Ensuite, elle serait brimbalée au fond du fleuve, moins portée que poussée par le courant, sa tôle s'écraserait, ses vitres se briseraient.

Les deux portières avant étaient hermétiques. Pas de fuite.

Tandis que le véhicule tanguait au fil du courant, Spencer se retourna, handicapé par sa ceinture de sécurité. Les vitres arrière étaient intactes ; le hayon ne ruisselait pas. La banquette arrière étant repliée, il ne voyait pas le plancher, mais il doutait que l'eau passât par les portières.

Lorsqu'il se retourna, il pataugeait dans deux centimètres de liquide.

Rocky gémit à nouveau.

– Ça va aller, dit son maître.

Ne pas alarmer le chien. Ne pas lui mentir, mais ne pas l'alarmer.

Le chauffage. Le moteur était arrêté, mais le chauffage fonctionnait encore. Le fleuve se faufilait dans les ventilateurs intérieurs. Spencer coupa le système, refermant les arrivées d'air. Le bruit de fuite disparut.

La voiture se soulevait et retombait au gré des eaux. Ses lumières balafraient le ciel meurtri, luisaient sur les torrents de pluie meurtriers. Parfois, elle était ballottée de droite et de gauche, et les faisceaux oscillaient follement, semblant découper les parois de l'arroyo. Des paquets de terre s'effondraient dans la marée sale, donnant naissance à des bancs d'écume nacrée. Spencer éteignit les phares. Le monde totalement gris qui en résulta lui parut moins chaotique.

Les essuie-glaces étaient alimentés par la batterie. Il ne les arrêta pas, désireux de voir le mieux possible ce qui l'attendait.

Il eût été moins stressé – et pas moins avancé – s'il avait, comme Rocky, baissé la tête et fermé les yeux, résigné à laisser le destin suivre son cours. Une semaine auparavant, peut-être l'eût-il fait. A présent, il ouvrait grands les yeux, anxieux, les mains soudées à l'inutile volant.

Il était surpris par l'intensité de son désir de vivre. Jusqu'à ce qu'il franchît le seuil de La Porte Rouge, il n'avait rien attendu de l'existence, à part conserver une certaine dignité humaine et de mourir sans honte.

De noirs buissons desséchés, des tronçons de cactus, des masses de broussailles du désert évoquant la chevelure blonde de noyées, et des branches brisées plus pâles encore accompagnaient l'Explorer dans sa descente de la rivière, ne cessant de la percuter ou d'en racler les flancs. Plongé dans une agitation intérieure égale au tumulte du monde extérieur, Spencer savait qu'il avait lui-même traversé le temps à la manière d'une branche brisée emportée par le courant – mais à tout le moins, il était vivant.

Le lit de la rivière s'affaissa soudain de trois ou quatre mètres et la voiture se retrouva au milieu d'une cascade rugissante, en chute libre. Elle plongea à nouveau sous les eaux tumultueuses, dans des ténèbres diluviennes. Spencer fut tout d'abord écrasé contre sa ceinture puis violemment renvoyé en arrière. Son crâne rebondit sur l'appuie-tête. L'Explorer n'atteignit pas le fond de l'arroyo. Elle creva à nouveau la surface et fut emportée par le courant.

Rocky demeurait sur le siège du passager, recroquevillé, les griffes enfoncées dans le rembourrage, en proie à une terrible détresse.

Spencer lui caressa doucement le dos et lui gratta la nuque.

Le chien ne redressa pas la tête mais la tourna vers son maître et leva les yeux pour le contempler.

La route inter-États 15 se trouvait à quatre cents mètres de là. Spencer fut stupéfié d'avoir été entraîné aussi loin en si peu de temps. Le courant était encore plus rapide qu'il ne le paraissait.

La route enjambait l'arroyo – généralement crevasse asséchée – sur des piliers de béton massifs. A travers le pare-brise inondé et la pluie qui tombait en rangs serrés, ces colonnes semblaient absurdement nombreuses, comme si les ingénieurs du gouvernement avaient surtout conçu l'ouvrage pour faire gagner des millions de dollars à un neveu de sénateur, cimentier de son état.

Le passage central était assez large pour que cinq voitures s'y engagent de front, mais une bonne moitié du flot bouillonnait dans les voies plus étroites qui séparaient les piliers centraux et latéraux. Percuter le pont serait une catastrophe.

Entraînés par les rapides, ils plongeaient, remontaient. L'eau aspergeait les vitres. Le courant prenait de la vitesse. Beaucoup de vitesse.

Rocky tremblait plus que jamais et haletait lamentablement.

– Du calme, vieux, du calme. Tu n'as pas intérêt à pisser sur le siège, hein !

Sur la route, les phares des poids lourds et des voitures crevaient le jour obscurci par l'orage. Des feux de détresse jetaient des lueurs rouges dans la pluie aux endroits où des automobilistes s'étaient arrêtés pour attendre la fin du déluge.

Le pont se profilait, de plus en plus gros. Le fleuve se brisait sur les piliers de béton, jetant des embruns dans l'air gorgé d'humidité.

L'Explorer avait atteint une vitesse inquiétante. Elle se ruait littéralement vers l'aval, agitée par un violent roulis. Spencer commençait à avoir la nausée.

– Tu n'as pas intérêt à pisser sur le siège, répéta-t-il, mais il ne s'adressait plus seulement au chien.

Passant la main sous son blouson et sa chemise trempée, il s'empara du médaillon en stéatite vert jade suspendu à son cou par une chaîne en or. D'un côté se trouvait gravée une tête de dragon. De l'autre, un faisan tout aussi stylisé.

Spencer se rappelait avec précision l'élégant bureau dépourvu de fenêtre, sous le China Dream. Le sourire de Louis Lee. Le nœud-papillon, les bretelles. La voix douce. *Il m'arrive de donner un de ces objets aux gens qui paraissent en avoir besoin.*

Sans passer la chaîne par-dessus sa tête, il serra le médaillon au creux de sa main. Il le serra avec force, bien qu'il se sentît un peu ridicule.

Le pont n'était plus qu'à cinquante mètres. L'Explorer allait passer dangereusement près de la forêt des piliers de droite.

Les faisans et les dragons. Prospérité et longue vie.

Il se rappela la statue de Kuan Yin, derrière la porte du restaurant. Sereine mais vigilante. Rempart contre les envieux.

Après une vie comme la vôtre, vous croyez à cela ?

Il faut bien croire à quelque chose, Mr Grant.

A dix mètres du pont, des courants féroces s'emparerent de la Ford, la soulevant, la laissant retomber, la faisant à demi basculer sur le côté droit puis rouler d'autant sur la gauche, giflant bruyamment les portières.

Sortis de l'orage, avalés par l'ombre pesante de la route, ils dépassèrent le premier pilier de la rangée de droite. Puis le second. A une vitesse terrifiante. Le fleuve était tellement haut que la voûte de béton ne se trouvait qu'à trente centimètres au-dessus de la voiture. Le courant les entraîna plus près des piliers, tandis qu'ils en laissaient derrière eux un troisième et un quatrième – de plus en plus près.

Les faisans et les dragons. Les faisans et les dragons.

Les rapides éloignèrent le véhicule du béton menaçant et le lâchèrent dans une dépression soudaine, si bien que les eaux sales de la surface turbulente montèrent au bas des vitres. Le fleuve, malicieux, laissa croire à Spencer que ce creux allait lui fournir un passage sûr, où il serait poussé comme un bobsleigh sur une piste – puis réduisit à néant ce bref rayon d'espoir en soulevant à nouveau l'Explorer pour la catapulter sur le pilier suivant.

L'impact projeta Spencer sur la gauche, un mouvement dont la ceinture de sécurité ne pouvait le protéger. Sa tempe percuta la vitre. Malgré le vacarme, il entendit le verre Securit se creuser d'un million de minuscules fissures, tel le bruit d'un toast bien grillé broyé dans un poing serré.

Il jura et porta la main à sa tête. Pas de sang. Seulement une palpitation rapide, au rythme de ses battements de cœur.

La vitre était une mosaïque de milliers de petits éclats dont la cohésion ne subsistait que grâce à la pellicule plastique qui formait le jambon de ce véritable sandwich de verre.

Miraculeusement, du côté de Rocky, les vitres n'avaient pas été endommagées, mais la portière était enfoncée. De l'eau ruisselait par son encadrement.

Le chien releva la tête, craignant soudain de ne *pas* regarder. Il contempla en gémissant le fleuve emballé, le plafond bas et le rectangle de lumière d'orage, grise et froide, au bout du pont.

– Oh, merde, dit Spencer, pisse sur le siège si ça te fait plaisir.

La voiture s'enfonça dans une nouvelle dépression.

Ils avaient franchi les deux tiers du tunnel.

Un filet d'eau aussi fin qu'une aiguille jaillit en sifflant par une minuscule brèche de la portière tordue et aspergea Rocky, qui poussa un jappement sonore.

Quand l'Explorer fut projetée hors du creux, cette fois, elle ne heurta pas les piliers. Ce fut pire : le fleuve se souleva d'un seul coup comme pour franchir un énorme obstacle, au fond de l'arroyo, et propulsa le véhicule contre la voûte bétonnée du pont.

Les deux mains crispées sur le volant, décidé à ne pas percuter à nouveau la vitre, Spencer n'était pas préparé à ce mouvement soudain. Quand le toit s'enfonça, il se laissa couler dans son siège mais ne fut pas assez rapide. L'acier lui heurta le sommet du crâne.

De douloureuses décharges lumineuses jaillirent derrière ses yeux, le long de son épine dorsale. Du sang ruissela sur son visage. Des larmes brûlantes. Sa vision se brouilla.

Quand le courant eut éloigné la Ford de la voûte, il tenta de se redresser. Cet effort lui donna le tournis, si bien qu'il se laissa à nouveau retomber, le souffle court.

Ses larmes ne tardèrent pas à s'assombrir, comme polluées. Sa vue, déjà trouble, le déserta totalement. Bientôt, les larmes furent aussi noires que de l'encre – et lui aveugle.

La perspective de la cécité l'affola, et ce fut son affolement qui lui fit comprendre qu'il n'était pas aveugle, Dieu merci, mais en train de s'évanouir.

Il s'accrocha désespérément à la conscience. S'il se laissait aller, il risquait de ne jamais se réveiller. Un long moment, il balança au bord de la syncope, puis des centaines de points gris apparurent dans l'obscurité, grandirent, devinrent des matrices d'ombre et de lumière complexes, jusqu'à ce qu'il distinguât à nouveau l'intérieur de la camionnette.

Comme il se soulevait dans son siège, autant que le lui permettait le toit affaissé, il faillit à nouveau perdre connaissance. Il porta une main empressée à son cuir chevelu ouvert. Le sang coulait mais ne jaillissait pas : la lacération n'était pas mortelle.

L'Explorer, de nouveau en terrain découvert, subissait une fois de plus le martèlement de la pluie.

La batterie n'était pas encore déchargée. Les essuie-glaces continuaient de battre sur le pare-brise.

Le véhicule naviguait fièrement au centre d'un fleuve plus large que jamais. D'une quarantaine de mètres. L'eau affleurait les berges, à deux doigts de déborder. Dieu seul savait quelle profondeur elle pouvait atteindre. Elle était plus calme qu'auparavant mais le courant demeurait rapide.

Observant d'un air inquiet la route liquide qui les emportait, Rocky émit de pitoyables sons de détresse. Il n'agitait pas la tête, comblé par la vitesse comme dans les rues de Las Vegas. On eût dit qu'il n'accordait pas la même confiance à la nature qu'à son maître.

– Sacré vieux Rocky, dit Spencer, affectueux.

Il constata avec irritation que sa voix tremblait.

Malgé les inquiétudes du chien, aucun danger grave ne se profilait dans l'immédiat sur leur chemin. Rien du calibre du pont. Le fleuve paraissait rouler sans encombre sur deux ou trois kilomètres, jusqu'à disparaître dans la pluie, la brume et la lumière métallique du soleil filtrée par les nuages d'orage.

La plaine désertique s'étendait sur les deux berges, désolée mais pas totalement stérile. De la mesquite s'y hérissait, et des touffes de broussailles, parmi des formations rocheuses naturelles déchiquetées, dotées de la géométrie curieuse des antiques constructions druidiques.

Une douleur nouvelle naquit sous le crâne de Spencer. Une noirceur irrésistible s'épanouit derrière ses yeux. Peut-être demeura-t-il inconscient une minute, ou une heure. Il ne rêva pas, sombra simplement dans des ténèbres privées de temps.

Lorsqu'il revint à lui, un air frais lui giflait le front et une pluie froide lui aspergeait le visage. Les innombrables voix liquides du fleuve grommelaient, sifflaient et riaient plus fort qu'auparavant.

Il demeura un instant immobile, l'esprit embrumé, sans comprendre pourquoi les bruits étaient ainsi amplifiés. Finalement, il réalisa que la vitre latérale s'était effondrée pendant sa syncope. Une dentelle d'éclats de verre toujours reliés par le film plastique gisait sur ses genoux.

Il avait de l'eau jusqu'aux chevilles. Ses pieds étaient à moitié engourdis par le froid. Les appuyant sur la pédale de frein, il remua les orteils dans ses chaussures trempées. La ligne de flottaison de l'Explorer avait remonté jusqu'à deux centimètres en dessous des vitres. Quoique rapide, le fleuve était désormais moins turbulent, peut-être parce qu'il s'était élargi. Si l'arroyo se rétrécissait, ou si le terrain changeait, les eaux risquaient de redevenir tumultueuses, de s'introduire dans le véhicule et de le couler.

Spencer avait à peine les idées assez claires pour se rendre compte qu'il aurait dû s'inquiéter. Il ne parvenait à manifester qu'un vague intérêt pour la situation.

Sans doute aurait-il été souhaitable de chercher un moyen de sceller la brèche dangereuse ouverte par la vitre brisée, mais le problème lui paraissait insoluble. En grande partie parce que, pour le résoudre, il aurait fallu bouger – et il ne voulait pas bouger.

Il ne voulait que dormir. Il était fatigué. Épuisé.

Légèrement tourné vers la droite, il laissa aller le crâne contre l'appuie-tête et découvrit le chien assis sur le siège du passager.

– Comment ça va, boule de fourrure ? demanda-t-il d'une voix grasse, comme s'il avait avalé des litres et des litres de bière.

Rocky lui jeta un coup d'œil puis s'intéressa à nouveau au fleuve.

– N'aie pas peur, vieux. Si tu as peur, c'est lui qui gagne. Et il ne faut pas le laisser gagner, ce salopard. On ne peut pas le laisser faire. Il faut retrouver Valérie. Avant lui. Il est là, dehors. Éternel… en chasse…

Avec la jeune femme au premier rang de ses pensées et un profond malaise au cœur, emporté à travers la journée miroitante, les lèvres agitées de murmures enfiévrés, Spencer Grant cherchait une chose inconnue – qu'il était impossible de connaître. Le chien, vigilant, demeurait assis en silence auprès de lui. La pluie ricochait sur le toit enfoncé de la voiture.

Peut-être s'évanouit-il à nouveau, peut-être ne fit-il que fermer les yeux, mais quand ses pieds glissèrent de la pédale de frein et retombèrent dans l'eau qui lui montait à présent à mi-mollet, Spencer releva la tête et découvrit que les essuie-glaces avaient cessé de fonctionner. Plus de batterie.

Le fleuve était aussi rapide qu'un train express. Il y

avait à nouveau des remous. L'eau boueuse venait lécher la base de la vitre brisée.

A deux doigts de la brèche flottait un rat crevé qui avançait à la même vitesse que l'Explorer. Grand. Luisant. Un de ses yeux vitreux fixé sur Spencer. Les babines retroussées sur des dents aiguës. Sa longue queue répugnante, aussi rigide que du fil de fer, était étrangement entortillée.

La vue de l'animal affola Spencer comme l'inondation affleurant le bord de la vitre n'avait pu y parvenir. Avec la même terreur qu'il connaissait durant ses cauchemars, une terreur qui coupait le souffle et faisait battre le cœur, il comprit qu'il mourrait si le rongeur pénétrait dans la voiture, car ce n'était pas un simple rat. C'était la Mort. C'était un cri dans la nuit et le hululement d'un hibou, une lame étincelante et le parfum du sang chaud, c'était les catacombes, c'était l'odeur du plâtre et, pis que tout, c'était la porte par laquelle on quittait l'innocence de l'enfance, un passage vers l'enfer, vers la pièce qui attendait au bout de nulle part. Tout cela était contenu dans la chair froide d'un unique rat crevé. Si elle le touchait, il hurlerait jusqu'à ce que ses poumons explosent, et son dernier souffle serait d'obscurité.

Si seulement il avait pu trouver un objet avec lequel repousser le cadavre sans avoir à le toucher directement ! Mais il était trop faible pour chercher quelque chose pour lui servir de gaffe. Ses mains reposaient sur ses genoux, paumes en l'air, et même serrer les poings lui aurait demandé davantage de force qu'il n'en possédait.

Peut-être avait-il été blessé plus gravement qu'il ne l'avait cru quand son crâne avait heurté le toit. Il se demanda si la paralysie commençait à le saisir. Et, dans l'affirmative, si c'était important.

Un éclair balafra le ciel. Un reflet lumineux changea l'œil noir du rat en un flamboyant orbe blanc qui semblait pivoter dans son logement pour contempler Spencer avec encore plus d'ardeur.

Il sentit que la fixation qu'il faisait sur le rat allait attirer l'animal à lui, que son regard horrifié agissait comme un aimant sur l'œil noir fer. Il se détourna, les yeux fixés droit devant lui. Sur l'eau.

Bien qu'il transpirât à profusion, il était plus frigorifié que jamais. Même sa cicatrice était froide, à présent, et non plus brûlante. En fait, c'était la partie la plus froide de son corps. Sa peau était de glace mais la cicatrice d'acier gelé.

Spencer cligna des yeux pour en chasser la pluie pénétrant en oblique par la vitre brisée et contempla le fleuve qui prenait de la vitesse, se ruait vers l'unique trait remarquable d'un paysage de plaine par ailleurs monotone.

Une épine rocheuse perdue dans la brume s'étendait en travers du Mojave, orientée nord-sud, parfois haute d'un mètre, parfois de huit ou dix. Bien qu'il s'agît d'une formation géologique naturelle, elle était étrangement érodée. Le vent y avait creusé comme des fenêtres, si bien qu'elle évoquait le rempart en ruine de quelque immense fortification détruite lors d'une ère guerrière, mille ans avant le début de l'histoire connue. Le long de certaines parties parmi les plus hautes, on croyait reconnaître un parapet branlant, aux créneaux irréguliers. Par endroits, la paroi était fendue de la base au sommet, comme si une armée ennemie s'était engouffrée dans ces brèches.

Spencer se concentra sur ce fantasme de château antique dont il recouvrit mentalement l'escarpement rocheux, afin d'oublier le rat crevé qui flottait derrière la vitre brisée.

Son égarement l'empêcha tout d'abord de s'inquiéter du fait que le fleuve l'emportait en direction de ces remparts. Mais peu à peu il se rendit compte que cette rencontre prochaine pouvait se révéler aussi dangereuse pour la voiture que la brutale partie de billard livrée sous le pont. Si le courant la faisait passer à travers une des failles, les étranges formations rocheuses ne constitueraient qu'un décor intéressant. Mais si l'Explorer accrochait un de ces corps de garde naturels...

L'épine rocheuse traversait l'arroyo de part en part, mais le flot la brisait en trois points. La brèche la plus large, environ quinze mètres, se trouvait sur la droite, encadrée par la rive sud et une tour de pierre noire qui s'élevait de six mètres hors de l'eau. La plus étroite, à peine plus de deux mètres, occupait le centre, entre cette première tour et une autre, plus épaisse et un peu moins haute. Le troisième passage, qui pouvait mesurer de huit à dix mètres, s'ouvrait entre celle-là et la rive gauche, sur laquelle les remparts s'élevaient à nouveau pour s'étendre sans interruption vers le nord.

– Ça va passer.

Spencer tenta de tendre la main vers le chien. N'y parvint pas.

Alors qu'il lui restait cent mètres à parcourir, l'Explorer semblait dériver rapidement vers la brèche du sud, la plus large.

Il ne pouvait s'empêcher de jeter des coups d'œil périodiques sur la gauche. A travers la vitre absente. Au rat. Qui flottait. Plus près qu'avant. Sa queue rigide était tachetée de rose et de noir.

Un souvenir s'insinua dans l'esprit du blessé : *des rats dans un espace confiné, des yeux rouges dans l'ombre, haineux, les rats des catacombes, tout au fond des catacombes, et plus loin, la pièce qui attend au bout de nulle part.*

Avec un frisson de dégoût, il se retourna vers l'avant. Le pare-brise était inondé de pluie, mais il n'y voyait que trop bien. Arrivée à cinquante mètres du point où le fleuve se divisait, la voiture ne se dirigeait plus vers le grand passage. Elle obliquait sur la gauche, en direction de la brèche centrale, la plus dangereuse des trois.

L'arroyo se rétrécissait. Le fleuve prenait de la vitesse.

– Du calme, vieux, du calme.

Spencer espérait être emporté totalement sur la gauche, dépasser la faille trop étroite et s'engouffrer dans celle du nord. A six mètres du but, la dérive latérale de l'Explorer s'amenuisa. Jamais elle n'atteindrait le passage désiré. Elle allait se précipiter dans celui du centre.

Cinq mètres. Trois.

Franchir l'obstacle allait demander beaucoup de chance. Pour le moment, ils filaient vers le poste de garde rocheux qui s'élevait à droite de l'ouverture.

Peut-être ne feraient-ils qu'effleurer le piton, voire le dépasser d'un doigt.

Ils en étaient si près que Spencer n'en voyait plus la base devant l'Explorer.

– Seigneur !

Le pare-chocs heurta la pierre comme pour la fendre. L'impact fut d'une telle violence que Rocky se retrouva à nouveau projeté sur le plancher. Le garde-boue avant droit se déchira et fut arraché. Le capot plia comme s'il avait été fait d'aluminium. Le pare-brise implosa, mais plutôt que de pleuvoir sur Spencer, les éclats cascadèrent sur le tableau de bord en amas glutineux tranchants.

Un instant, après la collision, la Ford demeura immobile, légèrement de guingois. Puis les eaux enragées accrochèrent son aile arrière droite et commencèrent à la faire pivoter.

Spencer écarquilla les yeux, regardant avec incrédulité le véhicule présenter son flanc au courant. Jamais il ne pourrait passer ainsi entre les deux masses rocheuses, à travers la brèche centrale. L'ouverture était trop étroite. La voiture allait s'y coincer. Ensuite, le fleuve déchaîné la martèlerait jusqu'à en inonder l'intérieur ou jetterait par la vitre un tronc d'arbre abattu, qui viserait la tête du conducteur.

L'avant de l'Explorer vibrait et grinçait contre la roche, tout en s'enfonçant dans le passage, tandis que l'arrière continuait à pivoter. Le fleuve, qui poussait durement contre le côté droit, montait à mi-hauteur des vitres. Un peu plus tard, quand le véhicule se retrouva totalement perpendiculaire au courant, face à la brèche trop mince, une petite vague s'éleva au-dessus de la vitre du conducteur. Tandis que l'arrière heurtait la deuxième tour de pierre, de l'eau se déversa à l'intérieur, emportant le rat crevé qui était demeuré dans l'orbite de la Ford.

Le rongeur, comme huilé, glissa sur les paumes de Spencer et tomba sur le siège, entre ses jambes. La queue roide demeura posée sur la main droite du blessé.

Les catacombes. Les yeux flamboyants ouverts dans l'ombre. La pièce, la pièce, la pièce au bout de nulle part.

Il tenta de hurler mais n'entendit qu'un sanglot brisé, étranglé, tel celui d'un enfant en proie à une terreur insoutenable.

Peut-être à moitié paralysé par le coup reçu à la tête, et sans aucun doute figé par la peur, il obtint cependant de ses mains un sursaut spasmodique qui jeta le rat à bas du siège. Le cadavre tomba dans la mare d'eau boueuse qui couvrait le plancher, et qui atteignait à présent le haut des mollets de Spencer.

Ne pense pas à ça.

Il se sentait aussi étourdi que s'il avait passé des heures sur un carrousel. Une obscurité de baraque foraine s'insinuait à la limite de son champ de vision, semblable à des gouttes de sang.

Il ne sanglotait plus. Il répétait les mêmes trois mots, d'une voix rauque et douloureuse :

– Je suis désolé, je suis désolé, je suis désolé…

En proie à un délire de plus en plus net, il savait qu'il ne s'excusait pas auprès du chien ni de Valérie Keene, qu'à présent il ne pourrait sauver, mais auprès de sa mère, pour ne pas l'avoir sauvée, elle non plus. Elle était morte voilà plus de vingt-deux ans. Il n'en avait alors que huit et était bien trop petit pour la sauver, bien trop pour ressentir à présent une telle culpabilité. Pourtant, ce « Je suis désolé » échappait à ses lèvres.

Le fleuve industrieux poussait l'Explorer vers le fond de la brèche, quoique le véhicule lui opposât maintenant une résistance maximale. Les pare-chocs avant et arrière raclaient bruyamment les parois rocheuses. La Ford torturée couinait, grognait, craquait. Elle mesurait environ deux centimètres de moins, dans le sens de la longueur, que la faille humide qu'elle s'efforçait de franchir. Le fleuve la tirait, la poussait, la ballottait, lui faisait alternativement heurter ou frôler les parois, la comprimait aux deux extrémités pour la propulser sur dix centimètres ou un seul, l'entraînait toujours plus loin.

Dans le même temps, la puissance colossale du courant contrarié la souleva de trente centimètres. Les eaux noires qui forçaient contre la portière du passager ne montaient plus à la moitié des vitres mais tourbillonnaient à leur base.

Rocky, terrifié, demeurait sur le plancher inondé.

Quand Spencer eut quelque peu calmé son étourdissement par un effort de volonté, il se rendit compte que l'épine rocheuse n'était pas aussi large qu'il l'avait cru tout d'abord. De l'entrée à la sortie, ce couloir de pierre ne mesurait pas plus de quatre mètres.

Tel un marteau-pilon, le flot fit franchir à l'Explorer les trois quarts de cette distance, puis avec un hurlement de métal froissé et un terrible bruit d'encastrement, le véhicule se coinça. S'il avait parcouru un mètre de plus, il aurait été de nouveau libre, entraîné par le courant. Seulement un mètre...

A présent que la voiture était immobile, qu'elle ne protestait plus contre l'étreinte de la roche, la pluie retrouvait sa prédominance sonore. Elle résonnait plus fort qu'auparavant, bien qu'elle ne tombât pas plus dru. Peut-être semblait-elle simplement plus bruyante parce que Spencer en avait soupé.

Rocky, sortant de l'eau, s'était à nouveau hissé sur le siège, dégoulinant et pitoyable.

— Je suis vraiment désolé, dit son maître.

Combattant le désespoir et les ténèbres persistantes qui réduisaient son champ de vision, incapable de soutenir le regard confiant du chien, il se tourna vers la vitre brisée, vers le fleuve, qu'il avait si récemment craint et détesté mais qu'il avait à présent hâte de retrouver.

Le fleuve n'était pas là.

Spencer crut halluciner.

Au loin, voilée par des furies d'orage, une chaîne de montagnes désertiques définissait l'horizon, ses plus hauts sommets perdus dans les nuages. Nul cours d'eau ne s'étendait entre l'Explorer et les pics. Pas plus, d'ailleurs, que quoi que ce fût d'autre. La vue était semblable à un tableau dont l'artiste eût laissé le fond totalement nu.

Brusquement, presque comme dans un rêve, Spencer réalisa qu'il n'avait pas vu ce qu'il y avait à voir. Sa perception avait été faussée par son attente autant que par ses sens troublés. La toile n'était pas nue, finalement. Il n'avait qu'à modifier son point de vue, à baisser quelque peu les yeux, pour découvrir le précipice de trois cents mètres dans lequel plongeait le fleuve.

La longue épine de roche érodée qu'il avait crue dressée en travers d'un désert par ailleurs plat était en fait l'irrégulière balustrade d'une redoutable falaise. Du côté de Spencer, la plaine sablonneuse s'était affaissée au fil des âges jusqu'à un niveau légèrement plus bas que celui du rempart. De l'autre, pas de plaine, mais une façade de pierre vertigineuse, au bas de laquelle se précipitait le flot emballé.

L'ancien policier s'était trompé également en estimant imaginaire le tintamarre accentué de la pluie. En fait, ce rugissement provenait du trio de cascades, larges de plus de trente mètres à elles trois, qui se brisaient cent étages plus bas, dans la vallée.

Il ne voyait pas les cataractes écumantes, car l'Explorer était suspendue directement au-dessus, et il n'avait pas la force de se hisser contre la portière, de se pencher par la vitre pour regarder. Avec l'inondation qui pressait fortement contre son côté droit et glissait également sous ses roues, la voiture se retrouvait en fait à moitié coincée *dans* la plus étroite des trois chutes. Seul l'étau de roche qui la maintenait l'empêchait d'être emportée par-dessus bord.

Spencer se demanda comment diable il allait réussir à sortir vivant du véhicule et du fleuve. Puis il repoussa les pensées de cet ordre. L'angoisse qu'elles lui inspiraient sapaient le peu d'énergie qu'il possédait encore. Il devait d'abord se reposer. Réfléchir après.

Vautré sur son siège, bien qu'il ne distinguât pas les cataractes, il apercevait la grande vallée en contrebas et le cours sinueux, de nouveau horizontal, qu'y adoptait le fleuve. La longue chute et le panorama incliné lui causèrent un nouveau vertige, si bien qu'il se détourna pour éviter de perdre à nouveau connaissance.

Trop tard. Il lui semblait se trouver à bord d'un carrousel fantôme. Le tableau tourbillonnant de la roche et de la pluie se changea en une spirale d'obscurité dans laquelle il s'abîma, de plus en plus profondément, de plus en plus loin.

... et là, dans la nuit, derrière la grange, je suis encore sous le choc du plongeon de l'ange, qui n'était qu'un hibou. Inexplicablement, quand la vision de ma mère ailée, en robe céleste, ne se révèle qu'un fantasme, je suis submergé par une nouvelle image d'elle : sanglante, prostrée, nue, morte, dans un fossé, à cent kilomètres de la maison, comme on l'a retrouvée il y a six ans. Je ne l'ai jamais vue dans cet état, pas même en photo dans le journal, je n'ai entendu cette description que de la bouche de quelques garçons, à l'école – cruels petits salopards. Pourtant, une fois le hibou évanoui dans le ciel nocturne, tous mes efforts ne peuvent retenir la vision de l'ange ni chasser l'atroce image du corps mutilé – alors que toutes deux produits de mon imagination, elles devraient être sujettes à mon contrôle.

Le torse et les pieds nus, je m'avance derrière la grange, qui n'a pas servi aux travaux des champs depuis plus de quinze ans. C'est un endroit que je connais bien, qui a fait partie de ma vie aussi loin que remontent mes souvenirs – mais, cette nuit, la bâtisse me semble différente de celle que j'ai toujours connue, métamorphosée d'une manière que je ne saurais définir et qui me met mal à l'aise.

C'est une nuit étrange, bien plus étrange que je ne m'en rends encore compte. Et moi, je suis un garçon étrange, empli de questions que je n'ai jamais osé me poser, cherchant des réponses dans l'obscurité de juillet, alors que je pourrais les découvrir en moi-même si je m'en donnais la peine. Je suis un garçon étrange, qui sent sa vie se tordre, mais qui parvient à se convaincre que cette ligne courbe est parfaitement droite. Je suis un garçon étrange qui a des secrets pour lui-même – et qui les garde aussi fidèlement que l'univers ceux de sa signification.

Dans la nuit bizarrement calme, derrière la grange, je me dirige prudemment vers le van Chevrolet que je n'ai encore jamais vu. Il n'y a personne derrière le volant, ni sur l'autre siège avant. Quand je pose la main sur le capot, je sens la chaleur du moteur. Le métal est en train de refroidir, émettant de petits claquements, des tintements. Je dépasse l'arc-en-ciel peint sur le flanc du véhicule et m'approche de la portière arrière ouverte.

Bien que l'intérieur soit sombre, le pare-brise y laisse filtrer assez de clair de lune pour révéler qu'ici non plus, il n'y a personne. Je m'aperçois également que le van n'est équipé que de deux sièges et, apparemment, d'aucune commodité, alors que son extérieur m'avait fait attendre un véhicule de tourisme.

Je sens toujours qu'il recouvre quelque chose d'inquiétant – en plus du fait qu'il n'a rien à faire ici. Dans l'espoir de comprendre pourquoi il en est ainsi, je me penche par la portière ouverte, les yeux plissés, regrettant de ne pas avoir apporté une lampe de poche, et je suis frappé par une puanteur d'urine. Quelqu'un a pissé à l'arrière du van. Bizarre. Bon Dieu ! Bien sûr, le responsable est peut-être un chien, ce qui n'a finalement rien de très bizarre, mais ça reste répugnant.

Retenant mon souffle, le nez froncé, je m'éloigne de la porte coulissante et vais observer de plus près la plaque minéralogique. Elle est du Colorado, de chez nous.

Je me redresse.

J'écoute. Silence.

La grange m'attend.

Tels de nombreux édifices de ce type, en pays enneigé,

l'hiver, elle ne possédait pratiquement aucune fenêtre lors de sa construction. Même depuis sa reconversion radicale, il ne s'en inscrit que deux au rez-de-chaussée, dans la façade, et quatre à l'étage, au-dessus de moi – ces dernières larges et hautes, pour recevoir la lumière depuis l'aube jusqu'au crépuscule.

Les fenêtres sont sombres. La grange silencieuse.

Une seule porte, de taille normale, ouvre derrière le bâtiment.

Après avoir fait le tour du van et n'avoir trouvé personne, je demeure indécis durant de précieuses secondes.

À six mètres de distance, malgré une lune qui semble autant dissimuler par ses ombres qu'elle ne révèle par sa lueur laiteuse, je constate que la porte est ouverte.

A un niveau profond, je sais peut-être ce que je suis censé faire, ce que je dois faire. Toutefois, la partie de moi-même qui garde si bien les secrets affirme que je dois regagner mon lit, oublier le cri qui m'a éveillé alors que je rêvais de ma mère, et dormir jusqu'au matin. Demain, bien entendu, il me faudra continuer de vivre dans le rêve que je me suis bâti, prisonnier de cette existence trompeuse, avec la vérité et la réalité fourrées dans une poche oubliée, aux confins de mon esprit. Peut-être la charge de cette poche est-elle devenue trop importante pour y demeurer contenue, peut-être certaines coutures ont-elles commencé à lâcher. A un niveau profond, peut-être ai-je décidé de mettre un terme à mon rêve éveillé.

Ou bien, peut-être mon choix est-il écrit et dépend-il moins de mes souffrances inconscientes ou de ma volonté que des rails sur lesquels je glisse depuis ma naissance. Peut-être le choix n'est-il qu'illusion. Peut-être les routes qui nous sont offertes dans la vie sont-elles limitées à celles qui s'inscrivent sur une carte au moment de notre conception. Je prie Dieu que le destin ne soit pas un carcan d'acier, qu'il puisse être tordu, remodelé, qu'il s'incline devant la puissance de la pitié, de l'honnêteté, de la bonté et de la vertu – car sinon, je ne tolérerai pas celui que je vais devenir, les choses que je vais faire, ni la fin qui sera mienne.

En cette chaude nuit de juillet, couvert de sueur mais frigorifié, mes quatorze ans baignés par la pleine lune, je ne réfléchis nullement à tout cela : je ne me préoccupe ni de secrets ni de destin. En cette nuit, je suis poussé par l'émotion et non par l'intelligence, par une pure intuition et non par la raison, par le besoin et non par la curiosité. Je n'ai que quatorze ans, après tout. Seulement quatorze ans.

La grange m'attend.

Je m'approche de la porte entrouverte.

Je colle l'oreille à la fente qui sépare le battant du chambranle.

Silence.

Je pousse la porte. Les gonds sont bien huilés, mes pieds sont nus, et je franchis le seuil dans un silence aussi parfait que celui avec lequel m'accueillent les ténèbres...

Spencer quitta l'intérieur obscur de la grange de son rêve, ouvrit les yeux dans l'intérieur obscur de l'Explorer échouée, et constata que la nuit était tombée sur le désert. Il était demeuré inconscient au moins cinq ou six heures.

La tête inclinée, le menton sur la poitrine, il contempla ses mains ouvertes, d'un blanc de craie, implorantes.

Le rat était là. Spencer ne le voyait pas, mais il était là. Dans le noir. Flottant.

Ne pense pas à ça.

La pluie avait cessé. Son martèlement ne retentissait plus sur le toit.

L'ancien policier avait soif. La bouche parcheminée. La langue rugueuse. Les lèvres craquelées.

La voiture oscillait doucement. Le fleuve tentait de la pousser au bas de la falaise. Ce maudit fleuve infatigable.

Non. Ce ne pouvait être l'explication. Le rugissement des cascades s'était tu. La nuit était silencieuse. Pas de tonnerre. Pas de foudre. Plus le moindre bruit d'eau.

Spencer avait mal partout, mais surtout à la tête et à la nuque.

Il eut peine à trouver la force de relever les yeux.

Rocky avait disparu.

La portière du passager était ouverte.

L'Explorer oscilla à nouveau. Vibra. Grinça.

La jeune femme apparut au bas de l'ouverture. D'abord la tête, puis les épaules, comme si elle avait surgi en lévitant de l'inondation. Sauf qu'à en juger par le calme relatif, l'inondation était terminée.

Ses yeux s'étant accoutumés à l'obscurité et un froid

clair de lune s'infiltrant entre les nuages déchiquetés, Spencer la reconnut.

– Salut, lança-t-il, d'une voix aussi sèche que du bois mort mais tout à fait intelligible.

– Salut à toi aussi, dit-elle.

– Entre.

– Merci, je crois que c'est ce que je vais faire.

– C'est chouette, dit-il.

– Ça te plaît d'être ici ?

– C'est mieux que l'autre rêve.

Elle se hissa dans la voiture, qui oscilla de plus belle, ses deux extrémités raclant la pierre.

Ce mouvement ennuya Spencer – non parce qu'il craignait que le véhicule se libérât pour tomber dans le précipice mais parce que cela réveillait son vertige. Il avait peur de quitter ce rêve et de retrouver son cauchemar de juillet, au Colorado.

Assise à la place de Rocky, la jeune femme demeura immobile un instant, attendant que la Ford se stabilise.

– Tu t'es mis dans une sacrée situation.

– Une boule de foudre, expliqua-t-il.

– Pardon ?

– Une boule de foudre.

– Bien sûr.

– Ça a balancé la bagnole dans l'arroyo.

– Pourquoi pas ? approuva la visiteuse.

Il avait peine à réfléchir, à s'exprimer clairement. Réfléchir faisait mal. Donnait le vertige.

– J'ai cru que c'étaient des extraterrestres, déclara-t-il.

– Des extraterrestres ?

– Petits mecs. Grands yeux. Spielberg.

– Pourquoi as-tu cru une chose pareille ?

– Parce que tu es merveilleuse, répondit-il, quoique ces paroles ne rendissent pas sa pensée.

Malgré la faible luminosité, il constata qu'elle lui jetait un regard intrigué. S'efforçant de trouver des mots plus justes, et étourdi par cet effort, il reprit :

– Il doit t'arriver tout le temps des tas de choses merveilleuses...

– Oh, oui, je suis au centre d'un vrai festival.

– Tu dois savoir quelque chose de fantastique. C'est pour ça qu'ils te pourchassent. Parce que tu sais une chose fantastique.

– Tu es défoncé à quelque chose ?

– Je ne cracherais pas sur une ou deux aspirines. Mais... ils ne te pourchassent pas parce que tu es mauvaise.

– Ah, non ?

– Non, parce que tu ne l'es pas. Mauvaise, je veux dire.

Elle se pencha vers lui et lui posa une main sur le front. Ce simple contact le fit grimacer de douleur.

– Comment sais-tu que je ne suis pas mauvaise ?

– Tu as été sympa avec moi.

– Je pouvais jouer la comédie.

Elle sortit de la poche de sa veste une lampe-stylo, maintint ouverte la paupière gauche de Spencer et dirigea le faisceau sur son œil. La lumière lui fit mal. Tout lui faisait mal. Y compris l'air frais sur son visage. Et la douleur amplifiait son vertige.

– Tu as été sympa avec Theda.

– C'était peut-être aussi de la comédie, insista la jeune femme, qui observait à présent l'œil droit de son compagnon.

– On ne peut pas tromper Theda.

– Pourquoi ?

– Parce qu'elle est pleine de sagesse.

– Ça, c'est vrai.

– Et en plus, elle fait des cookies gigantesques.

Ayant achevé de lui examiner les yeux, elle lui inclina la tête pour inspecter la déchirure de son cuir chevelu.

– Pas joli-joli. C'est coagulé, mais ça a besoin d'être nettoyé et recousu.

– Aïe !

– Combien de temps as-tu saigné ?

– Les rêves ne font pas mal.

– Tu crois que tu as perdu beaucoup de sang ?

– Ça, ça fait mal.

– C'est parce que tu n'es pas en train de rêver.

Il lécha ses lèvres fendues. Même sa langue était sèche.

– Soif.

– Je vais te donner à boire dans une minute, assura la visiteuse en lui posant deux doigts sous le menton pour lui relever la tête.

Toutes ces manipulations étourdissaient dangereusement Spencer.

– Je ne rêve pas ? Tu es sûre ? parvint-il pourtant à demander.

– Certaine. (Elle lui toucha la paume de la main droite.) Est-ce que tu peux me serrer la main ?

– Oui.

– Vas-y.

– D'accord.

– Je veux dire : maintenant.

– Ah...

Il referma les doigts autour de ceux de la jeune femme.

– Pas mal, apprécia-t-elle.

– C'est gentil.

– Bonne poigne. Sans doute pas de problème de colonne vertébrale. Je m'attendais au pire.

Elle avait la main chaude, forte.

– C'est gentil, répéta-t-il.

Comme il fermait les yeux, son obscurité intérieure se jeta sur lui. Il rouvrit immédiatement les paupières, de peur de retomber dans son rêve.

– Tu peux me lâcher la main, maintenant, dit sa compagne.

– Je ne rêve pas, hein ?

– Tu ne rêves pas.

Elle alluma à nouveau la lampe-stylo, en dirigea le faisceau entre le siège de Spencer et le levier de vitesses.

– C'est vraiment bizarre, dit-il.

La jeune femme déplaçait lentement le petit rayon lumineux.

– Si je ne rêve pas, je dois halluciner, continua-t-il.

Elle appuya sur le bouton qui dégageait de son logement la boucle de la ceinture de sécurité.

– Ce n'est pas grave, assura Spencer.

– Qu'est-ce qui n'est pas grave ? demanda-t-elle en éteignant la lampe et en la remettant dans sa poche.

– Que tu aies pissé sur le siège.

Elle éclata de rire.

– J'aime bien t'entendre rire.

Toujours hilare, elle le débarrassa avec précaution de la ceinture de sécurité.

– Tu n'avais encore jamais ri, observa-t-il.

– Pas ces derniers temps, admit-elle.

– Jamais. Et tu n'avais jamais aboyé non plus. (Elle

éclata de rire à nouveau.) Je vais t'acheter un nouvel os en caoutchouc.

– C'est bien gentil de ta part.

– C'est vachement intéressant, continua-t-il.

– Et comment !

– C'est tellement réel.

– Moi, ça me paraît irréel.

Quoique Spencer demeurât quasiment passif durant l'opération, s'extirper de la ceinture le laissa tellement étourdi qu'il voyait trois femmes et trois exemplaires de chacune des ombres emplissant la voiture, telles des images en surimpression sur une photographie.

Craignant de s'évanouir avant d'avoir pu s'exprimer, il laissa échapper une suite de mots empressés, d'une voix rauque.

– T'es un vrai pote, vieux. Sans blague. T'es le meilleur ami qu'on puisse rêver.

– On verra bien ce que ça donne.

– Tu es le seul ami que je possède.

– Eh bien, mon ami, nous en arrivons à l'étape la plus difficile. Comment diable vais-je te tirer de cette épave alors que tu peux pas t'aider du tout ?

– Je peux m'aider.

– Tu crois ?

– J'ai été dans les Rangers. Et dans la police.

– Oui, je sais.

– Je fais du *tae kwon do*.

– Ça, ça nous serait très utile si on était attaqué par une bande de ninjas, mais est-ce que tu peux m'aider à te tirer de là ?

– Un peu.

– J'imagine qu'il va falloir essayer.

– D'accord.

– Tu peux lever les jambes ? Les tendre vers moi ?

– Je ne veux pas déranger le rat.

– Il y a un rat ?

– Il est déjà mort, mais... tu sais ce que c'est.

– Bien sûr.

– Je suis très fatigué.

– Alors, attendons un peu. Repose-toi une minute.

– Très, très fatigué.

– Ne t'énerve pas.

– Au revoir, dit-il, avant de s'abandonner au noir vortex tourbillonnant qui l'emportait.

Sans savoir pourquoi, tandis qu'il perdait connaissance, il songea à Dorothy, à Toto et au pays d'Oz.

La porte arrière de la grange ouvre sur un petit couloir. J'entre. Pas de lumière. Pas de fenêtres. L'affichage vert du système d'alarme – DÉSACTIVÉ *–, sur le mur de droite, me fournit juste assez de clarté pour que je constate ma solitude. Je ne referme pas tout à fait la porte derrière moi mais la laisse entrouverte, telle que je l'ai trouvée.*

Le sol sous mes pieds paraît noir, mais c'est un plancher ciré, en pin. Sur la gauche se trouvent une salle d'eau et la pièce où sont entreposéees les fournitures. Les portes en sont à peine discernables dans le faible éclat vert qui ressemble à l'irréelle illumination d'un rêve, évoquant moins la véritable lumière que l'éclat feutré d'un tube au néon tout juste éteint. Sur la droite s'étendent les archives. En face, au bout du couloir, s'inscrit l'entrée de la longue galerie du rez-de-chaussée, d'où un escalier monte jusqu'à l'atelier de mon père. Cette pièce supérieure occupe tout le premier étage et abrite les grandes fenêtres orientées au nord sous lesquelles est garé le van.

J'écoute l'obscurité du couloir.

Elle ne parle ni ne respire.

L'interrupteur se trouve à ma droite mais je n'y touche pas.

Dans la pénombre vert-noir, j'ouvre en grand la porte de la salle d'eau. J'y pénètre. J'attends un son, un courant d'air, un coup. Rien.

Le débarras à fournitures est tout aussi désert.

Je passe du côté droit du corridor et pousse doucement la porte de la salle des archives. J'en franchis le seuil.

Les tubes à fluorescence du plafond sont éteints, mais j'aperçois une autre lumière, là où il ne devrait pas y en avoir. Jaune, aigre. Étrange, ténue. Émise par une source mystérieuse, au fond de la vaste pièce rectangulaire.

Une longue table de travail occupe le centre de la pièce. Deux chaises. Des armoires à classeurs alignées le long d'un mur.

Mon cœur bat tellement fort que j'en ai les bras qui

vibrent. Je serre les poings, m'efforçant de conserver mon emprise sur moi-même.

Je décide de m'en retourner à la maison, au lit, au sommeil.

Et brusquement, je me retrouve au fond de la pièce, bien que je ne me rappelle pas avoir fait un seul pas dans cette direction. Il me semble avoir franchi ces six mètres en somnambule. Appelé par quelque chose ou quelqu'un. Comme en réponse à quelque puissante suggestion hypnotique. A une convocation muette.

Je me tiens devant un placard en pin noueux, qui s'étend du sol au plafond et d'un angle à l'autre de la pièce. Il possède trois paires de portes, hautes et étroites.

Celles du centre sont ouvertes.

Derrière, il ne devrait y avoir que des étagères, chargées de classeurs emplis de déclarations d'impôts, de correspondance et de dossiers périmés, retirés des armoires métalliques qui tapissent l'autre mur.

Cette nuit, les étagères, leur contenu, et toute la paroi du fond du placard ont été repoussés d'environ un mètre cinquante, dans une pièce cachée, adjacente à celle des archives, que je n'ai encore jamais vue – et d'où provient la lumière jaune.

Devant moi bée l'essence même des fantasmes enfantins : un passage secret menant à un univers de danger et d'aventure, à des étoiles lointaines, à d'autres, encore plus lointaines, au centre de la Terre, en un pays où l'on croise trolls, pirates, singes intelligents ou robots, dans un futur éloigné ou à l'ère des dinosaures. C'est là l'accès au mystère, un tunnel par lequel entamer une quête héroïque, le premier relais de poste d'une route étrange conduisant dans des dimensions inconnues.

Je me délecte brièvement à l'idée des voyages exotiques et des fantastiques découvertes qui pourraient m'attendre. Mon instinct, toutefois, me souffle vite que ce qui réside derrière ce passage secret est plus surprenant, plus dangereux qu'une autre planète ou les cachots des Morlocks. J'ai envie d'aller retrouver la maison, ma chambre, la protection de mes draps, d'aller les retrouver tout de suite, en courant à toutes jambes. L'attrait pervers de la terreur et des déserts inconnus me délaisse. J'ai soudain hâte de quitter ce rêve éveillé pour les contrées moins effrayantes demeurant à explorer du côté sombre du sommeil.

Bien que je ne me rappelle pas avoir avancé, c'est à l'intérieur du grand placard que je me retrouve, et non en train de courir vers la maison à travers la nuit, le clair de lune et les ombres des hiboux. Je cligne des yeux et je me rends compte que j'ai encore progressé. Je suis désormais dans la pièce secrète.

C'est une sorte de vestibule, de deux mètres sur deux. Sol et murs de ciment. Une ampoule nue dans une douille, au plafond.

Un examen rapide me révèle que la paroi du fond du placard à laquelle demeurent attachées les étagères chargées est munie de petites roues astucieusement dissimulées. Elle se déplace sur des rails de panneau coulissant.

À droite se trouve une porte. Une porte en grande partie ordinaire. Lourde, à en juger par son apparence. En bois massif. Avec des ferrures en laiton. Elle est peinte en blanc, mais par endroits, le temps a jauni la peinture. Toutefois, bien qu'elle soit blanche et jaunâtre, cette nuit ce n'est pas seulement une porte blanche ou une porte jaune. Une série d'empreintes de mains sanglantes y dessine une courbe qui part de la poignée de laiton et s'étend sur toute la moitié supérieure. Ces motifs éclatants rendent sans valeur la couleur du fond. Huit, dix ou douze empreintes de mains de femme. Les paumes, les doigts écartés. Chacune mord sur celle qui la précède. Certaines sont floues, d'autres aussi nettes que sur une fiche dactyloscopique de la police. Toutes luisent, humides. Fraîches. Ces images écarlates évoquent les ailes étendues d'un oiseau terrorisé qui prend son essor pour s'enfuir dans les cieux. En les contemplant, je demeure fasciné, le souffle coupé, le cœur battant à tout rompre, parce qu'elles me font ressentir avec acuité la peur, le désespoir et la résistance frénétique de la femme qui a refusé d'être entraînée au-delà du gris vestibule de ce monde secret.

Je ne peux pas aller plus loin. Je ne peux pas. Je ne veux pas. Je ne suis qu'un enfant, les pieds nus, sans arme, effrayé. Je ne suis pas prêt à affronter la vérité.

Je ne me rappelle pas avoir levé la main droite, mais elle repose à présent sur la poignée de laiton. J'ouvre la porte rouge.

DEUXIÈME PARTIE

Vers la source

Un jour, soudain, sur la route que j'ai choisie,
sans cesser de marcher, je reprends mes esprits,
et m'étonne de voir où je suis arrivé,
le pays où je vais, celui où je suis né.

Ce n'est pas là la voie que j'ai cru emprunter.
Ce n'est pas là l'endroit que j'ai toujours cherché.
Ce n'est pas là le rêve que j'avais acheté,
juste un accès de fièvre de la destinée.

J'infléchirai le cours de ma route sous peu,
à la croix des chemins, encore une ou deux lieues.
Le brasier qui m'habite illumine mes pas.
De ma destination, seul mon désir est roi.

Un jour, soudain, sur la route que j'ai choisie,
sans cesser de marcher, je reprends mes esprits.
Sans cesser de marcher, je reprends mes esprits,
un jour, soudain, sur la route que j'ai choisie.

Le Livre des chagrins comptés.

11.

Le vendredi après-midi, après avoir discuté de la cicatrice de Spencer Grant avec le Dr Mondello, Roy Miro quitta l'aéroport international de Los Angeles à bord d'un Learjet de l'agence, un verre de chardonnay bien frais dans une main, un bol de pistaches sur les genoux. Il était le seul passager et comptait débarquer à Las Vegas une heure plus tard.

Quelques minutes avant l'atterrissage, son vol fut détourné sur Flagstaff, Arizona. Une inondation éclair, due à l'orage le plus violent qu'eût connu le Nevada depuis dix ans, avait envahi les quartiers les moins élevés de Las Vegas. En outre, la foudre avait endommagé des systèmes électroniques importants à l'aéroport international McCarran, entraînant une suspension du service.

Quand le jet se posa à Flagstaff, Roy apprit officiellement que McCarran recommencerait à fonctionner moins de deux heures plus tard. Afin de ne pas gaspiller de précieuses minutes à revenir de l'aérogare quand le pilote apprendrait que les choses avaient repris leur cours normal, il demeura à bord.

Il tua tout d'abord le temps en se reliant à Maman, en Virginie, et en utilisant la colossale banque d'informations de l'ordinateur pour donner une leçon au capitaine Harris Descoteaux, l'officier de police de Los Angeles qui l'avait irrité en début de journée. Descoteaux manquait de respect envers l'autorité. Bientôt, en plus de l'accent des Caraïbes, une note d'humilité nouvelle marquerait sa voix.

Un peu plus tard, Roy regarda un documentaire sur l'un des trois téléviseurs dont était munie la cabine du Learjet. Le programme était consacré au Dr Jack Kevorkian – surnommé « Le Docteur Mort » par la presse –, qui s'était donné pour mission d'assister les malades en phase terminale lorsqu'ils exprimaient le désir de se suicider, bien qu'il fût pour cela poursuivi par la loi.

Roy fut captivé et, à plusieurs reprises, ému jusqu'aux larmes. Dès la moitié de l'émission, chaque fois que Jack Kevorkian apparaissait en gros plan, il se penchait en avant pour poser une main à plat sur l'écran. La paume sur l'image bénie de ce visage, il ressentait littéralement la pureté de cet homme, une aura de sainteté, un frisson de puissance spirituelle.

Dans un monde vraiment humain, une société fondée sur la vraie justice, on aurait laissé Kevorkian accomplir son œuvre en paix. Roy était désolé d'apprendre quelles souffrances les forces réactionnaires avaient fait subir au praticien.

Il trouvait toutefois le réconfort dans la certitude qu'un jour prochain, les hommes tels que Kevorkian ne seraient plus traités comme des parias. Ils seraient applaudis par une nation reconnaissante ; on leur fournirait un bureau, du matériel et un salaire en rapport avec leur contribution à un monde meilleur.

La Terre était si chargée de souffrance et d'injustice que celui qui demandait une aide pour se suicider, condamné par la médecine ou non, devait la recevoir. Roy était fermement convaincu que même les malades chroniques dont la vie n'était pas en danger immédiat – notamment une bonne partie des personnes âgées – devaient se voir accorder le repos éternel s'ils en éprouvaient le désir.

Ceux qui ne percevaient pas la sagesse de l'élimination volontaire ne devaient pas non plus être abandonnés. Il fallait leur fournir gratuitement des conseils jusqu'à ce qu'ils comprennent l'inestimable beauté du cadeau qu'on leur offrait.

La main sur l'écran, Kevorkian en gros plan. *Sentir* la puissance.

Un jour viendrait où les handicapés ne seraient plus en

butte à la douleur et à l'humiliation. Plus de fauteuils roulants ni d'armatures orthopédiques. Plus d'appareils auditifs, de prothèses, de séances épuisantes avec des kinésithérapeutes. Seulement la paix du sommeil éternel.

Le visage du Dr Jack Kevorkian fut de nouveau cadré par la caméra. Souriant. Ah ! ce visage !

Roy posa les deux mains sur l'écran de verre chaud, ouvrit son cœur et permit à ce sourire fabuleux de se diffuser en lui. Libérant son âme, il autorisa la puissance spirituelle du médecin à l'illuminer.

Grâce à la science des manipulations génétiques, on finirait par ne plus mettre au monde que des enfants en parfaite santé. Un jour, tous seraient même aussi beaux que forts et sains. Ils seraient parfaits. En attendant, Roy jugeait nécessaire de mettre au point un programme d'aide au suicide pour les bébés nés avec un usage limité de leurs cinq sens ou de leurs quatre membres. En cette matière, il était d'ailleurs en avance sur Kevorkian.

Quand son dur labeur à l'agence serait achevé, quand le pays posséderait le gouvernement compatissant qu'il méritait et serait au seuil de l'utopie, Roy apprécierait de passer le reste de sa vie à travailler dans le cadre d'un tel programme. Aucune tâche ne pouvait être plus gratifiante que celle de tenir un enfant handicapé entre ses bras pendant qu'on lui injecterait un produit mortel, de le réconforter tandis qu'il passerait du domaine de la chair imparfaite à un plan spirituel supérieur.

Son cœur se gonflait d'amour pour ces êtres moins heureux que lui. Les estropiés et les aveugles. Les mutilés, les malades, les vieux, les déprimés et les idiots.

Après deux heures passées au sol, à Flagstaff, quand l'aéroport McCarran rouvrit et que le Learjet repartit pour Las Vegas, le documentaire était terminé. Roy demeura dans un état d'extase qui, il en était sûr, se prolongerait durant plusieurs jours au moins.

A présent, la puissance était en lui. Il ne connaîtrait plus d'échecs, plus de déconvenues.

Durant le vol, il reçut un appel de l'agent qui cherchait Ethel et George Porth, les grands-parents qui avaient élevé Spencer Grant après la mort de sa mère. D'après les archives immobilières du comté, ils avaient bien possédé la maison de San Francisco dont l'adresse figurait dans le dossier militaire de Grant, mais ils l'avaient vendue dix ans auparavant. Les acheteurs l'avaient vendue à leur tour sept ans plus tard, si bien que les actuels propriétaires, installés depuis tout juste trois ans, n'avaient jamais entendu parler des Porth et ignoraient où les trouver. L'agent continuait les recherches.

Roy ne doutait pas un instant qu'ils finiraient par trouver le vieux couple. Le vent tournait à leur avantage. *Sentir* la puissance.

Quand le Learjet atterrit à Las Vegas, la nuit était tombée. Le ciel était couvert, mais la pluie avait cessé.

A la porte de débarquement, Roy fut accueilli par un chauffeur qui ressemblait à un salami en costume. Il déclara simplement qu'il s'appelait Prock et que la voiture était devant l'aérogare. Ensuite, l'air sombre, il s'éloigna sans attendre de voir s'il était suivi ni manifester le moindre intérêt pour la discussion, aussi impoli que le plus arrogant maître d'hôtel de New York.

Roy décida de s'en amuser plutôt que de s'en offusquer.

Une Chevrolet banale était garée illégalement dans la zone de chargement. Quoique le chauffeur parût plus gros que sa voiture, il finit cependant par y disparaître.

L'air était un peu frais, ce que l'arrivant jugeait revigorant.

Prock avait branché le chauffage au maximum, le véhicule était surchauffé, mais Roy choisit de le trouver douillet.

Il était d'excellente humeur.

La Chevrolet rejoignit le centre-ville au mépris de la limitation de vitesse.

Prock demeurait dans les rues secondaires, évitait hôtels et casinos, mais l'éclat des avenues bordées de néon se reflétait tout de même sur les nuages bas. Le ciel rouge-orangé-vert-jaune, pour un joueur venant de perdre l'argent des courses de la semaine suivante, aurait pu évoquer une vision de l'enfer. Roy l'estima réjouissant.

Après avoir déposé son passager au quartier général de l'agence, Prock s'empressa d'aller porter les bagages à l'hôtel.

Bobby Dubois, l'officier de service du soir, attendait son visiteur au quatrième étage du gratte-ciel. C'était un grand Texan dégingandé, aux yeux brun vase et aux cheveux couleur de poussière, à qui ses vêtements allaient comme des rebuts de soldeur à un épouvantail. Quoique doté d'une ossature épaisse, de traits grossiers, d'une peau mouchetée, d'oreilles décollées et de dents aussi irrégulières que les pierres tombales d'un cimetière de campagne, alors qu'il ne possédait pas une seule caractéristique que le plus indulgent des critiques eût pu qualifier de parfaite, Dubois était doté d'un charme du Sud et d'une convivialité qui faisaient presque oublier la tragédie biologique dont il témoignait.

Roy était parfois surpris de réussir à passer de longs moments en sa compagnie sans céder à l'envie de commettre un assassinat miséricordieux.

– Ce type, c'est un sacré numéro, déclara Dubois en précédant son compagnon dans le couloir qui menait de son bureau au centre de surveillance satellite. La manière dont il s'est sorti de ce barrage pour débouler dans le parc d'attractions ! Et son chien qui n'arrêtait pas de hocher la tête, en haut, en bas, en haut, en bas, comme les jouets qu'on met sur la plage arrière des bagnoles. Il est paralysé, ce clébard, ou quoi ?

– Je ne sais pas, dit Roy.

– Mon grand-père a eu un chien paralytique, autrefois. Il s'appelait Scooter, mais tout le monde le surnommait Boum-Boum parce qu'il balançait les pets les plus bruyants que j'aie jamais entendus. Je parle du chien bien sûr, pas de mon grand-père.

– Bien sûr, commenta Roy, alors qu'ils atteignaient la porte du bout du couloir.

– Boum-Boum a été paralysé pendant toute sa dernière année, continua Dubois, hésitant, la main sur la poignée. Il était vieux comme Hérode, à l'époque, alors, ce n'était pas une surprise. Il fallait le voir trembler, ce pauvre toutou. Paralysé, quelque chose de bien. Mais permettez-moi de vous dire que quand le vieux Boum-Boum levait la patte arrière et envoyait la purée, tout paralysé qu'il était – on se planquait ou on avait envie de changer de pays.

– A priori, il aurait mieux valu le faire piquer, remarqua Roy, tandis que le Texan ouvrait la porte.

Dubois le suivit dans le centre de surveillance satellite.

– Non, Boum-Boum était un brave vieux chien. Si les rôles avaient été inversés, il n'aurait jamais pris une seringue pour piquer mon grand-père.

Roy était bel et bien de bonne humeur. Il aurait pu écouter Bobby Dubois pendant des heures.

Le centre de surveillance satellite mesurait douze mètres sur vingt. Seuls deux des douze postes de travail informatique installés au centre de la pièce étaient occupés, chacun par une femme coiffée d'écouteurs qui murmurait dans un micro en étudiant les données affichées sur son écran. Une troisième technicienne s'activait devant une table lumineuse, examinant à la loupe plusieurs négatifs photographiques de belle taille.

L'un des deux murs les plus longs était en grande partie occupé par un écran immense sur lequel se projetait une carte du monde. Des nuages y apparaissaient en surimpression, ainsi que des lettres vertes indiquant les conditions météorologiques un peu partout sur la planète.

De dizaines des voyants rouges, bleus, jaunes, verts et blancs clignotaient sans cesse, signalant la position des satellites, parmi lesquels nombre de systèmes de communication électroniques qui géraient des relais de téléphone, de télévision et de radio. D'autres s'occupaient notamment de cartographie, de prospection de pétrole, de météorologie, d'astronomie, d'espionnage et de sécurité nationale.

Les propriétaires de ces satellites allaient de sociétés publiques à des agences gouvernementales en passant par l'armée. Certains engins appartenaient à d'autres nations que les États-Unis ou à des entreprises étrangères. Quels qu'en fussent les possesseurs ou les origines, tout ceux qui figuraient sur l'affichage mural pouvaient être pénétrés et utilisés par l'agence sans que leurs opérateurs légitimes aient conscience de l'invasion.

– Cet enfoiré s'est directement enfoncé dans le désert en sortant de Spaceport Vegas, et nos gars n'étaient pas équipés pour une poursuite à la Lawrence d'Arabie, expliqua Dubois, arrivé près d'un panneau de contrôle en U devant l'écran géant.

– Vous lui avez collé un hélicoptère aux basques ?

– Le temps s'est gâté trop vite. Il y avait de quoi noyer un crapaud. Il pleuvait comme si tous les anges du ciel avaient pissé un coup en même temps.

Dubois appuya sur un bouton et la carte du monde disparut. A sa place se matérialisa une authentique vue par satellite de l'Oregon, de l'Idaho, de la Californie et du

Nevada. D'aussi haut, les frontières de ces quatre États auraient été difficiles à définir, aussi étaient-elles marquées par des lignes orangées.

Le sud et l'ouest de l'Oregon, le sud de l'Idaho, le nord de la Californie et la totalité du Nevada étaient dissimulés sous une épaisse couche de nuages.

– Ce que vous voyez, c'est ce que filme le satellite, en direct. Il n'y a qu'un décalage de trois minutes pour la transmission et la reconversion du code digital en images, commenta Dubois.

A l'est du Nevada et de l'Idaho, de délicates pulsations lumineuses se propageaient au milieu des nuages. Roy comprit qu'il s'agissait de la foudre, vue d'au-dessus de l'orage. L'image était d'une étrange beauté.

– A présent, l'activité orageuse se limite à l'est du front nuageux. A part une averse de pluie fine, isolée ici ou là, tout est calme jusqu'au fin fond de l'Oregon. Mais on ne peut pas rechercher notre salopard, même à l'infrarouge. Ce serait comme essayer de voir le fond d'un bol rempli de soupe de poisson.

– Combien de temps, avant que le ciel ne se dégage ? demanda Roy.

– Il y a un putain de vent, à haute altitude, qui pousse le front dans une direction est-sud-est, alors on devrait avoir une bonne vue de tout le Mojave et des environs avant l'aube.

On pouvait filmer par satellite un individu assis au soleil en train de lire son journal, avec une résolution assez bonne pour que les gros titres du quotidien fussent lisibles. Toutefois, même par temps clair, dans un désert n'abritant aucun animal de taille humaine, localiser et identifier un objet mobile tel que la Ford Explorer ne serait pas facile, en raison de l'immensité du territoire considéré. C'était néanmoins faisable.

– Il peut très bien quitter le désert pour une route quelconque et appuyer sur le champignon, suggéra Roy. Dans la matinée, il sera loin.

– Il n'y a pas tellement de routes goudronnées dans ce coin de l'État. On a des équipes de surveillance dans toutes les directions, sur tous les axes sérieux et même quelques autres. La route inter-États 15, les routes fédérales 95 et 93. Plus les routes d'État 146, 156, 158, 160, 168 et 169. Le mot d'ordre est de chercher une Ford

Explorer verte, cabossée à l'avant et à l'arrière. Un homme avec un chien dans *n'importe quel* véhicule. Un homme avec une grande balafre au visage. Bon Dieu ! Toute cette partie de l'État est verrouillée plus étroitement qu'un trou du cul de moustique.

– A moins qu'il n'ait déjà quitté le désert et rejoint une voie rapide avant que vous n'ayez mis vos hommes en place.

– On n'a pas traîné. De toute manière, dans le désert et au milieu d'un orage aussi violent, il ne pouvait pas aller bien vite. En fait, 4 × 4 ou pas, il a de la chance s'il ne s'est pas embourbé.. On le coincera demain.

– J'espère que vous avez raison, dit Roy.

– J'en mettrais mes couilles à couper.

– Et on dit que les habitants de Las Vegas ne jouent pas gros !

– Qu'est-ce qui lie ce type à la bonne femme, au fait ?

– J'aimerais bien le savoir, soupira Roy en regardant la foudre éclore gracieusement sous les nuages, à l'extrémité du front orageux. Si on parlait de l'enregistrement de la conversation entre Grant et la vieille ?

– Vous voulez l'écouter ?

– Oui.

– Ça commence quand il prononce pour la première fois le nom d'Hannah Rainey.

– Jetons-y une oreille, conclut Roy en se détournant de l'écran.

Tandis qu'ils retraversaient le hall et prenaient l'ascenseur jusqu'au dernier sous-sol du bâtiment, Dubois disserta sur les meilleurs endroits où manger un bon *chili con carne* à Las Vegas, comme s'il avait eu de bonnes raisons de croire que Roy s'intéressait à la chose.

– Et puis il y a ce bistrot de Paradise Road, où le chili est tellement épicé qu'on a perdu des clients par combustion spontanée. Chhhhh… Ils se sont enflammés comme des torches.

L'ascenseur atteignit sa destination.

– Ça, c'est un chili qui vous fait sortir la sueur par les ongles, qui vous fait jaillir le nombril comme un diable de sa boîte.

Les portes coulissèrent.

Le visiteur pénétra dans une pièce bétonnée dépourvue de fenêtres.

Le long du mur du fond s'étalaient des dizaines de platines enregistreuses.

Au milieu de la pièce, la femme la plus extraordinairement belle que Roy eût jamais vue quittait un poste de travail informatique. Blonde, les yeux verts, tellement merveilleuse qu'elle lui coupait le souffle, lui faisait battre le cœur et propulsait sa tension dans la zone rouge, tellement merveilleuse qu'aucun mot ne pouvait la décrire, aucune musique n'aurait été assez douce pour la célébrer – tellement belie, tellement incomparable qu'il ne pouvait plus ni respirer ni parler, tellement radieuse qu'elle lui masquait le bunker sordide et le laissait baigné d'une lumière ardente.

L'inondation avait disparu par-dessus la falaise comme l'eau d'un bain dans des canalisations. L'arroyo n'était plus qu'une énorme tranchée.

Jusqu'à une profondeur considérable, le sol était essentiellement composé de sable très poreux, si bien que l'eau n'y avait pas stagné : elle s'était rapidement infiltrée jusqu'à une nappe phréatique. La surface avait séché et s'était solidifiée presque aussi vite que la ravine s'était précédemment changée en un fleuve tumultueux et écumant.

Pourtant, avant de prendre le risque d'engager sa Range Rover dans la saignée, et quoique le véhicule fût aussi stable qu'un char d'assaut, la jeune femme avait parcouru à pied la distance qui séparait de l'Explorer le bord de la déclivité, afin de vérifier l'état du sol. Convaincue que le lit du fleuve fantôme n'était ni meuble ni boueux et qu'il lui fournirait un appui suffisant, elle avait fait descendre la Rover pour rejoindre en marche arrière la Ford coincée entre les deux piliers rocheux.

Elle avait beau avoir secouru le chien et l'avoir fait monter à l'arrière de sa voiture, puis avoir débarrassé Grant de sa ceinture de sécurité, elle demeurait stupéfaite par la position précaire dans laquelle s'était mise l'Explorer. Se pencher au-dessus de l'homme inconscient et regarder par le trou béant où s'était trouvée la vitre la tentait, mais même si elle avait vu dans le noir, elle savait qu'elle n'aurait pas apprécié le spectacle.

L'inondation avait soulevé le véhicule à plus de trois mètres au-dessus du fond de l'arroyo avant de le coincer dans cette pince de roche, au bord de la falaise. A présent que le fleuve avait disparu, la Ford demeurait suspendue les quatre roues en l'air, comme prise dans une paire de brucelles maniée par un géant.

Lorsque la jeune femme l'avait découverte, elle était demeurée abasourdie, bouche bée, les yeux écarquillés, telle une enfant. Pas moins surprise que si elle avait vu une soucoupe volante et son équipage d'extraterrestres, elle avait alors eu la certitude que Grant avait été emporté hors de l'Explorer et noyé. Ou bien qu'il était mort à l'intérieur.

Pour atteindre le véhicule échoué, elle avait dû arrêter le sien juste en dessous, les roues arrière dangereusement proches du bord de la falaise. Ensuite, elle était montée sur le toit. Sa tête atteignait tout juste le bas de la portière de la Ford. Elle avait tendu la main vers la poignée et, malgré sa position peu commode, était parvenue à ouvrir.

Une trombe d'eau avait jailli, mais c'était le chien qui l'avait fait sursauter. Gémissant, pitoyable, prostré sur le siège du passager, il la contemplait avec un mélange de crainte et d'espoir.

La jeune femme ne voulait pas le faire sauter sur la Rover. Il risquait de glisser sur le capot trop lisse et de se casser une patte ou de se rompre le cou en tombant.

Quoique l'animal n'eût pas donné l'impression d'être en état de se livrer à des acrobaties, elle lui avait recommandé de rester là où il était. Bondissant à terre, elle avait avancé la Range Rover de cinq mètres et fait demi-tour afin d'éclairer le sol de ses phares, devant l'Explorer. Elle était ensuite ressortie pour encourager le chien à se laisser tomber sur le lit sablonneux asséché.

Il avait fallu *beaucoup* l'encourager. Posté au bord du siège, il donnait l'impression d'avoir le courage de sauter. Mais à chaque fois, il détournait la tête au dernier moment et reculait, comme s'il s'était trouvé au bord d'un ravin et non d'une dénivellation de trois ou quatre mètres.

Finalement, la jeune femme s'était rappelée comment Theda Davidowitz s'adressait à Étincelle, et elle avait tenté la même approche avec ce chien-là.

– Viens, mignon, viens voir maman, viens. Petit trognon de toutou aux jolis yeux, tu es mignon comme tout.

L'animal avait dressé l'oreille et l'avait considérée avec un intérêt aigu.

– Allez, viens, viens ici, mignon trognon.

Il avait commencé à frissonner d'excitation.

– Viens voir maman. Viens là, jolis yeux.

Il s'était ramassé sur lui-même, les muscles tendus, prêt à se lancer.

– Viens donner un baiser à maman, petit mignon, petit bébé en sucre.

Elle s'était sentie stupide, mais il avait bel et bien sauté. Il avait franchi d'un bond la portière ouverte de l'Explorer, décrit un arc gracieux dans l'air nocturne et atterri sur ses quatre pattes.

Il s'était trouvé si stupéfait de sa propre agilité et de sa bravoure qu'en se retournant pour regarder la Ford, il était tombé assis, comme choqué, avant de se laisser aller sur le flanc, haletant.

La jeune femme avait dû le porter à la Rover et le déposer avec les bagages, juste derrière la banquette avant. Il n'avait cessé de rouler vers elle de grands yeux affectueux et lui avait même léché la main.

– T'es un numéro, toi, avait-elle dit, et il avait soupiré.

Elle avait exécuté un second demi-tour, reculé jusqu'à l'Explorer, grimpé dedans, et avait trouvé Spencer Grant effondré sur le volant, à peine conscient.

A présent, il avait de nouveau perdu connaissance. Il murmurait dans son rêve des paroles inaudibles à l'adresse d'un interlocuteur invisible, et sa compagne se demanda comment elle allait le sortir de la voiture s'il ne revenait pas bientôt à la vie.

Elle tenta de lui parler, de le secouer doucement, mais ne put lui arracher la moindre réaction. Puisqu'il était déjà trempé, frissonnant, il ne servait à rien de recueillir un peu d'eau sur le plancher pour lui en asperger le visage.

Ses blessures exigeaient des soins rapides, mais ce n'était pas la raison principale pour laquelle elle tenait à le faire monter dans la Rover et à quitter les lieux aussi vite que possible. Des individus dangereux le recherchaient. Compte tenu de leurs ressources, même handicapés par le climat et le terrain, si elle ne l'emmenait pas bientôt dans un endroit sûr, ils allaient le trouver.

Grant ne résolut pas ce dilemme par une simple reprise de conscience, mais en jaillissant littéralement hors de son sommeil factice. Avec un cri inarticulé, il se redressa d'un coup sur son siège, trempé de sueur et tremblant pourtant avec une telle force que ses dents claquaient.

Ils se trouvaient face à face, à quelques centimètres de distance, si bien que même dans l'obscurité de la nuit, elle vit la terreur qui brûlait dans les yeux de son compagnon. En outre, ce qui était pire, elle y découvrit une tristesse qui fit passer le froid dont il souffrait au plus profond de son propre cœur.

– *Personne ne sait*, dit-il, empressé, quoique l'épuisement et la soif eussent réduit sa voix à un murmure rauque.

– Tout va bien, assura-t-elle.

– *Personne. Personne ne sait.*

– Du calme. Tu vas t'en sortir.

– *Personne ne sait*, insista-t-il, apparemment pris entre la peur et le chagrin, entre la terreur et les larmes.

Le terrible désespoir qui vibrait dans sa voix torturée et dans chacun de ses traits réduisit la jeune femme au silence. Il semblait inutile de continuer à débiter des banalités dans l'espoir de rassurer un homme qui venait apparemment de recevoir une vision des âmes damnées de l'Hadès.

Bien qu'il la regardât dans les yeux, Spencer semblait contempler quelque chose ou quelqu'un qui se trouvait bien plus loin. Il s'exprimait rapidement, plus pour lui-même que pour elle.

– *C'est une chaîne, une chaîne de fer, elle me traverse, me traverse le cerveau, le cœur, les tripes, une chaîne, pas moyen de me libérer, pas moyen de m'échapper.*

Il lui faisait peur. Elle n'aurait pas cru pouvoir être encore effrayée, du moins pas aussi facilement, certainement pas par des mots. Pourtant, il la terrorisait.

– Allez, Spencer, on y va, décida-t-elle. D'accord ? Aide-moi à te sortir d'ici.

Quand l'homme aux yeux brillants, un peu dodu, sortit de l'ascenseur en compagnie de Bobby Dubois pour pénétrer dans le bunker, il se figea et la contempla comme un affamé eût pu contempler une pêche Melba.

Ève Jammer était habituée à produire un effet puissant sur les hommes. Danseuse topless sur les scènes de Las Vegas, elle n'avait été qu'une beauté parmi d'autres – et pourtant, les yeux des spectateurs l'avaient suivie à l'exclusion de presque toutes ses compagnes, comme si quelque détail, dans son visage ou son corps, n'avait pas été simplement plus attirant que chez les autres, mais tellement harmonieux qu'il opérait tel le chant des sirènes. Elle attirait les regards masculins aussi inévitablement qu'un bon hypnotiseur s'empare de l'esprit de son patient en balançant un médaillon doré au bout d'une chaîne ou par de simples mouvements sinueux de la main.

Même le pauvre petit Thurmon Stookey – le dentiste qui avait eu le malheur de partager l'ascenseur des deux gorilles à qui Ève avait volé un million en liquide – n'avait pas été insensible à ses charmes – et ce, alors que la terreur aurait dû l'empêcher d'avoir la moindre pensée liée au sexe. Malgré les deux truands effondrés, morts, et le Korth .38 pointé sur son crâne, Stookey avait laissé son regard dériver du revolver au décolleté provocant de la jeune femme. A en juger par la lueur brillant dans ses yeux de myope à l'instant où elle avait pressé la détente, Ève imaginait que sa dernière pensée n'avait pas été *Dieu me garde*, mais *Quelle belle paire.*

Aucun homme n'avait jamais bouleversé Ève de la manière dont elle bouleversait les hommes, même à un degré bien moindre. La plupart d'entre eux ne lui disaient rien. Elle ne s'intéressait qu'à ceux auxquels elle pouvait extorquer de l'argent ou de qui elle pouvait apprendre à gagner et à conserver du pouvoir. Son but ultime n'était pas d'être aimée mais extrêmement riche et crainte. D'être un objet de terreur, totalement maître du jeu, d'avoir le pouvoir de vie ou de mort sur les autres. Voilà qui était infiniment plus érotique qu'un corps d'homme ou que la technique amoureuse.

Pourtant, lorsqu'elle se trouva en présence de Roy Miro, elle ressentit quelque chose d'inhabituel. Un léger battement de cœur. Une vague désorientation, qui n'était pas le moins du monde déplaisante.

Ce qu'elle éprouvait ne pouvait être qualifié de désir. Ses désirs étaient tous intégralement cartographiés, étiquetés, et leur satisfaction périodique assurée avec un précision mathématique, selon un horaire aussi immuable que celui d'un chauffeur de train fasciste. Elle n'avait ni le temps ni la patience de se montrer spontanée, que ce fût en affaires ou dans sa vie privée. L'intrusion d'une passion imprévue lui eût paru aussi dégoûtante que d'être forcée à manger des vers.

Indéniablement, elle ressentit quelque chose à l'instant où elle posa les yeux sur Roy Miro. De minute en minute, tandis qu'ils discutaient de l'enregistrement Grant-Davidowitz puis l'écoutaient, cet étrange intérêt pour lui augmenta. Une excitation inhabituelle se répandit en elle, tandis qu'elle se demandait où elle se laissait entraîner.

Même si sa vie en avait dépendu, elle n'aurait pu dire ce qui lui inspirait cette fascination pour cet homme. Il était d'un abord relativement agréable, avec des yeux bleus très gais, un visage d'enfant de chœur et un sourire doux – mais il n'était pas séduisant au sens classique du terme : sept ou huit kilos de trop, le teint pâle, et certainement pas riche. Son costume était moins recherché que celui de n'importe quel prosélyte faisant du porte à porte pour distribuer des publications religieuses.

Miro lui demanda à plusieurs reprises de repasser des extraits de la conversation Grant-Davidowitz, comme s'ils avaient renfermé un indice important, mais la jeune femme savait que, trop préoccupé d'elle, il avait tout simplement manqué d'attention.

Pour Ève et Roy, Bobby Dubois cessa pratiquement d'exister. Malgré sa taille et son aspect balourd, malgré ses bavardages incessants et colorés, le Texan ne présentait pour eux pas plus d'intérêt que les murs de ciment gris du bunker.

Quand il eut écouté à profusion la totalité de l'enregistrement, Miro se donna beaucoup de mal pour expliquer qu'il ne pouvait rien faire pour le moment au sujet de Grant, sinon attendre : attendre que l'homme refasse surface ; attendre que le ciel se découvre afin que puisse commencer une recherche par satellite ; attendre que les équipes de surveillance déjà sur le terrain trouvent quelque chose ; attendre que les agents enquêtant sur d'autres aspects de l'affaire, dans d'autres villes, lui adressent leur rapport.

Ensuite, il demanda à Ève si elle était libre pour dîner.

Elle accepta l'invitation sans se faire prier, ce qui ne lui ressemblait pas. De plus en plus, elle sentait que cet homme l'attirait parce qu'il détenait une puissance secrète, une force en grande partie cachée, qu'on ne décelait que dans son sourire assuré et dans ses yeux bleus sans cesse amusés, comme s'il s'était attendu à avoir toujours le dernier mot.

Bien que Miro disposât d'une voiture appartenant à l'agence pour toute la durée de son séjour à Las Vegas, ce fut la jeune femme qui les conduisit dans sa Honda jusqu'à l'un de ses restaurants familiers, sur Flamingo Road. Les reflets d'un océan de néon roulaient telle une marée lumineuse le long des nuages bas, et la nuit semblait emplie de magie.

Ève pensait apprendre à mieux connaître son compagnon durant le dîner arrosé d'un ou deux verres de vin, et comprendre au dessert pourquoi il la fascinait. Toutefois, les talents d'orateur de Miro étaient semblables à son allure : assez agréables mais nullement captivants. Rien de ce qu'il disait, rien de ce qu'il faisait, aucun geste, aucun trait ne permit à Ève de comprendre l'étrange attirance qu'elle éprouvait à son égard.

Lorsqu'ils quittèrent l'établissement et traversèrent le parking pour rejoindre sa voiture, elle se sentait frustrée, désorientée, ne sachant si elle devait ou non l'inviter chez elle. Elle n'avait pas envie de coucher avec lui. Ce n'était pas ce genre d'attirance-là. Bien entendu, certains hommes révèlent leur véritable personnalité pendant l'amour : par ce qu'ils apprécient, la manière dont ils le font, ce qu'ils disent, et comment ils se conduisent après. Toutefois, elle n'avait pas envie de le ramener chez elle, de le mettre au lit, de se retrouver en sueur, bref, de se taper tout le répugnant programme habituel, et de ne toujours pas comprendre au bout du compte pourquoi il l'intriguait à ce point.

Elle se trouvait en proie à un véritable dilemme.

Ce fut alors, tandis qu'ils approchaient de sa voiture, avec le vent froid qui soufflait dans une rangée de palmiers toute proche et l'air chargé de l'odeur des steaks au feu de bois du restaurant, que Roy Miro accomplit le geste le plus inattendu et le plus choquant qu'Ève eût jamais observé en trente-trois ans d'expériences choquantes.

Quelque temps après être descendu de l'Explorer et monté dans la Range Rover – deux minutes, une heure ou bien quarante jours et quarante nuits, Spencer s'éveilla. Il découvrit une nuée de broussailles poussées par le vent, à la même vitesse que la voiture. Des ombres de mesquite et de cactus à corps large jaillissaient dans la lueur des phares.

Tournant la tête à gauche, sans la décoller du dossier de son siège, il découvrit Valérie au volant.

– Salut.

– Salut, toi.

– Comment es-tu arrivée ici ?

– Trop compliqué pour toi en ce moment.

– Je suis un type compliqué.

– Je n'en doute pas.

– Où on va ?

– Loin.

– Bien.

– Comment tu te sens ?

– Vaseux.

– Ne pisse pas sur le siège, recommanda-t-elle, visiblement amusée.

– Je vais essayer, dit-il.

– Bien.

– Où est mon chien ?

– Qui crois-tu qui te lèche l'oreille ?

– Oh !

– Il est là, juste derrière toi.

– Salut, vieux.

– Comment s'appelle-t-il ? demanda la jeune femme.

– Rocky.

– C'est une blague ?

– Pourquoi ?

– Ce nom. Ça ne lui va pas du tout.

– Je l'ai appelé comme ça pour qu'il ait confiance en lui.

– Ça ne marche pas, conclut-elle.

D'étranges formations rocheuses se dressaient, tels des temples élevés à des dieux ancestraux, oubliés avant même que les êtres humains aient conçu l'idée du temps et compté le passage des jours. Elles l'impressionnaient. Valérie les évitait avec brio, braquant à droite et à gauche, tandis qu'ils descendaient une haute colline en direction d'une vaste plaine noire.

– Je n'ai jamais su son vrai nom, reprit Spencer.

– Son vrai nom ?

– Son nom de chiot. Avant la fourrière.

– Ce n'était pas Rocky ?

– Probablement pas.

– Et avant Spencer ?

– Il ne s'est jamais appelé Spencer.

– Alors, tu as les idées assez claires pour te montrer évasif.

– Pas vraiment. L'habitude. Tu t'appelles comment ?

– Valérie Keene.

– Menteuse.

Il perdit connaissance un instant. Lorsqu'il revint à lui, ils étaient encore au milieu du désert : pierre, sable, broussailles et épineux, dans l'obscurité que trouaient les phares.

– Valérie, dit-il.

– Ouais ?

– Comment t'appelles-tu vraiment ?

– Bess.

– Bess comment ?

– Bess Baer.

– Tu peux épeler ?

– B-A-E-R.

– Vraiment ?

– Vraiment. Pour l'instant.

– Qu'est-ce que ça veut dire ?

– Ce que ça veut dire.

– Que c'est ton nom maintenant. Après Valérie.

– Et alors ?

– Qu'est-ce que c'était, avant Valérie ?

– Hannah Rainey.

– Ah, oui ! se rappela-t-il, réalisant qu'il ne disposait pas de la totalité de ses rouages mentaux. Et avant ça ?

– Gina Delucio.

– C'était le vrai ?

– Ça sonnait vrai.

– C'est le nom avec lequel tu es née ?

– Tu veux dire : mon nom de chiot ?

– Oui. C'est ton nom de chiot ?

– Personne ne m'appelait plus par mon nom de chiot bien avant que je me retrouve à la fourrière.

– Tu es très drôle.

– Tu aimes les femmes drôles ?

– Bien obligé.

– « Alors, la drôle de femme, le chien peureux et l'homme mystérieux partirent dans le désert à la recherche de leurs véritables noms », déclama-t-elle, comme si elle avait lu à haute voix.

– A la recherche d'un endroit pour gerber.

– Oh, non ?

– Eh si.

Elle pila et il ouvrit sa portière à la volée.

Plus tard, lorsqu'il se réveilla, ils étaient toujours dans le désert obscur.

– J'ai un goût absolument répugnant dans la bouche, dit-il.

– J'en suis persuadée.

– Comment t'appelles-tu ?

– Bess.

– Et puis quoi ?

– Non, Baer. Bess Baer. Et toi, comment t'appelles-tu ?

– Mon fidèle compagnon indien m'appelle Kemosabe.

– Comment te sens-tu ?

– Comme un tas de merde.

– C'est ça que ça veut dire, Kemosabe.

– Est-ce qu'on ne va jamais s'arrêter ?

– Pas tant que le ciel est couvert.

– Qu'est-ce que les nuages viennent foutre là-dedans ?

– A cause des satellites.

– Tu es la femme la plus étrange que j'aie jamais rencontrée.

– Tu n'as encore rien vu.

– Comment diable as-tu pu me trouver ?

– Peut-être que je suis voyante.

– Tu l'es ?

– Non.

Il soupira et ferma les yeux. Il avait presque l'impression de se trouver à bord d'un manège.

– C'est moi qui étais censé te trouver, toi.

– Surprise !

– Je voulais t'aider.
– Merci.
Il relâcha sa prise sur le monde de l'éveil. Un temps, tout demeura silencieux, serein. Puis il sortit de l'obscurité et ouvrit la porte rouge. Il y avait des rats dans les catacombes.

Roy fit une chose complètement folle. Alors même qu'il l'accomplissait, il fut stupéfait par le risque qu'il prenait.
Il avait décidé que devant Ève Jammer, il lui fallait être lui-même. Le véritable Roy. Le Roy compatissant, prévenant, profondément impliqué dans la marche du monde, que ne révélait jamais plus qu'à moitié le fonctionnaire bureaucrate terne qu'il était pour la plupart des gens.
Roy était prêt à prendre des risques avec cette femme étonnante, car il sentait en elle une âme aussi merveilleuse que son visage et son corps. Celle qu'elle était à l'intérieur, si proche de la perfection émotionnelle et intellectuelle, le comprendrait comme nul ne l'avait encore compris.
Durant le dîner, ils n'avaient pas découvert les clefs qui ouvriraient les portes de leurs âmes et leur permettraient de se fondre l'un dans l'autre, comme ils le devaient. Tandis qu'ils quittaient le restaurant, Roy craignit de voir l'occasion passer, le destin bifurquer, aussi fit-il appel à la puissance du Dr Kevorkian, récemment absorbée à travers la télévision, dans le Learjet. Il trouva le courage de révéler son cœur à Ève Jammer et de forcer la destinée à s'accomplir.
Derrière l'établissement, était garé un van Dodge bleu à trois places, sur la droite de la Honda d'Ève. Un couple, la quarantaine, en sortait, prêt à aller dîner. L'homme était dans un fauteuil roulant. Il se laissait glisser à terre depuis la portière latérale du véhicule, grâce à un monte-charge électronique qu'il faisait fonctionner sans assistance. Le parking était par ailleurs désert.
– Venez avec moi une minute, dit Roy à Ève. Venez dire bonjour.
– Hein ?
Il s'avança droit vers le Dodge.

– Bonjour, lança-t-il en glissant la main sous son manteau.

L'homme et la femme levèrent tous deux les yeux et lui rendirent son salut, une trace de perplexité dans la voix, comme s'ils avaient tenté de se rappeler d'où ils le connaissaient.

– Je ressens votre douleur, reprit Roy en tirant son pistolet.

Il logea une balle dans la tête du mari.

Une deuxième toucha la femme à la gorge mais ne la tua pas sur le coup. Elle tomba à terre, animée de contorsions grotesques.

Roy dépassa le mort dans le fauteuil roulant.

– Désolé, dit-il à sa deuxième victime, avant de faire feu à nouveau.

Le silencieux neuf du Beretta fonctionnait à merveille. Avec le vent de février qui gémissait à travers les palmes, aucune des détonations n'avait pu s'entendre à plus de trois mètres.

Roy se retourna vers Ève Jammer.

Qui paraissait comme frappée par la foudre.

Il se demanda s'il n'avait pas été trop impulsif pour un premier rendez-vous.

– C'est tellement triste, la qualité de vie que certains malheureux sont forcés de supporter, expliqua-t-il.

Ève cessa de contempler les cadavres et soutint le regard de Roy. Elle ne hurla pas, ni ne parla. Il était possible qu'elle se trouvât en état de choc, mais il ne le croyait pas. Elle semblait chercher à comprendre.

Peut-être tout allait-il bien se passer, finalement.

– Je ne peux pas les laisser comme ça. (Il rangea son arme et mit ses gants.) Ils ont le droit d'être traités avec dignité.

La télécommande du monte-charge était attachée à l'accoudoir du fauteuil roulant. Roy appuya sur un bouton pour faire redécoller le mort du parking.

Il grimpa dans le véhicule par la portière coulissante ouverte, deux fois plus large que la normale, afin de tirer le fauteuil à l'intérieur, une fois son ascension achevée.

L'homme et la femme devaient être mariés. Il en tint compte pour préparer son tableau. La situation était tellement délicate qu'il n'avait pas le temps d'être original. Il lui faudrait répéter ce qu'il avait fait avec les Bettonfield le mercredi soir, à Beverly Hills.

De grands lampadaires brillaient sur le pourtour du parking. La portière ouverte lui apportait juste assez de lumière bleuâtre pour qu'il pût accomplir son œuvre.

Il arracha le mari à son fauteuil et l'allongea sur le plancher, dépourvu de tapis de sol – ce dont Roy était désolé, mais il ne disposait ni de mousse ni de couvertures pour rendre plus confortable le dernier repos du couple.

Il repoussa le fauteuil dans un angle, hors de son chemin.

Ève le regardait toujours. Il ressortit, souleva la morte et la porta dans le van, où il la disposa près de son époux. Il referma la main droite de l'une sur la gauche de l'autre.

L'homme gardait un œil ouvert, sa compagne les deux, et Roy s'apprêtait à les refermer de ses doigts gantés quand une meilleure idée lui vint. Relevant la paupière close du mari, il la maintint un instant pour voir si elle allait demeurer en place. Ce fut le cas. Il tourna donc la tête de l'homme vers la gauche et celle de la femme vers la droite, afin qu'ils se regardent dans les yeux, au cœur de l'éternité qu'ils partageaient désormais, en une contrée bien meilleure que Las Vegas, Nevada. Bien meilleure que n'importe quel endroit de ce monde imparfait et déprimant.

Il demeura quelque temps accroupi auprès des cadavres, à admirer son œuvre. La tendresse qu'exprimait leur position lui était extrêmement plaisante. De toute évidence, ils s'étaient aimés. A présent, ils étaient réunis à jamais, comme ne pouvaient que souhaiter l'être tous les amoureux.

Ève Jammer se tenait devant la portière ouverte et observait le couple défunt. Même le vent du désert semblait conscient de son exceptionnelle beauté et s'en réjouir, car il sculptait sa chevelure dorée en longues mèches ciselées. Il ne paraissait pas la battre mais l'adorer.

– C'est tellement triste, soupira Roy. Quelle qualité de vie pouvaient-il avoir ? Lui, emprisonné dans ce fauteuil roulant, et elle, liée par les chaînes de l'amour. Leur existence était limitée par l'infirmité, leur avenir sanglé à ce fauteuil. Ils sont bien mieux, à présent.

Sans dire un mot, Ève se détourna et partit vers la Honda.

Roy sortit du van et, après un dernier regard au couple aimant, referma la portière coulissante.

La jeune femme l'attendait au volant de sa voiture, moteur en marche. Si elle avait eu peur de lui, elle eût tenté de le planter là ou couru se réfugier dans le restaurant.

Il s'installa dans la Honda et boucla sa ceinture de sécurité.

Ils demeurèrent un instant sur place, muets.

De toute évidence, elle sentait qu'il n'était pas un meurtrier, que ce qu'il avait accompli était un acte moral et qu'il opérait sur un plan plus élevé que l'individu moyen. Son silence ne révélait que les efforts qu'elle faisait pour transcrire cette intuition en concepts intellectuels et, par là même, le comprendre plus pleinement.

Elle leur fit quitter le parking.

Roy ôta ses gants de cuir et les remit dans la poche intérieure de son manteau, là où il les avait pris.

Ève suivit un temps un chemin erratique à travers toute une série de quartiers résidentiels, ne roulant que pour rouler, n'allant encore nulle part.

Pour lui, les lumières qui brillaient dans les maisons agglutinées ne paraissaient plus ni chaudes ni mystérieuses, comme elles le lui avaient semblé en d'autres nuits, d'autres quartiers, d'autres villes, lorsqu'il avait parcouru des rues similaires, seul. A présent, elles n'étaient plus que tristes : petites lueurs terriblement tristes, jetant une clarté feutrée sur les petites vies tristes de gens qui ne connaîtraient jamais le dévouement passionné à un idéal comme celui qui enrichissait sa vie, de petites gens tristes qui ne s'élèveraient jamais, comme lui, au-dessus du troupeau, qui ne partageraient jamais de relation transcendante avec quelqu'un d'aussi exceptionnel qu'Ève Jammer.

Enfin, quand le moment lui parut arrivé, il prit la parole.

– Je désire un monde meilleur. Mais mieux que meilleur, Ève. Bien mieux que cela.

Elle ne répondit pas.

– La perfection en toute chose, reprit-il doucement mais avec une grande conviction. Des lois et une justice parfaites. La beauté parfaite. Je rêve d'une société parfaite où chacun serait en parfaite santé, où régnerait une égalité parfaite, dans laquelle l'économie ronronnerait comme une machine parfaitement réglée, où chacun vivrait en harmonie avec les autres et avec la nature. Où tous les rêves seraient parfaitement rationnels et altruistes. Où tous les rêves deviendraient réalité.

Il fut tellement ému de ce soliloque que, sur la fin, sa voix s'épaissit et qu'il dut refouler ses larmes.

La jeune femme ne disait toujours rien.

Les rues nocturnes. Les fenêtres éclairées. Petites maisons, petites vies, il y avait tellement de confusion, de tristesse, de désir et d'aliénation, dans ces maisons.

– Je fais ce que je peux pour construire un monde idéal, reprit-il. J'élimine certains éléments imparfaits du nôtre et je le pousse centimètre par centimètre vers la perfection, de toutes mes forces. Oh, je ne me crois pas capable de le changer. Pas tout seul, pas moi, ni même mille ou cent mille autres comme moi. Mais chaque fois que je le peux, j'allume de petites flammes, une à une, je repousse un peu plus l'obscurité en chassant une ombre.

Ils se trouvaient dans le quartier est, presque aux limites de la ville, remontant vers des rues moins peuplées que les précédentes. A un carrefour, la jeune femme fit soudain demi-tour pour replonger dans la mer de lumières qu'ils venaient de quitter.

– On peut me traiter de rêveur, admit Roy, mais je ne suis pas le seul. Je crois que vous êtes une rêveuse aussi, Ève, à votre manière. Si vous admettez que vous l'êtes… peut-être que si tous les rêveurs l'admettaient et joignaient leurs efforts, le monde pourrait un jour être uni [1].

Le silence d'Ève était à présent profond.

Il osa la regarder et la trouva encore plus époustouflante qu'il ne se la rappelait. Son cœur battait lentement mais avec force, alourdi du doux fardeau qu'était la beauté de sa compagne.

Lorsqu'elle parla enfin, ce fut d'une voix mal assurée.

– Vous ne leur avez rien pris.

Ce n'était pas la peur qui faisait trembler son souffle lorsqu'il franchissait sa gorge élégante, puis ses lèvres pulpeuses, mais plutôt une extraordinaire exaltation – que ce frémissement transmit à Roy.

– Non, rien, reconnut-il.

1. Le texte original de ce paragraphe est une variation ironique sur celui de la chanson *Imagine* de John Lennon. *(N.d.T.)*

– Pas même l'argent qu'elle avait dans son sac ou lui dans son portefeuille ?

– Bien sûr que non. Je ne prends pas : je donne.

– Je n'avais jamais vu…

Elle semblait incapable de seulement trouver les mots pour décrire ce qu'il avait fait.

– Oui, je sais, dit-il, ravi de constater qu'il l'avait totalement abasourdie.

– … jamais vu un tel…

– Oui.

– … jamais un tel…

– Je sais, ma chère, je sais.

– … un tel *pouvoir*, acheva-t-elle.

Ce n'était pas le mot qu'il l'avait crue en train de chercher. Mais elle l'avait prononcé avec une telle passion, lui avait conféré une telle puissance érotique qu'il ne pouvait regretter qu'elle n'eût pas encore compris le sens exact de son geste.

– Ils vont bouffer au restau, reprit-elle, excitée. (Elle commençait à conduire trop vite, imprudemment.) Ils y vont par un soir ordinaire, rien à signaler, et *blam !* Vous les descendez ! Juste comme ça, bon Dieu. Vous les descendez, et ce n'est même pas pour leur prendre quelque chose, ou parce qu'ils ont été désagréables avec vous, juste pour moi. Pour me montrer qui vous êtes vraiment.

– Eh bien, oui, c'était pour vous, répondit-il. Mais pas seulement, Ève ? Vous ne comprenez pas ? J'ai supprimé deux vies imparfaites, rapprochant ainsi l'univers de la perfection. Et au même moment, j'ai soulagé ces pauvres gens du fardeau cruel de la vie, de ce monde imparfait, où rien n'aurait pu combler leurs espoirs. J'ai fait un présent au monde, un autre à ces malheureux, et il n'y a pas eu de perdant.

– Vous êtes comme le vent, dit-elle, hors d'haleine. Comme un fantastique vent de tempête, un ouragan, une tornade, sauf qu'il n'y a pas de météorologiste pour annoncer votre arrivée. Vous avez le pouvoir de l'orage, vous êtes une force de la nature, qui surgit de nulle part, sans raison. *Blam !…*

– Attendez un instant, Ève, attendez, intervint son passager, craignant un malentendu. Écoutez-moi.

La jeune femme était tellement excitée qu'elle ne pouvait plus conduire. Elle rangea la Honda le long du trottoir et écrasa le frein avec une telle soudaineté que Roy aurait été projeté en avant si sa ceinture n'avait pas été bouclée.

Passant au point mort avec presque assez de force pour arracher le levier de vitesse, elle se tourna vers lui.

– Vous êtes comme un tremblement de terre, exactement comme un tremblement de terre. Les gens sont en train de se promener, insouciants, le soleil brille, les oiseaux chantent – et d'un coup, la terre s'ouvre sous leurs pieds pour les avaler.

Elle eut un rire ravi. Un rire d'adolescente, musical, cristallin, si contagieux qu'il eut peine à ne pas rire avec elle.

Il lui prit les mains. Des mains élégantes, aux doigts longs, aussi exquises que celles de Guinevere. Aucun homme ne méritait d'en connaître le contact.

Malheureusement, le radius et le cubitus, au-dessus des carpes parfaits du poignet, n'étaient pas de la même facture que les os des extrémités. Il eut soin de ne pas les regarder. Et de ne pas les toucher.

– Écoutez, Ève : il faut que vous compreniez. Il est extrêmement important que vous me compreniez.

Elle devint aussitôt solennelle, réalisant qu'ils avaient atteint un tournant de leur relation – et elle était encore plus belle sérieuse que lorsqu'elle riait.

– Vous avez raison, poursuivit-il. C'est un grand pouvoir. Le plus grand de tous, et c'est pour ça qu'il faut bien en saisir le sens.

Quoique la seule luminosité provînt du tableau de bord, les yeux verts de la jeune femme flamboyaient comme s'ils avaient reflété un soleil d'été. Ils étaient parfaits, aussi dépourvus de défaut, aussi fascinants que ceux de la femme qu'il traquait depuis un an, dont il transportait la photo dans son portefeuille.

Du côté gauche, le front d'Ève était parfait également. Une légère irrégularité gâchait son arcade sourcillière droite, juste au-dessus de l'orbite – regrettablement trop proéminente, à peine plus que sa jumelle, formée de tout juste un demi-gramme d'os supplémentaire, mais rompant néanmoins l'équilibre et dépourvue de la perfection qu'on observait à son côté.

Ça n'avait pas d'importance. C'était une chose avec laquelle il pouvait vivre. Il n'aurait qu'à se focaliser sur les yeux angéliques, au bas du front, et sur chacune des mains incomparables, sous le radius et le cubitus noueux. Quoique pétrie de défauts, Ève était la première femme qu'il eût jamais vue à posséder plus d'un trait parfait. La toute toute première. Et ses trésors ne se limitaient pas aux yeux et aux mains.

– Contrairement aux autres pouvoirs, Ève, celui-ci n'a pas sa source dans la colère, expliqua-t-il, décidé à faire comprendre sa mission et sa personnalité profonde à cette perle rare. Ni dans la haine. Ce n'est pas le pouvoir de la rage, de l'envie, de l'amertume ou de la cupidité. Ce n'est pas le pouvoir que certains trouvent dans le courage et dans l'honneur – ou dans leur foi en Dieu. Il transcende tous les autres, Ève. Savez-vous ce que c'est ?

La jeune femme était captivée, incapable de parler. Elle se contenta de secouer la tête : non.

– Mon pouvoir est celui de la compassion, dit-il.

– La compassion… murmura-t-elle.

– La compassion. Si on essaie de comprendre les autres, de ressentir leur douleur, de réellement partager l'angoisse de leur existence, de les aimer malgré leurs défauts, on est submergé par une telle pitié, une pitié si intense qu'elle en devient intolérable. Il faut la soulager. On fait alors appel au pouvoir inépuisable, inquantifiable, de la compassion. On agit pour soulager la souffrance, pour entraîner l'univers un rien plus près de la perfection.

– La compassion, murmura-t-elle à nouveau, comme si elle avait entendu ce mot pour la première fois, ou si son compagnon lui en avait donné une définition qu'elle n'avait encore jamais saisie.

Roy ne put détacher les yeux de sa bouche tandis qu'elle le répétait encore deux fois. Elle avait des lèvres divines. Il ne comprenait pas comment il avait pu juger parfaites celles de Melissa Wicklun, car la bouche d'Ève les rendait tout juste dignes d'un crapaud lépreux. Voilà des lèvres auprès desquelles la prune la plus mûre eût paru aussi sèche qu'un pruneau, acide la plus sucrée des fraises.

Jouant les Henry Higgins pour son Eliza Doolittle [1], il poursuivit sa première leçon de raffinement moral.

– Lorsqu'on est motivé par la seule compassion, lorsque

1. Personnages de la pièce *Pygmalion*, de Bernard Shaw, adaptée au cinéma sous le titre *My Fair Lady*, par George Cukor. *(N.d.T.)*

aucun gain personnel n'entre en jeu, n'importe quel acte devient moral, totalement moral, et on ne doit d'explications à personne, jamais. Si on agit par compassion, on est libéré du doute, et c'est là un pouvoir sans égal.

– N'importe quel acte, répéta la jeune femme, tellement bouleversée par ce concept qu'elle trouvait à peine assez de souffle pour parler.

– N'importe lequel, assura-t-il.

Elle se lécha les lèvres.

Seigneur ! Cette langue était si délicate, si parfaitement façonnée, elle luisait de manière si curieuse, glissait sur les lèvres avec une telle sensualité que Roy ne put retenir un léger soupir d'extase.

Des lèvres parfaites. Une langue parfaite. Si seulement le menton n'avait pas été aussi tragiquement charnu ! D'autres auraient pu le considérer comme un menton de reine, mais lui était affligé d'une plus grande sensibilité aux imperfections que les autres hommes. Il n'avait que trop conscience de l'infime quantité excédentaire de graisse qui donnait à ce trait de la jeune femme un côté bouffi à peine perceptible. Il lui faudrait se concentrer sur les lèvres, la langue, ne pas permettre à son regard de dériver plus bas.

– Combien vous en êtes-vous fait ? demanda-t-elle.

– Fait ? Oh, vous voulez dire : comme au restaurant ?

– Oui. Combien ?

– Eh bien, je ne les compte pas. Ça me semblerait… je ne sais pas… Ça me semblerait orgueilleux. Je ne cherche pas la gloire. Non. Ma seule satisfaction est de faire ce que je sais être juste. C'est une satisfaction extrêmement personnelle.

– Combien ? persista Ève. Une estimation.

– Je ne sais pas. Depuis toutes ces années… peut-être deux cents. Quelques centaines, oui, à peu près.

Elle ferma les yeux, frissonnante.

– Quand vous les descendez… juste avant que vous les descendiez, quand ils vous regardent dans les yeux, est-ce qu'ils ont peur ?

– Oui, mais ça m'ennuie. J'aimerais qu'ils comprennent que je ressens leur angoisse, que j'agis par compassion, et que leur mort sera rapide et indolore.

– Ils vous regardent dans les yeux, ils voient le pouvoir que vous avez sur eux, celui d'une véritable tempête et ils ont peur, déclara-t-elle, les paupières closes, dodelinant un peu de la tête.

Il lui lâcha la main et pointa l'index vers l'os plat qui se trouvait juste au-dessus de la racine de son nez parfait. Un nez qui faisait paraître tous les autres, même les plus beaux, aussi affreux qu'un bec de vautour.

– Vous. Avez. La Glabelle. La Plus Exquise. Que. J'aie. Jamais. Vue, déclara-t-il, tout en avançant lentement le doigt vers le visage d'Ève.

En prononçant le dernier mot, il toucha la glabelle, la portion plate de l'os frontal, entre l'arcade sourcillière gauche dépourvue de défaut et la droite regrettablement osseuse.

Quoiqu'elle eût les yeux clos, sa compagne ne sursauta pas à ce contact. Elle était devenue si proche de lui, en si peu de temps, qu'elle semblait consciente de chacune de ses intentions, de son moindre mouvement, sans avoir besoin de le voir – ou de recourir à l'un de ses autres sens.

Il retira son doigt.

– Vous croyez à la destinée ?

– Oui.

– Nous *sommes* la destinée.

– Allons chez moi, dit-elle en ouvrant les paupières.

En chemin, elle viola une dizaine d'articles du code de la route. Son passager n'approuvait pas mais contint ses critiques.

Ève habitait une petite maison, au milieu d'une résidence récemment construite. Presque identique aux autres bâtiments de la rue.

Roy avait attendu du *glamour*. Déçu, il se rappela qu'Ève, quoique magnifique, n'était qu'une bureaucrate, et de surcroît scandaleusement sous-payée.

– Comment une femme telle que vous en est-elle arrivée à travailler pour l'agence ? demanda-t-il, tandis qu'ils attendaient dans l'allée que la porte automatique du garage achevât de se relever.

– Je voulais ce travail, et mon père avait suffisamment d'influence pour me l'obtenir, expliqua-t-elle, en se garant.

– Qui est votre père ?

– Une ordure. Je le déteste. Ne parlons pas de tout ça, Roy, s'il vous plaît. Ne détruisons pas l'ambiance.

Détruire l'ambiance était la dernière chose dont il avait envie.

Descendue de voiture, devant la porte qui séparait le garage de la maison, Ève chercha ses clefs dans son sac – soudain nerveuse, maladroite. Elle se retourna vers lui, se pencha plus près.

– Je n'arrête pas d'y penser ! La manière dont vous les avez descendus. La manière dont vous vous êtes approché d'eux et dont vous les avez descendus. Comme ça. Il y avait un tel *pouvoir* là-dedans !

Elle irradiait littéralement le désir. Son compagnon sentait la chaleur qui s'échappait d'elle, chassant du garage le froid de février.

– Vous avez tellement de choses à m'apprendre, dit-elle encore.

Ils venaient d'atteindre un tournant dans leurs relations. Roy avait encore un détail à lui révéler. Il avait retardé au maximum l'instant d'aborder le sujet, de peur que la jeune femme ne comprît pas aussi aisément cette particularité qu'elle avait absorbé, accepté sa théorie sur la puissance de la compassion. A présent, toutefois, il ne pouvait plus attendre.

– J'ai envie de vous voir sans vos vêtements, annonça-t-il, comme elle s'intéressait de nouveau à son sac et en extrayait enfin un trousseau de clefs.

– Oui, chéri, oui, haleta-t-elle.

Les clefs cliquetèrent bruyamment lorsqu'elle chercha celle dont elle avait besoin.

– Je veux vous voir entièrement nue, insista-t-il.

– Entièrement, oui. Je vous donnerai tout.

– Il faut que je sache dans quelle mesure le reste de votre corps est aussi parfait que les portions parfaites que j'en vois déjà.

– Vous êtes gentil, dit-elle, insérant à la hâte la bonne clef dans la serrure à pêne dormant.

– De la plante des pieds à la chute de reins, du dos de l'oreille aux pores du cuir chevelu. Je veux voir chaque millimètre carré de votre corps, que rien ne me soit caché, rien du tout.

La jeune femme ouvrit la porte à la volée, se précipita à l'intérieur et alluma la lumière de la cuisine.

– Vous êtes extraordinaire, tellement *fort*. Vous verrez tout : chaque creux, mon chéri, chaque pli, chaque millimètre carré.

Comme elle jetait son sac et ses clefs sur la table, commençait à ôter son manteau, il la suivit à l'intérieur.

– Mais ça ne veut pas dire que je veux vous déshabiller, ou… ou quoi que ce soit d'autre, reprit-il.

Voilà qui la coupa dans son élan. Elle cligna des yeux, surprise.

– Je veux vous voir, répéta-t-il. Et vous toucher – mais pas beaucoup. Juste un bref contact, quand quelque chose me semble parfait, pour savoir si la peau est aussi lisse et soyeuse qu'elle le paraît, pour en éprouver l'élasticité, vérifier que la tension du muscle est aussi équilibrée qu'elle en a l'air. Vous, vous n'avez pas besoin de me toucher du tout. (Il se hâta d'enchaîner, craignant de la perdre.) Je veux vous faire l'amour, le faire avec les portions parfaites de votre corps, vous faire l'amour passionnément, des yeux, de quelques effleurements rapides, mais pas autrement. Je ne veux pas tout gâcher en faisant… ce que font les autres gens. Je ne veux pas rabaisser nos rapports. Je n'ai pas besoin de ce genre de choses.

Elle le fixa si longtemps qu'il faillit tourner les talons pour s'enfuir.

Soudain, elle poussa un hurlement aigu, et Roy recula d'un pas, presque craintif. Offensée, humiliée, elle pouvait se jeter sur lui pour le griffer au visage et lui arracher les yeux.

A sa grande stupéfaction, cependant, il se rendit compte qu'elle riait – mais pas de manière cruelle, pas de lui. Elle rit de joie, de joie pure, les bras croisés sur la poitrine, telle une écolière, et ses sublimes yeux verts luisaient de satisfaction.

– Bon Dieu ! s'exclama-t-elle d'une voix tremblante. Vous êtes encore plus extraordinaire que vous ne le paraissez, encore plus que je ne le croyais, plus que je n'aurais osé l'espérer. Vous êtes parfait, Roy, parfait. Parfait !

Il eut un sourire incertain, se demandant encore un peu si elle allait le griffer.

Ève le prit par la main, lui fit traverser la cuisine, puis la salle à manger, allumant les lumières à mesure, sans s'interrompre.

– Si vous aviez voulu ça, j'aurais été d'accord… mais ce n'est pas ce que j'aime non plus. Tous ces attouchements, ces pincements, toute cette transpiration, ça me répugne. Avoir la sueur de quelqu'un d'autre sur moi, me retrouver tout humide et toute collante de la sueur de quelqu'un d'autre, c'est un truc que je ne supporte pas. Ça me rend malade.

– Les fluides ! s'exclama Roy, dégoûté. Comment, peut-on trouver quoi que ce soit d'érotique dans les fluides corporels d'une autre personne ? Dans un échange de fluides ?

– Les fluides, mon Dieu ! répéta-t-elle, avec une excitation croissante, en l'entraînant dans un couloir. Vous ne trouvez pas ça absolument insoutenable ? Insupportable ? Tous ces fluides qui entrent en jeu, toutes ces choses humides. Ils veulent tous me lécher et me sucer les seins. C'est répugnant, toute cette salive, et puis quand ils m'enfoncent la langue dans la bouche.

– De la bave ! coupa son compagnon en grimaçant. Qu'est-ce qu'il y a de si érotique à échanger de la bave, hein ?

Ils avaient atteint le seuil de la chambre à coucher. Roy arrêta Ève à l'entrée du paradis qu'ils s'apprêtaient à créer de concert.

– Si jamais je vous embrasse, promit-il, ce sera un baiser sec, aussi sec que du papier, aussi sec que du sable.

La jeune femme frissonnait d'excitation.

– Pas de langue, jura-t-il. Même les lèvres ne devront pas être humides.

– Et jamais sur la bouche…

– … parce qu'alors, même avec un baiser sec…

– … nous échangerions…

– … nos souffles…

– … et il y a de l'humidité dans le souffle…

– … des vapeurs contenues dans les poumons, acheva-t-il.

Avec un gonflement du cœur presque insoutenable à force d'être délicieux, Roy comprit que cette femme splendide lui ressemblait bien plus qu'il n'eût osé le rêver lorsqu'il l'avait vue pour la première fois en sortant de l'ascenseur. Ils étaient deux voix en harmonie, deux cœurs battant à l'unisson, deux âmes soulevées par la même chanson, vibrant sur la même fréquence.

– Aucun homme n'est jamais entré dans cette chambre, dit-elle en lui faisant franchir le seuil. Vous seul. Vous seul.

Les murs, des deux côtés de la couche, ainsi que la partie du plafond qui la surmontait, étaient couverts de miroirs. Tout autour, ils étaient tapissés d'un satin bleu très foncé, juste de la même nuance que la moquette. Une unique chaise reposait dans un angle, couverte de soie argentée. Les deux fenêtres étaient obstruées par des stores nickelés. Le lit, brillant, moderne, s'ornait d'un panneau-pied en arc de cercle, d'un dosseret faisant étagère, de hauts placards sur les côtés et d'une rampe d'ampoules. Il était recouvert de plusieurs couches de laque bleu marine, très brillante, au sein de laquelle luisaient de petits points argentés évoquant des étoiles. Au-dessus du dosseret s'étendait un autre miroir. En guise de dessus de lit, la jeune femme avait installé un jeté en renard argenté – « De la fausse fourrure », assura-t-elle lorsque son visiteur exprima son souci des droits de l'animal –, l'objet le plus lustré et le plus chaleureux que Roy eût jamais vu.

Le glamour dont il avait rêvé était bel et bien présent.

L'éclairage informatisé répondait à des impulsions vocales. Il proposait six ambiances différentes, grâce à l'astucieuse combinaison de lampes halogènes stratégiquement disposées (munies d'une grande variété de lentilles colorées), des tubes au néon de trois couleurs différentes (utilisables individuellement, par deux ou par trois) qui encadraient les miroirs, et d'imaginatifs dérivés des fibres optiques. Chaque ambiance pouvait en outre être subtilement réglée par un rhéostat à impulsions vocales qui répondait aux ordres « plus » et « moins ».

Ève appuya sur un bouton fixé dans le dosseret. Les portes à tambour des grands placards qui flanquaient le lit coulissèrent avec un doux ronronnement, révélant des étagères chargées : flacons de lotions et d'huiles parfumées ; dix ou douze phallus en caoutchouc de tailles et de couleurs diverses ; une collection d'accessoires sexuels fonctionnant sur piles, dont la conception et la complexité ne laissaient pas d'être époustouflantes.

Elle brancha une platine CD munie d'un plateau pouvant accueillir cent disques, et la régla sur la fonction « lecture aléatoire ».

– Il y a de tout, de Rod Stewart à Metallica, Elton John, Garth Brooks, les Beatles, les Bee Gees, Bruce Spingsteen, Bob Seger, Screamin' Jay Hawkins, James Brown et les Famous Flames, et les *Variations Goldberg* de Bach. Je trouve plus excitant qu'il y ait un tas de musiques différentes et qu'on ne sache jamais ce qui va passer ensuite.

Après avoir ôté son manteau, mais pas sa veste, Roy Miro alla chercher la chaise molletonnée et la plaça sur le côté du lit, près du panneau-pied, de manière à s'assurer une excellente vue tout en évitant autant que possible de se refléter dans les miroirs et de gâcher ainsi les multiples images de perfection qu'offrirait la jeune femme.

Il s'assit et sourit.

Ève demeura debout près du lit, entièrement habillée, tandis qu'Elton John parlait de mains apaisantes.

– C'est comme un rêve. Être ici, à faire exactement ce que j'aime, mais avec quelqu'un qui est capable de m'apprécier.

– Je vous apprécie, je vous l'assure.

– Qui peut m'adorer.

– Je vous adore.

– ... qui peut me rendre les armes.

– Je suis à vous.

– ... sans souiller la beauté de l'ensemble.

– Pas de fluides. Pas d'attouchements.

– Brusquement, je me retrouve aussi timide qu'une pucelle, conclut-elle.

– Même si vous restiez habillée, je pourrais vous contempler pendant des heures.

Elle arracha son chemisier avec une telle violence que les boutons sautèrent et que le tissu se déchira. Une minute plus tard, elle était entièrement nue, et la plus grande partie de ce qu'elle avait dissimulé se révéla parfaite.

– Vous voyez pourquoi je n'aime pas faire l'amour à la manière habituelle ? dit-elle, jouissant du soupir d'incrédulité ravie qu'il poussa. Qu'ai-je besoin de quelqu'un d'autre alors que je m'ai ?

Elle se détourna alors de lui et se conduisit comme elle l'eût fait s'il n'avait pas été là. Visiblement, la certitude de le tenir en son pouvoir sans jamais avoir besoin de le toucher lui procurait une intense satisfaction.

Elle se posta devant un miroir, s'examinant sous tous les angles, se caressant avec tendresse, avec émerveillement. Le plaisir que lui inspirait sa propre image était si excitant pour Roy qu'il en avait le souffle coupé.

Lorsqu'elle s'allongea enfin, tandis que Bruce Springsteen parlait de whisky et de voitures, elle repoussa le jeté de lit en renard argenté. Un instant, son compagnon en fut déçu, car il eût voulu la voir évoluer sur ces fourrures lustrées, vraies ou fausses. Mais, quant elle retira à la fois le drap de dessus et celui de dessous, elle révéla un matelas en caoutchouc noir qui l'intrigua instantanément.

Elle choisit sur une étagère de placard un flacon d'huile ambrée aussi pure qu'un joyau, ôta le bouchon, et versa le liquide en une petite flaque au centre du lit. Une fragrance subtile, agréable, aussi fraîche et légère qu'une brise printanière, dériva vers Roy. Ce n'était pas un parfum de fleurs mais d'épices – cannelle, gingembre et d'autres, plus rares.

Alors que James Brown parlait de désir ardent, Ève se laissa aller sur le grand lit, au beau milieu de la flaque d'huile. Elle s'en enduisit les mains et entreprit de faire pénétrer l'essence ambrée dans sa peau sans défaut. Quinze minutes durant, ses doigts se déplacèrent habilement sur les courbes et les méplats de son corps, s'attardant sur chaque délicate rondeur élastique, chaque creux ombré, mystérieux. La plupart du temps, ce qu'elle touchait était parfait. Lorsque d'aventure, cependant, elle effleurait un endroit ne correspondant pas aux attentes de Roy et qu'il jugeait regrettable, il se concentrait sur ses mains, elles-mêmes dépourvues de tout défaut – en tout cas en deçà des radius et des cubitus trop osseux.

Voir Ève sur le caoutchouc noir luisant, voir son corps voluptueux, tout d'or et de rose, enduit d'un fluide agréablement pur et non d'origine humaine, élevait Roy Miro en une dimension spirituelle qu'il n'avait encore jamais atteinte, pas même grâce à des techniques orientales secrètes de méditation, pas même lorsqu'un médium avait un jour rappelé l'esprit de sa mère, lors d'une séance de spiritisme à Pacific Heights, pas même avec le peyotl, les cristaux vibratoires ou le lavement que lui avait administré une technicienne de vingt ans à l'air innocent, habillée en girl-scout. A en juger par le rythme lent qu'elle adoptait, Ève avait l'intention de le laisser des heures à la contemplation de son corps magnifique.

En conséquence, Roy fit une chose qu'il n'avait encore jamais faite. Il sortit son bipeur de sa poche et, ce modèle ne comportant aucune possibilité de couper l'alarme, il en ouvrit le compartiment postérieur pour retirer les piles.

Cette nuit-là, le pays devrait continuer d'exister sans lui, et l'humanité souffrante se passer de son champion.

La douleur l'arracha à un rêve en noir et blanc, empli d'architecture surréaliste et de biologie mutante, d'autant plus troublant par son absence de couleur. Tout le corps de Spencer était une masse de souffrance chronique sourde, qui palpitait inexorablement, mais ce fut un point aigu, au sommet du crâne, qui brisa les chaînes de son sommeil artificiel.

Il faisait encore nuit. Ou de nouveau. Il ne savait pas.

Il était allongé sur un matelas pneumatique, sous une couverture. Un oreiller, sous lequel il sentait autre chose, lui relevait les épaules et la tête.

Le léger sifflement et la lueur bizarre caractéristiques d'une lampe Coleman dénonçaient la source lumineuse qui brillait derrière lui.

La lumière blafarde révélait sur la gauche et la droite des formations rocheuses polies par les intempéries. Juste devant Spencer s'étendait une tranche de ce qu'il supposait être le Mojave, avec un glaçage de nuit que ne pouvait fondre l'éclat de la lampe. Au-dessus de sa tête, une bâche teinte aux couleurs de camouflage adaptées au désert était tendue entre deux rochers.

Une nouvelle douleur aiguë lui déchira le cuir chevelu.

– Tiens-toi tranquille, dit la jeune femme.

Il réalisa que l'oreiller était posé sur les jambes croisées de cette dernière, qu'il avait la tête sur ses genoux.

– Qu'est-ce que tu fais ?

Il fut effrayé par la faiblesse de sa propre voix.

– Je recouds la plaie, répondit-elle.

– Tu ne peux pas faire ça.

– Ça n'arrête pas de se rouvrir et de saigner.

– Je ne suis pas un bout de tissu.

– Qu'est-ce que tu veux dire ?

– Que tu n'es pas médecin.

– Ah non ?

– Tu l'es ?

– Non. *Tiens-toi tranquille.*

– Ça fait mal.
– Évidemment.
– Ça va s'infecter, s'inquiéta-t-il.
– J'ai d'abord rasé la zone, et puis je l'ai désinfectée.
– Tu m'as rasé la tête ?
– Juste une petite partie, autour de la coupure.
– Est-ce que tu sais seulement ce que tu es en train de faire ?
– Tu t'inquiètes de mes talents en matière de coiffure ou de chirurgie ?
– Les deux.
– J'ai quelques connaissances de base.
– Aïe, nom de Dieu !
– Si tu es si douillet que ça, je vais te vaporiser un peu d'anesthésique local.
– Tu en as ? Pourquoi ne t'en sers-tu pas ?
– Tu étais déjà inconscient.

Il ferma les yeux, traversa un endroit en noir et blanc, fait d'ossements, passa sous une voûte de crânes, puis rouvrit les paupières et déclara :
– Eh bien, je ne le suis plus.
– Tu n'es plus quoi ?
– Inconscient.
– Tu viens de l'être à nouveau. Il s'est écoulé plusieurs minutes entre notre dernier échange et celui-ci. Et cette fois-ci, pendant que tu étais dans les pommes, j'ai presque terminé. Plus qu'un point et c'est bon.
– Pourquoi est-ce qu'on s'est arrêté ?
– Tu n'étais plus transportable.
– Bien sûr que si.
– Tu avais besoin de soins. Maintenant, il te faut du repos. De plus, la couverture nuageuse est en train de se désagréger.
– Il faut partir. L'oiseau doit se lever tôt pour avoir la tomate.
– La tomate ? C'est intéressant.

Il fronça le sourcil.
– J'ai dit tomate ? Pourquoi essaies-tu de m'embrouiller ?
– Parce que c'est facile. Voilà... la dernière suture.

Spencer ferma ses yeux ensablés de sommeil. Dans le sombre univers en noir et blanc, des chacals à tête humaine hantaient les décombres d'une grande cathédrale envahie par la végétation. Il entendait des enfants pleurer, dans des pièces situées sous les ruines.

Lorsqu'il reprit connaissance, il se rendit compte qu'il était allongé à plat. Sa tête n'était relevée que de quelques centimètres par l'oreiller.

Valérie était assise par terre, près de lui. Ses cheveux noirs tombaient gracieusement d'un côté de son visage et, à la lueur de la lampe, elle était très jolie.

– Tu es très jolie à la lueur de la lampe, remarqua-t-il.

– Bientôt, tu vas me demander si je suis Verseau ou Capricorne.

– Non, je m'en fous.

Elle éclata de rire.

– J'aime bien ton rire, dit-il.

Elle sourit et contempla le désert obscur.

– Qu'est-ce que tu aimes en moi ? demanda Spencer.

– J'aime bien ton chien.

– C'est un très bon chien. Quoi d'autre ?

– Tu as de jolis yeux, dit-elle en se retournant vers lui.

– Ah oui ?

– Des yeux honnêtes.

– C'est vrai ? Autrefois, j'avais de chouettes cheveux aussi. Mais ils sont rasés, maintenant. J'ai eu affaire à un boucher.

– A un coiffeur. Et je n'ai rasé qu'une petite partie.

– Un coiffeur puis un boucher. Qu'est-ce que tu fabriques dans le désert ?

Elle le fixa un instant puis détourna le regard sans répondre.

Il refusa de la laisser s'en tirer aussi aisément.

– Qu'est-ce que tu fais là ? Je continuerai à te poser la question jusqu'à ce que ça te rende folle. Qu'est-ce que tu fais là ?

– Je te sauve la vie.

– Habile. Je voulais dire : qu'est-ce que tu foutais là, dans l'absolu ?

– Je te cherchais.

– Pourquoi ? s'étonna-t-il.

– Parce que toi, tu me cherchais.

– Mais comment m'as-tu trouvé, pour l'amour du ciel ?

– Avec un oui-ja.

– J'ai l'impression que tu n'arrêtes pas de mentir.

– C'est vrai. En fait, c'étaient les tarots.

– Qui fuyons-nous ?

Elle haussa les épaules, de nouveau attentive au désert.

– L'histoire, j'imagine, dit-elle enfin.

– Ça y est, tu essaies encore de m'embrouiller.

– Pour être précis : le cafard.

– Nous fuyons un cafard ?

– C'est comme ça que je l'appelle, parce que ça le met en rogne.

Le regard de Spencer passa de Valérie à la bâche tendue trois mètres au-dessus d'eux.

– Pourquoi, le toit ?

– Ça se fond dans le paysage. En plus, c'est un tissu qui disperse la chaleur, alors on ne sera pas trop visibles à l'infrarouge.

– L'infrarouge ?

– Des yeux dans le ciel.

– Dieu ?

– Non, le cafard.

– Le cafard a des yeux dans le ciel ?

– Lui et ses hommes en ont, oui.

Spencer médita un instant.

– Je ne sais pas trop si je rêve ou si je suis éveillé, dit-il enfin.

– Il y a des jours où moi aussi, avoua la jeune femme.

Dans le monde en noir et blanc, le ciel était empli d'yeux flamboyants ; un grand hibou blanc y volait, projetant sur la terre l'ombre lunaire d'un ange.

Le désir d'Ève était insatiable, son énergie inépuisable, comme si chaque déchaînement d'extase l'avait électrisée plutôt qu'apaisée. Au bout d'une heure, elle paraissait plus dynamique, plus belle, plus lumineuse que jamais.

Sous les yeux adorateurs de Roy, son corps incroyable semblait se sculpter, gonfler de ses flexions-contractions-flexions incessantes, de ses contorsions-soubresauts-tensions, tout comme une longue séance d'haltérophilie fait gonfler celui d'un culturiste. Après des années passées à explorer toutes les manières de se satisfaire, elle possédait une souplesse que Roy estimait intermédiaire entre celle d'un champion olympique de gymnastique et celle d'un contorsionniste de cirque, combinée avec l'endurance d'un chien de traîneau. De toute évidence, une telle séance au lit, seule, faisait travailler chacun de ses muscles, depuis sa tête radieuse jusqu'à ses mignons orteils.

Quels que fussent les nœuds étonnants en lesquels elle s'imbriquait, les bizarres positions intimes qu'elle adoptait, elle ne paraissait jamais grotesque ni absurde, mais toujours aussi belle, sous n'importe quel angle et dans l'acte le plus improbable. Douce et élancée, elle était comme du miel et du lait sur le caoutchouc noir, comme des pêches et de la crème – la plus désirable des créatures ayant jamais foulé la terre.

Au bout d'une heure et demie, Roy était convaincu que 60 % des traits de cet ange – corps et visage confondus – répondaient aux critères les plus sévères de la perfection. 35 % ne l'atteignaient pas mais s'en approchaient assez pour lui briser le cœur. Seuls 5 % étaient moyens.

Et aucun élément – pas la plus petite ligne, le plus petit creux, la plus petite rondeur – n'était laid.

Roy ne doutait pas qu'Ève dût bientôt cesser de se donner du plaisir, sous peine de sombrer dans l'inconscience. Toutefois, à la fin de la deuxième heure, elle semblait posséder encore plus d'appétit et d'énergie que lorsqu'elle avait commencé. Sa sensualité recelait une telle puissance que chaque morceau de musique se trouvait modifié par sa danse horizontale, jusqu'à ce que tous, y compris ceux de Bach, parussent avoir été expressément composés pour servir de bande originale à un film pornographique. De temps à autre, la jeune femme lançait le numéro d'un nouvel éclairage, ordonnait « plus » ou « moins » au rhéostat, et sa sélection était toujours idéale pour la nouvelle position qu'elle adoptait.

Se regarder dans les miroirs l'excitait. Et se regarder se regarder. Et se regarder se regarder se regarder. Une infinité d'images rebondissait de glace en glace sur les murs opposés, au point qu'elle devait en arriver à croire qu'elle avait empli l'univers de répliques d'elle-même. Les miroirs, comme magiques, semblaient transmettre l'énergie de chaque reflet jusqu'à sa propre chair, la surchargeant de puissance jusqu'à ce qu'elle ne fût plus qu'un blond moteur érotique emballé.

Au beau milieu de la troisième heure, les piles de certains de ses jouets favoris rendirent l'âme, les rouages de quelques autres se grippèrent, et Ève s'abandonna à nouveau à l'adresse experte de ses mains nues. Celles-ci parurent acquérir une vie propre, chacune constituant une entité séparée du corps. En proie à une frénésie de désir telle qu'elles ne pouvaient s'occuper très longtemps d'un unique trésor, elles ne cessaient d'explorer les rondeurs généreuses, de glisser sur la peau huilée, de masser et de pincer, de caresser et de frotter l'un après l'autre les délices qui s'offraient à elles. Elles évoquaient un couple de dîneurs affamés lors du fabuleux banquet organisé pour célébrer l'imminence de l'Apocalypse, n'ayant plus que quelques secondes pour se repaître avant que tout ne soit anéanti par un soleil devenu nova.

Mais le soleil ne devint pas nova, bien sûr, et progressivement, ces mains sans égales ralentirent, ralentirent, pour s'immobiliser enfin, rassasiées. Tout comme l'était leur maîtresse.

Durant un long moment, une fois que ce fut terminé, Roy ne put quitter sa chaise. Penché en avant, il fut même incapable de se redresser. Il était engourdi, paralysé, et chacune de ses extrémités le picotait étrangement.

Au bout d'un certain temps, Ève se leva et passa dans la salle de bains attenante. Lorsqu'elle en revint, porteuse de deux serviettes éponge – une humide et une sèche –, elle n'était plus luisante d'huile. Avec la première, elle fit disparaître les résidus brillants qui marquaient le matelas de caoutchouc, qu'elle essuya ensuite soigneusement à l'aide de la seconde. Elle reposa alors le drap de dessous écarté plus tôt.

Roy la rejoignit sur le lit, où elle s'était allongée, la tête sur l'oreiller. Il s'étendit auprès d'elle, la tête sur un autre oreiller. La jeune femme était toujours glorieusement nue. Il demeura tout habillé – quoiqu'il eût, durant la nuit, desserré sa cravate de quelques centimètres.

Ni l'un ni l'autre ne commit l'erreur de commenter ce qui venait de se produire. De simples mots, incapables de rendre justice à cette expérience, auraient risqué de changer une odyssée presque religieuse en quelque chose de vulgaire. De toute façon, Roy savait qu'Ève avait eu du plaisir. Quant à lui, eh bien, il avait contemplé plus de perfection physique humaine – et *en action* – durant ces quelques heures que durant toute sa vie.

Quelque temps après, observant au plafond le reflet de

celle qu'il aimait, tout comme elle contemplait le sien, il se mit à parler, et la nuit entra dans une nouvelle phase de communion, aussi intime, aussi intense, aussi transcendante que celle, plus physique, qui l'avait précédée. Il évoqua à nouveau le pouvoir de la compassion, détaillant le concept pour la jeune femme. Il lui affirma que l'humanité était assoiffée de perfection. Les gens pouvaient supporter des souffrances terribles, accepter d'atroces privations, des violences sauvages, vivre dans une terreur abjecte constante – à condition d'être convaincus que leurs maux représentaient le péage à acquitter sur l'autoroute de l'utopie, du paradis terrestre. Une personne motivée par la compassion – mais sachant aussi les masses populaires disposées à souffrir – pouvait changer le monde. Quoique lui-même, Roy Miro, avec ses yeux joyeux et son sourire de Père Noël, ne s'estimât pas assez charismatique pour être le chef des chefs qui déclencherait la prochaine croisade pour la perfection, il espérait faire partie de ceux qui servaient cet être extraordinaire, et qui le servaient bien.

– J'allume mes petites flammes, dit-il. Une à la fois.

Roy discourut des heures durant, souvent interrompu par des questions ou des commentaires pertinents. Il était tout excité de constater à quel point ses idées semblaient transporter Ève comme lui-même l'avait été par les jouets électriques et les mains expertes de la jeune femme.

Elle fut particulièrement émue lorsqu'il lui expliqua qu'une société éclairée eût dû se bâtir sur les travaux du Dr Kevorkian, qui aidait à l'autodestruction non seulement les suicidaires mais les pauvres âmes déprimées, et offrait une porte de sortie facile non seulement aux malades condamnés mais aux malades chroniques, aux handicapés, aux mutilés, aux détraqués.

Et quand il exposa son concept de programme d'aide au suicide pour les bébés, afin d'apporter une solution humaine au problème des enfants nés avec le plus petit défaut susceptible d'affecter leur vie, elle émit quelques halètements similaires à ceux qui lui avaient échappé au plus fort de la passion. Elle pressa à nouveau les mains sur ses seins, mais seulement pour tenter d'apaiser les furieux battements de son cœur, cette fois.

Tandis qu'elle s'emplissait les mains de sa poitrine, Roy ne pouvait détacher les yeux de son reflet suspendu au-dessus d'eux. Un instant, il crut que la vue de ce corps et de ce visage parfaits à soixante pour cent allait lui tirer des larmes.

Un peu avant l'aube, des orgasmes intellectuels les projetèrent dans le sommeil comme n'auraient pu le faire des orgasmes physiques. Roy était comblé au point qu'il ne rêva même pas.

Plusieurs heures plus tard, Ève, déjà douchée et habillée, le réveilla.

– Vous n'avez jamais été plus radieuse, lui dit-il.

– Vous avez changé ma vie.

– Et vous la mienne.

Bien qu'elle fût en retard pour retrouver son bunker de béton, elle le conduisit jusqu'à l'hôtel du Strip où Prock, le chauffeur taciturne de la veille, avait porté ses bagages. On était samedi, mais Ève travaillait sept jours sur sept. Roy admirait son dévouement.

La matinée était claire, sur le désert. Le ciel d'un bleu frais et serein.

Devant l'hôtel, avant que Roy ne descendît de voiture, Ève et lui prirent des dispositions pour se revoir bientôt, afin de connaître à nouveau les plaisirs de la nuit passée.

Il demeura debout sur le pas de la porte à la regarder s'éloigner. Quand elle eut disparu, il entra. Il dépassa la réception, traversa le casino bruyant, et prit l'ascenseur pour le trente-cinquième et dernier étage de la tour principale.

Il ne se rappelait pas avoir mis un pied devant l'autre depuis qu'il était sorti de la Honda. Il avait flotté jusqu'à l'ascenseur.

Jamais il n'avait imaginé que poursuivre la fugitive et le balafré le conduirait à la femme la plus parfaite de la Terre. Le destin était étrange.

Lorsque les portes s'ouvrirent, au trente-cinquième étage, il pénétra dans un long couloir où courait un tapis Edward Field réalisé sur mesure, allant d'un mur à l'autre. Assez large pour mériter l'appellation de galerie, l'endroit était meublé d'antiquités françaises du début du XIXe siècle et décoré de superbes tableaux de la même époque.

C'était l'un des trois étages conçus à l'origine pour proposer des suites de luxe gigantesques, gratuites, aux gros joueurs qui misaient des fortunes au casino du rez-de-chaussée. Les trente-troisième et trente-quatrième servaient encore ce but. Depuis que l'agence avait acheté l'établissement pour l'argent qu'il lui permettait d'acquérir ou de blanchir, les appartements du dernier niveau étaient réservés aux agents en visite, à partir d'un certain grade.

Le trente-cinquième étage possédait son propre concierge, lequel occupait une loge douillette, en face de l'ascenseur. Roy obtint la clef de sa suite d'Henri, l'employé de service, qui ne fronça pas même le sourcil en découvrant le costume froissé du pensionnaire.

La clef en main, tandis qu'il se dirigeait vers ses quartiers en sifflotant doucement, Roy se réjouissait à l'idée de prendre une douche chaude, de se raser et de commander un copieux petit déjeuner. Lorsqu'il ouvrit la porte blindée et entra dans la suite, il y trouva deux agents locaux qui l'attendaient – dans un état de consternation aiguë, quoique respectueuse. En les voyant, il se rappela soudain que son bipeur occupait une des poches de sa veste, et les piles une autre.

– On vous cherche partout depuis quatre heures du matin, commença un de ses visiteurs.

– On a localisé l'Explorer de Grant, ajouta le second.

– Abandonnée, reprit le premier. On a déclenché des recherches au sol.

– ... mais il est possible qu'il soit mort...

– ... ou qu'on l'ait secouru...

– ... parce qu'on dirait que quelqu'un est arrivé là-bas avant nous...

– ... en tout cas, il y a des traces de pneus...

– ... alors, on n'a pas beaucoup de temps. Il faut y aller.

Roy visualisa Ève Jammer : rose et dorée, souple et ointe, plus qu'à demi parfaite, en train de se contorsionner sur du caoutchouc noir. Voilà qui le soutiendrait, aussi mauvaise que soit la journée.

Spencer s'éveilla parmi des ombres pourpres, sous la toile de camouflage, mais le désert était baigné d'un ensoleillement blanc agressif.

La lumière lui blessa les yeux, le contraignant à plisser

les paupières, mais cette douleur-là n'était rien par rapport à celle qui lui traversait le crâne, d'une tempe à l'autre, un peu en diagonale. Des lueurs rouges tournoyaient derrière ses globes oculaires, aussi abrasives que des roues à picots garnies de lames de rasoir.

Il avait terriblement chaud. Brûlait. Pourtant, il soupçonnait la journée de ne pas être particulièrement douce.

En outre, il avait soif. Sa langue, qui lui semblait gonflée, était collée à son palais, sa gorge douloureuse, à vif.

Il était toujours allongé sur le matelas pneumatique, la tête sur le maigre oreiller, et protégé par une couverture malgré la chaleur insupportable – mais il n'était plus allongé seul. La jeune femme, pelotonnée contre son flanc droit, exerçait une tendre pression sur son côté, sa hanche, sa cuisse. Il avait réussi à passer un bras autour d'elle sans se voir opposer d'objection – *Tu tiens le bon bout, mon vieux Spence !* – et il appréciait à présent de la sentir sous sa main : tellement chaude, tellement douce, tellement soyeuse, tellement velue.

Et même étonnamment velue, pour une femme.

Tournant la tête, il découvrit Rocky.

– Salut, vieux.

Parler était douloureux, chaque mot un minuscule chardon qu'on arrachait de sa gorge. Ses propres paroles résonnaient affreusement sous son crâne, comme s'il avait été équipé d'amplificateurs dans les sinus.

Le chien lui lécha l'oreille droite.

– Oui, moi aussi, je t'aime, dit-il, à voix basse pour épargner sa gorge.

– Est-ce que j'interromps une grande scène d'émotion ? demanda Valérie, en se laissant tomber à genoux, sur sa gauche.

– Juste un gars et son chien qui se font des mamours.

– Comment tu te sens ?

– Mal.

– Il y a des médicaments auxquels tu es allergique ?

– Le Pepto-Bismol. Je trouve ça dégueulasse.

– Est-ce que tu es allergique aux antibiotiques ?

– Tout tourne.

– Est-ce que tu es allergique aux antibiotiques ?

– Les fraises me donnent de l'urticaire.

– Tu délires ou tu y mets de la mauvaise volonté ?

– Les deux.

Il dut dériver du réel pendant quelques instants, car la première chose dont il eut ensuite conscience fut la piqûre qu'on lui faisait dans le bras. Il sentit l'odeur de l'alcool avec lequel la jeune femme avait désinfecté la peau autour de la veine.

– Un antibiotique ? chuchota-t-il.

– Non : du jus de fraises.

Le chien n'était plus couché au côté de Spencer. Assis près de leur compagne, il la regarda avec intérêt sortir l'aiguille du bras de son maître.

– J'ai une infection ? demanda ce dernier.

– Peut-être une petite. Je ne prends pas de risques.

– Tu es infirmière ?

– Ni médecin, ni infirmière.

– Comment sais-tu ce qu'il faut faire ?

– C'est lui qui me dit tout, répondit-elle en désignant Rocky.

– Tu n'arrêtes pas de plaisanter. Tu dois être comédienne.

– Oui, mais avec un permis de faire des piqûres. Tu crois que tu pourrais boire un peu d'eau ?

– Pourquoi pas des œufs et du jambon ?

– L'eau, c'est déjà assez difficile. La dernière fois, tu as tout vomi.

– C'est dégoûtant.

– Tu t'es excusé.

– Je suis un gentleman.

Même avec de l'aide, s'asseoir demanda à Spencer toute son énergie. Il faillit rejeter l'eau à une ou deux reprises, mais elle était fraîche et claire, aussi estima-t-il qu'il parviendrait à la garder dans l'estomac.

– Dis-moi la vérité, demanda-t-il lorsqu'elle l'eut à nouveau allongé.

– Si je la connais.

– Est-ce que je suis en train de mourir ?

– Non.

– Nous avons une règle, entre nous, dit-il.

– Qui est ?

– Ne jamais mentir au chien.

Elle regarda Rocky.

Lequel battit de la queue.

– Tu me mens, tu te mens à toi-même, mais ne mens jamais au chien.

– Pour une règle, ça semble assez raisonnable, admit-elle.

– Alors ? Je suis en train de mourir ?

– Je ne sais pas.

– C'est mieux, apprécia Spencer avant de s'évanouir.

Roy Miro s'accorda un quart d'heure pour se raser, se brosser les dents et se doucher. Il enfila un pantalon en twill, un pull en coton rouge et une veste brune en velours. Il n'eut pas le temps de prendre le petit déjeuner qui lui faisait tellement envie. Le concierge, Henri, lui fournit deux croissants au chocolat et aux amandes dans un sac en papier blanc, ainsi que deux tasses du meilleur café colombien dans des thermos en plastique jetables.

Sur le parking de l'hôtel, un hélicoptère Bell JetRanger attendait Roy. Comme dans l'avion pris à Los Angeles, il occupa seul la cabine des passagers aux sièges moelleux.

Tandis qu'il volait vers le Mojave, il mangea ses deux croissants et but le café noir, tout en utilisant son ordinateur portable pour se connecter à Maman. Il s'informa des événements survenus pendant la nuit.

Il ne s'était pas passé grand-chose. En Californie, John Kleck n'avait trouvé aucune piste permettant de deviner où s'était rendue la bonne femme après avoir abandonné sa voiture à l'aéroport du comté d'Orange. De même, on n'avait pas encore pu déterminer à quelle ligne téléphonique le système astucieusement programmé de Grant avait faxé des photos de Roy et de ses hommes, depuis le chalet de Malibu.

La meilleure nouvelle, pas mirifique, venait de San Francisco. L'agent qui recherchait Ethel et George Porth – les grands-parents ayant apparemment élevé Spencer après la mort de sa mère – avait appris dans les archives municipales qu'un certificat de décès avait été établi pour Ethel dix ans plus tôt. C'était sans doute pourquoi son époux avait vendu la maison, à l'époque. George était mort, lui aussi, il y avait tout juste trois ans. A présent que l'agent ne pouvait plus espérer parler aux Porth de leur petit-fils, il poursuivait d'autres activités.

Par l'intermédiaire de Maman, Roy lui laissa un message dans sa boîte aux lettres informatique, à San

Francisco, pour lui suggérer d'explorer les archives du tribunal d'homologation des testaments, afin de savoir si Grant avait hérité d'Ethel Porth ou de son mari. Peut-être n'avaient-ils pas connu leur descendant sous le nom de « Spencer Grant » et avaient-ils utilisé son vrai patronyme dans leurs testaments. Si, pour une raison inexplicable, ils avaient cautionné et facilité l'emploi de sa fausse identité à diverses fins, dont un engagement dans l'armée, ils pouvaient avoir cité la vraie lorsqu'ils avaient disposé de leurs biens.

Ce n'était pas une piste fabuleuse, mais cela valait la peine de vérifier.

Alors que Roy débranchait l'ordinateur et refermait la mallette, le pilote du JetRanger lui signala par l'interphone qu'ils ne se trouvaient plus qu'à une minute de leur destination.

– Regardez sur votre droite.

Le passager se pencha vers la vitre latérale de l'appareil, qui suivait une course parallèle à un large arroyo, orienté d'ouest en est.

La réverbération du soleil sur le sable était intense. Roy récupéra des lunettes noires dans une poche de sa veste et les chaussa.

Trois Jeep, appartenant toutes à l'agence, étaient agglutinées au beau milieu du cours d'eau asséché. Huit hommes attendaient tout autour, la plupart en train d'observer l'approche de l'hélicoptère.

Soudain, alors que le JetRanger filait au-dessus des voitures et des agents, le sol en contrebas s'abaissa de trois cents mètres. L'appareil franchissait le bord d'un précipice. L'estomac de Roy exécuta lui aussi un plongeon, en raison du changement abrupt de perspective et d'une chose qu'il avait aperçue sans réussir à y croire tout à fait.

Le pilote attaqua un large virage sur la gauche, à grande altitude au-dessus de la vallée, afin de fournir à son passager une meilleure visibilité, là où la ravine rejoignait la falaise. En fait, se servant comme d'un point focal visuel des deux tours de roche qui s'élevaient au centre de l'arroyo asséché, il effectua une rotation de 360 degrés. Roy put contempler l'Explorer sous les angles les plus surprenants.

Il ôta ses lunettes de soleil. A la pleine clarté du jour, la voiture était toujours là. Il rechaussa ses lunettes tandis que le JetRanger exécutait une nouvelle manœuvre pour atterrir dans le lit du cours d'eau, près des jeeps.

A la sortie de l'appareil, Roy fut accueilli par Ted Tavelov, le responsable de l'équipe de terrain. Tavelov était plus petit que lui, plus vieux de vingt ans, mince et bruni par le soleil. Il avait la peau tannée et cet air de dessèchement intégral qu'arborent ceux qui passent trop de temps dans le désert. Il portait des bottes de cow-boy, un jean, une chemise en flanelle bleue et un Stetson. Quoique la journée fût fraîche, il avait négligé de mettre une veste, comme si sa peau burinée avait en réserve une telle quantité de la chaleur du Mojave qu'il n'aurait plus jamais froid.

Derrière eux, tandis qu'ils marchaient vers l'Explorer, le moteur de l'hélicoptère cessa de se faire entendre. Le rotor ralentit sa course et finit par s'arrêter.

– Aucun signe de l'homme ou du chien, si j'ai bien compris ? demanda Roy.

– Il n'y a qu'un rat crevé, là-dedans.

– Est-ce que l'eau était vraiment haute à ce point-là quand elle a coincé la camionnette entre les rochers ?

– Ouais. Dans l'après-midi d'hier, au plus fort de l'orage.

– Alors, il a peut-être été emporté par la cascade.

– Pas s'il avait sa ceinture de sécurité.

– Eh bien, peut-être qu'un peu plus en amont il a essayé de rejoindre la rive à la nage.

– Il faut être complètement con pour essayer de nager dans une inondation éclair, avec l'eau qui roule à la vitesse d'un train express. C'est un con, votre type ?

– Non.

– Vous voyez ces traces, là ? interrogea Tavelov en désignant des empreintes de pneus, au fond de l'arroyo. Le peu de vent qu'il y a eu depuis la fin de la tempête les a déjà un peu érodées. Mais on voit encore qu'une bagnole est descendue de la berge sud et s'est placée en dessous de l'Explorer. Quelqu'un est probablement monté dessus pour atteindre l'autre véhicule.

– Depuis quand l'arroyo est-il assez sec pour permettre ça ?

– L'eau descend vite quand la pluie s'arrête. Et ce terrain, c'est essentiellement du sable – ça sèche bien. Disons, depuis sept ou huit heures, hier soir.

Roy avait pénétré dans le profond passage rocheux. Il levait les yeux vers la Ford.

– Grant aurait pu escalader ça et s'en aller avant l'arrivée de son sauveur.

– J'ai relevé de vagues empreintes n'appartenant pas à mes assistants stupides, qui ont tout piétiné. A en juger par ce qu'elles révèlent, une femme est arrivée ici en voiture et a emmené Grant. Avec le chien. Et ses bagages.

Roy fronça le sourcil.

– Une femme ?

– Certaines empreintes sont d'une taille telle qu'elles ne peuvent appartenir qu'à un homme. Même les grandes femmes n'ont pas les pieds proportionnés au reste de leur personne. D'autres sont plus petites, comme celles d'un gamin de douze ou treize ans, mais je doute qu'un gamin se soit trouvé ici tout seul. Il y a des hommes dont les pieds rentreraient dans des chaussures de cette taille, mais pas beaucoup. Le plus probable est donc qu'il se soit agi d'une femme.

Si une bonne femme était venue à la rescousse de Grant, Roy ne pouvait que se demander si ce n'était pas *la* bonne femme, la fugitive. Et resurgissaient les questions qui l'affligeaient depuis la soirée du mercredi : Qui était donc Spencer Grant ? Qu'est-ce que cet enfoiré avait à voir avec la bonne femme ? Était-il une sorte de grain de sable capable d'entraver leurs opérations et de les mettre tous en danger d'être découverts ?

La veille, quand Roy avait écouté les enregistrements, dans le bunker d'Ève, ce qu'il avait entendu l'avait plus décontenancé qu'enrichi. A en juger par les questions et les rares commentaires que Grant était parvenu à insérer dans le monologue de la vieille Davidowitz, il savait peu de choses sur « Hannah Rainey », mais pour des raisons mystérieuses, s'employait à en apprendre le plus possible. Jusqu'alors, Roy avait supposé que la bonne femme et lui se connaissaient d'ores et déjà fort bien : sa tâche était de déterminer la nature de leurs relations et d'apprendre jusqu'à quel point la fugitive avait divulgué des informations brûlantes à son compagnon. Mais si Grant ne la connaissait pas, qu'avait-il fabriqué dans son bungalow, l'autre nuit, et pourquoi s'était-il lancé dans cette croisade personnelle pour la retrouver ?

Roy refusait d'envisager la possibilité qu'elle fût venue ici même, dans l'arroyo, car cela l'eût encore plus désorienté.

– Alors, qu'est-ce que vous croyez ? Qu'il a appelé cette fille avec son téléphone portable et qu'elle est immédiatement passée le chercher ?

Tavelov ne fut nullement décontenancé par ces sarcasmes.

– C'est peut-être une rate du désert, du genre qui vit sans téléphone et sans électricité. Il y en a. Mais je n'en connais pas à moins de trente kilomètres à la ronde. C'est peut-être aussi une nana qui faisait du cross pour s'amuser un peu.

– Sous un orage ?

– L'orage était terminé. Et puis le monde est rempli de dingues.

– Et elle aurait réussi à tomber en plein sur l'Explorer, au beau milieu de tout ce désert ?

Tavelov haussa les épaules.

– Nous, on a trouvé la bagnole. Y comprendre quelque chose, c'est votre boulot.

Roy retourna à l'entrée du couloir rocheux et contempla la berge la plus éloignée.

– Quelle que soit son identité, cette bonne femme est arrivée par le sud et elle est repartie du même côté. On peut suivre les traces de pneus ?

– Ouais. Elles sont bien claires sur peut-être quatre cents mètres, ensuite un peu moins sur encore deux cents, et puis elles disparaissent. Par endroits, le vent les a effacées. Ailleurs, le sol est trop dur pour qu'elles s'y soient imprimées.

– Il faut chercher plus loin. Voir si elles réapparaissent.

– On a déjà essayé. Pendant qu'on attendait.

Tavelov avait mis une bonne dose de venin dans ce dernier mot.

– Mon bipeur de merde était en panne et je ne le savais pas, expliqua Roy.

– On a bien exploré dans toutes les directions, sur la rive sud de l'arroyo, à pied et en hélico. Cinq bornes à l'est, cinq au sud, cinq à l'ouest.

– Eh bien, étendez les recherches, ordonna Roy. Faites dix kilomètres et voyez si vous retrouvez la piste.

– Ça sera du temps perdu.

Roy songea à Ève, telle qu'elle avait été pendant la nuit. Ce souvenir lui donna la force de demeurer calme, de sourire et de déclarer avec son amabilité coutumière :

– Ce sera probablement du temps perdu. Probablement. Mais je pense qu'il faut quand même essayer.

– Le vent se lève.

– C'est possible.

– C'est sûr. Il va tout effacer.

La perfection sur du caoutchouc noir.

– Alors, essayons de le prendre de vitesse, conclut Roy. Appelez du renfort, un autre hélico, et poussez à *quinze* kilomètres dans chaque direction.

Spencer n'était pas éveillé. Il n'était pas endormi non plus. Il déambulait en ivrogne le long de la mince frontière qui séparait ces deux états.

Il s'entendait marmonner, sans comprendre grand-chose à ce qu'il disait. Pourtant, il était tenaillé par un désir fiévreux, certain de devoir parler à quelqu'un d'une chose importante – mais la nature de cette information primordiale et l'identité de son destinataire lui échappaient.

De temps à autre, il ouvrait les yeux. Voyait trouble. Clignait des paupières. Les plissait. Ne distinguait pas assez bien la lumière pour savoir s'il faisait jour ou si elle provenait de la lampe Coleman.

Toujours, Valérie était là. Assez près pour qu'il sache, malgré son problème de vue, que c'était bien elle. Parfois, elle lui essuyait le visage avec un linge humide ; parfois, elle lui posait une compresse fraîche sur le front. Et parfois, elle se contentait de l'observer. Bien qu'il ne pût voir clairement son expression, il la sentait inquiète.

A une telle occasion, alors qu'il remontait de ses ténèbres personnelles et tentait de percer la surface liquide distordue qui miroitait devant ses yeux, Valérie, à demi détournée, s'employait à une tâche qu'il n'identifia pas. Derrière lui, à l'arrière de la tente, le moteur de la Rover tournait au ralenti. Il reconnut un autre bruit familier : le caractéristique *tic-tac-tac-tic* de doigts exercés volant sur un clavier d'ordinateur. Étrange.

De temps à autre, elle lui adressait quelques mots. A certains moments, Spencer parvenait mieux à focaliser ses pensées et murmurait des choses quasi compréhensibles, bien qu'il continuât à perdre et à reprendre conscience régulièrement.

A un moment, quand il reprit ses esprits, il s'entendit demander :

– Comment m'as-tu trouvé ? Là-dedans… dans ce désert… entre rien et rien ?

– Il y a une petite bestiole dans ton Explorer.

– Le cafard ?

– Un autre genre de petite bestiole.

– Une araignée ?

– Le genre électronique.

– Une petite bestiole dans ma bagnole ?

– C'est ça. C'est moi qui l'y ai mise.

– Tu veux dire… un émetteur, ou quelque chose comme ça ? demanda-t-il, dérouté.

– Exactement.

– Pourquoi ?

– Parce que tu m'as suivie chez moi.

– Quand ?

– Mardi soir. Pas la peine de nier.

– Oh, oui. Le soir de notre première rencontre.

– A t'entendre, ça a l'air presque romantique.

– Pour moi, ça l'était.

Valérie demeura muette un instant.

– Tu ne plaisantes pas, hein ? déclara-t-elle enfin.

– Tu m'as plu dès le début.

– Tu te pointes à La Porte Rouge, tu discutes avec moi, tu as juste l'air d'un client sympa, et ensuite, tu me suis à la maison, reprit-elle après un nouveau silence.

Il commençait à saisir la pleine signification de ce qu'elle lui révélait, et l'étonnement s'emparait de lui.

– Tu t'en es aperçue ?

– Tu t'y prenais bien, mais si je n'étais pas fichue de repérer une filature, je serais morte depuis longtemps.

– L'émetteur. Comment ?

– Comment est-ce que je l'ai posé ? Je suis sortie par la porte de derrière pendant que tu faisais le poireau au volant de ta Ford. J'ai fait démarrer une bagnole à un ou deux pâtés de maisons de là, je suis retournée dans ma rue, et je me suis garée un peu plus haut que toi. Quand tu t'es barré, je t'ai suivi.

– Tu m'as suivi, toi ?

– On peut jouer à deux, à ce jeu-là.

– Tu m'as suivi… à Malibu ?

– Je t'ai suivi à Malibu.

– Et je n'ai rien vu.

– Eh bien, tu ne t'attendais pas à être filé.

– Bon Dieu !

– J'ai escaladé la grille et j'ai attendu que toutes les lumières soient éteintes dans ton chalet.

– Bon Dieu !

– J'ai fixé l'émetteur sous le châssis de la voiture, en le branchant sur la batterie.

– Comme par hasard, tu avais un émetteur sur toi ?

– Tu serais surpris d'apprendre tout ce dont je dispose.

– Plus maintenant.

Quoique Spencer ne voulût pas la quitter, Valérie devint floue et se changea en ombre. Il dériva une fois de plus dans ses ténèbres intérieures.

Plus tard, il dut remonter à la surface, car il vit la jeune femme miroiter juste devant lui.

– Un émetteur dans ma bagnole, s'entendit-il balbutier avec stupéfaction.

– Je voulais découvrir qui tu étais, pourquoi tu me suivais. Je savais que tu n'étais pas des leurs.

– Les hommes du cafard, dit-il faiblement.

– C'est ça.

– J'aurais pu en être.

– Non, ou alors tu m'aurais fait sauter la cervelle dès que tu aurais été assez près de moi pour ça.

– Ils ne t'aiment pas, hein ?

– Pas beaucoup. Alors, je me demandais qui tu étais.

– Maintenant, tu le sais.

– Pas vraiment. Tu es un mystère, Spencer Grant.

– *Moi*, un mystère ! (Il éclata de rire. La douleur lui martela toute la tête, mais il rit tout de même.) Au moins, tu connais mon nom.

– Oui. Mais il n'est pas plus vrai que les miens.

– Si.

– Mais comment donc !

– C'est mon nom légal. Spencer Grant. Garanti.

– Peut-être. Mais qui étais-tu avant d'être flic, avant d'aller à l'UCLA, avant d'entrer dans l'armée ?

– Tu sais tout de moi, on dirait.

– Pas tout. Seulement ce que tu as laissé dans les archives. Ce que tu voulais qu'on trouve. Quand tu m'as suivie chez moi, tu m'as foutu les foies, alors j'ai commencé à me renseigner sur toi.

– C'est à cause de moi que tu as quitté le bungalow ?

– Je n'avais pas la moindre idée de qui tu pouvais être, mais je me suis dit que si tu avais réussi à me trouver, ils y arriveraient aussi. Encore une fois.

– Et ç'a été le cas.

– Dès le lendemain.

– Donc, en te faisant peur... je t'ai sauvée.

– On peut voir les choses comme ça.

– Sans moi, tu aurais été là.

– Peut-être.

– Quand le commando a donné l'assaut.

– Probablement.

– On dirait que c'était... quelque chose comme écrit.

– Mais qu'est-ce que tu foutais là-bas, toi ? demanda Valérie.

– Eh bien...

– Chez moi.

– Tu n'y étais plus.

– Et alors ?

– Alors, ce n'était plus chez toi.

– Est-ce que tu savais que ce n'était plus chez moi quand tu es entré ?

Ce qu'impliquaient les révélations de la jeune femme continuait d'assener à Spencer des secousses à retardement. Il cligna des yeux à plusieurs reprises, tentant en vain de distinguer clairement le visage de sa compagne.

– Bon Dieu ! Si tu as mis un émetteur dans la voiture...

– Quoi ?

– Est-ce que tu me suivais, mercredi soir ?

– Oui, admit-elle. Pour savoir ce que tu voulais.

– De Malibu...

– A La Porte rouge.

– Et ensuite jusqu'à chez toi, à Santa Monica ?

– Mais je n'y suis pas entrée, contrairement à toi.

– Tu as quand même assisté à l'assaut ?

– De loin. Ne change pas de sujet.
– Quel sujet ? demanda-t-il, sincèrement désorienté.
– Tu t'apprêtais à m'expliquer pourquoi tu t'étais introduit chez moi, mercredi soir, lui rappela-t-elle.

Elle n'était pas en colère. Sa voix n'était pas sèche. Il se serait senti nettement mieux si elle avait été folle de rage.

– Tu... tu n'es pas venue travailler.
– Alors, tu as forcé ma porte ?
– Je n'ai rien forcé du tout.
– Je t'avais envoyé une invitation ? J'ai oublié.
– La porte n'était pas fermée.
– Et tu considères toutes les portes ouvertes comme des invitations ?
– J'étais... inquiet.
– Inquiet, oui. Allez : dis-moi la vérité. Qu'est-ce que tu cherchais, chez moi, cette nuit-là ?
– J'étais...
– Tu étais quoi ?
– J'avais besoin...
– De quoi ? De quoi pouvais-tu bien avoir besoin, chez moi ?

Spencer ne savait trop s'il allait mourir de ses blessures ou de son embarras. Puis il perdit connaissance.

Le Bell JetRanger transporta Roy Miro de l'arroyo asséché, au milieu du désert, jusqu'à l'héliport installé sur le toit du gratte-ciel de l'agence, au cœur de Las Vegas. Tandis que des recherches terrestres et aériennes se poursuivaient dans le Mojave pour retrouver la femme et le véhicule qui avait emmené Spencer Grant loin de son Explorer échouée, Roy passa l'après-midi du samedi au centre de surveillance satellite du quatrième étage.

Tout en travaillant, il se régala d'un copieux repas commandé à la cantine, pour compenser le petit déjeuner tout aussi copieux dont il avait rêvé et qui lui avait été refusé. Plus tard, lorsqu'il retournerait chez Ève Jammer, il aurait besoin de toute son énergie.

La veille au soir, quand Bobby Dubois l'avait emmené dans cette même pièce, elle avait été très calme, occupée par un personnel minimum. A présent, des conversations étouffées y résonnaient d'un bout à l'autre, et tous les ordinateurs ou autres machines étaient en marche.

Le véhicule qu'ils cherchaient avait très probablement parcouru une distance considérable pendant la nuit, malgré le terrain hostile. Grant et la femme pouvaient même être arrivés assez loin et avoir rejoint une route au-delà des postes de surveillance établis par l'agence sur toutes les voies permettant de quitter le sud de l'État, auquel cas ils avaient à nouveau glissé entre les mailles du filet.

D'un autre côté, peut-être ne s'étaient-ils pas éloignés tant que ça. Ils avaient pu s'enliser. Ou avoir un problème mécanique.

Peut-être Grant avait-il été blessé dans l'Explorer. D'après Ted Tavelov, les taches de sang qui marquaient le siège du conducteur ne semblaient pas provenir du rat crevé. Si le fuyard était en piteux état, peut-être avait-il tout bonnement été *incapable* d'aller très loin.

Roy était décidé à réfléchir de manière positive. Le monde était ce que l'on en faisait – ou tentait d'en faire. Toute sa vie se fondait sur cette philosophie.

Parmi les satellites en orbite géostationnaire au-dessus de l'ouest et du sud-ouest des États-Unis, trois possédaient la capacité de surveillance intensive que Roy Miro désirait appliquer au Nevada et à tous les États voisins. L'un de ces trois postes d'observation spaciaux était sous le contrôle de la DEA. Un autre appartenait à l'EPA, l'agence pour la protection de l'environnement. Le troisième était un engin militaire que se partageaient officiellement l'armée de terre, la marine, l'aviation, les Marines et les gardes-côtes – mais placé en fait sous le contrôle politique rigoureux du cabinet des chefs d'état-major des trois armes [1].

Le choix était évident : l'agence pour la protection de l'environnement.

La DEA, malgré le dévouement de ses agents, et en grande partie à cause des politiciens qui la paralysaient, avait quasiment échoué dans sa mission. Quant aux services militaires, depuis la fin de la guerre froide, ils s'interrogeaient sur leur raison d'être, manquaient de fonds et agonisaient lentement.

1. Conseillers du président des États-Unis en matière de défense. (*N.d.T.*)

Par contraste, l'EPA accomplissait sa tâche avec un degré de réussite sans précédent pour un organisme gouvernemental – notamment parce qu'aucun élément criminel ou groupe d'intérêts bien organisé ne s'opposait à elle, et parce qu'une bonne partie de ses employés était motivée par le désir ardent de sauver la nature. Elle coopérait si étroitement avec le ministère de la Justice qu'un citoyen qui avait pollué par inadvertance des terrains protégés risquait de passer plus de temps en prison qu'un voyou complètement défoncé qui avait abattu un caissier, une femme enceinte, deux religieuses et un chaton pour voler quarante dollars et un Mars.

En conséquence, la réussite entraînant des budgets plus élevés et un accès plus facile à des fonds supplémentaires, indépendants du financement de base, l'EPA disposait du meilleur matériel possible, depuis les accessoires de bureau jusqu'aux satellites de surveillance orbitaux. Si une quelconque bureaucratie devait un jour obtenir le contrôle de la force nucléaire, ce serait celle-là, qui était aussi la moins susceptible d'en faire usage – ou alors, seulement au cours d'une dispute territoriale avec le ministère de l'Intérieur.

Pour retrouver Spencer Grant et sa compagne, l'agence utilisait donc le satellite de surveillance de l'EPA – Earthguard 3 –, en orbite géostationnaire au-dessus de l'ouest des États-Unis. Maman, afin d'en prendre le contrôle total, s'était infiltrée dans les ordinateurs de ses contrôleurs et leur avait communiqué de fausses données, les informant qu'Earthguard 3 venait de cesser toute activité. Les scientifiques du poste de commande, à terre, avaient immédiatement lancé un programme visant à diagnostiquer le mal dont souffrait le satellite par une série d'examens télémécaniques à longue distance. Maman avait toutefois secrètement intercepté les ordres envoyés à cet amas de composants électroniques de quatre-vingts millions de dollars – et elle continuerait sur sa lancée jusqu'à ce que l'agence n'ait plus besoin d'Earthguard 3, moment auquel elle permettrait à ce dernier de se reconnecter avec l'EPA.

Depuis l'espace, on pouvait à présent procéder à une inspection visuelle précise d'une zone comprenant plusieurs États. Si le besoin s'en faisait sentir pour étudier un individu ou un véhicule suspects, on pouvait même grossir l'image jusqu'à ne cadrer qu'un mètre carré de terrain.

Earthguard 3 proposait également deux méthodes de surveillance nocturne à la pointe du progrès. Il savait différencier à l'aide d'infrarouges un véhicule et des sources de chaleur stationnaires – par la simple mobilité de la cible et par sa signature thermique distinctive. Le système employait également une variante de la technologie *Star Tron*, afin d'amplifier dix-huit mille fois la lumière ambiante, faisant paraître la nuit presque aussi claire qu'une journée couverte – quoique parée d'une étrange teinte verte monochrome.

Les images étaient immédiatement soumises à un programme de traitement à bord du satellite, avant d'être codées et transmises. A la réception, au poste de contrôle de Las Vegas, un autre programme de traitement, tout aussi automatique mais plus sophistiqué, exécuté par un super-ordinateur Cray de la dernière génération, clarifiait encore l'image vidéo à haute définition, laquelle était ensuite envoyée sur l'écran mural. Si des améliorations supplémentaires s'avéraient nécessaires, il était possible de travailler davantage sur des photos tirées du film, sous la supervision d'excellents techniciens.

L'efficacité de la surveillance satellite – par infrarouges, vision nocturne ou photographie télescopique ordinaire – variait en fonction du territoire observé. En général, plus la zone était peuplée, moins la quête depuis l'espace d'un unique individu ou d'un unique véhicule se révélait efficace, car on rencontrait trop d'objets en mouvement, trop de sources de chaleur, pour pouvoir les trier et les analyser avec précision en un temps raisonnable. Les petites villes étaient plus faciles à surveiller que les grandes, les zones rurales plus que les petites villes, et les autoroutes plus que les rues des grandes métropoles.

Si Spencer Grant et la femme avaient été retardés dans leur fuite, comme l'espérait Roy, ils se trouvaient toujours dans le territoire idéal pour être localisés puis pistés par Earthguard 3. Un désert.

Tout l'après-midi du samedi, chaque fois qu'on remarqua un véhicule suspect, on l'étudia avant de l'éliminer ou de le conserver sous surveillance jusqu'à ce qu'on pût être certain que ses occupants ne correspondaient pas au profil des fugitifs : une femme, un homme et un chien.

Après avoir observé l'écran mural géant pendant des heures, Roy était impressionné par la perfection qui, depuis l'espace, semblait caractériser cette partie du monde. Toutes les couleurs en étaient douces, pastel, toutes les formes en paraissaient harmonieuses.

Cette illusion était surtout convaincante quand Earthguard surveillait des zones étendues, à l'aide de son plus petit grossissement. Elle l'était plus que jamais lorsque l'image était en infrarouge. Moins on détectait de traces évidentes de la civilisation humaine, plus la planète paraissait proche de la perfection.

Peut-être les extrémistes qui affirmaient que la population terrestre devait être réduite de 90 %, par n'importe quel moyen afin de préserver les systèmes écologiques, touchaient-ils du doigt la vérité. Quelle qualité de vie pouvait-on connaître en un monde que la civilisation avait totalement souillé ?

Si un tel programme de réduction de la population était jamais mis en place, Roy trouverait une profonde satisfaction personnelle à participer à son application, quoique ce travail ne pût être que harassant et souvent ingrat.

La journée s'acheva sans que les recherches terrestres et aériennes ne révèlent la moindre trace des fugitifs. Au crépuscule, la chasse fut interrompue jusqu'à l'aube. Quant à Earthguard 3, malgré tous ses yeux et tous ses perfectionnements, il n'eut pas plus de succès que les piétons et les équipages des hélicoptères. A tout le moins, lui, pouvait continuer ses recherches pendant la nuit.

Roy demeura dans le centre de surveillance satellite presque jusqu'à 20 heures, moment auquel il partit dîner avec Ève Jammer dans un restaurant arménien. Tout en dégustant une délicieuse salade *fattoush*, plus un superbe plat d'agneau, ils évoquèrent le concept de réduction massive de la population, et imaginèrent des moyens de l'appliquer sans effets secondaires indésirables, tels que radiations nucléaires ou émeutes. Ils conçurent de surcroît plusieurs méthodes pour déterminer en toute justice la composition des 10 % qui survivraient afin de rédiger une suite moins chaotique, et nettement plus proche de la perfection, à la saga humaine. Ils dessinèrent divers symboles appropriés au mouvement de réduction de la population, composèrent des slogans inspirés, et discutèrent de l'aspect que devraient avoir les uniformes. Lorsqu'ils quittèrent le restaurant pour rentrer chez Ève, ils étaient dans un état d'excitation intense. Si un policier avait eu l'imprudence de les arrêter pour leur faire remarquer qu'ils roulaient à cent dix kilomètres à l'heure dans des zones résidentielles ou devant des hôpitaux, ils auraient été capables de le tuer.

Les murs sombres et souillés possédaient des visages. D'étranges faces enchâssées. Aux expressions torturées, à peine discernables. Aux bouches ouvertes pour implorer la pitié, en des cris auxquels nul ne répondait. Et des mains. Des mains tendues. Qui suppliaient en silence. Des tableaux d'un blanc fantomatique, ici balafrés de gris et de rouille, là mouchetés de brun et de jaune. Visage contre visage, corps contre corps, certains membres enchevêtrés – mais toujours des postures de suppliants, toujours des physionomies de mendiants désespérés : priant, implorant, adjurant.

– *Personne ne sait… personne ne sait.*

– Spencer ? Tu m'entends, Spencer ?

La voix de Valérie résonna jusqu'à lui au travers d'un long tunnel, tandis qu'il arpentait une route à mi-chemin entre l'éveil et le sommeil, entre le déni et l'acceptation, entre un enfer et un autre.

– Du calme, du calme, n'aie pas peur, tout va bien, tu es en train de rêver.

– Non. Regarde ! Regarde ! Là, dans les catacombes, là, les catacombes.

– C'est juste un rêve.

– Comme à l'école, dans les livres, les images, comme à Rome, les martyrs, dans les catacombes, mais pire, pire, pire…

– Tu peux en sortir. Ce n'est qu'un rêve.

Il entendit sa propre voix qui passait du hurlement à un sanglot pitoyable :

– Oh, Seigneur, Seigneur, *Seigneur !*

– Là, prends ma main. Tu m'entends, Spencer ? Tiens-moi la main. Je suis là. Je suis avec toi.

– Ils avaient tellement peur. Ils étaient seuls et ils avaient peur. Tu vois comme ils ont peur. Seuls, personne pour les entendre, personne, personne ne savait, tellement peur. Oh, mon Dieu, mon Dieu, aidez-moi, mon Dieu !

– Allez, tiens-moi la main, voilà, c'est bien, serre-la fort. Je suis auprès de toi. Tu n'es plus seul, maintenant, Spencer.

Il serra la main chaude qu'elie lui tendait et qui parvint enfin à l'entraîner loin des visages blancs aveugles, des cris muets.

Guidé par la puissance de cette main, Spencer dériva dans l'obscurité, plus léger que l'air, remonta des profondeurs, et franchit une porte rouge. Pas celle que maculaient des empreintes de mains humides sur un fond blanc jauni. Une porte entièrement rouge, sèche, couverte de poussière. Elle ouvrait sur une lumière saphir, sur des boxes, des chaises noires, des appliques d'acier poli, des murs tapissés de miroirs. Une scène désertée. Une poignée de gens qui buvaient en silence, assis autour des tables. En jean et blouson de daim, à la place de sa jupe fendue et de son pull noir, la jeune femme était assise près de lui, au bar, sur un tabouret, parce qu'il n'y avait pas beaucoup de clients. Il était allongé sur un matelas pneumatique, en sueur mais frigorifié, et elle était juchée sur son tabouret ; pourtant, ils étaient à la même hauteur, main dans la main, discutant agréablement, comme de vieux amis, avec le sifflement de la lampe Coleman en fond sonore.

Il savait qu'il délirait. Il s'en moquait. Elle était tellement jolie.

– Pourquoi es-tu entré chez moi, mercredi soir ?

– Je ne te l'ai pas déjà dit ?

– Non, tu n'arrêtes pas d'éluder la question.

– J'avais besoin d'apprendre des choses sur toi.

– Pourquoi ?

– Tu me détestes ?

– Bien sûr que non. Je veux juste comprendre.

– Je suis allé chez toi, et j'ai reçu des grenades à gomme-cogne par les fenêtres.

– Tu aurais pu laisser tomber quand tu t'es aperçu que j'allais t'occasionner des problèmes.

– Non, je ne peux pas te laisser finir dans un fossé à cent bornes de chez toi.

– Pardon ?

– Ni dans des catacombes.

– Quand tu as compris que tu t'étais mis dans les ennuis, pourquoi t'y es-tu enfoncé plus profondément ?

– Je te l'ai dit. Tu m'as plu dès que je t'ai vue.

– C'était seulement mardi dernier. Je suis une inconnue, pour toi.

– Je veux…

– Quoi ?

– Je veux… une vie…

– Tu n'en as pas déjà une ?

– Une vie… avec de l'espoir.

Le bar se brouilla et la lumière bleue se fit jaune aigre. Les murs sombres et souillés possédaient des visages. Des visages blancs, des masques de mort, la bouche ouverte sur une terreur muette, une imploration silencieuse.

Une araignée suivait le fil électrique qui s'enroulait au plafond. Son ombre agrandie courait sur les visages blanc sale des innocents.

Plus tard, revenu dans le bar, Spencer s'adressa de nouveau à sa compagne.

– Tu es quelqu'un de bien.

– Tu ne peux pas le savoir.

– Theda.

– Theda pense du bien de tout le monde.

– Quand elle a été malade. Tu l'as soignée.

– Seulement pendant deux semaines.

– Jour et nuit.

– Ce n'est pas grand-chose.

– Et maintenant moi.

– Je ne t'ai pas encore tiré d'affaire.

– Plus j'en apprends sur toi, plus tu me parais bien.

– Bon Dieu ! Je dois être une sainte.

– Non. Juste quelqu'un de bien. Tu es trop sarcastique pour être une sainte.

Valérie éclata de rire.

– Je ne peux pas m'empêcher de te trouver sympa, Spencer Grant.

– C'est agréable. De faire connaissance.

– C'est ce qu'on fait ?

– Je t'aime, dit-il, impulsivement.

Elle demeura silencieuse si longtemps qu'il crut avoir de nouveau perdu connaissance.

– Tu délires, déclara-t-elle enfin.

– Pas à ce sujet-là.
– Je vais changer ta compresse.
– Je t'aime.
– Tu ferais mieux de te tenir tranquille. Essaie de te reposer.
– Je t'aimerai toujours.
– Calme-toi, étrange individu, dit-elle, avec ce qu'il crut ou espéra être de l'affection. Calme-toi et repose-toi.
– Toujours, répéta-t-il.
Spencer fut tellement soulagé de lui avoir avoué qu'elle représentait l'espoir de sa quête qu'il sombra dans des ténèbres dépourvues de catacombes.
Bien longtemps après, sans savoir s'il dormait ou s'il était éveillé, dans une demi-lumière qui pouvait être l'aube, le crépuscule, la lueur d'une lampe ou une froide luminosité onirique dépourvue de source, il fut surpris de s'entendre prononcer le prénom :
– Michael.
– Ah ! tiens, tu es revenu, constata la jeune femme.
– Michael.
– Personne ne s'appelle Michael, ici.
– Il faut que je te parle de lui, expliqua Spencer.
– D'accord. Parle-moi.
Il aurait aimé la voir, mais il ne distinguait que clarté et obscurité, même plus la moindre forme floue.
– Il faut que tu saches si… si tu vas rester avec moi… expliqua-t-il.
– Dis-moi, l'encouragea-t-elle.
– Je ne veux pas que tu me détestes, quand tu sauras.
– Je ne déteste pas facilement. Fais-moi confiance, Spencer. Fais-moi confiance et parle-moi. Qui est Michael ?
– Il est mort à quatorze ans, commença Spencer d'une voix fragile.
– C'était un ami ?
– C'était moi. Mort à quatorze ans… et enterré à seize.
– Tu t'appelais Michael.
– Je me suis baladé pendant deux ans, mort, et ensuite, je suis devenu Spencer.
– Quel était ton… quel était le nom de famille de Michael ?
Il comprit alors qu'il devait être éveillé : jamais il ne s'était senti aussi mal dans un rêve qu'en ce moment pré-

cis. Il ne pouvait plus ignorer son besoin de révéler la vérité, mais cette révélation le torturait. Son cœur battait vite, fort, bien que percé de secrets aussi douloureux que des aiguilles.

– Son nom de famille… c'était celui du diable.

– Et quel était le nom du diable ?

Spencer demeura muet, voulant parler, incapable d'ouvrir la bouche.

– Quel était le nom du diable ? demanda encore Valérie.

– Ackblom, dit-il.

Il crachait littéralement ces syllabes détestées.

– Ackblom ? Et pourquoi dis-tu que c'était le nom du diable ?

– Tu ne te rappelles pas ? Tu n'en as jamais entendu parler ?

– Je crois que tu vas être obligé de me rafraîchir la mémoire.

– Avant de devenir Spencer, Michael avait un père, comme les autres garçons. Mais son père n'était pas comme les autres pères. Son père s'appelait… s'appelait… il s'appelait Steven. Steven Ackblom. Le peintre.

– Oh, bon Dieu !

– N'aie pas peur de moi, implora-t-il, sa voix se brisant un peu plus à chacune de ses paroles désespérées.

– Tu es le garçon.

– Ne me déteste pas.

– Tu es ce garçon-là.

– Ne me déteste pas.

– Pourquoi est-ce que je te détesterais ?

– Parce que… je suis le garçon.

– Le garçon qui s'est conduit en héros, dit-elle.

– Non.

– Si.

– Je n'ai pas pu les sauver.

– Mais tu as sauvé toutes celles qui auraient pu venir après.

Le son de sa propre voix le refroidit plus que n'avait pu le faire la pluie :

– Je n'ai pas pu les sauver.

– Tout va bien.

– Je n'ai pas pu les sauver.

Il sentit une main sur son visage. Sur sa balafre. Une main qui parcourait la ligne chaude de sa cicatrice.

– Pauvre vieux, dit-elle. Oh, mon pauvre vieux.

Le samedi soir, perché au bord d'une chaise dans la chambre à coucher d'Ève Jammer, Roy Miro observa des exemples de perfection que n'eût pu lui montrer le satellite de surveillance le mieux équipé.

Cette fois, Ève ne retira pas les draps de satin pour révéler le caoutchouc noir, pas plus qu'elle ne se servit d'huiles parfumées. Elle utilisa une nouvelle sélection d'accessoires encore plus étranges – et, quoique Roy fût surpris de constater la chose possible, elle atteignit de plus hauts niveaux de jouissance, eut sur lui un impact érotique plus fort encore que la veille.

Après une nuit entière à cataloguer les perfections d'Ève, il lui fallut toute sa patience pour supporter la journée imparfaite qui s'ensuivit.

Le dimanche, aussi bien le matin que l'après-midi, satellites de surveillance, hélicoptères et équipes terrestres ne localisèrent pas plus les fugitifs que le samedi.

Des agents avaient été envoyés à Carmel, Californie, pour suivre la piste fournie par Theda Davidowitz, selon laquelle c'était là l'endroit où « Hannah Rainey » aurait aimé vivre. Ils profitaient de la beauté naturelle du paysage, du rafraîchissant brouillard hivernal, mais n'avaient encore trouvé aucun signe de la bonne femme.

John Kleck, du comté d'Orange, envoya un nouveau rapport d'apparence primordiale signalant qu'il n'avait pas mis au jour la moindre piste.

A San Francisco, l'agent qui avait traqué les Porth et découvert qu'ils étaient morts depuis longtemps avait eu accès aux archives des testaments. Les biens d'Ethel étaient entièrement revenus à George. Ceux de George à leur petit-fils – Spencer Grant, de Malibu, Californie, seul descendant direct de leur fille unique, Jennifer. Aucun détail ne laissait supposer que Grant eût jamais porté un autre nom, ni que l'identité de son père fût connue.

Roy téléphona à Thomas Summerton du centre de surveillance satellite. Bien qu'on fût dimanche, son chef se trouvait à son bureau de Washington et non dans sa propriété de Virginie. Toujours aussi soucieux de sécurité, il traita l'appel comme une erreur, puis rappela un peu plus tard d'une ligne protégée par un brouilleur réglé sur la même fréquence que celui de Roy.

– Il y a un sacré bordel en Arizona, annonça Summerton, furieux. (Son correspondant ignorant de quoi il voulait parler, il continua :) C'est un riche enculé d'activiste, là-bas, qui se croit capable de sauver le monde. Vous avez vu les infos ?

– Pas eu le temps, avoua Roy.

– Cet enculé détient des preuves qui pourraient me mettre dans une situation embarrassante au Texas. Il a déjà contacté plusieurs personnes pour savoir comment il convenait de révéler toute l'histoire. Alors, on se préparait à frapper rapidement, à prouver qu'il trafiquait de la drogue dans sa propriété.

– La loi sur la confiscation des biens ?

– Oui. Tout saisir. Quand lui et sa famille n'auraient plus rien eu pour vivre ni les moyens de se payer un avocat convenable, il aurait fait marche arrière. C'est généralement le cas. Mais l'opération a mal tourné.

C'est généralement le cas, songea Roy, las. Toutefois, il se garda d'exprimer le fond de sa pensée. Summerton n'apprécierait pas sa franchise. En outre, cette réflexion était un parfait exemple de pensée négative honteuse.

– Et maintenant, on a un agent du FBI mort en Arizona, conclut son patron, glacial.

– Un vrai ou un faux dans mon genre ?

– Un vrai. La femme et le gamin de l'activiste sont morts aussi, dans la cour, et cet enculé flingue tout ce qui bouge, planqué dans sa baraque, si bien qu'on ne peut pas dissimuler les corps aux caméras de télévision installées en bas du pâté de maisons. Et de toute façon, un voisin a tout enregistré avec son caméscope !

– Est-ce que c'est le type lui-même qui a tué sa femme et son gosse ?

– Ça serait trop beau. Mais on peut peut-être s'arranger pour en donner l'impression.

– Même avec la cassette vidéo ?

– Vous êtes dans la partie depuis assez longtemps pour savoir que les preuves photographiques sont rarement concluantes. Regardez la vidéo de Rodney King. Bon Dieu ! Regardez le film de l'assassinat de Kennedy. (Summerton poussa un long soupir.) Alors, j'espère que vous avez de bonnes nouvelles. Quelque chose qui va me remonter le moral.

Être le bras droit de cet homme commençait à devenir une tâche terrible. Roy aurait voulu pouvoir rapporter à tout le moins quelques progrès dans son affaire…

– Ma foi, conclut Summerton, juste avant de raccrocher, en ce moment, pas de nouvelles me semble être une bonne nouvelle.

Le soir, avant de quitter les bureaux de Las Vegas, Roy demanda à Maman d'utiliser Nexis et autres logiciels de recherche pour traquer « Jennifer Corrine Porth » dans les banques de données proposées par divers réseaux d'information – et de lui faire un rapport dans la matinée. Tous les numéros des plus grands journaux et magazines, notamment le *New York Times*, sortis dans les quinze ou vingt dernières années, étaient archivés électroniquement et ouverts à de telles recherches. Durant la précédente exploration de ces ressources, Maman n'avait relevé le nom de « Spencer Grant » qu'à l'occasion de la mort des deux voleurs de voitures, à Los Angeles, quelques années auparavant. Elle aurait peut-être plus de chance avec le nom de la mère.

Si Jennifer Corrine Porth avait eu une mort spectaculaire ou une certaine réputation, même modeste, dans les milieux financiers, politiques ou artistiques, son décès avait pu être signalé par quelques journaux importants. Et si l'ordinateur découvrait un article sur le sujet, voire une oraison funèbre, il pourrait s'y trouver une référence intéressante concernant le fils unique de la défunte.

Roy s'entêtait à réfléchir de manière positive. Maman allait remonter la piste de Jennifer et éclaircir toute l'affaire, cela ne faisait aucun doute dans son esprit.

La femme. Le garçon. La grange, au second plan. L'homme, dans les ombres.

Il n'avait pas besoin de sortir les photos de leur enveloppe pour se les rappeler avec une totale clarté. Elles lui irritaient la mémoire car il était sûr d'avoir déjà vu ces gens-là. De longues années auparavant. Dans un contexte marquant.

Le dimanche soir, Ève l'aida à conserver un bon moral et un train de pensée positif. Consciente d'être adorée, sachant que cette adoration lui conférait un pouvoir absolu, elle travailla sur elle-même avec une frénésie qui dépassait tout ce qu'elle lui avait déjà montré.

Durant une partie de leur inoubliable troisième séance, assis sur le couvercle des toilettes, il regarda la jeune femme lui prouver qu'une cabine de douche était aussi propice aux jeux érotiques que n'importe quel lit jonché de fourrures, drapé de satin ou gainé de caoutchouc.

Il s'étonna qu'on eût songé à inventer et à manufacturer la plupart des jouets aquatiques qui figuraient dans la collection d'Ève. Astucieusement conçus, étonnement flexibles, ils luisaient d'un éclat évoquant la vie. Leurs palpitations, commandées manuellement ou par piles, avaient une convaincante allure biologique. La complexité de leurs formes serpentines-noueuses-caoutchouteuses les rendait mystérieux, enthousiasmants. Roy s'identifiait à eux comme s'ils avaient été des extensions du corps mi-humain mi-mécanique qu'il occupait parfois dans ses rêves. Quand Ève manipulait ses jouets, il avait le sentiment que ses mains parfaites caressaient par télécommande certaines parties de sa propre anatomie.

Dans la vapeur bouillonnante, l'eau chaude et la mousse du savon parfumé, sa compagne ne semblait plus parfaite à 60 % mais à 90 %. Aussi irréelle qu'une femme idéalisée sur un tableau.

De ce côté-ci de la mort, rien ne pouvait satisfaire plus pleinement Roy qu'observer Ève stimuler méthodiquement ses exquis appas, l'un après l'autre, chaque fois à l'aide d'un objet évoquant le membre amputé mais fonctionnel d'un super-amant venu du futur. Il était capable de focaliser si finement ses observations qu'Ève cessa d'exister en elle-même, et que chaque acte sensuel accompli dans la grande cabine de douche – munie d'un banc et de barres d'appui – ne mit plus en jeu qu'une partie de corps parfaite et son homologue artificiel : géométrie érotique, physique lascive, étude de la dynamique des fluides appliquée à un désir insatiable. Aucune notion de personnalité, aucun trait humain ne venaient gâcher l'expérience. Roy se trouva transporté dans les sommets extrêmes d'un plaisir scoptophile si intense qu'il faillit hurler de joie et de douleur.

Quand Spencer s'éveilla, le soleil brillait au-dessus des montagnes de l'est. Dans la lumière cuivrée, la moindre formation rocheuse, le moindre amas de végétation broussailleuse projetaient de longues ombres matinales qui s'étendaient sur le désert.

Il n'avait plus la vue trouble. Le soleil ne lui irritait plus les yeux.

A la lisière de l'ombre de la bâche, assise par terre, Valérie lui tournait le dos, si bien qu'il ne voyait pas ce qu'elle faisait.

Rocky demeurait auprès d'elle, le dos tourné, lui aussi.

Un moteur tournait au ralenti. Spencer eut la force de lever la tête et de se tourner vers le bruit. La Range Rover, derrière lui, au fond de la tente créée par la bâche. Un câble électrique orange sortait par la portière ouverte du conducteur et courait jusqu'à la jeune femme.

Spencer se sentait encore très mal, mais son état s'était amélioré depuis sa dernière prise de conscience et il s'en réjouissait. Son crâne ne lui semblait plus prêt à exploser ; son mal de tête se limitait désormais à une palpitation sourde au-dessus de l'œil droit. Il avait la bouche sèche. Les lèvres gercées. Mais sa gorge n'était plus brûlante et douloureuse.

La chaleur qu'il ressentait ne venait pas de la fièvre, car son front était frais : la matinée était authentiquement douce. Il repoussa la couverture.

Il bâilla, s'étira – et gémit. Ses muscles lui faisaient mal : après l'épreuve qu'il avait vécue, c'était prévisible.

Alerté par son gémissement, Rocky se hâta de le rejoindre, souriant, frémissant, la queue battante, tellement ravi de voir son maître éveillé qu'il en devenait frénétique.

Spencer supporta plusieurs coups de langue enthousiastes au visage avant de s'emparer du collier de l'animal et de le maintenir à distance.

– Bonjour, dit Valérie, en regardant par-dessus son épaule.

Elle était aussi belle à la lueur du jour qu'elle l'avait été à celle de la lampe.

Il se préparait à exprimer ce sentiment lorsqu'il fut déconcerté par le vague souvenir d'en avoir déjà trop dit, alors qu'il n'avait pas toute sa tête. Il se soupçonnait non seulement d'avoir révélé des secrets qu'il aurait préféré garder, mais aussi de s'être montré d'une maladroite franchise en ce qui concernait ses sentiments – aussi ingénu qu'un chiot amoureux.

– Ne le prends pas mal, vieux, mais tu pues atrocement, dit-il en se redressant pour éviter un nouveau coup de langue au visage.

Il se mit à genoux, se leva, et vacilla un instant sur ses jambes.

– Des vertiges ? demanda Valérie.

– Non, c'est passé.

– Parfait. J'avais peur d'un traumatisme. Je ne suis pas médecin – comme tu me l'as fait remarquer –, mais j'ai quelques bouquins de référence.

– Je me sens juste un peu faible, maintenant. Et j'ai faim. En fait, je suis carrément affamé.

– C'est bon signe, je crois.

A présent qu'il n'avait plus Rocky sous le nez, Spencer réalisa que ce n'était pas le chien qui puait : c'était lui ; l'odeur de vase humide du fleuve, l'aigreur de plusieurs suées fiévreuses.

Valérie se remit au travail.

Prenant soin de rester face au vent, tout en tentant d'éviter de trébucher sur Rocky, Spencer traîna les pieds jusqu'au bord de la tente improvisée afin de voir ce que faisait sa compagne.

Un ordinateur était posé par terre, sur un matelas en mousse noir. Il ne s'agissait pas d'un portable mais d'un PC complet, avec régulateur de tension MasterPiece entre l'unité centrale et le moniteur couleur. La jeune femme avait le clavier sur les genoux.

Il était remarquable de découvrir une machine aussi perfectionnée au milieu d'un paysage primitif demeuré globalement inchangé pendant des centaines de milliers, sinon des millions d'années.

– Combien de mégas ? demanda-t-il.

– Pas mégas. Gigas. Dix gigaoctets.

– Tu as besoin de tout ça ?

– J'utilise plusieurs programmes très complexes qui prennent une bonne partie du disque dur.

Le câble électrique orange qui provenait de la Rover était branché sur l'unité centrale. Un autre reliait l'arrière de celle-ci à un curieux appareil posé à trois mètres de la tente, au soleil, et qui ressemblait à un frisbee aux bords retournés vers l'extérieur au lieu de l'intérieur. Un roulement à billes connectait le centre de sa face inférieure à un bras de métal noir flexible, long de dix centimètres, lequel disparaissait dans un boîtier gris d'environ trente centimètres de côté sur dix de hauteur.

Valérie, qui s'activait sur le clavier, répondit à sa question avant qu'il ne l'eût posée :

– Liaison satellite.

– Tu discutes avec des extraterrestres ? demanda-t-il, à demi sérieux.

– En ce moment : avec l'ordinateur du DOD, corrigea la jeune femme en s'interrompant pour étudier les données qui s'affichaient sur l'écran.

– DOD. ?

– *Department of Defense.*

Le ministère de la Défense.

Spencer s'accroupit.

– Tu travailles pour le gouvernement ?

– Je n'ai pas dit que j'utilisais l'ordinateur du DOD avec la permission du DOD. Je me suis reliée à un satellite téléphonique, j'ai pris le contrôle d'une ligne réservée aux essais des systèmes, et j'ai appelé la machine profonde du DOD à Arlington, Virginie.

– Profonde ? répéta-t-il.

– Extrêmement bien protégée.

– Je parie que tu n'as pas eu le numéro par les renseignements.

– Le numéro de téléphone n'est pas tout. Il est encore plus difficile de se procurer les codes opérationnels permettant d'utiliser le système une fois qu'on est branché. Sans eux, se connecter ne servirait à rien.

– Et ces codes, tu les as ?

– Je dispose d'un accès illimité au DOD depuis quatorze mois. (Elle pianota à nouveau sur le clavier.) Le plus dur à obtenir, c'est le code d'accès du programme qui change périodiquement tous les autres codes d'accès. Si tu ne l'as pas, cette saleté, tu ne peux pas te tenir à jour, à moins qu'on ne t'envoie une nouvelle invitation de temps en temps.

– Alors, il y a quatorze mois, tu as trouvé tous ces chiffres et je ne sais quoi d'autre griffonnés sur un mur de chiottes ?

– Trois personnes que j'aimais ont donné leur vie pour obtenir ces codes.

Quoique le ton ne fût nullement plus grave qu'à l'ordinaire, cette réponse recelait une charge émotionnelle qui laissa Spencer muet, perplexe.

Un lézard de trente centimètres – brun, tacheté de noir et d'or – quitta l'abri d'un rocher pour retrouver le soleil et se mit à gambader sur le sable brûlant. Lorsqu'il vit Valérie, il se figea pour l'observer. Il avait les yeux protubérants, argent et verts, garnis de paupières lourdes.

Rocky le vit également et se cacha derrière son maître.

Spencer se surprit à sourire au reptile. Bien qu'il ne sût pas pourquoi, cette soudaine apparition le ravissait. Soudain, il se rendit compte qu'il tripotait machinalement le médaillon de stéatite pendu à son cou, et il comprit. Louis Lee. Les faisans et les dragons. Prospérité et longue vie.

Trois personnes que j'aimais ont donné leur vie pour obtenir ces codes.

Le sourire de Spencer disparut.

– Qui es-tu ? demanda-t-il à Valérie.

– Tu veux dire : es-ce que je suis une terroriste internationale ou une bonne patriote américaine ? répliqua-t-elle sans lever les yeux de l'ordinateur.

– Je ne l'aurais pas présenté comme ça.

– Depuis cinq jours, je tente d'en apprendre le plus possible à ton sujet, dit-elle au lieu de répondre. Et je n'ai pas trouvé grand-chose. Tu t'es pratiquement gommé de toute existence officielle. Alors, je crois que j'ai le droit de te poser la même question : qui es-tu ?

– Seulement quelqu'un qui tient à son intimité, répondit-il en haussant les épaules.

– Évidemment. Quant à moi, je suis une citoyenne pétrie d'esprit civique – ce n'est pas tellement différent.

– Sauf que moi, je ne sais pas discuter avec le DOD.

– Tu as trafiqué ton dossier militaire.

– C'est une banque de données facile d'accès, par rapport à la vase dans laquelle tu patauges en ce moment. Que diable cherches-tu ?

– Le DOD piste tous les satellites en orbite : civils, militaires, gouvernementaux – nationaux et étrangers. Je suis en train de faire le tour de tous ceux qui ont la capacité de surveiller ce petit coin du monde et de nous trouver si nous bougeons d'ici.

– Je croyais que ça faisait partie d'un rêve, cette histoire d'yeux dans le ciel, remarqua Spencer, mal à l'aise.

– Tu serais surpris d'apprendre tout ce qu'il y a, là-haut. « Surpris » n'est même pas le mot. Quant à la surveillance, il y a probablement entre deux et six satellites capables d'une telle prouesse en orbite au-dessus des États de l'ouest et du sud-ouest.

– Que se passera-t-il quand tu les auras identifiés ? demanda-t-il, secoué.

– Le DOD dispose de leurs codes d'accès. Je m'en servirai pour me relier à chacun d'entre eux, m'infiltrer dans les programmes en cours d'utilisation et apprendre s'ils nous recherchent.

– Cette dame-là s'infiltre dans les satellites, annonça-t-il à Rocky, lequel paraissait moins impressionné que son maître, comme si ceux de sa race avaient été témoins de telles manipulations depuis la nuit des temps. (Il se retourna vers Valérie.) Je ne crois pas que le mot « pirate » s'applique bien à ton cas.

– Alors ? Comment appelait-on les gens comme moi quand tu travaillais dans ta brigade contre le crime informatisé ?

– Nous n'imaginions même pas qu'il existait des gens comme toi.

– Et pourtant, on est là.

– Ils nous donneraient vraiment la chasse par satellite ? interrogea-t-il, sceptique. Je veux dire : on n'est quand même pas si importants que ça !

– Moi, si. Et toi, tu les as complètement embrouillés. Ils n'arrivent pas à comprendre ton rôle dans cette affaire. Jusqu'à ce que ça change, ils te supposeront aussi dangereux que moi – et peut-être même plus. L'inconnu – toi, de leur point de vue – est toujours plus effrayant que ce qu'on connaît.

Il médita un instant ces paroles.

– Qui sont ces gens dont tu parles ?

– Tu seras peut-être plus en sécurité si tu l'ignores.

Spencer ouvrit la bouche pour répondre puis demeura coi. Il ne voulait pas discuter. Pas tout de suite, en tout cas. D'abord, il avait besoin de se laver et de manger quelque chose.

Sans cesser de travailler, Valérie lui expliqua qu'il trouverait des bouteilles d'eau en plastique, une bassine, du savon liquide, des éponges et une serviette propre dans le coffre de la Rover.

– N'utilise pas trop d'eau : si on doit encore passer quelques jours ici, c'est tout ce qu'on aura à boire.

Rocky suivit son maître jusqu'à la voiture, jetant des coups d'œil nerveux au lézard qui se faisait dorer au soleil.

Spencer découvrit que sa compagne avait récupéré ses bagages dans l'Explorer. Il se lava à l'éponge, il put se raser et enfiler des vêtements propres, ce qui le laissa rafraîchi. Sa propre odeur ne l'incommodait plus. Il ne put toutefois se laver la tête aussi bien qu'il l'eût voulu, car il avait le cuir chevelu sensible, pas seulement autour des sutures mais sur tout le sommet du crâne.

La Rover – un break commercial, comme l'Explorer –, était bourrée d'appareils et de provisions depuis le hayon jusqu'à soixante centimètres des sièges avant. La nourriture se trouvait la où toute personne bien organisée l'eût placée : juste derrière l'espace vide en question, accessible de la place du conducteur ou de celle du passager.

A l'exception des paquets de biscuits, les provisions se présentaient en boîtes ou en bouteilles. Spencer ayant trop faim pour prendre le temps de cuisiner, il choisit deux petites boîtes de saucisses, deux paquets de crackers au fromage et une boîte de poires.

Dans une des glacières en polystyrène, également à portée des sièges, il trouva un pistolet SIG 9 mm, et un Micro Uzi qui semblait avoir été modifié illégalement pour le tir automatique. Les chargeurs de rechange pour les deux armes ne manquaient pas.

Spencer les contempla un instant puis observa à travers le pare-brise la jeune femme assise devant l'ordinateur, à six mètres de là.

Cette Valérie possédait de nombreux talents. Spencer n'en doutait pas. Elle paraissait si bien préparée à toute éventualité qu'elle eût pu servir d'exemple aux girl-scouts comme aux survivants de l'Apocalypse. Elle était intelligente, futée, drôle, audacieuse, courageuse et agréable à regarder, aussi bien sous un éclairage artificiel que naturel – sous tous les éclairages. Elle était en outre sans conteste versée dans le maniement du pistolet et de la mitraillette, car elle avait trop d'esprit pratique pour conserver des armes dans le cas contraire. Elle n'aurait pas encombré sa voiture d'outils inutiles, n'aurait pas risqué les peines encourues pour la détention d'un Uzi automatique si elle n'avait pas su – et été prête à – s'en servir.

Spencer se demanda si elle avait déjà été forcée de tirer sur un être humain. Il espérait que non. Et il espérait qu'elle ne serait jamais poussée à une telle extrémité. Malheureusement, la vie ne semblait guère lui proposer que des extrémités.

Il ouvrit une boîte de saucisses à l'aide de l'anneau fixé dans le couvercle. Résistant à l'envie d'en avaler le contenu en une seule bouchée, il dévora une des francforts miniatures, puis une autre. Jamais, et de loin, il n'avait rien mangé d'aussi bon. Fourrant la troisième dans sa bouche, il retourna auprès de Valérie.

Rocky dansait et gémissait à son côté, réclamant sa part.

– A moi, trancha Spencer.

Il s'accroupit auprès de la jeune femme sans lui parler. Elle semblait particulièrement concentrée sur les données cryptiques qui emplissaient l'écran.

Le lézard était toujours en plein soleil, alerte, prêt à s'enfuir – à l'endroit exact où il s'était trouvé presque une demi-heure plus tôt. Dinosaure miniature.

Spencer ouvrit la deuxième boîte de saucisses et en partagea deux avec le chien. Il finissait la dernière quand Valérie eut un sursaut surpris.

– Merde ! s'exclama-t-elle.

Le lézard disparut sous le rocher qu'il avait quitté un peu plus tôt.

Un mot clignotait sur l'écran : BRANCHEMENT.

La jeune femme enfonça le bouton marche/arrêt de l'unité centrale.

Juste avant que l'écran ne s'éteignît, Spencer vit un second mot apparaître en dessous du premier : PISTAGE.

Valérie bondit sur ses pieds, arracha les deux câbles électriques de l'ordinateur et courut à l'antenne satellite.

– Charge tout dans la Rover !

– Qu'est-ce qui se passe ? interrogea Spencer en se redressant.

– Ils utilisent un satellite de l'EPA. (Elle avait déjà récupéré l'antenne et s'était retournée vers lui.) Et ils ont une espèce de programme de sécurité sacrément bizarre, qui se branche sur tout signal extérieur et qui le piste jusqu'à sa source. (Elle le dépassa en courant.) Aide-moi à tout remballer. Bouge-toi, nom de Dieu, *bouge-toi !*

Posant le clavier sur le moniteur, il souleva la totalité du poste de travail, y compris le matelas en mousse.

– Ils nous ont repérés ? demanda-t-il en suivant Valérie vers la Rover tandis que ses muscles endoloris protestaient contre cette hâte soudaine.

– Les salopards ! fulminait la jeune femme.

– Tu as peut-être débranché à temps.

– Non.

– Comment peuvent-ils savoir que c'est nous ?

– Ils le sauront.

– Ce n'est qu'un signal électronique. Il n'y a pas nos empreintes dessus.

– Ils arrivent, insista-t-elle.

Le samedi soir, leur troisième nuit ensemble, Ève Jammer et Roy Miro avaient entamé plus tôt que les jours précédents leurs amours passionnées, quoique dépourvues de tout contact. En conséquence, même si cette séance fut la plus longue et la plus ardente de toutes, elle se conclut avant minuit. Ensuite, ils s'allongèrent chastement sur le lit de la jeune femme, côte à côte, dans la douce lueur bleue indirecte des néons, chacun couvé par les yeux aimants du reflet de l'autre dans le miroir du plafond. Ève était aussi nue que le jour où elle était venue au monde. Roy tout habillé. Au bout de quelque temps, ils sombrèrent dans un profond sommeil réparateur.

Ayant apporté un sac d'affaires de rechange, Roy put se préparer pour aller au travail sans retourner au Strip [1]. Il se doucha dans la salle de bains des invités et non dans celle d'Ève, car il n'avait aucun désir de révéler en se déshabillant ses nombreuses imperfections, de ses orteils dodus à ses genoux cagneux, de son ventre pansu aux taches de rousseur et aux deux grains de beauté qui marquaient son torse. En outre, ni lui ni elle ne voulait suivre l'autre dans une cabine de douche. S'il devait marcher sur le carrelage humide du bain d'Ève, ou vice versa… cet acte briserait de

1. Avenue principale de Las Vegas. *(N.d.T.)*

manière subtile mais réelle la liaison agréablement sèche, dépourvue d'échanges de fluides, qu'ils avaient établie et qui les comblait.

D'aucuns les auraient sans doute traités de fous, mais un véritable amoureux les eût compris.

N'ayant nul besoin de passer à l'hôtel, Roy arriva au centre de surveillance satellite très tôt le lundi matin. Dès qu'il en franchit la porte, il comprit qu'il venait de se produire quelque chose d'intéressant. Plusieurs personnes étaient rassemblées devant l'écran géant et le murmure des conversations avait une sonorité positive.

Ken Hyckman, le responsable de service, arborait un large sourire. Visiblement soucieux d'être le premier à annoncer la bonne nouvelle, il fit signe à Roy de s'approcher du panneau de contrôle en U.

Hyckman était un type de grande taille, au visage séduisant mais terne et au brushing impeccable. En le voyant, on se demandait s'il n'avait pas rejoint l'agence après avoir postulé en vain pour présenter le journal télévisé.

D'après Ève, il lui avait fait des avances à plusieurs reprises et, chaque fois, elle l'avait remis à sa place. Si Roy avait pu penser qu'il représentait la moindre menace pour sa bien-aimée, il lui eût fait sauter la tête séance tenante, sans se préoccuper des conséquences. Il trouvait toutefois une considérable tranquillité d'esprit dans le fait de se savoir amoureux d'une femme capable de se défendre.

– On les a trouvés ! annonça Hyckman quand Roy le rejoignit devant le panneau de contrôle. Elle s'est branchée sur Earthguard pour savoir si on s'en servait comme outil de surveillance.

– Comment savez-vous que c'est elle ?

– C'est bien son style.

– Je vous accorde qu'elle est audacieuse, répondit Roy, mais j'espère que vous ne vous fiez pas seulement à l'instinct.

– Mais la connexion provenait du milieu de nulle part, bordel ! De qui d'autre pourrait-il s'agir ? demanda Hyckman en désignant l'écran mural.

La vue orbitale projetée était un simple film pris au téléscope et agrandi qui cadrait la moitié sud du Nevada et de l'Utah, ainsi que le tiers nord de l'Arizona. Las

Vegas se trouvait dans le coin inférieur gauche. Trois cercles rouges et deux blancs formant une petite cible clignotante marquaient l'endroit d'où la connexion avait été établie.

– A cent quatre-vingts kilomètres au nord-nord-est de Las Vegas, dans la plaine désertique qui s'étend au nord-est de Pahroc Summit et au nord-ouest d'Oak Springs Summit. Le milieu de nulle part, je vous dis.

– On utilise un satellite de l'EPA, lui rappela Roy. Il pourrait très bien s'agir d'un employé de ladite EPA désireux d'obtenir une vue aérienne de son site de travail sur son ordinateur personnel. Ou bien une analyse spectrographique du terrain. Ou une centaine d'autres choses.

– Un employé de l'EPA ? Mais c'est au milieu de nulle part ! répéta Hyckmann, qui paraissait bloqué sur cette expression, comme s'il avait répété les paroles d'une vieille chanson. Au milieu de nulle part.

– Ça va peut-être vous surprendre, mais une bonne partie des recherches concernant l'environnement ont lieu sur le terrain, lui déclara Roy avec un grand sourire qui désamorçait le sarcasme. Au cœur de l'environnement, justement. Et j'ai le regret de vous informer qu'une importante proportion de la planète se situe au milieu de nulle part.

– Ouais, peut-être. Mais si c'était quelqu'un disposant d'un droit d'accès, un scientifique ou quelque chose comme ça, pourquoi couper le contact aussi vite, sans faire la moindre opération ?

– Ça, c'est le premier indice valable que vous me donnez. Mais c'est encore insuffisant pour avoir une certitude.

Hyckman paraissait suffoqué.

– Hein ?

– Qu'est-ce que c'est que cette cible ? s'enquit Roy sans explication. D'habitude, les objectifs sont marqués d'une croix blanche.

– J'ai trouvé ça plus amusant, sourit son interlocuteur, satisfait de lui-même. Ça apporte une dimension ludique.

– On dirait un jeu vidéo.

– Merci, dit-il, prenant l'insulte pour un compliment.

– Compte tenu de l'agrandissement, à quelle altitude a-t-on cette vue ?

– Vingt mille pieds.

– C'est beaucoup trop. Descendez à cinq mille.

– C'est ce qu'on est en train de faire, assura Hyckman en désignant plusieurs personnes qui travaillaient devant des ordinateurs, au centre de la pièce.

Une voix féminine douce et fraîche s'échappa des haut-parleurs du centre de contrôle.

– *Vue agrandie prête pour affichage.*

Le terrain était irrégulier, voire hostile, mais Valérie semblait se croire sur un ruban lisse et plat d'autoroute. La Rover torturée s'élevait dans les airs et replongeait, roulait, tanguait, rebondissait et vibrait de partout sur ce sol inhospitalier, grinçant, craquant, comme si elle avait à tout moment risqué d'exploser, tels les ressorts trop comprimés d'un jouet mécanique.

Spencer occupait le siège du passager, le SIG 9 mm dans la main droite. Le Micro Uzi reposait sur le plancher, entre ses pieds.

Rocky était assis à l'arrière, dans l'espace étroit qui séparait les sièges de la masse d'équipement emplissant le reste la voiture. Il dressait sa bonne oreille, sous l'effet de leur allure démentielle. L'autre pendait comme un vieux chiffon.

– Est-ce qu'on ne peut pas ralentir un peu ? demanda Spencer.

Il dut élever la voix pour se faire entendre à travers le rugissement du moteur et les crissements des pneus dans une ravine parsemée d'ornières.

Valérie se pencha au-dessus du volant et leva les yeux au ciel, tordit le cou à droite, puis à gauche.

– Rien que du bleu. Pas le moindre nuage, bordel ! J'espérais qu'on n'aurait pas besoin de bouger avant que le ciel ne se recouvre.

– C'est vraiment important ? Et la surveillance par infrarouge dont tu parlais ? Leur technique pour voir à travers les nuages ?

La jeune femme se concentra à nouveau sur sa conduite, tandis que la Range Rover escaladait follement la paroi de l'arroyo.

– C'est efficace quand on est immobile, au milieu de nulle part, et qu'on constitue la seule source de chaleur à des kilomètres à la ronde. Quand on bouge, ça ne sert pas à grand-chose. Surtout sur une autoroute, avec d'autres voitures : ils ne pourraient pas analyser la signature thermique de la Rover pour la repérer au milieu de la circulation.

La pente s'achevait par une petite crête au-dessus de laquelle ils s'élancèrent assez vite pour décoller pendant une ou deux secondes. Ils atterrirent violemment, les roues avant en premier, sur une longue mais progressive déclivité d'argile grise, noire et rose.

Des projections sablonneuses soulevées par les pneus frappaient le châssis. Valérie dut crier pour se faire entendre à travers leur martèlement sec, aussi bruyant qu'un orage de grêle.

– Avec un ciel aussi bleu, les infrarouges sont le dernier de nos soucis. Ils vont nous voir clairement à l'œil nu.

– Tu penses que c'est déjà fait ?

– Tu peux être sûr qu'ils nous cherchent, en tout cas, lui répondit-elle, à peine audible en raison des volées de sable qui crépitaient sous la voiture telle une mitraillette.

– Des yeux dans le ciel, murmura Spencer, presque pour lui-même.

On eût dit le monde à l'envers ; les cieux azurés étaient devenus un antre de démons.

– Ouais, ils nous regardent, reprit Valérie d'une voix forte. Et compte tenu du fait qu'on est l'unique objet mobile à au moins dix kilomètres à la ronde, à part les serpents et les lièvres, ils ne tarderont pas à nous repérer.

La Rover quitta le sol argileux pour un terrain plus tassé. La soudaine diminution du vacarme fut un tel soulagement pour les fuyards que les bruits ordinaires, naguère très perturbants, leur firent par comparaison l'effet d'un quatuor à cordes.

– Bordel ! jura Valérie. Je ne me suis connectée que pour vérifier que tout allait bien. Je ne pensais pas qu'il se serviraient encore d'un satellite au bout de trois jours. Et je ne pouvais certainement pas me douter qu'ils se brancheraient sur les signaux extérieurs.

– Trois jours ?

– Oui. Ils ont dû commencer samedi, juste avant l'aube, dès que l'orage est passé et que le ciel s'est éclairci. Bon Dieu ! Ils sont encore plus décidés à nous retrouver que je ne le croyais.

– Quel jour sommes-nous ? demanda Spencer, mal à l'aise.

– Lundi.

– J'étais sûr qu'on était dimanche.

– Tu es resté déconnecté du monde pendant plus longtemps que tu ne le crois. Depuis vendredi après-midi.

Même si son inconscience s'était changée en sommeil ordinaire au cours de la nuit précédente, il avait divagué pendant quarante-huit à soixante heures. Pour qui tenait autant que lui à conserver sa maîtrise de soi, l'idée d'un aussi long délire ne laissait pas d'être troublante.

Il se rappelait en partie ce qu'il avait dit alors. Et il se demanda ce qu'il avait dit d'autre, qu'il ne se rappelait pas.

– Je déteste vraiment ces salopards, reprit Valérie, qui observait à nouveau le ciel.

– Qui est-ce ? demanda Spencer – et ce n'était pas la première fois.

– Il vaut mieux que tu ne le saches pas, répondit-elle à nouveau. Dès que tu le sauras, tu seras un homme mort.

– A mon avis, il y a de bonnes chances pour que je le sois déjà. Et je n'aimerais pas du tout qu'ils me descendent sans que je sache de qui il s'agit.

La jeune femme médita ces paroles pendant l'ascension d'une nouvelle éminence, plus basse que la précédente.

– D'accord. Ça se conçoit. Mais plus tard. Pour l'instant, il faut que je nous sorte de ce bordel.

– Il y a une porte de sortie ?

– Étroite, voire inexistante.

– Je croyais qu'avec leur satellite, ils pouvaient nous repérer d'une seconde à l'autre ?

– Ils *vont* nous repérer. Mais les agents de ces salopards les plus proches de nous doivent se trouver à Las Vegas, à cent quatre-vingts bornes d'ici, peut-être même deux cents. C'est la distance que j'ai parcourue vendredi soir avant de m'apercevoir que tu n'étais plus transportable. Le temps qu'ils rassemblent une équipe et qu'ils nous rejoignent par la voie des airs, on a au minimum deux heures. Au maximum deux et demie.

– Pour faire quoi ?

– Pour les semer à nouveau, expliqua-t-elle avec un soupçon d'impatience.

– Mais comment peut-on les semer s'ils nous surveillent depuis l'espace, nom de Dieu ?

– Eh bien ! Ça, c'est de la paranoïa !

– Ce n'est pas de la paranoïa, c'est la réalité.

– Je sais, je sais, mais ça a quand même l'air dingue, non ? (Elle prit une voix assez proche de celle du Dingo de Walt Disney.) Ils nous observent depuis l'espace, des petits hommes rigolos, avec des chapeaux pointus et des pistolets à rayons, qui vont violer nos femmes et détruire le monde.

Derrière eux, Rocky jappa faiblement, intrigué par le timbre inhabituel.

– Bon Dieu ! On vit vraiment une époque décadente ! s'exclama la jeune femme en reprenant sa voix normale.

– Parfois, j'ai l'impression de te connaître, et l'instant d'après, de ne pas te connaître du tout, déclara Spencer comme ils atteignaient le sommet de la pente, mettant de nouveau les amortisseurs à rude épreuve.

– C'est bien. Ça te garde en état d'alerte. On en a besoin.

– On dirait que tu trouves ça amusant, tout d'un coup.

– Oh, il m'arrive de ressentir l'humour de la situation plus que tu ne le peux en ce moment. On vit dans le parc d'attractions de Dieu. Si on le prend trop au sérieux, on devient fou. A un certain degré, tout est amusant, même le sang et la mort. Tu ne crois pas ?

– Non. Non, pas du tout.

– Comment fais-tu pour vivre, alors ? demanda-t-elle sans la moindre ironie, totalement sérieuse.

– Ça n'a pas été facile.

Le sommet large et plat de la colline abritait plus de buissons qu'ils n'en avaient vus précédemment. Valérie ne relâcha pas l'accélérateur. La Rover écrasait tout ce qui se dressait sur son passage.

– Comment allons-nous les semer, s'ils nous surveillent depuis l'espace ? persista Spencer.

– On va les piéger.

– Comment ?

– Par des manœuvres astucieuses.

– Par exemple ?

– Je ne sais pas encore.

– Et tu le sauras quand ? demanda-t-il, impitoyable.

– Avant que nos deux heures ne soient écoulées, j'espère. (Elle fronça le sourcil en consultant le compteur kilométrique.) On doit avoir fait dix bornes.

– J'ai l'impression d'en avoir fait cent. Si tu continues à nous bringuebaler comme ça, mon mal de tête va revenir en force.

Le sommet ne s'achevait pas de manière abrupte mais par une longue descente, couverte de hautes herbes aussi sèches, pâles et translucides que des ailes d'insectes. Tout en bas s'étendaient deux voies d'asphalte orientées d'est en ouest.

– Qu'est-ce que c'est que ça ? s'étonna Spencer.

– Cette bonne vieille route fédérale 93.

– Tu avais qu'elle était là ? Comment ?

– Soit je suis une voyante du tonnerre, soit j'ai étudié une carte pendant que tu délirais.

– Probablement les deux, remarqua-t-il.

Une fois de plus elle l'avait surpris.

La prise de vue obtenue d'une hauteur de cinq mille pieds ne permettait toujours pas d'observer correctement les objets de la taille d'une voiture se trouvant au niveau du sol. Roy demanda que le système se focalise sur mille pieds.

Ce degré d'agrandissement extrême, pour des raisons de clarté, exigeait un traitement des images plus important qu'à l'ordinaire. Les opérations supplémentaires effectuées sur les signaux transmis par Earthguard réclamaient une telle quantité de mémoire que les autres travaux de l'agence furent interrompus afin de libérer le Cray. Faute de cette mesure, de longues minutes se seraient écoulées entre la réception d'une image et sa projection.

Moins de 60 secondes s'écoulèrent avant que la voix féminine fraîche et presque chuchotante ne s'échappât à nouveau des haut-parleurs.

– *Véhicule suspect acquis.*

Ken Hyckman quitta à la hâte le panneau de contrôle pour s'engager entre les deux rangées d'ordinateurs, tous occupés. Il revint au bout d'une autre minute, excité comme une puce.

– On l'a repérée.

– On ne peut pas encore en être sûr, lui rappela Roy.

– Oh, c'est bien elle, affirma Hyckman, enthousiaste, rayonnant, en se tournant vers l'écran géant. Quel autre véhicule pourrait bien se trouver là-bas, en déplacement, dans la zone où on a opéré la connexion ?

– Ça pourrait être un scientifique de l'EPA.

– Avec le feu au cul ?

– Peut-être se déplace-t-il, tout simplement.

– Il va sacrément vite, pour le terrain.

– Il n'y a pas de limitations de vitesse, là-bas.

– Ce serait une trop grosse coïncidence, trancha Hyckman. C'est elle.

– On verra.

Une ride parcourut de gauche à droite l'image affichée, qui se modifia. La nouvelle vue pivota, devint floue, pivota, s'éclaircit, pivota, devint floue, s'éclaircit à nouveau – et ils se retrouvèrent à observer le terrain accidenté depuis une hauteur de mille pieds.

Un véhicule de type et de marque inidentifiables, à l'évidence tout terrain, filait sur un plateau couvert de broussailles. Depuis une telle altitude, il était encore déplorablement minuscule.

– Focalisez à cinq cents pieds, ordonna Roy.

– *Vue agrandie en préparation.*

Après un bref délai, l'image se rida à nouveau de gauche à droite. Elle devint floue, pivota, s'éclaircit, devint floue, s'éclaircit.

Earthguard ne se trouvant pas directement au-dessus de la cible mouvante mais un peu au nord-est, en orbite géostationnaire, la voiture était observée sous un angle qui requérait des traitements automatiques éliminant la distorsion due à la perspective. L'image résultante, toutefois, cadrait non seulement le toit et le capot rectangulaires, mais une bonne partie d'un des flancs du véhicule.

Roy savait qu'un facteur de distorsion demeurait, mais il était presque convaincu de distinguer deux taches plus claires, luisant au sein de cette ombre mouvante. Les vitres, côté conducteur, qui reflétaient le soleil matinal.

Tandis que le véhicule suspect atteignait le bout du plateau et commençait à descendre un long plan incliné, Roy contempla la plus antérieure des éventuelles fenêtres et se demanda si la bonne femme se trouvait bien derrière ce simple carreau de verre fumé. L'avaient-ils enfin trouvée ?

L'objectif approchait d'un ruban d'asphalte.

– Qu'est-ce que c'est que cette route ? demanda Roy. Il faut l'identifier, et vite. Envoyez-nous le calque.

Hyckman appuya sur un bouton du panneau de contrôle et lança un ordre dans le micro.

Au moment où le véhicule suspect rejoignait la voie goudronnée et partait vers l'est, un affichage multicolore apparut en surimpression sur l'écran, identifiant quelques détails topographiques – ainsi que la route fédérale 93.

– Pourquoi pas l'ouest ? demanda Spencer quand Valérie prit sans hésiter à l'est.

– Parce qu'à l'ouest, il n'y a que le désert du Nevada. La première ville est à plus de trois cents kilomètres. Ça s'appelle Warm Springs, mais c'est tellement petit que ça pourrait aussi bien être Warm Spit[1]. On n'arriverait jamais jusque-là. C'est un paysage vide, désolé. Il y a un millier d'endroits où ils pourraient nous tendre une embuscade sans que personne ne le sache jamais. On disparaîtrait tout simplement de la surface du globe.

– Où va-t-on, alors ?

– On est à quelques kilomètres de Caliente. Ensuite, quinze de plus avant Panaca.

– Ça n'a pas non plus l'air d'être des métropoles.

– Après, on franchit la frontière de l'Utah. Modena, Newcastle… qui n'ont pas une activité frénétique. Mais après Newcastle, il y a Cedar City.

– Le pied.

– Quatorze mille habitants, ou quelque chose comme ça, annonça la jeune femme. Ça suffira peut-être à nous donner une chance d'échapper au satellite assez longtemps pour abandonner la Rover et trouver une autre bagnole.

Les deux voies d'asphalte étaient affligées de nombreux dos d'âne et nids de poule. Le long des accotements, le bitume se détériorait. Ce parcours d'obstacles ne posait aucun problème à la Rover – mais après leur

1. *Warm Springs* : sources chaudes ; *Warm Spit* : crachat chaud. *(N.d.T.)*

épuisante équipée à travers le désert, Spencer l'eût aimée dotée d'amortisseurs plus moelleux.

Malgré l'état de la route, Valérie accélérait, conservant une vitesse qui faute d'être folle se révélait tout de même épuisante.

– J'espère que la route va s'améliorer bientôt, remarqua Spencer.

– A en juger par la carte, ça doit empirer après Panaca. De là jusqu'à Cedar City, il n'y a que des routes d'État.

– Et on est à combien de Cedar City ?

– Dans les deux cents kilomètres, répondit Valérie, comme si ç'avait été une bonne nouvelle.

Il la contempla, bouche bée.

– Tu plaisantes, non ? Même avec de la chance, sur des routes comme ça – ou pires –, il nous faudra deux heures pour arriver là-bas.

– On va à plus de cent à l'heure.

– Et ça me fait l'effet de deux cents, affirma-t-il.

Sa voix vibra lorsque les pneus franchirent une portion de revêtement aussi ondulée que du velours côtelé.

– J'espère que tu n'as pas d'hémorroïdes, plaisanta sa compagne, dont la voix vibrait également.

– Tu ne conserveras pas une moyenne pareille jusqu'au bout. On va arriver à Cedar City avec un commando au cul.

La jeune femme haussa les épaules.

– Je crois que les gens du coin on besoin d'un peu d'animation. Il s'est écoulé un bon moment depuis le festival Shakespeare de l'été dernier.

A la demande de Roy, l'image avait encore été agrandie pour simuler une vue prise à deux cents pieds au-dessus de l'objectif. Le traitement devenait plus complexe à chaque grossissement successif – mais l'ordinateur disposait fort heureusement d'assez de mémoire pour éviter un délai important.

L'échelle de la projection murale était à présent telle que l'objectif progressait rapidement d'un bout à l'autre de l'écran, finissant par disparaître sur la droite. Il réapparaissait à gauche quand Earthguard transmettait l'image d'un nouveau segment de territoire, situé juste après le précédent.

La Rover filant vers l'est et non plus vers le sud, l'angle de prise de vue révélait une partie du pare-brise, sur lequel jouaient ombres et lumière.

– Objectif identifié comme une Range Rover dernier modèle.

Roy Miro contemplait l'écran géant en se demandant s'il devait prendre le pari que le véhicule suspect renfermait au moins la bonne femme, sinon le balafré.

De temps à autre, il apercevait des silhouettes noires dans la Rover, mais il ne pouvait les identifier. Il ne les voyait pas même assez bien pour savoir avec certitude combien de personnes abritait ce foutu tas de ferraille, ni de quel sexe elles étaient.

Un agrandissement supplémentaire aurait exigé de longs et pénibles traitements de l'image. D'ici à ce qu'ils puissent distinguer en détail l'intérieur du véhicule, le conducteur aurait la possibilité d'atteindre une demi-douzaine de grandes villes – et de s'y perdre.

En revanche, s'il envoyait des hommes et du matériel arrêter la Range Rover et si les occupants s'en révélaient être de parfaits innocents, il perdrait toute chance d'attraper la bonne femme. Elle profiterait de sa distraction pour quitter sa cachette et passer en Arizona, ou revenir en Californie.

– Vitesse de l'objectif : cent quinze kilomètres à l'heure.

Pour justifier la chasse à la Rover, il convenait de supposer plusieurs choses, presque sans le moindre indice valable. Que Spencer Grant avait survécu quand son Explorer avait été emportée par l'inondation. Qu'il était parvenu, d'une manière ou d'une autre, à communiquer sa position à la bonne femme. Qu'elle l'avait retrouvé au milieu du désert et qu'ils étaient partis ensemble dans son véhicule à elle. Que sachant l'agence capable d'utiliser des satellites de surveillance en orbite pour la localiser, elle s'était dissimulée aux premières heures du samedi, avant la dissipation de la couverture nuageuse. Que ce matin même, elle s'était connectée aux satellites disponibles, afin de découvrir si on était vraiment à sa recherche, qu'elle avait été surprise par le programme de pistage et que, quelques minutes plus tôt, elle avait entamé une fuite éperdue.

Une série de suppositions assez longue pour mettre Roy dans l'embarras.

– *Vitesse de l'objectif : cent dix-neuf kilomètres à l'heure.*

– Nettement trop pour les routes du coin, remarqua Ken Hyckman. C'est elle, et elle a les foies.

Le samedi et le dimanche, Earthguard avait découvert deux cent seize véhicules suspects dans la zone de recherche qui lui avait été assignée, la plupart roulant en dehors des routes. Conducteurs et passagers avaient fini par en descendre, par être observés depuis un satellite ou un hélicoptère, et par se révéler n'être ni Grant ni la bonne femme. La Rover pouvait très bien constituer le numéro deux cent dix-sept sur cette liste de fausses alertes.

– *Vitesse de l'objectif : cent vingt-deux kilomètres à l'heure.*

D'un autre côté, en plus de deux jours de recherches, ils n'avaient pas encore trouvé de meilleur suspect.

Et depuis le vendredi après-midi, à Flagstaff, Arizona, la puissance de Kevorkian était avec Roy. Elle l'avait conduite à Ève, avait changé sa vie. Il devait s'y fier pour ses décisions.

Fermant les yeux, il prit plusieurs longues inspirations.

– Rassemblons une équipe et allons les intercepter, dit-il.

– Ouais ! s'exclama Ken Hyckman en donnant un coup de poing dans le vide, avec une irritante expression d'enthousiasme adolescent.

– Douze hommes en tenue d'assaut complète, spécifia Roy, prêts à partir dans moins d'un quart d'heure. Arrangez-vous pour qu'on passe les chercher sur le toit du bâtiment, histoire de ne pas perdre de temps. Deux gros hélicoptères.

– C'est comme si c'était fait, promit Hyckman.

– Faites-leur bien comprendre qu'il faut descendre la bonne femme à vue.

– Bien sûr.

– La démolir totalement. (Hyckman acquiesça.) Ne lui laissez pas la moindre chance de filer à nouveau – pas la moindre ! Mais il faut prendre Grant vivant, l'interroger, découvrir quel est son rôle dans tout ça et pour qui il travaille, cet enculé.

– Pour vous obtenir la qualité d'image dont vous aurez besoin sur le terrain, il va falloir télécommander Earthguard et en altérer provisoirement l'orbite, en le branchant spécifiquement sur cette Rover, prévint Hyckman.

– Allez-y, ordonna Roy.

12.

En ce lundi matin de février, le capitaine Harris Descoteaux, de la police de Los Angeles, n'aurait pas été surpris d'apprendre qu'il était mort le vendredi précédent et avait vécu depuis lors en enfer. Les vexations qu'on lui avait infligées auraient bien employé le temps et l'énergie de nombreux démons industrieux, remplis de malice.

Le vendredi soir, à 23 h 30, alors qu'il faisait l'amour avec sa femme, Jessica, et que leurs filles – Willa et Ondine – dormaient ou regardaient la télévision dans leurs chambres, un commando spécial du FBI prit d'assaut son domicile de Burbank, au sein d'une rue paisible. L'opération, fruit d'une collaboration du FBI et de la DEA, fut exécutée avec la même détermination, la même force impitoyable dont avait pu faire preuve n'importe quel peloton de Marines dans n'importe quelle bataille de n'importe quelle guerre, au cours de l'histoire.

De tous les côtés de la maison, avec un ensemble qu'aurait envié le plus exigeant des chefs d'orchestre, des grenades paralysantes furent lancées par les fenêtres. Les explosions désorientèrent Harris, Jessica et leurs filles, les privant temporairement de leurs fonctions motrices.

Tandis que des figurines en porcelaine s'effondraient, que des tableaux vibraient contre les murs en réponse aux ondes de choc, la porte d'entrée et celle de derrière furent enfoncées. Des hommes armés jusqu'aux dents, munis de casques noirs et de gilets pare-balles, s'engouffrèrent dans la résidence des Descoteaux à la manière d'une marée d'Apocalypse et s'y dispersèrent.

L'instant d'avant, baigné d'une romantique lueur ambrée, Harris allait et venait sur la berge délicate et fragile du bonheur, dans les bras de sa femme. Celui d'après, sa passion métamorphosée en terreur, il titubait dans une *pénombre* exaspérante, nu, étourdi. Ses membres étaient animés de sursauts nerveux, ses genoux se dérobaient sous lui, et la pièce semblait tourbillonner telle une barrique géante de fête foraine.

Malgré ses oreilles qui sifflaient, il entendit des hommes hurler : « FBI ! FBI ! FBI ! » Les voix tonitruantes n'avaient rien de rassurant. Handicapé par les grenades, il ne parvenait plus à se rappeler la signification de ces lettres.

En revanche, il se rappelait la table de nuit. Son revolver. Chargé.

Mais, il ne savait plus comment ouvrir un tiroir. Soudain, cette tâche lui semblait requérir une intelligence surhumaine, la dextérité d'un jongleur travaillant avec des torches enflammées.

Brusquement, la chambre à coucher fut envahie par des individus hurlant, aussi imposants que des footballeurs professionnels, qui le forcèrent à s'allonger face contre terre, les mains derrière la tête.

Son esprit s'éclaircit. Il retrouva la signification de FBI. Sa terreur et sa désorientation ne s'évanouirent pas mais diminuèrent, devinrent peur, incompréhension.

Un hélicoptère se mit à rugir au-dessus de la maison. Ses projecteurs balayèrent la cour. Par-dessus le furieux martèlement du rotor, Harris perçut un son si glacial qu'il crut sentir son sang geler : le hurlement de ses filles quand on enfonça la porte de leurs chambres.

Être ainsi obligé de s'allonger par terre, nu comme un ver, était profondément humiliant. Jessica, tout aussi peu vêtue, se vit sortie du lit de force. Les arrivants la poussèrent dans un angle, avec ses mains pour seul paravent, et fouillèrent la couche à la recherche d'une arme. Au bout d'une éternité, il lui lancèrent une couverture, dans laquelle elle s'enveloppa.

On permis enfin à Harris de s'asseoir au bord du lit, toujours nu, brûlant d'humiliation. Quand on lui présenta le mandat de perquisition, il fut surpris d'y lire son nom et son adresse. Jusqu'alors, il avait cru à une méprise. Il expliqua qu'il était capitaine de police, mais les agents du FBI le savaient déjà et n'en furent pas émus.

Enfin, on lui permit de revêtir une tenue de jogging grise. Jessica et lui furent emmenés au salon.

Ondine et Willa, pelotonnées sur le canapé, se serraient l'une contre l'autre pour trouver le réconfort. Elles tentèrent de se précipiter vers leurs parents, mais deux des intrus les retinrent et leur ordonnèrent de demeurer assises.

Ondine avait treize ans, Willa quatorze. Toutes deux possédaient la beauté de leur mère. La première, prête à se coucher, portait une culotte et un T-shirt à l'effigie d'un chanteur de rap. La seconde un débardeur court, un pantalon de pyjama transformé en short et des chaussettes jaunes montant jusqu'aux genoux.

Certains des agents leur jetaient des regards intolérables. Harris exigea qu'elles soient autorisées à enfiler une robe de chambre, mais on l'ignora. Tandis que Jessica était escortée jusqu'à un fauteuil, deux hommes encadrèrent le capitaine et voulurent l'entraîner hors de la pièce.

Lorsqu'il demanda à nouveau que ses filles pussent s'habiller, sans plus de résultats, il s'arracha à l'étreinte de ses gardiens, indigné. Cette indignation fut considérée comme de la résistance. Il fut frappé au ventre avec la crosse d'un fusil d'assaut, jeté à genoux et menotté.

Dans le garage, un inconnu qui se présenta comme l'agent Gurland examinait une centaine de sacs en plastique contenant chacun un kilo de cocaïne, posés sur l'établi. Il y en avait pour des millions. Harris les contempla, incrédule, avec un malaise croissant, tandis qu'on l'informait que la drogue avait été trouvée sur les lieux.

– Je suis innocent. Je suis flic. C'est un coup monté. C'est complètement dingue.

Gurland se contenta de lui réciter ses droits constitutionnels.

Harris était exaspéré par l'indifférence avec laquelle tout ce qu'il disait était reçu. Sa colère, sa frustration lui valurent d'être escorté brutalement jusqu'à une voiture garée devant la maison. Dans toute la rue, des voisins étaient sortis sur le pas de leur porte pour observer les événements.

Il fut emmené dans un centre de détention fédéral. Là, on lui permit d'appeler son avocat – son frère Darius.

Compte tenu de son état de policier et du danger qu'il courait en compagnie de criminels détestant les flics, il s'attendait à être enfermé dans un bureau. Au lieu de cela, on le jeta dans une cellule déjà occupée par six hommes qui attendaient d'être jugés pour des crimes allant de la détention de stupéfiants au meurtre à la hache d'un marshal fédéral.

Tous s'affirmaient victimes d'une erreur judiciaire. Certains étaient visiblement de mauvais sujets, mais le capitaine se surprit presque à croire en leurs protestations d'innocence.

A deux heures et demie du matin, Darius Descoteaux se retrouva assis en face de son frère, à une table au revêtement de formica abîmé.

– C'est des conneries ! s'exclama-t-il. Ça pue le rat crevé. Tu es l'homme le plus honnête que je connaisse, droit comme un I depuis tout môme. C'était l'enfer, pour un frère. Pas moyen de s'accrocher. Tu es un putain d'emmerdeur, un vrai saint, voilà ce que tu es. Quiconque prétend que tu trafiques de la coke est un menteur ou un débile mental. Écoute-moi : ne t'en fais pas pour cette histoire. Ne t'en fais pas une seule minute, une seule seconde, une seule nanoseconde. Tu as des antécédents exemplaires, pas une tache, un vrai dossier d'emmerdeur, de saint. On te fera sortir sous caution pour pas trop cher et on finira par leur prouver que c'est une erreur ou une conspiration. Je te jure sur la tombe de maman que ça n'ira pas jusqu'au procès. Tu m'entends ? Je te le jure.

Darius avait cinq ans de moins qu'Harris mais lui ressemblait au point qu'on aurait dit des jumeaux. Aussi brillant qu'enthousiaste, il était un excellent avocat. S'il disait qu'il n'y avait aucune raison de s'en faire, Harris tenterait de ne pas s'en faire.

– Qui est derrière, si c'est un complot ? demanda Darius. Quelle ordure a pu faire une chose pareille ? Et pourquoi ? Qu'est-ce que tu as comme ennemis ?

– Je n'en ai pas. Aucun qui soit capable de ça.

– C'est de la connerie. On les obligera à s'excuser, ces enfoirés, ces connards, ces ignorants, on les fera ramper. Ça me fout hors de moi ! Mais même les saints se font des ennemis, Harris.

– Je ne vois personne, insista le capitaine.

– Peut-être que *surtout* les saints se font des ennemis.

Moins de huit heures plus tard, peu après dix heures du matin, avec son frère à son côté, Harris comparut devant un juge, lequel ordonna la détention jusqu'au procès. Le *prosecutor*[1] fédéral demanda une caution de dix millions, mais Darius se portant personnellement garant de son frère, la somme fut ramenée à cinq cent mille dollars – ce que l'avocat considérait comme acceptable, car le prisonnier serait libéré dès qu'il en aurait versé dix pour cent.

Harris et Jessica possédaient soixante-treize mille dollars en actions et sur des comptes d'épargne. Le capitaine n'avait aucune intention de fuir la justice, et ils récupéreraient leur argent au moment du procès.

La situation n'avait rien d'idéal. Toutefois, avant qu'ils ne puissent commencer à mettre au point une contre-offensive pour faire abandonner les accusations qui pesaient contre Harris, ce dernier devait retrouver sa liberté et échapper aux terribles dangers qu'affronte un policier en prison. Les événements commençaient enfin à bouger dans le bon sens.

Sept heures plus tard, à 17 heures, Harris fut tiré de sa cellule et emmené à la salle de conférences entre avocats et clients, où l'attendait de nouveau Darius – avec de mauvaises nouvelles. Le FBI avait persuadé un juge qu'il existait de fortes présomptions pour que des transactions illégales se soient déroulées au domicile des Descoteaux, ce qui avait permis l'application immédiate de la loi fédérale sur la confiscation des biens. Le FBI et la DEA avaient ensuite obtenu un droit de rétention sur la maison et son contenu.

Dans l'intérêt du gouvernement, des marshals fédéraux avaient expulsé Jessica, Willa et Ondine, ne leur permettant d'emporter que quelques vêtements. Les serrures avaient été changées et, au moins temporairement, des gardes postés dans la propriété.

– C'est une vraie merde, commenta Darius. Bon, d'accord, techniquement, ça ne viole peut-être pas la dernière décision de la Cour suprême sur les confiscations, mais ça en viole sans aucun doute l'esprit. La Cour a stipulé que, désormais, il était nécessaire de faire parvenir un avis de saisie imminente au propriétaire.

– Saisie imminente ? répéta Harris, abasourdi.

– Bien sûr, ils vont dire qu'ils ont présenté leur papier en même temps que l'ordre d'expulsion, ce qui est indé-

1. Équivalent de l'avocat général. *(N.d.T.)*

niable, mais il est clair que, du point de vue de la Cour suprême, un laps de temps raisonnable doit s'écouler entre la réception de l'avis et l'expulsion.

Harris ne comprenait plus rien.

– Ils ont expulsé Jessica et les filles ?

– Ne t'en fais pas pour elles, le rassura Darius. Elles habitent avec Bonnie et moi. Elles vont bien.

– Comment peut-on les avoir expulsées ?

– Tant que la Cour suprême n'aura pas pris d'autres résolutions au sujet de la loi sur la confiscation, si elle le fait jamais, l'expulsion pourra avoir lieu avant l'audience, ce qui est injuste. Injuste ? Bon Dieu ! C'est pire que ça : c'est du totalitarisme. Et encore, de nos jours, il y a une audience, ce qui n'était pas obligatoire avant une date récente. Dans les dix jours, tu passeras devant un juge qui t'écoutera présenter tes arguments contre la confiscation.

– C'est ma maison.

– Ce n'est pas un argument. On trouvera mieux.

– Mais c'est ma maison.

– Il vaut mieux que tu saches que l'audience ne signifie pas grand-chose. Les fédéraux vont faire des pieds et des mains pour qu'on la confie à un juge approuvant depuis belle lurette la loi sur la confiscation. Je vais essayer d'éviter ça, d'en obtenir un autre qui se rappelle qu'on est censé être en démocratie. Mais il faut voir les choses en face : dans 90 % des cas, les fédéraux décrochent le juge de leur choix. On aura une audience, mais il est presque sûr que le jugement sera en notre défaveur et autorisera la confiscation.

Harris avait peine à assimiler les horreurs que lui assenait son frère.

– Ils ne peuvent pas chasser ma famille de chez moi, dit-il en secouant la tête. Je n'ai jamais été condamné.

– Tu es flic. Tu dois savoir comment fonctionne la loi sur la confiscation. Il y a dix ans qu'elle est dans les livres et elle prend de plus en plus de place.

– Je suis flic, oui, pas *prosecutor.* Moi, j'arrête les criminels. C'est le bureau du *district attorney* qui décide des lois utilisées pour les condamner.

– Alors, la leçon ne va pas être agréable. Écoute… pour qu'on saisisse tes biens, il n'est pas nécessaire que tu aies été condamné.

– On peut tout me prendre même si je suis reconnu

innocent ? s'étonna Harris, persuadé d'être en train de faire un cauchemar tiré d'une nouvelle de Kafka.

– Écoute-moi avec attention. Oublie un peu les condamnations et les acquittements. *On peut te prendre tes biens sans même t'accuser de quoi que ce soit.* Sans te traîner au tribunal. Bien sûr, toi, tu as été mis en accusation, ce qui leur donne plus d'autorité.

– Attends, attends. Comment est-ce possible ?

– Si le moindre indice permet de supposer que ta propriété a servi de cadre à des activités illégales, *même si tu n'en as pas connaissance*, c'est suffisant pour la confiscation. Mignon, non ? Tu n'as absolument pas besoin d'être au courant pour perdre tous tes biens.

– Non, je voulais dire : *comment une chose pareille est-elle possible en Amérique ?*

– La lutte contre la drogue. C'est pour ça qu'on a créé la loi sur la confiscation. Pour botter le cul des trafiquants, les démolir.

Darius était plus calme que lors de sa précédente visite, le matin même. Sa nature agitée ne s'exprimait pas tant dans son habituelle volubilité que dans ses tortillements incessants.

Harris s'inquiétait autant de la métamorphose de son frère que de ce qu'il apprenait.

– Les pièces à conviction, la cocaïne, on les a mises chez moi.

– Ça, tu le sais, et moi aussi. Mais le tribunal te demandera de le prouver avant de revenir sur sa décision de confisquer.

– Tu veux dire que je suis coupable tant que je n'ai pas prouvé mon innocence ?

– C'est comme ça que fonctionne la loi. Mais au moins, tu es accusé d'un crime. Tu passeras devant le tribunal. En démontrant ton innocence au cours d'un procès criminel, tu auras indirectement la chance de prouver que la confiscation de tes biens était injustifiée. Il faut prier le ciel qu'ils ne retirent pas leur accusation.

Harris cligna les yeux de surprise.

– Prier qu'ils ne l'abandonnent *pas* ?

– S'ils l'abandonnent, pas de procès. Et alors, ta meilleure chance de récupérer tes biens sera l'audience dont je te parlais.

– Ma meilleure chance ? Cette audience truquée ?

– Pas vraiment truquée. Juste devant *leur* juge.
– Quelle différence ?
Darius hocha la tête, las.
– Pas énorme. Et une fois la confiscation approuvée lors de cette audience, si tu n'as pas de procès criminel pour exposer ton cas, il te faudra entamer une procédure légale pour faire renverser la décision, porter plainte contre le FBI et la DEA. Ce sera un combat terrible. Les avocats du gouvernement n'arrêteront pas d'essayer de te faire débouter – jusqu'à ce qu'ils trouvent un tribunal en leur faveur. Même si un juge ou un jury annule la confiscation, le gouvernement fera appel, encore et encore, pour tenter de t'épuiser.
– Mais s'ils ne m'accusent plus de rien, pourquoi garderaient-ils ma maison ?
Harris comprenait ce que lui avait dit son frère. Simplement, il n'en saisissait ni la logique, ni la justice.
– Comme je te le disais, répondit Darius, patient, ils n'ont qu'à prouver que la propriété a été utilisée pour des activités illégales. Pas que toi ou un membre de ta famille était impliqué dans lesdites activités.
– Qui accuseraient-ils d'avoir stocké de la cocaïne chez moi ?
– Ils n'ont besoin de nommer personne, soupira l'avocat.
– Ils peuvent saisir ma maison en affirmant que quelqu'un s'en servait pour trafiquer de la drogue, mais ils ne sont pas obligés de désigner un suspect ? interrogea Harris, abasourdi, qui acceptait à son corps défendant la monstruosité totale de la situation.
– Tant qu'ils ont des pièces à conviction, oui.
– Mais les pièces à conviction, quelqu'un les a mises chez moi !
– Comme je te l'ai déjà expliqué, c'est une chose qu'il faudra prouver au tribunal.
– Et si on ne m'accuse de rien du tout, je ne réussirai peut-être jamais à y aller pour mon propre compte.
– Exactement. (Darius eut un sourire sans joie.) Tu comprends, maintenant, pourquoi je prie qu'ils ne renoncent pas à leur accusation. Tu comprends les règles.
– Des règles ? répéta Harris. Ce ne sont pas des règles. C'est de la folie.
Il ressentait le besoin de marcher, d'évacuer l'énergie

soudaine qui l'emplissait. Sa colère et son indignation étaient telles, pourtant, que ses genoux refusèrent de le porter. A demi levé, il dut se rasseoir, comme sous l'effet d'une nouvelle grenade paralysante.

– Ça va ? s'inquiéta Darius.

– Mais cette loi n'était censée viser que les gros trafiquants, les racketteurs, la mafia.

– Bien sûr. Des gens qui risquaient de vendre leurs biens et de quitter le pays avant le procès. C'était ça à l'origine, quand la loi a été votée. Mais à présent, il existe deux cents crimes fédéraux autorisant la saisie sans procès, pas seulement le trafic de drogue. L'année dernière, il y a eu cinquante mille confiscations.

– Cinquante mille ?

– C'est devenu une des plus grosses sources de financement des polices. Une fois les biens liquidés, 80 % de l'argent revient au service de police s'occupant de l'affaire, 20 % au *prosecutor.*

Ils demeurèrent assis en silence. La pendule murale démodée émettait un léger tic-tac. Ce bruit fit venir à l'esprit d'Harris une image de bombe à retardement. Brusquement, il eut l'impression d'être assis sur un engin explosif.

– Ils vont vendre ma maison ? demanda-t-il, toujours aussi furieux mais plus maître de lui.

– Eh bien, au moins, il s'agit d'une saisie fédérale. Si elle obéissait aux lois californiennes, la vente aurait lieu dix jours après la confiscation. Les fédéraux nous laissent plus de temps.

– Mais ils vont la vendre.

– Écoute : on va faire tout ce qu'on peut pour faire annuler la décision d'ici là... (La voix de Darius se brisa. Il ne parvenait plus à regarder son frère dans les yeux. Enfin, il déclara :) Et même après la liquidation des biens, si tu as gain de cause, tu seras indemnisé – mais pas pour les frais que t'aura occasionnés la saisie.

– Alors je peux dire au revoir à la maison. On me rendra peut-être de l'argent, pas ma baraque. Et on ne me rendra pas tout le temps que ça va me prendre.

– Le Congrès est en train de préparer la réforme de cette loi.

– La réforme ? On ne va pas l'abolir carrément ?

– Non. Le gouvernement l'aime trop. D'ailleurs, les

projets ne vont pas assez loin et ne sont pas tellement soutenus.

– Ils ont expulsé ma famille, articula le capitaine, toujours incrédule.

– Je me sens minable, Harris. Je vais faire tout ce que je peux, je vais leur coller au cul comme un tigre, mais je devrais être capable de faire encore plus.

Harris avait les poings serrés sur la table.

– Rien de tout ça n'est ta faute, petit frère. Ce n'est pas toi qui as rédigé cette loi. On… on s'en tirera. D'une manière ou d'une autre, on s'en tirera. L'important, maintenant, c'est de payer ma caution pour que je puisse sortir d'ici.

Darius posa ses mains d'un noir de jais à plat sur ses yeux et appuya doucement, semblant tenter de chasser sa fatigue. Comme son frère, il n'avait pas dormi la nuit précédente.

– Il faut attendre lundi. Je passerai à ma banque à la première heure.

– Non, non, tu n'as pas besoin d'engager ton argent. On en a assez. Jessica ne te l'a pas dit ? Et notre banque est ouverte le samedi.

– Elle me l'a dit, mais…

– Elle n'est plus ouverte à cette heure-ci, mais elle l'était tout à l'heure. Bon Dieu ! Je voulais sortir aujourd'hui.

Darius abaissa les mains et soutint le regard de son frère, l'air désolé.

– Ils ont aussi bloqué vos comptes bancaires, Harris.

– Ils ne peuvent pas, déclara le capitaine, furieux, mais sans conviction.

– Les comptes courants, les comptes d'épargne, tout, à ton nom, à celui de Jessie ou aux deux. Ils disent que c'est l'argent de la drogue. Même le compte du club de Noël.

Harris avait l'impression d'avoir reçu un coup au visage. Une sorte d'engourdissement s'emparait de lui.

– Darius, je ne peux pas… je ne peux pas te laisser verser la caution. Pas cinquante mille dollars. On a des actions.

– Ton portefeuille financier est bloqué aussi, en attendant la confiscation.

Le capitaine contempla la pendule. L'aiguille des

secondes tressautait tout autour du cadran. Le bruit de bombe à retardement résonnait plus fort, de plus en plus fort.

L'avocat posa les mains sur les poings d'Harris.

– Je te jure qu'on s'en sortira, grand frère, ensemble.

– Avec tout bloqué... on n'a plus que le liquide de mon portefeuille et du sac de Jessica. Bon Dieu ! Peut-être seulement son sac : si elle n'a pas pensé à l'emporter quand... quand ils l'ont fait partir avec les filles, mon portefeuille est dans le tiroir de la table de nuit à la maison.

– Donc, Bonnie et moi payons la caution et je ne veux pas entendre la moindre objection, dit Darius.

Tic-tac... tic-tac... tic-tac...

Harris avait le visage engourdi. La nuque engourdie et couverte de chair de poule. Engourdie et froide.

Darius serra une nouvelle fois les mains de son frère, rassurant, puis le lâcha.

– Comment Jessica et moi allons-nous trouver une maison à louer si nous sommes incapables de réunir les deux premiers mois de loyer et la caution ?

– Vous vivrez chez nous en attendant. C'est déjà décidé.

– Votre maison n'est pas si grande. Vous n'avez pas de place pour quatre personnes supplémentaires.

– Jessie et les filles sont déjà installées. Avec toi, ça ne fera qu'un locataire de plus. D'accord, on sera à l'étroit, mais ça ira. Personne ne refusera de se serrer un peu. On forme une famille. On se tirera de ça ensemble.

– Mais ça risque de prendre des mois. Bon Dieu ! Ça risque de prendre des années, non ?

Tic-tac... tic-tac... tic-tac...

– Je te demande de bien réfléchir à tes ennemis, Harris, insista Darius plus tard, avant de s'en aller. Il ne s'agit pas d'une erreur. Ça a demandé de la préparation, de l'astuce et des contacts. Quelque part, que tu le saches ou non, tu as un ennemi puissant, intelligent. Réfléchis-y. Si jamais des noms te viennent à l'esprit, ça pourra m'aider.

Durant la nuit du samedi au dimanche, Harris partagea une cellule sans fenêtre avec deux hommes suspectés de meurtre et un violeur qui se vantait d'avoir agressé des femmes dans dix États différents. Il ne dormit que par intermittence.

La nuit suivante, il dormit nettement mieux pour la bonne raison qu'il était totalement épuisé. Des rêves le tourmentèrent. Des cauchemars dans lesquels se manifestaient tôt ou tard une pendule et son tic-tac.

Le lundi, il se leva à l'aube, impatient de sortir. Il lui répugnait de laisser Darius et Bonnie réunir autant d'argent pour payer sa caution. Bien entendu, il n'avait aucune intention de quitter le pays, si bien qu'ils ne perdraient pas leurs fonds. Et il avait acquis une phobie de la prison qui, si elle continuait de s'aggraver, allait bientôt devenir intolérable.

Quoique sa situation fût terrible, impensable, il tirait un certain réconfort de la certitude que le pire était passé. On lui avait tout pris – ou on ne tarderait pas à le faire. Il touchait le fond. Malgré la longue bataille qui l'attendait, il ne pouvait que remonter.

On était lundi matin. Tôt.

A Caliente, Nevada, la route fédérale bifurquait vers le nord, mais ils la quittèrent à Panaca, pour une route d'État qui rejoignait à l'est la frontière de l'Utah. Cet axe rural les entraîna sur un terrain plus élevé, à l'aspect rude, tout juste sorti du chaudron de la création, quasi prémésozoïque, quoique planté de pins et d'épicéas.

Aussi dingue que cela parût, Spencer était totalement convaincu que Valérie avait raison de craindre une surveillance satellite. Au-dessus d'eux, il n'y avait que du bleu, pas la moindre présence mécanique monstrueuse de la *Guerre des étoiles*. Pourtant, il avait la désagréable impression d'être observé, kilomètre après kilomètre.

En dépit de l'œil dans le ciel et des tueurs professionnels peut-être lancés vers l'Utah pour les intercepter, Spencer était affamé. Les deux petites boîtes de saucisses n'avaient pas apaisé sa faim. Il dévora des crackers au fromage et les fit passer avec un Coca-Cola.

Derrière les sièges, assis très droit dans ses étroits quartiers, Rocky était tellement enthousiasmé par l'allure de la Rover qu'il ne s'intéressa même pas aux biscuits. Il avait un large sourire et ne cessait de hocher la tête, de haut en bas, de haut en bas.

– Qu'est-ce qui lui prend ? demanda Valérie.

– Il apprécie ta conduite. Il adore la vitesse.

– C'est vrai ? Il est tellement craintif, la plupart du temps.

– Moi-même, je n'ai découvert cette passion que récemment, admit Spencer.

– Pourquoi a-t-il peur de tout ?

– Il a été maltraité avant d'atterrir à la fourrière où je l'ai trouvé. Je ne connais pas son passé.

– En tout cas, ça fait plaisir de le voir heureux.

Rocky agitait la tête avec enthousiasme.

– Je ne sais pas ce qu'il y a dans ton passé non plus, reprit Spencer, tandis qu'ils traversaient les ombres vacillantes des arbres, sur la route. (La jeune femme ne répondit pas mais leva un peu le pied.) A qui cherches-tu à échapper ? A présent, ce sont mes ennemis, à moi aussi. J'ai le droit de savoir.

Valérie contemplait fixement la route.

– Ils n'ont pas de nom.

– Quoi ? Une société secrète d'assassins fanatiques, comme dans les vieilles histoires de Fu Manchu ?

– Plus ou moins. (Elle était sérieuse.) Une agence fédérale anonyme, financée par le détournement de fonds destinés à nombre d'autres tâches. Et également par des centaines de millions de dollars annuels provenant d'affaires qui mettent en jeu la loi sur la confiscation des biens. A l'origine, cette boîte a été créée pour couvrir les actions illégales et les opérations manquées de divers organismes gouvernementaux – de la Poste au FBI. Une valve à pression politique.

– Une brigade d'intervention indépendante.

– Comme ça, même si un reporter ou qui que ce soit sait qu'un acte illégal a été commis au cours d'une enquête menée par, disons, le FBI, on ne peut pas remonter jusqu'au moindre agent dudit FBI. Le groupe indépendant fait tampon, si bien que le Bureau n'a pas besoin de détruire les pièces à conviction, d'acheter les juges, d'intimider les témoins – tout le sale boulot. Les coupables sont mystérieux, anonymes. Rien ne prouve qu'ils soient employés par le gouvernement.

Le ciel était toujours bleu, dépourvu de nuages, mais la journée paraissait pourtant plus sombre qu'auparavant.

– C'est un concept assez paranoïaque pour étayer une demi-douzaine de films d'Oliver Stone, déclara Spencer.

– Stone voit l'ombre de l'oppresseur mais il ne devine pas de qui il s'agit, répondit la jeune femme. Bon Dieu ! Même l'agent moyen du FBI ou de l'ATF ignore l'existence de cette agence. Elle n'opère qu'à un très haut niveau.

– Haut comment ?

– Les agents les plus gradés ne répondent que devant Thomas Summerton.

Spencer fronça le sourcil.

– C'est un nom qui devrait me dire quelque chose ?

– Il a une grosse fortune personnelle, c'est un des financiers politiques les plus importants et un homme d'affaires plutôt louche. C'est aussi le premier adjoint du ministre de la Justice.

– D'où ?

– Du pays d'Oz ! Qu'est-ce que tu crois ? demanda-t-elle, impatiente. Premier adjoint du ministre de la Justice des États-Unis.

– Tu te fous de moi ?

– Tu n'as qu'à vérifier dans un almanach ou lire le journal.

– Je ne veux pas dire que tu te fous de moi en prétendant que c'est le premier adjoint. Juste en disant qu'il est mêlé à un complot de cet ordre-là.

– Je le sais ! Je le connais. Personnellement.

– Mais à un poste pareil, il est le numéro deux du ministère de la Justice. Le maillon suivant de la chaîne...

– Ça fait peur, hein ?

– Tu veux dire que le ministre de la Justice est au courant de tout ça ?

Valérie secoua la tête.

– Je l'ignore. J'espère que non. Je n'en ai jamais eu la preuve. Mais je ne considère plus rien comme impossible.

En face d'eux, un van Chevrolet gris franchit un sommet de côte et continua dans leur direction. Spencer n'en aimait pas l'aspect. D'après les prévisions de la jeune femme, ils avaient peu de chances de se trouver en danger immédiat avant presque deux heures, mais elle pouvait se tromper. Peut-être l'agence n'avait-elle pas besoin d'envoyer des tueurs depuis Las Vegas. Peut-être avait-elle des hommes dans la région.

Il eut envie d'enjoindre à sa compagne de quitter la route sans attendre. Il fallait mettre des arbres entre eux et un feu nourri éventuel. Mais ils ne pouvaient aller nulle part : il n'y avait pas d'autre route en vue et les bas-côtés présentaient une dénivellation de deux mètres.

Spencer effleura de la main le pistolet SIG 9 mm qui reposait sur ses genoux.

Alors que le van Chevrolet les croisait, le conducteur leur lança un regard éberlué, comme s'il les avait reconnus. C'était un homme corpulent. La quarantaine. Le visage large et dur. Il écarquilla les yeux et ouvrit la bouche pour s'adresser à son passager. L'instant d'après, il était passé.

Spencer se retourna pour observer le van, mais à cause de Rocky et d'une demi-tonne d'équipement, il ne distingua rien par la lunette arrière. Un coup d'œil au rétroviseur de droite lui montra le véhicule qui rapetissait derrière eux. Pas de feux de stop. On ne faisait pas demi-tour pour les suivre.

Il comprit à retardement que le conducteur ne les avait pas reconnus. C'était tout simplement leur vitesse qui le stupéfiait. D'après le compteur, Valérie roulait à une allure comprise entre cent trente et cent quarante kilomètres à l'heure, quarante de plus que la limitation – et environ vingt de trop, compte tenu de l'état de la route.

Le cœur de Spencer battait la chamade. La vitesse n'y était pour rien.

Sa compagne lui jeta un bref coup d'œil, tout à fait consciente de la peur qui l'empoignait.

– Je t'avais dit qu'il valait mieux que tu ne saches rien. (Elle se retourna vers la route.) Ça fout les foies, hein ?

– Les foies n'est pas le mot. J'ai l'impression…

– D'avoir reçu un lavement à l'eau glacée ? suggéra-t-elle.

– Même ça, tu trouves que c'est drôle ?

– D'une certaine manière.

– Pas moi. Bon Dieu ! Si le ministre de la Justice est au courant, alors l'échelon *suivant*…

– Le président des États-Unis.

– Je ne sais pas ce qui serait le plus grave. Que le président et le ministre de la Justice approuvent l'existence d'une telle agence… ou qu'elle fonctionne à un niveau aussi élevé sans qu'ils le sachent. Parce que s'ils ne le savent pas, et s'ils le découvrent par hasard…

– Ils sont condamnés.

– Et s'ils ne le savent pas, ça veut dire que les gens qui gouvernent le pays ne sont pas ceux que nous avons élus.

– Je ne suis pas sûre que ça remonte jusqu'au ministre de la Justice. Et je n'ai pas la moindre idée en ce qui concerne la Maison Blanche. J'espère qu'elle n'est pas dans le coup, mais…

– Mais tu ne considères plus rien comme impossible, acheva-t-il pour elle.

– Pas après ce que j'ai vécu. Je n'ai plus confiance qu'en moi-même et en Dieu. Quoique ces derniers temps, j'ai des doutes sur Dieu.

Au fond de la caverne de béton d'où l'agence écoutait Las Vegas par une multitude d'oreilles secrètes, Roy Miro faisait ses adieux à Ève Jammer.

Quoique ignorant s'ils se reverraient, ils ne gaspillèrent ni larme ni lamentation. Ils étaient sûrs de se retrouver bientôt. La puissance spirituelle de Kevorkian habitait toujours Roy, qui se sentait quasi immortel. Pour sa part, Ève ne semblait jamais avoir assimilé qu'elle pût mourir ou qu'une chose dont elle avait vraiment envie – telle que Roy – pût lui être refusée.

Ils s'approchèrent l'un de l'autre. Roy posa sa mallette afin de prendre entre les siennes les mains parfaites de sa compagne.

– J'essaierai de revenir ce soir, mais je ne peux rien promettre.

– Vous allez me manquer, avoua-t-elle d'une voix rauque, mais si vous ne pouvez pas être là, j'accomplirai quelque chose qui me fera penser à vous, quelque chose qui me rappellera à quel point votre présence m'exalte et qui me rendra encore plus impatiente de vous retrouver.

– Quoi ? Dites-moi quoi, afin que je puisse en emporter l'image. Une image de vous pour faire passer le temps plus vite.

Son talent pour les mots d'amour le surprenait. Il s'était toujours considéré comme un incurable romantique, mais n'avait jamais eu la certitude de savoir quoi dire s'il rencontrait une femme correspondant à ses exigences.

– Je ne veux pas vous le révéler maintenant, répondit-elle, mutine. Je veux que vous rêviez, que vous vous interrogiez, que vous imaginiez. Parce que quand vous rentrerez et que je vous le dirai, nous passerons la nuit la plus excitante que nous ayons jamais connue.

Il s'échappait d'elle une chaleur incroyable. Roy n'avait qu'une envie : fermer les yeux et se laisser fondre.

Il l'embrassa sur la joue. Ses lèvres étaient gercées par l'air du désert, et Ève avait la peau chaude. Ce fut un baiser délicieusement sec.

Se détourner fut une torture. Devant l'ascenseur, alors que les portes de la cabine s'ouvraient, il regarda en arrière.

La jeune femme se tenait sur un pied, prête à écraser de l'autre l'araignée qui courait devant elle.

– Chérie, non ! s'exclama-t-il. (Elle le contempla, étonnée.) Les araignées sont de *parfaites* petites créations. Mère Nature dans un de ses meilleurs jours. Des tisseuses de toiles magnifiques. Des machines à tuer merveilleusement conçues. Elles étaient là bien avant que l'homme ne foule le sol de la planète. Elles méritent de vivre en paix.

– Je ne les aime pas tellement, avoua Ève avec la moue la plus adorable que Roy eût jamais contemplée.

– Quand je reviendrai, nous en examinerons une ensemble, à la loupe, promit-il. Vous verrez à quel point elle est compacte, efficace et fonctionnelle. Lorsque je vous aurai montré combien les arachnides sont parfaits, vous ne les verrez plus jamais de la même manière. Vous les adorerez.

– Pourquoi pas ? soupira Ève à regret, en enjambant l'araignée avec soin plutôt que de l'écraser.

Empli d'amour, Roy prit l'ascenseur jusqu'au dernier étage du gratte-ciel. Il emprunta ensuite un escalier de service pour rejoindre le toit.

Huit des douze membres du commando se trouvaient déjà à bord du premier des deux hélicoptères modifiés pour l'agence. Dans un grand vacarme de rotor, l'appareil prit son essor et s'éloigna.

Le deuxième engin, identique, lévitait non loin du bâtiment. Dès que la piste fut dégagée, il descendit pour embarquer les quatre derniers agents – tous en civil, mais porteurs de sacs de voyage emplis d'armes et d'équipement.

Roy monta à bord le dernier et s'installa au fond de la cabine. Le siège voisin et les deux de la rangée précédente étaient inoccupés.

Ouvrant sa mallette, tandis que l'appareil décollait, il brancha les câbles d'alimentation et de transmission de l'ordinateur sur les prises disponibles dans la paroi arrière de la cabine. Il désolidarisa son téléphone portable du poste de travail et le posa sur le siège adjacent. Il n'en avait plus besoin. A la place, il utiliserait le système de communications de l'hélicoptère. Un cadran téléphonique apparut immédiatement sur l'écran. Après avoir appelé Maman, en Virginie, il s'identifia comme « Winnie », fournit l'empreinte de son pouce, et obtint l'accès au centre de surveillance satellite situé dans les locaux de l'agence, à Las Vegas.

Une version miniature de la scène qui occupait l'écran géant apparut sur son appareil. La Range Rover filait comme une flèche, ce qui tendait à prouver que la bonne femme était au volant. Elle avait dépassé Panaca, Nevada, et se ruait vers la frontière de l'Utah.

– Il était fatal que quelque chose dans ce genre-là apparaisse tôt ou tard, dit Valérie alors qu'ils approchaient de la frontière de l'Utah. En voulant absolument créer un monde parfait, nous avons ouvert la porte au fascisme.

– Je ne suis pas sûr de te suivre.

Et il n'était pas sûr d'en avoir envie. Elle s'exprimait avec une conviction qui le mettait mal à l'aise.

– Les lois ont été écrites par tellement d'idéalistes ayant chacun des conceptions différentes de l'utopie que tout le monde en viole vingt par jour, sans même en avoir conscience.

– On demande aux flics de faire respecter des dizaines de milliers de lois, admit-il. Plus qu'ils ne peuvent en retenir.

– Et donc ils oublient le véritable sens de leur mission. Ils perdent la notion des choses. Tu as dû t'en rendre compte, quand tu l'étais.

– Bien sûr. Il y a eu des tas de controverses sur l'intervention de la police de Los Angeles dans des affaires d'associations légales de citoyens.

– Parce que ces associations-là, à ce moment-là, étaient du « mauvais » côté des problèmes délicats. Le gouvernement a politisé tous les aspects de la vie, y compris les services de police, et nous allons tous en souffrir, quelles que soient nos opinions politiques.

– La plupart des flics sont de braves gens.

– Je sais. Mais dis-moi une chose. De nos jours, ceux qui accèdent au sommet de la hiérarchie... est-ce que ce sont les braves gens ou ceux qui savent manœuvrer politiquement, les grands magouilleurs ? Est-ce que ce ne sont pas les lèche-bottes qui savent manipuler un sénateur, un membre du Congrès, un maire, un conseiller municipal ? Et les activistes politiques de toutes obédiences ?

– Ça a peut-être toujours été comme ça.

– Non... On ne verra probablement plus jamais de types comme Elliot Ness à la tête de quoi que ce soit... mais autrefois, il y en avait beaucoup. Les flics respectaient l'insigne qu'ils portaient. Est-ce encore le cas aujourd'hui ?

Spencer n'eut pas même besoin de répondre à cette question.

– Maintenant, ce sont des flics politisés qui définissent les priorités, qui distribuent les fonds, reprit Valérie. C'est encore pire au niveau fédéral. On dépense des fortunes à poursuivre des gens qui contreviennent à de vagues lois sur le racisme, la pornographie, la pollution, la publicité mensongère ou le harcèlement sexuel. Comprends-moi bien : j'adorerais que le monde soit débarrassé des bigots, des pornographes, des vendeurs de saloperies et de ceux qui harcèlent les femmes. Mais au même moment, nous avons le taux de meurtres, de viols et de vols le plus élevé de n'importe quelle société de l'histoire.

Plus elle s'exprimait avec passion, plus elle conduisait vite.

Spencer faisait la grimace chaque fois qu'il détournait les yeux pour regarder la route. Si elle perdait le contrôle du véhicule, s'ils quittaient l'asphalte pour débouler au milieu des gigantesques épicéas, ils n'auraient plus à s'inquiéter du commando de Las Vegas.

Derrière eux, toutefois, Rocky était exubérant.

– Les rues ne sont pas sûres, continua la jeune femme.

Il y a des endroits où les gens ne sont pas même en sécurité chez eux. Les services de police ont perdu la notion des choses. En conséquence, ils font des erreurs, et il faut les protéger du scandale pour sauver la peau des politiciens – les leurs et ceux qui sont élus ou nommés.

– C'est là que l'agence sans nom entre en scène.

– Pour balayer leurs saletés, les cacher sous le tapis – de manière qu'aucun politicien ne laisse ses empreintes sur le balai, conclut-elle, amère.

Ils franchirent la frontière de l'Utah.

Ils survolaient toujours la banlieue de Las Vegas, quelques minutes après le départ, quand le copilote se présenta à l'arrière de la cabine des passagers. Il tenait en main un téléphone de sûreté, muni d'un brouilleur intégré, qu'il brancha avant de le tendre à Roy.

L'appareil était muni d'un casque, si bien que l'utilisateur avait les mains libres. La cabine était fort bien isolée et les écouteurs, aussi gros que des soucoupes, d'une telle qualité qu'il n'entendait plus ni le moteur ni les rotors – bien qu'il en sentît les vibrations dans son siège.

C'était Gary Duvall, l'agent californien chargé d'étudier le dossier d'Ethel et George Porth, qui l'appelait. Mais pas de Californie. Il se trouvait à présent à Denver, Colorado.

On avait supposé que les Porth habitaient déjà San Francisco à la mort de leur fille, quand leur petit-fils était venu vivre chez eux. Cette supposition s'était révélée fausse.

Duvall avait fini par localiser un de leurs anciens voisins, lequel s'était rappelé qu'ils venaient auparavant de Denver. Lorsqu'ils étaient arrivés en Californie, leur fille était morte depuis longtemps, et leur petit-fils, Spencer, avait seize ans.

– Longtemps ? répéta Roy, sceptique. Je croyais que le gamin avait perdu sa mère à l'âge de quatorze, dans l'accident de voiture qui lui a valu sa cicatrice. C'est-à-dire deux ans plus tôt.

– Non. Pas seulement deux ans. Et ce n'était pas un accident de voiture.

Duvall avait découvert un secret et faisait visiblement

partie de ces gens qui adorent détenir des secrets. Le ton enfantin de sa voix, « Je sais quelque chose que tu ne sais pas », indiquait qu'il se préparait à morceler des informations capitales afin de savourer chaque révélation.

Roy poussa un long soupir et s'adossa confortablement.

– Racontez.

– Je suis allé à Denver pour voir si les Porth y avaient vendu une maison l'année où ils avaient acheté celle de San Francisco. C'était le cas. J'ai donc essayé de trouver des voisins qui se souviendraient d'eux. Pas de problème. J'en ai vu plusieurs. Ici, les gens ne déménagent pas aussi souvent qu'en Californie. Et ils se rappelaient les Porth et le gamin, parce qu'il leur est arrivé des choses absolument incroyables.

Avec un nouveau soupir, Roy ouvrit l'enveloppe qui contenait toujours quatre des photographies découvertes dans la boîte à chaussures, au sein du chalet de Spencer Grant, à Malibu.

– La mère, Jennifer, est morte alors que l'enfant avait huit ans, dit Duvall. Et ce n'était pas un accident.

Roy sortit les clichés de l'enveloppe. Le premier montrait la jeune femme à environ vingt ans, vêtue d'une simple robe d'été, baignée d'ombres et de lumière, près d'un arbre d'où pendaient des grappes de fleurs blanches.

– Elle adorait les chevaux, reprit Duvall, ce qui rappela à Roy d'autres photos, qui représentaient Jennifer en compagnie de ces animaux. Elle les montait et les élevait. Le soir de sa mort, elle est allée à une réunion de l'association des éleveurs du comté.

– A Denver ? Quelque part aux environs ?

– Non, ça, c'était le domicile de ses parents. Jenny habitait Vail, Colorado. Enfin : juste à la sortie. Elle est arrivée à la réunion, mais elle n'est jamais rentrée chez elle.

Le second cliché était celui qui la montrait avec son fils, à la table de pique-nique. Elle étreignait l'enfant, dont la casquette de base-ball était déséquilibrée.

– On a retrouvé sa voiture abandonnée, continua Duvall. Il y a eu une battue, mais Jennifer n'était nulle part aux alentours. Une semaine plus tard, on a enfin retrouvé son cadavre dans un fossé, à cent kilomètres de Vail.

Comme lorsqu'il avait contemplé les photos pour la première fois, dans le chalet, le vendredi matin, Roy fut submergé par l'impression très nette que le visage de la jeune femme lui était familier. Chacune des paroles de Duvall le rapprochait de l'illumination qui lui avait échappé trois jours plus tôt.

La voix de son correspondant lui parvenait à présent dans les écouteurs avec une étrange et séduisante douceur.

– On l'a retrouvée nue. Torturée. Violée. A l'époque, on n'avait encore jamais vu de meurtre aussi sauvage. Et même de nos jours, avec tout ce qu'on entend, les détails ont de quoi donner des cauchemars.

Sur la photo suivante, Jennifer et l'enfant posaient près d'un étang, la première écartant les doigts derrière la tête du second pour figurer des cornes. La grange se dressait à l'arrière-plan.

– D'après tous les indices... elle avait été victime d'un nomade, reprit Duvall, qui usait d'un compte-gouttes de plus en plus parcimonieux à mesure que se vidait son flacon de secrets. Un sociopathe, avec une voiture mais sans domicile fixe, qui rôdait sur les grandes routes. Il y a vingt-deux ans, c'était un syndrome relativement récent, mais les flics commençaient à le rencontrer assez souvent pour le reconnaître : le tueur en série marginal, dépourvu de tous liens familiaux ou communautaires, le requin enfui de son banc.

La femme. Le garçon. La grange au second plan.

– On n'a eu l'explication du crime que longtemps après. Six ans, pour être exact.

Les vibrations du moteur et des rotors de l'hélicoptère parvenaient à Roy par l'intermédiaire de la carlingue, puis du siège, et se transmettaient à ses os, le faisaient frissonner. Ce qui n'était pas totalement désagréable.

– Le garçon et son père ont continué d'occuper le ranch, continuait Duvall. Parce qu'il y avait bien un père.

Roy passa à la quatrième et dernière photographie.

L'homme dans l'ombre. Ce regard perçant.

– Le garçon ne s'appelait pas Spencer, mais Michael, révéla Gary Duvall.

Le cliché pris par un professionnel, qui montrait l'individu entre trente et quarante ans, était une belle étude de contrastes en noir et blanc. Les ombres étranges d'objets inidentifiables, hors champ, semblaient se rassembler sur le mur, attirées par l'homme, comme s'il avait commandé à la nuit et à toutes ses puissances.

– Le garçon s'appelait Michael…

– Ackblom, compléta Roy, reconnaissant enfin l'individu, quoique son visage fût à moitié masqué. Michael Ackblom. Son père était Steven Ackblom, le peintre. Le meurtrier.

– Exact, confirma Duvall, apparemment déçu de ne pas avoir pu conserver ce secret-là une ou deux secondes de plus.

– Rafraîchissez-moi la mémoire : combien de cadavres a-t-on fini par retrouver ?

– Quarante et un. Et on a toujours pensé qu'il y en avait d'autres ailleurs.

– « Elles étaient si belles, dans leur douleur, et semblables à des anges lorsqu'elles mouraient », récita Roy.

– Vous vous rappelez ça ? s'étonna Duvall.

– C'est la seule chose qu'Ackblom ait dite au tribunal.

– C'est à peu près aussi la seule chose qu'il ait dite aux flics, à son avocat, ou à qui que ce soit d'autre. Il n'avait pas le sentiment d'avoir fait le mal, mais il affirmait comprendre pourquoi la société était d'un avis contraire. Il a donc plaidé coupable, tout avoué, et accepté la sentence.

– « Elles étaient si belles, dans leur douleur, et semblables à des anges lorsqu'elles mouraient », murmura Roy.

La Rover fendait la matinée de l'Utah. Le soleil, qui traversait en oblique les branches couvertes d'aiguilles des conifères, flamboyait sur le pare-brise par intermittence. Pour Spencer, l'alternance rapide des lumières vives et des ombres était aussi frénétique et aussi déroutante qu'un stroboscope dans une boîte de nuit obscure.

Alors même qu'il fermait les yeux pour se protéger de l'assaut, il comprit que ce que représentaient les flamboiements dans sa mémoire le dérangeait plus que la lumière elle-même. Dans son esprit, chaque embrasement, chaque reflet était l'éclat d'un acier dur et froid au cœur de ténébreuses catacombes.

Il ne laissait jamais d'être surpris, dépité, de constater à quel point le passé demeurait vivant dans le présent. Les efforts qu'il faisait pour oublier n'aboutissaient qu'à stimuler ses souvenirs.

– Donne-moi un exemple, dit-il en suivant du bout d'un doigt le tracé de sa cicatrice. Parle-moi d'un des scandales qu'a évités cette agence sans nom.

Elle hésita un instant.

– David Koresh. La propriété de la branche davidienne, à Waco, Texas.

Ces paroles le stupéfièrent au point qu'il ouvrit les yeux malgré les lames de soleil luisantes et les ombres sanglantes. Il la fixa avec incrédulité.

– Koresh était un maniaque !

– Je ne dis pas le contraire. Pour ce que j'en sais, c'était même un quadruple maniaque, et je ne vais certainement pas soutenir que sa disparition était une grosse perte.

– Moi non plus.

– Mais si l'ATF voulait l'épingler pour détention d'armes prohibées, on aurait pu le coincer dans un bar de Waco, où il allait souvent écouter un groupe qu'il appréciait. Ensuite, une fois Koresh hors d'état de nuire, on aurait pu entrer tranquillement dans la propriété, plutôt que d'y balancer directement un commando. Il y avait des enfants, là-dedans, nom de Dieu.

– Des enfants en danger, lui rappela-t-il.

– Et comment ! Ils ont brûlé vifs.

– Ça, c'est un coup bas, l'accusa Spencer, se faisant l'avocat du diable.

– Les fédéraux n'ont jamais pu produire la moindre arme illégale. Au cours du procès, ils ont prétendu en avoir trouvé, modifiées en tir automatique, mais les dépositions se recoupent assez mal. Les Texas Rangers n'ont saisi que deux armes par membre de la secte – et toutes légales. Il y en a beaucoup, au Texas. Dix-sept millions d'habitants et plus de soixante millions d'armes – soit quatre par habitant. Les membres de la secte ne possédaient que la moitié de l'arsenal du citoyen moyen.

– Oui, ça a été dit dans la presse. Et les accusations de pédophilie ont apparemment fini par se révéler dépourvues de fondement. Tout a été révélé – quoique peut-être pas sur une grande échelle. Ce qui est arrivé à ces enfants à cause de l'ATF est une vraie tragédie. Mais qu'a dissimulé l'agence sans nom, exactement ? Ç'a été un terrible scandale pour le gouvernement. On dirait que dans ce cas-là, ton agence n'a pas très bien réussi à redorer le blason de l'ATF.

– Non, mais elle a brillamment dissimulé l'aspect le plus explosif de l'affaire. Un agent de l'ATF, sous les ordres de Tom Summerton et non du directeur de sa propre organisation, comptait utiliser Koresh comme exemple pour obtenir l'extension de la loi sur la confiscation aux organisations religieuses.

L'Utah défilait sous leurs roues. Ils approchaient de Modena. Spencer continuait de caresser sa cicatrice, tout en réfléchissant à ce que sa compagne lui avait dévoilé.

La densité des arbres diminuait. Pins et épicéas se trouvaient à présent trop loin de la route pour y projeter leur ombre, et la danse du sabre orchestrée par le soleil avait cessé. Pourtant, l'ancien policier remarqua que Valérie plissait les yeux et faisait de temps à autre la grimace, comme si ses propres épées de souvenirs l'avaient menacée.

Derrière eux, Rocky paraissait imperméable aux déprimantes révélations de la jeune femme. Quels qu'en fussent les inconvénients, la condition canine avait de nombreux avantages.

– Viser les groupes religieux pour la confiscation, reprit enfin Spencer, même des marginaux comme Koresh… si c'est exact, c'est une vraie bombe. La preuve d'un mépris total de la Constitution.

– De nos jours, il y a des tonnes de sectes et d'Églises diverses qui sont riches à millions. Ce prêcheur coréen – le révérend Moon : je parie que son Église possède des centaines de millions de dollars sur le sol américain. Si un groupement religieux est mêlé à des activités criminelles, il perd son exemption fiscale. Ensuite, pour peu que l'ATF ou le FBI se voie attribuer un droit de rétention sur les biens, c'est lui qui sera le premier à tout rafler, avant même les impôts.

– Une source d'argent régulière pour se payer de nouveaux jouets et de plus beaux bureaux, dit-il, songeur. Et pour maintenir à flot cette agence sans nom. Voire la faire croître. Alors que des tas de services de polices locaux – ceux qui traquent les vrais criminels, les gangs des rues, les meurtriers, les violeurs – manquent tellement de fonds qu'ils ne peuvent même pas augmenter leurs effectifs ni acheter de matériel.

– En plus, la loi sur la confiscation, fédérale ou locale, est soumise à un contrôle ridicule, ajouta Valérie, tandis qu'ils dépassaient Modena en un clin d'œil. On ne tient pas le compte exact des biens saisis : un bon pourcentage disparaît donc dans les poches de certaines personnalités officielles.

– Du vol légalisé.

– Personne ne se fait jamais prendre, alors ça pourrait aussi bien être légal. Quoi qu'il en soit, l'agent de Summerton qui s'était infiltré dans l'ATF comptait cacher de la drogue, de faux dossiers rapportant d'importantes transactions, et un paquet d'armes illégales au Centre du Mont-Carmel – la propriété de Koresh. Après le succès de l'assaut initial.

– Seulement l'assaut initial a échoué.

– Koresh était encore plus instable qu'on ne l'imaginait. Alors, des agents de l'ATF ont été tués. Et des enfants. C'est devenu un vrai cirque médiatique. Les séides de Summerton ne pouvaient pas déposer les armes et la drogue sous le nez de tout le monde. L'opération a été abandonnée. Mais à ce moment-là, il en existait déjà des traces écrites au sein de l'ATF : des notes confidentielles, des rapports, des fichiers. Il fallait éliminer tout ça très vite. Une ou deux personnes qui en savaient trop et qui risquaient de parler ont été éliminées, elles aussi.

– Et tu prétends que c'est l'agence sans nom qui a fait le ménage ?

– Je ne prétends rien du tout. Je sais !

– Qu'est-ce que tu viens faire là-dedans, toi ? Comment connais-tu Summerton ?

Elle se mordilla la lèvre inférieure, semblant se demander ce qu'elle devait ou non révéler.

– Qui es-tu vraiment, Valérie Keene ? demanda-t-il. Qui es-tu, Hannah Rainey ? Qui es-tu, Bess Baer ?

– Qui es-tu, toi, Spencer Grant ? renvoya-t-elle en feignant la colère.

– Arrête-moi si je me trompe, mais il me semble t'avoir donné un nom, un nom tout à fait authentique, quand je délirais, cette nuit ou celle d'avant.

La jeune femme hésita, acquiesça, mais ne quitta pas la route des yeux.

Spencer se rendit compte que sa voix diminuait d'intensité, au point de devenir un quasi-murmure. Incapable de l'élever, il avait pourtant la certitude que Valérie entendait chacune de ses paroles.

– Michael Ackblom. C'est un nom que j'ai détesté pendant plus de la moitié de ma vie. Depuis quatorze ans, depuis que mes grands-parents m'ont aidé à le faire changer par un tribunal, ce n'est même plus mon nom légal. Et du jour où le juge m'a accordé cette requête, je ne l'ai plus jamais prononcé. Pas une seule fois en tout ce temps. Jusqu'à ce que je te le dise à toi.

Il se tut.

Sa compagne resta muette, comme si elle avait su, malgré son silence, qu'il n'avait pas terminé.

Ce qu'il avait sur le cœur était plus facile à exprimer dans un délire libérateur, comme celui au cours duquel lui avaient échappé ses révélations précédentes. A présent, une grande retenue le saisissait, moins due à sa timidité qu'à sa conscience aiguë d'être un homme blessé. Valérie méritait mieux que ce qu'il serait jamais.

– Même si je n'avais pas déliré, continua-t-il, j'aurais fini par te le dire, tôt ou tard. Parce que je ne veux pas avoir le moindre secret pour toi.

Comme il était difficile, parfois d'avouer les choses qu'on avait le plus profondément, le plus rapidement besoin de dire. S'il avait eu le choix, il n'aurait choisi ni ce moment ni cet endroit pour parler : une route déserte de l'Utah, alors qu'il était épié, poursuivi, et qu'il filait vers une mort probable ou la liberté – et dans les deux cas, vers l'inconnu. La vie, toutefois, enchaînait ces instants sans consulter ceux qui les vivaient, et la douleur qu'on éprouvait en vidant son cœur, au bout du compte, était toujours plus supportable que celle que constituait le prix du silence.

Il prit une profonde inspiration.

– Ce que j'essaie de te dire… c'est très présomptueux. Pire que ça. Stupide. Ridicule. Bon Dieu ! Je n'arrive même pas à décrire ce que j'éprouve pour toi, parce que je ne dispose pas des mots nécessaires. Peut-être n'existent-ils pas. Tout ce que je sais, c'est que je ressens une chose étrange, merveilleuse, différente de tout ce que je m'étais jamais attendu à ressentir, différente de tout ce que les gens sont *censés* ressentir.

Valérie gardait les yeux sur la route, ce qui permettait à Spencer de la contempler tandis qu'il parlait. Le lustre de ses cheveux noirs, la délicatesse de son profil et la force de ses belles mains bronzées sur le volant l'encourageaient à poursuivre. S'il avait croisé son regard, il aurait peut-être été trop intimidé pour continuer à se livrer.

– Et ce qui est encore plus dingue, c'est que je ne peux même pas t'expliquer *pourquoi* j'ai ce sentiment à ton égard. C'est quelque chose qui est né comme ça. Inexistant jusqu'alors... et présent l'instant d'après, comme si ç'avait toujours été là. Comme si toi, tu avais toujours été là, ou comme si j'avais passé toute ma vie à attendre que tu y sois.

Plus les mots s'échappaient de sa bouche, plus ils venaient vite, et plus il craignait de ne pas trouver ceux qui convenaient. A tout le moins, Valérie semblait savoir qu'elle ne devait pas répondre ou, pire, l'encourager. L'équilibre de Spencer sur la corde raide des révélations était si précaire que le moindre coup, même involontaire, l'aurait jeté à bas.

– Je ne sais pas. Je ne suis pas doué pour ce genre de choses. Le problème, c'est que, en ce qui concerne les émotions, j'ai encore quatorze ans. Je suis figé dans l'adolescence, aussi embarrassé qu'un gamin. Et si je n'arrive pas à expliquer ce que je ressens, ni pourquoi je le ressens – comment puis-je te demander de répondre à mon sentiment ? J'avais raison, bon Dieu ! « Présomptueux » n'est pas le mot. « Stupide » convient mieux.

Il se retira à nouveau dans la sécurité du silence, mais n'osa s'y attarder, craignant de perdre rapidement la volonté de le briser.

– Stupide ou pas, à présent, j'ai de l'espoir, et je vais m'y accrocher jusqu'à ce que tu me dises de lâcher prise. Je vais tout te dire sur Michael Ackblom, cet enfant qui n'existe plus. Je te dirai tout ce que tu voudras savoir, tout ce que tu supporteras d'entendre. Mais je veux la même chose en retour. Je veux savoir tout ce qu'il y a à savoir. Pas de secrets. Assez de secrets. A partir de cet instant, plus de secrets. Quelle que soit la nature de nos relations – à supposer que nous en ayons –, elles doivent être honnêtes, droites, propres, lumineuses, contrairement à tout ce que j'ai connu avant.

La Rover avait ralenti peu à peu tandis qu'il parlait.

Son dernier silence n'était pas une nouvelle pause entre deux douloureuses tentatives pour s'exprimer et sa compagne parut s'en rendre compte. Elle se tourna vers lui. Ses magnifiques yeux noirs brillaient de la chaleur et de la douceur qui avaient tant frappé Spencer à La Porte Rouge, moins d'une semaine plus tôt, lors de leur première rencontre.

Quand la chaleur menaça de se muer en larmes, Valérie regarda à nouveau la route.

Depuis leur réunion dans l'arroyo le vendredi soir, c'était la première fois qu'il retrouvait en elle cet esprit exceptionnellement bon et ouvert – que la nécessité avait voilé de doute et de méfiance. Elle avait cessé de lui faire confiance quand il l'avait suivie chez elle. Son existence lui avait appris le cynisme et les soupçons, tout comme celle de Spencer lui avait appris à redouter ce qu'il risquait de découvrir un jour du plus profond de lui-même.

Se rendant compte qu'elle avait ralenti, la jeune femme écrasa l'accélérateur et la Rover s'élança comme une flèche.

Spencer attendait.

Des arbres bordaient à nouveau la route. Des lames de lumière entrecroisées jouaient sur le pare-brise, projetant des ombres mouvantes à l'intérieur du véhicule.

– Je m'appelle Eleanor, dit-elle. Tout le monde m'appelle Ellie. Ellie Summerton.

– Pas… sa fille ?

– Non. Dieu merci, non. Sa belle-fille. Mon nom de jeune fille est Golding. Eleanor Golding. J'étais mariée au fils unique de Tom, Danny Summerton. Danny est mort, à présent. Il est mort depuis quatorze mois. (Sa voix oscillait entre colère et tristesse ; souvent, l'équilibre entre ces deux forces changeait au beau milieu d'un mot, qui s'étirait, se déformait.) Parfois, j'ai l'impression que ça ne fait qu'une semaine, et d'autres fois qu'il n'est plus là depuis une éternité. Danny en savait trop, et il se préparait à parler. On l'a tué pour le faire taire.

– Summerton a tué son propre fils ?

La voix de Valérie se fit si froide que la colère parut

avoir vaincu à jamais les insistants tiraillements de la tristesse.

– Il est encore pire que ça : il a ordonné à quelqu'un d'autre de le faire. Mon père et ma mère sont morts également... juste parce qu'ils se trouvaient là quand les types de l'agence sont venus descendre Danny.

Elle était livide, la voix plus froide que jamais. A l'époque où il était policier, Spencer avait observé quelques visages aussi blancs que l'était celui d'Ellie à ce moment – mais à la morgue.

– J'étais là aussi et je me suis échappée, dit-elle. J'ai eu de la chance. C'est ce que je n'arrête pas de me répéter, depuis : j'ai eu de la chance.

– ... mais Michael n'a pas connu la paix, même une fois chez ses grands-parents, les Porth, à Denver, continua Gary Duvall. Tous les gamins de l'école connaissaient le nom d'Ackblom. Pas très courant. C'était un peintre célèbre pour ses toiles, avant de le devenir pour le meurtre de sa femme et de quarante et une autres. De plus, la photo du môme avait été publiée par les journaux. Le Petit Héros. Cela faisait de lui un objet de curiosité incessante. Tout le monde le montrait du doigt. Chaque fois qu'il avait l'impression que les médias allaient le laisser tranquille, il se produisait un regain d'intérêt pour l'affaire. On le traquait à nouveau. Mais bon Dieu ! ce n'était qu'un môme.

– Vous savez comment sont les journalistes, dit Roy, méprisant. Des salopards avec une pierre à la place du cœur. Il n'y a que leurs articles qui comptent. Aucune compassion.

– Le gamin avait déjà connu le même enfer, une notoriété indésirable, à l'âge de huit ans, quand on avait retrouvé le corps de sa mère dans un fossé. Cette fois ça le déchirait complètement. Ses grands-parents étant retraités, ils pouvaient vivre n'importe où, si bien qu'au bout de presque deux ans, ils ont quitté le Colorado pour une nouvelle ville, un nouvel État, un nouveau départ. C'est ce qu'ils ont dit à leurs voisins, mais ils ont refusé de révéler à quiconque où ils allaient. Ils se sont déracinés et ont abandonné leurs amis par amour pour le garçon. Ils ont dû se dire que c'était leur seule chance de lui offrir une vie normale.

– Une nouvelle ville, un nouvel État, un nouveau départ, répéta Roy, et même un nouveau nom. Ils l'ont fait changer légalement, n'est-ce pas ?

– Ici même, à Denver, avant de déménager. Compte tenu des circonstances, les archives du jugement sont confidentielles, bien entendu.

– Bien entendu.

– Mais je les ai consultées. Michael Steven Ackblom est devenu Spencer Grant, sans deuxième prénom ni même une initiale. Un choix étrange. On dirait bien que le garçon l'a fait lui-même, mais je ne sais pas où il a pris ça.

– Dans les vieux films qu'il aimait.

– Hein ?

– Beau travail. Merci, Gary.

Roy coupa la communication en appuyant sur un bouton, mais il n'ôta pas les écouteurs du téléphone.

Il contempla la photographie de Steven Ackblom. L'homme dans les ombres.

Les moteurs et le rotor faisaient vibrer les os de Roy, en compagnie de puissants désirs, d'une certaine sympathie pour le diable. Il eut un frisson qui n'était nullement désagréable.

Elles étaient si belles, dans leur douleur, et semblables à des anges lorsqu'elles mouraient.

Ici et là, dans la pénombre des arbres, là où le soleil ne pénétrait que rarement – voire jamais – des plaques de neige immaculées luisaient tels des ossements dans la carcasse de la terre.

Ils avaient laissé derrière eux le véritable désert. L'hiver était venu dans cette région, en avait été chassé par un dégel précoce, et reviendrait sans nul doute avant le véritable printemps. A présent, toutefois, le ciel était bleu – alors que Spencer aurait accueilli avec joie un vent froid, cinglant, et des chutes de neige tourbillonnante pour aveugler les yeux qui les épiaient.

– Danny était un analyste brillant, dit Ellie. Il se passionnait pour l'informatique depuis le collège. Moi aussi. Depuis la classe de cinquième, je mange et je respire des ordinateurs. On s'est rencontrés à l'université. Comme je jouais au pirate dans un univers essentiellement peuplé d'hommes, il a été attiré vers moi.

Spencer la revit assise devant son ordinateur, sur le sable du désert, juste à la limite de l'ombre et du soleil, en train de se connecter à un satellite avec un savoir-faire confondant. Il revit ses yeux limpides, illuminés par le plaisir que lui procurait son habileté à la tâche, revit la mèche de cheveux semblable à une aile de corbeau qui traînait contre sa joue.

Quoi qu'elle pût en penser, son statut de pirate n'était pas tout ce qui avait attiré Danny vers elle. Elle était attirante pour bien des raisons, mais principalement celle-ci : elle paraissait en toutes circonstances plus *vivante* que la plupart des gens.

Bien qu'elle ne quittât pas la route des yeux, elle avait à l'évidence du mal à considérer le passé avec détachement, luttait pour ne pas s'y égarer.

– Après sa sortie de l'école, Danny a reçu plusieurs offres d'emploi, mais son père a absolument voulu qu'il travaille pour l'ATF. A l'époque, avant d'être nommé au ministère de la Justice, Tom Summerton en était le directeur.

– Mais ce n'était pas sous le même gouvernement.

– Oh, pour Tom, savoir qui détient le pouvoir à Washington, républicains ou démocrates, n'a pas tellement d'importance. Il est toujours nommé à un poste important au sein de ce qu'ils appellent non sans humour le « service public ». Il y a vingt ans, il a hérité de plus d'un milliard de dollars, somme qui a probablement doublé aujourd'hui, et il arrose copieusement les deux partis. Il est assez intelligent pour se dire apolitique, homme d'État et non politicien : un bon artisan, qui n'a pas d'idéologie à défendre, qui veut seulement rendre le monde meilleur.

– C'est une sacré comédie, dit Spencer.

– Facile à jouer, pour lui, parce qu'il ne croit en rien. Sauf en lui-même. Et au pouvoir. Le pouvoir constitue sa nourriture, sa boisson, son amour, sa sexualité. Et c'est l'exercice de ce pouvoir qui l'excite, pas l'avancement des causes qu'il devrait servir. A Washington, il règne une telle soif de pouvoir que le diable achète les âmes, mais Tom est si ambitieux que la sienne doit détenir le record du prix de vente.

– Tu l'as toujours détesté ? demanda Spencer, en réaction à la fureur bouillante qui perçait dans la voix de sa compagne.

– Oui, déclara-t-elle sans ambages. En mon for intérieur, je l'ai toujours méprisé, ce fils de pute. Je ne voulais pas que Danny travaille pour l'ATF ; il était trop innocent, trop naïf, trop influencé par son père.

– Qu'est-ce qu'il y faisait, comme boulot ?

– Il a mis au point Maman. L'ordinateur et les logiciels qu'on a ensuite baptisés comme ça. C'était censé devenir l'outil le plus puissant du monde dans la lutte contre le crime, capable de traiter des milliards d'octets à une vitesse record, de relier aisément les organismes de police fédéraux, ceux de l'État et les services locaux, d'éliminer les opérations redondantes, et de donner enfin un avantage aux bons.

– Fascinant.

– N'est-ce pas ? Et Maman fonctionne à merveille. Mais Tom n'a jamais eu l'intention de la confier à une branche officielle du gouvernement. Il a utilisé les ressources de l'ATF pour la concevoir, certes, mais dans le but d'en faire le cœur de son agence anonyme.

– Et Danny a compris ce qui se passait ?

– Peut-être qu'il le savait et qu'il ne voulait pas l'admettre. Il a continué à y travailler.

– Combien de temps ?

– Trop, répondit tristement la jeune femme. Jusqu'à ce que son père quitte l'ATF et déménage pour le ministère de la Justice, un an après que Maman et l'agence avaient pris du service. Finalement, il a compris que la seule fonction de Maman était de permettre au gouvernement de *commettre* des crimes sans se faire prendre. Il était furieux, dégoûté de lui-même, et ça le dévorait vivant.

– Et quand il a voulu se retirer du jeu, on ne le lui a pas permis.

– Nous ne réalisions pas qu'il n'y avait pas de porte de sortie. Je veux dire que Tom avait beau être un paquet de merde ambulant, c'était quand même le père de Danny. Lequel était son fils unique. Sa mère était morte quand il était enfant. D'un cancer. Tom n'avait plus que lui.

Après la mort de sa mère, Spencer et son père s'étaient

rapprochés. En apparence du moins, jusqu'à une certaine nuit de juillet.

– Ensuite, il est devenu très net que ce travail pour l'agence était un emploi obligatoire, à perpétuité, continua Ellie.

– Comme avocat personnel d'un parrain de la mafia.

– Le seul moyen de s'en sortir, c'était d'alerter le public, de révéler au grand jour toutes ces saloperies. Danny a préparé un dossier sur les logiciels de Maman, et un historique des magouilles où l'agence était impliquée.

– Vous réalisiez le danger ?

– En partie. Mais je crois qu'au plus profond de nous, et à des degrés différents, nous avions tous deux peine à croire que Tom ferait tuer Danny. On avait vingt-huit ans, bon Dieu ! La mort, pour nous, c'était un concept abstrait. A vingt-huit ans, on ne conçoit pas encore de mourir un jour.

– Et ensuite les tueurs sont arrivés.

– Pas un commando. Plus subtil. Trois hommes, le soir de Thanksgiving, il y a deux ans. Chez mes parents, dans le Connecticut. Mon père est... était médecin. La vie d'un médecin, surtout dans les petites villes, ne lui appartient pas. Même le jour de Thanksgiving. Alors... vers la fin du dîner, j'étais dans la cuisine... j'allais chercher la tarte au potiron... quand la sonnette a retenti...

Pour une fois, Spencer n'avait pas envie de regarder l'adorable visage de sa compagne. Il ferma les yeux.

Ellie prit une profonde inspiration, avant de continuer.

– La cuisine était de l'autre côté de l'entrée par rapport à la porte. J'ai poussé la porte battante pour voir qui était le visiteur, juste au moment où ma mère... au moment où elle ouvrait.

Spencer la laissait raconter à son propre rythme. S'il se faisait une bonne idée des événements qui s'étaient déroulés depuis l'ouverture de cette porte, quatorze mois auparavant, c'était la première fois qu'elle racontait ces meurtres. Jusque-là, elle avait fui, incapable de faire totalement confiance à un autre être humain et peu soucieuse de risquer la vie d'innocents en les mêlant à sa tragédie personnelle.

– Deux hommes. Rien de spécial. D'après leur allure, ç'auraient pu être des clients de papa. Le premier portait une veste de chasse en velours rouge. Il a dit quelque chose à maman, et puis il est rentré en la repoussant, une arme à la main. Je n'ai pas entendu de coup de feu, il y avait un silencieux, mais j'ai vu… jaillir du sang… et l'arrière du crâne de ma mère qui explosait.

Les yeux fermés pour ne pas voir son visage, Spencer visualisait parfaitement cette maison du Connecticut et l'horreur que la jeune femme décrivait.

– Papa et Danny étaient dans la salle à manger. J'ai hurlé : « Tirez-vous ! Vite ! » Je savais que c'était l'agence. Je ne suis pas passée par la porte de derrière. L'instinct. J'aurais été descendue dès ma sortie. J'ai couru dans la buanderie, près de la cuisine, puis dans le garage, dont j'ai pris la porte latérale. La maison se trouve au milieu d'un hectare de terrain, avec énormément de pelouse, mais j'ai réussi à atteindre la clôture entre notre propriété et celle des Doyle. J'avais presque fini de l'escalader quand une balle a ricoché sur le fer forgé. Quelqu'un, derrière chez mes parents, me tirait dessus. Encore un silencieux. Je n'ai entendu que le plomb qui frappait le fer. J'étais complètement folle de terreur. J'ai traversé la cour des Doyle. Ils n'étaient pas là – partis chez leurs enfants pour la journée. Pas de lumière aux fenêtres. J'ai franchi une grille et je suis arrivée dans St. George's Wood. L'église presbytérienne a été construite au milieu de deux ou trois hectares de terrain boisé – surtout des pins et des sycomores. J'ai couru un moment, et puis je me suis arrêtée entre les arbres, pour regarder en arrière. Je pensais qu'un type au moins me poursuivrait, mais j'étais seule. Soit j'avais été trop rapide, soit ils n'avaient pas envie de me courser en public, avec une arme à la main. Et juste à ce moment-là, il s'est mis à neiger, à gros flocons.

Derrière ses paupières closes, Spencer la voyait lors de cette nuit lointaine, en ce lointain endroit. Seule dans le noir, sans manteau, frissonnante, hors d'haleine, terrifiée. Brusquement, un torrent de flocons blancs se mettait à tourbillonner entre les branches nues des sycomores, et son arrivée à cet instant précis faisait de la neige un présage, plus qu'un simple changement de temps.

– Ça avait quelque chose d'irréel… et d'un peu inquiétant… reprit Ellie, confirmant qu'il ne se trompait pas sur ce qu'elle avait éprouvé, ce qu'il eût lui-même éprouvé dans de telles circonstances. Je ne sais pas. Je n'arrive pas à l'expliquer… La neige était comme un rideau qui tombait, un rideau de théâtre, la fin d'un acte, la fin de *quelque chose.* Je savais qu'ils étaient tous morts. Pas seulement ma mère. Papa et Danny aussi.

Sa voix tremblait de chagrin. En parlant de ces meurtres pour la première fois, elle avait arraché les croûtes formées sur sa douleur – et Spencer avait su que cela se produirait.

Se faisant violence, il ouvrit les yeux pour la regarder.

Elle n'était plus seulement blanche, à présent : blafarde. Des larmes brillaient dans ses yeux mais ses joues étaient encore sèches.

– Tu veux que je conduise ? demanda-t-il.

– Non, je préfère continuer. Ça me permet de me concentrer sur le présent au lieu de rester coincée dans le passé.

Un panneau indicateur leur apprit qu'ils se trouvaient à douze kilomètres de la ville de Newcastle.

A travers la vitre, Spencer contempla un paysage qui paraissait nu malgré les arbres, ténébreux malgré le soleil.

– Ensuite, dans la rue, de l'autre côté du bois, une bagnole est passée en rugissant, vraiment à fond, assez près de moi pour que j'aperçoive le type assis sur le siège du passager. Une veste de chasse rouge. Avec le conducteur, et un autre type sur la banquette arrière, ça faisait trois. Quand ils ont disparu, j'ai couru vers la route. J'allais appeler à l'aide, prévenir la police, mais je me suis arrêtée en chemin. Je savais qui était responsable : l'agence, Tom. Mais je n'avais pas de preuve.

– Et le dossier de Danny ?

– A Washington. Une série de disquettes planquées dans notre appartement, une autre dans un coffre à la banque. Tom devait déjà être en possession des deux, sinon il n'aurait pas été aussi… audacieux. Si j'allais voir les flics, si je faisais surface, n'importe où, il finirait par m'avoir. Tôt ou tard. Cela aurait eu l'air d'un accident ou d'un suicide. Alors, je suis retournée à la maison. J'ai retraversé St. George's Wood, passé la grille de la propriété des Doyle, escaladé la clôture. Chez nous, j'ai failli être incapable de traverser la cuisine, puis le couloir… jusqu'à ma mère, dans l'entrée. Même après tout ce temps, quand j'essaie de visualiser son visage, je n'arrive pas à le débarrasser de la blessure, du sang, des os broyés par les balles. Ces ordures ne m'ont même pas laissé le souvenir du visage de ma mère... juste cette chose atroce et sanglante.

Durant un moment, elle ne put continuer.

Conscient de son angoisse, Rocky gémissait doucement. Il avait cessé de hocher la tête et de sourire. Recroquevillé dans son espace étroit, il gardait la tête baissée et les oreilles pendantes. Son amour de la vitesse était surpassé par sa sensibilité à la douleur de la jeune femme.

A trois kilomètres de Newcastle, Ellie reprit enfin son récit :

– Danny et papa étaient morts, eux aussi, dans la salle à manger. On leur avait tiré plusieurs fois en pleine tête, pas pour être sûr de les tuer mais par pure sauvagerie. J'ai été obligée de... de toucher les corps, de prendre l'argent qu'ils avaient sur eux. J'allais avoir besoin du moindre dollar. J'ai pillé le sac et la boîte à bijoux de maman. Ouvert le coffre du bureau de papa et emporté sa collection de pièces anciennes. Bon Dieu ! Je me faisais l'effet d'une voleuse. Non : pire ; d'une pilleuse de tombes. Je n'ai pas préparé de valise. Je suis partie avec ce que j'avais sur le dos. Parce que j'avais peur de voir revenir les tueurs. Mais aussi parce que... il y avait un tel silence dans la maison, avec juste moi, les cadavres, et la neige qui tombait derrière les fenêtres ; tout était si tranquille qu'on aurait dit que ce n'étaient pas seulement maman, papa et Danny qui étaient morts, mais le monde entier, que c'était la fin de tout et que j'étais la dernière survivante, seule.

Newcastle était une réplique de Modena. Une petite ville isolée. Elle ne permettait nullement d'échapper à des gens qui avaient tels des dieux le pouvoir d'observer le monde entier.

– J'ai quitté la maison dans notre Honda, à Danny et à moi, mais je savais qu'il fallait que je m'en débarrasse très vite. Dès que Tom aurait la certitude que je n'étais pas allée à la police, toute l'agence se lancerait à mes trousses, et elle possédait la description de la voiture, avec le numéro de plaque.

Spencer regarda à nouveau Ellie. Elle n'avait plus les yeux humides. Son chagrin avait été refoulé par sa colère.

– Quelle idée se fait la police de ce qui est arrivé à

Danny et à tes parents ? Et où croit-on que tu te trouves ? Pas les hommes de Summerton. La vraie police.

– A mon avis, Tom avait l'intention de faire croire qu'un groupe de terroristes bien entraînés avait commis les meurtres pour le punir, lui. Il aurait tout à fait pu se faire prendre en pitié, ce qui lui aurait permis de se voir confier encore plus de pouvoir au sein du ministère de la Justice.

– Mais avec toi en cavale, ils n'ont pas pu mettre en place leurs fausses preuves, parce que tu aurais pu réapparaître pour les confronter.

– Oui. Plus tard, les médias ont décidé que Danny et mes parents… eh bien, que c'était un de ces actes déplorables de violence aveugle, comme on n'en voit que trop, et bla bla bla. C'était terrible, répugnant, bla bla bla, mais on n'en a parlé que pendant trois jours. Quant à moi… de toute évidence, j'avais été enlevée, violée et assassinée, mon cadavre abandonné à un endroit où on ne le trouverait jamais.

– C'était il y a quatorze mois ? s'étonna-t-il. Et l'agence est encore aussi pressée de te retrouver ?

– Je possède plusieurs codes essentiels, ce qu'ils ignorent, des choses que Danny et moi avions mémorisées… J'ai un tas de connaissances, pas de vraie preuve contre eux, mais je sais tout, ce qui me rend très dangereuse. Tom ne cessera jamais de me rechercher, tant qu'il vivra.

Telle une grande guêpe sombre, l'hélicoptère vrombissait au-dessus du désert du Nevada.

Décidé à se concentrer sur la photographie de Steven Ackblom, Roy portait toujours le casque téléphonique, aux écouteurs aussi gros que des soucoupes, qui le coupait des bruits du moteur et des rotors. Les sons qui résonnaient le plus fort pour lui étaient les lentes et puissantes pulsations de son cœur.

Quand l'œuvre secrète d'Ackblom avait été révélée au grand jour, Roy n'avait que seize ans et s'interrogeait encore sur le sens de la vie et de sa propre place dans le monde. Il était attiré par les beaux objets : les tableaux de Childe Hassam et tant d'autres, la musique classique, les antiquités françaises, les porcelaines chinoises, la poésie lyrique. Il était toujours heureux, seul dans sa chambre, avec Beethoven ou Bach dans les enceintes, à contempler les photos d'un livre consacré aux œufs Fabergé, à l'argenterie Paul Storr ou aux porcelaines de la dynastie Sung. De même, il était heureux lorsqu'il visitait un musée, seul. Il l'était au contraire rarement en compagnie, même s'il avait désespérément envie d'avoir des amis, d'être apprécié. Au fond de son cœur, immense mais secret, le jeune Roy avait la certitude d'être venu au monde pour y apporter sa contribution. Il savait que lorsqu'il en aurait découvert la nature, il serait aimé et admiré du public. Toutefois, à seize ans, victime de l'impatience de la jeunesse, il était extrêmement frustré de devoir attendre que lui fussent révélés son but et son destin.

Les articles de journaux concernant la tragédie l'avaient fasciné, car dans la double vie d'Ackblom, il avait trouvé la solution de sa confusion profonde personnelle. Il avait acheté deux livres comportant des reproductions d'œuvres du peintre – et en avait été très impressionné. Les tableaux étaient superbes, et même édifiants, mais son enthousiasme ne venait pas que de là. Il était également affecté par la lutte interne de l'artiste qu'il devinait dans les toiles et qu'il estimait similaire à la sienne.

Steven Ackblom était essentiellement préoccupé par deux sujets et produisait deux types de tableaux.

Quoiqu'il eût moins de quarante ans, son obsession était telle qu'il avait produit une œuvre énorme, dont une moitié de natures mortes exceptionnellement belles. Fruits, légumes, pierres, fleurs, galets, le contenu d'une boîte à couture, boutons, outils, assiettes, vieilles bouteilles, capsules de canettes. Les sujets, des plus humbles aux plus exaltants, étaient rendus avec des détails remarquables, si réalistes qu'ils paraissaient en trois dimensions. En fait, chaque représentation touchait à une hyperréalité, paraissait plus réelle que l'objet lui ayant servi de modèle, et possédait une étrange beauté. Ackblom n'avait pourtant jamais recours à la beauté forcée du sentimentalisme ou du romantisme échevelé : sa vision était toujours convaincante, émouvante – parfois époustouflante.

Les sujets des autres tableaux étaient des êtres humains : seuls ou en groupes de trois à sept personnes. La plupart du temps, il s'agissait de visages plutôt que d'individus entiers, mais quand les corps apparaissaient, ils étaient invariablement nus. Les hommes, les femmes et les enfants d'Ackblom possédaient en surface une beauté éthérée mais toujours entachée d'une terrible, quoique subtile, pression interne – comme si quelque monstrueux esprit les possédant avait à tout moment risqué de faire exploser leur chair fragile. Cette pression distordait ici et là un de leurs traits, pas énormément, juste assez pour leur retirer la beauté parfaite. Parfois, l'artiste représentait aussi des êtres laids – voire grotesques – en qui résidait également une terrible pression, dont l'effet était alors de conférer ici ou là la beauté idéale à l'un ou l'autre trait. Les difformités, d'une certaine manière, étaient encore plus frappantes parce que légèrement touchées par la grâce. En raison du conflit opposant leurs réalités extérieure et intérieure, les sujets des deux types de portraits étaient très expressifs, mais dotés d'expressions plus mystérieuses, plus troublantes que celles des vrais êtres humains.

Lorsqu'ils s'étaient penchés sur ces tableaux, les médias avaient bondi sur l'hypothèse la plus évidente, prétendant que l'artiste – lui-même séduisant – peignait son propre démon intérieur, appelant à l'aide ou lançant un avertissement quant à sa véritable nature.

Roy Miro n'avait alors que seize ans et comprenait tout de même que les toiles d'Ackblom ne représentaient pas leur auteur mais sa perception du monde. Le peintre n'avait nul besoin d'appeler à l'aide ni d'avertir qui que ce fût, car il ne se considérait pas comme démoniaque. Prise dans son ensemble, son œuvre recelait un message : aucun être vivant ne pourrait jamais posséder la beauté parfaite du plus humble des objets inanimés.

Les grands tableaux d'Ackblom avaient permis au jeune Roy de comprendre pourquoi il adorait se trouver seul en compagnie des œuvres d'art humaines et était souvent malheureux dans la société des hommes eux-mêmes. Aucune œuvre d'art ne pouvait être dépourvue de défauts, puisque créée par un être imparfait. Malgré tout, l'art représentait la quintessence de l'humanité. En conséquence, l'œuvre était plus proche de la perfection que l'ouvrier.

Préférer l'inanimé à l'animé n'avait rien d'anormal. Il

était tout à fait louable d'accorder plus d'importance à l'art qu'aux gens.

C'était là la première leçon que Roy avait reçue de Steven Ackblom.

Désireux d'en apprendre plus au sujet du peintre, il avait découvert sans surprise que ce dernier, extrêmement discret, avait rarement donné d'interviews. Roy était parvenu à en exhumer deux. Dans la première, Ackblom discourait avec une grande sensibilité et beaucoup de compassion sur la tristesse de la condition humaine. Un passage tranchait sur le reste du texte : « L'amour est le plus humain de tous les sentiments, car il est brouillon. Et de tout ce que nous pouvons éprouver avec notre corps ou notre esprit, la douleur intense est la sensation la plus pure, car elle chasse toutes les autres de notre champ de conscience et nous concentre aussi parfaitement que nous pouvons l'être. »

Plutôt que d'affronter un long procès perdu d'avance, Ackblom avait plaidé coupable du meurtre de sa femme et de quarante et une autres. Au tribunal, durant sa déposition, il avait dégoûté un juge furibond en déclarant de ses quarante-deux victimes : « Elles étaient si belles, dans leur douleur, et semblables à des anges lorsqu'elles mouraient. »

Roy avait commencé à comprendre ce que cherchait Ackblom, sous la fameuse grange. En soumettant ses victimes à la torture, il tentait de les concentrer sur un instant de perfection où, quoique toujours vivantes, elles eussent brièvement brillé d'une beauté égale à celle des objets inanimés.

Beauté et pureté étaient synonymes. Lignes pures, formes pures, lumière pure, couleur pure, son pur, émotion pure, pensée pure, foi pure, idéaux purs. Les hommes n'étaient toutefois capables d'atteindre à la pureté dans leurs pensées ou leurs entreprises que bien rarement, et seulement au cœur de circonstances tragiques qui rendaient la condition humaine pitoyable.

C'était là la deuxième leçon qu'il avait apprise de Steven Ackblom.

Durant quelques années, la profonde pitié que Roy ressentait pour l'humanité s'était intensifiée, avait mûri. Un jour, peu après son vingtième anniversaire, comme un bouton s'épanouit soudain en une rose, cette pitié s'était changée en compassion, émotion qu'il considérait comme plus pure. La pitié recelait souvent un subtil élément de dégoût envers son objet ou un sentiment de supériorité chez celui qui la connaissait. La compassion, en revanche, était une empathie aiguë pour les autres, cristalline, dépourvue d'impuretés, une parfaite compréhension de leurs souffrances.

Guidé par la compassion, agissant pour rendre le monde meilleur, confiant dans la pureté de ses motivations, Roy était alors devenu encore plus éclairé que Steven Ackblom. Il avait trouvé son destin.

A présent, treize ans plus tard, assis au fond de l'hélicoptère qui l'emportait vers l'Utah, il sourit à la photographie de l'artiste nimbé d'ombres épaisses.

Il était surprenant de constater combien toutes les choses de la vie semblaient reliées les unes aux autres. Un moment perdu, un visage presque oublié pouvaient soudain redevenir importants.

L'artiste n'avait jamais été une figure centrale dans son existence au point qu'on pût parler de mentor ou d'inspiration. Roy n'avait jamais cru Ackblom fou – comme l'avaient prétendu les médias –, simplement mal inspiré. La meilleure réponse au désespoir de la condition humaine n'était pas d'accorder cet unique instant de beauté pure à chaque âme imparfaite par l'effet transcendant d'une douleur intense. Il s'agissait là d'un triomphe par trop éphémère. Le mieux était d'identifier ceux qui avaient le plus besoin d'être soulagés, puis rapidement, avec dignité et compassion, de les libérer de cette triste condition.

Néanmoins, à une période critique, le peintre avait sans le savoir enseigné quelques vérités premières à un garçon désorienté. Quoique Steven Ackblom ait été un personnage égaré, tragique, Roy avait une dette envers lui.

Il était ironique – étonnant exemple de justice cosmique – qu'il ait été choisi pour débarrasser le monde du fils d'Ackblom, l'ingrat détraqué qui avait trahi l'artiste. La quête de la perfection humaine que menait ce dernier était erronée mais, selon Roy, partait d'une bonne intention. Leur malheureuse planète se rapprocherait un peu plus du monde idéal lorsque Michael (devenu Spencer) ne la foulerait plus. Et la justice pure et simple semblait exiger que le traître ne fût éliminé qu'après avoir subi des douleurs intenses et prolongées, afin d'honorer convenablement son visionnaire de père.

Comme il ôtait enfin ses écouteurs, Roy entendit le pilote faire une annonce par haut-parleur…

– … d'après le contrôleur de Las Vegas, en tenant compte de la vitesse actuelle de l'objectif, nous sommes à seize minutes environ du rendez-vous. Objectif à seize minutes.

Un ciel semblable à du verre bleu.

Vingt-sept kilomètres de Cedar City.

Ils commencèrent à rencontrer plus de circulation. Ellie se servait du klaxon pour encourager les véhicules lents à s'écarter de son chemin. Lorsque les conducteurs se montraient entêtés, elle prenait des risques fous pour les doubler en des zones de dépassement interdit – parfois par la droite, quand le bas-côté était assez large.

En raison des interférences dues aux autres véhicules, leur moyenne diminua, mais la conduite sportive à laquelle s'obligeait la jeune femme leur donnait l'impression de rouler de plus en plus vite. Spencer se retenait au bord de son siège. A l'arrière, Rocky agitait de nouveau la tête.

– Même sans preuve, tu aurais pu aller voir des journalistes, suggéra l'ancien policier. Les mettre dans la bonne direction. Placer Summerton sur la défensive.

– J'ai essayé deux fois. D'abord avec une journaliste du *New York Times*. Je l'ai contactée par ordinateur, à son bureau, on a dialogué et mis au point un rendez-vous dans un restaurant indien. Je lui avais bien dit que si elle en parlait à qui que ce soit, ma vie *et la sienne* ne vaudraient pas tripette. Je suis arrivée quatre heures en avance et j'ai observé l'établissement à la jumelle depuis le toit d'un immeuble, de l'autre côté de la rue, pour être sûre qu'elle viendrait seule et qu'elle ne serait pas suivie. J'avais l'intention de la faire poireauter, d'entrer avec une demi-heure de retard, et d'occuper ce délai supplémentaire à observer la rue. Seulement, un quart d'heure après son arrivée… le restaurant a explosé. Une fuite de gaz, d'après la police.

– La journaliste ?

– Morte. Et quatorze autres personnes avec elle.

– Bon Dieu !

– Ensuite, une semaine plus tard, un type du *Washington Post* était censé me retrouver dans un jardin public. J'avais arrangé le coup avec un téléphone portable, depuis un autre toit qui dominait le site mais n'était pas assez grand pour attirer l'attention. Ça devait avoir lieu six heures plus tard. Au bout d'environ une heure et demie, un camion de la Compagnie des eaux s'est arrêté près du jardin. Les ouvriers ont ouvert une bouche d'égoût, posé des cônes de sécurité et des tréteaux avec des feux clignotants.

– Mais ce n'étaient pas de vrais employés municipaux.

– J'avais un scanner multibandes à piles sur moi. Je me suis branchée sur la fréquence qu'ils utilisaient pour relier la fausse équipe d'ouvriers avec une fausse camionnette de sandwichs, de l'autre côté de la rue.

– Tu es carrément étonnante, admira Spencer.

– Il y avait aussi trois agents dans le parc, un, déguisé en mendiant et deux, en employés du jardin vaquant à l'entretien. L'heure arrive et le journaliste se pointe, s'approche du monument près duquel je devais le retrouver – et cet enculé est branché aussi. Je l'entends murmurer aux autres qu'il ne me voit nulle part, demander ce qu'il doit faire. On le calme, on lui assure que tout va bien, qu'il faut attendre. Cette petite fouine devait être vendue à Tom Summerton et l'avait prévenu juste après m'avoir parlé.

A quinze kilomètres de Cedar City, ils furent ralentis par un pick-up Dodge qui roulait à vingt kilomètres à l'heure en dessous de la limitation. Deux fusils de chasse étaient posés sur un présentoir derrière la vitre de la cabine.

Le chauffeur laissa Ellie klaxonner un long moment, refusant obstinément de se déporter sur le bas-côté pour la laisser passer.

– Qu'est-ce qu'il a, ce con ? fulmina la jeune femme. (Elle klaxonna de plus belle, mais le type joua les sourds.) On pourrait très bien être en train de conduire un mourant à l'hôpital.

– De nos jours, on pourrait aussi être deux malades mentaux complètement défoncés à la recherche d'une bonne fusillade.

Le conducteur du pick-up ne manifesta ni peur ni

compassion. Il finit par réagir aux coups de klaxon en sortant le bras par sa fenêtre et en levant le majeur.

Il était pour l'heure impossible de le dépasser par la gauche. Les virages s'enchaînaient et même le peu de route visible accueillait une circulation régulière.

Spencer consulta sa montre. Il ne leur restait plus qu'un quart d'heure avant l'expiration du délai de sécurité estimé par sa compagne.

Le conducteur du pick-up, lui, semblait avoir tout son temps.

– Connard !

La jeune femme donna un coup de volant, tentant de dépasser le véhicule lent par la droite.

Lorsqu'elle arriva à la hauteur du Dodge, ce dernier accéléra pour égaler sa vitesse. A deux reprises, elle poussa la Rover, à deux reprises, celle-ci s'élança en avant, et à deux reprises, le pick-up la rattrapa.

Le camionneur quittait régulièrement la route de yeux pour leur lancer un regard noir. Il avait entre quarante et cinquante ans. Sous sa casquette de base-ball, son visage révélait toute l'intelligence d'une pelle.

Il avait visiblement l'intention de demeurer à la hauteur d'Ellie jusqu'à ce que le bas-côté se rétrécît et qu'elle fût obligée de se ranger à nouveau derrière lui.

Face-de-pelle ignorait bien entendu à quelle femme il avait affaire, mais il ne tarda pas à l'apprendre. Elle se déporta sur la gauche, percutant le pick-up avec assez de force pour que son conducteur, stupéfait, lève le pied de l'accélérateur. Le camion perdit un peu de vitesse. La Rover partit comme une flèche. Face-de-pelle écrasa à nouveau le champignon, mais il arriva trop tard : Ellie réintégra l'asphalte juste devant lui.

Tandis que la Rover était ballottée de gauche à droite, Rocky jappa de surprise et tomba sur le flanc. Il se remit maladroitement en position assise et renifla, pour exprimer sa gêne ou son ravissement.

Spencer consulta à nouveau sa montre.

– Tu crois qu'ils vont contacter les flics locaux avant de nous foncer dessus ?

– Non. Ils vont essayer de les tenir hors du coup.

– Alors, qu'est-ce qu'on tente ?

– S'ils arrivent par voie aérienne de Las Vegas – ou d'ailleurs –, je pense qu'ils seront en hélico. C'est plus maniable et plus pratique qu'un avion. Grâce au pistage satellite, ils peuvent repérer la Rover avec exactitude, se pointer juste au-dessus de nous, et nous démolir à la première occasion.

Spencer se pencha en avant et contempla le ciel bleu menaçant à travers le pare-brise.

Un klaxon retentit derrière eux.

– Merde, lâcha Ellie en regardant dans le rétroviseur.

L'imitant de son côté, Spencer constata que le Dodge les avait rattrapés. Le conducteur furieux jouait de son avertisseur comme la jeune femme l'avait fait avant lui.

– On a bien besoin de ça en ce moment, s'inquiéta-t-elle.

– On peut peut-être lui accorder une reconnaissance de dette sur cette bagarre. Si on survit à l'agence, on reviendra lui donner une bonne chance de nous écrabouiller.

– Tu crois qu'il acceptera ?

– Ça m'a l'air d'être un homme raisonnable.

Tout en poussant la Rover plus vite que jamais, Ellie se débrouilla pour jeter un coup d'œil à Spencer et lui sourire.

– Tu commences à adopter la bonne attitude.

– C'est contagieux.

Ici et là, éparpillés des deux côtés de la route, s'élevaient des immeubles commerciaux et des habitations. Les fuyards n'étaient pas encore à Cedar City mais ils avaient indéniablement retrouvé la civilisation.

Le crétin qui conduisait le Dodge martelait son klaxon avec un tel enthousiasme que chaque coup devait lui envoyer des frissons de plaisir dans le bas-ventre.

L'image de la route d'État atteignant Cedar City par l'ouest, filmée par Earthguard, extraordinairement agrandie et clarifiée, puis transmise depuis Las Vegas, s'étalait sur l'écran de l'ordinateur portable.

La Range Rover enchaînait cascade sur cascade. Assis à l'arrière de l'hélicoptère, sa mallette ouverte sur les genoux, Roy était époustouflé par ses performances qui, quoique observées sous un angle unique et monotone, paraissaient tout droit sorties d'un film d'action.

Nul ne roulait à une telle vitesse, changeant sans cesse

de file, se déportant parfois pour se placer face aux véhicules circulant en sens inverse, sans être ivre ou poursuivi. Ce conducteur-là n'était pas ivre : les évolutions de la Rover n'avaient rien de brouillon. Il pratiquait une conduite sportive, terriblement audacieuse, mais aussi très maîtrisée. Pourtant, en apparence, il n'était pas poursuivi.

Roy était enfin convaincu que la bonne femme se trouvait bel et bien au volant. Alertée par le pistage de son ordinateur, elle n'était pas du genre à se sentir rassurée de ne voir aucune voiture coller à son pare-chocs. Elle savait qu'on l'attendait plus loin, à un barrage, ou qu'on fondrait sur elle depuis les cieux. Avant que l'un ou l'autre ne se produisît, elle tentait de rejoindre une ville où se fondre dans une circulation dense, où utiliser les éléments architecturaux du paysage urbain pour échapper aux yeux qui l'épiaient.

Cedar City n'était bien sûr pas assez grande pour lui fournir tout ce dont elle avait besoin. De toute évidence, elle sous-estimait la puissance et la clarté de la surveillance satellite.

A l'avant de l'hélicoptère, les trois membres du commando vérifiaient leurs armes, répartissaient des chargeurs dans leurs poches.

L'uniforme, pour cette mission, consistait en une tenue civile. Ils devaient arriver à Cedar City, descendre la bonne femme, capturer Grant et quitter la ville avant que la police locale ne se manifeste. S'ils rencontraient les flics, il faudrait leur mentir, et tout mensonge comportait un risque d'erreur qui pouvait les démasquer – particulièrement compte tenu du fait qu'ils ignoraient ce que savait Grant et ce qu'il pourrait révéler si les locaux insistaient pour l'interroger. En outre, traiter avec eux prendrait nettement trop de temps. Les deux hélicoptères étaient équipés de fausses plaques, afin d'égarer d'éventuels observateurs. Puisque les membres du commando ne portaient nul vêtement ou objet permettant de les identifier, les témoins n'auraient quasiment rien d'utile à rapporter à la police.

Chaque homme, Roy y compris, était protégé par un gilet pare-balles sous ses vêtements, et détenait une carte de la DEA qu'il exhiberait pour inhiber si nécessaire l'action des autorités locales. S'ils avaient de la chance, ils auraient repris l'air trois minutes après avoir touché le sol, avec Spencer Grant, le cadavre de la bonne femme, et pas le moindre blessé de leur côté.

Elle était foutue. Elle respirait encore, son cœur battait toujours, mais en fait, elle était déjà raide morte.

Sur l'ordinateur, Roy vit leur objectif ralentir de manière notable. La Rover dépassa un autre véhicule, sans doute un pick-up, par la droite. Le petit camion accéléra également, et soudain, il sembla que débutait une course de *dragsters*.

Roy fronça les sourcils et plissa les yeux.

Le pilote annonça qu'ils ne se trouvaient plus qu'à cinq minutes de l'objectif.

Cedar City.

La circulation était trop dense pour faciliter leur évasion mais pas suffisante pour leur permettre de s'y fondre et de désorienter Earthguard. La jeune femme était de plus handicapée par les rues bordées de trottoirs qui avaient remplacés les routes aux larges bas-côtés. Il y avait aussi les feux rouges. Et cet abruti, dans le pick-up, qui klaxonnait, klaxonnait, klaxonnait.

Elle tourna à droite à un carrefour, étudiant avec frénésie les deux côtés de la rue. Fast-foods, stations-service, épiceries. Elle n'avait aucune idée de ce qu'elle cherchait exactement, savait juste qu'elle le reconnaîtrait en le voyant : un endroit ou une situation qu'ils pourraient tourner à leur avantage.

Elle avait espéré disposer d'un peu de temps pour explorer le terrain et mettre la Rover à couvert : un bouquet de conifères aux branches serrées, un grand parking souterrain, n'importe quel lieu où échapper aux yeux dans le ciel et abandonner le véhicule sans se faire remarquer. Ils pourraient ensuite en acheter ou en voler un nouveau, et se fondre ainsi dans la masse des autres voitures.

La jeune femme supposait que si elle descendait le crétin du pick-up Dodge, cela lui vaudrait une éternelle planche à clous dans l'Hadès – mais la satisfaction en aurait peut-être valu la peine. Il martelait son avertisseur tel un singe désorienté, furieux, décidé à taper sur cette saleté jusqu'à ce qu'elle cessât de hurler.

Chaque fois que se présentait une brèche dans la circulation, en sens inverse, il tentait en outre de les dépasser, mais Ellie se déportait pour l'en empêcher. Le côté passager du petit camion était gravement griffé, défoncé, souvenir de sa rencontre avec la Rover, si bien que le conducteur estimait sans doute ne rien avoir à perdre en se hissant à la hauteur de son ennemie pour la repousser vers le trottoir.

Elle ne pouvait le lui permettre. Ils n'avaient plus beaucoup de temps. S'occuper de ce singe allait leur coûter de précieuses minutes.

– Dis-moi que ce n'est pas ça ! s'écria Spencer pour se faire entendre à travers le klaxon sonore.

– Pas quoi ?

Elle réalisa qu'il avait la main tendue. Désignait quelque chose, dans le ciel. Au sud-ouest. Deux grands hélicoptères de type commercial. L'un légèrement en arrière de l'autre, sur la gauche. Tous les deux noirs. Les coques et les vitres polies luisaient comme si elles avaient été couvertes de givre, et le soleil matinal se reflétait sur les rotors tournoyants. Les appareils évoquaient deux insectes colossaux sortis d'un film apocalyptique de science-fiction des années cinquante, consacré aux dangers des radiations nucléaires. Ils se trouvaient à moins de trois kilomètres.

La jeune femme aperçut sur sa gauche un centre commercial en forme de U. Patinant sur la glace fragile de l'instinct, elle accéléra, tourna brutalement à gauche, profitant d'une brèche dans la circulation, et s'engagea dans la petite route d'accès qui desservait le grand parking.

Près de son oreille gauche, le chien haletait d'excitation. On eût dit un étrange rire étouffé : *Hé-hé-hé-hé-hé-hé-hé !*

Spencer était encore obligé de hurler, car le fou au klaxon demeurait sur leurs talons.

– Qu'est-ce qu'on fait ?
– Il faut qu'on change de bagnole.
– En plein air ?
– Pas le choix.
– Ils vont nous voir faire l'échange.
– On va créer une diversion.
– Comment ?
– J'y réfléchis, assura la jeune femme.

– C'est bien ce que je craignais.

Après un très léger coup de freins, elle braqua à droite et fila vers le fond du parking plutôt que vers les magasins.

Au sud-ouest, les deux hélicoptères étaient suspendus à moins de deux kilomètres. Ils avaient changé de cap pour suivre la Range Rover et entamaient leur descente.

Le magasin le plus important du centre commercial était le supermarché qui occupait le milieu de la construction centrale du U. Derrière ses vitrines et ses portes vitrées, le vaste établissement était éclairé de lumières crues. Des boutiques plus petites proposaient vêtements, livres, disques et produits diététiques. D'autres emplissaient les deux ailes.

Il était encore si tôt que la plupart des magasins venaient d'ouvrir. Seul le supermarché accueillait les clients depuis un certain temps, et le parking abritait peu de véhicules en dehors des vingt ou trente voitures agglutinées devant ce centre commercial.

– Passe-moi le pistolet ! ordonna Ellie, fébrile. Pose-le sur mes genoux.

Spencer lui donna le SIG puis ramassa le Micro Uzi sur le plancher, entre ses pieds.

Aucune occasion évidente de créer une diversion ne les attendait dans la direction qu'ils suivaient. La jeune femme exécuta un demi-tour en dérapant et rebroussa chemin à toute vitesse.

Cette manœuvre surprit tellement le grand singe que, dans son empressement à la suivre, il dérapa également et faillit se renverser. Tandis qu'il s'efforçait de retrouver le contrôle de son véhicule, il cessa de klaxonner.

Le chien haletait toujours : *Hé-hé-hé-hé-hé-hé !*

Ellie, sans s'approcher des boutiques, continua de suivre une course parallèle à la rue où ils se trouvaient lorsqu'elle avait repéré le centre commercial.

– Il y a quelque chose que tu veux emporter ? demanda-t-elle.

– Juste ma valise.

– Pas besoin. J'en ai déjà retiré l'argent.

– Tu quoi ?

– Les cinquante mille dollars qui étaient dans le double-fond, précisa-t-elle.

– Tu as trouvé mon fric ? fit-il, stupéfait.

– Je l'ai trouvé.

– Et tu l'as sorti de la valise.

– Il est dans le sac de toile, derrière mon siège. Avec mon portable et deux ou trois autres trucs.

– Tu as trouvé mon fric, répéta-t-il, incrédule.

– On en parlera plus tard.

– Et comment !

Le singe du Dodge klaxonnait de plus belle derrière eux mais pas aussi près qu'auparavant.

Au sud-ouest, les hélicoptères étaient arrivés à moins d'un kilomètre de là, à environ trente mètres du sol. Ils continuaient de descendre.

– Tu vois le sac en question ? demanda la jeune femme.

Spencer regarda derrière les sièges.

– Oui, juste à côté de Rocky.

Après le choc contre le pick-up, Ellie n'était pas certaine que sa portière s'ouvrirait facilement. Si elle devait se battre avec le battant, elle ne tenait pas à s'encombrer du sac.

– Prends-le quand on s'arrêtera.

– Parce qu'on va s'arrêter ?

– Oh, que oui !

Un dernier virage. A droite. Serré. La Rover s'engagea dans une des files centrales du parking et fonça droit vers le supermarché. Comme elle s'en approchait, la conductrice appuya sur le klaxon et le maintint enfoncé, faisant encore plus de bruit que le singe derrière elle.

– Oh, non ! s'exclama Spencer, qui commençait à comprendre.

– Diversion ! cria Ellie.

– C'est dingue !

– Pas le choix !

– C'est dingue quand même !

Des affiches, apposées le long de la vitrine du supermarché, annonçaient des promotions sur le Coca-Cola, les pommes de terre, le papier toilette et le sel de roche pour adoucisseur d'eau. La plupart se trouvaient sur la moitié supérieure des hautes plaques de verre. A travers ces dernières, entre les affiches et en dessous, Ellie voyait la rangée de caisses. Dans la lumière des tubes à fluorescence, caissières et clients levaient les yeux, alertés par les avertisseurs stridents. Les petits ovales de leurs visages devinrent aussi blancs que des masques d'Arlequin lorsqu'ils virent ce qui les attendait. Une femme se mit à courir, ce qui déclencha un sauve-qui-peut général.

La conductrice priait que tous pussent se mettre à l'abri à temps. Elle ne voulait pas blesser d'innocents. Mais elle n'avait aucune envie non plus d'être prise pour cible par les hommes qu'allaient déverser les hélicoptères.

Ça allait passer ou casser.

La Rover roulait vite, mais pas trop. Le tout était d'avoir assez de vélocité pour franchir la bordure de l'esplanade, devant le magasin, puis traverser la vitrine et toutes les marchandises empilées derrière, sur une hauteur d'un mètre. A trop grande vitesse, la voiture irait percuter les caisses en un impact fatal.

– On va s'en sortir ! assura-t-elle, avant de se rappeler qu'il ne fallait jamais mentir au chien. Enfin… probablement.

A travers les klaxons et le bruit des moteurs, elle entendit soudain vrombir les hélicoptères. Ou peut-être sentit-elle seulement les violents courants d'air créés par les rotors. Les appareils devaient se trouver juste au-dessus du parking.

Les roues avant frappèrent la bordure, la Range Rover décolla, Rocky jappa, et Ellie relâcha simultanément klaxon et accélérateur. Quand les pneus retombèrent sur le béton, elle écrasa le frein. L'esplanade ne semblait plus aussi large, à présent que la voiture y glissait à cinquante ou soixante kilomètres à l'heure, plus aussi large du tout. Bon Dieu ! Elle n'avait même pas l'air à moitié *assez* large. La jeune femme eut soudain conscience du reflet de la Rover, fonçant à sa rencontre, instantanément remplacé par des cascades de verre brisé qui s'effondraient telle de la glace pilée. Le véhicule renversa de grandes palettes en bois, chargées de sacs de vingt kilos de pommes de terre, et finit par percuter de plein fouet l'arrière d'une caisse. Les panneaux en aggloméré se rompirent, la rampe en inox où glissaient les achats se froissa comme du papier cadeau, le tapis roulant se déchira, échappa à ses rouleaux et se mit à battre l'air à la manière d'un planaire noir géant ; la caisse enregistreuse elle-même faillit se renverser. L'impact n'avait cependant pas été aussi violent qu'Ellie l'avait craint. Comme pour célébrer leur atterrissage en douceur, de gais foulards de sacs en plastique translucide s'épanouirent brièvement entre le sol et le plafond, sortis des poches de quelque magicien invisible.

– Ça va ? demanda-t-elle en desserrant sa ceinture de sécurité.

– La prochaine fois, c'est moi qui conduis, répondit-il.

Ellie tenta d'ouvrir sa portière, qui protesta, grinça, crissa, mais ni le contact avec le Dodge ni l'entrée explosive dans le supermarché n'en avaient abîmé le mécanisme. Empoignant le SIG 9 mm qu'elle serrait entre les cuisses, la jeune femme s'extirpa de la Range Rover.

Spencer était déjà sorti de l'autre côté.

L'air matinal résonnait du vacarme des hélicoptères.

Les deux appareils apparurent sur l'écran de l'ordinateur : ils étaient entrés dans le champ de surveillance d'Earthguard, lequel simulait une vision à deux cents pieds. Roy observait le toit de son propre engin, filmé depuis l'espace, et il s'étonnait des étranges possibilités qu'offrait le monde moderne.

Le pilote filant droit vers l'objectif, ni le hublot de droite ni celui de gauche ne proposait au passager la moindre vue des événements. Il continua d'observer par écran interposé les incessantes allées et venues de la Range Rover sur le parking du centre commercial pour éviter le pick-up. Comme ce dernier tentait de reprendre de la vitesse après avoir mal négocié un demi-tour, la voiture pivota en direction du bâtiment central – lequel, à en juger par sa taille, était un supermarché ou un magasin spécialisé dans le discount.

Roy ne comprit qu'au dernier moment que le véhicule allait éperonner la façade. A l'instant de l'impact, il s'attendit à voir la Rover rebondir en une masse de métal écrasé, broyé, mais elle disparut au sein du bâtiment. Il réalisa avec horreur qu'elle avait trouvé une entrée, ou défoncé une vitrine, et que ses occupants avaient survécu.

Otant la mallette de ses genoux, il la posa sur le plancher, près de son siège, et bondit sur ses pieds, affolé. Sans prendre le temps d'exécuter la procédure de sécurité nécessaire pour quitter Maman, sans se déconnecter, sans rien débrancher, il enjamba la machine et rejoignit vivement la cabine de pilotage.

D'après ce qu'il avait observé sur l'écran, les deux hélicoptères, ayant dépassé la rue, se trouvaient au-dessus du parking, et continuaient de descendre doucement, à cinq ou six kilomètres à l'heure, ce qui était presque du sur place. Cette sacrée bonne femme était tout près d'eux, mais à présent hors de vue.

Une fois hors de vue, elle risquait de se mettre très vite hors de portée. De disparaître à nouveau. Non. C'était intolérable.

Les quatre membres du commando, armés, prêts à l'action, s'étaient levés et bloquaient l'allée, près de la sortie.

– Poussez-vous, vite !

Roy se fraya un chemin entre les colosses, ouvrit une porte à la volée et se pencha dans l'étroit cockpit.

Le pilote dirigeait le JetRanger vers le sol, s'attachant à éviter les lampadaires du parking et les véhicules en stationnement. Le deuxième homme, à la fois copilote et navigateur, se tourna vers Roy quand le battant s'ouvrit.

– Elle s'est carrément jetée dans ce putain de magasin ! s'exclama l'arrivant en contemplant par le pare-brise les éclats de verre éparpillés sur le béton.

– Gonflée, hein ? remarqua le copilote en souriant.

Trop de voitures se trouvaient là pour permettre à un hélicoptère de se poser juste devant le supermarché. Les deux appareils se dirigeaient vers les extrémités opposées du bâtiment, un à gauche, un à droite.

Désignant le premier hélicoptère et les huit hommes qu'il transportait, Roy s'écria :

– Non, non, dites-lui de passer derrière le magasin. Pas ici : derrière. Avec tous les hommes déployés pour arrêter toute personne qui sortirait.

Le pilote était déjà en contact radio avec son homologue de l'autre JetRanger. Tout en lévitant à six mètres au-dessus du parking, il répéta les ordres de leur chef dans le micro intégré de son casque.

– Ils vont essayer de traverser le supermarché et de sortir par l'autre côté, déclara Roy qui s'efforçait de maîtriser sa colère et de rester calme.

Respirer profondément. Inhaler la pâle vapeur pêche de la béatitude. Exhaler la brume vert bile de la colère, de la tension et du stress.

Leur hélicoptère se trouvait trop bas pour que Roy pût voir par-dessus le toit du supermarché. Mais grâce à l'image transmise par Earthguard à son ordinateur, il se rappelait ce qui s'étendait derrière le centre commercial : une large allée de service, un mur de béton, puis une résidence pavillonnaire, parsemée de nombreux arbres. Des maisons et de la végétation. Trop d'endroits où se cacher, trop de véhicules à voler.

Alors que le premier JetRanger se préparait à se poser, le pilote reçut le message de Roy. Le rotor reprit de la vitesse et l'appareil s'éleva à nouveau.

Pêche dedans. Vert dehors.

Certains des sacs de vingt kilos, déchirés, avaient laissé échapper un tapis de pépites brunes qui s'écrasèrent sous les pieds de Spencer alors que, sorti de la Rover, il s'élançait entre deux caisses – le sac de toile tenu par les sangles, l'Uzi dans l'autre main.

Il jeta un coup d'œil à gauche. Ellie courait à sa hauteur, entre les deux caisses voisines. Devant eux s'étendaient des rayons, d'un bout à l'autre du magasin. Ils se rejoignirent à l'entrée du plus proche.

– La porte de derrière, cria la jeune femme en se hâtant vers le fond du supermarché.

Comme il la suivait, Spencer songea à Rocky. Le chien était sorti de la voiture juste après lui. Où était donc Mr Rocky Dog ?

Il s'arrrêta, tourna les talons, refit deux pas en sens inverse et, entre les deux caisses qu'il venait de franchir, découvrit le pauvre animal en train de dévorer les pépites brunes qui n'avaient pas été écrasées. Des croquettes pour chien. Au moins vingt kilos de croquettes pour chien.

– Rocky !

L'interpellé releva les yeux et agita la queue.

– Viens !

Rocky ne prêta pas la moindre attention à cet ordre. Il engloutit de nouvelles croquettes, les broyant avec délice entre ses crocs.

– Rocky !

Le chien contempla à nouveau son maître, une oreille dressée, l'autre basse, la queue battant contre une caisse.

– *A moi !* intima Spencer de sa voix la plus sévère.

A regret mais obéissant, un peu honteux, l'animal abandonna la nourriture. Lorsqu'il vit Ellie qui s'était arrêtée au milieu du long rayon pour les attendre, il gambada vers elle. La jeune femme reprit sa course et il la dépassa avec exubérance, sans se rendre compte que leur vie était en jeu.

Trois hommes apparurent au bout du rayon, venant de la gauche, et s'immobilisèrent en découvrant Ellie, Spencer, le chien, les armes. Deux d'entre eux étaient en uniforme blanc, avec leur nom cousu sur leur poche de chemise : des employés du supermarché. Le troisième, vêtu normalement et tenant une miche de pain à la main, devait être un client.

Avec une rapidité et une souplesse évoquant un chat, Rocky transforma son trot insouciant en une retraite immédiate. Pivotant sur lui-même telle une anguille, la queue entre les jambes, ventre à terre, il courut se réfugier derrière son maître.

Les nouveaux venus étaient abasourdis, nullement agressifs, mais ils demeuraient figés, bloquant la route des fugitifs.

– *En arrière !* hurla Spencer.

Il ponctua cet ordre d'une courte rafale d'Uzi au plafond, ce qui fit exploser un tube à fluorescence, déclencha une pluie d'éclats de verre et de fragments de dalles isolantes.

Terrifiés, les trois hommes s'éparpillèrent.

Au fond du supermarché, une double porte battait entre des briques de lait sur la gauche et des présentoirs réfrigérants pour viandes et fromages sur la droite. Ellie la franchit à toute allure, Spencer et Rocky sur les talons. Ils se retrouvèrent dans un étroit couloir séparant deux rangées de petites pièces.

Ici, le bruit des hélicoptères leur parvenait étouffé.

Au bout du couloir, ils débouchèrent dans une salle gigantesque qui s'étendait sur toute la largeur du bâtiment : murs de béton nu, tubes à fluorescence, pas de faux-plafond. Des caisses de produits étaient empilées sur deux à trois mètres de haut, des deux côtés d'un espace dégagé, au centre – les stocks : du shampooing aux produits frais.

Spencer remarqua quelques magasiniers qui les observaient avec méfiance, dans les rayons latéraux de l'entrepôt.

Juste devant eux, au bout du passage central, un gigantesque rideau de fer fermait la baie permettant aux gros camions de reculer dans le magasin pour y décharger leurs marchandises. A gauche de cette entrée s'encadrait une porte normale. Les fugitifs la rejoignirent en courant, l'ouvrirent et se retrouvèrent dehors, dans une grande allée de service.

Personne en vue.

Une terrasse suspendue, large de six mètres, s'étendait sur toute la longueur du supermarché, couvrant une petite moitié de l'allée : d'autres camions pouvaient se poster là pour décharger leurs marchandises à l'abri des intempéries. Cette avancée fournissait également une protection contre les yeux dans le ciel.

La matinée était étonnamment fraîche. Quoiqu'il n'eût pas fait très chaud dans le supermarché et l'entrepôt, Spencer ne s'attendait pas à une température aussi basse. Il devait faire entre cinq et dix degrés. En un peu plus de deux heures de trajet rapide, ils étaient passés d'un désert à des altitudes plus élevées, un climat différent.

L'ancien policier ne voyait pas l'intérêt de suivre l'allée de service vers la gauche ou la droite. Dans les deux cas, ils ne feraient que contourner le bâtiment en U pour rejoindre le parking.

A l'arrière, un mur de trois mètres séparait le centre commercial de ses voisins : des plaques de béton peintes en blanc et coiffées de tuiles. S'il n'en avait mesuré que deux, ils auraient pu l'escalader assez vite pour s'échapper. Avec trois, c'était hors de question. Ils auraient pu balancer le sac de toile de l'autre côté, mais procéder de même avec un chien de trente kilos, en espérant qu'il atterrirait correctement de l'autre côté, était tout bonnement impossible.

Devant le grand magasin, le ronflement d'au moins un des hélicoptères se modifia. Le vacarme de son rotor s'amplifia. Il se dirigeait vers l'arrière du bâtiment.

Ellie partit à droite, demeurant à l'abri de la terrasse. Spencer comprit ce qu'elle voulait faire. Ils avaient un espoir. Il la suivit.

La jeune femme s'arrêta à la limite de la terrasse, qui

était aussi celle du supermarché. Au-delà se trouvaient les autres commerces.

Elle jeta un regard brûlant à Rocky.

– Reste près du mur, lui enjoignit-elle, comme s'il avait pu la comprendre, le plus près possible.

Peut-être le pouvait-il. Quand Ellie, suivant son propre conseil, s'élança en pleine lumière, il se mit à trotter entre elle et son maître, sans s'éloigner de la paroi.

Spencer ignorait si la surveillance satellite était assez précise pour les différencier du bâtiment. Il ne savait pas non plus si l'avancée du toit, soixante centimètres de béton, leur procurait une quelconque protection. Et même si le plan d'Ellie était avisé, il se sentait toujours surveillé.

Le ronflement tonitruant de l'hélicoptère s'enfla encore. L'appareil avait dépassé le parking, commençait à survoler le toit.

La première boutique, sur la droite du supermarché, était une teinturerie. Une petite plaque en portant le nom ornait l'entrée de service. Verrouillée.

Le ciel retentissait d'un vacarme apocalyptique.

Après la teinturerie s'étendait une carterie Hallmark. La porte de service n'en était pas fermée à clef. Ellie l'ouvrit à la volée.

Roy Miro se pencha par la portière du cockpit pour voir l'autre hélicoptère s'élever au-dessus du bâtiment, léviter un instant, puis s'élancer vers l'arrière du supermarché.

Il désigna à son propre pilote une zone de bitume dégagée, juste à droite du grand magasin, et ordonna :

– Là, devant la carterie. Posez-nous là !

Comme l'appareil gagnait le point désigné, franchissant les six derniers mètres qui le séparaient du sol, Roy rejoignit ses quatre agents devant la portière de la cabine. Il respirait profondément. Pêche dedans. Vert dehors.

Il tira le Beretta de son holster, ôta le silencieux qui y était encore fixé et qu'il rangea dans une poche intérieure de sa veste. Il ne s'agissait pas là d'une opération clandestine réclamant l'usage d'un tel outil, pas avec toute l'agitation qu'ils étaient en train de créer. En outre, le pistolet serait plus précis sans la distorsion de trajectoire induite par le silencieux.

Ils touchèrent terre.

Un des agents du commando fit coulisser la portière et tous descendirent vivement, l'un après l'autre, dans la violente bourrasque que soulevaient les rotors.

Comme Spencer se préparait à suivre Ellie et Rocky dans l'arrière-boutique de la carterie, un bruit infernal lui fit jeter un coup d'œil vers le haut. Ce fut tout d'abord l'extrémité du rotor qui apparut, juste au-dessus de lui, découpée contre le ciel bleu glacial, tranchant l'air sec de l'Utah. Puis l'antenne d'atterrissage fixée au nez de l'engin. Alors que le vent créé par l'appareil commençait à le fouetter, Spencer entra – et referma la porte juste à temps pour éviter d'être vu.

L'autre côté du battant était muni d'un verrou manuel en laiton. Le commando s'intéresserait sans doute d'abord à l'arrière du supermarché, mais l'ancien policier s'enferma néanmoins à double tour.

Ils se trouvaient dans une étroite resserre dépourvue de fenêtres, qui sentait le désodorisant à la rose. La jeune femme avait ouverte la porte suivante avant même que Spencer n'eût refermé la première. Derrière, s'étendait un petit bureau éclairé par des tubes à fluorescence. Deux tables de travail. Un ordinateur. Des dossiers.

Deux nouvelles portes permettaient de le quitter. L'une, entrouverte, révélait une petite salle d'eau : toilettes et lavabo. L'autre menait à la boutique proprement dite.

Cette dernière, tout en longueur, était remplie de présentoirs à cartes pyramidaux et de tourniquets où s'étalaient d'autres cartes, du papier cadeau, des puzzles, des peluches, des bougies décoratives et des gadgets divers. L'argument publicitaire du moment était la Saint-Valentin, si bien que cœurs et fleurs pendaient en abondance du plafond et décoraient les murs.

L'ambiance joyeuse de cet endroit rappela désagréablement à Spencer que, quoi qu'il pût leur arriver, à Ellie et à lui, durant les prochaines minutes, le monde continuerait de tourner comme si de rien n'était. S'ils étaient abattus dans la carterie, leurs cadavres seraient emportés, la moquette débarrassée de leur sang, du désodorisant à la rose vaporisé généreusement, quelques pots-pourris de fleurs séchées supplémentaires mis en vente – et le flot d'amoureux venant acheter des cartes s'interromprait à peine.

Deux femmes, à l'évidence des employées, se tenaient devant la vitrine, tournant le dos aux arrivants. Elles observaient l'activité fébrile qui agitait le parking.

Ellie se dirigea vers elles.

En la suivant, Spencer se demanda soudain si elle avait l'intention de les prendre en otages. Il n'aimait pas cette idée. Pas du tout ! Les types de l'agence, tels qu'elle les avait décrits, tels qu'il les avait vus en action, n'hésiteraient pas à descendre un otage, même une femme ou un enfant, pour atteindre leur but – particulièrement en début d'opération, alors que les témoins étaient très désorientés et qu'aucun journaliste muni d'une caméra ne se trouvait encore sur les lieux.

Il ne voulait pas de sang innocent sur les mains.

Bien entendu, ils ne pouvaient pas se contenter d'attendre dans la carterie que le commando s'en aille. Faute de les avoir trouvés dans le supermarché, ils étendraient sûrement les recherches aux boutiques voisines.

Leur meilleure chance de s'échapper était de ressortir par devant, pendant que l'attention des agents demeurait fixée sur le grand magasin, de rejoindre une voiture en stationnement et de la faire démarrer à la sauvage. C'était une chance plutôt mince comme une feuille de papier, comme l'espoir lui-même. Mais c'était tout ce qui s'offrait à eux, c'était plus sûr que des otages, et il voulut y croire.

Avec l'hélicoptère qui venait littéralement d'atterrir au seuil de son arrière-boutique, la carterie était à ce point envahie par le hurlement des moteurs et le tumulte des rotors qu'elle semblait bâtie en dessous des montagnes russes, dans un parc d'attraction. Les guirlandes de la Saint-Valentin tremblaient au plafond. Des centaines de porte-clefs fantaisie cliquetaient sur leur présentoir. Une collection de petits sous-verres vibrait sur l'étagère qui la soutenait. Même les murs paraissaient frémir telles des peaux de tambours.

Le vacarme était tel que Spencer s'interrogea au sujet du centre commercial. Si un hélicoptère pouvait créer pareilles vibrations dans ses parois, il s'agissait vraisemblablement d'un bâtiment préfabriqué de la pire espèce.

Ils avaient presque atteint l'entrée de la boutique, ne se trouvaient plus qu'à cinq mètres des deux femmes, quand la raison du terrible tumulte devint évidente. Le deuxième engin se posait sur le parking, près de l'esplanade, juste devant la carterie – qui se trouvait prise en sandwich par les deux gros insectes métalliques, secouée par leurs vibrations conjointes.

Ellie s'immobilisa à la vue de l'appareil.

Rocky paraissait moins effrayé par la cacophonie que par un poster de Beethoven – le saint-bernard star de cinéma, pas le compositeur. Il s'en écarta avec méfiance, cherchant refuge derrière les jambes de sa nouvelle amie.

Les deux employées, près de la vitrine, n'étaient toujours pas conscientes d'avoir de la compagnie. Elles discutaient avec animation, côte à côte, mais bien que leur voix s'élevât au-dessus du vacarme, Spencer ne comprenait pas ce qu'elles disaient.

Comme il s'avançait au côté d'Ellie, contemplant l'hélicoptère avec angoisse, il vit une portière coulisser dans le fuselage. Des hommes armés bondirent à terre, l'un après l'autre. Le premier portait une mitraillette plus grosse que le Micro Uzi de Spencer. Le second un fusil automatique. Le troisième deux lance-grenades, sans nul doute équipés de projectiles paralysants, à gomme-cogne ou à gaz lacrymogène. Le suivant avait lui aussi une mitraillette, le dernier un simple pistolet.

Celui-là était différent des quatre colosses qui le précédaient. Plus petit, un peu empâté. Tenant son pistolet à son côté, le canon baissé, il se déplaçait avec moins de grâce athlétique que ses compagnons.

Aucun ne s'approcha de la carterie. Ils coururent vers le supermarché et ne tardèrent pas à disparaître.

Le moteur de l'hélicoptère tournait au ralenti. Le rotor avait ralenti son mouvement mais ne s'était pas immobilisé. L'agence espérait agir et repartir très vite.

– Mesdames ! appela Ellie.

Entre le bruit des engins, encore considérable, et leur propre conversation, les deux employées ne l'entendirent pas.

La jeune femme éleva la voix.

– *Mesdames, nom de Dieu !*

Elles se tournèrent enfin avec une exclamation, stupéfaites, les yeux écarquillés.

Ellie ne pointa pas le SIG 9 mm sur elles mais leur fit bien prendre conscience de sa présence.

– Écartez-vous de la vitrine et venez par ici.

Elles hésitèrent, échangèrent un regard, puis observèrent le pistolet.

– Je n'ai pas envie de vous faire de mal, reprit Ellie avec une évidente sincérité, mais si vous ne venez pas par ici *tout de suite*, je ferai ce qu'il faudra pour vous y obliger !

Les deux femmes s'éloignèrent de la vitrine, l'une un peu moins vite que l'autre. La traînarde jeta un regard furtif vers la porte d'entrée ouverte de la boutique.

– Ne vous avisez pas d'essayer, la prévint Ellie. Je vous jure que je vous tirerai dans le dos, et si vous n'êtes pas tuée, vous passerez le restant de vos jours dans un fauteuil roulant. Voilà, c'est mieux, approchez.

Spencer s'écarta – et Rocky se cacha derrière lui – tandis que sa compagne poussait les employées terrifiées entre deux rayons. Au milieu du magasin, elle les fit s'allonger face contre terre, l'une derrière l'autre, la tête vers le mur du fond.

– Si n'importe laquelle d'entre vous relève les yeux avant un quart d'heure, je vous descends toutes les deux, leur assura Ellie.

Spencer ignorait si elle était, cette fois, aussi sincère que lorsqu'elle avait dit ne pas avoir envie de leur faire de mal, mais en tout cas, elle en avait l'air. A leur place, il n'eût pas osé relever la tête avant au moins les fêtes de Pâques.

– Le pilote est toujours dans l'hélico, lui fit remarquer Ellie en le rejoignant.

Il avança vers la devanture. A travers la vitre latérale du cockpit, on apercevait un membre de l'équipage – probablement le copilote.

– Je suis sûr qu'il y en a deux, dit-il.

– Ils ne participent pas à l'assaut ?

– Bien sûr que non. Ce sont des transporteurs, pas des tueurs.

La jeune femme s'approcha de la porte et jeta un coup d'œil en direction du supermarché.

– Il faut essayer. Pas le temps de réfléchir. Il faut essayer, c'est tout.

Spencer n'avait pas besoin de lui demander de quoi elle parlait. Elle avait un énorme instinct de survie, quatorze mois de rude expérience du combat, et lui-même se rappelait la plus grande partie de ce que les Rangers lui avaient enseigné de stratégie et d'improvisation sur le terrain. Ils ne pouvaient ni repartir par où ils étaient venus, ni rester dans la carterie – qui finirait par être fouillée. Leur espoir de faire démarrer un véhicule en stationnement s'était en outre évanoui, car toutes les voitures se trouvaient devant l'hélicoptère, il leur aurait fallu passer sous le nez de l'équipage. Tout cela ne leur laissait qu'un seul choix. Un choix terrible, désespéré. Ils allaient avoir besoin d'audace, de courage – et d'un peu de chance ou d'une énorme dose de confiance aveugle. Tous deux étaient prêts à tenter le coup.

– Prends ça, dit-il en tendant le sac de toile à sa compagne. Et ça aussi.

Il lui passa l'Uzi.

– Je crois qu'il le faut, remarqua-t-elle tandis qu'il la délestait du SIG et le glissait sous la ceinture de son jean, contre son ventre.

– On en a pour trois secondes, et le pilote aura encore moins de temps que ça pour réagir, mais on ne peut pas prendre le risque qu'il décolle.

Spencer s'accroupit, souleva Rocky et se releva avec le chien pelotonné entre ses bras.

L'animal ne savait s'il devait agiter la queue ou s'inquiéter, s'ils s'amusaient ou s'ils avaient de gros ennuis. Il était de toute évidence au bord de la surcharge sensorielle. Dans de telles conditions, en général, il devenait tout mou, en proie à de violents frissons – ou bien plongeait dans une frénésie de terreur.

Ellie entrouvrit la porte pour observer la façade du supermarché.

Spencer jeta un coup d'œil aux deux employées allongées et constata qu'elles obéissaient à leurs instructions.

– Maintenant ! décida la jeune femme en sortant et en tenant le battant pour son compagnon.

Il quitta la boutique de profil, afin de ne pas cogner la tête de Rocky contre le chambranle. Lorsqu'il arriva sur l'esplanade couverte du centre commercial, il risqua un regard en direction du supermarché. Tous les hommes armés y étaient entrés, à l'exception d'un seul, un des porteurs de mitraillette, qui lui tournait le dos.

Dans l'hélicoptère, le copilote, tête baissée, ne s'intéressait nullement à ce qui se passait dehors.

Tout en se disant que Rocky ne pesait pas trente mais trois cents kilos, Spencer courut vers la portière ouverte. Celle-ci ne se trouvait qu'à dix mètres de lui, même en comptant les trois mètres d'esplanade, mais c'étaient là les dix mètres les plus longs de l'univers, caprice des lois physiques, étrange anomalie scientifique, bizarre distorsion dans le matériau de la création qui semblait s'allonger de plus en plus à mesure qu'il courait. Enfin, il arriva au bout de sa course, poussa le chien à l'intérieur de l'appareil et s'y hissa lui-même.

Ellie le suivait de si près qu'il eût aussi bien pu la porter en bandoulière. Elle lâcha le sac de toile dès qu'elle fut montée dans l'hélicoptère mais conserva l'Uzi en main.

A moins que quelqu'un ne fût accroupi derrière l'un des dix sièges, la cabine était vide. Par souci de sécurité, la jeune femme remonta vivement l'allée, regardant à droite et à gauche.

Spencer s'approcha de la porte du cockpit et l'ouvrit. Il arriva juste à temps pour pointer le canon de son pistolet sur le visage du copilote, qui entreprenait de quitter son siège.

– Décolle ! ordonna-t-il à l'autre homme.

Tous deux parurent encore plus surpris que les employées de la carterie.

– Décolle immédiatement ! Sinon, je commence par faire sauter la tête de ce salopard, et ensuite, je m'occupe de *la tienne !* hurla Spencer avec une telle force qu'il éclaboussa de postillons les deux pilotes et sentit les veines de ses tempes gonfler, telles celles des biceps d'un haltérophile.

Il eut le sentiment d'avoir l'air tout aussi effrayant qu'Ellie.

Juste derrière la vitrine défoncée, près de la Range Rover démolie, dans un éparpillement de croquettes pour chiens, Roy et les trois agents qui l'accompagnaient braquaient leurs armes sur un homme de haute taille au visage aplati, aux dents jaunes et aux yeux d'un noir de jais, aussi froids que ceux d'une vipère. Il tenait entre les mains un fusil semi-automatique, et quoiqu'il ne visât encore personne, il paraissait assez méchant et assez en colère pour ne pas hésiter à s'en servir contre le petit Jésus lui-même.

C'était le conducteur du pick-up, qui avait abandonné son Dodge dans le parking, une portière grande ouverte. Il était entré pour se venger de l'incident survenu sur la route, à moins que ce ne fût pour jouer les héros.

– Lâchez cette arme ! répéta Roy pour la troisième fois.

– En quel honneur ?

– En quel honneur ?

– Exactement.

– Vous êtes con, ou quoi ? Est-ce que je m'adresse à un idiot intégral ? Quand quatre types vous tiennent en joue avec des armes de gros calibre, vous ne comprenez pas qu'il est logique de lâcher votre artillerie ?

– Vous êtes flics ? interrogea l'homme, les yeux écarquillés.

Roy avait envie de le tuer. Plus de formalités. Cet individu était nettement trop bête pour vivre. Il serait bien mieux mort. C'était un pauvre type, et la société se porterait mieux, elle aussi, si elle en était débarrassée. Le descendre ici même, maintenant, puis trouver Grant et la bonne femme.

Le seul problème était que la mission de trois minutes dont il avait rêvé – arrivée, intervention et départ avant l'irruption d'autorités locales curieuses – n'était plus envisageable. Les choses avaient commencé à se gâter quand cette salope s'était précipitée dans le supermarché, et elles se gâtaient un peu plus à chaque seconde qui passait. Bon Dieu ! Elles n'étaient plus gâtées mais complètement pourries. Ils allaient devoir composer avec les flics de Cedar City, ce qui ne serait pas simple si ces derniers trouvaient un des citoyens qu'ils avaient juré de protéger raide mort sur une montagne de croquettes Friskies.

Puisqu'il faudrait travailler avec les gars du coin, Roy pouvait bien montrer un insigne à cet imbécile. D'une poche intérieure de sa veste, il sortit un porte-cartes, qu'il ouvrit et dont il tira ses faux papiers.

– *Drug Enforcement Administration.*

– Parfait, dit l'homme. Maintenant, il n'y a plus de problème.

Il abaissa son arme jusqu'au sol, la lâcha, puis porta la main à la visière de sa casquette de base-ball, qu'il souleva légèrement, avec ce qui semblait être un respect sincère.

– Allez vous installer à l'arrière de votre camion, lui enjoignit Roy. Pas dans la cabine : derrière, sur le plateau. Attendez-nous là. Si vous essayez de vous tirer, le monsieur qui est dehors, avec une mitraillette, vous tranchera les jambes au niveau des genoux.

– Oui, monsieur.

Le camionneur souleva à nouveau sa casquette, avec une solennité convaincante, et retraversa la vitrine démolie du supermarché.

Roy faillit lui tirer dans le dos.

Pêche dedans. Vert dehors.

– Déployez-vous à l'entrée du magasin, ordonna-t-il à ses hommes. Et attendez. Ouvrez l'œil.

L'équipe qui entrait par-derrière allait fouiller les lieux de fond en comble, débusquer Grant et la bonne femme s'ils s'y cachaient. Les fugitifs seraient rabattus vers l'avant et forcés de se rendre ou de mourir sous une grêle de balles.

La bonne femme, bien entendu, serait descendue même si elle se rendait. Ils ne prendraient plus de risque avec elle.

– Vous allez croiser des employés et des clients, lança-t-il à ses subordonnés, tandis qu'ils se déployaient sur ses flancs. Ne laissez partir *personne.* Rassemblez-les dans le bureau du gérant. Retenez-les même s'ils ne ressemblent absolument pas aux deux qu'on cherche. Même si c'est le pape, d'accord ?

Dehors, le moteur de l'hélicoptère abandonna son ralenti léger pour un vrombissement. Le pilote accéléra. Accéléra encore.

– Qu'est-ce que c'était que ce bordel ?

Le front plissé, Roy enjamba les décombres et sortit pour voir de quoi il retournait.

L'agent posté à l'extérieur regardait en direction de la carterie, devant laquelle l'appareil prenait son envol.

Qu'est-ce qu'il fait ? demanda Roy ?

– Il décolle.

– Pourquoi ?

– Il doit aller quelque part.

Encore un abruti. Rester calme. Pêche dedans. Vert dehors.

– Qui lui a donné l'ordre de quitter sa position ? Qui lui a permis de décoller ? interrogea Roy.

Dès qu'il eut posé ces questions, il en devina la réponse. Il ignorait comment la chose était possible, mais il savait pourquoi l'hélicoptère s'envolait – et qui se trouvait à l'intérieur.

Rangeant vivement le Beretta dans son holster, il arracha la mitraillette aux mains d'un agent surpris et courut vers l'appareil qui s'élevait. Il avait l'intention d'en percer le réservoir pour le faire redescendre.

Alors même qu'il levait son arme, le doigt sur la détente, il réalisa qu'il ne réussirait jamais à expliquer cet acte de manière convaincante à un flic de l'Utah borné, incapable de saisir l'ambiguïté morale des opérations fédérales. Tirer sur son propre hélico. Mettre en danger le pilote et le copilote. Détruire un bien public de grand prix. Peut-être le faire s'écraser sur des magasins remplis de clients. D'énormes gouttes de kérosène enflammé aspergeant tout et tous sur leur passage. De respectables commerçants de Cedar City changés en torches humaines flamboyantes, hurlantes, courant en tous sens. Le tableau serait coloré, exaltant, et démolir la bonne femme justifiait bien la mort de quelques innocents, mais expliquer ça aux flics serait aussi inutile que tenter d'inculquer les subtilités de la physique nucléaire à l'imbécile assis sur le plateau du pick-up Dodge.

En outre, il existait au moins 50 % de chances pour que le chef de la police soit un mormon de base, qui n'avait jamais bu d'alcool de sa vie, jamais fumé, et nullement réceptif aux concepts de dessous de table net d'impôt ou de collusion entre les services de police. C'était à parier. Un mormon.

A regret, Roy abaissa la mitraillette.

L'hélicoptère s'élevait rapidement.

– Pourquoi l'Utah ? hurla furieusement Roy à l'adresse

des fugitifs, invisibles mais tellement proches qu'il en était frustré.

Pêche dedans. Vert dehors.

Il devait se calmer. Adopter un point de vue de réflexion cosmique.

La situation finirait par tourner en sa faveur. Il disposait toujours du deuxième hélico pour mener la poursuite. De plus, Earthguard 3 pisterait plus facilement le JetRanger que la Rover, parce que l'appareil était plus gros et qu'il se déplaçait au-dessus de la couverture végétale, au-dessus des confus réseaux routiers.

L'engin détourné passa au-dessus de la carterie et fila vers l'est.

Accroupie près de la portière de la cabine, adossée au fuselage, Ellie observait le toit du centre commercial, en contrebas. Seigneur ! Son cœur lui semblait aussi bruyant que les pales du rotor. L'idée que l'hélicoptère pouvait s'incliner ou faire une embardée, la précipitant dans le vide, la terrifiait.

Durant les quatorze derniers mois, elle en avait plus appris sur elle-même que durant les vingt-huit années précédentes. Son amour de la vie, par exemple, son plaisir d'être tout simplement vivante, était plus grand qu'elle ne s'en était jamais doutée avant que ne lui eussent été enlevés au cours d'une même nuit brutale et sanglante les trois êtres qu'elle aimait le plus au monde. Face à tant de morts, avec la menace constante qui pesait sur sa propre existence, elle savourait à présent la chaleur des jours ensoleillés comme le vent frais des tempêtes, les herbes comme les fleurs, l'amer comme le sucré. Jamais elle n'avait été aussi consciente de son amour de la liberté – de son *besoin* de liberté – que depuis qu'il lui fallait se battre pour la conserver. Durant ces quatorze mois, elle avait découvert avec étonnement qu'elle possédait assez de cran pour franchir des précipices, bondir par-dessus des gouffres et rire au nez du diable ; qu'elle était incapable de perdre espoir ; qu'elle n'était qu'une fugitive parmi d'autres dans un monde en pleine implosion, tous au bord d'un trou noir, à la terrible attraction de laquelle ils résistaient. Elle avait été stupéfaite de pouvoir encaisser une telle dose de peur sans cesser de se débattre.

Un jour, bien entendu, elle serait tout aussi surprise de rencontrer une mort brutale. Peut-être aujourd'hui, adossée au bord de la portière ouverte. Cueillie par une balle ou écrasée au terme d'une longue chute libre.

Ils survolèrent le bâtiment, puis l'allée de service où se trouvait l'autre hélicoptère, posé derrière la carterie. Aucun individu armé n'était en vue dans les environs immédiats. A l'évidence, tous les agents avaient déjà quitté le véhicule pour s'engouffrer dans le supermarché par l'arrière.

Spencer donnait les ordres au pilote. Ils demeurèrent sur place assez longtemps pour qu'Ellie usât du Micro Uzi sur la queue de l'autre appareil resté à terre. L'arme disposait de deux chargeurs fixés à angle droit, d'une capacité de quarante balles chacun – moins les quelques projectiles tirés sur le plafond du supermarché. Elle les vida, avant d'en insérer de nouveaux, qu'elle épuisa également. Les balles détruisirent le stabilisateur horizontal, endommagèrent le rotor arrière et percèrent des trous dans le pylône de queue, mettant l'appareil hors d'usage.

Si cet assaut fit l'objet d'une riposte, elle n'en eut pas conscience. Les agents qui couvraient l'arrière du supermarché devaient être trop surpris, trop désorientés pour savoir quoi faire.

En outre, l'attaque contre le second hélicoptère n'avait en tout duré que vingt secondes. La jeune femme posa l'Uzi sur le plancher et referma la portière. Sur l'ordre de Spencer, le pilote mit aussitôt le cap au nord, à grande vitesse.

Rocky, accroupi entre deux sièges, observait intensément la jeune femme. L'exubérance dont il faisait preuve depuis qu'ils avaient levé le camp, au Nevada, juste après l'aube, l'avait enfin quitté. Il retrouvait ses façons coutumières de timidité et de nervosité.

– Tout va bien, gros toutou.

Le scepticisme de l'animal était évident.

– Enfin... ça pourrait aller nettement plus mal, ajouta-t-elle.

Il gémit.

– Pauvre bébé.

Les deux oreilles pendantes, parcouru de frissons violents, le chien était l'image même du désespoir.

– Comment puis-je te réconforter si je n'ai pas le droit de te mentir ? lui demanda-t-elle.

– C'est une vision plutôt sombre de la situation, compte tenu du fait qu'on vient d'échapper à une sacrée souricière, remarqua Spencer, à la porte du cockpit.

– On n'est pas encore tiré d'affaire.

– Eh bien, il y a une chose que je dis à Mr Rocky Dog, de temps en temps, quand il est au plus bas. C'est un truc qui, moi, m'aide un peu, mais je ne sais pas si ça marche pour lui.

– Quoi ? demande Ellie.

– Il faut se rappeler que, quoi qu'il arrive... ce n'est que la vie. On finit tous par lui échapper.

13.

Le lundi matin, une fois sa caution déposée, tandis qu'il traversait le parking pour rejoindre la BMW de son frère, Harris Descoteaux s'arrêta à deux reprises pour tourner la tête vers le soleil. Il jouissait de sa chaleur. Un jour, il avait lu que les Noirs, même ceux qui l'étaient autant que lui, pouvaient attraper le cancer de la peau en s'exposant trop au soleil. Le fait d'être noir n'était pas une garantie absolue contre le mélanome. Mais bien entendu, cela ne garantissait d'aucune mésaventure, c'était même plutôt le contraire, si bien que le mélanome devrait prendre un numéro et faire la queue derrière les autres horreurs qui risquaient de frapper le capitaine. Après cinquante-huit heures passées en prison, où il était plus difficile de trouver un rayon de soleil qu'un shoot d'héroïne, il était prêt à s'exposer jusqu'à ce que sa peau se couvre de cloques, jusqu'à ce que ses os fondent, jusqu'à se transformer en un gigantesque mélanome palpitant. *N'importe quoi* plutôt que de retrouver une cellule sans soleil. Il respirait de surcroît profondément : l'air pollué de Los Angeles avait un parfum délicieux, comme le jus d'un fruit exotique. Le parfum de la liberté. Il avait envie de s'étirer, courir, bondir, virevolter et faire des cabrioles – mais il existait certaines choses qu'un homme de quarante-quatre ans ne pouvait se permettre, aussi enivré de liberté fût-il.

Dans la voiture, comme Darius démarrait, Harris lui posa la main sur le bras, le retenant un instant.

– Je n'oublierai jamais ce que tu as fait pour moi. Ce que tu fais encore.

– Ce n'est rien.

– Et puis quoi ?

– Tu ferais la même chose pour moi.

– Je crois, oui. En tout cas, je l'espère.

– Ça y est, tu recommences à jouer les bienheureux et à enfiler ton costume de modeste. Écoute, vieux, si je connais la différence entre le bien et le mal, c'est grâce à toi. Alors, ce que je fais, c'est exactement ce que tu ferais à ma place.

Harris sourit et donna un léger coup de poing sur l'épaule de Darius.

– Je t'aime, petit frère.

– Je t'aime aussi, grand frère.

L'avocat habitait Westwood. Un lundi matin, après l'heure de pointe, s'y rendre depuis le centre-ville pouvait demander une trentaine de minutes ou plus du double. C'était toujours un coup de dés. Ils avaient le choix entre traverser la ville par Wilshire Boulevard ou prendre l'autoroute de Santa Monica. Darius choisit la première solution, car certains jours, l'heure de pointe n'avait pas de fin et l'autoroute se changeait en un véritable enfer.

Durant un certain temps, Harris se sentit bien et jouit de sa liberté, malgré la pensée du cauchemar judiciaire qui l'attendait. Alors qu'ils approchaient de Fairfax Boulevard, un malaise s'empara de lui. Le premier symptôme fut un étourdissement léger mais troublant, l'étrange impression que la ville ne cessait de tourner lentement autour d'eux tandis qu'ils la traversaient. Cette sensation était intermittente, mais chaque fois qu'elle le saisissait, il ressentait une attaque de tachycardie plus violente que la précédente. Lorsque, durant une crise d'une demi-minute, son cœur finit par battre plus vite que celui d'un oiseau-mouche effrayé, il commença à se demander s'il ne manquait pas d'oxygène. Tentant de respirer profondément, il se rendit compte qu'il avait peine à respirer tout court.

Il crut d'abord l'air de la voiture malsain. Trop chaud, imprégné d'une odeur de renfermé. Ne voulant pas révéler son malaise à son frère – qui s'occupait de son affaire, au téléphone – il tripota les commandes des ventilateurs jusqu'à recevoir un courant d'air frais en plein visage. Cela ne lui fut d'aucun secours. L'air n'était pas malsain mais *épais*, telles les vapeurs lourdes d'un produit toxique inodore.

Le cœur emballé sous l'effet des crises de tachycardie, il supporta un long moment la ville qui tournait autour de la BMW, l'air tellement sirupeux qu'il ne pouvait en inhaler assez, l'oppressante intensité de la lumière qui le forçait à plisser les yeux pour se protéger d'un soleil qu'il adorait quelques instants auparavant, la sensation qu'un poids terrible était suspendu au-dessus de sa tête – mais il fut soudain pris d'une nausée si forte qu'il cria à son frère de s'arrêter. Ils étaient en train de traverser Robertson Boulevard. Darius alluma ses feux de détresse et s'arrêta juste après le carrefour, en zone de stationnement interdit.

Harris ouvrit sa portière à la volée, se pencha à l'extérieur et vomit avec violence. N'ayant pas touché au petit déjeuner qu'on lui avait servi à la prison, il n'avait rien à régurgiter, mais ses hoquets n'en furent pas moins épuisants, déprimants.

L'attaque se dissipa. Il se laissa aller au fond de son siège, claqua la portière et ferma les yeux. Tremblant.

– Ça va ? interrogea Darius, inquiet. Harris ? Harris ? Qu'est-ce qui t'arrive ?

Une fois son malaise passé, le capitaine comprit qu'il avait subi ni plus ni moins qu'une crise phobique de la prison – infiniment plus pénible que celles qui l'avaient secoué lorsqu'il s'était bel et bien trouvé derrière les barreaux.

– Parle-moi, Harris.

– Je suis en prison, petit frère.

– On est ensemble dans cette histoire, rappelle-toi. Ensemble, on est plus fort que n'importe qui, on l'a toujours été et on le sera toujours.

– Je suis en prison, répéta Harris.

– Écoute. Ces accusations, c'est de la merde. Un coup monté. Rien de tout ça ne tiendra au procès. Ça glissera sur toi comme si tu étais en Teflon. Tu ne retourneras pas un seul jour en prison.

Harris ouvrit les yeux. Le soleil ne lui faisait plus mal.

En fait, la journée semblait s'être assombrie avec son humeur.

– Je n'ai jamais volé un centime de ma vie, dit-il. Je n'ai jamais fraudé le fisc. Jamais trompé ma femme. J'ai remboursé tous les prêts qu'on m'a accordés. Depuis que je suis flic, j'ai fait des heures supplémentaires pratiquement toutes les semaines, je suis resté dans le droit chemin, et crois-moi, petit frère, ça n'a pas toujours été facile. Parfois, je me suis senti fatigué, dégoûté, tenté de prendre une route plus facile. J'ai déjà eu des pots-de-vin dans la main, et ça m'a bien plu. Je n'ai pas pu contraindre ma main à les mettre dans ma poche, mais ce n'est pas passé loin. Nettement moins loin que tu ne pourrais l'imaginer. Et puis, il y a eu quelques femmes… qui n'auraient pas dit non. J'aurais pu reléguer Jessica au fond de mon esprit, pendant que j'étais avec elles. Peut-être que je l'aurais trompée si ces occasions avaient été juste un tout petit peu plus faciles à saisir. Je sais que j'en serais capable.

– Harris…

– Ce que je veux dire, c'est que le mal est en moi comme en n'importe qui, que j'ai des désirs qui me font peur. Même si je n'y succombe pas, le simple fait de les avoir, parfois, me fout une trouille de tous les diables. Je ne suis pas un saint, comme tu dis. Mais je suis toujours resté dans le droit chemin, dans ce putain de droit chemin. C'est une saleté de route étroite, aiguisée comme un rasoir, qui finit par couper si on y reste trop longtemps. C'est une route sur laquelle on a toujours les pieds en sang, si bien qu'on est parfois tenté de s'en écarter pour marcher dans l'herbe fraîche. Mais j'ai toujours voulu que maman puisse être fière de moi. Et je voulais aussi briller à tes yeux, petit frère, à ceux de ma femme et de mes enfants. Je vous aime tous tellement. Je voulais qu'aucun d'entre vous ne connaisse les horreurs qui m'habitent.

– Les mêmes qui nous habitent tous, Harris. Tous, sans exception. Alors pourquoi continuer à te faire du mal ?

– Si une chose pareille peut m'arriver, alors que je suis resté dans le droit chemin, aussi rude soit-il, elle peut arriver à n'importe qui. (Darius considéra son frère avec perplexité. De toute évidence, il faisait son possible pour comprendre l'angoisse d'Harris, mais n'y parvenait qu'à moitié.) Je suis sûr que tu feras lever ces accusations, petit frère, et que je ne retournerai pas en taule. Mais tu m'as expliqué la loi sur la confiscation, et tu as fait du très bon boulot : tu me l'a rendue trop claire. Pour me renvoyer en prison, ils seraient obligés de *prouver* que je suis un trafiquant de drogue, et ils n'y parviendront pas, parce que c'est un coup monté. Mais ils n'ont rien besoin de prouver du tout pour conserver ma maison et mes comptes en banque. Ils n'ont qu'à invoquer une « présomption raisonnable » que la baraque a servi de cadre à des activités illégales. Et ils diront que la drogue qu'on y a trouvée constitue une présomption raisonnable, même si elle ne prouve rien du tout.

– Il y a l'amendement en cours, au Congrès.

– Il arrivera trop tard.

– On ne sait jamais. Si cet amendement est voté, peut-être conditionnera-t-il la confiscation à une condamnation.

– Tu peux me garantir que je retrouverai ma baraque ?

– Avec ton dossier sans tache, tes états de service…

– Compte tenu de la loi actuelle, peux-tu me *garantir* que je retrouverai ma baraque ? interrompit Harris d'une voix douce.

Darius l'observa en silence. Des larmes se formèrent dans ses yeux et il détourna le regard. Il était avocat : faire rendre justice à son aîné était son travail ; savoir qu'il serait presque impuissant à lui en obtenir ne fût-ce qu'un minimum le bouleversait.

– Si ça peut m'arriver à moi, ça peut arriver à n'importe qui, répéta Harris. La prochaine fois, ça pourrait t'arriver à toi. Ou à mes enfants, un jour. Darius… il est possible que je récupère quelque chose, mettons quatre-vingts cents par dollar perdu, une fois tous les frais déduits. Et peut-être que je pourrai recommencer ma vie, me remettre à construire quelque chose. Mais comment puis-je être sûr que ça ne m'arrivera pas une deuxième fois ?

Darius avait ravalé ses larmes. Leurs regards se croisèrent à nouveau.

– Non, ce serait impossible. Du délire, du jamais vu.

– Pourquoi est-ce que ça n'arriverait pas une deuxième fois ? persista Harris. Si ça a pu arriver une fois, pourquoi pas deux ? (Darius ne sut que répondre à cette question.)

Si ma maison n'est pas réellement à moi, si mes comptes en banque ne sont pas réellement à moi, s'ils peuvent me prendre ce qu'ils veulent sans rien prouver, qu'est-ce qui les empêchera de revenir à la charge ? Tu comprends ? Je suis en prison, petit frère. Je ne retournerai peut-être jamais derrière les barreaux, mais je suis dans un autre genre de prison, et je ne serai plus jamais libre. La prison du désespoir. La prison de la peur. La prison du doute, de la méfiance.

Darius se massa les arcades sourcilières, comme s'il avait voulu extirper de son esprit l'évidence que venait d'y faire pénétrer son frère.

Le voyant des feux de détresse clignotait, accompagné d'un claquement ténu mais pénétrant, inexorable, fort justement témoin de la détresse d'Harris Descoteaux.

– Quand j'ai commencé à comprendre ça, il y a quelques minutes, reprit ce dernier, quand j'ai commencé à entrevoir la boîte dans laquelle je me trouve, la boîte dans laquelle n'importe qui pourrait se trouver avec une loi pareille, j'ai été... complètement démoli... je me suis senti tellement claustrophobe que ça m'a rendu malade.

Darius abaissa la main de son front. Il paraissait décontenancé.

– Je ne sais pas quoi dire.

– Je crois qu'il n'y a rien à dire.

Durant un long moment, ils demeurèrent là, avec la circulation de Wilshire Boulevard qui filait auprès d'eux, avec les lumières et l'agitation de la ville tout autour, avec les authentiques ténèbres du monde moderne, pas seulement l'ombre des palmiers ou des auvents de boutiques.

– Allons à la maison, décida Harris.

Ils parcoururent en silence le reste du chemin qui les séparait de Westwood.

Darius habitait une belle demeure coloniale en briques et planches à clin, pourvue d'un portique à colonnade. Le terrain, très vaste, était parsemé de vieux ficus gigantesques, dont les branches massives présentaient une certaine grâce dans leur immensité et dont les racines remontaient au Los Angeles de Jean Harlow, de Mae West et de W.C. Fields, sinon auparavant.

Compte tenu de l'échelon sur lequel ils avaient entamé leur ascension sociale, une telle propriété représentait une grande victoire pour Darius et Bonnie. Des deux frères Descoteaux, c'était l'avocat qui avait le mieux réussi financièrement.

Comme la BMW s'engageait dans l'allée de gravillons, Harris fut submergé par le regret : ses problèmes allaient inévitablement gâcher l'orgueil et le plaisir bien gagnés que son frère tirait de cette maison, de tout ce que Bonnie et lui avaient acquis ou accompli. Quelle fierté de leurs efforts, quelle joie de leurs accomplissements pourraient-ils bien conserver intactes, après la soudaine révélation qu'ils ne conservaient leur position que grâce au bon plaisir de souverains déments risquant de tout leur confisquer pour quelque royale entreprise, ou de leur dépêcher une escouade de gardes noirs, sous la bannière protectrice de la nation, pour brûler et dévaster leurs terres ? Cette maison magnifique n'était qu'un tas de cendres attendant un incendie. Quand Darius et Bonnie contempleraient leur belle résidence, désormais, ils seraient incommodés par une légère odeur de fumée, le goût amer des rêves brûlés.

Jessica leur ouvrit la porte, étreignit Harris avec force et pleura sur son épaule. Quant à lui, il n'aurait pu la serrer plus fort sans lui faire mal. Elle, les filles, son frère et sa belle-sœur étaient tout ce qui lui restait, à présent. Il n'était pas seulement privé de ses biens, mais aussi de sa confiance, naguère totale, dans le système légal et judiciaire qui l'avait inspiré, soutenu, durant la totalité de sa vie d'adulte. A partir de cet instant, il ne ferait plus confiance à rien ni personne, sinon à lui-même et à ses rares intimes. Le sentiment de sécurité, s'il existait, ne pouvait pas s'acheter. C'était un cadeau qu'on ne recevait que de ses amis et de sa famille.

Bonnie avait emmené Ondine et Willa dans un centre commercial pour leur acheter de nouveaux vêtements.

– J'aurais dû aller avec elles mais je n'ai pas pu, dit Jessica en essuyant les larmes qui perlaient au coin de ses yeux. (Elle paraissait affligée d'une fragilité dont elle n'avait jamais fait preuve auparavant.) Je suis… j'en tremble encore, Harris. Quand ils sont venus, samedi, avec… avec l'ordre de saisie, et qu'ils nous ont fait partir, on n'a eu le droit d'emporter qu'une valise chacune, seulement des habits et des objets personnels. Pas de bijoux, pas de… rien du tout.

– C'est un abus scandaleux de la procédure légale, déclara Darius, furieux, avec une frustration visible.

– Et ils sont restés à côté de nous pour nous regarder faire les valises, continua Jessica pour Harris. Ces hommes… qui regardaient les filles ouvrir leurs tiroirs, prendre leurs culottes, leurs soutiens-gorge. (Ce souvenir amena un peu de fureur dans sa voix et chassa momentanément cette fragilité qui lui ressemblait si peu et qui inquiétait son mari.) C'était *répugnant* ! Ils étaient d'une telle arrogance, ces salopards. Moi, j'attendais qu'il y en ait un pour me toucher, pour essayer de me faire aller plus vite en me posant la main sur le bras, ou quelque chose comme ça – parce que je lui aurais balancé un tel coup de pied dans les couilles, qu'il aurait porté des robes et des talons hauts pendant le restant de ses jours.

Le capitaine fut surpris de s'entendre rire.

Darius se joignit à lui.

– Je l'aurais fait, insista Jessica.

– Je sais, dit Harris, je sais bien.

– Je ne vois pas ce que ça a de drôle.

– Moi non plus, chérie, mais ça l'est.

– Peut-être qu'il faut avoir des couilles pour trouver ça drôle, suggéra l'avocat.

Ce qui fit à nouveau rire son frère.

Secouant la tête, étonnée de la conduite inexplicable des hommes en général et de ces deux-là en particulier, Jessica passa dans la cuisine, où elle préparait deux de ses célèbres tartes aux pommes et aux noix. Ils la suivirent.

Harris, la regarda peler une pomme. Elle avait les mains tremblantes.

– Est-ce que les filles ne devraient pas être en cours ? demanda-t-il. Elles auraient pu attendre le week-end pour s'acheter des fringues.

Jessica et Darius échangèrent un regard.

– On a estimé qu'il valait mieux ne pas les envoyer à l'école de la semaine, déclara l'avocat, jusqu'à ce que les articles de journaux ne soient plus aussi… frais.

Voilà une chose à laquelle Harris n'avait pas réellement réfléchi : son nom et sa photo dans la presse, les gros titres sur le flic trafiquant de drogue, les présentateurs du journal télévisé répandant allègrement des contes racoleurs sur sa prétendue vie criminelle. Lorsqu'elles retourneraient à l'école, le lendemain, une semaine ou un mois plus tard, Ondine et Willa devraient supporter de terribles humiliations. *Hé, ton père pourrait pas me vendre dix grammes de blanche ? Combien est-ce qu'il prend pour faire sauter un PV, ton vieux ? Il fait que dans la drogue ou il peut aussi m'avoir une pute ?* Seigneur ! Cette blessure-là était encore pire que les autres.

Quels que fussent ses mystérieux ennemis, ceux qui lui avaient fait ça, ils devaient bien se rendre compte qu'ils détruisaient sa famille en même temps que lui. Et bien qu'il ne sût rien d'autre à leur sujet, il les savait entièrement dépourvus de compassion, aussi impitoyables que des serpents.

A l'aide du téléphone mural de la cuisine, il passa le coup de fil qu'il redoutait le plus – à Carl Falkenberg, son patron de Parker Center. Harris était prêt à utiliser ses jours de congé pour ne pas retourner travailler durant trois semaines, espérant que la conspiration montée contre lui s'effondrerait miraculeusement dans l'intervalle. Toutefois, comme il l'avait craint, il était déjà suspendu indéfiniment – quoique sans suppression de salaire. Carl se montra encourageant mais d'une réserve inhabituelle, comme s'il avait répondu à chaque question en lisant une sélection de réponses formulées avec soin. Même si les accusations portées contre Harris finissaient par être abandonnées, ou si un tribunal le déclarait innocent, la division des Affaires internes de la police de Los Angeles mènerait une enquête parallèle. Si ses résultats le discréditaient, il serait mis à la porte, quel que fût le jugement fédéral. En conséquence, Carl conservait une prudente distance professionnelle.

Harris raccrocha, s'assit à la table de la cuisine, et rapporta calmement à Jessica et à Darius l'essentiel de la conversation. Il était conscient d'avoir la voix caverneuse mais il n'y pouvait rien.

– A tout le moins, tu gardes ton salaire, dit Jessica.

– S'ils arrêtent de me payer, ils auront des problèmes avec le syndicat, expliqua le capitaine. Ce n'est pas une faveur.

L'avocat fit du café et, Jessica continuant de préparer ses tartes, Harris et lui demeurèrent dans la cuisine, pour discuter tous les trois de leurs options et de leurs stratégies. La situation était pénible. Parler d'agir et de riposter leur faisait du bien.

Les catastrophes, toutefois, continuèrent de pleuvoir.

Il ne s'était pas écoulé une demi-heure quand Carl Falkenberg appela pour informer Harris que le Trésor public avait communiqué à la police l'ordre de bloquer son salaire pour « défaut possible de paiement d'amendes sur trafic de drogue ». Bien que suspendu sans suppression de salaire, il ne toucherait rien avant que son innocence ou sa culpabilité ne fût déclarée par un tribunal.

Harris retourna s'asseoir en face de son frère et l'informa de ce nouveau coup du sort. Sa voix était à présent aussi plate et dépourvue d'émotion que celle d'une machine.

Darius bondit de sa chaise, furieux.

– Ce n'est pas juste, bon Dieu, et ça ne passera pas. Pas question. Je veux bien être pendu si ça passe. Personne n'a rien prouvé du tout. On va faire annuler cet ordre de retenue de salaire. Et tout de suite. Ça va peut-être prendre quelques jours mais on va leur faire bouffer leur chiffon de papier, Harris, je te jure qu'on va le leur faire bouffer, à ces salopards.

Il se hâta de quitter la pièce, à l'évidence pour rejoindre son bureau et le téléphone qui s'y trouvait.

Durant de longues secondes, Harris et sa femme s'observèrent sans parler. Ils étaient mariés depuis si longtemps que, parfois, il n'avaient pas besoin d'ouvrir la bouche pour savoir ce qu'ils voulaient se dire.

Jessica reporta enfin son attention sur la pâte à tarte qu'elle était en train de plaquer contre les bords du moule. Depuis qu'Harris était rentré à la maison, les mains de son épouse n'avaient cessé de trembler. A présent, ces tremblements avaient disparu. Le capitaine eut le terrible sentiment que ce calme nouveau naissait d'une résignation sinistre devant l'indéniable supériorité des forces inconnues qu'ils affrontaient.

Il regarda par la fenêtre. Le soleil s'infiltrait entre les branches des figuiers. Les parterres de primevères paraissaient presque fluorescents. Le terrain était vaste, luxuriant, bien aménagé, avec une piscine au centre du patio de brique. Pour n'importe quel rêveur privé de tout, cette propriété eût été le symbole parfait de la réussite. Une image hautement motivante. Mais Harris Descoteaux savait ce qu'elle était réellement : une autre cellule de la prison, voilà tout.

Le JetRanger filait vers le nord. Ellie, assise sur un des deux sièges de la dernière rangée, dans la cabine, la mallette ouverte sur les genoux, utilisait l'ordinateur.

Elle s'émerveillait encore de sa bonne fortune. En montant à bord, lorsqu'elle avait fouillé la cabine pour s'assurer qu'aucun homme de l'agence ne s'y dissimulait, et avant même qu'ils n'eussent décollé, elle avait découvert la machine sur le plancher, au bout de l'allée. Elle l'avait immédiatement identifiée comme un matériel fabriqué pour l'agence, car elle avait littéralement regardé par-dessus l'épaule de Danny pendant qu'il en concevait les logiciels associés. Si elle s'était rendu compte que l'ordinateur était branché, et en service, elle n'avait pas eu le temps de s'y intéresser de plus près avant qu'ils n'eussent quitté le sol et mis l'autre appareil hors d'état de voler. Une fois en sécurité dans les airs, tandis qu'ils filaient vers le nord, en direction de Salt Lake City, elle était retournée auprès du portable et avait constaté avec stupéfaction que l'image apparaissant sur l'écran était le film satellite du centre commercial qu'ils venaient de fuir. Si l'agence avait temporairement dérobé Earthguard 3 à l'EPA pour les localiser, elle et Spencer, elle n'avait pu le faire que grâce à son omnipotent système de Virginie, Maman, qui seul, possédait assez de puissance. Le poste de travail abandonné dans l'hélicoptère était relié à Maman – la méga-salope elle-même.

Si Ellie l'avait trouvé débranché, elle n'aurait pu s'infilter dans Maman : il était nécessaire, pour cela, de présenter l'empreinte de son pouce à la machine. Quoique Danny n'eût pas conçu cette portion du programme, il avait assisté à une démonstration et l'avait rapportée à sa femme, aussi excité qu'un enfant ayant vu le plus beau jouet du monde. La fugitive ne faisant pas partie des élus, le matériel lui aurait été inutile.

Spencer redescendit l'allée, Rocky sur les talons, et elle releva les yeux de l'écran, surprise.

– Tu n'es pas censé continuer de braquer l'équipage ?

– Je leur ai pris leurs casques, si bien qu'ils ne peuvent

pas utiliser la radio. Ils n'ont pas d'arme, et même s'ils disposaient de tout un arsenal, ils ne s'en serviraient peut-être pas : ce sont des pilotes, pas des meurtriers. En revanche, ils croient que nous, nous en sommes, et fous par-dessus le marché, alors ils se montrent respectueux.

– Ouais, mais ils savent qu'on a besoin d'eux pour tenir les commandes.

Comme elle recommençait à taper sur son clavier, Spencer ramassa le téléphone abandonné sur le dernier siège de gauche et s'assit à la hauteur de la jeune femme, de l'autre côté de l'allée.

– A vrai dire, ils croient que s'il leur arrivait quelque chose, je serais capable de faire voler ce batteur à œufs.

– Et c'est vrai ? demanda-t-elle sans quitter l'écran des yeux, les doigts courant sur les touches.

– Non, mais quand j'étais dans les Rangers, j'ai appris un tas de choses sur les hélicos – essentiellement à les saboter, à les piéger et à les faire sauter. Je sais identifier tous les instruments et j'en connais le nom. Je me suis montré très convaincant. En fait, ils croient probablement que si je ne les ai pas encore descendus, c'est juste parce que je n'ai pas envie de sortir leurs cadavres du poste de pilotage et de m'installer dans une mare de sang.

– Et s'ils verrouillent la porte du cockpit ?

– J'ai bousillé la serrure. Et ils n'ont rien pour coincer le battant.

– Tu connais bien ton boulot, remarqua-t-elle.

– Arrête, tu vas me faire rougir. Qu'est-ce que tu fabriques ?

Sans cesser de travailler, elle lui fit part de leur bonne fortune.

– Tout va pour le mieux, remarqua-t-il, un peu sarcastique. Qu'est-ce que tu fais ?

– Grâce à Maman, je me suis reliée à Earthguard, le satellite de l'EPA dont ils se sont servi pour nous pister. J'ai pénétré au cœur du programme qui le commande. Jusqu'au niveau du système de gestion.

Il poussa un sifflement admiratif.

– Regarde : même Mr Rocky Dog est impressionné.

Levant les yeux, elle constata que Rocky souriait. Sa queue battait au niveau du plancher, percutant les sièges des deux côtés de l'allée.

– Tu vas bousiller un satellite à cent millions de dollars ? demanda Spencer. En faire un débris spatial ?

– Momentanément. En geler les fonctions pour six heures. Ensuite, ils n'auront plus la moindre idée de notre position.

– Vas-y, amuse-toi : bousille-le définitivement.

– Quand l'agence ne s'en sert pas pour ce genre de merdes, cet engin rend de véritables services.

– Donc, en fait, tu es pétrie d'esprit civique.

– J'ai été girl-scout. Ça reste dans le sang, comme une maladie.

– Alors, tu ne vas pas vouloir m'accompagner, ce soir : je vais bomber des graffiti sur des piles de pont.

– Et voilà ! s'exclama-t-elle, en appuyant sur la touche ENTER. (Elle sourit en étudiant les données qui apparaissaient à l'écran.) Earthguard vient de partir pour une sieste de six heures. Ils nous ont perdus – à part au radar. Tu es sûr qu'on file bien vers le nord, et assez haut pour être repérés, comme je l'ai demandé ?

– Les gars du cockpit me l'ont assuré.

– Parfait.

– Qu'est-ce que tu faisais, avant toute cette histoire ? demanda-t-il.

– Je travaillais à mon compte, à la conception de logiciels. J'étais spécialisée dans les jeux vidéo.

– Tu créais des jeux vidéos ?

– Oui.

– Naturellement.

– Je suis sérieuse.

– Non, tu t'es méprise sur mon intonation, corrigea-t-il. Je voulais dire : *naturellement*, c'est évident. Et à présent, tu es dans un jeu vidéo grandeur nature.

– Au train où va le monde, on finira tous par vivre dans un grand jeu vidéo, et certainement pas très sympa. Pas « Super Mario Brothers » ni quoi que ce soit d'aussi inoffensif. Plutôt le genre « Mortal Kombat ».

– Et à présent que tu as un satellite à cent millions de dollars hors service, qu'est-ce qu'on fait ?

Tandis qu'ils discutaient, Ellie demeurait concentrée sur l'ordinateur. Quittant Earthguard, elle avait rejoint Maman, dont elle faisait défiler les menus à toute vitesse.

– Je farfouille. Je cherche ce que je peux causer comme dégâts.

– Ça t'ennuierait de me rendre un service, avant ?

– Dis-moi de quoi il s'agit pendant que je me balade là-dedans.

Il l'informa du piège qu'il avait tendu à quiconque s'introduirait dans son chalet en son absence.

Ce fut au tour d'Ellie de pousser un sifflement admiratif.

– Bon Dieu ! J'aurais voulu voir leur gueule quand ils ont compris ce qui se passait. Que sont devenues les photos numérisées, une fois qu'elles ont quitté Malibu ?

– Elles ont été transmises à l'ordinateur central de la Pacific Bell, précédées du code activant le programme que j'avais conçu et dissimulé à l'intérieur. Ça leur a permis d'être reçues, puis envoyées à l'ordinateur central de l'Illinois Bell, où j'avais enterré un autre petit programme, lequel s'est activé en réponse à un deuxième code d'accès, et a réceptionné les photos.

– Tu crois que l'agence ne les a pas pistées ?

– Jusqu'à la Pacific Bell, si. Mais une fois que mon petit logiciel les a transmises à Chicago, il a effacé toute trace de l'appel. Ensuite, il s'est autodétruit.

– Un programme autodétruit, ça peut parfois se reconstruire et s'examiner. Ils risquent de trouver les instructions commandant l'effacement de l'appel à l'Illinois Bell.

– Pas dans ce cas-là. Je t'assure que mon superbe programme est resté superbement autodétruit. En se démantelant, il a entraîné avec lui une portion raisonnablement importante du système de la Pacific Bell.

Ellie interrompit ses recherches fébriles dans les logiciels de Maman pour lever les yeux vers Spencer.

– Ça veut dire quoi : « raisonnablement importante » ?

– Je pense qu'environ trente mille personnes ont été privées de téléphone pendant deux ou trois heures, avant qu'un nouveau système ne soit mis en place.

– Toi, tu n'as jamais été girl-scout, remarqua-t-elle.

– On ne me l'a jamais proposé.

– Et tu as appris pas mal de choses dans ta brigade contre le crime informatisé.

– J'étais un employé zélé, admit-il.

– Plus que tu n'en as appris sur les hélicoptères, c'est net. Alors, tu crois que les photos t'attendent toujours dans l'ordinateur de l'Illinois Bell ?

– Je vais te guider dans la procédure. On va bien voir. Ça peut être utile de jeter un bon coup d'œil à la trogne de ces enfoirés – pour référence future. Tu ne crois pas ?

– Si. Dis-moi ce que je dois faire.

Trois minutes plus tard, la première photographie apparaissait sur l'ordinateur que la jeune femme tenait toujours sur ses genoux. Spencer se pencha par-dessus l'allée étroite qui les séparait, et Ellie fit pivoter la mallette afin qu'ils pussent tous deux observer l'écran.

– C'est mon salon, commenta-t-il.

– La décoration n'est pas ton fort, hein ?

– Mon style préféré, c'est la période Début Fonctionnel.

– Ça ressemble plutôt à du Fin Monastique.

Deux hommes en tenue de répression des émeutes se déplaçaient dans la pièce, assez vite pour être flous sur le cliché.

– Appuie sur la barre d'espacement, demanda Spencer.

Sa compagne s'exécuta, et la photo suivante apparut. Ils firent ainsi s'afficher les dix premières en moins d'une minute. Certaines leur fournirent une image claire d'un ou deux visages, mais il était difficile de savoir à quoi ressemblait vraiment un homme coiffé d'un casque avec mentonnière.

– Fais les défiler jusqu'à ce qu'on ait quelque chose de nouveau, dit-il.

La jeune femme frappa à plusieurs reprises sur la barre d'espacement, éliminant une photo après l'autre, jusqu'à la trente et unième. Un nouvel individu apparut, qui n'était pas en tenue de combat.

– Le salopard en chef, déclara Spencer.

– On dirait bien, acquiesça Ellie.

– Voyons la trente-deuxième.

Elle appuya sur la barre d'espacement.

– Alors ?

– Ouais.

– Trente-trois.

Bip.

– Aucun doute, dit la jeune femme.

Bip. Trente-quatre.

Bip. Trente-cinq.

Bip. Trente-six.

Le même homme, cliché après cliché, évoluait dans le

salon de Malibu. C'était le dernier des cinq individus qu'ils avaient vus sortir de ce même hélicoptère devant la carterie, peu de temps auparavant.

– Le plus drôle, remarqua Ellie, c'est que je parie qu'on regarde sa photo sur son propre ordinateur.

– Tu dois êtes assise à sa place.

– Dans son hélico.

– Bon Dieu ! Il doit avoir les glandes, conclut Spencer.

Ils firent défiler rapidement le reste des photos. L'individu au visage mou et à l'air plutôt joyeux apparaissait sur toutes, jusqu'à ce qu'il crachât sur un morceau de papier et l'appliquât contre l'objectif de la caméra.

– Je n'oublierai pas sa tronche, mais je voudrais bien disposer d'une imprimante pour avoir une copie papier, dit Spencer.

– Il y a une imprimante intégrée, l'informa la jeune femme en désignant une fente sur le flanc de la mallette. Si je me rappelle bien ce que m'avait dit Danny, il y a une réserve d'environ cinquante feuilles 21 × 29,7.

– Il ne nous en faut qu'une.

– Deux. Une pour moi.

Ils choisirent le portrait le plus net de leur ennemi à l'aspect bienveillant, et Ellie l'imprima à deux reprises.

– C'était la première fois que tu le voyais, hein ? demanda Spencer.

– La toute première.

– A mon avis, ce n'est pas la dernière.

Ellie quitta les dossiers de l'Illinois Bell et retourna aux innombrables menus de Maman. La méga-salope était dotée d'une puissance telle qu'elle paraissait véritablement omnipotente et omnisciente.

– Tu crois que tu vas pouvoir lui causer une crise cardiaque ? interrogea Spencer en se rasseyant au fond de son siège.

La jeune femme secoua la tête.

– Non. Elle est trop bien protégée pour ça.

– Un bon saignement de nez, alors ?

– Au moins, oui.

Il l'observa fixement pendant presque une minute, tandis qu'elle travaillait – non sans qu'elle s'en rendît compte.

– Tu en as brisé beaucoup ? demanda-t-il enfin.

– Des nez ?

– Des cœurs.

Elle eut la surprise de se sentir rougir.

– Certainement pas.

– Tu pourrais. Sans problème. (Elle ne répondit pas.) Le chien écoute.

– Hein ?

– Je ne peux dire que la vérité.

– Je ne suis pas une cover-girl.

– J'adore ton visage.

– Je ne suis pas très contente de mon nez.

– Je t'en achèterai un autre, si tu veux.

– Je vais y réfléchir.

– Mais il sera seulement différent. Pas mieux.

– Tu es vraiment bizarre.

– Et par ailleurs, je ne parlais pas de ton apparence.

Ellie ne répondit pas, se contentant d'explorer Maman.

– Si j'étais aveugle, si je n'avais jamais vu ton visage, je te connaîtrais déjà assez bien pour savoir que tu pourrais me briser le cœur, ajouta Spencer.

– Dès qu'ils abandonneront Earthguard, ils tenteront de nous retrouver en prenant le contrôle d'un autre satellite, dit-elle lorsqu'elle parvint enfin à reprendre son souffle. Alors, il est temps de descendre en dessous du rayon d'action des radars et de changer de cap. Tu devrais en parler aux pilotes.

– Où allons-nous ? interrogea-t-il, après une hésitation – peut-être due à sa déception de ne pas l'avoir entendue répondre comme il le souhaitait aux sentiments qu'il venait de dévoiler.

– Aussi près du Colorado que ce baquet pourra nous emmener.

– Je vais m'informer de l'état du réservoir. Mais pourquoi le Colorado ?

– Parce que Denver est la grande ville la plus proche. Et dans une grande ville, je pourrai contacter quelqu'un qui nous aidera.

– On a besoin d'aide ?

– Tu n'as pas remarqué ?

– J'ai des souvenirs, au Colorado, dit-il, d'une voix où perçait un certain malaise.

– Je sais.

– Des sacrés souvenirs.

– Ça pose un problème ?

– Peut-être, acquiesça-t-il, sans plus chercher à jouer les jolis cœurs. Je suppose que ça ne devrait pas. Ce n'est qu'un lieu comme un autre...

Elle le regarda dans les yeux.

– Pour l'instant, ça chauffe un peu trop, pour nous. Il faut qu'on aille voir quelqu'un qui nous cachera le temps que les choses se tassent.

– Et tu connais quelqu'un comme ça ?

– Depuis peu. Avant, j'ai toujours agi seule. Mais ces derniers temps… les choses ont changé.

– De qui s'agit-il ?

– De braves gens. C'est tout ce que tu as besoin de savoir pour le moment.

– Alors, j'imagine qu'on va à Denver.

Des mormons, des mormons partout, une épidémie de mormons, des mormons en uniformes bien repassés, rasés de frais, aux yeux clairs, des mormons trop polis pour des flics, tellement polis que Roy Miro se demandait s'il ne s'agissait pas d'une comédie, des mormons à gauche, des mormons à droite, aussi bien dans les rangs des autorités locales que de celles du comté – et tous trop efficaces, trop disciplinés pour faire preuve de négligence ou classer tout ce bordel avec un clin d'œil et une claque dans le dos. Ce qui ennuyait le plus Roy, chez ces mormons-là, était qu'ils le privaient de son avantage coutumier : en leur compagnie, ses manières affables paraissaient fort ordinaires. Sa politesse n'était rien auprès de la leur. Son sourire facile et naturel se perdait dans une tempête de sourires, emplis de dents remarquablement plus blanches que les siennes.

Les mormons avaient envahi le centre commercial et le supermarché, posant des questions trop polies, armés de petits blocs, de stylos Bic et de leur regard franc de mormons ; Roy n'arrivait pas à savoir s'ils étaient convaincus par ses explications et par ses faux papiers.

Malgré ses efforts, il était incapable de déterminer la meilleure attitude à adopter avec ce genre de flics. Réagiraient-ils bien, se montreraient-ils plus ouverts s'il leur disait l'amour qu'il portait à leurs chants religieux ? Il n'aimait ni ne détestait lesdits chants, toutefois, et ses interlocuteurs risquaient de comprendre qu'il mentait pour les amadouer. Voilà qui valait pour les Osmond, la plus célèbre famille de mormons du show-business. Il n'en appréciait ni n'en détestait les chants et les danses : ces gens-là avaient indéniablement du talent, mais leurs œuvres n'étaient tout simplement pas à son goût. Marie Osmond possédait certes des jambes parfaites, des jambes qu'il eût aimé embrasser et caresser pendant des heures, des jambes sur lesquelles il eût voulu écraser des pétales de roses rouges par poignées – mais il avait la certitude que ces mormons-là n'étaient pas le genre de flics à manifester de l'enthousiasme pour ce type de conversation.

Il était sûr que tous les policiers présents n'étaient pas mormons. La loi sur l'égalité des chances assurait la diversité des forces de police. S'il découvrait lesquels n'appartenaient pas à la communauté religieuse, il parviendrait peut-être à nouer avec eux des rapports assez étroits pour graisser les rouages de l'enquête – d'une manière ou d'une autre – et foutre le camp d'ici. Mais les non-mormons étaient impossibles à distinguer des autres dont ils avaient adopté l'allure, les manières et les tics. Ces rusés salopards de non-mormons – quels qu'ils fussent – étaient tous polis, bien coiffés, vêtus d'habits repassés avec soin, sobres, et pourvus de dents à la blancheur exaspérante, sans la moindre trace de nicotine. L'un des policiers, Hargrave, était noir. Roy était presque convaincu d'avoir trouvé en lui un être pour qui la parole de Brigham Young n'avait pas plus d'importance que celle de Kali, l'incarnation malveillante de la Déesse Mère de l'hindouisme, quand Hargrave se révéla être le plus mormon de tous les mormons ayant jamais suivi la voie des mormons. Son portefeuille regorgeait de photos de sa femme et de ses neufs enfants – dont deux fils accomplissant pour le moment des missions religieuses dans des coins reculés du Brésil et des îles Tonga.

En Roy, l'angoisse commençait à le disputer à la frustration. Il avait l'impression de se retrouver dans *L'Invasion des profanateurs*.

Avant l'arrivée des voitures de police de la ville et du comté – toutes superbement lustrées et neuves –, il s'était servi du téléphone protégé de l'hélicoptère cloué au sol pour demander deux autres JetRangers, mais le quartier général de Las Vegas n'en avait plus qu'un à lui fournir.

– Bon Dieu, avait soupiré Ken Hyckman, vous usez les hélicos comme des kleenex.

Roy ne repartirait à la poursuite de la bonne femme et de Grant qu'avec neuf hommes sur douze, le nombre maximum de passagers à pouvoir s'entasser dans un seul appareil.

Le JetRanger endommagé ne serait pas en état de décoller avant au moins trente-six heures, mais le nouvel hélicoptère avait déjà quitté Las Vegas et filait vers Cedar City. On reprogrammait Earthguard pour pister l'engin volé. L'agence avait subi un revers, c'était indéniable, mais la situation n'était en aucun cas désastreuse. Une bataille perdue – même une *de plus* – ne signifiait pas la perte de la guerre.

Inhaler la vapeur pêche de la tranquillité, exhaler la brume verte de la rage et de la frustration ne calmait plus Roy. Il ne trouvait pas plus de réconfort dans les autres techniques de méditation qui lui avaient si bien servi pendant des années. Une seule chose mettait un frein à sa colère improductive : songer à Ève Jammer, à ses extraordinaires 60 % de perfection. Nue. Ointe. Frémissante. Splendeur blonde sur caoutchouc noir.

Le nouvel hélicoptère n'atteindrait pas Cedar City avant midi, mais Roy avait la certitude de pouvoir mettre les mormons au pas d'ici là. Tandis que, sous leur regard attentif, il allait de l'un à l'autre, répondait encore et encore à leurs questions, examinait le contenu de la Rover et en étiquetait tous les articles pour classement, des images d'Ève défilaient en lui. Ève se donnant du plaisir, à l'aide de ses mains parfaites et d'une grande variété d'accessoires, conçus par des obsédés sexuels dont le génie inventif dépassait celui de Thomas Edison et d'Albert Einstein réunis.

Ce fut devant une caisse du supermarché, alors qu'il examinait l'ordinateur et la boîte de vingt disquettes trouvés à l'arrière de la Range Rover, qu'il songea à Maman. Durant un instant terrible, il tenta de nier l'évidence, de se convaincre qu'il avait éteint ou débranché son portable avant de quitter l'hélicoptère. Peine perdue. Il revit l'écran vidéo tel qu'il l'avait vu en posant la mallette sur le plancher, près de son siège, avant de se précipiter vers le cockpit : le film satellite du centre commercial.

– Nom de Dieu ! s'exclama-t-il – et tous les mormons qui se trouvaient à portée de voix sursautèrent comme un seul homme.

Roy gagna le fond du supermarché en courant, traversa l'entrepôt et franchit la porte de derrière avant de fendre les rangs de ses hommes et des policiers pour rejoindre l'hélicoptère démoli, dont il pourrait utiliser le téléphone avec brouilleur.

Il appela Las Vegas et obtint Ken Hyckman au centre de surveillance satellite.

Alors même qu'il commençait à s'expliquer, son correspondant lui coupa la parole avec la pompe solennelle d'un ex-speaker de radio.

– Nous aussi, on a des problèmes. L'ordinateur interne d'Earthguard s'est planté. On a inexplicablement perdu le contact. On y travaille, mais on…

Roy l'interrompit ; il savait que la bonne femme s'était servie de son appareil pour inhiber Earthguard.

– Écoutez, Ken, mon portable était dans l'hélicoptère volé, et il était relié à Maman.

– Nom de Dieu ! s'exclama lui aussi Hyckman, mais le centre de surveillance satellite n'abritait aucun flic mormon prêt à sursauter.

– Contactez Maman, dites-lui de débrancher mon unité et de lui interdire toute connexion future. Définitivement !

Le JetRanger filait vers l'est, dans le ciel de l'Utah, volant lorsque c'était possible à moins de cent pieds, afin d'éviter la détection radar.

Rocky demeura avec Ellie quand Spencer retourna surveiller l'équipage. La jeune femme, trop concentrée sur Maman, ne pouvait caresser l'animal, ni même lui parler. Le fait qu'il lui tînt compagnie sans en être remercié semblait indiquer qu'il commençait à lui faire confiance et à l'apprécier. Elle en fut ravie et émue.

Elle aurait aussi bien pu briser l'ordinateur et passer son temps à gratter le chien derrière les oreilles, car avant qu'elle n'eût encore rien accompli, les données affichées sur l'écran disparurent, remplacées par un fond bleu. Une question se mit à clignoter en lettres rouges : QUI VA LÀ ?

Cela n'avait rien de surprenant. Ellie s'était attendue à être éjectée avant de pouvoir endommager Maman. Le système était équipé de protections élaborées qui le gardaient contre les pirates et les virus. Se frayer un chemin au niveau de la gestion des logiciels où il eût été possible de causer des dégâts importants, eût requis non pas des heures mais des jours de recherches incessantes. Elle avait eu de la chance de disposer du temps nécessaire pour désactiver Earthguard, car elle n'eût jamais obtenu un tel contrôle du satellite sans l'aide de Maman. Pouvoir endommager cette dernière après l'avoir utilisée était trop demander. Pourtant, aussi désespérés qu'aient été ses efforts, Ellie s'était sentie obligée d'essayer.

Comme elle ne répondait pas à la question, l'écran se vida et son bleu vira au gris. L'ordinateur semblait mort. Tenter de retrouver Maman, la jeune femme le savait, était parfaitement inutile.

Elle débrancha la machine, la posa dans l'allée, près du siège, et tendit la main vers le chien. Il s'approcha d'elle en agitant la queue. Comme elle se penchait pour le caresser, elle remarqua une grande enveloppe sur le plancher, à demi glissée sous son fauteuil.

Après avoir dûment câliné et gratouillé Rocky pendant une ou deux minutes, elle ramassa sa trouvaille et l'ouvrit. Quatre photographies s'en échappèrent.

Ellie reconnut Spencer sans hésiter, bien qu'il fût enfant sur les clichés. Quoique l'homme fût visible dans l'adolescent, il n'avait pas seulement perdu sa jeunesse depuis l'époque de ces photos. Pas seulement son innocence ou l'effervescence qui éclatait dans son sourire et son langage corporel. La vie lui avait également dérobé une qualité indicible, dont la perte n'était pas moins évidente du fait de cette imprécision.

Ellie étudia le visage de la femme en compagnie de laquelle il se trouvait sur deux des clichés et acquit la conviction qu'il s'agissait de sa mère. Si l'on pouvait se fier aux apparences – et dans ce cas précis, elle sentait que c'était le cas – elle avait été d'un tempérament doux, effacé, et dotée d'un sens de l'humour encore juvénile.

Sur une troisième photo, où elle était plus jeune que sur les deux premières – vingt ans, peut-être –, elle posait seule devant un arbre chargé de fleurs blanches. Elle éclatait d'une innocence radieuse, bien qu'elle ne parût pas naïve, juste dépourvue de cynisme. Peut-être Ellie poussait-elle trop son interprétation du cliché, mais elle percevait dans la mère de Spencer une vulnérabilité si poignante que des larmes, soudain, lui montèrent aux yeux.

Plissant les paupières, se mordant la lèvre inférieure, décidée à ne pas pleurer, elle fut cependant forcée de s'essuyer les yeux d'un revers de main. Ce n'était pas seulement le deuil subi par Spencer qui la bouleversait. En contemplant la jeune femme en robe d'été, elle songeait à sa propre mère, qui lui avait été enlevée si brutalement.

Elle se tenait au bord d'un océan de souvenirs, mais elle ne trouvait aucun réconfort en s'y baignant. Chaque vague de mémoire, aussi innocente qu'elle parût, se brisait sur la même plage obscure. Quel que fût l'événement passé qui lui revenait, le visage de sa mère lui apparaissait tel que dans la mort : sanglant, démoli par les balles. Une telle horreur emplissait le regard fixe de la morte qui semblait avoir aperçu au dernier instant ce qui se trouvait au-delà du monde pour découvrir un gigantesque vide glacial.

Frissonnante, Ellie se détourna du cliché pour regarder par le hublot. Le ciel bleu paraissait aussi inhospitalier qu'une mer polaire. En dessous de l'appareil qui volait à basse altitude défilait un agglomérat flou de rochers, de végétation et d'œuvres humaines.

Lorsqu'elle fut certaine de maîtriser ses émotions, la fugitive regarda à nouveau la jeune femme en robe d'été – puis la dernière des quatre photographies. Si elle avait reconnu des traits du fils chez la mère, elle découvrit une ressemblance bien plus nette entre Spencer et l'homme plongé dans les ombres que représentait le quatrième cliché. Bien qu'elle ne reconnût pas le trop célèbre artiste, elle comprit que c'était là le père de son compagnon.

La ressemblance, cependant, se limitait aux cheveux noirs, aux yeux plus noirs encore, à la forme du menton et à quelques autres détails. Le visage de Spencer n'était marqué ni de l'arrogance ni de la cruauté potentielle qui faisaient paraître son géniteur tellement froid, tellement inquiétant.

A moins qu'elle ne décelât uniquement ces caractéristiques en Steven Ackblom parce qu'elle savait contempler un monstre. Si elle avait trouvé la photo sans avoir la moindre idée de l'identité de l'individu – voire si elle l'avait rencontré au cours d'une réception, ou dans la rue –, elle n'aurait peut-être rien vu en lui qui le rendît plus menaçant que Spencer ou n'importe quel autre homme.

Elle se désola immédiatement qu'une telle pensée lui fût venue, car à présent, elle ne pouvait plus s'empêcher de se demander si l'être bon et attentionné qu'elle voyait en Spencer n'était pas une illusion. Au mieux, un fragment de la réalité. Elle se rendit compte avec une certaine surprise qu'elle n'avait pas envie de douter de Spencer Grant. En fait, elle avait même très envie de croire en lui, comme elle n'avait cru en rien ni personne depuis bien longtemps.

Si j'étais aveugle, si je n'avais jamais vu ton visage, je te connaîtrais déjà assez bien pour savoir que tu pourrais me briser le cœur.

Ces paroles avaient été tellement sincères, avaient constitué une révélation tellement spontanée des sentiments et de la vulnérabilité de Spencer qu'elle en était demeurée brièvement muette. Pourtant, elle n'avait pas trouvé le courage de lui donner la moindre raison d'espérer qu'elle serait capable d'éprouver un jour pour lui ce qu'il éprouvait pour elle.

Danny n'était mort que depuis quatorze mois. C'était selon elle un deuil bien trop court. Toucher déjà un autre homme, s'en soucier, l'aimer – voilà qui semblait constituer une trahison à l'égard de celui qu'elle avait aimé le premier – et qu'elle aurait toujours aimé, à l'exclusion de tout autre, s'il avait encore été en vie.

D'un autre côté, quatorze mois de solitude, c'était une éternité.

Pour être honnête avec elle-même, elle devait admettre que ses réticences venaient essentiellement du fait qu'elle se demandait si ces quatorze mois représentaient une période de deuil convenable. Aussi bon, aussi aimant qu'eût été Danny, il n'eût jamais pu mettre son cœur à nu aussi franchement ou aussi totalement que l'avait fait Spencer à plusieurs reprises, depuis qu'elle l'avait arraché à l'arroyo asséché. Danny n'avait pas manqué de romantisme, mais il avait exprimé ses sentiments de manière moins directe, par des présents ou des attentions, comme si dire « je t'aime » avait pu porter malheur à leur couple. Elle n'était pas habituée à la poésie brute que maniait Spencer lorsqu'il s'exprimait du fond du cœur et ne savait trop quoi en penser.

C'était un mensonge. Ça lui plaisait. Ça faisait plus que lui plaire. Dans son for intérieur endurci, elle fut surprise de découvrir une partie tendre qui appréciait les déclarations d'amour enflammées de son compagnon, et même en redemandait. Ce désir évoquait la soif terrible d'un voyageur du désert – une soif, elle s'en rendait compte à présent, qu'elle avait eu toute sa vie besoin d'étancher.

Si elle hésitait à répondre aux sentiments de Spencer, ce n'était pas seulement parce qu'elle craignait de n'avoir pas pleuré Danny assez longtemps, mais aussi et surtout parce qu'elle sentait que le premier amour de sa vie risquait de ne pas se révéler le plus grand. Retrouver la capacité d'aimer ressemblait à une trahison, mais il aurait été bien pire – aurait été un rejet cruel – d'en aimer un autre *plus* qu'elle n'avait aimé son mari assassiné.

Peut-être cela ne se produirait-il jamais. Si elle s'ouvrait à cet homme encore mystérieux, peut-être finiraitelle par découvrir qu'il n'occuperait jamais dans son cœur une place aussi vaste et aussi chaude que celle où avait vécu et vivrait toujours Danny.

Elle imaginait que pousser aussi loin sa loyauté à la mémoire du disparu revenait à permettre à un sentiment sincère de dégénérer en un brouet de sentimentalisme. Nul ne naissait pour n'aimer qu'une seule fois, même si le destin déposait ce premier amour dans une tombe prématurée. Si la création avait opéré selon des règles aussi sévères, Dieu aurait donné vie à un univers froid et sinistre. L'amour, comme les autres émotions, était certainement semblable, d'une certaine manière, aux muscles : s'en servir le renforçait, l'inaction le faisait s'atrophier. Aimer Danny lui avait peut-être donné la force émotionnelle d'aimer Spencer encore plus.

Et pour rendre justice à son mari, il avait été élevé par un père dépourvu d'âme – et par une mère fragile et superficielle –, dans l'étreinte glacée duquel il avait appris la méfiance et la réserve. Il avait donné à Ellie tout ce qu'il était en son pouvoir de lui donner, et elle avait été très heureuse entre ses bras. Tellement heureuse, en fait, qu'elle ne concevait soudain plus de vivre sans jamais chercher à obtenir de quelqu'un d'autre le cadeau qu'il avait été le premier à lui offrir.

Combien de femmes avaient-elles produit tellement d'effet sur un homme qu'après une seule soirée passée à discuter, il avait abandonné une existence douillette et mis son existence en danger pour demeurer avec elles ? Le dévouement de Spencer faisait plus que la flatter et l'étonner. Elle se sentait à la fois gratifiée et stupide, infantile, turbulente. A son corps défendant, elle admettait être enchantée.

Fronçant les sourcils, elle étudia à nouveau la photographie de Steven Ackblom.

Elle savait que le dévouement de Spencer et tout ce qu'il avait fait pour la retrouver étaient peut-être moins dus à l'amour qu'à une obsession. Et chez le fils d'un tueur en série, n'importe quel signe d'obsession pouvait raisonnablement être jugé inquiétant – reflet de la folie du père.

Ellie remit les quatre clichés dans l'enveloppe qu'elle referma à l'aide de sa petite attache métallique.

Elle était convaincue que Spencer, de toutes les manières qui comptaient, n'était pas le fils de son père. Il ne représentait pas plus un danger pour elle que Mr Rocky Dog. Durant trois nuits, dans le désert, tandis qu'elle l'écoutait murmurer, délirer, entre ses ascensions périodiques jusqu'à une conscience fragile, elle n'avait rien entendu qui prouve qu'il était la mauvaise graine d'une mauvaise graine.

Et de toute manière, même s'il avait représenté pour elle un danger, il n'eût rien été auprès de l'agence. Laquelle était toujours active, quelque part, en train de les chercher.

Elle n'avait qu'une seule inquiétude : saurait-elle éviter les tueurs assez longtemps pour découvrir et apprécier les connexions émotionnelles qui pourraient se créer entre elle et cet homme complexe, énigmatique ? De son propre aveu, il possédait encore des secrets. Des secrets qui devraient être dévoilés, pour son propre bien plus que pour celui de la jeune femme, avant qu'il leur soit possible de discuter d'un avenir à deux, ou même de l'envisager. Jusqu'à ce qu'il ait réglé ses dettes avec le passé, il ne connaîtrait jamais la tranquillité d'esprit et le respect de soi nécessaires à l'éclosion de l'amour.

Elle contempla à nouveau le ciel.

Ils survolaient l'Utah dans leur machine noire luisante, étrangers dans leur propre pays, tournant le dos au soleil, filant vers l'est, vers l'horizon d'où, quelques heures plus tard, viendrait la nuit.

Harris Descoteaux se doucha dans la salle de bains grise et brune que son frère réservait aux invités, mais le parfum de prison qu'il croyait sentir sur sa personne ne pouvait être éradiqué. Jessica avait emporté trois tenues différentes pour lui, le samedi, avant d'être expulsée de leur domicile de Burbank. Dans cette maigre garde-robe, il choisit des tennis, un pantalon de velours gris et une chemise en laine vert sombre.

Lorsqu'il informa sa femme qu'il allait marcher un peu, elle lui demanda d'attendre que les tartes soient sorties du four. Ainsi, elle l'accompagnerait. Darius, qui ne quittait pas le téléphone de son bureau, lui suggéra pour les mêmes raisons de retarder sa promenade d'une demi-heure. Harris sentit qu'ils s'inquiétaient de son accablement. Ils ne voulaient pas le laisser seul.

Il leur assura qu'il n'avait nulle intention de se jeter sous un camion, juste besoin d'un peu d'exercice après avoir passé le week-end en prison, et qu'il voulait être seul pour réfléchir. Empruntant un des blousons de cuir de Darius dans le placard de l'entrée, il sortit retrouver la fraîcheur de la matinée.

Les quartiers résidentiels de Westwood étaient vallonnés. Après avoir franchi quelques pâtés de maisons, il s'aperçut qu'un week-end en cellule lui avait bel et bien laissé les muscles rouillés, en grand besoin d'être étirés.

Il avait menti en prétendant vouloir être seul pour réfléchir. En fait, il voulait *arrêter* de réfléchir. Depuis l'assaut de son domicile, le vendredi soir, son esprit n'avait cessé de tourbillonner. Et réfléchir ne l'avait mené nulle part, sinon dans les plus sombres recoins de lui-même.

Même le peu de sommeil qu'il avait pris ne lui avait pas procuré de répit, car il avait rêvé d'hommes sans visage, en uniforme noir et bottes de cuir luisantes, qui attachaient comme des chiens Ondine, Willa et Jessica à l'aide de colliers et de laisses, et les emmenaient, le laissant seul.

S'il ne pouvait échapper à ses tourments dans le sommeil, il ne le pouvait pas non plus en compagnie de Jessica ou de Darius. Son frère ne cessait de travailler sur l'affaire, de méditer à haute voix sur des stratégies juridiques offensives ou défensives. Quant à Jessica – tout comme le seraient Ondine et Willa à leur retour du centre commercial –, elle était le symbole criant de son incapacité à protéger sa famille. Aucune d'entre elles ne reconnaîtrait une chose pareille, bien entendu. Il savait que cette idée ne leur traverserait pas même l'esprit. Il n'avait rien fait pour mériter la catastrophe qui les frappait. Pourtant, quoique irréprochable, il s'adressait des reproches. Quelque part, à un moment donné, il s'était fait un ennemi dont la vengeance était tellement disproportionnée à ce que le capitaine avait pu lui faire subir sans s'en rendre compte qu'elle provenait d'un psychopathe. Si Harris avait évité quelque action ou parole offensante, peut-être rien de tout cela ne se serait-il produit. Chaque fois qu'il songeait à Jessica ou à ses filles, sa culpabilité accidentelle et inévitable lui paraissait un plus grand péché.

Les hommes aux bottes, quoique nés de son rêve, avaient bel et bien commencé à lui arracher celles qu'il aimait, et sans avoir besoin de les mettre en laisse. Sa colère et sa frustration devant son impuissance, le remords dont il se chargeait, étaient devenus les briques et le mortier d'un mur dressé entre lui et sa famille. Une barrière que le temps rendrait probablement plus haute et plus épaisse.

Seul, il parcourait les rues sinueuses et les coteaux de Westwood. De nombreux palmiers, ficus et pins conservaient au quartier son vert californien en plein cœur de février, mais il y avait aussi là des sycomores, des érables ou des bouleaux aux branches nues. Harris se concentrait sur les intéressants motifs de soleil et d'ombre qui alternaient par terre, devant lui, tentait de les utiliser pour se mettre en un état d'hypnose d'où fût bannie toute pensée, sinon la conscience du besoin de poser un pied devant l'autre.

Il rencontra un certain succès à ce jeu. A moitié en transe, il n'aperçut que du coin de l'œil la Toyota bleu saphir qui le dépassa et, se mettant brusquement à tousser, se rangea le long du trottoir, presque un pâté de maisons plus loin. Un homme en sortit et ouvrit le capot. Harris demeura concentré sur la tapisserie de soleil et d'ombre qu'il arpentait.

Comme il passait devant la Toyota, l'inconnu cessa d'examiner son moteur.

– Puis-je vous donner matière à réflexion, monsieur ? demanda-t-il.

Le capitaine fit encore deux pas avant de comprendre qu'on s'adressait à lui. Il se retourna et sortit de son hypnose.

– Je vous demande pardon ?

L'autre était un grand Noir proche de la trentaine, aussi maigre qu'un gamin de quatorze ans, à l'allure sombre et intense d'un vieillard ayant vu trop de choses et subi trop de chagrins. Vêtu d'un pantalon, d'une veste et d'un pull à col roulé noirs, il semblait vouloir projeter une image inquiétante. Si telle était son intention, elle était battue en brèche par ses immenses lunettes aux verres épais, sa minceur et sa voix qui, quoique profonde, était aussi veloutée et aussi agréable que celle de Mel Torme.

– Puis-je vous donner matière à réflexion ? répéta-t-il, avant de continuer, sans attendre de réponse : Ce qui vous frappe ne pourrait pas arriver à un représentant des États-Unis ou à un sénateur.

La rue était étrangement paisible pour un quartier aussi peuplé. La luminosité du soleil, depuis un instant, semblait s'être modifiée. Elle conférait aux courbes de la Toyota bleue un éclat qu'Harris jugea peu naturel.

– La plupart des gens l'ignorent, reprit l'inconnu, mais depuis des dizaines d'années, les politiciens exemptent les membres actuels et futurs du Congrès des États-Unis de la plupart des lois qu'ils votent. Par exemple, la confiscation. Si les flics surprennent un sénateur en train de vendre de la cocaïne dans sa Cadillac près d'une école, on ne pourra pas lui prendre sa voiture comme on vous a pris votre maison.

Harris avait la singulière sensation de s'être tellement bien hypnotisé qu'il était en transe et que cet homme vêtu de noir n'était qu'un rêve, une apparition.

– On pourrait le poursuivre et le faire condamner – à moins que ses camarades politiciens ne se contentent de l'expulser du Congrès, tout en lui assurant l'immunité. Mais on ne pourrait pas lui confisquer sa propriété pour trafic de drogue, ni pour aucun des deux cents autres crimes pour lesquels on aurait pu saisir la vôtre.

– Qui êtes-vous ? demanda Harris.

L'autre, ignorant la question, poursuivit de sa voix douce :

– Les politiciens ne cotisent pas à la Sécurité sociale. Ils ont leur propre caisse de retraite. Et on ne la pille pas pour financer d'autres programmes comme on pille les nôtres. Leur retraite, à eux, est assurée.

Harris jeta un regard anxieux dans la rue pour voir si quelqu'un les observait, si d'autres gens ou véhicules accompagnaient son interlocuteur. Quoique l'inconnu ne fût pas menaçant, la situation elle-même l'était. Il lui semblait qu'on cherchait à le manipuler, que cette rencontre avait pour but de lui arracher quelque déclaration séditieuse pour laquelle il serait arrêté, jugé, emprisonné.

C'était là une crainte absurde. La liberté d'expression demeurait garantie. Dans aucun pays du monde, les habitants ne manifestaient aussi ouvertement et aussi violemment leurs opinions qu'en Amérique. Les derniers événements lui avaient de toute évidence inspiré une paranoïa qu'il lui fallait maîtriser.

Pourtant, il continuait d'avoir peur de s'exprimer.

– Ils s'exemptent des plans médicaux qu'ils vont vous imposer, reprit l'inconnu, si bien qu'un jour, vous serez obligé d'attendre des mois pour vous faire opérer de la vésicule biliaire alors qu'eux-mêmes recevront des soins à la demande. Nous avons permis aux plus cupides d'entre nous de nous gouverner.

Harris trouva le courage de reprendre la parole, mais ce ne fut que pour répéter sa question et en poser une autre.

– Qui êtes-vous ? Que voulez-vous ?

– Je veux juste vous donner matière à réflexion jusqu'à la prochaine fois, répondit l'autre.

Puis il pivota et claqua le capot de la Toyota bleue.

Encouragé par son dos tourné, Harris descendit du trottoir et l'empoigna par le bras.

– Dites donc…

– Il faut que je m'en aille, dit l'homme. A ma connaissance, nous ne sommes pas surveillés. Il y a une chance sur mille pour que nous le soyons. Mais avec la technologie d'aujourd'hui, on ne peut plus être sûr à cent pour cent. Jusqu'à présent, pour des observateurs éventuels, vous avez juste l'air de discuter avec un type qui a des ennuis mécaniques et à qui vous avez offert votre aide. Mais si nous causons plus longtemps, et si nous sommes bien surveillés, alors ils vont se rapprocher et pointer leurs micros directionnels.

Il rejoignit la portière du conducteur.

– Pourquoi m'avoir dit tout ça ? interrogea Harris, stupéfait.

– Soyez patient, Mr Descoteaux. Laissez-vous emporter par le flot, voguez sur l'onde, et vous le découvrirez.

– Quelle onde ?

En ouvrant sa portière, l'inconnu eut son premier sourire depuis qu'il avait commencé à parler.

– Eh bien, j'imagine... la micro-onde, l'onde lumineuse, les ondes de l'avenir.

Il monta au volant, démarra et s'éloigna, laissant un Harris plus abasourdi que jamais.

La micro-onde. L'onde lumineuse. Les ondes de l'avenir.

Que diable venait-il de se produire ?

Harris Descoteaux pivota pour étudier le quartier, qui lui sembla dans son ensemble tout à fait ordinaire. Du ciel et de la terre. Des maisons et des arbres. Des pelouses et des trottoirs. Du soleil et des ombres. Pourtant, la trame de la journée était entrelacée de fils de mystère au sombre éclat qui ne s'y trouvaient pas auparavant.

Il se remit en marche. Tandis qu'il continuait sa promenade, alors qu'il n'était pas coutumier du fait, il jeta des coups d'œil périodiques par-dessus son épaule.

Roy Miro dans l'Empire des mormons. Après avoir côtoyé les policiers de Cedar City et les shérifs-adjoints du comté pendant près de deux heures, Roy avait accumulé une réserve de politesse qui ne s'épuiserait pas d'ici au moins le 1er juillet. Il connaissait la valeur du sourire, de la courtoisie et des manières affables, puisque c'était là l'approche que lui-même utilisait dans le cadre de son travail. Toutefois, ces mormons poussaient la chose à l'extrême. Il se surprit à regretter la froide indifférence de Los Angeles, l'égoïsme forcené de Las Vegas, voire l'agressivité et la folie de New York.

La nouvelle de la défection d'Earthguard n'avait pas arrangé son humeur. Il avait ensuite été fort contrarié d'apprendre que l'hélicoptère volé était descendu à une altitude si faible que les deux radars militaires qui le pistaient (en réponse à une requête urgente que l'armée croyait issue de la DEA) en avaient perdu la trace et s'étaient révélés incapable de le retrouver. Les fugitifs avaient disparu – et seuls Dieu et les deux pilotes kidnappés savaient où.

Roy redoutait son prochain rapport à Tom Summerton.

Le JetRanger de secours devait arriver de Las Vegas moins de vingt minutes plus tard, mais il ne savait pas ce qu'il allait en faire. S'il le garait sur le parking du centre commercial et s'y plantait en attendant que quelqu'un repère Grant et la bonne femme, il risquait d'être encore là quand reviendrait la période des achats de Noël. En outre, les mormons persisteraient sans aucun doute à lui apporter du café et des beignets, demeurant en sa compagnie pour l'aider à tuer le temps.

Il fut soulagé des horreurs de leur trop grande politesse quand Gary Duvall lui téléphona à nouveau du Colorado et remit l'enquête sur ses rails. L'appel fut passé sur l'appareil équipé d'un brouilleur qu'abritait l'hélicoptère hors d'usage.

Roy s'installa à l'arrière de la cabine et se posa les écouteurs sur les oreilles.

– Vous n'êtes pas facile à joindre, commença Duvall.

– On a eu des complications, ici, déclara succinctement son interlocuteur. Vous êtes encore au Colorado ? Je vous croyais en train de retourner à San Francisco.

– Je me suis intéressé à cette histoire d'Ackblom. J'ai toujours été fasciné par les tueurs en série. Dahmer, Bundy, et puis Ed Gein, il y a des années. Carrément dingues. Je me suis demandé en quoi le fils d'un tueur en série pouvait se trouver lié à cette femme.

– On se le demande tous, assura Roy.

Comme d'ordinaire, Duvall allait délivrer au compte-gouttes les informations qu'il détenait.

– Tant que j'étais dans le coin, j'ai décidé de faire un saut à Vail, pour jeter un coup d'œil au ranch où c'est arrivé. En avion, c'est rapide. Il m'a presque fallu plus longtemps pour embarquer et pour débarquer que pour le trajet.

– Vous y êtes, en ce moment ?

– Au ranch ? Non, je viens d'en rentrer. Mais je suis encore à Vail. Et attendez de savoir ce que j'ai découvert.

– J'imagine que je vais être obligé.

– Hein ?

– D'attendre, expliqua Roy.

Duvall ne saisit pas le sarcasme, ou bien l'ignora.

– J'ai deux *enchiladas* d'informations bien juteuses à vous faire avaler, continua-t-il. Enchilada numéro un : à votre avis qu'est devenue la propriété une fois qu'on a enlevé tous les cadavres et qu'Ackblom a ramassé perpétuité ?

– Un couvent de carmélites, répondit Roy.

– Qui vous a dit ça ? s'exclama Duvall, sans comprendre que cette réplique se voulait humoristique. Il n'y a pas une seule bonne sœur dans le coin. En revanche, un couple habite le ranch : Paul et Anita Dresmund. Ils sont là depuis des années. Quinze ans. A Vail, tout le monde les croit propriétaires et ils ne font rien pour détromper les gens. Ils ont environ cinquante-cinq ans, mais l'air d'avoir pris leur retraite à quarante – ce qu'ils affirment – ou de n'avoir jamais travaillé et toujours vécu de leurs rentes. Tout à fait le profil de l'emploi.

– Quel emploi ?

– Gardiens.

– A qui appartient le ranch ?

– C'est ça qui est angoissant.

– J'en suis persuadé.

– Le travail des Dresmund consiste notamment à se prétendre propriétaires des lieux, à ne pas révéler qu'ils sont de simples employés. Comme ils aiment skier, mener une vie facile, et qu'ils ne s'inquiètent pas d'habiter un endroit avec une telle réputation, se taire ne leur a pas posé de problème.

– Mais vous, ils vous ont tout raconté ?

– Eh bien, c'est-à-dire que les gens prennent les cartes du FBI et les menaces de poursuites judiciaires nettement plus au sérieux qu'ils ne le devraient, expliqua Duvall. Jusqu'à il y a environ un an et demi, ils étaient payés par un avoué de Denver.

– Son nom ?

– Bentley Lingerhold, mais je ne crois pas que nous ayons à nous en préoccuper. Jusqu'à il y a un an et demi, les chèques des Dresmund étaient émis par le Vail Memorial Trust, que gérait cet avoué. Comme j'avais mon portable, je me suis relié à Maman et je lui ai demandé de me retrouver ça. L'organisation n'existe plus mais elle figure encore dans les archives. En fait, elle était gérée par un autre trust, qui lui, existe toujours : le Spencer Grant Living Trust.

– Bon Dieu, dit Roy.

– Étonnant, non ?

– Le fils est toujours propriétaire ?

– Oui, à travers d'autres entreprises qu'il contrôle. Il y a un an et demi, la propriété a été ôtée au Vail Memorial Trust, dont Grant détenait l'essentiel des parts, et donnée à une société de l'île du Grand Caïman – un paradis fiscal des Caraïbes, qui…

– Je sais. Continuez.

– Depuis, les Dresmund reçoivent leurs chèques de la société Vanishment International. Grâce à Maman, je me suis introduit dans la banque du Grand Caïman où ladite société à son compte. Je n'ai pas pu apprendre le montant de son capital ni consulter les archives de ses transactions, mais ce que j'ai découvert, c'est que Vanishment est géré par une société de contrôle suisse : Amelia Earhart Enterprises.

Roy se tortilla sur son siège, regrettant de ne pas avoir apporté un carnet et un crayon pour noter tous ces détails.

– Les grands-parents, George et Ethel Porth, ont créé le Vail Memorial Trust il y a plus de quinze ans, environ six mois après l'explosion de l'affaire Ackblom. Ils s'en servaient pour administrer la propriété par procuration, afin que leur nom n'y soit pas associé.

– Pourquoi n'ont-ils pas vendu ?

– Pas la moindre idée. De toute façon, l'année suivante, juste après avoir fait changer légalement le nom du gamin, ils ont monté le Spencer Grant Living Trust pour lui, à Denver, en passant par ce Bentley Lingerhold. Le Vail Memorial est alors passé sous le contrôle du deuxième trust. Mais Vanishment International n'a été créé qu'il y a un an et demi, bien après la mort des deux grands-parents : on peut donc en conclure que c'est Grant lui-même qui s'en est occupé, et qu'il a fait sortir la plus grande partie de ses avoirs des États-Unis.

– Et à peu près au même moment, il a commencé à éliminer son nom des archives publiques, acquiesça Roy. Bon, ôtez-moi un doute : qui dit trusts et entreprises des Caraïbes dit bien grosses sommes d'argent ?

– Énormes, confirma Duvall.

– D'où vient tout ce fric ? Je veux dire : le père était célèbre, bien sûr, mais…

– Quand il a plaidé coupable de tous ces meurtres, vous savez ce qui lui est arrivé ?

– Vous allez me le dire.

– Il a accepté d'être emprisonné à vie dans une institution pour fous criminels. Aucune possibilité de libération sur parole. Il n'a ni protesté ni fait appel. De son arrestation jusqu'à la fin du procès, il s'est montré absolument serein. Pas une seule explosion de colère, pas une seule expression de regrets.

– C'est inutile. Il savait qu'il n'avait aucune chance. Il n'était pas fou.

– Ah bon ? fit Duvall, surpris.

– Pas irrationnel, en tout cas. Ni débile, ni fou furieux, ni rien de ce genre. Il savait qu'il ne pouvait pas s'en sortir. Il a fait preuve de réalisme.

– Sans doute. Les grands-parents ont ensuite demandé à ce que Grant soit déclaré propriétaire légal des biens d'Ackblom. En fait, à leur requête, le tribunal a fini par diviser les biens liquidés – à l'exception du ranch – entre le gamin et les familles des victimes, dans le cas où un conjoint ou un enfant leur aurait survécu. Vous voulez essayer de deviner combien ils se sont partagé ?

– Non, dit Roy.

Par le hublot, il vit deux policiers locaux déambuler auprès de l'hélicoptère et l'examiner.

Duvall n'hésita pas après le « non » de son interlocuteur. Il embraya sur de nouveaux détails.

– L'argent provenait de la vente de la collection d'Ackblom, des tableaux d'autres artistes, mais principalement des siens qu'il n'avait jamais voulu mettre sur le marché. Il y en a eu pour un peu plus de vingt-neuf millions de dollars.

– *Après* prélèvement des taxes de succession ?

– Avec sa notoriété, les tableaux ont pris une valeur

énorme. Bizarre, que les gens aient eu envie d'accrocher ses toiles chez eux en sachant ce qu'il avait fait, non ? On aurait pu croire que leur valeur allait chuter, au contraire, mais il y a eu une véritable frénésie sur le marché de l'art. Les prix ont crevé le plafond.

Roy se rappelait les reproductions en couleurs des œuvres d'Ackblom qu'il avait contemplées dans sa jeunesse, au moment de l'affaire. Il ne comprenait pas bien ce que voulait dire Duvall : s'il avait pu se les offrir, il aurait décoré son propre domicile avec des dizaines de toiles de l'artiste.

– Et durant toutes ces années, les prix ont continué de grimper, poursuivit l'agent, quoique plus lentement que pendant les douze premiers mois. La famille aurait mieux fait de conserver quelques tableaux. Enfin… le gamin s'est retrouvé avec quatorze millions et demi, net d'impôt. A moins qu'il n'ait mené la grande vie, sa fortune doit être encore plus colossale aujourd'hui.

Roy songea à son chalet de Malibu, à ses meubles à trois sous, à ses murs nus.

– Il ne menait pas la grande vie.

– Vraiment ? Eh bien, son père ne vivait pas non plus sur un aussi grand pied qu'il l'aurait pu. Il ne voulait pas d'une maison plus grande, ni de domestiques à domicile. Juste une femme de ménage et un régisseur qui rentraient chez eux à cinq heures du soir. Ackblom disait mener une existence aussi simple que possible afin de préserver son énergie créatrice. (Duvall éclata de rire.) Bien sûr, en réalité, il n'avait pas envie que quelqu'un se trouve là pendant la nuit, pour surprendre ses petits jeux sous la grange.

Les mormons, qui regagnaient l'arrière de l'appareil levèrent les yeux vers le hublot par lequel Roy les observait.

Il leur fit un signe de la main.

Ils le lui rendirent en souriant.

– Il est tout de même étonnant que sa femme ne se soit pas aperçue de quelque chose plus tôt. Il pratiquait ce qu'il appelait son « art expérimental » depuis quatre ans lorsqu'elle s'en est rendu compte.

– Ce n'était pas une artiste.

– Quoi ?

– Elle n'avait pas la vision nécessaire pour anticiper

les choses, elle ne pouvait pas concevoir de soupçons sans avoir une bonne raison.

– Je ne vous suis pas bien. Quatre ans, bon Dieu !

Et six de plus jusqu'à ce que le garçon s'en aperçût à son tour. Dix ans. Quarante-deux victimes. A peine plus de quatre par an.

Les chiffres n'étaient pas particulièrement impressionnants, remarqua Roy. Ce qui avait fait entrer Steven Ackblom dans les livres des records, c'était sa célébrité *antérieure* à la découverte de sa vie secrète, le fait qu'il s'agît d'un citoyen respecté, qui avait fondé une famille (la plupart des tueurs en série sont des solitaires), et le désir qu'il avait d'appliquer son exceptionnel talent à l'art de la torture, afin d'aider ses modèles à connaître un instant de beauté parfaite.

– Mais pourquoi le fils voulait-il conserver cette propriété ? se demanda à nouveau Roy. Avec tous les souvenirs qu'elle contenait. Il a fait changer son nom. Pourquoi ne pas se débarrasser aussi de la maison.

– Bizarre, hein ?

– Et sinon lui, au moins les grands-parents ? Pourquoi n'ont-ils pas vendu lorsqu'ils étaient ses tuteurs, pris cette décision pour lui ? Leur fille y avait été tuée… pourquoi voulaient-ils absolument garder le ranch ?

– Parce qu'il s'y trouve quelque chose, dit Duvall.

– Comment ça ?

– Une explication. Une raison. Quoi que ce puisse être, c'est en effet très étrange.

– Ce couple de gardiens.

– Paul et Anita Dresmund.

– Est-ce qu'ils vous ont dit si Grant leur rendait visite ?

– Ce n'est pas le cas. Ils n'ont jamais vu qui que ce soit avec une cicatrice comme la sienne.

– Alors, qui les supervise ?

– Jusqu'à il y a un an et demi, ils ne voyaient que deux personnes en rapport avec le Vail Memorial Trust. L'avoué, Lingerhold, ou l'un de ses associés venait deux fois par an, juste pour s'assurer que le ranch était entretenu, que les Dresmund méritaient leur salaire et n'empochaient pas l'argent qu'on leur octroyait pour maintenir la propriété en état.

– Et depuis un an et demi ?

– Depuis que Vanishment International est propriétaire du ranch, personne n'est passé, répondit Duvall. Bon Dieu ! J'adorerais savoir combien il a investi dans Amelia Earhart Enterprises, mais vous savez qu'on ne réussira jamais à arracher un tel renseignement aux Suisses.

Depuis quelques années, la Suisse s'inquiétait du nombre croissant d'occasions où les autorités des États-Unis cherchaient à saisir les comptes que possédaient sur son territoire des citoyens américains – en invoquant la loi sur la confiscation des biens sans preuve d'activité criminelle. Les Helvètes considéraient de plus en plus de telles lois comme des outils de répression politique. D'un mois sur l'autre, ils renonçaient un peu plus à leur traditionnelle coopération dans les affaires criminelles.

– Quel est le second *taco* ? demanda Roy.

– Hein ?

– Le second taco. Vous disiez que vous aviez deux tacos à me faire avaler.

– Des enchiladas. Deux enchiladas d'informations.

– Eh bien, j'ai encore faim, continua Roy, aimable, fier de sa patience après la rude épreuve que lui avaient fait subir les mormons. Alors, si vous me faisiez réchauffer la deuxième ?

Gary Duvall la lui servit, et elle était bien aussi juteuse que promis.

Dès qu'il eut raccroché, Roy appela le quartier général de Las Vegas et joignit Ken Hyckman, qui n'allait pas tarder à achever son service de la matinée.

– Où en est le JetRanger, Ken ?

– A dix minutes de vous.

– Je vais vous le renvoyer avec la plupart de mes hommes.

– Vous laissez tomber ?

– Vous savez que nous avons perdu le contact radar ?

– Oui.

– Ils ont disparu et nous ne les retrouverons pas comme ça, mais j'ai une autre piste, une bonne piste, que je vais suivre. Il me faut un jet.

– Bordel de merde.

– Je n'ai pas dit que j'avais besoin de grossièretés.

– Désolé.

– Qu'est devenu le Lear qui m'a emmené ici vendredi soir ?

– Il est encore là. Prêt au départ.

– Est-ce qu'il pourrait atterrir quelque part aux environs, comme par exemple dans une base militaire ?

– Je me renseigne, dit Hyckman, avant de mettre Roy en attente.

Tandis qu'il patientait, ce dernier songea à Ève Jammer. Puisqu'il ne pourrait rentrer à Las Vegas, cette nuit-là, il se demanda ce qu'allait faire sa beauté blonde pour le conserver dans ses pensées et dans son cœur. Quelque chose d'extraordinaire, avait-elle dit. Il supposait qu'elle répéterait de nouvelles positions, s'il en existait, ou bien qu'elle testerait de nouveaux accessoires érotiques afin de préparer à son intention une expérience qui, d'ici une ou deux nuits, le laisserait plus muet et plus pantelant que jamais. Lorsqu'il tentait d'imaginer lesdits accessoires, il sentait sa tête se mettre à tourner, sa bouche s'assécher – ce qui était parfait.

Ken Hyckman revint au bout du fil.

– On peut faire atterrir le Lear à Cedar City même.

– Ce trou paumé peut accueillir un jet ?

– Brian Head n'est qu'à quarante kilomètres à l'est.

– Qui ça ?

– Pas qui : quoi. Une station de ski de première classe, avec des tas de villas rupines, dans les montagnes. Beaucoup de richards et d'entreprises possèdent des appartements à Brian Head, alors on prend l'avion jusqu'à Cedar City, où on loue une voiture. L'aéroport n'a rien d'O'Hare ou de l'International de Los Angeles : pas de bars, de kiosques à journaux, ni de tapis roulant pour les bagages, mais la piste est assez longue pour un jet.

– Est-ce que l'équipage du Lear est prêt ?

– Absolument. En partant de McCarran, on peut être chez vous vers une heure de l'après-midi.

– Super. Je vais demander à un des gais gendarmes de me conduire à l'aéroport.

– Qui ?

– Un des aimables archers, répondit Roy, qui avait retrouvé sa bonne humeur.

– Je ne suis pas sûr que le brouilleur me transmette ce que vous dites.

– Un des marshals mormons.

Soit Hyckman comprit, soit il décida qu'il n'en avait pas besoin.

– Il va falloir établir un plan de vol, reprit-il. Où voulez-vous aller, de Cedar City ?

– A Denver, annonça Roy.

Vautrée dans le dernier siège de la rangée de droite, Ellie somnola durant deux heures. Ses quatorze mois de fuite lui avaient appris à ignorer peurs ou angoisses pour dormir dès qu'elle en avait la possibilité.

Peu après son réveil, alors qu'elle bâillait et s'étirait, Spencer revint d'une longue visite à l'équipage et s'assit auprès d'elle.

– Encore des bonnes nouvelles, déclara-t-il, tandis que Rocky se roulait en boule à ses pieds dans l'allée. D'après les pilotes, le batteur est complètement customisé. Les moteurs, notamment, ont été gonflés, si bien qu'on peut porter plus de poids, ce qui autorise la présence d'énormes réservoirs auxiliaires. On a une autonomie nettement plus importante qu'avec le modèle standard. Si on veut, il paraît qu'on peut franchir la frontière et dépasser Grand Junction avant de risquer de tomber en panne sèche.

– Plus on ira loin, mieux ce sera, mais il est hors de question de se poser à Grand Junction ou dans la banlieue, dit la jeune femme. Inutile de se montrer aux curieux. Ce qu'il nous faut, c'est la campagne, mais assez peuplée pour qu'on trouve une bagnole.

– On devrait arriver vers Grand Junction environ une demi-heure avant le crépuscule. Et en ce moment, il n'est que 14 h 10. Enfin… 15, dans le fuseau horaire où nous sommes. Ce qui nous laisse largement le temps de consulter une carte et de choisir un coin où atterrir.

La jeune femme désigna le grand sac de toile posé sur le siège situé devant le sien.

– A propos de tes cinquante mille dollars…

Il leva la main pour la faire taire.

– J'étais étonné que tu les aies trouvés, c'est tout. Après m'avoir secouru dans le désert, tu avais le droit et de bonnes raisons de fouiller mes bagages. Tu ne savais pas pourquoi j'essayais de te rejoindre. En fait, je ne serais pas surpris que tu aies encore des doutes à ce sujet.

– Tu te trimbales toujours avec ce genre de petite monnaie ?

– Il y a environ un an et demi, j'ai commencé à entasser des billets et des pièces d'or dans des coffres bancaires, en Californie, au Nevada et en Arizona. J'ai aussi ouvert des comptes d'épargne dans diverses villes, sous de faux noms et de faux numéros de Sécurité sociale. J'ai fait passer tout ce qui restait hors des frontières.

– Pourquoi ?

– Pour pouvoir bouger vite.

– Tu t'attendais à être en cavale, comme ça ?

– Non. Simplement, ce que je voyais se produire dans la brigade de lutte contre le crime informatisé ne me plaisait pas du tout. On m'a tout appris sur les ordinateurs, notamment que le fait d'avoir accès à l'information est l'essence même de la liberté. Pourtant, ce qu'on voulait faire, en fait, c'était restreindre cet accès le plus possible, dans le plus de circonstances possibles.

– Je croyais qu'on cherchait juste à empêcher les pirates d'utiliser des ordinateurs pour commettre des vols ou détruire des banques de données, argumenta Ellie, se faisant l'avocat du diable.

– Et je suis totalement pour ce genre de contrôle du crime. Le problème, c'est qu'on veut contrôler tout le monde. La plupart des autorités, de nos jours, n'arrêtent pas de violer l'intimité des gens, de piocher ouvertement ou secrètement dans les banques de données. Tout le monde le fait, depuis le Trésor public jusqu'au Service de l'immigration et de la naturalisation. Même le Bureau de l'immobilier, nom de Dieu ! Ils aidaient tous cette simple brigade régionale par des subventions. Et ils me foutaient la trouille.

– « Tu vois arriver un monde nouveau… »

– « … comme un train de marchandises emballé… »

– « … et tu n'aimes pas son apparence… »

– « … je crois que je ne veux pas en faire partie. »

– Tu te considères comme un cyber-punk, un hors-la-loi des circuits ?

– Non. Juste comme un survivant.

– C'est pour ça que tu t'es effacé des archives publiques ? Pour obtenir une petite assurance sur la survie ?

Aucune ombre ne tomba sur Spencer, dont les traits

semblèrent pourtant s'assombrir. Il avait déjà l'air hagard, ce qui était compréhensible, compte tenu des épreuves des derniers jours. A présent, avec ses yeux caves et sa maigreur, il paraissait plus vieux que son âge.

– Au début, je… je me préparais juste au départ. (Il soupira et se passa la main sur le visage.) Ça va peut-être te paraître étrange, mais changer mon nom de Michael Ackblom en Spencer Grant n'a pas suffi. Quitter le Colorado, entamer une nouvelle vie… rien ne suffisait. Je n'arrivais pas à oublier qui j'étais, de qui j'étais le fils. Alors, j'ai décidé de m'effacer méthodiquement, méticuleusement, jusqu'à ne plus apparaître, sous quelque nom que ce soit, dans la moindre archive du monde entier. Ce que je savais des ordinateurs m'en donnait le pouvoir.

– Et ensuite ? Quand tu aurais été effacé ?

– C'est ce que j'ignorais : et ensuite ? Quoi ? M'éliminer pour de bon ? Le suicide ?

– Ça ne te ressemble pas, déclara la jeune femme, à qui cette perspective donnait un coup au cœur.

– Non, c'est vrai, admit-il. Je n'ai jamais vraiment eu envie de me coller un fusil de chasse dans la bouche, ou quoi que ce soit de ce genre-là. Et puis j'avais l'obligation de rester en vie pour Rocky.

Le chien, étendu sur le plancher, leva la tête et battit de la queue en entendant son nom.

– Au bout d'un moment, continua Spencer, ne sachant toujours pas ce que j'allais faire, j'ai décidé que devenir invisible, de toute manière, cela ne pouvait pas nuire. A cause de ce nouveau monde qui arrive, comme tu dis, ce meilleur des mondes high-tech, avec tous ses bienfaits… et ses horreurs.

– Pourquoi avoir laissé partiellement intacts tes dossiers de l'armée et de la police ? Tu aurais pu les effacer totalement depuis longtemps.

– J'ai peut-être péché par excès d'astuce, dit-il en souriant. J'ai décidé de n'y modifier que mon adresse et quelques détails importants, afin qu'ils ne soient pas d'une grande utilité. Mais en les laissant en place, je pouvais toujours retourner y jeter un œil pour savoir si quelqu'un me cherchait.

– Tu les as piégés ?

– En quelque sorte, oui. J'ai enterré quelques programmes, dans ces ordinateurs. Très profondément. De manière très subtile. Chaque fois que quelqu'un pénètre dans mon dossier militaire ou policier sans utiliser un petit code que j'ai implanté, le système rajoute un astérisque à la fin des lignes. Je pensais vérifier une ou deux fois par semaine. En voyant des astérisques, j'aurais compris qu'on me recherchait… et alors, peut-être aurait-il été temps d'abandonner mon chalet de Malibu et d'aller ailleurs.

– Où ça, ailleurs ?

– N'importe où, bouger sans cesse.

– C'est de la paranoïa, remarqua-t-elle.

– Complètement.

Elle rit à voix basse. Il se joignit à elle.

– Quand j'ai quitté la brigade, reprit-il, je savais qu'au train où le monde changeait, tout le monde serait tôt ou tard recherché par quelqu'un. Et que la plupart des gens, la plupart du temps, allaient prier qu'on ne les retrouve pas.

Ellie consulta sa montre-bracelet.

– On devrait peut-être jeter un coup d'œil à cette carte.

– Ils en ont tout un tas, à l'avant.

Elle observa son compagnon rejoindre la porte du cockpit. Il se déplaçait avec une lassitude évidente, les épaules voûtées, et paraissait conserver une certaine raideur de ses journées d'inaction.

Soudain, la jeune femme eut une pensée qui la gela jusqu'aux os, le pressentiment que Spencer Grant n'allait pas se tirer de cette histoire, qu'il allait mourir à un moment quelconque, durant la nuit suivante. Le phénomène n'était peut-être pas assez puissant pour constituer une prémonition explicite, mais il l'était plus qu'une simple impression.

La possibilité de le perdre l'angoissa au point de lui donner la nausée. Elle comprit alors qu'il était encore plus important pour elle qu'elle n'avait bien voulu l'admettre.

– Qu'est-ce qui ne va pas ? demanda-t-il lorsqu'il revint avec la carte.

– Rien. Pourquoi ?

– On dirait que tu as vu un fantôme.

– Je suis fatiguée et affamée, mentit-elle, c'est tout.

– Je peux faire quelque chose pour le deuxième problème.

Tout en reprenant place de l'autre côté de l'allée, il sortit quatre barres chocolatées des poches de son blouson en jean doublé de peau de mouton.

– Où as-tu eu ça ?

– Les pilotes disposent d'un panier repas, à l'avant. Ils ont été ravis de le partager. Ce sont vraiment de braves garçons.

– Particulièrement avec un flingue sur la tempe.

– Particulièrement, acquiesça-t-il.

Rocky s'assit et leva la tête avec un intérêt certain quand il sentit les friandises.

– A nous, dit fermement Spencer. Quand on aura remis les pieds par terre, on s'arrêtera pour te trouver de la vraie nourriture. Quelque chose de plus sain que ça.

Le chien se lécha les babines.

– Écoute, vieux, moi, contrairement à toi, je ne me suis pas arrêté au supermarché pour brouter des croquettes. J'ai besoin de ces barres en entier, sinon je vais m'effondrer. Alors, tu t'allonges et tu penses à autre chose, d'accord ?

Rocky bâilla, regarda autour de lui en feignant le désintérêt, et s'étendit à nouveau sur le plancher.

– Vous avez une relation incroyable, tous les deux, commenta Ellie.

– Oui. On est des frères siamois, séparés à la naissance. Mais bien sûr, tu ne pouvais pas le deviner, parce qu'il a subi énormément de chirurgie esthétique.

Elle ne pouvait détacher le regard du visage de Spencer, où elle ne distinguait pas seulement la fatigue, mais aussi l'ombre très nette de la mort.

– Oui ? l'encouragea-t-il.

La perception, la conscience qu'il avait du trouble de la jeune femme, étaient déconcertantes.

– Merci pour les sucreries.

– Si j'en avais trouvé, ç'aurait été du filet mignon.

Il déplia la carte. La tenant entre eux deux, ils étudièrent les environs de Grand Junction, Colorado.

Deux fois, elle osa le regarder, et à chacun de ces coups d'œil, la peur lui fit battre le cœur. Elle ne distinguait que trop clairement le crâne sous la peau, cette promesse de la tombe que dissimulait en général si bien le masque de la vie.

Ellie se sentait ignorante, stupide, superstitieuse, semblable à une enfant naïve. Il existait d'autres explications, en dehors des mauvais présages, des prémonitions et des images psychiques de tragédies futures. Peut-être, après la nuit de Thanksgiving où Danny et ses parents lui avaient été arrachés, une telle crainte la poursuivrait-elle chaque fois qu'elle franchirait la ligne séparant l'amitié de l'amour.

Roy atterrit à l'aéroport international Stapleton de Denver, à bord du Learjet, après vingt-cinq minutes d'attente. Le bureau local de l'agence lui avait dépêché deux assistants, requis pendant le vol grâce au téléphone brouillé. Les deux hommes – Burt Rink et Oliver Fordyce – l'attendaient sur le parking des avions quand le Lear s'y engagea. Grands et bien rasés, ils avaient à peine plus de trente ans, portaient pardessus noir, costume bleu marine, cravate noire, chemise blanche et Oxfords noires à semelles de caoutchouc. Tous ces détails avaient également été stipulés par Roy.

Rink et Fordyce lui apportaient des vêtements de rechange littéralement identiques à leur propre tenue. S'étant rasé et douché à bord du jet durant le trajet, il n'eut qu'à se changer avant de quitter l'avion pour la limousine noire Chrysler qui attendait au pied de la passerelle.

La journée était glaciale, le ciel aussi clair qu'une mer arctique et plus infini que le temps. Des stalactites de glace pendaient des toits. Des plaques de neige marquaient l'extrémité des pistes.

L'aéroport Stapleton se trouvait à la lisière nord-est de la ville, alors que leur rencontre avec le Dr Sabrina Palma devait avoir lieu au-delà de la banlieue sud-ouest. Roy aurait bien demandé une escorte de police, mais il ne voulait pas attirer l'attention.

– On a rendez-vous à quatre heures et demie, déclara Fordyce, comme Rink et lui s'installaient à l'arrière de la limousine, dans le sens contraire de la marche, alors que Roy prenait place face à eux. On va même arriver en avance.

Le chauffeur avait reçu l'instruction de ne pas traîner.

La voiture s'écarta du Learjet à une telle vitesse qu'on l'eût dite bel et bien pourvue d'une escorte de police.

Rink passa à Roy une grande enveloppe blanche.

– Voilà les documents que vous avez demandés.

– Vous avez vos papiers des services secrets ?

Rink et Fordyce sortirent d'une poche de costume leur porte-cartes et révélèrent des cartes d'identité holographiques portant leur photographie, ainsi que d'authentiques insignes des services secrets. Pendant l'entretien à venir, Rink serait Sidney Eugene Tarkenton, Fordyce, Lawrence Albert Olmeyer.

Roy sépara son propre porte-cartes des autres documents contenus dans l'enveloppe. Il se nommait J. Robert Cotter.

– Rappelons-nous bien qui nous sommes, recommanda-t-il. Il faut que nous nous donnions ces noms-là. Je pense que vous n'aurez pas besoin de dire grand-chose – voire rien. C'est moi qui parlerai. Vous êtes là essentiellement pour respecter la vraisemblance. Vous entrez dans le bureau du Dr Palma derrière moi, et vous vous postez de chaque côté de la porte. Les pieds écartés d'environ quarante-cinq centimètres, les bras pendant devant vous, une main sur l'autre. Quand je vous présente, vous dites « Docteur » ou « Ravi de vous connaître », et vous faites un signe de tête. Soyez toujours stoïques. Aussi inexpressifs que les gardes de Buckingham Palace. Le regard droit. Pas de nervosité. Si on vous invite à vous asseoir, vous répondez poliment : « Non, merci, Docteur. » Je sais que c'est ridicule, mais c'est comme ça que les gens ont l'habitude de voir les agents secrets dans les films, si bien que le moindre détail qui pourrait vous faire passer pour des êtres humains paraîtrait bizarre. C'est bien compris, Sidney ?

– Oui, monsieur.

– C'est bien compris, Lawrence ?

– Je préfère Larry, dit Oliver Fordyce.

– C'est bien compris, Larry ?

– Oui, monsieur.

– Bien.

Roy sortit les derniers documents de l'enveloppe, les examina et s'en estima satisfait.

Bien qu'il fût en train de prendre un des plus gros risques de sa carrière, il était remarquablement calme.

Convaincu que le départ des fugitifs dans cette direction était une ruse, il n'avait même pas dépêché d'agents à Salt Lake City ni en quelque autre endroit situé au nord de Cedar City. Ils avaient changé de cap immédiatement après être descendus hors de portée des radars. Roy doutait qu'ils aillent vers l'ouest, au Nevada, dont les étendues désolées n'abritaient que peu de cachettes. Ce qui laissait le sud et l'est. Après les deux *enchiladas* d'informations de Gary Duvall, il avait passé en revue tout ce qu'il savait de Spencer Grant, et s'était estimé capable de prédire avec exactitude dans quelle direction il se dirigeait – avec de la chance, en compagnie de la bonne femme. Est-nord-est. De plus, il avait deviné l'endroit *précis* où s'achèverait cette trajectoire avec encore plus de certitude qu'il n'eût pu prévoir celle d'une balle en observant le canon d'un fusil. Roy était calme, non seulement parce qu'il avait toute confiance en ses capacités de déduction, mais aussi parce que dans ce cas précis, le destin avançait à son côté aussi sûrement que le sang coulait dans ses veines.

– Je suppose que l'équipe que j'ai demandée tout à l'heure est en route pour Vail ? demanda-t-il.

– Douze hommes, acquiesça Fordyce.

– Ils devraient retrouver Duvall incessamment, ajouta Rink en consultant sa montre.

Seize ans durant, Michael Ackblom – alias Spencer Grant – avait nié son profond désir de retourner à cet endroit, refoulé son besoin, résisté au puissant magnétisme du passé. Pourtant, consciemment ou non, il avait toujours su qu'il devrait tôt ou tard revenir à son ancienne demeure. Dans le cas contraire, il l'aurait vendue pour éliminer le souvenir tangible d'une époque qu'il voulait effacer, tout comme il avait abandonné son ancien nom pour un nouveau. Il conservait la propriété pour la même raison qu'il n'avait jamais subi d'opération chirurgicale afin de réduire sa cicatrice. *Avec cette balafre, il se punit*, avait dit le Dr Nero Mondello, dans son bureau immaculé de Beverly Hills. *Elle lui rappelle quelque chose qu'il aimerait oublier mais qu'il se sent obligé de se rappeler.* Tant que Grant habitait la Californie et menait une vie dépourvue de stress, peut-être eût-il pu résister indéfiniment à l'appel de l'abattoir du Colorado. Mais à présent, il fuyait pour sauver sa vie, dans des conditions de tension terrible, et il s'était assez approché de son ancien domicile pour que devînt irrésistible le chant des sirènes du passé. Roy était prêt à parier que le fils du tueur en série allait retourner au cœur du cauchemar, là où avait jailli le sang.

Spencer Grant avait un travail à terminer dans le ranch de Vail. Et seules deux personnes au monde savaient de quoi il s'agissait.

Au-delà des vitres teintées de la limousine qui filait à toute vitesse dans cette fin d'après-midi hivernale, la ville moderne de Denver, sombre, semblait posséder des limites aussi vagues que celles de ruines antiques envahies par le lierre et couvertes de mousse.

A l'ouest de Grand Junction, au sein du Parc National du Colorado, le JetRanger atterrit dans une vallée érodée entre une parenthèse de formations rocheuses rouges et une autre de collines basses, couvertes de genévriers et de pins parasols. Le tourbillon des rotors souleva en nuages cristallins une couche de neige poudreuse, épaisse d'à peine plus d'un centimètre.

A trente mètres de là, la forme luisante d'une Ford Bronco blanche se découpait sur un écran d'arbres vert-noir. Un homme en tenue de ski verte, debout près du hayon ouvert, observait l'hélicoptère.

Spencer demeura avec l'équipage tandis qu'Ellie sortait discuter avec le propriétaire du break. Une fois le moteur coupé et les pales des rotors immobilisées, la vallée frangée d'arbres et de roc était aussi silencieuse qu'une cathédrale déserte. La jeune femme n'entendait que les crissements de ses propres pas sur le sol gelé, saupoudré de neige.

Comme elle approchait de la Bronco, elle découvrit un trépied soutenant un appareil-photo. Du matériel du même ordre était étalé à l'arrière du véhicule.

Le photographe, un barbu, furieux, exhalait de la vapeur par les narines comme s'il avait été sur le point d'exploser.

– Vous avez gâché ma photo. Une étendue de neige immaculée, qui s'étalait sur des aiguillons dressés flamboyants. Un tel contraste. Une telle puissance. Et maintenant, tout est foutu !

La jeune femme jeta un coup d'œil aux formations rocheuses, derrière l'hélicoptère. Elles étaient toujours flamboyantes, d'un rouge lumineux dans les rayons du soleil occidental, et elles étaient toujours dressées. Mais l'homme avait raison pour la neige : elle n'avait plus rien d'immaculé.

– Désolée.

– Désolée, ça ne suffit pas, dit-il sèchement.

Elle inspecta la neige autour de la Bronco. Pour autant qu'elle pût en juger, seules les empreintes du photographe s'y imprimaient.

– Qu'est-ce que vous foutez là, de toute manière ? exigea-t-il de savoir. Il y a des restrictions sonores, ici. On n'y autorise rien d'aussi bruyant. C'est une réserve pour espèces protégées.

– Alors vous n'avez qu'à coopérer, comme ça vous serez protégé aussi, dit la jeune femme en tirant le SIG 9 mm de son blouson de cuir.

De retour dans le JetRanger, tandis qu'Ellie tenait le pistolet et le Micro Uzi, Spencer découpa dans les sièges des bandes de cuir, dont il se servit pour lier les poignets des trois hommes aux accoudoirs des fauteuils où il les avait fait asseoir.

– Je ne vous bâillonne pas, leur annonça-t-il. Il est peu probable qu'on vous entende crier, de toute manière.

– On va mourir de froid, protesta le pilote.

– Il ne vous faudra pas plus d'une demi-heure pour vous libérer les bras. Une autre demi-heure, ou trois quarts d'heure, pour rejoindre la route qu'on a traversée en venant. Ce n'est pas assez long pour mourir de froid.

– Mais juste pour être sûr, on appellera la police dès qu'on sera arrivé dans une ville et on donnera votre position, assura Ellie.

Le crépuscule tombait. Des étoiles commençaient à apparaître dans le profond violet du ciel oriental, à mesure qu'il descendait vers l'horizon.

Spencer conduisait la Bronco. Rocky, derrière les sièges, haletait dans l'oreille d'Ellie. Ils trouvèrent sans problème la route, grâce aux traces de pneus qu'avait laissées le break en arrivant dans cette pittoresque vallée.

– Pourquoi leur as-tu dit qu'on appellerait la police ? demanda Spencer.

– Tu veux qu'ils meurent de froid ?

– Je ne crois pas que ce soit très probable.
– Je ne prends pas le risque.
– Ouais, mais de nos jours, il est possible – pas sûr, mais possible – qu'un appel passé à un service de police soit reçu par un appareil permettant d'identifier le correspondant. Et une petite ville comme Grand Junction, qui n'a pas une criminalité importante ni de gros besoins financiers, a nettement plus de chances de claquer son fric en systèmes de communication fantaisie, avec les alarmes et les sifflets. Tu les appelles, et ils savent immédiatement où tu es. Ça leur dira dans quelle direction on est partis, par quelle route on a quitté Grand Junction.
– Je sais, mais on ne va pas leur faciliter les choses à ce point-là, répondit-elle, avant de lui expliquer ce qu'elle avait en tête.
– Ça me plaît, admit-il.

La Prison pour Fous Criminels des montagnes Rocheuses, bâtie pendant la grande Dépression sous les auspices de la *Work Projects Administration*, paraissait aussi robuste et impressionnante que les Rocheuses elles-mêmes. C'était un bâtiment trapu d'une grande superficie, pourvu de petites fenêtres encaissées dans les murs et garnies de barreaux, même pour le service administratif. Les murs étaient de granit gris fer. Un granit encore plus sombre avait été utilisé pour les linteaux, les encadrements de portes et de fenêtres, les pierres d'angle et les corniches sculptées. L'ensemble se courbait sous le poids d'un grenier en pignon et d'un toit d'ardoises noires.

Roy Miro jugea cette vue aussi déprimante que sinistre. Sans hyperbole, on pouvait dire que le bâtiment broyait du noir en haut de sa colline, comme s'il s'était agi d'une créature vivante. Dans les ombres de la fin d'après-midi que jetaient les pentes abruptes, derrière la prison, les fenêtres étaient baignées d'une lumière jaune aigre qu'on aurait dit transmise par des souterrains depuis les cachots de quelque démon des montagnes habitant le cœur des Rocheuses.

Tandis qu'en limousine il approchait de l'édifice, qu'il mettait pied à terre devant la façade, puis en traversait les couloirs jusqu'au bureau du Dr Palma, Roy fut submergé de compassion pour les pauvres diables enfermés entre ces murs. Il se désola aussi pour les gardiens qui, puisqu'ils surveillaient les déséquilibrés, devaient passer la plus grande partie de leur vie dans un tel environnement. S'il en avait eu le pouvoir, il aurait fait sceller toutes les fenêtres et les bouches d'aération, enfermant pensionnaires et employés, et les aurait soulagés de leurs souffrances grâce à un gaz indolore mais mortel.

La salle d'attente et le bureau du Dr Sabrina Palma étaient meublés avec une telle chaleur et un tel luxe que, par contraste avec le bâtiment qui les entourait, ils semblaient appartenir non seulement à un autre lieu, plus riant – une *penthouse* de New York ou un manoir de Palm Beach, au bord de la mer – mais à une autre époque que les années trente, dans lesquelles semblait stagner tout le reste de la prison. Les fauteuils et les canapés étaient à l'évidence de J. Robert Scott, recouverts de soies dorées ou platinées. Les tables, les encadrements de miroirs et les chaises, également de J. Robert Scott, présentaient une grande variété de bois exotiques, au grain épais, oxygénés ou peints à la chaux. Le tapis aux différentes nuances de beige, aux volutes épaisses, pouvait être d'Edward Fields. Au centre de la pièce principale trônait un massif bureau Monteverde & Young, en croissant de lune, qui devait bien avoir coûté quarante mille dollars.

Roy n'avait jamais connu d'employé du gouvernement disposant d'un lieu de travail capable de rivaliser avec ces deux pièces, même dans les cercles les plus élevés de Washington. Il sut aussitôt qu'en conclure et comprit qu'il disposerait d'une arme contre le Dr Palma si elle tentait de lui résister.

Sabrina Palma était la directrice du personnel médical de la prison. Cette dernière étant à la fois centre de détention et hôpital, le médecin faisait également office de gardien-chef, comme dans un pénitencier ordinaire. Sabrina était aussi époustouflante que son bureau. La chevelure d'un noir de jais. Les yeux verts. La peau pâle et lisse comme du lait. A peine quarante ans, grande, svelte, mais dotée de formes généreuses. Elle portait un tailleur en laine noir et une blouse en soie blanche.

Après s'être présenté, Roy lui présenta l'agent Olmeyer...

– Ravi de vous connaître, docteur.

… et l'agent Tarkenton.

– Docteur.

Elle les invita tous à s'asseoir.

– Non, merci, docteur, répondit Olmeyer en se postant sur la droite de la porte qui séparait le bureau de la salle d'attente.

– Non, merci, docteur, répondit Tarkenton, avant de se figer sur la gauche de la même porte.

Roy prit possession d'un des trois fauteuils exquis faisant face au bureau du Dr Palma, tandis qu'elle rejoignait son propre trône moelleux. Sabrina s'assit dans une cascade de lumière indirecte ambrée qui fit luire son pâle épiderme d'une sorte de feu intérieur.

– La question qui m'amène est de la plus haute importance, lui déclara Roy, aussi gracieux que possible. Nous pensons – non, nous avons la certitude – que le fils de l'un de vos pensionnaires est à l'heure actuelle décidé à assassiner le président des États-Unis.

Lorsqu'on lui communiqua le nom du meurtrier en puissance, l'identité de son père, Sabrina Palma haussa le sourcil. Après avoir examiné les documents sortis par Roy de l'enveloppe blanche, apprenant ce qu'on attendait d'elle, elle s'excusa et passa dans la salle d'attente pour donner quelques coups de téléphone urgents.

Son visiteur attendit patiemment.

Au-delà des trois fenêtres étroites, les lumières de Denver luisaient, dispersées dans la nuit, en contrebas de la prison.

Roy consulta sa montre. A l'heure qu'il était, de l'autre côté des Rocheuses, Duvall et ses douze hommes devaient avoir discrètement pris position dans l'obscurité. Au cas où les voyageurs arriveraient plus tôt que prévu, il convenait d'être prêt.

Quand ils atteignirent Grand Junction, le capuchon de la nuit avait totalement recouvert le visage du crépuscule.

Avec une population de plus de trente-cinq mille habitants, la ville était assez étendue pour les retarder. Toutefois, Ellie disposant d'une lampe-stylo et d'un plan trouvé dans l'hélicoptère, elle la leur fit traverser par la route la plus simple.

Aux deux tiers de leur périple urbain, ils s'arrêtèrent devant un complexe de salles de cinéma afin de se procurer un nouveau véhicule. Apparemment, aucun film ne venait de se terminer ni n'allait commencer, car il n'y avait pas de spectateurs devant l'établissement. Le grand parking était empli de voitures mais dépourvu de vie.

– Prends une Explorer ou une Jeep, si tu peux, recommanda Ellie quand Spencer ouvrit sa portière, ce qui laissa entrer un courant d'air glacial dans la Bronco. Quelque chose comme ça. C'est plus pratique.

– Les voleurs ne choisissent pas, dit-il.

– Bien sûr que si. (Comme il sortait, elle passa au volant.) Si tu ne choisis pas, tu n'es pas voleur, tu es éboueur.

Tandis qu'elle suivait une allée, demeurant à sa hauteur, il passa hardiment de véhicule en véhicule, tentant d'ouvrir les portières. Chaque fois qu'il y parvenait, il s'introduisait dans la voiture assez longtemps pour chercher les clefs sur le contact, sous le pare-soleil et sous le siège du conducteur.

Rocky observait son maître par la vitre de la Bronco et gémissait, comme inquiet.

– C'est dangereux, oui, admit Ellie. Je n'ai pas le droit de te mentir. Mais pas à moitié autant que de défoncer une vitrine de supermarché avec aux fesses des hélicoptères remplis de tueurs. Tout est relatif.

La quatrième voiture qu'examina Spencer était un gros pick-up Chevrolet, à la vaste cabine munie à la fois de sièges avant et d'une banquette arrière. Il y monta, referma la portière, démarra, et quitta le parking en marche arrière.

Ellie gara la Bronco à l'endroit qu'avait occupé le Chevrolet. Il ne leur fallut que quinze secondes pour transférer le sac de toile, les armes et le chien dans le petit camion. Ensuite, ils reprirent leur route.

A l'est de la ville, ils commencèrent à chercher un motel de construction récente. La plupart des vieux établissements n'étaient pas équipés pour les ordinateurs.

Ils en trouvèrent un tellement neuf qu'il semblait que sa cérémonie d'inauguration s'était achevée quelques heures auparavant. Laissant Spencer et Rocky dans le pick-up. Ellie alla demander à la réception si les chambres lui permettraient d'utiliser son modem.

– J'ai un rapport qui doit parvenir à mes bureaux de Cleveland avant demain matin.

En fait, toutes les chambres convenaient parfaitement à ses activités. Se servant pour la première fois de sa carte d'identité au nom de Bess Baer, elle en prit une pour deux personnes et paya d'avance, en liquide.

– Dans combien de temps pourra-t-on repartir ? demanda Spencer quand ils se garèrent devant leur bungalow.

– Au pire trois quarts d'heure, sans doute une demi-heure, promit-elle.

– On a fait pas mal de chemin depuis qu'on a volé le pick-up, mais je n'ai pas envie de rester ici trop longtemps.

– Tu n'es pas le seul.

Alors même qu'elle sortait du sac le portable de Spencer et le posait sur le bureau, près d'une série de prises de courant et de téléphone, déjà concentrée sur la tâche qui l'attendait, elle ne put s'empêcher de remarquer la décoration de la pièce. Moquette chinée bleu et noir. Rideaux rayés bleu et jaune. Dessus de lit à carreaux vert et bleu. Papier peint bleu, doré et argenté, à dessins amiboïdes. On eût dit un motif de camouflage militaire pour planète extraterrestre.

– Pendant que tu t'occupes de ça, je vais emmener Rocky faire ses besoins, décida Spencer. Il doit être sur le point d'exploser.

– Il n'en a pas l'air.

– Il est trop gêné pour le montrer. (A la porte, il se retourna vers elle.) J'ai vu des fast-foods, de l'autre côté de la rue. Je vais nous chercher des hamburgers, ou autre chose, si tu préfères.

– Que ce soit copieux, c'est tout, recommanda-t-elle.

Une fois ses deux compagnons partis, Ellie accéda à l'ordinateur central de l'AT&T qu'elle avait pénétré bien longtemps auparavant et exploré en profondeur. Grâce aux liaisons nationales de l'AT&T, elle avait déjà réussi à se frayer un chemin dans les machines de plusieurs compagnies régionales du téléphone, aux quatre coins du pays, mais jamais dans celle du Colorado. Pour un pirate informatique, un pianiste virtuose ou un gymnaste olympique, l'entraînement était la clef du succès – et elle était extrêmement bien entraînée.

Quand Spencer et Rocky revinrent, vingt-cinq minutes plus tard, elle se trouvait déjà au plus profond de l'ordinateur régional, en train d'examiner à la hâte une liste terriblement longue de cabines publiques, avec les adresses correspondantes, classées par comté. Elle choisit celle d'une station-service de Montrose, Colorado, à une centaine de kilomètres au sud de Grand Junction.

Manipulant le système de connexion principal de la compagnie du téléphone, elle appela la police de Grand Junction, faisant transiter la communication par la cabine de la station-service. Elle ne composa pas le numéro normal mais celui des urgences, afin d'être sûre que la provenance de l'appel apparaîtrait sur un écran, devant l'opératrice.

– Police de Grand Junction.

– Dans la journée, nous avons détourné un hélicoptère à Cedar City, Utah, déclara Ellie sans préambule. (Quand son interlocutrice tenta de l'interrompre par des questions qui lui permettraient de remplir un formulaire standard, la jeune femme hurla pour la faire taire.) La ferme ! Je ne me répéterai pas, alors vous avez intérêt à écouter, sinon des gens vont mourir. (Elle sourit à Spencer, qui ouvrait des sacs emplis de nourriture odorante, posés sur la table.) L'hélico se trouve actuellement au sol, dans le parc national du Colorado, avec l'équipage à bord. Les pilotes sont indemnes mais attachés. S'ils passent la nuit là-bas, ils vont mourir de froid. Je vais vous décrire le site une fois, et vous avez intérêt à bien choper les détails si vous voulez leur sauver la vie.

Après avoir donné des indications succinctes, elle se déconnecta.

Elle venait de faire d'une pierre deux coups. Les trois hommes du JetRanger seraient secourus rapidement, et la police de Grand Junction disposait d'une adresse à Montrose, cent kilomètres au sud, d'où émanait l'appel téléphonique – ce qui indiquait que les fuyards s'apprêtaient à partir vers l'est, sur la route fédérale 50, en direction de Pueblo, ou bien à continuer vers le sud, sur la route fédérale 550, vers Durango. Plusieurs routes d'État croisaient ces artères principales, si bien que les possibilités étaient assez étendues pour occuper pleinement les équipes de l'agence. Pendant ce temps, Spencer, Mr Rocky Dog et Ellie fileraient vers Denver sur la route inter-États 70.

Le Dr Sabrina Palma faisait des difficultés, ce qui ne surprenait pas Roy. Avant d'arriver à la prison, il s'était attendu à se voir opposer des objections d'ordre médical ou politique, voire en rapport avec la sécurité. Au moment où il avait découvert le bureau du médecin, il avait compris que des considérations financières allaient peser plus lourd contre lui que tous les arguments authentiquement moraux qu'aurait pu trouver Sabrina.

– Je n'arrive pas à concevoir pour quelle raison la menace pesant sur le président nous obligerait à arracher Steven Ackblom à sa cellule, déclara-t-elle sèchement.

Bien qu'elle occupât à nouveau son extraordinaire fauteuil en cuir, elle n'y était plus détendue mais assise en avant, les avant-bras sur le bureau. Ses mains manucurées, quand elle ne serrait pas les poings sur son sous-main, manipulaient divers objets de cristal Lalique – petits animaux, poissons colorés –, disposés à côté du buvard.

– C'est un individu extrêmement dangereux, reprit-elle. Un homme arrogant, totalement égoïste, qui ne coopérerait jamais avec vous, même s'il pouvait bel et bien vous aider à retrouver son fils – encore que je n'imagine pas la chose possible.

Roy demeurait aussi aimable qu'à l'ordinaire.

– Avec tout le respect que je vous dois, docteur Palma, il ne vous appartient pas d'imaginer ni de savoir comment il peut nous aider ou comment nous comptons nous assurer sa coopération. C'est une question urgente de sécurité nationale. Même si je le voulais, je n'ai pas le droit de vous donner de détails.

– Cet homme est un démon, Mr Cotter.

– Oui, je connais son histoire.

– Vous ne me comprenez pas.

Roy interrompit la jeune femme sans élever la voix, désignant un des documents qui reposaient sur le bureau.

– Vous avez lu l'ordre signé par un juge de la Cour suprême du Colorado, plaçant Steven Ackblom sous mon autorité temporaire.

– Oui, mais…

– Je suppose que quand vous avez quitté la pièce pour

téléphoner, un de vos coups de fil visait à vérifier l'authenticité de cette signature.

– Oui, et elle est authentique. Le juge était encore dans son bureau : il me l'a confirmé lui-même.

De fait, la signature était réelle. Ce juge-là mangeait dans la main de l'agence.

Sabrina Palma, toutefois, n'était pas satisfaite.

– Mais qu'est-ce que votre juge sait d'un malade pareil ? Quelle expérience a-t-il de cet homme ?

– Je suppose également que vous vous êtes fait confirmer l'authenticité de la lettre de mon patron, le secrétaire au Trésor ? demanda Roy en désignant un autre document, sur le bureau. Vous avez appelé Washington ?

– Je ne lui ai pas parlé, bien entendu.

– Il est très occupé. Mais vous avez dû joindre un de ses assistants…

– Oui, admit le médecin, de mauvaise grâce. J'ai eu un assistant, qui m'a confirmé la requête.

La signature du secrétaire au Trésor était fausse. L'assistant, un parmi tant d'autres, était un sympathisant de l'agence. A l'heure qu'il était, il se trouvait sans doute encore dans le bureau du secrétaire, après la fermeture officielle, afin de pouvoir répondre à un nouvel appel sur la ligne privée dont Roy avait donné le numéro à Sabrina Palma, au cas où cette dernière voudrait une deuxième confirmation.

– Et la requête du premier adjoint du ministre de la Justice ? continua Roy en désignant un troisième document.

– Je l'ai appelé.

– Il me semble que vous avez déjà rencontré Mr Summerton.

– Oui, lors d'une conférence traitant de l'incidence de l'aveu de culpabilité sur la santé du système judiciaire. Il y a environ six mois.

– J'imagine qu'il s'est montré persuasif.

– Tout à fait. Écoutez, Mr Cotter, j'ai un contact au bureau du gouverneur. Alors, si nous pouvions seulement attendre que…

– J'ai peur que nous n'en ayons pas le temps. Comme je vous l'ai dit, la vie du président des États-Unis est en jeu.

– Ce prisonnier est d'une exceptionnelle…

– Docteur Palma, interrompit Roy, un peu sec, quoique toujours souriant, vous n'avez pas à vous inquiéter pour votre poule aux œufs d'or. Je vous jure qu'elle sera de retour dans vos murs d'ici vingt-quatre heures.

Le médecin le foudroya de ses yeux verts furieux mais ne répondit pas.

– Je ne savais pas que Steven Ackblom avait continué à peindre après son incarcération, continua Roy.

Le regard du Dr Palma dériva vers les deux hommes, près de la porte, figés dans de convaincantes postures d'agents secrets, puis revint sur son interlocuteur.

– Il travaille un peu, oui. Pas beaucoup. Deux ou trois toiles par an.

– Qui valent à l'heure actuelle des millions.

– Il ne se passe rien d'immoral dans cet établissement, Mr Cotter.

– Loin de moi cette idée, assura Roy, innocent.

– De sa propre volonté, sans la moindre coercition, Mr Ackblom attribue les droits de ses nouveaux tableaux à l'institution – une fois qu'il en a assez de les exposer dans sa cellule. Les bénéfices des ventes sont entièrement utilisés pour augmenter le budget qui nous est alloué par l'État du Colorado. Et compte tenu des économies actuelles, l'État n'accorde qu'un budget ridicule aux établissements pénitentiaires, comme si les prisonniers ne méritaient pas d'être soignés.

Roy fit glisser sa main avec légèreté, avec admiration, avec *amour*, sur le bord aussi lisse que du verre du bureau à quarante mille dollars.

– Oui, je suis sûr que sans l'apport des œuvres d'Ackblom, votre situation serait bien triste.

Sabrina demeura à nouveau muette.

– Dites-moi, docteur, en plus des deux ou trois toiles que produit Ackblom chaque année, étant donné qu'il n'a que l'art pour passer le temps dans sa prison, n'y aurait-il pas des croquis, des études, des gribouillis, qui ne vaudraient pas la peine d'être légués à l'institution ? Vous voyez ce que je veux dire : des esquisses insignifiantes, des ébauches, qui coteraient à peine dix ou vingt mille dollars pièce et qu'on pourrait emmener chez soi pour décorer sa salle de bains ? Voire incinérer avec les ordures ?

Elle le haïssait avec une telle intensité que le rouge lui

monta aux joues. Il n'aurait pas été surpris qu'elles fussent assez chaudes pour que s'en enflamme d'un instant à l'autre la peau naguère si blanche, tel du papier-éclair de prestidigitateur.

– J'adore votre montre, continua-t-il, en montrant la Piaget au cadran cerclé d'émeraudes et de diamants alternés qui parait le poignet délicat.

Le quatrième document posé sur le bureau était l'ordre de transfert qui lui donnait autorité pour recevoir la garde temporaire d'Ackblom – sur décision de la cour suprême du Colorado. Lui-même l'avait déjà signé dans la limousine. Le Dr Palma le signa à son tour.

– Ackblom est-il sous un traitement médical que nous devions poursuivre, comme des antipsychotiques ? demanda Roy, ravi.

Leurs regards se croisèrent à nouveau. La colère du médecin s'adoucit devant son inquiétude.

– Pas d'antipsychotiques. Il n'en a pas besoin. Il n'est pas psychotique selon la définition du terme admise à l'heure actuelle. Depuis le début, j'essaie de vous faire comprendre que cet homme ne manifeste aucun des symptômes classiques de la psychose. Il est très difficile de le définir. C'est un sociopathe, oui, mais nous ne pouvons l'affirmer que parce que nous connaissons ses crimes : cela ne se sent ni dans ses paroles ni dans son comportement. Faites-lui passer le test psychologique que vous voulez, il s'en sortira avec les honneurs. Il apparaîtra comme parfaitement normal, équilibré, adapté, pas même névrosé de manière notable...

– J'ai cru comprendre que pendant ces seize années, il s'est comporté en prisonnier modèle.

– Ça ne veut rien dire. C'est ce que je tente de vous expliquer. Écoutez : je suis docteur en médecine et psychiatre. Freud et Jung n'étaient que deux connards. (Cette grossièreté, dans la bouche d'une femme aussi élégante, était extrêmement choquante.) Leurs théories sur le fonctionnement de l'esprit humain sont des exercices d'autojustification sans valeur, des philosophies inventées uniquement pour excuser leurs propres désirs. Personne ne sait comment fonctionne l'esprit. Même quand nous réussissons à corriger un état mental par un médicament, nous savons seulement que ledit médicament est efficace, pas *pourquoi*. Et dans le cas d'Ackblom, il n'est pas plus question de problème physiologique que de problème psychologique.

– Vous n'éprouvez aucune compassion pour lui ?

Le médecin se pencha au-dessus de son bureau, fixant Roy d'un regard ardent.

– Je vais vous dire une bonne chose, Mr Cotter : le mal existe. Un mal dépourvu de la moindre cause, qui défie toute rationalisation. Un mal qui n'est dû ni à un traumatisme, ni à de mauvais traitements, ni à des privations. Steven Ackblom, pour moi, en est le parfait exemple. Il est totalement sain d'esprit. Il fait de toute évidence la différence entre le bien et le mal. Il a choisi de commettre des actes monstrueux en toute connaissance de cause, sans y être poussé par une quelconque compulsion.

– Vous n'avez aucune compassion pour votre patient ? demanda à nouveau Roy.

– Ce n'est pas mon patient, Mr Cotter, c'est mon prisonnier.

– Quel que soit le statut que vous lui reconnaissiez, ne mérite-t-il pas un peu de compassion ? Un homme qui est tombé de si haut.

– Tout ce qu'il mérite, c'est une balle dans la tête et une tombe sans inscription, répondit sèchement Sabrina Palma. (Elle n'était plus séduisante. Elle évoquait une sorcière : pâle, les cheveux noirs, et les yeux aussi verts que ceux de certains chats.) Mais parce que Mr Ackblom a plaidé coupable, et parce qu'il était plus facile de l'interner ici, l'État a fait mine de croire qu'il était malade.

Parmi les êtres qu'avait rencontrés Roy au cours de son existence agitée, rares étaient ceux qu'il n'avait pas appréciés, encore plus rares ceux qu'il avait haïs. Pour presque tous, quels qu'en fussent les défauts ou la personnalité, il avait su trouver dans son cœur un peu de compassion. Toutefois, il n'éprouvait que mépris pour le Dr Sabrina Palma.

Lorsqu'il aurait un moment de libre dans son emploi du temps, il lui infligerait de tels ennuis que ce qu'il avait fait à Harris Descoteaux paraîtrait magnanime.

– Même si vous n'arrivez pas à ressentir de la compassion pour le Steven Ackblom qui a tué toutes ces femmes, j'estime que vous pourriez en accorder un peu à celui qui s'est montré si généreux avec vous, remarqua-t-il en quittant son fauteuil.

– Il est le mal, persista le médecin. Il ne mérite pas la moindre compassion. Faites-en ce que vous voulez, et ensuite, ramenez-le ici.

– Eh bien, j'imagine que vous devez vous y connaître, en matière de mal, docteur.

– Les avantages que j'ai tirés de notre arrangement représentent une faute, Mr Cotter, j'en suis parfaitement consciente, répliqua froidement Sabrina. Et d'une manière ou d'une autre, je finirai par l'expier. Mais il y a une différence entre une faute due à la faiblesse et un acte purement maléfique. Une différence que je perçois très bien.

– Comme c'est pratique, conclut Roy en rassemblant les papiers étalés sur le bureau.

Assis sur le lit, ils dévorèrent les hamburgers, les frites et les biscuits au chocolat achetés chez Burger King. Rocky, lui, mangea par terre, sur un sac en papier déchiré.

Il leur semblait qu'une éternité s'était écoulée depuis leur matinée dans le désert, vieille d'à peine douze heures. Tous deux en avaient tant appris l'un sur l'autre qu'ils pouvaient dîner en silence et savourer la nourriture sans ressentir la moindre gêne.

Spencer, toutefois, surprit sa compagne lorsque, vers la fin du repas hâtif, il exprima le désir de s'arrêter au ranch de Vail sur le chemin de Denver. Et « surprise » n'était plus le mot qui convenait quand il lui apprit qu'il en était toujours propriétaire.

– J'ai peut-être toujours su qu'il faudrait que j'y retourne un jour, dit-il, sans la regarder.

Il repoussa le reste de son dîner, privé d'appétit. Assis en tailleur sur le lit, il croisa les mains sur son genou droit et les contempla comme si elles avaient été plus mystérieuses que des reliques de l'ancienne Atlantide.

– Au début, continua-t-il, mes grands-parents ont conservé le ranch parce qu'ils ne voulaient pas qu'un acheteur éventuel en fasse une attraction pour touristes. Ou laisse les médias pénétrer dans les sous-sols pour concocter de nouveaux articles morbides. Les corps avaient été enlevés, tout avait été nettoyé, mais c'était toujours *l'endroit*, ça pouvait encore attirer la presse. Après ma thérapie, qui a duré environ un an, le psy a dit que nous devrions garder le ranch jusqu'à ce que je sois prêt à y retourner.

– Pourquoi ? demanda Ellie. Pourquoi y retourner ?

Il hésita.

– Parce que j'ai perdu le souvenir d'une partie de cette nuit-là, admit-il enfin. Je n'ai jamais été capable de me rappeler ce qui s'est passé à la fin, après que j'ai tiré sur lui.

– Qu'est-ce que tu veux dire ? Tu lui a tiré dessus et puis tu es allé chercher de l'aide, point final.

– Non.

– Quoi ?

Il secoua la tête. Contemplant toujours ses mains. Immobiles. Doigts de marbre sculpté, reposant sur son genou.

– C'est ce qu'il faut que je découvre, dit-il. Il faut que je retourne là-bas, tout en bas, et que je trouve. Parce que sinon, je ne serai jamais... en paix avec moi-même... et je ne te serai d'aucun secours.

– Tu ne peux pas y aller. Pas avec l'agence à tes trousses.

– Ils ne nous chercherons pas là-bas. Ils ne peuvent pas avoir découvert qui je suis. Qui je suis réellement. Michael. Ça, ils ne peuvent pas le savoir.

– Peut-être que si, dit-elle.

Elle s'approcha du sac de toile et en sortit l'enveloppe trouvée sur le plancher du JetRanger, à moitié glissée sous son siège. Elle la lui donna.

– Ils ont eu ça chez moi, dans une boîte à chaussures, constata-t-il. Ils les ont sans doute juste prises pour le principe. Ils n'ont pas pu reconnaître... mon père. Personne ne le pourrait. Pas sur cette photo.

– Tu ne peux pas en être sûr.

– De toute façon, même s'ils réussissaient à pénétrer dans les archives confidentielles des tribunaux et découvraient que j'ai changé de nom, je ne possède pas le ranch sous ma véritable identité. Je passe par une société des Caraïbes.

– Ils ont énormément de ressources, Spencer.

Il releva les yeux et soutint le regard de la jeune femme.

– D'accord… je suis prêt à croire qu'ils en ont assez pour tout découvrir – si on leur en donne le temps. Mais sûrement pas aussi vite. Ça signifie juste que j'ai encore plus de raisons d'aller là-bas ce soir. Quand aurai-je une autre chance, une fois qu'on sera à Denver, et ensuite je ne sais où ? Avant que je ne puisse revenir à Vail, ils auront peut-être bel et bien découvert que je suis propriétaire du ranch. Et alors, je ne pourrai jamais y retourner pour mettre un terme à cette histoire. On passe juste à côté de Vail, en allant à Denver. C'est près de la route inter-États 70.

– Je sais, dit-elle, tremblante, en se rappelant le moment où, dans l'hélicoptère, quelque part au-dessus de l'Utah, elle avait senti qu'il ne vivrait peut-être pas assez longtemps pour partager avec elle la matinée suivante.

– Si tu ne veux pas venir avec moi, on doit pouvoir s'arranger, reprit-il. Mais… même si j'étais sûr que l'agence ne découvrirait jamais le ranch, je dois y retourner cette nuit. Si je n'y vais pas maintenant, alors que j'en ai le courage, je risque de ne plus jamais le retrouver, Ellie. Cette fois-ci, ça m'a pris seize ans.

Elle demeura quelques instants assise, regardant à son tour ses mains, puis elle se leva pour s'approcher de l'ordinateur portable, toujours branché et relié au modem. Elle l'alluma.

– Qu'est-ce que tu fais ? s'enquit-il en la suivant près du bureau.

– Quelle est l'adresse du ranch ? interrogea-t-elle.

C'était une adresse rurale, sans numéro de rue. Il la lui donna, et même la répéta lorsqu'elle le lui demanda.

– Mais pourquoi ? A quoi ça rime ?

– Comment s'appelle ta société, aux Caraïbes ?

– Vanishment International [1].

– Sans blague ?

– Sans blague.

– Et c'est le nom qui figure sur le titre de propriété ? C'est ça qui apparaît sur les feuilles d'impôts ?

– Oui. (Il tira une chaise près de celle de la jeune

1. *Vanishment* : disparition. *(N.d.T.)*

femme et s'y installa, tandis que Rocky venait renifler dans leur direction pour voir s'il ne leur restait pas un peu de nourriture.) Tu veux m'expliquer, Ellie ?

– Je vais essayer de m'introduire dans les archives immobilières locales, déclara-t-elle. Je voudrais obtenir un plan du cadastre. Il faut que je connaisse la topographie exacte des lieux.

– Mais qu'est-ce que tu racontes ?

– Si on va là-bas, si on prend un tel risque, il faut qu'on soit aussi bien armés que possible, bon Dieu ! dit-elle, plus pour elle-même que pour lui. Il faut qu'on soit prêt à se défendre contre n'importe quoi.

– De quoi parles-tu ?

– Trop compliqué. Plus tard. Maintenant, j'ai besoin de silence.

Ses mains agiles accomplissaient des prodiges sur le clavier. Spencer observa l'écran tandis qu'elle quittait Grand Junction pour l'ordinateur du tribunal de Vail. Ensuite, elle pela couche après couche l'oignon des archives du comté.

Vêtu d'un costume un peu trop large fourni par l'agence et d'un pardessus identique à celui de ses trois compagnons, poignets et chevilles menottés, le célèbre, trop célèbre Steven Ackblom était assis en compagnie de Roy, à l'arrière de la limousine.

L'artiste avait cinquante-trois ans mais ne paraissait guère avoir vieilli que de quelques années depuis qu'il avait fait la une des journaux et que les colporteurs de sensationnel l'avaient surnommé le vampire de Vail, le malade mental des montagnes, le Michel-Ange psychotique. Quoiqu'un peu de gris lui marquât les tempes, ses cheveux étaient par ailleurs noirs et luisants, son crâne nullement dégarni. Une douce ride de sourire s'incurvait vers la bouche, depuis le coin de chaque narine, et des éventails de pattes d'oie se déployaient au coin des yeux. Rien de tout cela ne le vieillissait. En fait, il paraissait n'avoir guère de soucis mais d'innombrables sources d'amusement.

Tout comme sur le cliché que Roy avait trouvé dans le chalet de Malibu, ainsi que sur les photos parues dans journaux et magazines seize ans plus tôt, le trait le plus frappant de Steven Ackblom était son regard. Toutefois, l'arrogance que Roy y avait perçue dans le sombre cliché publicitaire n'y était pas présente en ce moment, si elle y avait jamais été. A la place, on y lisait une paisible assurance. De même, l'aspect inquiétant qu'on discernait sur les photos, lorsqu'on connaissait ses crimes, n'apparaissait pas sur sa personne. Il avait le regard droit, mais en rien menaçant. Roy avait été surpris, quoique nullement déçu, de découvrir dans les yeux d'Ackblom une bonté peu commune, ainsi qu'une empathie poignante : on pouvait en déduire qu'il s'agissait d'un homme à la sagesse considérable, à la profonde et complète compréhension de la condition humaine.

Même dans l'étrange et insuffisante clarté qui emplissait la limousine, grâce aux ampoules de faible puissance fixées sous les sièges et aux montants des portières, Ackblom avait indéniablement de la présence – mais pas d'une manière que la presse, avide de sensationnel, avait su saisir. S'il était calme, son mutisme n'évoquait ni la difficulté à s'exprimer, ni la distraction. Bien au contraire : son silence était plus éloquent que les exploits oratoires de la plupart des autres hommes ; en outre, il était toujours sans le moindre doute attentif, alerte. Il bougeait peu, ne se tortillait jamais sur son siège. Occasionnellement, lorsqu'il accompagnait un commentaire d'un geste, le mouvement de ses mains menottées participait d'une telle économie que ses chaînes ne cliquetaient qu'à peine, voire pas du tout. Sa tranquillité n'était pas rigide mais détendue, pas molle mais emplie de puissance, de conscience. On ne pouvait rester assis à son côté sans se rendre compte qu'il était doué d'une intelligence colossale : il en vibrait presque, comme si son esprit avait été une machine dynamique d'une telle omnipotence qu'elle eût pu déplacer des mondes, altérer le cosmos.

Durant ses trente-trois ans d'existence, Roy Miro n'avait rencontré que deux personnes dont la simple présence physique avait déclenché en lui un semblant d'amour. La première était Ève Marie Jammer. La seconde Steven Ackblom. Les deux, la même semaine. Durant ce merveilleux mois de février, le destin était littéralement devenu son manteau et son compagnon. Il demeurait auprès de Steven Ackblom, discret, fasciné. Il avait désespérément envie de faire comprendre à l'artiste que lui, Roy Miro, était un homme aux intuitions profondes et aux succès exceptionnels.

Rink et Fordyce (Tarkenton et Olmeyer avaient cessé d'exister en quittant le bureau du Dr Palma) ne paraissaient pas aussi charmés par Ackblom que Roy – et c'était là un euphémisme. Assis sur la banquette d'en face, ils semblaient se désintéresser totalement de ce que l'artiste avait à dire. Fordyce fermait les yeux durant de longs moments, comme pour méditer. Rink contemplait les vitres, bien qu'il ne pût strictement rien apercevoir à travers le verre fumé. Dans les rares occasions où un geste d'Ackblom faisait cliqueter ses menottes, et dans celles, encore plus rares, où il bougeait assez les pieds pour animer la chaîne lui liant les chevilles, les yeux de Fordyce s'ouvraient d'un coup, tels ceux d'une poupée, et le regard de Rink se détournait de la nuit pour revenir vers le peintre. Le reste du temps, ils ne lui accordaient aucune attention.

Rink et Fordyce, hélas, s'étaient visiblement forgé une opinion d'Ackblom par les ordures glanées dans les médias et non par leurs propres observations. Leur manque de discernement n'avait bien sûr rien d'étonnant. C'étaient des hommes d'action et non d'idées, de désir vulgaire et non de passion. L'agence avait besoin de gens comme eux, tristement dépourvus d'intuition, pitoyables créatures dont les limites rapprocheraient un jour le monde de la perfection, en le quittant.

– J'étais très jeune, à l'époque, dit Roy. J'avais seulement deux ans de plus que votre fils, mais j'ai compris ce que vous cherchiez à accomplir.

– Et que cherchais-je donc ? demanda Ackblom.

Il avait une voix de ténor assez basse, douce, dont le timbre suggérait qu'il aurait pu faire carrière dans la chanson s'il l'avait souhaité.

Roy expliqua ses théories sur le travail du peintre : ces portraits étranges et fascinants ne représentaient pas les désirs haineux des hommes, bouillonnant comme dans une cocotte minute sous une surface séduisante, mais devaient être observés en conjonction avec les natures mortes. Ensemble, les deux genres de tableaux formaient une réflexion sur le désir de perfection des êtres humains et la lutte qu'ils menaient pour y parvenir.

– Et si vos travaux avec des modèles vivants avaient pour résultat de leur faire atteindre la beauté parfaite, même brièvement, avant leur mort, alors vos crimes n'en étaient pas. C'étaient des actes de charité, de compassion profonde, car bien peu d'entre nous connaissent le moindre instant de perfection durant leur vie. Grâce à la torture, vous avez donné à ces quarante et une-là – et à votre femme, j'imagine – une expérience transcendante. Si elles avaient survécu, il est possible qu'elles vous auraient remercié.

Roy s'exprimait en toute franchise, bien qu'il eût précédemment cru Ackblom mal inspiré si l'on tenait compte des moyens employés à sa recherche du Graal de la perfection. C'était ce que pensait Roy avant de le rencontrer. A présent, avoir ainsi sous-estimé le talent de l'artiste et son intuition aiguë lui faisait honte.

Sur l'autre banquette, ni Rink ni Fordyce ne manifestaient la moindre surprise ni le moindre intérêt à ce qu'il disait. Dans le cadre de leur travail, ils entendaient tellement de mensonges grossiers, tous proférés avec la plus grande sincérité, qu'ils le croyaient sans aucun doute en train de jouer avec Ackblom, de manipuler astucieusement un malade mental afin de l'amener au degré de coopération nécessaire pour le succès de l'opération. Roy se trouvait dans la singulière et merveilleuse position de pouvoir exprimer ses sentiments les plus profonds en sachant qu'Ackblom le comprendrait parfaitement, alors que Rink et Fordyce le croiraient machiavélique.

Il n'alla pas jusqu'à révéler son engagement personnel dans l'extension de la compassion aux individus les plus malheureux qu'il avait croisés au cours de ses nombreux voyages. Des histoires telles que celles des Bettonfield à Beverly Hills, de Chester et Guinevere à Burbank, ou du paraplégique et de son épouse devant le restaurant de Las Vegas auraient pu paraître trop précises pour que même Rink et Fordyce les prissent pour des mensonges impromptus, destinés à gagner la confiance de l'artiste.

– Le monde serait infiniment meilleur si le potentiel génétique de l'humanité était éclairci, déclara Roy, restreignant ses observations à d'inoffensifs concepts généraux. Éliminer d'abord les spécimens les plus imparfaits et ensuite remonter, jusqu'à ce que les seuls survivants soient ceux qui correspondent le mieux au type du citoyen idéal pour bâtir une société plus agréable et plus éclairée. Vous n'êtes pas d'accord ?

– Ce serait sans nul doute un processus fascinant, répondit Ackblom.

– N'est-ce pas ? dit Roy, qui jugeait ce commentaire approbateur.

– En supposant bien sûr qu'on se trouve dans le comité des éliminateurs et non parmi ceux qui sont jugés, ajouta le peintre.

– C'est évidemment l'hypothèse de base.

Ackblom gratifia son interlocuteur d'un sourire.

– Alors là, qu'est-ce qu'on s'amuserait !

Ils rejoignaient Vail en traversant les montagnes, sur la route inter-États 70, et non par avion. En voiture, le trajet prendrait moins de deux heures. Retraverser Denver après avoir quitté la prison pour rejoindre l'aéroport Stapleton, attendre une autorisation de vol et faire le chemin par la voie des airs eût demandé plus longtemps. En outre, la limousine était plus intime, plus silencieuse que le jet. Roy pouvait y passer plus d'instants de qualité en compagnie du peintre qu'à bord du Lear.

Graduellement, de kilomètre en kilomètre, il en vint à comprendre pourquoi Steven Ackblom l'affectait aussi profondément qu'Ève. Quoique l'artiste fût bel homme, aucun de ses traits physiques ne pouvait être qualifié de parfait. Pourtant, d'une certaine manière, il l'était bel et bien. Roy le sentait. Une lueur. Une harmonie subtile. Des vibrations apaisantes. En un certain aspect de son être. Ackblom était dépourvu du moindre défaut. Pour le moment, cette vertu parfaite, malicieuse, demeurait cachée, mais Roy était sûr de la découvrir avant leur arrivée au ranch de Vail.

La limousine traversait des montagnes de plus en plus hautes, de vastes forêts couvertes de neige, montait vers le clair de lune argenté – et tout ce décor était réduit à un flou obscur par les vitres teintées. Les pneus semblaient fredonner.

Tandis que Spencer engageait le pick-up noir volé sur la route inter-États 70, à la sortie de Grand Junction,

Ellie, assise au fond de son siège, travaillait fiévreusement sur le portable alimenté par l'allume-cigare. Un coussin dérobé à l'hôtel soutenait l'ordinateur. Périodiquement, la jeune femme consultait le tirage de la carte du cadastre et des autres informations qu'elle avait obtenues au sujet du ranch.

– Qu'est-ce que tu fais ? interrogea-t-il à nouveau.

– Des calculs.

– Quels calculs ?

– Chut. Rocky dort, derrière.

De son sac de toile, elle avait sorti des disquettes dont elle avait installé le contenu dans la machine. Il s'agissait à l'évidence de programmes qu'elle avait conçus elle-même – et adaptés à l'ordinateur de Spencer durant ses deux jours et plus de délire, au cœur du Mojave. Lorsqu'il lui avait demandé pourquoi elle avait doublé sa propre machine – à présent disparue avec la Rover – de la sienne, très différente, elle avait répondu :

– Rappelle-toi que je suis une ancienne girl-scout, qui aime être toujours prête.

Il n'avait aucune idée de la fonction des logiciels. Des formules et des graphiques s'affichaient sur l'écran. Des globes terrestres holographes pivotaient sur ordre d'Ellie, qui en agrandissait certaines portions afin de les observer plus en détail.

Vail ne se trouvait qu'à trois heures de là. Spencer aurait aimé employer ce temps à discuter, à se découvrir un peu plus mutuellement. Trois heures, c'était bien court – particulièrement si ce devait être les trois dernières qu'ils allaient jamais passer ensemble.

14.

Lorsqu'il rentra chez son frère, de sa promenade à travers les rues vallonnées de Westwood, Harris Descoteaux ne mentionna pas sa rencontre avec l'homme à la Toyota bleue. D'une part, elle lui semblait comme sortie d'un rêve. Improbable. D'autre part, il se demandait encore si l'inconnu était un ami ou un ennemi. Il ne voulait pas inquiéter Darius ou Jessica.

En fin d'après-midi, quand Ondine et Willa furent revenues du centre commercial avec leur tante, et Martin, le fils de Darius et de Bonnie, de l'école, l'avocat décida qu'ils avaient besoin de se distraire un peu. Il insista pour qu'ils s'entassent tous les sept dans le minibus Volkswagen qu'il avait restauré de ses propres mains avec amour, et qu'ils aillent au cinéma – puis dîner aux Hamlet Gardens.

Ni Harris ni Jessica ne voulaient aller au spectacle ou au restaurant, car chaque dollar qu'ils y dépenseraient serait un dollar volé. Quant à Ondine et Willa, pourtant aussi solides que n'importe quelles adolescentes, elles ne s'étaient pas encore remises de l'assaut du commando ni de leur expulsion par les marshals fédéraux.

Darius estimait qu'un film et un dîner aux Hamlet Gardens étaient précisément les médicaments qu'il leur fallait dans leur situation, et il ne voulut pas en démordre. Son opiniâtreté était l'une des qualités qui faisaient de lui un avocat exceptionnel.

A 18 h 15, en ce lundi, Harris se retrouva au milieu d'une foule bruyante, dans un cinéma, incapable de percevoir l'humour de scènes que tout le monde jugeait hilarantes – et succombant à une nouvelle crise de claustrophobie. L'obscurité. Le nombre des spectateurs... Leur chaleur corporelle. Il devint tout d'abord incapable de respirer à fond, puis fut pris d'un léger étourdissement. Craignant le pire à venir, il murmura à Jessica qu'il devait aller aux toilettes. Comme elle semblait s'inquiéter, il lui tapota le bras et lui adressa un sourire rassurant avant de s'échapper au plus vite.

Les toilettes pour hommes étaient désertes. Harris fit couler l'eau froide dans l'un des quatre lavabos. Il s'aspergea le visage à plusieurs reprises, tentant de se rafraîchir après son séjour dans la salle surchauffée et de chasser son étourdissement.

Le bruit du robinet l'empêcha d'entendre l'autre homme entrer. Lorsqu'il releva les yeux, il n'était plus seul.

Un Asiatique, la trentaine, vêtu d'un jean, de mocassins et d'un pull bleu foncé orné de rennes rouges bondissants, se tenait à deux lavabos de lui et se coiffait. Lorsqu'il croisa le regard du capitaine dans le miroir, il lui sourit.

– Puis-je vous donner matière à réflexion, monsieur ?

Harris reconnut la question de l'homme à la Toyota, qui avait engagé la conversation avec lui. Stupéfait, il recula avec une telle précipitation qu'il se heurta à la porte battante d'un des cabinets. Il tituba, faillit tomber, puis retrouva son équilibre en s'agrippant à l'encadrement.

– A une époque, l'économie japonaise était tellement florissante que le monde s'est dit que, peut-être, les grands gouvernements et les grosses entreprises devaient marcher main dans la main.

– Qui êtes-vous ? demanda Harris, qui reprenait plus vite ses esprits face à cet homme que devant le premier.

– Et à présent, on parle de politique industrielle nationale, reprit l'autre, souriant, ignorant la question. Les grosses entreprises et le gouvernement signent des contrats tous les jours. Poussez mes programmes sociaux, augmentez ma puissance, et je garantis vos bénéfices, dit le politicien.

– En quoi tout cela me concerne-t-il ?

– Soyez patient, Mr Descoteaux.

– Mais…

– Les travailleurs syndiqués se font avoir parce que le gouvernement conspire avec leurs employeurs. Les petits patrons se font avoir, comme tous ceux qui n'ont pas la carrure pour jouer dans la cour des grands multimilliardaires. Le secrétaire à la Défense veut se servir de l'armée comme d'un outil de politique économique.

Harris se rapprocha du lavabo, où il avait laissé l'eau couler. Il ferma le robinet.

– Une alliance gouvernement-industriels, protégée par l'armée et la police… Autrefois, ça s'appelait du fascisme. Allons-nous revoir le fascisme à notre époque, Mr Descoteaux ? Ou bien est-ce un système nouveau, qui n'a rien d'inquiétant ?

Le capitaine tremblait. Réalisant qu'il avait les mains et le visage trempés, il délesta un distributeur de plusieurs serviettes en papier.

– Et si c'est un nouveau système, Mr Descoteaux, est-ce que c'est un bon système ? Peut-être. Peut-être allons-nous traverser une période d'accoutumance et ensuite tout sera-t-il merveilleux. (L'inconnu hocha la tête, souriant, comme s'il avait réellement envisagé cette possibilité.)

Ou bien, peut-être ce nouveau système se révélera-t-il être une nouvelle sorte d'enfer.

– Je me fous de tout ça, déclara Harris avec humeur. Je ne fais pas de politique.

– Vous n'avez pas besoin d'en faire. Pour vous protéger, il vous suffit d'être informé.

– Écoutez, qui que vous soyez, je veux seulement récupérer ma maison. Je veux retrouver la vie que je menais. Je veux que les choses redeviennent comme avant.

– Ça ne se produira jamais, Mr Descoteaux.

– Pourquoi cela m'arrive-t-il, à moi ?

– Avez-vous lu les romans de Philip K. Dick ?

– Qui ça ? Non.

Harris avait plus que jamais l'impression de s'être aventuré dans le territoire du Lapin Blanc et du Chat de Cheshire.

L'inconnu secoua tristement la tête.

– Le monde futur qu'évoquait Mr Dick est celui dans lequel nous sommes en train de glisser. Et c'est un endroit plutôt effrayant, ce monde dickien. Plus que jamais, il est nécessaire d'avoir des amis.

– Et vous êtes un ami ? demanda Harris. Qui êtes-vous donc ?

– Soyez patient et réfléchissez à ce que je vous ai dit.

L'homme se dirigea vers la porte.

Le capitaine eut un geste pour le retenir puis renonça à cette idée. L'instant d'après, il était seul.

Soudain, un grand tourbillon agita ses entrailles. Il n'avait pas menti à Jessica, finalement. Il avait bel et bien besoin d'aller aux toilettes.

A l'approche de Vail, très haut dans l'ouest des Rocheuses, Roy Miro se servit du téléphone de la limousine pour composer le numéro de portable que lui avait donné un peu plus tôt Gary Duvall.

– Tout est calme ? demanda-t-il.

– Aucune trace d'eux pour le moment, répondit Duvall.

– On est presque arrivé.

– Vous croyez vraiment qu'ils vont se pointer ?

Le JetRanger et son équipage avaient été découverts au milieu du parc national du Colorado. Un appel de la bonne femme à la police de Grand Junction avait été pisté jusqu'à Montrose, ce qui semblait indiquer qu'elle et Spencer Grant partaient vers le sud, en direction de Durango. Roy n'en croyait rien. Il savait qu'un ordinateur permettait d'acheminer à volonté les communications téléphoniques, aussi accordait-il nettement plus de confiance à la puissance du passé. Là où le passé rencontrait le présent, il trouverait les fugitifs.

– Ils vont venir, affirma-t-il. Cette nuit, les forces cosmiques sont avec nous.

– Les forces cosmiques ? répéta Duvall, comme s'il avait attendu la chute d'une bonne plaisanterie.

– Ils vont venir, répéta Roy, avant de couper la communication.

Près de lui, Steven Ackblom demeurait serein et silencieux.

– On arrivera d'ici quelques minutes, annonça son gardien temporaire.

Le peintre sourit.

– *Home, sweet home.*

Spencer conduisait depuis près d'une heure et demie quand Ellie éteignit l'ordinateur et le débrancha de l'allume-cigare. Quoique le petit camion ne fût pas surchauffé, la sueur lui perlait au front.

– Dieu seul sait si je suis en train de bâtir une bonne défense ou de préparer un double suicide, dit-elle. Ça peut tourner n'importe comment. Mais, maintenant, si on a besoin de s'en servir, c'est prêt.

– Se servir de quoi ?

– Je ne te le dirai pas, déclara-t-elle sans ambages. Ça prendrait trop de temps, et tu essaierais de me dissuader. Ce qui serait du temps perdu. Je connais les arguments contre, et je les ai déjà rejetés.

– Par ailleurs, les discussions sont nettement moins compliquées quand on fait les demandes et les réponses.

La jeune femme demeurait sombre.

– Si les choses en arrivent au pire, je n'aurai d'autre choix que de m'en servir, aussi dingue que ça paraisse.

Sur la banquette arrière, Rocky s'était réveillé depuis quelques minutes. Ce fut à lui que Spencer s'adressa.

– Tu y comprends quelque chose, toi, vieux ?

– Pose-moi les questions que tu veux, mais pas à ce sujet-là, reprit Ellie. Si j'en parle, si même j'y réfléchis, j'aurais nettement trop la trouille pour le faire quand le moment sera venu – s'il vient. Je prie qu'on n'en arrive pas là.

Il ne l'avait encore jamais entendue s'exprimer avec une telle confusion. Elle conservait en général une parfaite maîtrise d'elle-même. A présent, elle lui faisait peur.

Rocky passa la tête entre les sièges avant, haletant. Une oreille dressée, l'autre basse : reposé et intéressé.

– Il me semblait bien que tu comprenais, lui dit Spencer. Moi, je suis encore plus désorienté qu'un insecte qui s'assomme sur les parois d'un bocal de mayonnaise pour essayer d'en sortir. Mais je suppose que les animaux supérieurs, comme les chiens, n'ont aucun mal à saisir de quoi elle parle.

Elle contemplait la route, se frottant machinalement le menton du dos de la main droite.

Elle avait dit qu'il pouvait lui poser n'importe quelle question, hormis à ce sujet-là, quel qu'il pût être. Il la prit donc au mot.

– Où « Bess Baer » allait-elle s'installer avant que je ne foute tout en l'air ? Où allais-tu emmener ta Rover pour commencer une nouvelle vie ?

– Je n'allais pas m'installer, répondit-elle, ce qui prouvait qu'elle l'écoutait. J'avais abandonné cette idée. Quand je reste trop longtemps en place, ils finissent par me retrouver. J'avais dépensé une bonne partie de mon argent… et de celui de mes amis… pour acheter cette Rover et le matériel qu'elle contenait. Je me disais qu'avec ça, je pouvais rester en mouvement, aller à peu près n'importe où.

– Je te rembourserai la Rover.

– Ce n'est pas ce que je voulais dire.

– Je sais. Mais ce qui est à moi est à toi, de toute façon.

– Ah bon ? Depuis quand ?

– Et sans condition, ajouta-t-il.

– J'aime bien payer moi-même ce que j'achète.

– Inutile de discuter.

– Ce que tu dis a valeur de loi, c'est ça ?
– Non. Ce que le chien dit a valeur de loi.
– C'est une décision de Rocky ?
– C'est lui qui gère mes finances.

L'intéressé sourit. Il aimait entendre son nom.

– Étant donné que c'est une idée de Rocky, j'y réfléchirai, admit la jeune femme.

– Pourquoi appelles-tu Summerton « le cafard » ? demanda Spencer. Pourquoi est-ce que ça l'ennuie à ce point ?

– Tom a la phobie des insectes. Tous les insectes. Une simple mouche lui donne des frissons. Mais il est particulièrement allergique aux cafards. Quant il en voit un – et c'en était infesté, à l'ATF, lorsqu'il en faisait partie –, il perd complètement les pédales. C'est presque comique. Comme quand un éléphant aperçoit une souris dans un dessin animé. Quelques semaines après... après que Danny et mes parents ont été tués, et après que j'ai renoncé à communiquer ce que je savais à la presse, j'ai appelé ce vieux Tom à son bureau du ministère de la Justice. Je téléphonais d'une cabine publique, dans le centre de Chicago.

– Fichtre.

– C'était la plus privée de ses lignes privées, celle à laquelle il répond en personne. Ça l'a surpris. Il a joué l'innocent, tenté de me faire parler jusqu'à ce que ses troupes puissent me coincer. Je lui ai dit qu'il n'aurait pas dû avoir une telle peur des cafards, étant donné qu'il en était un lui-même. Je lui ai dit qu'un de ces jours, j'allais l'écrabouiller, le tuer. Et je ne mentais pas. Un jour, d'une manière ou d'une autre, je vais le propulser tout droit en enfer.

Spencer lui jeta un coup d'œil. Elle contemplait toujours la nuit, broyant du noir. Fine, terriblement agréable à regarder, de bien des manières aussi délicate qu'une fleur, mais néanmoins aussi rude et aussi féroce que n'importe quel soldat des forces spéciales.

Il l'aimait au-delà de toute raison, sans réserve, sans le moindre droit, avec une infinie passion, aimait chaque aspect de son visage, le son de sa voix, sa singulière vitalité, sa douceur de cœur et son agilité d'esprit ; il l'aimait avec une telle pureté et une telle intensité que parfois, lorsqu'il la contemplait, le silence semblait s'abattre sur le monde. Il priait qu'elle fût une enfant chérie de la destinée, qu'elle dût vivre longtemps, car si elle mourait avant lui, il n'aurait plus le moindre espoir.

Ils continuèrent de filer vers l'est, au cœur de la nuit, dépassant Rifle, Silt, Newcastle et Glenwood Springs. La route inter-États suivait fréquemment le fond d'étroits et profonds canyons, aux parois de pierre abruptes. De jour, c'était là un des paysages les plus époustouflants de la planète. Dans l'obscurité de février, ces gigantesques remparts rocheux semblaient se refermer sur lui, noires falaises qui lui ôtaient le choix de tourner à droite ou à gauche, le poussaient vers un terrain plus élevé, vers de terribles confrontations – si inévitables qu'elles paraissaient attendre leur heure depuis l'explosion qui a donné naissance à l'univers. Du fond de la crevasse, seul un étroit ruban de ciel était visible, parsemé de quelques étoiles, comme si le paradis n'avait plus eu de place pour de nouvelles âmes et avait été sur le point de fermer ses portes à jamais.

Roy appuya sur un bouton inséré dans l'accoudoir. Près de lui, la vitre s'abaissa en ronronnant.

– C'est comme dans votre souvenir ? demanda-t-il à l'artiste.

Alors qu'ils quittaient la route du comté, Ackblom se pencha pour regarder au dehors.

A l'avant de la propriété, une neige immaculée recouvrait les paddocks entourant les écuries. Ces dernières n'avaient pas abrité de chevaux depuis vingt-deux ans – depuis la mort de Jennifer, qui, seule du couple, avait eu la passion de l'équitation. Les barrières étaient bien entretenues, tellement blanches qu'on les voyait à peine au milieu des prés gelés.

L'allée déserte, au cours sinueux, était flanquée de remblais dus à un chasse-neige.

A la demande de Steven Ackblom, plutôt que de rejoindre directement la grange, le chauffeur s'arrêta devant la maison.

Roy remonta sa vitre, tandis que Fordyce libérait les chevilles de l'artiste, puis lui ôtait les menottes. Il ne voulait pas que son invité subît plus longtemps l'humiliation de ces entraves.

Durant leur trajet montagnard, le peintre et lui avaient atteint un plus grand degré d'intimité qu'il ne l'eût cru possible en si peu de temps. Plutôt que chaînes et menottes, ce respect mutuel garantissait à coup sûr l'entière coopération d'Ackblom.

Tous deux quittèrent la limousine. Rink, Fordyce et le chauffeur les y attendirent. La nuit n'était pas agitée du moindre souffle mais l'air n'en était pas moins glacial.

Tels les prés, les pelouses étaient blanches et légèrement lumineuses sous l'éclat platiné du croissant de lune. La neige pesait sur les bouquets de conifères. Les branches gainées de glace d'un bouleau dénudé par l'hiver jetaient des ombres délicates dans la cour.

La ferme victorienne était blanche, ses volets verts. Une véranda s'étendait le long de toute la façade, cerclée d'une barrière aux balustres blancs sous une rampe verte. Une corniche clinquante marquait la limite des murs et du toit. Une frise de petits glaçons surmontait les gouttières.

Les fenêtres étaient sombres. Les Dresmund, obéissant à Duvall, passaient la nuit à Vail, sans doute curieux de ce qui allait arriver au ranch mais échangeant leur silence contre un dîner dans un restaurant quatre étoiles – champagne, fraises au chocolat chaud –, et une nuit de repos dans une suite de luxe. Plus tard, quand Grant serait mort et n'aurait plus besoin de gardiens, ils regretteraient d'avoir conclu une si mauvaise affaire.

Duvall et ses douze hommes étaient disséminés avec la plus grande discrétion dans la propriété. Roy n'en apercevait pas un seul.

– Au printemps, c'est magnifique déclara Steven Ackblom, dont la voix n'indiquait pas de regret perceptible.

Il semblait se souvenir des matinées de mai emplies de soleil, de douces soirées étoilées, où résonnait le chant des cigales.

– C'est magnifique aussi en ce moment, dit Roy.

– N'est-ce pas ? (Avec un sourire qui pouvait paraître mélancolique, Ackblom pivota sur ses talons pour contempler l'ensemble de la propriété.) J'ai été heureux, ici.

– C'est facile à comprendre, déclara Roy.

L'artiste soupira.

– « Le plaisir, souvent, nous visite, mais la douleur nous poursuit cruellement. »

– Je vous demande pardon ?

– Keats, expliqua Ackblom.

– Ah. Si le fait d'être ici vous déprime, j'en suis désolé.

– Non, non, ne vous en faites pas pour ça. Ça ne me déprime pas le moins du monde. Par nature, je suis insensible à la dépression. Et revoir cet endroit… c'est un bien doux tourment, qui vaut d'être connu.

Ils remontèrent dans la limousine, qui les emporta vers la grange, derrière la maison.

Dans la petite ville d'Eagle, à l'ouest de Vail, ils s'arrêtèrent pour faire le plein. La boutique adjacente à la station-service fournit à Ellie deux tubes de Super Glu, toute la réserve disponible.

– Pourquoi, la colle ? demanda Spencer lorsqu'elle revint vers le camion, tandis qu'il payait le pompiste en liquide.

– Parce qu'il est nettement plus difficile de trouver un fer et de la soudure.

– Évidemment, répondit-il, sans savoir ce qu'elle voulait dire.

La jeune femme demeura solennelle. Elle avait épuisé sa réserve de sourires.

– J'espère qu'il ne fait pas trop froid pour que ça prenne.

– Et qu'est-ce que tu vas faire de ta Super Glu, si je puis me permettre ?

– Coller quelque chose.

– Évidemment.

Ellie passa sur la banquette arrière, avec Rocky.

Sur ses instructions, Spencer dépassa les baies du garage et gagna l'extrémité de la station-service. Il se gara derrière un remblai de neige haut de trois mètres.

Repoussant la langue amicale du chien, sa compagne manœuvra la poignée de la petite vitre coulissante qui séparait la cabine du plateau ; elle l'ouvrit sur deux centimètres.

De son sac de toile, elle tira les derniers objets importants qu'elle avait choisi de conserver quand le pistage de son signal depuis Earthguard l'avait contrainte à abandonner la Range Rover. Un long prolongateur électrique. Un adaptateur qui transformait un allume-cigare en deux prises fournissant du courant quand le moteur tournait. Enfin, le relais satellite compact, avec son bras automatique et son antenne pliable en forme de Frisbee.

Spencer abaissa la porte à rabattement arrière du camion et tous deux grimpèrent sur le plateau vide en métal peint. Ellie utilisa presque toute la Super Glu pour y fixer l'émetteur-récepteur à ondes ultracourtes.

– Tu sais qu'en général, il suffit d'une ou deux gouttes, lui fit-il remarquer.

– Je veux être sûre qu'il ne se détachera pas au mauvais moment. Il faut qu'il reste en place.

– Avec une telle quantité de colle, il faudrait une petite bombe atomique pour le détacher.

La tête inclinée de côté, curieux, Rocky les observait par la lunette arrière de la cabine.

L'adhésif sécha moins vite qu'à l'ordinaire, soit parce qu'Ellie en avait trop mis, soit à cause du froid. En dix minutes, toutefois, le dispositif était solidement fixé au plateau.

La jeune femme déploya le relais jusqu'à extension maximale de quarante-cinq centimètres. Après avoir branché une extrémité du câble électrique à la base de l'émetteur-récepteur, elle passa les doigts par la fente étroite ménagée dans la lunette, l'élargit, et y inséra l'autre bout du prolongateur.

Rocky insinua sa truffe dans l'ouverture pour lui lécher les mains.

Quand le câble fut légèrement tendu entre le relais satellite et la vitre, Ellie repoussa le chien et referma la brèche aussi étroitement que possible.

– On va pister quelqu'un par satellite ? demanda Spencer, tandis qu'ils sautaient à bas du plateau.

– L'information est le pouvoir, dit sa compagne.

– Évidemment, soupira-t-il en remontant la porte à rabattement arrière.

– Et je possède des connaissances très importantes.

– Je n'en doute pas un instant.

Ils remontèrent dans la cabine du pick-up.

Ellie récupéra l'extrémité du câble sur la banquette arrière et le relia à l'une des deux prises de l'allume-cigare modifié, puis brancha l'ordinateur portable sur l'autre.

– Très bien, dit-elle, sinistre. Prochaine étape : Vail.

Spencer démarra.

Presque trop excitée pour conduire, Ève Jammer errait dans la nuit de Las Vegas, cherchant l'occasion de s'épanouir totalement, comme Roy Miro lui en avait indiqué le moyen.

En passant devant un bar vulgaire, dont les enseignes au néon éclatantes vantaient les danseuses topless, elle vit un homme entre deux âges, à l'air triste, sortir de l'établissement. Il était chauve, pesait environ quinze kilos de trop, et les replis de peau de son visage n'avaient rien à envier à ceux d'un Shar-Pei. Un fardeau de lassitude lui voûtait les épaules. Les mains dans les poches de son manteau, la tête basse, il se dirigea lentement vers le parking à moitié plein qui s'étendait près du bar.

La jeune femme s'y engagea à son tour et se gara. Par la vitre latérale, elle regarda l'homme approcher. Il traînait les pieds, comme trop accablé par la vie pour en combattre les difficultés.

Elle imaginait fort bien son existence. Trop vieux, trop laid, trop gros, trop mal à l'aise en société et trop pauvre pour gagner les faveurs d'une des filles qu'il désirait. Il allait rentrer chez lui avec quelques bières dans l'estomac, retrouver sa couche solitaire après avoir lorgné durant quelques heures de magnifiques jeunes femmes aux gros seins, aux longues jambes, au corps ferme, qu'il ne posséderait jamais. Frustré, déprimé. Désespérément seul.

Ève se sentit désolée pour cet homme avec qui la vie avait été terriblement injuste.

Elle descendit de voiture et s'approcha de lui au moment où il atteignait sa Pontiac sale, vieille de dix ans.

– Excusez-moi, dit-elle.

Il se retourna. Ses yeux s'écarquillèrent lorsqu'il la découvrit.

– Vous étiez là, l'autre soir, non ? devina-t-elle.

– Eh bien… oui, la semaine dernière.

Il ne pouvait s'empêcher de la dévorer des yeux, sans doute inconscient d'être en train de se lécher les lèvres.

– Je vous ai vu, reprit-elle, feignant la timidité. Je… je n'ai pas osé vous dire bonjour.

Il la contempla avec incrédulité, quelque peu soupçonneux, incapable de croire qu'une telle femme lui fît des avances.

– Ce qu'il y a, c'est que vous ressemblez énormément à mon père, dit-elle encore – ce qui était un mensonge.

– Vraiment ?

A présent qu'elle avait parlé de son père, il se méfiait moins. Un pitoyable espoir brillait dans ses yeux.

– Vous êtes son portrait tout craché, affirma-t-elle. Et… et le problème, c'est que… le problème, c'est que… j'espère que vous n'allez pas me trouver bizarre… mais le problème, c'est que… les seuls hommes avec qui je peux le faire, avec qui je peux aller au lit et me donner complètement… sont ceux qui ressemblent à mon père.

Comprenant qu'il était tombé sur un coup plus excitant que les plus chargés en testostérone de ses fantasmes, le Roméo au double menton et aux bajoues redressa les épaules. Sa poitrine se souleva. Un sourire de pure extase le rajeunit de dix ans, sans qu'il cessât de ressembler à un Shar-Pei.

En cet instant transcendant, alors que le pauvre type se sentait sans nul doute plus vivant et plus heureux que depuis des semaines, des mois, voire des années, Ève tira de son sac à main un Beretta équipé d'un silencieux et fit feu à trois reprises.

Son sac recelait également un Polaroïd. Craignant l'arrivée d'une voiture sur le parking ou la sortie d'autres clients du bar, elle prit cependant trois clichés du mort, effondré sur le goudron auprès de sa Pontiac.

En rentrant chez elle, elle songea à la bonne action qu'elle venait de faire : elle avait aidé ce cher homme à quitter une vie imparfaite, l'avait libéré du rejet, de la dépression, de la solitude et du désespoir. Des larmes lui perlèrent aux paupières. Elle ne sanglota pas, ni ne laissa libre cours à ses émotions au point de devenir un danger public au volant : quoique la compassion qui emplissait son cœur fût aussi puissante que profonde, elle pleura paisiblement, très paisiblement.

Elle continua de pleurer jusqu'à ce qu'elle fût arrivée chez elle, eût traversé le garage, rejoint la maison, et enfin sa chambre, où elle disposa les Polaroïd sur la table de chevet, afin que Roy vît les photos à son retour du Colorado, un ou deux jours plus tard. Et soudain, une chose étrange se produisit. Aussi émue qu'elle ait été par son acte, aussi abondantes et authentiques qu'aient été ses larmes, elle se retrouva d'un seul coup avec les yeux secs et une excitation sexuelle terrible.

Roy, qui se tenait auprès de l'artiste, regardait par la fenêtre la limousine reprendre la route du comté et disparaître. Elle reviendrait les chercher une fois le rideau tombé sur la tragédie nocturne.

Ils se tenaient dans la pièce antérieure de la grange reconvertie. L'obscurité n'était brisée que par le clair de lune traversant les fenêtres et par la lueur verte du panneau de contrôle, près de la porte d'entrée. Roy avait coupé l'alarme à l'aide des chiffres obtenus des Dresmund par Gary Duvall, puis l'avait rebranchée. Il n'y avait pas de détecteurs de mouvements, seulement des contacts magnétiques aux portes et aux fenêtres, si bien que l'artiste et lui pouvaient se déplacer librement sans déclencher le système.

Cette grande pièce du rez-de-chaussée avait autrefois été une galerie privée où Steven exposait ses tableaux préférés. A présent, elle était vide. Le moindre bruit résonnait sourdement sur les murs froids. Les travaux du grand homme n'ornaient plus les murs depuis seize ans.

Roy savait qu'il se rappellerait toute sa vie cet instant avec une clarté exceptionnelle, tout comme il se rappellerait *précisément* l'expression stupéfaite ayant paré le visage d'Ève lorsqu'il avait accordé la paix au couple, sur le parking du restaurant. Si le degré d'imperfection de l'humanité assurait que son histoire fût toujours une tragédie, il existait des expériences transcendantes, comme celle-ci, qui rendaient la vie digne d'être vécue.

La plupart des gens étaient hélas trop timides pour saisir leur chance et découvrir ce que représentait une telle transcendance. Mais la timidité n'avait jamais fait partie des défauts de Roy.

Révéler sa croisade compatissante lui avait valu tous les plaisirs de la chambre d'Ève, et il avait décidé qu'une nouvelle révélation s'imposait. Dans les montagnes, il avait compris que Steven atteignait un degré de perfection rare – quoique la nature de cette perfection fût plus subtile que l'extraordinaire beauté d'Ève, plus perceptible que visible, intriguante, mystérieuse. Instinctivement, Roy savait qu'il avait encore plus de points communs avec le peintre qu'avec la jeune femme. Une véritable amitié pourrait naître entre eux s'il s'ouvrait à l'artiste avec la même honnêteté qu'au cher cœur de Las Vegas.

Debout devant la fenêtre baignée de clair de lune, dans la galerie sombre et déserte, Roy Miro commença à expliquer, avec une humilité pleine de tact, comment il avait mis ses idéaux en pratique – d'une manière que l'agence, malgré son audace, eût été trop timide pour approuver. Comme son compagnon l'écoutait, il souhaita presque que les fugitifs ne viennent pas cette nuit-là, ni la suivante, ni avant que Steven et lui n'aient passé assez de temps ensemble pour bâtir les fondations de l'amitié qui était sans nul doute destinée à enrichir leur existence.

Aux Hamlet Gardens de Westwood, un valet en uniforme alla chercher le minibus Volkswagen de Darius dans l'étroit parking qui jouxtait le bâtiment, le conduisit jusqu'à la rue et l'arrêta le long du trottoir, devant la porte d'entrée où attendaient les deux familles Descoteaux après leur dîner.

Harris se trouvait à l'arrière du groupe. Alors qu'il s'apprêtait à monter dans le minibus, une femme lui toucha l'épaule.

– Puis-je vous donner matière à réflexion, monsieur ?

Il ne fut pas surpris. Ne recula pas comme dans les toilettes du cinéma. Se retournant, il découvrit une jolie rousse en talons hauts, arborant un long manteau dont la nuance de vert se mariait avec son teint, et un chapeau original à large bord, incliné sur l'oreille. Elle paraissait en route pour une soirée chez des amis ou en boîte de nuit.

– Si l'ordre nouveau du monde se révèle être synonyme de paix, de prospérité et de démocratie, ce sera merveilleux pour nous tous, dit-elle. Malheureusement, il sera peut-être beaucoup moins agréable que ça, beaucoup plus semblable au Moyen Age, mais un Moyen Age qui disposerait de tous ces merveilleux nouveaux divertissements high-tech pour le rendre tolérable. Toutefois, je pense que vous serez d'accord avec moi : pouvoir obtenir les films les plus récents sur cassettes vidéo ne compense pas totalement l'esclavage.

– Que voulez-vous de moi ?

– Vous aider, affirma-t-elle. Mais il faut que vous désiriez cette aide, que vous soyez conscient d'en avoir besoin et prêt à faire ce qui s'avérera nécessaire.

De l'intérieur du minibus, la famille d'Harris le contemplait avec curiosité et inquiétude.

– Je ne suis pas un révolutionnaire poseur de bombes, déclara-t-il à la femme au manteau vert.

– Nous non plus, rétorqua-t-elle. Les bombes et les armes sont les instruments du dernier recours. Le premier et le principal outil de toute résistance devrait être la connaissance.

– Et quelle connaissance puis-je bien posséder qui vous intéresse ?

– Pour commencer, vous êtes conscient de la fragilité de la liberté dans l'état actuel des choses. Cela vous confère un degré d'implication qui nous est précieux.

Le valet, qui se tenait juste hors de portée de voix, les considérait néanmoins d'un œil curieux.

De la poche de son manteau, la femme sortit un papier qu'elle montra à Harris. Il y découvrit un numéro de téléphone et cinq mots. Lorsqu'il tenta de le lui prendre, elle refusa de s'en séparer.

– Non, Mr Descoteaux, je préférerais que vous mémorisiez tout cela.

Le numéro était conçu pour être aisément mémorisable. Les cinq mots ne lui posèrent pas plus de difficulté.

– L'homme qui vous a causé tous ces ennuis s'appelle Roy Miro, déclara l'inconnue, tandis qu'il observait le morceau de papier.

Ce nom lui disait quelque chose, mais il ne se rappelait pas où il l'avait entendu.

– Il est venu vous voir en se faisant passer pour un agent du FBI, ajouta son interlocutrice.

– Le type qui posait des questions sur Spence ! s'exclama le capitaine en relevant les yeux. (A présent qu'il avait un visage à mettre sur un ennemi jusqu'alors anonyme, il était furieux.) Mais qu'est-ce que je lui ai fait ? Nous avons eu une très légère divergence d'opinion à propos d'un de mes anciens subordonnés, c'est tout ! (Prenant soudain conscience de ce qu'avait dit la femme, il fronça le sourcil.) En *se faisant passer* pour un agent du FBI ? C'en était bel et bien un. Je l'ai vérifié entre le moment où il m'a appelé pour prendre rendez-vous et celui où il est venu me voir.

– Ils sont rarement ce qu'ils ont l'air d'être, dit-elle.

– Ils ? Qui ça : ils ?

– Qui ils ont toujours été, à travers les âges, répondit-elle en souriant. Désolée. Je n'ai pas le temps de me montrer moins mystérieuse.

– Je vais récupérer ma maison, déclara-t-il avec obstination, bien qu'il ne ressentît pas la confiance qu'il affichait.

– Oh, non ! Et même si la *vox populi* était assez puissante pour faire tomber cette loi, ils en feraient passer une autre qui leur donnerait la possibilité de ruiner ceux qu'ils veulent ruiner. Le problème ne provient pas d'une loi. Il provient des fanatiques, avides de pouvoir et qui veulent dicter leur vie aux gens, décider de leurs pensées, de leurs lectures, de leurs paroles, de leurs sentiments.

– Comment puis-je combattre Miro ?

– Vous ne pouvez pas. Il est trop bien protégé pour être vulnérable.

– Mais...

– Je ne suis pas ici pour vous dire comment combattre Roy Miro. Je suis ici pour vous avertir que vous ne devez pas rentrer chez votre frère, ce soir.

Un frisson se diffusa le long de la colonne vertébrale d'Harris, remontant des reins à la nuque en une progression méthodique, différent de tous ceux qu'il avait jamais ressentis.

– Qu'est-ce qui va se passer, encore ?

– Votre épreuve n'est pas terminée. Si vous les laissez faire, elle ne se terminera jamais. Vous serez arrêté pour le meurtre de deux dealers, de la femme du premier, de la petite amie de l'autre, et de trois enfants en bas âge. On a trouvé vos empreintes dans la maison où ils ont été abattus.

– Je n'ai jamais tué personne !

Le valet comprit une bonne partie de cette exclamation et fit la moue.

Darius sortait du minibus pour s'informer.

– Les objets qui portent vos empreintes ont été pris chez vous et déposés sur les lieux des meurtres. On dira probablement que vous avez tué deux concurrents qui tentaient d'envahir votre territoire. Que vous avez descendu la femme, la maîtresse et les gamins pour donner une bonne leçon aux autres dealers.

Le cœur d'Harris cognait avec une telle force qu'il n'eût pas été surpris de voir sa poitrine trembler à chaque battement. Au lieu de sang chaud, il lui semblait que ses veines charriaient du fréon liquide. Il était plus froid qu'un mort.

L'angoisse le faisait régresser jusqu'à la vulnérabilité et l'impuissance de l'enfance. Il s'entendit chercher le réconfort dans la foi de sa mère chérie, chanteuse de gospels, une foi dont il s'était éloigné au fil des années mais dans laquelle il se réfugiait soudain avec une sincérité qui le surprenait.

– Oh, mon Dieu, Seigneur, aidez-moi.

– Il le fera peut-être, déclara la rouquine alors que l'avocat s'approchait d'eux. Mais en attendant, nous sommes prêts à vous aider également. Si vous êtes intelligent, vous allez appeler ce numéro, utiliser ce mot de passe et continuer à vivre – au lieu de mourir.

– Qu'est-ce qui se passe, Harris ? demanda Darius.

La femme rangea le papier dans sa poche.

– C'est bien le problème, reprit le capitaine. Comment puis-je continuer à vivre après ce qui m'est arrivé ?

– C'est possible, assura-t-elle, mais vous ne serez plus Harris Descoteaux.

Elle sourit, adressa un signe de tête à Darius, et s'éloigna.

Harris la regarda partir, submergé par le sentiment de s'être à nouveau aventuré au sein du merveilleux pays d'Oz.

Autrefois, la propriété avait été très belle. Enfant, lorsqu'il portait un autre nom, Spencer l'avait particulièrement aimée en hiver, quand elle était drapée de blanc. De jour, c'était un empire luisant de fortifications de neige, de tunnels et de pistes de luge aménagés avec soin. Lors des nuits claires, le ciel des montagnes Rocheuses était plus profond que l'éternité, plus que l'esprit ne le pouvait imaginer, et le clair de lune étincelait dans les éclats de glace.

De retour après un long exil, il ne trouvait rien d'agréable à l'œil. Chaque pente ou courbe du terrain, chaque bâtiment, chaque arbre était le même qu'en cette lointaine époque, mais les pins, les érables et les bouleaux avaient grandi. Aussi inchangé qu'il fût, le ranch lui apparaissait à présent comme l'endroit le plus laid qu'il eût jamais vu – même paré de sa belle tenue d'hiver. C'était une propriété anguleuse. La géométrie des champs et des collines était partout conçue pour offenser l'œil, telle l'architecture de l'enfer. Les arbres n'étaient que des spécimens ordinaires mais ils lui semblaient déformés, tordus par la maladie, nourris des horreurs qui s'étaient répandues dans le sol et leurs racines depuis les catacombes toutes proches. Les bâtiments – écuries, maison, grange – n'étaient que des masses sans grâce, impressionnantes et hantées, les fenêtres aussi noires et menaçantes que des tombes ouvertes.

Spencer se gara près de la maison, le cœur battant. Sa bouche était si sèche, sa gorge si serrée qu'il avait peine à déglutir. Sa portière s'ouvrit avec la résistance de la porte massive d'une salle des coffres de banque.

Ellie demeura dans le camion, l'ordinateur sur les genoux, toujours connectée et prête à appliquer son plan mystérieux si des problèmes survenaient. Grâce à l'émetteur-récepteur, elle s'était reliée à un satellite ; de là, à un ordinateur dont elle n'avait pas révélé la nature à Spencer et qui pouvait se trouver n'importe où dans le monde. L'information avait beau être le pouvoir, comme elle l'avait dit, son compagnon ne comprenait pas comment elle pourrait les protéger des balles si l'agence les attendait dans les environs.

Tel un plongeur des grands fonds, couvert d'un scaphandre encombrant et d'un casque en acier, chargé d'un incalculable fardeau liquide, il monta les marches de la véranda et arriva devant la porte d'entrée. Il sonna.

Le carillon résonna à l'intérieur, les cinq mêmes notes qui marquaient l'arrivée des visiteurs lorsqu'il habitait là, enfant. En les entendant, il dut combattre l'envie de tourner les talons et de s'enfuir. Il était adulte : les croquemitaines qui terrorisaient les enfants n'avaient pas le moindre pouvoir sur lui. Pourtant, il éprouvait la crainte irraisonnée que sa mère lui ouvre la porte, morte mais animée, aussi nue que lorsqu'on l'avait trouvée dans le fossé – toutes blessures apparentes.

Il trouva la volonté de censurer l'image du cadavre et sonna à nouveau.

La nuit était tellement silencieuse que, s'il avait été capable de s'éclaircir les idées et d'écouter leurs contorsions, il aurait entendu les vers de terre dans les profondeurs, sous la couche gelée.

Quand personne ne répondit à son deuxième coup de sonnette, Spencer récupéra la clef qui se trouvait au sommet de l'encadrement de la porte. Les Dresmund avaient reçu l'instruction de l'y laisser au cas où le propriétaire en aurait besoin. Les serrures de la maison et de la grange s'ouvraient avec la même clef. Le petit morceau de laiton gelé lui collant à moitié aux doigts, l'ancien policier se hâta de regagner le pick-up.

L'allée se divisait en deux embranchements, l'un passait devant la grange, l'autre derrière. Il prit le second.

– Il faut que je rentre de la même manière que cette nuit-là, dit-il à Ellie. Par la porte de derrière. Que je recrée cet instant.

Ils se garèrent à l'endroit où le van orné d'un arc-en-ciel s'était trouvé en ces lointaines ténèbres. Le véhicule d'alors appartenait à son père. Si Michael l'avait vu cette nuit-là pour la première fois, c'était parce qu'il avait toujours été entreposé hors de la propriété et enregistré sous un faux nom. C'était l'engin dans lequel Steven Ackblom se rendait en divers endroits reculés pour traquer et capturer femmes et jeunes filles destinées à résider en permanence dans ses catacombes. Il ne l'avait conduit chez lui que durant les absences de sa femme et de son fils – en visite chez les parents de Jennifer, ou à des expositions de chevaux –, hormis en de rares occasions, lorsque ses désirs les plus noirs avaient dépassé sa prudence.

Ellie voulait rester dans le pick-up, laisser tourner le moteur et conserver l'ordinateur sur les genoux, les doigts sur les touches, prête à répondre à la moindre provocation.

Spencer n'imaginait pas ce qu'elle pourrait faire, en cas d'attaque, pour obliger les dirigeants de l'agence à rappeler leurs tueurs. Mais elle était extrêmement sérieuse et il la connaissait assez pour savoir que son plan, aussi étrange qu'il parût, n'avait rien de frivole.

– Ils ne sont pas là, dit-il. Personne ne nous attend. Sinon, ils se seraient déjà jetés sur nous.

– Je ne sais pas…

– Pour me rappeler ce qui s'est produit lors de ces minutes perdues, il va falloir que je descende… là-dedans. La compagnie de Rocky ne me suffit pas. Je n'ai pas le courage d'y aller seul, je n'ai pas honte de le dire.

Elle hocha la tête.

– Tu n'as pas à avoir honte. A ta place, je n'aurais même pas pu aller aussi loin. Je serais passée sans m'arrêter et je n'aurais pas regardé en arrière.

Elle contempla les prés et les collines baignés de lune, derrière la grange.

– Personne, répéta-t-il.

– Très bien. (Les doigts de la jeune femme coururent sur le clavier ; elle se déconnecta de l'ordinateur. L'écran devint noir.) Allons-y.

Spencer éteignit les phares et coupa le moteur.

Il prit le pistolet. Ellie avait le Micro Uzi.

Quand ils quittèrent le camion, Rocky insista pour venir avec eux. Il tremblait, oppressé par l'humeur de son maître, craignant de les accompagner mais également terrifié par la perspective de rester en arrière.

Spencer, qui frissonnait encore plus violemment que le chien, observa le ciel – aussi clair et étoilé qu'il l'avait été lors de cette nuit de juillet. Cette fois, pourtant, les cataractes de clair de lune ne révélaient ni ange ni hibou.

Roy avait parlé longuement dans la galerie obscure, et l'artiste l'avait écouté avec un intérêt croissant, un respect gratifiant. Le grondement du camion mit un terme temporaire à leur partage de secrets.

Pour éviter d'être repérés, ils s'éloignèrent d'un pas de la fenêtre, ce qui leur permettait d'observer toujours l'allée.

Plutôt que de s'arrêter devant la grange, le pick-up la contourna par l'arrière.

– Je vous ai emmené ici parce que je dois apprendre quels rapports votre fils entretient avec cette femme. C'est un élément parasite dont nous ne savons que penser mais qui suggère la présence d'une sorte d'organisation, ce qui nous contrarie. Il y a déjà un certain temps que nous soupçonnons l'existence d'un groupe aux structures lâches, déterminé à ruiner notre travail ou, faute de mieux, à nous causer le plus d'ennuis possible. Si elle se confirme, peut-être votre fils en fait-il partie. Peut-être ces gens-là apportent-ils leur aide à la femme. Quoi qu'il en soit, compte tenu de l'entraînement militaire et de la mentalité spartiate de Spencer… pardon : de *Michael*, je ne crois pas que les méthodes d'interrogatoire classiques le feraient craquer, aussi douloureuses soient-elles…

– C'est un garçon qui a beaucoup de volonté, admit Steven.

– Mais si *vous*, vous l'interrogez, il dira tout.

– C'est bien possible. Très perspicace.

– Et ça me donne également la possibilité de redresser un tort.

– Quel tort ?

– Eh bien, un fils qui trahit son père ne peut être que mauvais.

– Ah ! Et pour me venger de cette trahison, pourrai-je avoir la femme ? demanda le peintre.

Roy songea aux yeux adorables, tellement francs, emplis de défi. Il les convoitait depuis quatorze mois. Il accepterait cependant d'y renoncer pour avoir la chance d'observer ce qu'un génie de la stature de Steven Ackblom pouvait réaliser si on lui permettait de travailler la chair vivante.

Dans l'attente de leurs visiteurs, ils en étaient venus à chuchoter.

– Ça me semble tout à fait normal, dit Roy, mais je veux être là.

– Vous vous rendez compte que ce que je lui ferai sera… extrême.

– Les timides ne connaissent jamais la transcendance.

– C'est parfaitement exact, acquiesça Steven.

– « Elles étaient si belles, dans leur douleur, et semblables à des anges lorsqu'elles mouraient », cita Roy.

– Et vous voulez observer cette brève mais parfaite beauté ?

– Oui.

A l'arrière du bâtiment retentit le cliquètement d'un verrou. Puis un léger grincement de gonds.

Darius s'arrêta à un stop. Son domicile s'élevait à deux pâtés de maisons et demi de là, sur la gauche, mais il ne mit pas son clignotant.

En face du minibus, de l'autre côté du carrefour, attendaient quatre camionnettes des actualités télévisées, au toit pourvu d'antennes satellites sophistiquées. Deux de chaque côté de la route, nimbées par la lumière jaune des lampadaires à sodium. La première appartenait à la branche locale du réseau national KNBC. Une autre était marquée KTLA – soit la chaîne 5, la station indépendante disposant de la plus grosse part de marché des actualités de Los Angeles. Harris, qui ne distinguait pas les sigles des autres véhicules, les supposait appartenir à l'antenne locale des chaînes ABC et CBS. Derrière les camionnettes se trouvaient quelques voitures avec des passagers. Une demi-douzaine de personnes discutaient à l'extérieur des véhicules.

La voix de Darius était marquée à la fois par un lourd sarcasme et par la colère.

– Ça doit être une information sacrément importante.

– Pas encore tout à fait, dit Harris, sombre. Le mieux, c'est de continuer et de passer entre eux, assez lentement pour ne pas attirer leur attention.

Plutôt que de tourner à gauche pour rentrer chez lui, Darius fit ce que suggérait son frère.

Lorsqu'ils dépassèrent les journalistes, le capitaine se pencha en avant, comme pour régler l'autoradio, se détournant des vitres.

– On les a prévenus et on leur a demandé de rester à bonne distance jusqu'à ce que l'affaire se décante. On veut s'assurer que ma sortie de la maison avec les menottes aux poignets soit abondamment filmée. S'ils vont jusqu'à envoyer un commando d'assaut, les camionnettes de la télé recevront la permission d'approcher juste avant que ces enfoirés n'enfoncent la porte.

Derrière Harris, assise sur le siège central, Ondine se pencha en avant.

– Tu veux dire qu'ils sont tous là pour te filmer, toi, papa ?

– J'en mettrais ma main à couper, chérie.

– Ah, les salopards, fulmina-t-elle.

– Ce sont des journalistes. Ils font leur travail.

Willa, plus fragile que sa sœur, se remit à pleurer.

– Ondine a raison, observa Bonnie. Ce sont de foutus salopards.

– C'est complètement dingue, déclara Martin, au fond du minibus. Ils te traquent comme si tu étais Michael Jackson ou quelqu'un comme ça, oncle Harris.

– Ça y est, on est passé, déclara Darius, et le capitaine put se redresser.

– La police doit nous croire chez nous, remarqua Bonnie, à cause du système de sécurité qui manœuvre les lumières quand il n'y a personne.

– Il est programmé pour une dizaine de scénarios, expliqua l'avocat, et il en choisit un différent chaque fois que la maison est vide. Il allume la lumière dans une pièce, l'éteint dans une autre, met la radio ou la télévision. Bref, il imite de véritables schémas d'activités. C'est censé convaincre les cambrioleurs. Je ne m'attendais pas à me réjouir un jour que ça puisse convaincre des flics.

– Qu'est-ce qu'on fait, maintenant ? demanda Bonnie.

– On roule un peu. (Harris avança les mains devant les ventilateurs d'où s'échappaient des courants d'air tiède. Il n'arrivait pas à se réchauffer.) Pendant que je réfléchis à tout ça.

Ils avaient déjà erré un quart d'heure à travers Bel Air, tandis qu'il leur parlait de l'homme qui l'avait contacté lors de sa promenade, du deuxième inconnu rencontré dans les toilettes du cinéma et de la rouquine au manteau vert. Même avant de découvrir les camionnettes de la télévision, à la lumière des événements des derniers jours, ils avaient tous considéré l'avertissement de la femme comme extrêmement sérieux. Il leur avait cependant semblé possible de faire un saut à la maison, d'y laisser Bonnie et Martin, et de revenir les prendre dix minutes plus tard, avec les vêtements rapportés par Ondine et Willa du centre commercial, ainsi que les trop rares objets personnels que Jessica et les filles avaient pu arracher à leur domicile avant leur expulsion. Toutefois, leur errance les avait conduits à gagner la propriété par une route indirecte, si bien qu'ils avaient rencontré par hasard les équipes télévisées et réalisé que la menace était encore plus sérieuse qu'ils ne l'avaient cru.

Darius rejoignit Wilshire Boulevard et prit la direction de Santa Monica, de l'océan.

– Si je suis accusé d'avoir tué sept personnes, dont trois enfants, le *prosecutor* va invoquer l'homicide volontaire avec circonstances aggravantes, déclara Harris, réfléchissant à haute voix. Aussi sûr que Dieu a créé les pommes vertes.

– Et pas la peine de rêver à une libération sous caution, ajouta Darius. Ils diront que tu risques de t'enfuir.

– Même s'ils fixaient une caution, nous n'aurions aucun moyen de trouver l'argent pour la verser, déclara Jessica, à l'arrière, près de Martin.

– Les agendas des tribunaux sont bondés, remarqua l'avocat. Il y a tant de lois, de nos jours. Rien que l'année dernière, le Congrès en a publié soixante-dix mille pages. Avec tous les défendeurs, tous les appels, la plupart des affaires évoluent à une vitesse d'escargot. Bon Dieu, Harris, tu passerais un an en taule, peut-être même deux, à attendre qu'on ait le temps de te juger.

– Et ce serait du temps perdu à jamais, dit Jessica, furieuse, même si le jury le déclarait innocent.

Ondine et Willa se remirent à pleurer.

Harris se rappelait avec précision chacune de ses crises phobiques de la prison.

– Je ne tiendrai jamais six mois, aucune chance. Peut-être même pas un mois.

Tandis qu'ils tournaient en rond dans la ville dont les millions de lumières brillantes ne parvenaient pas à dissiper les ténèbres, ils discutèrent des choix qui s'offraient à lui. Finalement, ils conclurent qu'il n'en avait pas. Il ne pouvait que s'enfuir. Toutefois, sans argent ni faux papiers, il n'irait pas bien loin avant d'être arrêté. Son seul espoir, en conséquence, était la mystérieuse organisation à laquelle appartenaient la rouquine au manteau vert et les deux autres inconnus, mais Harris en savait trop peu à leur sujet pour remettre son avenir entre leurs mains en toute quiétude.

Jessica, Ondine et Willa refusaient catégoriquement d'être séparées de lui. Craignant que toute séparation ne s'avérât définitive, elles éliminèrent immédiatement la possibilité qu'il s'enfuît tout seul. D'autre part, il ne voulait pas non plus les quitter : il soupçonnait qu'en son absence, ses ennemis continueraient de les harceler.

Le capitaine se retourna vers l'arrière du minibus plongé dans l'ombre. Son regard dépassa les visages maussades de ses enfants et de sa belle-sœur, pour croiser celui de son épouse, assise près de Martin.

– Je ne comprends pas que ça en soit arrivé là, dit-il.

– Ce qui compte, c'est qu'on soit ensemble.

– On avait travaillé tellement dur pour avoir…

– Tout a déjà disparu.

– Tout recommencer à quarante-quatre ans…

– C'est mieux que mourir à quarante-quatre ans, affirma Jessica.

– Un vrai petit soldat, remarqua-t-il affectueusement.

Elle lui sourit.

– Ç'aurait aussi bien pu être un tremblement de terre. La maison n'existerait plus, et nous non plus.

Harris se retourna vers Ondine et Willa. Elles avaient cessé de pleurer, tremblaient toujours, mais une lueur nouvelle de défi brillait dans leurs yeux.

– Tous les copains que vous vous êtes faits à l'école… commença-t-il.

– Ce ne sont que des mômes, déclara Ondine, s'efforçant de prendre à la légère la perte de tous ses amis et confidents, ce qui, pour une adolescente, devait pourtant être le plus dur à supporter. Une bande de gamins idiots, c'est tout.

– Et toi, tu es notre papa, ajouta Willa.

Pour la première fois depuis le début du cauchemar, Harris alla jusqu'à verser quelques larmes.

– Donc, c'est décidé, annonça Jessica. Essaie de trouver une cabine téléphonique, Darius.

Ils en découvrirent une au bout d'une rue commerçante, devant une pizzeria.

Harris dut demander de la monnaie à son frère. Il descendit ensuite du minibus et se rendit seul à la cabine. A travers la vitre du restaurant, il aperçut des gens qui mangeaient, buvaient de la bière, discutaient. Un groupe installé à une grande table prenait particulièrement du bon temps : il entendait les rires résonner au-dessus de la musique du juke-box. Aucun des dîneurs ne semblait conscient du fait que le monde venait de se retourner sens dessus dessous.

Harris fut saisi d'une jalousie tellement intense qu'il eut envie de briser la vitrine, de faire irruption dans la pizzeria, de renverser les tables, d'arracher aux mains des clients couverts et chopes de bière, de leur hurler au visage et de les secouer jusqu'à ce que leurs illusions de sécurité et de normalité soient brisées en autant d'éclats que l'avaient été les siennes. Son amertume était telle qu'il aurait fort bien pu le faire – qu'il l'aurait fait, même – s'il n'avait dû prendre en compte le bien-être de sa femme et de ses deux filles. Ce n'était même pas le bonheur de ces gens qu'il enviait, c'était leur bienheureuse ignorance. Mais il lui était impossible de ne pas tenir compte du savoir qu'il avait acquis.

Il décrocha le combiné de la cabine et introduisit des pièces dans la fente. Durant un instant qui lui glaça le sang dans les veines, il se contenta d'écouter la tonalité, incapable de se rappeler le numéro qui figurait sur le papier de la rouquine. Lorsqu'il le retrouva enfin, il le composa sur le cadran d'une main tellement tremblante qu'il s'attendit presque à avoir fait une erreur.

A la troisième sonnerie, un homme répondit par un simple « Allô ? ».

– J'ai besoin d'aide, dit Harris, avant de réaliser qu'il ne s'était pas présenté. Je suis désolé. Je... je m'appelle... Descoteaux. Harris Descoteaux. Un personne de votre groupe m'a dit de vous appeler, que vous pouviez m'aider, que vous étiez prêts à le faire.

– Si vous possédez ce numéro et si vous l'avez eu de manière légitime, vous devez savoir qu'un certain protocole s'impose, déclara son correspondant, après une hésitation.

– Un protocole ?

Il n'y eut pas de réponse.

Un instant, Harris s'affola, craignant que l'homme ne raccrochât, ne s'éloignât du téléphone et ne devînt à jamais injoignable. Il ne comprit pas ce qu'on attendait de lui avant de se rappeler le mot de passe inscrit sur le papier, sous le numéro. La rouquine lui avait dit de le mémoriser également.

– Les faisans et les dragons, récita-t-il.

Dans le petit couloir, à l'arrière de la grange, Spencer tapa sur le panneau de contrôle la série de chiffres qui déconnectait le système d'alarme. Les Dresmund avaient reçu l'ordre de ne pas changer le code, afin que le propriétaire pût revenir chez lui s'ils étaient absents. Quand Spencer eut entré le dernier chiffre, l'affichage annonçant ACTIVÉ, se changea en un DÉSACTIVÉ moins lumineux.

Il avait emporté une lampe-torche trouvée dans le pick-up, et en dirigea le faisceau sur le mur de gauche.

– Petite salle d'eau, annonça-t-il à Ellie. Juste des toilettes et un lavabo. (Au-delà de la première porte s'en trouvait une autre.) Un petit débarras. (Au bout du hall, la lumière trouva une troisième porte.) Par là, il y avait une galerie, ouverte à de riches collectionneurs, et un escalier menant à ce qui était le studio de mon père, au premier. (Il fit pivoter le faisceau vers la droite du couloir, où ne s'inscrivait qu'une seule porte. Entrouverte.) Ça, c'était la salle des archives.

Il aurait pu allumer les panneaux à fluorescence du plafond. Seize ans plus tôt, il était entré dans le noir, seulement guidé par les lettres vertes du système d'alarme. Intuitivement, il savait que le meilleur espoir de se rappeler ce qu'il avait si longtemps refoulé était de retrouver autant que possible les sensations de cette nuit-là. La grange, à l'époque, avait l'air conditionné. A présent, le chauffage était baissé, si bien que la fraîcheur de février l'emplissait et recréait presque les mêmes conditions. La lumière crue des tubes aurait trop radicalement transformé l'ambiance. S'il désirait une reconstitution authentique, même l'éclat de sa lampe-torche était trop rassurant, mais il n'avait pas le courage d'avancer dans des ténèbres aussi profondes qu'à l'âge de quatorze ans.

Rocky gémit et gratta à la porte de derrière qu'Ellie avait refermée derrière eux. Il frissonnait, paraissait très malheureux.

Pour des raisons que Spencer n'était jamais parvenu à déterminer, le chien n'avait généralement de problème avec l'obscurité qu'à l'extérieur. La plupart du temps, s'il était dans une maison, le noir ne le dérangeait pas, quoiqu'il eût parfois besoin d'une veilleuse pour chasser ses pires crises d'angoisse.

– Pauvre petite bête, le plaignit Ellie.

La torche était plus lumineuse qu'une veilleuse et aurait dû suffire à le réconforter. Au lieu de cela, il tremblait tellement qu'on aurait dit que ses côtes, en s'entrechoquant, allaient résonner comme un xylophone.

– Tout va bien, vieux, lui assura Spencer. Ce que tu sens vient du passé, et c'est terminé depuis bien longtemps. Ici et maintenant, il n'y a rien qui vaille la peine de s'effrayer.

Le chien continua de gratter à la porte, peu convaincu.

– Je le laisse sortir ? demanda Ellie.

– Non. Il va s'apercevoir qu'il fait nuit dehors et se mettre à gratter pour rentrer.

Spencer dirigea à nouveau la torche vers la porte des archives. Il savait que sa propre agitation intérieure était cause des peurs de l'animal qui percevait toujours ses humeurs avec acuité. Il tenta de se calmer. Après tout, ce qu'il avait dit était vrai : l'aura maléfique qui s'accrochait à ces murs était un résidu d'horreurs passées ; il n'y avait, ici et maintenant, rien à craindre.

D'un autre côté, ce qui était vrai pour Rocky ne l'était pas tout à fait pour lui – qui vivait encore partiellement dans le passé, retenu par la poix noire des souvenirs. Il était encore plus obsédé par ce qu'il avait oublié que par ce qu'il se rappelait parfaitement : les souvenirs qu'il s'était refusés formaient le plus profond des puits de goudron. Ces événements vieux de seize ans ne pouvaient faire aucun mal à Rocky, mais ils avaient le pouvoir réel de piéger Spencer, de se refermer sur lui et de le détruire.

Il commença à raconter à Ellie la nuit du hibou, de l'arc-en-ciel et du couteau. Le son de sa propre voix lui faisait peur. Chacun de ses mots lui semblait un maillon de ces chaînes par lesquelles les wagonnets des montagnes russes sont inexorablement tirés au sommet de la première butte, où les gondoles à figure de proue en gargouille entraînées dans la lugubre obscurité des baraques foraines. Ces chaînes ne se déplacent que dans une seule direction, et une fois le trajet commencé, même si une section de rails s'est effondrée en avant ou si un incendie terrible s'est déclenché au plus profond de la baraque, il est impossible de reculer.

– L'été, depuis des années, je dormais sans air conditionné dans ma chambre. L'hiver, la maison était chauffée par un système à eau chaude et à chaleur radiante qui ne faisait pas de bruit, ce qui était très bien. Mais les sifflements de l'air froid à travers les ventilateurs, le bourdonnement du compresseur qui résonnait le long des tuyaux, me dérangeaient. Non, « déranger » n'est pas le mot. Ça me faisait peur. Je craignais que le bruit du conditionneur d'air n'en masque un autre, dans la nuit... un bruit qu'il me faudrait entendre, afin de réagir… sous peine de mort.

– Quel bruit ? demanda Ellie.

– Je ne savais pas. Ce n'était qu'une peur infantile. Du moins, c'était ce que je croyais à l'époque. J'en avais un peu honte. Mais c'est pour ça que ma fenêtre était ouverte, pour ça que j'ai entendu le cri. J'ai essayé de me dire qu'il ne s'agissait que d'un hibou, ou de sa proie, qui hurlait dans la nuit. Mais… c'était tellement désespéré, tellement faible et rempli de terreur… tellement humain…

Il raconta l'histoire de cette nuit de juillet plus rapidement que lorsqu'il se confiait à des inconnus, dans les bars, ou au chien : la sortie de la maison silencieuse, la traversée de la pelouse nimbée d'un clair de lune semblable au gel, l'arrivée au coin de la grange, la visite du hibou, la découverte du van par la portière latérale duquel s'élevait une odeur d'urine et enfin l'entrée dans le couloir où ils se tenaient à présent.

– Et ensuite, j'ai ouvert la porte des archives, dit-il.

Il l'ouvrit à nouveau et franchit le seuil.

Elle le suivit.

Dans le corridor obscur qu'ils venaient de quitter, Rocky continuait de gémir et de gratter à la porte de derrière, demandant à sortir.

Spencer fit évoluer le faisceau de la lampe-torche tout autour de la pièce. La longue table de travail avait disparu, tout comme les deux chaises. La rangée d'armoires à classeurs avait elle aussi été emportée.

Le placard en pin noueux occupait toujours le fond de la pièce, d'un bout à l'autre et du sol au plafond. Il était muni de trois doubles portes aux battants étroits.

L'ancien policier dirigea le pinceau lumineux vers celle du centre.

– Elle était ouverte, et une lueur étrange brillait à l'intérieur du placard, là où il n'y aurait dû avoir aucune lumière. (Sa voix était marquée d'une douleur nouvelle.) Mon cœur battait tellement fort que ça me faisait trembler. J'ai serré les poings, les bras le long du corps, pour tenter de me maîtriser. J'avais envie de m'enfuir, de tourner les talons et de retourner au lit, d'oublier tout ça.

C'était bien ce qu'il avait ressenti alors, en ce lointain passé, mais il aurait tout aussi bien pu s'exprimer au présent.

Il ouvrit les deux battants centraux dont les gonds rouillés grincèrent. Le faisceau de la torche illumina des cases vides à l'intérieur du placard.

– Il y a quatre attaches qui maintiennent en place la paroi du fond, dit-il.

Son père avait dissimulé lesdites attaches derrière d'astucieuses moulures amovibles. Spencer les trouva toutes les quatre : une à droite et une à gauche, à l'arrière de l'étagère du bas ; une à droite et une à gauche, à l'arrière de la deuxième en partant du haut.

Rocky entra enfin dans la pièce. Ses griffes cliquetaient sur le plancher de pin ciré.

– C'est ça, gros toutou, reste avec nous, l'encouragea Ellie.

Après avoir passé la lampe à sa compagne, Spencer repoussa les étagères. Les entrailles du placard s'escamotèrent dans l'obscurité, tandis que de petites roues grinçaient sur de vieux rails métalliques.

Enjambant la base de l'encadrement des portes, il pénétra dans l'espace que venaient de libérer les étagères. Debout à l'intérieur du meuble, il en repoussa totalement le fond dans le vestibule secret.

Ses paumes étaient moites. Il les essuya sur son jean.

Reprenant la lampe-torche à Ellie, il entra dans la pièce carrée de deux mètres de côté qui s'étendait derrière le placard. Une chaînette pendait de l'ampoule nue fixée au plafond. Lorsqu'il la tira, il fut récompensé par l'apparition d'une lueur aussi sulfureuse que celle qui habitait ses souvenirs.

Un sol de béton. Des murs de béton. Comme dans ses rêves.

Ellie referma les portes en pin, s'enfermant à l'intérieur du placard, puis Rocky et elle suivirent Spencer dans le vestibule.

– Cette nuit-là, je suis resté un bon moment dans la salle des archives, à regarder la lumière jaune par l'arrière du placard, et j'avais vraiment envie de m'enfuir. Au point que j'ai cru le faire… mais je me suis retrouvé dans le placard sans m'en apercevoir. Je me suis dit : « Va-t'en, va-t'en, fous le camp d'ici en vitesse », et au même moment, je suis arrivé ici, sans même avoir eu conscience de faire un pas. C'était comme… comme si j'avais été attiré par un aimant… ou comme si j'avais été en transe… Malgré le désir que j'en avais, j'étais incapable de revenir en arrière.

– C'est une ampoule jaune contre les insectes, comme on en utilise dehors, en été, remarqua la jeune femme qui semblait trouver cela curieux.

– Oui, pour éloigner les moustiques. Ça ne marche pas très bien, d'ailleurs. Je ne sais pas pourquoi il en a mise une ici, plutôt qu'une ampoule ordinaire.

– C'était peut-être tout ce qu'il avait sous la main.

– Non. Jamais de la vie. Pas lui. Il a dû juger la lumière jaune plus esthétique, plus adaptée à ses fins. Ses actes étaient toujours mûrement réfléchis. Il ne faisait rien avant d'en avoir étudié avec soin l'aspect esthétique. Depuis le choix de ses vêtements jusqu'à sa manière de préparer un sandwich. C'est une des choses qui rendent tellement horrible ce qu'il a fait au sous-sol… cette longue et minutieuse préparation.

Tenant la torche de la main gauche, il réalisa qu'il suivait de son autre main le tracé de sa cicatrice. Il l'abaissa vers le pistolet SIG 9 mm passé à sa ceinture, contre son ventre, mais il ne tira pas l'arme.

– Comment ta mère pouvait-elle ignorer l'existence de cet endroit ? demanda Ellie, qui explorait le vestibule du regard.

– Il était propriétaire du ranch avant leur mariage. La grange était déjà transformée quand ma mère l'a vue. Cette pièce était autrefois incluse dans celle des archives. Il a lui-même posé les placards en pin après le départ des ouvriers, si bien que ces derniers ne savaient pas que l'accès au sous-sol était dissimulé. Pour finir, il a fait venir un type qui a installé du plancher dans tout le reste du bâtiment.

Le Micro Uzi était muni d'une sangle. La jeune femme

le fit passer sur son épaule, apparemment pour pouvoir l'enserrer de ses deux bras.

– Il avait préparé ses crimes… avant même d'épouser ta mère, avant ta naissance ?

Son dégoût était aussi intense que la fraîcheur de l'air. Spencer espérait simplement qu'Ellie pourrait assimiler toutes les révélations qui l'attendaient sans que sa répulsion se reportât le moins du monde du père sur le fils. Il priait désespérément de demeurer pur à ses yeux, dépourvu de tache.

Lui-même se dégoûtait quand il retrouvait en lui un aspect de son père, même le plus innocent. Parfois, en se regardant dans un miroir, il se rappelait les yeux tout aussi sombres de son géniteur et détournait le regard, frissonnant, le cœur au bord des lèvres.

– Peut-être qu'alors, il ne savait pas exactement pourquoi il avait besoin d'un lieu secret. J'espère que c'est le cas. J'espère qu'il a épousé ma mère et qu'il m'a conçu avant d'éprouver le moindre désir du genre de ceux qu'il… qu'il a satisfaits ici. Toutefois, je le soupçonne d'avoir su pourquoi il lui fallait le sous-sol. Il n'était simplement pas prêt à l'utiliser. C'est comme lorsqu'il trouvait une idée de tableau : il lui arrivait d'y réfléchir des années avant de commencer à y travailler.

A la lueur de l'ampoule antimoustiques, la jeune femme avait le teint jaune, mais Spencer sentit qu'elle était en fait aussi blanche que de vieux ossements. Elle contemplait la porte close menant du vestibule à l'escalier du sous-sol.

– Il considérait ce qu'il y avait en bas comme un aspect de son travail ? demanda-t-elle en la désignant d'un signe de tête.

– Personne n'en a la certitude. C'est ce qu'il semblait vouloir dire, mais il est possible qu'il ait juste joué avec les flics et les psys, pour s'amuser. C'était un homme extrêmement intelligent. Il manipulait les gens avec une grande facilité, et il adorait ça. Alors, qui sait ce qu'il avait vraiment dans la tête ?

– Quand a-t-il commencé ce… ce travail ?

– Cinq ans après leur mariage. Je n'en avais que quatre. Et il en a fallu encore quatre à ma mère pour s'en apercevoir… ce qui lui a valu la mort. La police a déduit cette date en identifiant les… les restes des premières victimes.

Rocky les avait contournés pour s'approcher de l'entrée du sous-sol. Songeur, maussade, il reniflait la fente étroite qui séparait la porte de son encadrement.

– Parfois, reprit Spencer, au milieu de la nuit, quand je n'arrive pas à dormir, je le revois me tenir sur ses genoux, lutter avec moi pour rire, quand j'avais cinq ou six ans, m'ébouriffer les cheveux. (Sa voix s'étrangla d'émotion. Il prit une profonde inspiration et se força à continuer, car il était venu ici pour aller jusqu'au bout, pour en terminer enfin.) Il me touchait… avec ces mains… ces mains qui avaient… fait toutes ces choses terribles… sous la grange.

– Oh, lâcha Ellie à voix basse, comme frappée d'une légère douleur.

Une lueur étrange brillait dans ses yeux. Spencer voulut y lire la compréhension de ce qu'il avait porté en lui durant toutes ces années, de la compassion – et non pas un dégoût renouvelé.

– Ça me rend malade… que mon propre père m'ait touché. Et pire… parfois je me dis qu'il a pu lui arriver de laisser un cadavre tout frais en bas, dans le noir, une morte, de quitter ses catacombes, encore imprégné par l'odeur du sang, et de rentrer à la maison… de monter l'escalier jusqu'au lit de ma mère… de se glisser entre ses bras… de la caresser…

– Mon Dieu, lâcha Ellie.

Elle ferma les yeux, comme incapable de continuer à le regarder.

Spencer savait que, même s'il était innocent, il faisait partie de l'horreur. Il était si intimement associé à la monstrueuse brutalité de son père que nul ne pouvait le contempler, en sachant qui il était, sans voir en esprit le jeune Michael dans l'abominable abattoir. Le sang et le désespoir circulaient en parts égales à travers les cavités de son cœur.

Puis la jeune femme ouvrit les yeux. Des larmes brillaient à ses paupières. Elle porta la main à la cicatrice de son compagnon, le touchant plus tendrement qu'il ne l'avait jamais été. En cinq mots, elle lui prouva qu'à ses yeux, il était dépourvu de tache.

– Oh, Seigneur, je suis désolée.

Spencer comprit qu'il ne pourrait l'aimer plus qu'il ne l'aimait alors, dût-il vivre cent ans. Sa caresse affectueuse, en cet instant précis, était le plus beau cadeau qu'on lui eût jamais fait.

Il aurait seulement voulu être aussi sûr de son innocence qu'elle l'était. Bientôt, il allait retrouver les fragments de souvenirs qu'il était venu chercher en ces lieux – et il priait Dieu ainsi que sa mère défunte de le prendre en pitié, car il craignait de découvrir qu'en toutes choses, il était bel et bien le fils de son père.

Ellie lui avait donné la force d'affronter ce qui l'attendait. Avant que ce courage ne pût s'évanouir, il se tourna vers la porte du sous-sol.

Rocky leva les yeux et gémit. Son maître tendit le bras pour lui caresser la tête.

Le battant était plus sale que lorsqu'il l'avait vu pour la dernière fois. Par endroits, la peinture était écaillée.

– C'était fermé aussi, mais ce n'était pas comme ça, dit-il, en se transportant à nouveau en un lointain mois de juillet. Quelqu'un a dû effacer les taches, les mains.

– Les mains ?

Il cessa de caresser le chien pour désigner le panneau.

– En arc de cercle, depuis la poignée jusqu'au sommet… dix ou douze empreintes qui se chevauchaient, laissées là par une main de femme aux doigts écartés… comme des ailes d'oiseaux… Du sang frais, encore humide. Rouge vif.

Alors que Spencer laissait courir sa propre main sur le bois glacé, il vit les empreintes sanglantes réapparaître, luire. Elles semblaient aussi réelles qu'elles l'avaient été cette nuit-là, mais il savait n'avoir affaire qu'à des oiseaux de souvenirs qui prenaient leur essor en lui, visibles à ses yeux mais non à ceux d'Ellie.

– Elles m'hypnotisent, je n'arrive pas à en détacher les yeux, parce qu'elles me font ressentir de manière insoutenable la terreur de cette femme… son désespoir… sa résistance frénétique pendant qu'on la force à quitter ce vestibule pour l'entraîner vers le monde… le monde secret d'en dessous.

Il réalisa qu'il avait posé la main sur la poignée de la porte – froide sous sa paume.

Un frisson chassa de sa voix plusieurs années, au point que lui-même finit par entendre son timbre d'adolescent.

– Je contemple le sang... je sais qu'elle a besoin d'aide... de *mon* aide... mais je suis incapable d'avancer. Incapable. Seigneur. Je ne veux pas. Je ne suis qu'un gamin, nom de Dieu. Les pieds nus, sans arme, terrifié, absolument pas prêt à affronter la vérité. Pourtant, aussi effrayé que je sois... je finis par ouvrir la porte rouge...

– Spencer ! s'exclama Ellie.

Le ton surpris et la force de cette exclamation l'éloigna du passé. Il se tourna vers elle, inquiet. Pourtant, ils étaient toujours seuls.

– Mardi dernier, quand tu cherchais un bar, pourquoi t'es-tu arrêté dans celui où je travaillais ? demanda-t-elle.

– C'est le premier que j'ai remarqué.

– C'est tout ?

– Et je n'y étais jamais venu auparavant. Il faut toujours que ce soit un endroit nouveau.

– Mais son nom...

Il la regarda sans comprendre.

– La Porte Rouge, ajouta-t-elle.

– Bon Dieu.

Le rapport lui avait échappé avant qu'elle ne mît le doigt dessus.

– Et tu appelles celle-là la porte rouge, continua-t-elle.

– A cause... de tout le sang, des empreintes sanglantes.

Durant seize ans, il avait essayé d'avoir le courage de retourner au sein du cauchemar qui s'étendait derrière la porte rouge. Quand il avait vu le bar, lors de cette nuit pluvieuse, à Santa Monica, avec l'entrée peinte d'écarlate et le nom inscrit au-dessus au néon – LA PORTE ROUGE – il n'avait pas pu l'ignorer. Son inconscient ne pouvait laisser passer l'occasion d'ouvrir une porte symbolique, alors qu'il n'avait pas encore la force de retourner au Colorado pour franchir la vraie – la seule qui comptât. Et c'était en passant cette porte symbolique, en ignorant consciemment les implications de son acte qu'il était arrivé dans le vestibule, derrière le placard en pin. A présent, il devait tourner la froide poignée de laiton que sa main ne parvenait pas à réchauffer, ouvrir la véritable porte, et descendre dans les catacombes où, plus de seize ans auparavant, il avait abandonné une partie de lui-même.

Sa vie était un train rapide qui filait sur les rails parallèles du libre arbitre et du destin. Si le destin semblait avoir tordu le rail du libre arbitre afin de l'attirer en cet endroit, à cet instant, il avait besoin de croire que le libre arbitre allait à son tour tordre le rail du destin et l'emporter vers un avenir ne dépendant plus strictement du passé. Faute de quoi, il découvrirait qu'il était fondamentalement le fils de son père. Et c'était là une chose qu'il serait incapable de supporter, point final.

Il tourna la poignée.

Rocky recula, hors du chemin.

Spencer ouvrit la porte.

La lumière jaune du vestibule révéla les premières marches de béton qui descendaient dans les ténèbres.

Passant la main par l'ouverture, sur la droite, il trouva un interrupteur et alluma la lumière de la cave. Une lumière bleue. L'ancien policier ignorait la raison d'être de cette couleur. Le fait qu'il fût incapable de réfléchir comme son père détesté, de comprendre ce genre de détails curieux, semblait confirmer qu'il ne lui ressemblait pas de manière significative.

Lorsqu'il commença à descendre, il éteignit la torche. A présent, le chemin serait illuminé comme il l'avait été lors d'un certain mois de juillet – et dans tous les rêves issus de ce même juillet qu'il avait vécus depuis.

Rocky le suivit, puis Ellie.

La cave ne s'étendait pas sur toute la surface de la grange qui la surmontait. Elle ne mesurait qu'environ sept mètres sur quatre. Le four et le chauffe-eau se trouvant installés dans un placard, au rez-de-chaussée, elle était totalement vide. Dans la lumière bleue, les murs et le sol de béton évoquaient étrangement l'acier.

– C'est là ? demanda Ellie.

– Non. Ici, il rangeait les photos et les cassettes vidéo.

– Pas de…

– Si. D'elles… de la manière dont elles mouraient. De ce qu'il leur faisait, étape par étape.

– Seigneur.

Spencer fit le tour de la cave, la revoyant telle qu'elle avait été la nuit de la porte rouge.

– Derrière un rideau noir, au fond de la pièce, il conservait ses fichiers et un petit laboratoire photographique. Il y avait une télé sur un support de métal noir, et un magnétoscope. En face : une seule chaise. Juste ici. Pas très confortable. En bois vert pomme, anguleuse, sans rembourrage. Et puis une petite table ronde violette, pour y poser son verre. La peinture de la chaise était un peu terne, alors que celle de la table était une laque épaisse, brillante. Le verre dans lequel il buvait était en cristal, superbement taillé. La lumière bleue étincelait sur toutes ses arêtes.

– Où est-ce qu'il… (Elle remarqua soudain une porte encastrée dans le mur et peinte en gris, qui reflétait la lumière bleue de la même manière que le béton, devenant quasi invisible.) Là-dedans ?

– Oui.

La voix de Spencer était encore plus faible et plus lointaine que le cri qui l'avait tiré de son sommeil de juillet.

Le temps ne s'écoulait pas : il s'effondrait sous lui tel un terrain instable. Une demi-minute passa ainsi.

Ellie s'approcha de lui, lui prit la main droite et la serra avec force.

– Faisons ce que tu es venu faire et ensuite, foutons le camp.

Il acquiesça. Il ne se faisait pas assez confiance pour parler.

Lâchant la main de la jeune femme, il ouvrit la lourde porte grise. Celle-ci ne pouvait être verrouillée de l'extérieur, seulement de l'intérieur.

Cette nuit-là, quand Spencer était arrivé en ces lieux, son père n'avait pas encore terminé d'attacher la femme dans l'abattoir, si bien que la porte était demeurée ouverte. Une fois la victime garrottée, l'artiste serait sans nul doute remonté dans le vestibule afin de refermer les battants de pin du placard, d'en remettre en place la paroi postérieure, de verrouiller la porte de l'escalier, puis celle des catacombes – de l'intérieur. Ensuite, il serait retourné auprès de sa prisonnière, sûr qu'aucun hurlement, aussi perçant fût-il, ne retentirait dans la grange, au rez-de-chaussée, encore moins à l'extérieur.

Spencer monta la marche qui marquait le seuil. Un interrupteur était grossièrement fixé à un mur de briques enduit de plâtre. Une conduite métallique flexible s'en échappait pour se perdre dans les ombres. L'ancien policier manœuvra le bouton et toute une série de petites ampoules s'alluma, suspendues à un câble qui formait des boucles au plafond, avant de disparaître à la vue en s'engageant dans un passage incurvé.

– *Spencer, attends !* murmura Ellie.

Lorsqu'il se retourna vers la cave, il constata que Rocky était retourné au pied de l'escalier. Le chien tremblait visiblement, les yeux levés vers le vestibule que dissimulait le placard des archives. Une oreille pendante comme à l'ordinaire, mais l'autre dressée à la verticale. Sa queue n'était pas glissée entre ses pattes mais tendue à quelques centimètres du sol. Et elle ne battait pas.

Spencer revint en arrière. Il tira le pistolet de sa ceinture.

Ellie fit glisser le Micro Uzi de son épaule et l'empoigna à deux mains. Dépassant l'animal, elle commença à monter lentement les hautes marches, l'oreille tendue.

Avec une prudence égale, l'ancien policier se porta au côté de Rocky.

L'artiste se tenait sur le côté de la porte ouverte, dans le vestibule, et Roy demeurait près de lui, le dos au mur. Tous deux écoutaient discuter le couple, au sous-sol. La cage d'escalier conférait une sonorité sourde aux voix qui s'élevaient vers eux, mais les propos des deux intrus n'en étaient pas moins clairs.

Roy espérait surprendre quelques paroles expliquant les rapports entre Grant et la bonne femme, un début d'information sur le probable complot contre l'agence et sur l'organisation secrète qu'il avait évoquée pour Steven dans la galerie, quelques minutes plus tôt. Mais les fuyards ne parlaient que de cette fameuse nuit d'il y avait seize ans.

Écouter clandestinement cette conversation-là semblait amuser le peintre qui, à deux reprises, avait tourné la tête vers lui et lui avait souri. Une fois, il avait même porté un doigt à ses lèvres, comme pour lui recommander le silence.

Steven avait un petit côté diablotin, joueur, qui faisait de lui un agréable compagnon. Roy aurait aimé ne pas être obligé de le reconduire en prison. Mais dans le délicat climat politique du pays, il ne voyait pas le moyen de le libérer, officiellement ou non. Le Dr Sabrina Palma récupérerait son bienfaiteur. Au mieux, Roy pouvait espérer trouver des raisons vraisemblables de lui rendre visite, voire de s'en faire confier la responsabilité temporaire pour consultation dans d'autres opérations sur le terrain.

Lorsque la bonne femme murmura à Grant « Spencer, attends ! », d'un ton inquiet, Roy comprit que le chien avait senti leur présence. Puisqu'ils n'avaient pas fait le moindre bruit, ce ne pouvait être que ce foutu clebs.

Il envisagea de passer devant l'artiste et de se poster au bord de la porte ouverte pour loger une balle dans la tête de la première personne qui sortirait de la cage d'escalier.

Cependant, il ne voulait pas descendre Grant avant de l'avoir interrogé. Et si c'était la bonne femme qui se retrouvait tuée sur le coup, Steven ne serait plus aussi motivé pour aider à tirer les vers du nez de son fils que s'il savait pouvoir ensuite en amener sa compagne à un état de beauté angélique.

Pêche dedans. Vert dehors.

Et il y avait pire : en supposant que les fuyards étaient toujours en possession de la mitraillette qu'ils avaient utilisée pour détruire le stabilisateur de l'hélicoptère, à Cedar City, et en supposant que le premier à passer le seuil en fût porteur, une confrontation directe serait trop risquée. Si Roy manquait son coup à la tête, la riposte du Micro Uzi les taillerait en pièces, Steven et lui.

La sagesse semblait résider dans la discrétion.

Roy toucha l'épaule de l'artiste et lui fit signe de le suivre. Il leur était impossible de regagner le placard puis d'en franchir les portes en pin pour entrer dans la salle des archives, car cela les aurait obligés à passer devant l'escalier. Même si aucun des deux autres ne se trouvait assez haut sur les marches pour les voir, l'ombre des espions les trahirait lorsqu'ils passeraient au centre de la petite pièce, juste sous l'ampoule jaune. Au contraire, plaqués contre le béton pour éviter de projeter leur ombre, ils s'éloignèrent de la porte, rejoignirent le mur d'en face et se glissèrent dans l'espace étroit qui s'étendait derrière le fond du placard, repoussé dans le vestibule sur ses rails. Cette section mobile mesurait plus de deux mètres de haut, presque autant de large. Cinquante centimètres la séparaient du mur de béton. Dressée entre eux et la porte de la cave, elle leur fournissait la cachette idéale.

Si Grant, la bonne femme ou les deux entraient dans la petite pièce et s'avançaient jusqu'au trou béant, à l'arrière du placard, Roy pourrait se découvrir en toute sécurité et leur tirer dessus par-derrière, les mettant hors d'état de nuire sans les tuer.

S'ils poussaient au contraire leur exploration derrière les entrailles disloquées du meuble, il lui faudrait tout de même tenter de les atteindre à la tête avant qu'ils n'ouvrent le feu.

Pêche dedans. Vert dehors.

Il tendit l'oreille, le pistolet dans la main droite, canon pointé vers le plafond.

Le discret frottement d'une semelle sur le béton se fit entendre. Quelqu'un avait atteint le haut des marches.

Spencer demeura au bas de l'escalier, regrettant qu'Ellie ne lui eût pas laissé une chance de monter à sa place.

A trois marches du sommet, la jeune femme marqua une pause d'environ une demi-minute, attentive, avant de s'avancer jusqu'au palier. Elle y demeura un instant immobile, dans le rectangle de lumière jaune d'en haut, encadré de lumière bleue d'en bas, telle une silhouette crue dans un tableau d'art moderne.

Spencer constata que Rocky perdait tout intérêt pour le vestibule, s'éloignait de lui et s'approchait de la porte grise ouverte, au fond de la cave.

Ellie prit pied sur le palier et s'immobilisa à l'entrée de la petite pièce, regarda à droite et à gauche, l'oreille tendue.

L'ancien policier jeta un nouveau coup d'œil à Rocky. Une oreille dressée, la tête inclinée de côté, tremblant, le chien contemplait avec méfiance le passage qui menait aux catacombes, puis au cœur même de l'horreur.

– On dirait que la boule de poils nous fait juste une grosse crise de frousse, dit Spencer à sa compagne.

La jeune femme jeta un coup d'œil en arrière.

Rocky gémit.

– Maintenant, il est à l'autre porte, prêt à nous faire une petite mare si je le quitte des yeux.

– Ici, tout à l'air normal, admit Ellie en redescendant.

– C'est la grange qui lui fait peur, c'est tout, conclut Spencer. Les endroits nouveaux effraient facilement mon ami. Et pour une fois, il a une sacrément bonne raison d'être effrayé.

Il remit le cran de sûreté du pistolet qu'il passa à la ceinture de son jean.

– Il n'est pas le seul à avoir peur, remarqua Ellie en reprenant l'Uzi sur l'épaule. Finissons-en.

Spencer franchit une nouvelle fois le passage qui séparait la cave du monde des ténèbres. Chacun de ses pas le renvoyait un peu plus loin dans le passé.

Ils quittèrent le minibus dans la rue qu'on avait indiquée à Harris au téléphone. Accompagnés de Darius, Bonnie et Martin, le capitaine, sa femme et ses filles traversèrent le jardin public adjacent pour rejoindre la plage qui s'étendait à cent cinquante mètres de là.

Les disques de lumière qui entouraient le pied des grands lampadaires ne révélaient pas âme qui vive, mais des éclats de rire inquiétants jaillissaient dans l'obscurité. D'étranges bribes de conversations s'élevaient de tous côtés par-dessus le grondement et les clapotis de l'océan, certaines toutes proches, d'autres lointaines. Une femme qui paraissait complètement défoncée : « T'es un vrai homme-chat, chéri, ouais, un vrai homme-chat. » Le rire haut perché d'un homme retentit dans la nuit, à bonne distance de la femme invisible, sur la droite. A gauche, un autre individu – âgé, d'après sa voix – donnait libre cours à son chagrin. Un troisième, doté d'une voix jeune et pure, ne cessait de répéter les mêmes mots, comme s'il avait psalmodié un mantra : « Les yeux dans les langues, les yeux dans les langues, les yeux dans les langues… » Harris avait le sentiment d'entraîner sa famille dans un asile d'aliénés en plein air, une maison de fous qui n'avait d'autre toit que les feuilles des palmiers et le ciel nocturne.

Ivrognes et drogués sans logis habitaient les parties les plus boisées du parc, dans des caisses en carton bien cachées, isolées du sol par des journaux et de vieilles couvertures. Le jour, des patineurs et des surfeurs au teint hâlé, amateurs de rêves factices, emplissaient les alentours de la plage. Les véritables occupants des lieux s'égaillaient alors dans la rue pour faire le tour des poubelles, mendier, et partir en des quêtes dont eux seuls comprenaient l'objet. La nuit, le parc redevenait leur. Pelouses, bancs et terrains de handball n'avaient plus rien à envier aux plus dangereux recoins de la planète. Dans le noir, les esprits dérangés jaillissaient des broussailles pour se repaître les uns des autres. Et bien souvent, de visiteurs innocents supposant à tort que le jardin était public à toute heure du jour et de la nuit.

Ce n'était pas un endroit pour les femmes ou les jeunes filles – et guère conseillé aux hommes armés –, mais c'était le seul chemin direct pour gagner la plage et le pied de la vieille jetée, devant les marches de laquelle ils devaient rencontrer celui qui les emmènerait vers la nouvelle vie qu'ils avaient choisie sans la connaître.

Ils s'étaient préparés à attendre. Alors même qu'ils approchaient de la grande construction noire, un homme sortit de l'ombre, entre deux piles que la marée n'avait pas encore atteintes. Il les rejoignit au bas des marches.

Malgré l'absence de lampadaire à proximité, la lumière ambiante de la ville qui encerclait la plage permit au capitaine de le reconnaître. C'était l'Asiatique au pull orné de rennes qu'il avait vu pour la première fois le soir même, dans les toilettes du cinéma de Westwood.

– Les faisans et les dragons, dit l'homme, comme s'il avait craint qu'Harris fût incapable de distinguer deux Orientaux.

– Oui, je vous reconnais.

– On vous avait demandé de venir seuls, reprocha-t-il, sans colère.

– Nous voulions leur dire au revoir, déclara Darius. Et nous ne savions pas… nous voulions savoir… comment les contacter là où ils iront ?

– Vous ne le pourrez pas, dit l'homme au pull. Aussi pénible que cela paraisse, vous devez accepter le fait que vous ne les reverrez probablement jamais.

Dans le minibus, avant même qu'Harris eût téléphoné, devant la pizzeria, et après, tandis qu'ils gagnaient le jardin public, ils avaient évoqué la possibilité d'une séparation définitive. Durant un instant, aucun d'entre eux ne put ouvrir la bouche. Ils s'entre-regardèrent, dans un état de déni proche de la paralysie.

L'Asiatique s'éloigna de quelques mètres pour leur laisser un peu d'intimité, mais déclara néanmoins :

– Nous n'avons pas beaucoup de temps.

Quoique Harris eût perdu sa maison, ses comptes en banque, son travail et tout le reste, sinon les vêtements qu'il portait, ces pertes lui semblaient à présent ridicules. L'expérience lui avait appris que le droit de propriété était le fondement de tous les droits civils, mais le vol de son dernier centime ne lui avait pas fait le dixième – pas le *centième* – de l'effet que produisait sur lui la perspective de ne plus revoir ceux qu'il aimait. Il avait ressenti le vol de son domicile et de ses économies comme un coup douloureux, mais cette nouvelle épreuve était semblable à une blessure interne ; il lui semblait que toute une partie de son cœur lui avait été arrachée. La douleur, de nature indicible, était incomparablement plus intense.

Ils se firent leurs adieux en moins de mots qu'il ne l'eût imaginé possible – parce qu'aucun mot ne convenait. Ils s'étreignirent avec force, sachant qu'ils ne se retrouveraient sûrement jamais que sur le rivage mystérieux s'étendant au-delà de la tombe. La mère d'Harris et de Darius avait cru en ce rivage lointain, meilleur. Depuis l'enfance, les Descoteaux s'étaient éloignés de la foi qu'elle avait instillée en eux, mais à ce terrible instant, en cet endroit, ils la retrouvèrent intégralement. Harris serra Bonnie avec force, puis Martin, et arriva enfin à son frère, en larmes, qui venait de lâcher Jessica. Il le pressa contre son cœur et l'embrassa sur la joue. Il ne se rappelait pas la dernière fois qu'il avait embrassé Darius : tous deux étaient trop vieux pour cela depuis bien longtemps. A présent, il se demandait l'intérêt des règles stupides de son comportement d'adulte : en un seul baiser, tout ce qui devait être dit l'avait été.

Derrière eux, les vagues se brisaient sur les piles de la jetée, dans un rugissement à peine plus sonore que les battements du cœur d'Harris lorsqu'il lâcha enfin Darius. Regrettant le manque de lumière, le capitaine scruta pour la dernière fois le visage de son frère, soucieux de le graver dans sa mémoire – car il partait sans même emporter une photographie.

– Il faut y aller, annonça l'homme au pull orné de rennes.

– Peut-être que tout ne s'écroulera pas, dit l'avocat.

– On peut toujours espérer.

– Peut-être que le monde va reprendre ses sens.

– Faites attention en retraversant le parc, recommanda Harris.

– On n'a rien à craindre, affirma Darius. Il n'y a personne, là dedans, qui soit aussi dangereux que moi. Je suis avocat, non ?

Le rire que lâcha le capitaine ressemblait dangereusement à un sanglot.

– Petit frère, dit-il simplement, en guise d'au revoir.

Le cadet hocha la tête. Un instant, il sembla qu'il ne pourrait plus rien ajouter.

– Grand frère, dit-il enfin.

Jessica et Bonnie se détournèrent l'une de l'autre, pressant toutes deux un Kleenex sur leurs yeux.

Les filles et Martin se séparèrent.

L'Asiatique mena une des familles Descoteaux vers la gauche, le long de l'océan, tandis que l'autre famille Descoteaux demeurait au pied de la jetée, à les observer. La plage, pâle, évoquait un chemin onirique. L'écume phosphorescente des vagues se dissolvait sur le sable avec un sifflement ténu, telles des voix affolées délivrant d'énigmatiques avertissements dans les ombres d'un cauchemar.

A trois reprises, Harris regarda l'autre famille Descoteaux par-dessus son épaule, puis il ne trouva plus le courage de se retourner.

Même après avoir atteint les limites du parc, ils continuèrent de longer la plage. Ils dépassèrent quelques restaurants, tous fermés en ce lundi soir, puis un hôtel, des immeubles et des pavillons illuminés, chaleureux, dont les occupants continuaient de vivre sans avoir conscience des ténèbres suspendues au-dessus d'eux.

Au bout de deux ou trois kilomètres, ils arrivèrent devant un autre restaurant. Il était éclairé, mais les grandes fenêtres en étaient situées trop haut par rapport à la plage pour qu'Harris distinguât les dîneurs attablés. L'homme au pull leur fit quitter la plage et pénétrer dans le parking qui s'étendait devant le bâtiment. Ils s'approchèrent d'un mobile home vert et blanc auprès duquel les voitures avaient l'air minuscules.

– Pourquoi mon frère ne nous a-t-il pas emmenés directement ici ? demanda Harris.

– Il ne serait pas bon qu'il connaisse ce véhicule ou son numéro d'immatriculation, répondit leur guide. Pour son propre bien.

Les Descoteaux le suivirent à l'intérieur du mobile home par une portière latérale, juste derrière la cabine ouverte, et pénétrèrent dans une cuisine. S'écartant, il leur fit signe de continuer vers l'arrière du véhicule.

Une Asiatique d'une quarantaine d'années, vêtue d'un large pantalon noir et d'un chemisier chinois rouge, les attendait de l'autre côté de la cuisine, debout près de la table de la salle à manger. Son visage possédait une douceur rare et son sourire était chaleureux.

– Je suis ravie que vous ayez pu venir, dit-elle, comme s'ils lui avaient rendu une simple visite de courtoisie. La table peut accueillir sept personnes. A cinq, nous aurons donc toute la place nécessaire. Nous pourrons parler en chemin. Nous avons un tas de choses à nous dire.

Ils se glissèrent dans le box en forme de fer à cheval et s'installèrent tous les cinq.

L'homme au pull décoré de rennes s'était installé au volant. Il mit le moteur en route.

– Vous pouvez m'appeler Mary, reprit la femme. Il est préférable que vous ignoriez mon vrai nom.

Harris envisagea de se taire mais il n'avait aucun talent pour le mensonge.

– J'ai peur de vous reconnaître, et je suis sûr que c'est aussi le cas de ma femme.

– C'est exact, confirma Jessica.

– Nous sommes allés plusieurs fois dans votre restaurant de West Hollywood, ajouta Harris. Et le plupart du temps, votre mari ou vous-même accueilliez les clients à l'entrée.

Leur interlocutrice acquiesça, souriante.

– Je suis flattée que vous me reconnaissiez en dehors… disons, en dehors du contexte habituel.

– Votre mari et vous êtes tellement charmants qu'il est difficile de vous oublier, dit Jessica.

– Et comment avez-vous trouvé vos dîners chez nous ?

– Toujours excellents.

– Merci. C'est très gentil de le dire. Nous faisons de notre mieux. Mais je n'ai pas encore eu le plaisir de rencontrer vos charmantes filles, bien que je connaisse leur nom. (Elle tendit les mains au-dessus de la table pour prendre celles des filles.) Ondine, Willa, je m'appelle Mae Lee. Je suis ravie de vous rencontrer et j'aimerais que vous cessiez d'avoir peur. Vous ne risquez plus rien, à présent.

Le mobile home quitta le parking du restaurant, gagna la route et s'éloigna.

– Où allons-nous ? demanda Willa.

– D'abord, nous allons sortir de Californie, expliqua Mae Lee. Nous allons à Las Vegas. Il y a de nombreux mobile homes sur la route, entre ici et Vegas. Nous nous fondrons dans la masse. Là-bas, je vous quitterai et vous continuerez avec quelqu'un d'autre. La photo de votre père fera la une des journaux durant un bon moment, mais pendant qu'ils raconteront leurs mensonges à son sujet, vous serez tous dans un endroit sûr et paisible. Vous allez changer autant que possible d'apparence et apprendre ce que vous pourrez faire pour aider d'autres personnes dans votre cas. On vous donnera de nouveaux noms, et deux nouveaux prénoms. De nouvelles coiffures. Vous, Mr Descoteaux, vous vous laisserez pousser la barbe – et vous travaillerez avec un bon professeur d'élocution pour perdre votre accent des Caraïbes, aussi agréable qu'il soit à l'oreille. Oh, il y aura de nombreux changements, et vous vous amuserez bien plus que vous ne pouvez l'imaginer en ce moment. Il y aura du travail, aussi. Le monde ne s'est pas écroulé, Ondine. Il ne s'est pas écroulé, Willa. Il ne fait que passer derrière un nuage noir. Et il y a des choses à faire pour s'assurer que le nuage ne nous avale pas totalement. Ce qui ne se produira pas, je vous le promets. A présent, avant de commencer, puis-je vous servir un thé, du café, du vin, de la bière, ou peut-être un soda ?

... le torse et les pieds nus, encore plus frigorifié qu'au cœur de la nuit chaude de juillet, je me tiens dans la pièce illuminée de bleu derrière la chaise verte et la table violette, devant la porte ouverte. Je voudrais abandonner cette quête étrange et m'enfuir à nouveau dans les ténèbres estivales où les enfants peuvent redevenir des enfants, où la vérité que j'ignore détenir pourra demeurer à jamais enfouie.

Entre deux battements de paupières, comme transporté par la puissance d'une incantation magique, j'ai quitté la pièce bleue et suis arrivé dans ce qui devait être le sous-sol d'une grange plus ancienne, s'élevant à un emplacement voisin de celui qu'occupe l'actuel bâtiment. Tandis que les étages supérieurs étaient abattus et le terrain lissé, recouvert de pelouse, les caves, intactes, étaient reliées au plus profond de la nouvelle grange.

Je suis une nouvelle fois poussé en avant contre mon gré. Ou du moins est-ce là ce que je crois. Je frissonne, terrifié par quelque force obscure, mais c'est mon besoin de savoir, ma volonté qui m'entraînent, refoulés depuis la nuit où ma mère est morte.

Je me trouve dans un couloir incurvé, large de deux mètres. Un câble électrique fait des boucles au centre du plafond voûté, soutenant des ampoules de faible puissance, telles celles d'une guirlande d'arbre de Noël, espacées d'environ trente centimètres. Les murs sont de briques rouges grossières cimentées à la va vite. Çà et là, plaques et veines de plâtre souillé, aussi lisse et gras que la graisse figée d'un morceau de viande, les recouvrent.

Je marque une pause, écoutant mon cœur emballé, l'oreille tendue vers les pièces suivantes pour essayer de deviner ce qui m'attend – et vers les précédentes, en espérant qu'une voix me rappelle, me fasse réintégrer la sécurité de l'extérieur. Mais aucun bruit ne retentit, ni devant ni derrière, seulement celui de mon cœur, bien que je ne veuille pas l'écouter. Mon cœur, je le sens, détient toutes les réponses. Dans mon cœur, je sais que la vérité sur ma mère chérie m'attend et que jamais le monde laissé dehors ne sera le même. Il a changé à jamais, en mal, au moment où je l'ai quitté.

Le sol, sous mes pieds, est de pierre, mais pourrait tout aussi bien être de glace. Fortement incliné, il décrit une large courbe qui permettrait d'y pousser une brouette vers le haut sans s'épuiser, vers le bas sans en perdre le contrôle.

Pieds nus, terrifié, j'avance sur cette pierre gelée. Achevant de négocier le virage, je pénètre dans une pièce de dix mètres de long sur quatre de large. Ici, le sol est à niveau, la descente terminée. Le plafond bas et plat. Les ampoules de Noël blanchies par le gel constituent toujours l'unique source lumineuse. A l'époque où le ranch n'était pas encore équipé de l'électricité, cet endroit était peut-être un cellier, rempli de pommes de terre du mois d'août et de reinettes de septembre, assez profond pour rester frais en été et éviter le gel en hiver. Il y avait peut-être là des étagères chargées de fruits et de légumes en conserve, assez pour subsister pendant trois saisons. Mais les étagères ont disparu depuis longtemps.

Quelle qu'ait pu être cette pièce, elle est à présent très différente, et je me retrouve brusquement soudé au sol, incapable de bouger. La totalité d'un des longs murs de plâtre et la moitié de l'autre sont occupés par des silhouettes féminines grandeur nature, moulées elles aussi dans le plâtre, qui semblent vouloir s'échapper de la paroi. Des adultes mais aussi des adolescentes et des gamines de dix ou douze ans. Il y en a vingt, trente, peut-être quarante. Toutes nues. Quelques-unes dans une niche individuelle, d'autres par groupes de deux ou trois, visage contre visage, ou se donnant le bras. Le responsable de ce tableau a eu l'ironie cruelle d'en disposer certaines la main dans la main, comme pour se réconforter dans leur terreur. Leurs expressions sont insoutenables. Hurlantes, implorantes, douloureuses, tordues, déformées par une peur sans égale et une souffrance inimaginable. Les corps sont, sans exception, figés dans une posture d'humilité. Souvent, les bras se lèvent pour protéger le visage ou se tendent pour supplier, à moins qu'ils ne se croisent devant les seins ou le pubis. Là, une femme regarde entre les doigts écartés qu'elle a plaqués sur ses yeux. Ces pitoyables figures en prière constitueraient une horreur inadmissible si elles n'étaient que ce qu'elles paraissent à première vue : des sculptures, l'expression malsaine d'un esprit dérangé. Mais elles sont bien pires que cela, et même dans les ombres denses, leurs regards vides et blancs me transpercent, me clouent au sol gelé. Le visage de Méduse était si laid qu'il changeait en pierre tous ceux qui l'observaient, mais ceux-là sont différents. S'ils me pétrifient, c'est qu'il s'agit uniquement de femmes qui ont pu être mères, comme la mienne, de filles qui auraient pu être mes sœurs si j'avais eu la chance d'en avoir. De femmes qui ont aimé et qui l'ont été, qui ont ressenti la chaleur du soleil et la fraîcheur de la pluie, qui ont ri et rêvé d'avenir, se sont inquiétées, ont espéré. Elles me pétrifient en raison de notre humanité commune, parce que je sens leur terreur et que j'en suis ému. Leurs expressions torturées sont si poignantes que leur douleur devient ma douleur, et mienne aussi leur mort. Et leur sentiment d'abandon, leur terrible solitude durant leurs dernières heures sont semblables à l'abandon et à la solitude que je ressens à présent.

Le spectacle est insoutenable. Pourtant, je ne peux que regarder car si je n'ai que quatorze ans, seulement quatorze ans, je sais que ce qu'elles ont souffert exige d'être observé avec attention pour faire naître la pitié et la colère. Ces mères qui auraient pu être la mienne, ces sœurs qui auraient pu être mes sœurs, ces victimes – comme moi.

Elles semblent faites de plâtre moulé, sculpté. Mais ce n'est là que le matériau qui préserve leurs expressions tourmentées, les fige en leurs postures implorantes – non pas celles qu'elles avaient adoptées au moment de leur mort, mais de cruels arrangements réalisés après coup. Même parmi les ombres miséricordieuses, dans les arcs de lumière gelée, je vois que, par endroits, le plâtre a été coloré par des substances ignobles filtrant de l'intérieur : du gris, du roux et du vert jaunâtre – une patine biologique grâce à laquelle il est possible de dater les personnages de la fresque.

L'odeur est indescriptible, moins en raison de sa fétidité que de sa complexité, tout de même assez répugnante pour me donner la nausée. Plus tard, on découvrira qu'il a utilisé un véritable chaudron de sorcière empli de produits chimiques pour tenter de préserver les corps dans leurs sarcophages de plâtre. Il a en grande partie réussi, bien qu'une certaine décomposition soit intervenue. Les remugles qui règnent ici sont ceux qu'on respire dans le monde sous les cimetières. Les horreurs des cercueils, bien après que les vivants en ont contemplé l'intérieur et refermé le couvercle. Ils sont toutefois masqués par des parfums aussi agressifs que celui de l'ammoniac, aussi frais que celui du citron. L'ensemble est amer, aigre, sucré – tellement bizarre que la puanteur à elle seule, sans les silhouettes fantomatiques, me ferait battre le cœur à tout rompre et rendrait aussi froid qu'un fleuve en janvier le sang qui court dans mes veines.

Dans le mur inachevé, une niche attend déjà un nouveau corps. Il a ôté les briques, les a empilées d'un côté du trou, puis il a creusé derrière la paroi maçonnée et emporté la terre. Près de la cavité s'alignent des sacs de plâtre de vingt kilos, une longue auge en bois doublée d'acier, deux boîtes de mortier à base de goudron, des outils de maçon et de sculpteur, un tas de pitons en bois, des rouleaux de fil de fer, et d'autres objets que je ne vois pas très bien.

Il est prêt. Seule manque la femme qui deviendra le personnage suivant de la fresque. C'est elle qui a perdu le contrôle de sa vessie à l'arrivée du van décoré d'un arc-en-ciel. Ce sont ses mains qui ont créé l'envol d'oiseaux sanglants sur la porte du vestibule.

Quelque chose remue, rapide et furtif, au sein du trou pratiqué dans le mur, parmi les outils et les matériaux, à travers les ombres et les zones lumineuses aussi pâles que la neige. Cela se fige en me voyant, tout comme je me suis figé devant les martyres prisonnières des parois. C'est un rat, mais pas un rat comme les autres. Son crâne est déformé, un de ses yeux plus bas que l'autre, sa gueule tordue en un rictus permanent. Un autre trottine à sa suite et s'immobilise à son tour en m'apercevant, non sans s'être dressé sur ses pattes arrière. Celui-là aussi est un être unique, pourvu d'étranges excroissances d'os ou de cartilages, différentes de celles de son compagnon, et d'un nez trop large pour sa face étroite. Ce sont là les membres de la petite famille de vermine qui survit dans les catacombes, creusant ses tunnels derrière la fresque, en partie nourrie d'une chair saturée de produits chimiques toxiques. Chaque année, la nouvelle génération produit plus de formes mutantes que la précédente.

Soudain, les deux rats brisent leur paralysie, alors que je ne puis rien contre la mienne, et se hâtent de retrouver le trou qu'ils ont quitté.

Seize ans plus tard, la longue pièce ne ressemblait pas tout à fait à ce qu'elle était lors de la nuit des hiboux et des rats. Le plâtre avait été cassé, déblayé. Les victimes arrachées aux niches murales. La terre noire apparaissait entre les portions de parois que le père de Spencer avait laissées pour soutenir le plafond. Les policiers et les médecins légistes ayant travaillé là durant des semaines y avaient ajouté quelques poutres verticales, comme s'ils n'avaient eu qu'une confiance limitée dans les supports estimés suffisants par Steven Ackblom.

L'air frais et sec était à présent chargé d'un vague parfum de terre et de pierre – une odeur propre. Les miasmes agressifs des produits chimiques et la puanteur de la décomposition avaient disparu.

En retrouvant cette pièce au plafond bas, auprès d'Ellie et du chien, Spencer se rappelait avec acuité la peur qui l'avait paralysé à l'âge de quatorze ans. Toutefois, des sentiments qui l'agitaient, cette peur était le moins puissant – ce qui l'étonna. L'horreur et le dégoût étaient là également, mais pas aussi forts que sa colère, dure comme le diamant. Que son chagrin pour les disparues. Sa compassion envers ceux qui les avaient aimées. Et sa culpabilité de n'avoir réussi à sauver personne.

Il connaissait également le regret – de la vie qu'il aurait pu mener mais n'avait jamais connue. Et ne connaîtrait jamais.

Par-dessus tout, ce qui le submergeait était un respect inattendu, comme il aurait pu en éprouver en n'importe quel lieu où avaient péri des innocents : du Calvaire à Dachau, de Babi Yar aux prés anonymes où Staline avait enterré des millions de personnes, des appartements de Jeffrey Dahmer aux salles de torture de l'Inquisition.

Ces sites sanglants ne sont nullement sanctifiés par les meurtriers qui y exercent. Bien qu'ils s'estiment souvent exaltés, ces derniers sont semblables aux vers vivant dans la fiente – et aucun ver n'a le pouvoir de transformer un seul centimètre cube de terre profane en sol consacré.

Bénies, en revanche, sont les victimes, car chacune meurt à la place d'un être auquel le destin accorde la vie. Et quoique la plupart de ces martyrs prennent la place des autres sans le savoir ni le vouloir, le fait qu'ils soient choisis par le destin ne rend pas moins sacré leur sacrifice.

S'il s'était trouvé des cierges en ces catacombes nettoyées, Spencer aurait voulu les allumer, en contempler la flamme jusqu'à devenir aveugle. S'il s'était trouvé un autel, il se serait agenouillé pour prier. Et si l'offrande de sa propre vie avait pu ramener les quarante et une victimes, plus sa mère – ou même une seule –, il n'aurait pas hésité à quitter ce monde en espérant s'éveiller dans un autre.

Tout ce qu'il pouvait faire, c'était honorer les malheureuses en silence, en se rappelant à jamais les circonstances de leur ultime passage en cet endroit. Son devoir était d'être un témoin. S'il niait ses souvenirs, ce serait une insulte à celles qui étaient mortes ici, à sa place. Le prix de l'oubli serait la perte de son âme.

Alors qu'il achevait de décrire les catacombes telles qu'elles avaient été naguère, et qu'il en arrivait enfin au cri de femme l'ayant arraché à sa paralysie, il se trouva soudain incapable de poursuivre. Il continua de parler, ou du moins crut continuer, mais il finit par réaliser que ses paroles refusaient de sortir. Si sa bouche remuait bel et bien, sa voix n'était que silence dans le silence de la pièce.

Enfin, un cri d'angoisse infantile, ténu, bref et haut perché lui échappa. Un cri évoquant un peu celui qui l'avait tiré de son lit cette nuit-là, ou celui qui, plus tard, avait brisé son apathie. Il enfouit son visage dans ses mains et se mit à trembler d'un chagrin trop intense pour que jaillissent larmes ou sanglots, attendant que la crise s'apaise.

Ellie avait conscience qu'aucun mot, aucun contact ne pouvait le consoler.

Dans sa superbe innocence de chien, Rocky s'imaginait que nulle tristesse ne pouvait survivre à une queue battante, une caresse, un coup de langue chaud et affectueux. Il se frotta le flanc contre la jambe de son maître et agita la queue – puis s'éloigna, désorienté, en constatant que sa méthode ne fonctionnait pas.

Presque aussi brutalement qu'il s'en était trouvé incapable une ou deux minutes plus tôt, Spencer s'entendit reprendre la parole.

– J'ai entendu à nouveau la femme crier. Là, tout en bas, tout au fond. A peine assez fort pour qu'on puisse parler de hurlement. C'était plutôt une supplique adressée à Dieu.

Il se dirigea vers la dernière porte, au bout des catacombes. Ellie et Rocky demeurèrent à ses côtés.

– Alors même que je m'avançais au milieu des mortes, dans les parois, je me suis rappelé un événement qui s'était produit six ans auparavant, alors que j'en avais huit – un autre cri. Celui de ma mère. Cette nuit-là, c'était le printemps. J'ai été réveillé par la faim et je suis sorti du lit pour aller manger un morceau. J'avais rêvé des cookies frais au chocolat qui se trouvaient dans un bocal, à la cuisine. Je suis descendu. Les lumières de certaines pièces étant allumées, je pensais trouver ma mère ou mon père en chemin mais je ne les ai pas vus.

Spencer s'arrêta devant une porte peinte en noir, au bout des catacombes – car cet endroit, pour lui, était et serait toujours le même, même après qu'on en ait retiré et emporté les corps.

Ellie et Rocky s'immobilisèrent également.

– La cuisine était sombre. Je me préparais à emporter autant de cookies que je pouvais en tenir, plus qu'on ne m'aurait jamais permis d'en prendre en une seule fois. J'ouvrais le bocal quand j'ai entendu le hurlement. Dehors. Derrière la maison. Je me suis approché de la fenêtre, derrière la table. J'ai écarté le rideau. Ma mère venait de la grange et courait vers la maison, à travers la pelouse. Il… il était derrière elle. Il l'a rattrapée dans le patio. Près de la piscine. Il l'a fait pivoter. L'a frappée. Au visage. Elle a hurlé à nouveau. Il l'a frappée encore. Encore et encore. Tellement vite. Ma mère. Il lui donnait des coups de poing. Elle est tombée, et il lui a balancé un coup de pied dans la tête. Il a balancé à ma mère un coup de pied dans la tête. Elle n'a plus bougé. Tellement vite. Ç'a été terminé tellement vite. Il a jeté un coup d'œil vers la maison mais il ne m'a pas vu dans la cuisine obscure, derrière le rideau à peine écarté. Il l'a ramassée puis l'a portée jusqu'à la grange. Je suis resté un moment à la fenêtre. Ensuite, j'ai remis les cookies dans le bocal, reposé le couvercle. Je suis retourné dans ma chambre. Je me suis recouché. J'ai remonté les couvertures…

– Et tu as tout oublié pendant six ans ? demanda Ellie.

Spencer hocha la tête.

– C'était enfoui en moi. C'est pour ça que je n'arrivais pas à dormir avec l'air conditionné. Au plus profond de moi, sans en avoir conscience, j'avais peur qu'il vienne me chercher au beau milieu de la nuit et que je ne l'entende pas à cause du bruit.

– Et cette deuxième nuit, des années plus tard, avec ta fenêtre ouverte, un autre hurlement…

– Il m'a touché plus profondément que je ne pouvais le comprendre, m'a tiré du lit et m'a poussé jusqu'à la grange, puis au sous-sol. Quand je me suis dirigé vers cette porte noire, vers le cri…

La jeune femme tendit la main vers la poignée de la porte, pour l'ouvrir, mais il la retint.

– Pas encore, dit-il. Je ne suis pas encore prêt à entrer là-dedans.

... les pieds nus sur la pierre gelée, je m'approche de la porte noire, empli de peur à cause de ce que j'ai vu aujourd'hui mais aussi à l'âge de huit ans, lors de cette nuit de printemps que j'ai jusqu'ici refoulée et qui remonte soudain du plus profond de moi. Mon état dépasse la simple terreur. Aucun mot ne peut décrire ce que je ressens. Je suis devant la porte, je la touche. Elle est tellement noire et luisante – ciel nocturne dépourvu d'étoiles, reflété sur le visage aveugle d'un étang. Je suis presque aussi désorienté que terrifié, car il me semble avoir à la fois huit et quatorze ans. Il me semble que je n'ouvre pas seulement le battant pour sauver la femme qui a laissé les oiseaux sanglants sur la porte du vestibule mais aussi pour sauver ma mère. Le présent et le passé se fondent, ne font plus qu'un et je pénètre dans l'abattoir.

Je pénètre dans l'espace profond, dans une nuit infinie. Le plafond est du même noir d'encre que les murs, les murs du même noir d'encre que le sol, le sol semblable à un gouffre plongeant vers l'enfer. Une femme nue à demi évanouie, les lèvres fendues, sanglantes, ne cesse de secouer la tête en un inutile refus. Elle est menottée à une plaque d'acier poli horizontale qui paraît flotter entre sol et plafond, car ses supports sont noirs, eux aussi. Une seule lumière. Juste au-dessus de la table. Fixée à une douille noire. Elle oscille dans le vide, se reflète sur l'acier à la manière de quelque corps céleste ou de la cruelle torche d'un inquisiteur au pouvoir absolu. Mon père est habillé de noir. Seuls son visage et ses mains sont visibles, comme tranchés, dotés d'une vie propre. On dirait une apparition surnaturelle encore incomplète. Il est en train de faire surgir de l'air une seringue hypodermique luisante – qu'il prend en fait dans un tiroir, en dessous de la plaque d'acier, un tiroir invisible, noir sur noir.

Je m'écrie « Non, non, non », et je me jette sur lui, le surprenant au point que la seringue retombe dans son logement. Je le repousse en arrière, loin de la table, de toute lumière, dans l'infini le plus obscur qui soit, jusqu'à ce que nous percutions un mur au bout de l'univers. Je hurle, je tape du poing, mais je ne suis qu'un frêle adolescent de quatorze ans alors qu'il est dans la fleur de l'âge, musclé, puissant. Je lui donne des coups de pied mais je ne porte pas de chaussures. Il me soulève sans effort, flottant dans l'espace, me retourne et me projette le dos contre la noire paroi invisible, ce qui me coupe le souffle. Il m'y projette à nouveau. La douleur fulgure le long de ma colonne vertébrale. Une obscurité différente se répand en moi, plus profonde que les abysses qui m'entourent. Mais la femme pousse un nouveau cri, et sa voix me permet de résister à ces ténèbres intérieures, même si je ne puis égaler la force supérieure de mon père.

Ensuite, il me plaque contre le mur, me maintient au-dessus du sol. Son visage flotte devant le mien, avec des mèches de cheveux noirs qui lui retombent sur le front, des yeux si noirs qu'il semble s'agir de simples trous par lesquels je contemple la nuit.

– N'aie pas peur, n'aie pas peur, mon petit. Mon bébé. Je ne te ferai pas de mal. Tu es mon sang, ma semence, ma création, mon bébé. Je ne te ferai jamais de mal. D'accord ? Tu comprends ? Tu m'entends, fils ? Mon petit garçon, mon gentil petit Mikey, dis, tu m'entends ? Je suis heureux que tu sois là. Ça devait arriver tôt ou tard, et le plus tôt est le mieux. Ah ! mon cher enfant. Je sais pourquoi tu es là. Je sais pourquoi tu es venu.

Je suis étourdi, désorienté, à cause de la parfaite obscurité de la pièce, à cause des horreurs des catacombes, et puis parce que j'ai été soulevé, plaqué contre le mur. Dans mon état, la voix de mon père est aussi apaisante qu'effrayante, étrangement séductrice, et je me convaincs presque qu'il ne me fera rien. J'ai dû mal interpréter ce que j'ai vu. Il se remet à parler, sur un ton hypnotique. Les mots sortent de sa bouche sans me laisser la moindre chance de réfléchir. Seigneur ! J'ai l'esprit qui tourbillonne, et il me presse toujours contre le mur. Son visage est comme une grande lune suspendue au-dessus de moi.

– Je sais pourquoi tu es venu. Je sais ce que tu es. Je sais pourquoi tu es là. Tu es mon sang, ma semence, mon fils, pas plus différent de moi que mon reflet dans le miroir. Tu m'entends, Mikey, mon bébé, tu m'entends ? Je

sais ce que tu es, pourquoi tu es venu, pourquoi tu es ici, ce dont tu as besoin. Ce dont tu as besoin. Je le sais, je le sais. Et toi aussi. Tu l'as compris quand tu as franchi cette porte, quand tu l'as vue sur la table, quand tu as vu ses seins et ce qu'il y a entre ses jambes écartées. Tu l'as compris. Oh, oui, tu l'as compris, tu le veux, tu le sais, tu sais ce que tu veux, ce dont tu as besoin, ce que tu es. Et c'est très bien, Mikey, c'est très bien, mon bébé. C'est très bien d'être ce que tu es, ce que je suis. C'est pour ça que nous sommes nés, tous les deux, c'est ce que nous étions censés devenir.

Brusquement, nous nous retrouvons debout devant la table et je ne sais pas trop comment nous y sommes arrivés. La femme est allongée devant moi, et mon père, pressé contre mon dos, me colle à la plaque d'acier. Tenant mon poignet avec fermeté, il me pose la main sur les seins de la prisonnière, la fait glisser le long de son corps nu. Bien qu'à demi consciente, sa victime ouvre les paupières. Je la regarde dans les yeux, la suppliant de comprendre, tandis qu'il force ma main à aller partout, sans cesser de parler et de parler encore, de me dire que je peux faire tout ce que je veux à cette femme, que c'est très bien, que je suis né pour ça, qu'elle n'existe que pour être ce que je désire qu'elle soit.

Je sors un peu de ma stupeur, assez pour lutter brièvement, farouchement. Trop brièvement, pas assez farouchement. Le bras de mon père, autour de ma gorge, m'étrangle, son corps me presse contre la table et son bras gauche m'étrangle, m'étrangle avec le goût du sang qui envahit ma bouche, jusqu'à ce que je faiblisse à nouveau. Il sait à quel moment relâcher la pression, avant que je ne m'évanouisse, car il ne veut pas de ça. Il a d'autres projets. Je m'affaisse contre lui en pleurant, et mes larmes coulent sur la peau nue de la femme enchaînée.

Il me lâche la main droite que j'ai à peine la force d'éloigner de la prisonnière. J'entends des cliquètements métalliques. A mon côté. Je baisse les yeux. Une de ses mains explore les instruments argentés qui flottent dans le vide. Parmi clamps, forceps, aiguilles et lames en apesanteur, il sélectionne un scalpel qu'il introduit dans ma main, autour de laquelle il referme la sienne, m'écrasant les phalanges, me forçant à empoigner l'instrument. La femme aperçoit l'éclair d'acier luisant. Elle nous supplie de ne pas lui faire de mal.

– Je sais ce que tu es, répète mon père. Je sais ce que tu es, mon garçon, mon bébé. Contente-toi d'être ce que tu es, laisse-toi aller et sois ce que tu es. Tu la trouves belle, hein ? C'est la plus belle chose que tu aies jamais vue, non ? Mais attends que nous lui ayons montré comment le devenir encore plus. Laisse Papa te montrer ce que tu es, ce dont tu as besoin, ce que tu aimes. Laisse-moi te montrer à quel point c'est amusant. Écoute, Mikey, écoute bien. La même rivière sombre court dans ton cœur et dans le mien. Écoute bien et tu l'entendras, cette rivière sombre et profonde, rugissante, rapide, furieuse – rugissante ! Avec moi, maintenant, avec moi, contente-toi de laisser la rivière t'emporter. Reste avec moi et lève la lame très haut. Regarde comme elle brille ! Montre-la lui, vois comme elle la regarde, comme elle n'a d'yeux pour rien d'autre. La lame étincelle au creux de ta main et de la mienne. Tu sens le pouvoir que nous avons sur cette fille ? Sur tous les faibles, tous les imbéciles qui ne comprendront jamais rien ? Reste avec moi et lève bien haut le scalpel...

Son bras entoure encore ma gorge, sans serrer, et son autre main tient la mienne, si bien que mon bras gauche est libre. Plutôt que d'essayer de l'empoigner ou de lui donner un coup de coude, ce qui ne produira aucun résultat, je pose la main sur la plaque d'acier. Le désespoir et une horreur insoutenable me donnent des forces. En m'aidant de cette main et de tout mon corps, je me propulse en arrière. Et ensuite avec mes pieds, que je pose au bord de la table avant de tendre les jambes. Je repousse ce salopard, lui fait perdre l'équilibre. Il titube, sans cesser de me broyer les doigts, tentant de resserrer son étreinte autour de ma gorge. Mais brusquement, il s'effondre sur le dos, m'entraînant avec lui. Mon poids lui coupe le souffle. Le scalpel nous échappe, disparaît dans l'obscurité. Je suis libre. Libre. Je m'éloigne à quatre pattes sur le sol noir. Vers la porte. Ma main droite me fait mal. Je n'ai aucun espoir d'aider la prisonnière, mais je peux aller chercher du secours. La police. N'importe qui. Elle peut encore être sauvée. Je franchis le battant, me remets sur mes pieds, titube, retrouve mon équilibre en battant des bras et me rue hors des catacombes.

Je cours, je cours, dépassant toutes les femmes, blanches, figées, tentant de hurler. Ma gorge saigne de l'intérieur. A vif, douloureuse. Ma voix n'est qu'un murmure. Et de toute manière, il n'y a personne, au ranch. Seulement lui, moi et la femme nue. Mais je cours, je cours, et je hurle à voix basse alors que nul ne peut m'entendre.

L'expression d'Ellie transperça le cœur de Spencer.

– Je n'aurais pas dû t'emmener ici, dit-il. Je n'aurais pas dû t'imposer ça.

A la lueur des ampoules gelées, la jeune femme avait le teint gris.

– Si, il fallait que tu le fasses. J'avais des doutes à ce sujet, mais maintenant, c'est terminé. Tu n'aurais pas pu continuer à jamais... avec tout ça.

– C'est pourtant ce que je vais être obligé de faire. Continuer à jamais avec ça. Maintenant, je ne sais pas pourquoi j'ai cru que je pourrais trouver une vie. Je n'ai aucun droit de te faire porter ce poids avec moi.

– Tu peux continuer et avoir une vie normale... à condition de tout te rappeler. Je sais ce que tu ne te rappelles pas. Je sais ce que sont ces minutes perdues.

Spencer n'eut pas le courage de soutenir son regard. Il observa Rocky. Le chien était assis dans une posture soumise : tête baissée, oreilles pendantes, tremblant.

Son maître se retourna vers la porte noire. Ce qu'il trouverait au-delà déterminerait son avenir, avec ou sans Ellie. Peut-être n'en aurait-il pas du tout.

– Je n'ai pas essayé de regagner la maison, dit-il, se forçant à retrouver cette lointaine nuit de son enfance. Il m'aurait rattrapé avant que je n'y arrive ou que je ne puisse me servir du téléphone. Au lieu de ça, après avoir retraversé le vestibule, le placard et la pièce des archives, j'ai pris à droite et je suis entré dans la galerie. En atteignant l'escalier qui menait à son atelier, je l'ai entendu arriver derrière moi, dans l'obscurité. Je savais qu'il gardait un revolver dans le tiroir du bas, à gauche, de son bureau. Je l'avais vu, une fois, quand il m'y avait envoyé chercher quelque chose. Dès mon entrée dans l'atelier, j'ai allumé la lumière et j'ai couru, à travers les chevalets et les placards à fournitures pour rejoindre l'angle opposé de la pièce. Le bureau était en forme de L. J'ai bondi pardessus, j'ai atterri sur le fauteuil et j'ai ouvert le tiroir à la volée. L'arme était là. Je ne savais pas m'en servir, et j'ignorais si elle était munie d'un cran de sûreté. J'avais peine à tenir ce foutu revolver, même à deux mains, tant la droite me faisait mal. Mon père était arrivé en haut des marches. Il pénétrait dans l'atelier, venait vers moi, alors j'ai visé et j'ai pressé la détente. Il n'y avait pas de cran de sûreté. Le recul a bien failli me projeter sur le cul.

– Et ça l'a arrêté ?

– Pas tout à fait. J'avais dû relever le canon en tirant, si bien que la balle a fait sauter un morceau du plafond. Mais comme je n'ai pas lâché l'arme, il s'est calmé. Il a ralenti le pas, cessé de courir. Il était tellement calme, Ellie, tellement calme ! Comme si rien ne s'était passé. C'était juste mon papa, mon cher vieux papa, un peu contrarié par ma réaction, bien sûr, mais me répétant que tout allait bien se passer, voulant m'amadouer avec ses paroles doucereuses, comme dans la pièce noire. Sincère. Hypnotisant. Et persuadé de parvenir à ses fins si je voulais bien lui en laisser le temps.

– Il ne savait pas que tu l'avais vu battre ta mère et l'emporter vers la grange six ans plus tôt, observa Ellie. Il a dû se dire que tu ferait le rapprochement entre sa mort et les pièces secrètes une fois ta panique passée – mais que d'ici-là, il avait tout loisir de te ramener à la raison.

Spencer contemplait la porte noire.

– Oui, c'est peut-être ce qu'il croyait. Je n'en sais rien. Il m'a dit que lui ressembler signifiait connaître le sens de la vie, la véritable plénitude de l'existence, sans limites et sans loi. Il a dit que ce qu'il me montrerait allait me plaire. Que j'avais déjà commencé à aimer ça, dans la pièce noire : j'en avais eu peur, mais j'avais appris que s'amuser ainsi ne présentait aucun inconvénient.

– Mais tu n'avais pas aimé ça. Tu étais dégoûté.

– Lui disait que j'avais aimé, qu'il s'en était rendu compte. Ses gènes couraient en moi comme une rivière, répétait-il, comme une rivière à travers mon cœur. La rivière de notre destin commun, la rivière sombre de nos cœurs. Quand il est arrivé assez près du bureau pour que je ne puisse plus le manquer, j'ai fait feu à nouveau. Il a été littéralement soulevé par l'impact, dans un horrible geyser de sang. J'ai eu la certitude de l'avoir tué, mais avant cette nuit-là, je n'avais pas vu beaucoup d'hémoglobine, si bien qu'une toute petite quantité a pu me paraître énorme. Il s'est effondré par terre, a roulé à plat ventre, et s'est immobilisé, inerte. Moi, j'ai couru hors de l'atelier et je suis retourné en bas…

La porte noire attendait.

Ellie demeura muette un instant. Spencer, lui, était incapable de parler.

– Et ce qui s'est passé dans la pièce noire, avec cette femme… dit enfin sa compagne. C'est ça que tu n'arrives pas à te rappeler.

La porte. Il aurait dû faire exploser les vieux sous-sols à la dynamite. Les emplir de terre. Les sceller à jamais. Pourquoi avait-il donc conservé la possibilité d'ouvrir à nouveau cette porte ?

– En revenant ici, j'étais obligé de tenir le revolver de la main gauche, parce qu'il avait serré la droite tellement fort qu'il m'avait broyé les phalanges, reprit-il avec difficulté. Elle palpitait, me torturait. Et le problème, c'est que… je n'y sentais pas uniquement la souffrance. (Contemplant sa main droite, il la vit plus petite, plus jeune – la main d'un garçon de quatorze ans.) Je sentais encore… la douceur de la femme quand il m'avait forcé à la toucher. Je sentais la rondeur de ses seins. Leur plénitude et leur élasticité. Son ventre plat. Ses poils pubiens un peu rèches… sa chaleur. Toutes ces sensations étaient dans ma main, *encore* dans ma main, aussi réelles que la douleur.

– Tu n'étais qu'un adolescent, protesta Ellie, dégoûtée. C'était la première fois que tu voyais une femme nue, la première fois que tu en touchais une. Bon Dieu, Spencer, dans des circonstances aussi chargées en émotions, pas seulement en terreur mais en tout un tas d'émotions déroutantes, dans un moment aussi sacrément *primaire*, la toucher ne pouvait que te frapper à tous les niveaux en même temps. Ton père le savait. C'était un salopard mais pas un imbécile. Il a utilisé ton trouble pour te manipuler. Ça ne veut rien dire du tout.

Elle était trop compréhensive, trop magnanime. Dans cet univers troublé, ceux qui étaient trop magnanimes payaient chèrement leur compassion chrétienne.

– Alors, je suis redescendu au fond des catacombes, avec les mortes dans les murs, tout autour de moi, avec le souvenir du sang de mon père, et toujours la sensation qu'avait laissé sur ma main la poitrine de la femme. Le souvenir vivace de la texture de ses mamelons, sous ma paume…

– Ne te torture pas comme ça.

– Ne jamais mentir au chien, lâcha-t-il, mais sans la moindre trace d'humour, cette fois, avec une amertume et une rage qui l'effrayèrent.

La fureur gonflait dans son cœur, plus noire que la porte, devant lui. Il ne pouvait pas plus la chasser qu'il n'avait pu, au mois de juillet, chasser de ses mains le souvenir de la chaleur, des formes et de la douceur sensuelle d'une femme nue. Sa rage manquait d'exutoire, raison pour laquelle elle s'était intensifiée durant seize années au plus profond de son inconscient. Il n'avait jamais su s'il devait la tourner contre son père ou lui-même. Faute d'une cible, il en avait nié l'existence, l'avait refoulée. A présent, condensée en un distillat de la colère la plus pure, aussi corrosive que de l'acide, elle le rongeait.

– … avec le souvenir vivace de la texture de ses mamelons sous ma paume, reprit-il, d'une voix qui tremblait autant de fureur que de peur. Je suis revenu ici. Devant cette porte. Je l'ai ouverte. Je suis entré dans la pièce noire… Et ensuite, je me rappelle seulement en être sorti, avec le battant qui se refermait derrière moi…

… pieds nus, je retraverse les catacombes avec, en moi, un vide encore plus noir que la pièce que je quitte, sans trop savoir d'où je viens ni ce qui s'est produit. Je dépasse les femmes dans les murs. Les femmes. Les filles. Les mères. Les sœurs. Leurs hurlements muets. Des hurlements perpétuels. Où est Dieu ? Est-ce que Dieu s'en moque ? Pourquoi les a-t-il toutes abandonnées là ? Pourquoi m'a-t-il abandonné, moi ? L'ombre agrandie d'une araignée court le long des visages de plâtre, sur celle du câble électrique qui fait des boucles au plafond. Alors que je dépasse la dernière niche, préparée pour la femme de la pièce noire, mon père s'en échappe. Il émerge de la terre sombre, couvert de sang, titubant, gémissant de douleur, mais rapide, tellement rapide ! Autant que l'araignée. Un éclair d'acier jaillit dans la pénombre. Un couteau. Il lui arrive de peindre des couteaux, qu'il fait étinceler comme de saintes reliques. Un éclair d'acier, puis un éclair de douleur. Je lâche le revolver. Porte les mains à mon visage. Un morceau de joue

me pend sur le menton. Je sens mes dents nues sous mes doigts, exposées en un sourire factice sur tout un côté. Et mon père frappe à nouveau. Manque son coup. S'effondre. Il est trop faible pour se relever. En reculant, je remets ma joue en place. Le sang jaillit entre mes doigts, coule le long de ma gorge. J'essaie de maintenir mon visage en un seul morceau. Seigneur, j'essaie de maintenir mon visage en un seul morceau et je cours, je cours. Derrière moi, mon assaillant est trop faible pour se remettre sur ses pieds mais pas pour crier.

– Est-ce que tu l'as tuée, est-ce que tu l'as tuée, bébé, est-ce que tu as aimé ça, est-ce que tu l'as tuée ?

Spencer était toujours incapable de regarder Ellie en face, et peut-être ne le pourrait-il plus jamais, pas les yeux dans les yeux. Il la voyait du coin de l'œil et savait qu'elle pleurait. Pleurait sur lui, les yeux inondés, le visage luisant.

Lui-même était incapable de pleurer sur son sort. Il n'avait jamais pu se laisser aller, se purger de sa douleur, car il n'était pas sûr de mériter des larmes : celles d'Ellie, les siennes ou celles de quelqu'un d'autre.

Tout ce qu'il ressentait, à présent, c'était la rage, et toujours sans exutoire.

– La police a trouvé la femme dans la pièce noire, dit-il, morte.

– C'est *lui* qui l'a tuée, Spencer, affirma sa compagne d'une voix tremblante. Ça ne peut être que lui. C'est ce qu'a dit la police. Toi, tu t'es conduit en héros.

Il secoua la tête, les yeux fixés sur la porte noire.

– Quand aurait-il pu la tuer ? *Quand ?* Il a lâché le scalpel au moment où nous sommes tombés tous les deux. Ensuite, j'ai couru, et il s'est lancé à ma poursuite.

– Mais il y avait d'autres scalpels dans le tiroir, d'autres instruments tranchants. Tu l'as dit toi-même. Il en a empoigné un et il l'a tuée. Ça ne lui a pris que quelques secondes. Seulement quelques secondes, Spencer. Ce salopard savait que tu n'irais pas bien loin, qu'il pourrait te rattraper. Et il était tellement *excité* après sa lutte avec toi qu'il ne pouvait pas attendre. Il tremblait littéralement d'excitation, et il devait la tuer tout de suite, rapidement, brutalement.

– Puis, après m'avoir donné le coup de couteau, il est

resté par terre pendant que je m'enfuyais. Il criait, me demandant si je l'avais tuée, si j'avais aimé ça.

– Parce qu'il savait. Il savait qu'elle était morte avant même que tu ne reviennes pour la libérer. Il était peut-être fou, peut-être pas, mais ce qui est sûr, c'est que c'était l'homme le plus maléfique qui ait jamais vécu. Tu ne comprends donc pas ? Il n'avait pas réussi à te convertir à sa perversion et il n'avait pas non plus réussi à te tuer, si bien que tout ce qui lui restait, c'était essayer de ruiner ta vie, semer le doute dans ton esprit. Tu n'étais qu'un gamin, à moitié aveuglé par la panique et la terreur, désorienté, et il savait ce qui te troublait. Il avait tout compris. Il s'en est servi contre toi, juste pour s'amuser.

Durant plus de la moitié de sa vie, Spencer avait tenté de se convaincre que le scénario qu'elle venait de lui conter reflétait la vérité. Mais un vide demeurait dans sa mémoire, et cette amnésie persistante semblait prouver que la vérité était différente de ce qu'il souhaitait désespérément.

– Va-t'en, dit-il d'une voix sourde. Cours au camion, fous le camp d'ici et va à Denver. Je n'aurais pas dû t'emmener. Je ne peux pas te demander de m'accompagner plus loin.

– J'y suis, j'y reste.

– Je ne plaisante pas. Va-t'en.

– Pas question.

– Sors d'ici. Et emmène le chien.

– Non.

Rocky gémissait, frissonnait, pelotonné devant un pan de mur en brique rouge sombre comme du sang, en proie à un tourment plus violent que ne lui en avait jamais connu Spencer.

– Emmène-le. Il t'aime bien.

– Je reste. (A travers ses larmes, elle ajouta :) C'est une décision qui m'appartient, nom de Dieu ! Tu ne peux pas la prendre pour moi.

Il se tourna vers elle, l'empoigna par son blouson de cuir et faillit la soulever du sol, tant il voulait la forcer à comprendre. Dans sa rage, sa peur et son dégoût de lui-même, il avait réussi à la regarder de nouveau en face, finalement.

– Mais bon Dieu, après tout ce que tu as vu et entendu, tu n'as pas encore compris ? J'ai laissé une partie de moi-même dans cette pièce, cet abattoir où il les tuait, j'ai laissé une chose avec laquelle je ne pouvais pas vivre. Qu'est-ce que ça peut bien être, hein ? Quelque chose de pire que les catacombes, de pire que tout. Ça doit bien être pire, puisque je me souviens du reste ! Si je rentre là-dedans, si je me rappelle ce que je lui ait fait, je ne l'oublierai plus jamais, je ne pourrai plus jamais me mentir. Et c'est un souvenir… qui va me brûler comme un incendie. Ce qui restera, ce qui ne se consumera pas quand je saurai ce que j'ai fait à cette fille, ce ne sera plus *moi*, Ellie. Et alors, en compagnie de qui seras-tu, là, dans cet endroit maudit, hein ? Et *seule !*

Elle leva la main vers son visage et, bien qu'il tentât de se dérober, parcourut sa cicatrice du bout des doigts.

– Si j'étais aveugle, si je n'avais jamais vu ton visage, je te connaîtrais déjà assez bien pour savoir que tu pourrais me briser le cœur, dit-elle.

– Ellie, je t'en prie.

– Je reste.

– S'il te plaît, Ellie.

– Non.

Il ne pouvait pas non plus diriger sa rage contre elle, surtout pas contre elle. Il la lâcha. Demeura les bras le long du corps. A nouveau âgé de quatorze ans. Anéanti par son indignation. Apeuré. Perdu.

La jeune femme posa la main sur la poignée de la porte.

– Attends ! (Il tira le pistolet SIG 9 mm de sa ceinture, ôta le cran de sûreté, fit passer une balle dans le canon et le lui tendit.) Il faut que tu aies les deux armes. (Elle tenta de protester mais il la coupa :) Garde-le en main. Et ne t'approche pas trop de moi, une fois là-dedans.

– Quoi que tu te rappelles, Spencer, aussi terrible que ce soit, ça ne te transformera pas en ton père, pas en un instant.

– Qu'est-ce que tu en sais ? J'ai passé seize ans à gratter, à creuser, à tenter de faire sortir ça des ténèbres, et ça a refusé de venir. Si ça vient maintenant…

Elle remit le cran de sûreté du pistolet.

– Ellie…

– Je ne veux pas qu'il parte tout seul.

– Quand j'étais petit, mon père se battait avec moi pour rire, me chatouillait, me faisait des grimaces. On jouait au ballon, tous les deux. Et lorsque j'ai eu envie de développer mes talents pour le dessin, il m'en a patiemment enseigné la technique. Mais avant et après… il descendait ici – le même homme – et il torturait des femmes, des jeunes filles, pendant des heures, parfois des jours. Il n'avait aucun mal à passer de cet univers au monde extérieur.

– Je ne vais pas conserver une arme prête et la pointer sur toi comme si je te prenais pour une sorte de monstre, alors que je sais que tu n'en es pas un. Je t'en prie, Spencer, ne me force pas à faire ça. Finissons-en, c'est tout.

Dans un profond silence, au bout des catacombes, l'ancien policier prit un moment pour se préparer. Au sein de la longue pièce, rien ne bougeait. Aucun rat, mutant ou non, n'y vivait plus. Les Dresmund avaient reçu l'ordre de les empoisonner.

Spencer ouvrit la porte noire.

Il alluma la lumière.

Hésita un instant sur le seuil, puis entra.

Aussi terrifié qu'il fût, le chien le suivit. Peut-être craignait-il de se retrouver seul dans les catacombes. Ou bien peut-être, cette fois, son tourment était-il entièrement dû à l'état d'esprit de son maître, auquel cas il savait qu'on avait besoin de lui. Il demeura non loin de Spencer.

Ellie passa la dernière. Le poids de la porte la fit se refermer derrière elle.

L'abattoir était presque aussi déroutant que lors de la nuit des scalpels et des couteaux. La table d'acier avait disparu, la pièce était vide. La noirceur quasi totale n'autorisait aucun point de repère, si bien que l'endroit semblait parfois presque aussi étriqué qu'un cercueil, et l'instant d'après nettement plus vaste qu'en réalité. L'unique source lumineuse était toujours la petite ampoule du plafond, dans sa douille noire.

Les Dresmund avaient reçu pour instruction de veiller au bon fonctionnement de toutes les lumières. On ne leur avait pas ordonné de faire le ménage dans l'abattoir, mais la couche de poussière qui tapissait les murs était cependant très fine, sans aucun doute parce que la pièce n'était pas ventilée, toujours condamnée.

C'était une capsule temporelle, demeurée scellée pendant seize ans, qui renfermait non des reliques du passé mais des souvenirs perdus. Elle affectait Spencer avec encore plus de force qu'il ne s'y était attendu. Il distinguait l'éclat du scalpel comme si, à ce moment même, la lame avait encore été suspendue dans l'air.

... les pieds nus, le revolver dans la main gauche, je me hâte de quitter l'atelier où j'ai tiré sur mon père, de franchir le placard pour pénétrer en un monde très différent de celui qui s'étend derrière la penderie dans les livres de C.S. Lewis, de retraverser les catacombes sans oser regarder sur les côtés, parce que les mortes paraissent s'efforcer de briser la couche blanche qui les recouvre. J'ai la crainte irraisonnée qu'elles ne se libèrent, comme si le plâtre était encore frais, et qu'elles ne m'entraînent avec elles dans un mur. Je suis le fils de mon père. Je mérite d'être étouffé par une pâte humide et froide, de m'en faire enfoncer dans les narines et déverser au fond de la gorge, jusqu'à ne plus former qu'un avec les personnages de la fresque – nouveau havre pour les rats. Mon cœur cogne si fort que chaque battement m'obscurcit brièvement la vue, comme si les poussées de pression sanguine menaçaient de faire exploser les capillaires de mes yeux. Je sens aussi les pulsations dans ma main droite. Mes phalanges palpitent, boum-boum, trois petits cœurs dans chaque doigt. Mais je l'aime, cette douleur, j'en veux davantage. En sortant du vestibule, pendant que je descendais l'escalier vers la pièce illuminée de bleu, j'ai cogné mes phalanges gonflées contre le revolver que je tiens dans l'autre main. A présent, au fond des catacombes, je les y cogne à nouveau, fort, pour en chasser toute sensation, sinon la souffrance. Parce que... parce que, Seigneur Dieu Tout-Puissant, autant que la douleur, ma main porte encore comme une souillure la douceur de la peau d'une femme. Les courbes pleines et la chaude élasticité de ses seins, ses mamelons dressés frottant contre ma paume. Son ventre plat, ses muscles bandés tandis qu'elle tirait sur ses chaînes. La chaleur lubrique dans laquelle mon père a forcé mes doigts, malgré ma résistance, malgré les terribles protestations de la victime presque inconsciente, dont les yeux étaient plongés dans les miens. Implorants. Quelle détresse se lisait dans ces yeux ! Mais la main traîtresse possède sa propre mémoire, inaltérable, qui me rend malade. Toutes les sensations qu'elle me fait éprouver me rendent malade, de

même qu'une partie de celles qui résident dans mon cœur. J'y abrite un profond dégoût, un profond mépris, une profonde terreur de moi-même, mais aussi d'autres sentiments – des émotions perverses, en harmonie avec l'excitation de la main détestée. Devant la porte de la pièce noire, je m'arrête, m'appuie contre le mur et vomis. Je suis trempé de sueur. Parcouru de frissons glacials. Quand je me détourne de la flaque, l'estomac purgé à défaut de l'âme, je me force à saisir de ma main blessée la poignée du battant et à la manœuvrer violemment, si bien qu'une douleur perçante traverse mon avant-bras. Et ensuite, je suis à l'intérieur, à nouveau dans la pièce noire.

Ne la regarde pas. Non. Non. Ne la regarde pas nue. Tu n'as aucun droit de la voir nue. La chose est possible si je détourne les yeux, si je tâtonne vers la table, n'ayant conscience que d'une forme couleur chair qui flotte dans l'obscurité, à la périphérie de mon champ de vision.

– Tout va bien, lui dis-je, la voix rauque à cause de la strangulation que j'ai subie. Tout va bien, madame, il est mort, madame, je l'ai tué. Je vais vous libérer et vous faire sortir d'ici, n'ayez pas peur. (Et soudain, je réalise que je n'ai aucune idée de l'endroit où chercher la clef des menottes.) Je n'ai pas la clef, madame, pas la clef, mais je vais aller chercher de l'aide, appeler la police. Tout va bien : il est mort.

La forme que je distingue du coin de l'œil n'émet pas le moindre son. Déjà étourdie par les coups reçus à la tête, seulement à demi consciente, la femme est à présent évanouie. Mais je ne veux pas qu'elle se réveille après mon départ, seule, terrifiée. Je me rappelle son regard – ma mère avait-elle le même, à la fin ? – et je ne veux pas qu'elle ait peur en se réveillant, qu'elle le croie prêt à revenir la prendre. Je ne veux pas qu'elle ait peur, c'est tout, alors je vais être obligé de la faire revenir à elle, de la secouer, de la réveiller, de lui expliquer qu'il est mort et que je vais revenir avec de l'aide. Je contourne la table, tentant de ne pas regarder son corps, seulement son visage. Une odeur monte à mes narines. Terrible. Répugnante. Les ténèbres redeviennent étourdissantes. Je lève la main. La pose sur la table pour garder mon équilibre. C'est ma main droite, celle qui se rappelle encore les courbes de ses seins, et elle rencontre une masse chaude, visqueuse, glissante qui n'était pas là aupara-

vant. Je contemple le visage de la prisonnière. Elle a la bouche ouverte. Et ses yeux ! Des yeux fixes, morts. Il s'est occupé d'elle. Deux coups de scalpel. Cruels. Brutaux. Avec toute sa force colossale derrière la lame. La gorge. L'abdomen. Je tourne le dos à la table, à la femme, et me heurte au mur. J'essuie ma main droite sur la noire paroi, j'appelle Jésus, ma mère, et je marmonne « S'il vous plaît, madame, s'il vous plaît », comme si elle pouvait refermer ses blessures par la seule force de sa volonté pour peu qu'elle écoute mes plaintes. Je continue de m'essuyer la main sur le mur, encore et encore, le dos et la paume, ne chassant pas seulement la substance dans laquelle je l'ai posée mais aussi les sensations que la femme m'a fait éprouver lorsqu'elle était vivante. Je frotte de plus en plus fort, avec colère, avec fureur, jusqu'à ce que mes doigts me semblent en feu, jusqu'à ce qu'ils n'abritent plus rien, que la douleur. Ensuite, je reste immobile un instant. Ne sachant plus trop où je me trouve. Je sais qu'il y a une porte. Je m'en approche. Je la passe. Ah ! oui. Les catacombes.

Spencer se tenait au centre de la pièce noire, la main droite levée devant les yeux, la contemplant dans la lumière crue comme s'il ne s'était nullement agi de celle qui était demeurée au bout de son poignet durant les seize dernières années.

– Je l'aurais sauvée, dit-il, presque surpris.

– Je sais, dit Ellie.

– Mais je n'ai pu sauver personne.

– Ce n'est pas ta faute.

Pour la première fois depuis ce lointain mois de juillet, il songea qu'il finirait peut-être par accepter – pas tout de suite mais au bout d'un certain temps – que son fardeau de culpabilité n'était pas plus lourd que celui des autres. Des souvenirs plus sombres, une expérience plus intime de la capacité humaine à faire le mal, un savoir que d'autres auraient détesté se voir imposer comme il le lui avait été – tout cela, oui, mais pas de plus lourd fardeau de culpabilité.

Rocky aboya. Deux fois. Fort.

– Il n'aboie jamais, remarqua Spencer, stupéfait.

Ellie ôta le cran de sûreté du SIG et pivota vers la porte au moment où celle-ci s'ouvrait. Elle ne fut pas assez rapide.

L'homme au visage aimable – celui-là même qui s'était introduit dans le chalet de Malibu – s'engouffra dans la pièce noire. Il tenait dans la main droite un Beretta muni d'un silencieux. Souriant, il tira sans hésiter.

La jeune femme reçut la balle dans l'épaule droite et poussa un cri de douleur aigu. Agitée d'un sursaut, sa main laissa échapper le pistolet tandis qu'elle était projetée contre le mur. Elle s'affaissa le long de la paroi ténébreuse, haletante, sous le choc. Réalisant que le Micro Uzi glissait de son épaule, elle tenta de s'en saisir de la main gauche. Il lui glissa entre les doigts, tomba à terre et rebondit loin d'elle.

L'arme de poing avait disparu en cliquetant dans la direction de l'arrivant, hors de portée, mais Spencer se jeta vers l'Uzi alors même qu'il tombait à terre.

L'homme souriant fit feu à nouveau. Le projectile arracha une étincelle à la pierre, à quelques centimètres de la main de l'ancien policier, le forçant à reculer, puis elle ricocha à travers la pièce.

Le tireur ne semblait nullement inquiet du sifflement de la balle qui rebondissait, comme si son existence avait été enchantée et que sa sécurité ne faisait aucun doute.

– J'aimerais mieux ne pas avoir à vous tuer, dit-il. Et je ne voulais pas non plus tirer sur Ellie. J'ai d'autres projets pour vous deux. Mais encore un geste brusque et vous ne me laisserez plus le choix. Maintenant, envoyez l'Uzi par ici.

Plutôt que d'obéir, Spencer s'approcha de sa compagne et lui effleura le visage avant d'en observer l'épaule.

– Grave ?

La main sur la blessure, elle tentait de ne pas révéler sa douleur, mais la vérité brillait dans ses yeux.

– Ça va très bien, ce n'est rien, affirma-t-elle – mais il la vit jeter un coup d'œil au chien gémissant alors qu'elle mentait.

La lourde porte de l'abattoir ne s'était pas refermée. Quelqu'un la maintenait ouverte. Le tireur fit un pas de côté pour laisser entrer celui qui l'accompagnait. Steven Ackblom.

Roy ne doutait pas que cette nuit dût être une des plus intéressantes de sa vie. Il refusait de trahir sa bien-aimée en souhaitant que cette nuit dans les catacombes soit encore plus intéressante que sa première nuit avec elle. Il y avait là une incroyable conjonction d'événements : la capture de la bonne femme, enfin ; la chance d'apprendre ce que Grant savait d'une hypothétique organisation opposée à l'agence, puis le plaisir de soulager cet homme de ses souffrances ; l'occasion unique, enfin, d'observer un des plus grands artistes du siècle exercer ses talents dans le domaine qui l'avait rendu célèbre. Et lorsqu'il en aurait terminé, peut-être les yeux parfaits d'Eleanor seraient-ils même récupérables. En une nuit pareille, on sentait les forces cosmiques à l'œuvre.

Quand Steven passa la porte, l'expression de Spencer Grant paya à elle seule la perte de deux hélicoptères et d'un satellite. La colère lui assombrit le visage, lui déforma les traits. C'était une rage tellement pure qu'elle recelait une fascinante beauté propre. Malgré sa fureur, Grant n'en recula pas moins au côté de la bonne femme.

– Salut, Mikey, lança Steven. Qu'est-ce que tu deviens ? (Son fils – naguère Mikey, aujourd'hui Spencer – était incapable de parler.) Moi, je me porte bien, mais… je me suis beaucoup ennuyé.

Grant demeurait muet. L'expression de ses yeux faisait frissonner Roy.

L'artiste laissa son regard errer sur les murs, le plafond et le sol noirs.

– Ils m'ont collé sur le dos la fille que tu as tuée, cette nuit-là. Et je ne les ai pas détrompés. Pour toi, bébé.

– Il ne l'a jamais touchée, dit Ellie Summerton.

– Vraiment ? demanda Steven.

– Nous le savons très bien.

Le peintre poussa un soupir de regret.

– Eh bien, non, c'est vrai. Mais il en est passé à *ça.* (Il leva la main, l'index et le pouce séparés d'à peine un centimètre.) A ça !

– Il n'en est même pas passé à un kilomètre, contra la bonne femme, tandis que Grant demeurait incapable d'ouvrir la bouche.

– Ah, non ? rétorqua Steven. Moi, je crois que si. Si j'avais été un peu plus malin, si je l'avais encouragé à baisser son pantalon et à grimper sur elle d'abord, je crois qu'ensuite, il aurait été ravi de prendre le scalpel. Il aurait mieux ressenti l'esprit de la chose, voyez-vous.

– Tu n'es pas mon père, déclara platement Grant.

– Là, tu te trompes, mon cher enfant. Ta mère avait un grand respect pour les liens du mariage. Elle n'a jamais eu d'autre homme que moi. J'en ai la certitude. Sur la fin, ici même, elle n'a pas pu me dissimuler le plus petit secret.

Roy crut que l'ancien policier allait se précipiter sur son père avec la fureur d'un taureau de combat, sans se soucier des balles.

– Quel pitoyable petit chien, remarqua Steven. Regarde comme il tremble et comme il baisse la tête. C'est un compagnon parfait pour toi, Mikey. Il me rappelle la manière dont tu t'es conduit, cette nuit-là. Quand je t'ai donné la chance de te transcender, tu as été trop pusillanime pour la saisir.

La bonne femme paraissait furieuse, elle aussi, peut-être encore plus qu'effrayée, quoiqu'elle le fût également. Ses yeux n'avaient jamais été plus beaux.

– C'était il y a bien longtemps, Mikey, et le monde a changé, reprit Steven en faisant deux pas vers son fils et sa compagne. J'étais tellement en avance sur mon temps, tellement plus d'avant-garde que je ne m'en rendais compte. Les journaux ont dit que j'étais fou. Je devrais exiger une réhabilitation, tu ne crois pas ? A présent, les rues sont pleines d'individus plus violents que je ne l'ai jamais été. Les gangs échangent des coups de fusil où bon leur semble, les bébés se font tirer dessus dans les cours d'écoles maternelles – et personne ne fait rien. Les esprits éclairés sont trop occupés à s'inquiéter des colorants qui risquent de nous priver de trois jours et demi d'espérance de vie. Est-ce que tu as lu l'histoire de ces agents du FBI, en Idaho, qui ont assaisonné une femme désarmée alors qu'elle avait son bébé dans les bras – et descendu son fils de quatorze ans dans le dos pendant qu'il tentait de s'enfuir ? Ils les ont tués tous les deux. Tu as lu ça dans les journaux, Mikey ? Maintenant, des gens tels que Roy, ici présent, détiennent des positions très importantes au gouvernement. Moi, je pourrais faire une grande carrière politique, de nos jours. J'ai toutes les qualités requises. Je ne suis pas fou, Mikey. Papa n'est pas fou et ne l'a jamais été. Maléfique, oui. Ça, je veux bien l'admettre. Depuis ma plus tendre enfance, j'ai toujours aimé m'amuser. Mais je ne suis pas fou, mon bébé. Alors que Roy, que tu vois là, le gardien de la sécurité publique, le protecteur de la République – *lui*, mon cher Mikey, c'est un véritable fou furieux.

Roy lui sourit, se demandant quelle plaisanterie il était en train de mettre en scène. L'artiste ne cessait de l'étonner. Toutefois, il s'était tellement avancé dans la pièce que son gardien n'en voyait plus le visage, seulement la nuque.

– Je voudrais que tu l'entendes délirer sur la compassion, sur la mauvaise qualité de vie que subissent tellement de gens, sur l'injustice, sur l'élimination de 90 % de la population afin de sauver l'environnement. Il aime tout le monde. Il comprend les souffrances des hommes. Il verse même des larmes sur leur sort. Et dès qu'il en a l'occasion, il les propulse au royaume des cieux pour améliorer un peu la société. C'est à se tordre, Mikey. Pourtant, on lui confie des hélicoptères, des limousines, tout l'argent dont il a besoin, et des gorilles avec de gros revolvers à l'aisselle. On le laisse courir et rendre le monde meilleur. Cet homme-là, Mikey, crois-moi, il a des vers dans le cerveau.

– Il y a des vers dans mon cerveau, approuva Roy, qui jouait le jeu. De beaux gros vers visqueux.

– Tu vois, reprit le peintre. Il est amusant, Roy. Il veut seulement être aimé. Et la plupart des gens l'aiment bien. N'est-ce pas, Roy ?

L'interpellé sentit qu'ils en arrivaient à la chute de l'histoire.

– Eh bien, Steven, je ne voudrais pas me vanter…

– Tu vois ! s'exclama Steven. Il est modeste, aussi. Modeste, bon et compatissant. Est-ce que tout le monde ne vous aime pas, Roy ? Allons. Ne soyez pas aussi timide.

– Eh bien, oui, la plupart des gens m'aiment bien, admit Roy, mais c'est parce que je traite tout le monde avec respect.

– Exactement, approuva Steven en riant. Roy traite tout le monde avec le même respect solennel. C'est un tueur adepte de l'égalité des chances. Il met tout le monde à la même enseigne, depuis le conseiller du président qu'il descend dans un jardin public de Washington avant de maquiller le crime en suicide… jusqu'au paraplégique ordinaire qu'il abat pour le soulager de ses tourments quotidiens. Il ne comprend pas que ces choses-là doivent être faites pour le *plaisir.* Seulement pour le plaisir. Les faire dans un but noble, c'est de la folie. Et il se prend tellement au sérieux, il se considère comme un rêveur, un homme avec de grands idéaux. Mais il applique ses principes – je dois au moins lui accorder ça. Avec lui, pas de passe-droit. C'est le malade mental enragé le plus égalitaire, le plus dépourvu de préjugés qui ait jamais vécu. Ce n'est pas votre avis, Mr Rink ?

Rink ? Nom de Dieu. Roy ne voulait pas que Rink ou Fordyce entendent et voient cela. Ce n'étaient que des paquets de muscles, pas de véritables individus responsables. Il se tourna vers la porte en se demandant pourquoi il ne l'avait pas entendue s'ouvrir – et constata qu'il n'y avait personne. Au même instant, il entendit le Micro Uzi racler le béton, alors que Steven Ackblom s'en emparait, et il comprit ce qui se passait.

Trop tard.

L'Uzi crépita entre les mains de l'artiste. Criblé de balles, Roy tomba, roula sur lui-même et tenta de riposter. Bien qu'il n'eût pas lâché son arme, il fut incapable de contraindre son doigt à presser la détente. Paralysé. Il était paralysé.

Par-dessus les sifflements et les claquements des ricochets, un terrible grondement s'éleva : un bruit tout droit sorti d'un film d'horreur, qui se répercuta lui aussi sur les murs noirs, nettement plus terrifiant que celui des balles. L'espace d'une seconde, Roy ne comprit pas de quoi il s'agissait ni d'où cela venait. Il crut presque devoir attribuer la chose à Grant, en raison de la fureur qui en déformait le visage, puis il vit le chien se jeter sur Steven. Le peintre tenta de se détourner de sa victime pour abattre la créature infernale, mais cette dernière était déjà sur lui, le repoussait vers le mur, lui déchirait les mains de ses crocs. Il lâcha l'Uzi. L'animal bondit plus haut, tentant de le mordre au visage, à la gorge.

L'artiste hurlait.

Roy eut envie de lui dire que les plus dangereux de tous les hommes – et, visiblement, cela valait pour les chiens – étaient ceux qui avaient été le plus rabaissés. Quand on leur avait arraché jusqu'à leur fierté et leur espoir, quand ils se retrouvaient acculés dans le dernier angle possible, ils n'avaient plus rien à perdre. Pour ne pas créer des individus aussi désespérés, appliquer le plus tôt possible la compassion était la seule chose à faire, la plus morale – mais aussi la plus *sage.* Il ne put toutefois s'ouvrir de ces réflexions, car en plus d'être paralysé, il se rendit compte qu'il était incapable de parler.

– Rocky, non ! Couché, Rocky, couché !

Spencer empoigna le chien par le collier et le tira en arrière jusqu'à ce qu'il obéît enfin.

Ackblom, assis par terre, avait les jambes relevées dans une attitude de défense, les bras croisés devant le visage, les mains ensanglantées.

Ellie avait ramassé l'Uzi. Spencer le lui prit.

Il constata qu'elle saignait de l'oreille gauche.

– Tu as encore été touchée ?

– Par un ricochet : une égratignure, affirma-t-elle – et cette fois, elle eût pu regarder le chien en face.

L'ancien policier posa les yeux sur la chose qui était son père.

Ce salopard meurtrier avait baissé les bras. Il était d'un calme horripilant.

– Il y a des hommes postés d'un bout à l'autre de la propriété. Pas dans ce bâtiment, mais si vous sortez, vous n'irez pas loin. Tu ne peux pas t'échapper, Mikey.

– Si personne n'a jamais entendu les hurlements qui s'élevaient ici autrefois, ils n'ont pas non plus entendu les coups de feu, contra Ellie. On a encore une chance.

Le tueur de femmes secoua la tête.

– Pas si vous ne nous emmenez pas, moi et l'étonnant Mr Miro, ici présent.

– Il est mort, remarqua Ellie.

– Aucune importance. Mort, il nous est plus utile. On ne sait jamais ce qu'un type pareil peut inventer. Si on devait le transporter hors d'ici vivant, je me sentirais un peu nerveux. On va le soutenir entre nous, bébé, toi et moi. Ils verront qu'il est blessé mais ils ne sauront pas à quel point. Peut-être tiennent-ils assez à lui pour se retenir de tirer.

– Je ne veux pas de ton aide, dit Spencer.

– Bien sûr, mais tu en as besoin, répliqua son père. Ils n'ont pas touché à votre camion. Leurs instructions étaient de rester à l'écart, de se contenter de surveiller jusqu'à nouvel ordre. Alors, si on transporte Roy entre nous jusqu'au véhicule, ils ne sauront pas trop ce qui se passe.

Il se remit péniblement sur ses pieds.

Spencer recula devant lui comme il aurait reculé devant une apparition au milieu d'un pentacle tracé à la craie, en réponse à l'invocation d'un sorcier. Rocky imita son maître en grognant.

Ellie se tenait sur le seuil de la pièce, appuyée à l'encadrement de la porte. Hors de portée, raisonnablement en sécurité.

Spencer avait le chien – quel chien ! – et l'arme. Ackblom était désarmé, handicapé par ses mains couvertes de morsures. Pourtant, le fils avait aussi peur de son père que lors de cette fameuse nuit de juillet.

– Est-ce qu'on a besoin de lui ? demanda-t-il à Ellie.

– Bon Dieu, non !

– Tu es sûre que ça va marcher, ton bidouillage avec l'ordinateur ?

– Oui.

– Qu'est-ce qu'il t'arrivera, si je te laisse entre leurs mains ? demanda Spencer à son père.

L'artiste examinait ses mains avec intérêt, étudiant les blessures comme s'il ne s'en était pas inquiété le moins du monde. On eût dit qu'il contemplait une fleur ou tout autre objet esthétique qu'il venait de découvrir.

– Qu'est-ce qu'il m'arrivera, Mikey ? Tu veux dire : quand je retournerai en prison ? Je lis un peu, pour passer le temps. Je peins un peu, aussi – tu le savais ? Je crois que je vais faire un portrait de ta petite garce, là, près de la porte, telle que je l'imaginerai nue, telle que je *sais* qu'elle serait si j'avais l'occasion de l'allonger sur une table et de lui faire réaliser tout son potentiel. Je vois que ça te dégoûte, mon bébé. Mais vraiment, ce ne serait qu'un tout petit plaisir que tu pourrais bien m'accorder, en considérant qu'elle n'aurait jamais été plus belle que sur ma toile. Ce serait ma manière de la partager avec toi. (Il poussa un soupir et releva les yeux, comme si la douleur ne l'avait nullement perturbé.) Qu'est-ce qu'il se passera, si tu me laisses avec eux, Mikey ? Tu me condamneras à une existence où je gâcherai mon talent et ma joie de vivre, une existence minable et stérile, derrière des murs gris. Voilà ce qu'il m'arrivera, espèce de sale gamin ingrat.

– Tu disais qu'ils étaient pires que toi ?

– Moi, je sais ce que je suis.

– Qu'est-ce que ça signifie ?

– La conscience de soi est une vertu qui leur manque.

– Ils t'ont laissé sortir.

– Temporairement. Pour une consultation.

– Ils te laisseront encore sortir, non ?

– Espérons que ça ne prendra pas seize ans de plus. (Il sourit, comme si ses mains n'avaient subi que des égratignures.) Cela dit, nous vivons une époque qui donne naissance à une nouvelle espèce de fascistes : je suppose que de temps en temps, ils jugeront utile ma consultation.

– Tu crois que tu n'y retourneras jamais, dit Spencer. Tu crois que, cette nuit, tu vas leur échapper, hein ?

– Ils sont trop nombreux, Mikey. Des colosses, avec de grosses armes à l'aisselle. De belles limousines Chrysler noires. Des hélicoptères à volonté. Non, non, je serai probablement obligé de prendre mon mal en patience jusqu'à la prochaine consultation.

– Espèce de menteur. Tu as tué ma mère, salopard ! lâcha Spencer.

– Oh, n'essaie pas de m'effrayer, répondit son père. Je me rappelle cette pièce, il y a seize ans. Tu n'étais qu'un petit chaton, à l'époque, Mikey, et c'est encore ce que tu es aujourd'hui. Sacrée cicatrice que tu as là, bébé. Il t'a fallu combien de temps avant de pouvoir reprendre de la nourriture solide ?

– Je t'ai vu lui taper dessus, près de la piscine.

– Si ça te fait du bien de te confesser, vas-y.

– J'étais descendu à la cuisine pour prendre des cookies, et je l'ai entendue hurler.

– Et tu as eu tes cookies ?

– Quand elle est tombée, tu lui as donné un coup de pied dans la tête.

– Ne sois pas ennuyeux, Mikey. Tu n'as jamais été le fils que j'aurais souhaité avoir, mais tu n'avais encore jamais été ennuyeux.

Cet homme était d'un calme inaltérable, parfaitement maître de lui. Il possédait une aura de puissance impressionnante – mais pas la moindre lueur de folie dans les yeux. S'il avait prononcé une homélie, on eût pu le prendre pour un prêtre. Et il affirmait ne pas être fou – mais maléfique.

Spencer se demanda si c'était vrai.

– Tu sais que tu as une dette envers moi, Mikey. Sans moi, tu n'existerais pas. Quoi que tu puisses penser de moi, je suis bel et bien ton père.

– Sans toi, je n'existerais pas, c'est vrai, et ça me conviendrait très bien. Ce serait parfait. Mais sans ma mère, j'aurais pu être exactement comme toi. C'est envers elle que j'ai une dette. Seulement envers elle. C'est elle qui m'a donné le seul salut que je puisse espérer.

– Oh, Mikey, Mikey, tu ne réussiras pas à me culpabiliser. Tu veux que je prenne l'air très triste ? D'accord, je vais prendre l'air très triste. Mais ta mère n'était rien pour moi. Seulement un alibi commode, pendant un moment, une façade bien utile, avec de jolis nichons. Seulement elle était trop curieuse. Et quand j'ai été forcé de l'emmener ici, elle a été semblable à toutes les autres – sauf qu'elle s'est révélée moins excitante que la plupart.

– Eh bien, voilà pour elle, dit Spencer en tirant une courte rafale de mitraillette qui propulsa son père en enfer.

Il n'y eut pas de ricochets. Chacune des balles trouva sa cible, et le mort les emporta avec lui en s'effondrant dans une mare du sang le plus noir que Spencer eût jamais vu.

Rocky exécuta un bond, surpris en entendant les coups de feu, puis inclina la tête de côté et contempla Steven Ackblom, le renifla comme si son odeur avait été différente de tout ce qu'il avait déjà senti. Comme Spencer observait son père défunt, il eut conscience du coup d'œil curieux que lui lançait l'animal. Lequel rejoignit ensuite Ellie près de la porte.

Quand il s'en approcha à son tour, l'ancien policier craignit de regarder sa compagne.

– Je me demandais si tu en serais capable, observa-t-elle. Sinon, j'aurais été obligée de le faire moi-même et, avec mon bras, le recul m'aurait fait un mal de chien.

Il croisa son regard. Elle ne tentait pas de le réconforter : elle pensait ce qu'elle avait dit.

– Ça ne m'a pas plu, déclara-t-il.

– Moi, j'aurais aimé ça.
– Je ne crois pas.
– Énormément.
– Ça ne m'a pas déplu non plus.
– Pourquoi est-ce que ça t'aurait déplu ? Quand on croise un cafard, il faut l'écraser.
– Comment va ton épaule ?
– Ça fait mal à hurler, mais ça ne saigne pas tant que ça. (Elle plia et déplia les doigts de la main droite, fit la grimace.) Je pourrai quand même taper à deux mains sur le clavier. J'espère seulement que j'irai assez vite.

Tous trois se hâtèrent de retraverser les catacombes dépeuplées, en direction de la pièce bleue, du vestibule jaune et du monde étrange qui les attendait au-delà.

Roy ne ressentait aucune douleur. En fait, il ne ressentait rien du tout. Ce qui l'aidait énormément à faire le mort. Il craignait que les fugitifs ne l'achèvent s'ils s'apercevaient qu'il était en vie. Spencer Grant, alias Michael Ackblom, était indéniablement aussi fou que son père et capable de n'importe quelle atrocité. En conséquence, Roy ferma les yeux et usa de sa paralysie à son avantage.

Après l'occasion unique qu'il lui avait offerte, Roy était déçu par l'artiste. Par son infâme traîtrise.

Mais plus que tout, il était déçu de lui-même. Il s'était gravement trompé au sujet de Steven Ackblom. Le grand talent et la sensibilité qu'il avait perçus n'étaient pas des illusions, mais il s'était persuadé qu'ils représentaient la somme de l'individu. Pas un instant, il n'avait entrevu le côté sombre.

Bien entendu, comme l'avait dit le peintre, il se liait toujours très vite. Quelques instants à peine après avoir rencontré quelqu'un, il avait une conscience aiguë des souffrances de l'autre. C'était là une de ses vertus, et il n'aurait pas souhaité avoir le cœur plus endurci. Le calvaire d'Ackblom l'avait profondément ému : un homme d'un tel esprit, d'un tel talent, enfermé dans une cellule pour le restant de ses jours. La compassion l'avait empêché de distinguer toute la vérité.

L'espoir de sortir de cette affaire vivant et de revoir Ève

ne le quittait pas. Il n'avait pas le sentiment d'être en train de mourir. Bien entendu, il ne ressentait pas grand-chose en dessous du cou, voire rien du tout.

La certitude que, s'il mourait, il se joindrait à la grande fête cosmique où l'attendraient tant d'amis qu'avec une grande tendresse il y avait envoyés, le réconfortait. Il voulait vivre, pour Ève, mais d'une certaine manière, il lui tardait de gagner ce plan de réalité plus élevé où n'existait qu'un seul sexe, où tout le monde avait la même couleur de peau bleue, radieuse, et était d'une parfaite beauté androgyne, où nul n'était stupide ni trop intelligent, où chacun possédait un appartement, une garde-robe et des chaussures identiques – et où l'on pouvait obtenir à volonté une excellente eau minérale et des fruits frais. Il faudrait lui présenter à nouveau les personnes qu'il avait connues ici-bas, car sous leur apparence bleue générique, il ne les reconnaîtrait pas. Voilà qui pouvait paraître triste : ne pas voir les gens tels qu'ils avaient été. D'un autre côté, il n'avait nulle envie de passer l'éternité en compagnie de sa très chère maman s'il devait en contempler le crâne défoncé – telle qu'il l'avait laissée juste après l'avoir dépêchée dans ce monde meilleur.

Lorsqu'il tenta à nouveau de parler, il se rendit compte que sa voix lui était revenue.

– Vous êtes mort, Steven, ou vous faites semblant ?

De l'autre côté de la pièce, effondré contre un mur noir, l'artiste ne répondit pas.

– Je crois qu'ils sont partis et qu'ils ne reviendront pas. Alors, si vous faites semblant, vous pouvez arrêter.

Pas de réponse.

– Très bien, vous êtes passé, et tout ce qui était mauvais en vous a été abandonné ici. Je suis sûr que vous êtes empli de remords, à présent, que vous regrettez de ne pas vous être montré assez compatissant envers moi. Alors, si vous pouviez exercer un peu de votre puissance cosmique, traverser le voile et effectuer un petit miracle afin que je sois à nouveau capable de marcher, je pense que ce serait tout à fait convenable.

La pièce demeura silencieuse.

Roy n'éprouvait toujours aucune sensation en dessous du cou.

– J'espère que je n'aurai pas besoin d'un médium pour

attirer votre attention, dit-il encore. Ce ne serait vraiment pas pratique.

Silence. Quiétude. Et une froide lumière blanche, en un cône étroit, qui brûlait au centre des ténèbres environnantes.

– Je vais attendre. Je suis sûr que traverser le voile demande de grands efforts.

Le miracle allait se produire d'un instant à l'autre.

En ouvrant la portière du pick-up, Spencer craignit soudain d'avoir perdu la clef de contact. Elle se trouvait dans la poche de son blouson.

Lorsqu'il s'installa au volant et démarra, Rocky était déjà sur la banquette arrière. Ellie sur le siège du passager. Le coussin du motel reposait sur les genoux de la jeune femme, et l'ordinateur portable sur le coussin, attendant d'être mis en route – ce qui fut fait dès que le moteur rugit.

– Ne bouge pas encore, ordonna Ellie.

– On fait une cible idéale, ici.

– Il faut que je retourne dans Godzilla.

– Godzilla ?

– Le système dans lequel j'étais avant qu'on quitte le camion.

– Qu'est-ce que c'est ?

– Tant qu'on reste ici, ils vont sans doute se contenter d'observer et d'attendre, mais dès qu'on se mettra en route, ils seront obligés d'agir. Je ne veux pas qu'ils nous foncent dessus avant qu'on soit prêts à les recevoir.

– Qu'est-ce que c'est, Godzilla ?

– Chut. Il faut que je me concentre.

Spencer contempla les prés et les collines par la vitre latérale. La neige ne luisait pas d'un éclat aussi fort que précédemment, car la lune déclinait. Quoique entraîné à repérer les surveillances clandestines en milieu urbain ou rural, il ne voyait aucun signe des espions de l'agence. Pourtant, il les savait présents.

Les doigts d'Ellie couraient sur le clavier. Les touches cliquetaient. Données et diagrammes défilaient sur l'écran.

S'intéressant de nouveau au paysage hivernal, Spencer

se rappela les châteaux forts de neige, les tunnels, les pistes de luge tracées avec soin. Et il y avait plus important : en dehors de la topographie de ses vieux terrains de jeux enneigés, il se souvenait de la joie éprouvée quand il se lançait dans ces aventures enfantines. Réminiscences d'une époque innocente. Fantasmes juvéniles. Bonheur. Mémoire ténue, mais qu'il pourrait peut-être retrouver avec un peu d'entraînement. Durant très longtemps, il n'avait pu prendre plaisir à se rappeler le moindre détail de son enfance. La nuit de juillet n'avait pas seulement changé sa vie mais également sa perception de ce qu'avait été cette dernière avant le hibou, les rats, le scalpel et le couteau.

Parfois, sa mère l'avait aidé à construire ses châteaux de neige. Il se rappelait qu'en certaines occasions, elle avait fait de la luge avec lui. Ils aimaient particulièrement sortir après le crépuscule. La nuit était tellement fraîche, le monde tellement mystérieux, en noir et blanc. Avec des milliards d'étoiles dans le ciel, on pouvait s'imaginer que la luge était une fusée et qu'on partait vers d'autres planètes.

Il songea à la tombe de sa mère, à Denver, et eut soudain envie de s'y rendre pour la première fois depuis que ses grands-parents l'avaient emmené à San Francisco. Il eut envie de s'asseoir par terre, près d'elle, et de se remémorer leurs nuits de luge sous un milliard d'étoiles, avec son rire à elle qui s'envolait telle de la musique à travers les prés immaculés.

A l'arrière, assis sur le plancher, les pattes sur le siège avant, Rocky tendit le cou pour lui lécher affectueusement le visage.

Spencer se tourna pour lui caresser la tête et le cou.

– Mr Rocky Dog, plus puissant qu'une locomotive, plus rapide qu'une balle de fusil, capable de franchir des gratte-ciel d'un seul bond, terreur des chats et des dobermans. D'où sors-tu ça, hein ? (Il gratta le chien derrière l'oreille, puis explora doucement du bout des doigts le cartilage broyé qui lui faisait à jamais pendre l'oreille gauche.) Est-ce que le type qui t'a blessé, autrefois, ressemblait à celui que tu as vu en bas, dans la pièce noire ? Ou bien, as-tu reconnu une odeur ? Est-ce que tous les méchants ont la même odeur ? (Rocky jouissait de toute cette attention.) Mr Rocky Dog, le héros velu, mériterait sa propre bande dessinée. Allez, montre-nous les crocs, fais-nous peur.

Le chien se contenta de haleter.

– Allez, fais voir un peu tout ça, répéta Spencer en grognant et en retroussant lui-même les lèvres.

L'animal trouva le jeu amusant, découvrit les crocs, et tous deux se retrouvèrent à grogner, nez à nez.

– Prête, annonça Ellie.

– Dieu merci, soupira son compagnon. Je commençais à manquer d'idées d'activités pour éviter de devenir dingue.

– Il faut que tu m'aides à les repérer, annonça-t-elle. Je vais regarder aussi, mais je risque d'en rater.

– C'est Godzilla ? demanda-t-il en désignant l'écran.

– Non. C'est le plateau sur lequel Godzilla et moi allons jouer. Une représentation quadrillée des deux hectares entourant la maison et la grange. Chaque carreau mesure six mètres de côté. J'espère seulement que mes données de base sont assez précises. Je sais que les plans du cadastre ne sont pas justes, loin de là, mais prions qu'ils le soient suffisamment. Tu vois la forme verte ? C'est la maison. Et ça ? La grange. Là, tu as les écuries, au bout de l'allée. Le point clignotant, c'est nous. Et la ligne, ici, c'est la route qu'on veut rejoindre.

– Est-ce que c'est basé sur un de tes jeux vidéo ?

– Non, c'est la triste réalité. Et quoi qu'il puisse arriver, Spencer… je t'aime. Je n'imagine rien de mieux que passer le reste de ma vie avec toi. J'espère que ça durera plus de cinq minutes.

Il se préparait à mettre le pick-up en prise. L'expression brute des sentiments de la jeune femme le fit hésiter, car il avait envie de l'embrasser, ici même, tout de suite, pour la première fois, au cas où ce fût aussi la dernière.

Soudain, il se figea et lui lança un regard stupéfait, tandis que la compréhension se faisait jour en lui.

– Godzilla nous observe d'en haut, c'est ça ?

– Oui.

– C'est un satellite ? Et tu l'as piraté ?

– Je conservais ces codes pour un moment où je me trouverais totalement acculée, sans autre porte de sortie, parce que je n'aurai plus jamais la possibilité de les utiliser. Quand nous serons sortis d'ici et que j'abandonnerai Godzilla, il sera débranché et reprogrammé.

– Qu'est-ce qu'il fait, à part observer ?
– Tu te rappelles les films ?
– Les films de Godzilla ?
– Son souffle ardent, chauffé à blanc ?
– Tu plaisantes ?
– Il a une mauvaise haleine qui fait fondre les chars d'assaut.
– Seigneur.
– C'est maintenant ou jamais, conclut la jeune femme.
– Maintenant, décida-t-il en passant la marche arrière, voulant en finir avant d'avoir le temps de se poser d'autres questions.

Il alluma les phares, s'éloigna de la grange à reculons, puis contourna le bâtiment, parcourant en sens inverse le chemin qu'ils avaient pris pour venir.

– Pas trop vite, lui enjoignit-elle. On a intérêt à partir sur la pointe des pieds, crois-moi.

Spencer relâcha un peu l'accélérateur.

Ils avançaient au ralenti. Dépassaient la grange. La bifurcation de l'allée. La cour, sur leur droite. La piscine.

Un faisceau de lumière blanche éclatante se fixa sur eux. Le projecteur était installé à une fenêtre ouverte du premier étage de la maison – à une soixantaine de mètres d'eux, légèrement sur la droite. Lorsqu'il regardait dans cette direction, Spencer se trouvait aveuglé, incapable d'estimer si les tireurs étaient embusqués aux autres fenêtres.

Les doigts d'Ellie firent vibrer les touches du clavier.

Jetant un coup d'œil sur l'écran, l'ancien policier y vit apparaître une zone jaune représentant une surface d'environ deux mètres de large sur vingt-quatre de long, entre eux et la maison.

La jeune femme appuya sur la touche ENTER.

– Plisse les yeux ! ordonna-t-elle.
– Rocky ! A terre ! cria Spencer au même moment.

Une incandescence d'un blanc bleuté surgit des étoiles. Pas aussi fulgurante qu'il s'y était attendu, à peine plus violente que le projecteur, mais infiniment plus étrange que tout ce qu'il avait pu observer – au-dessus du niveau du sol. Le faisceau, doté de limites bien tranchées, semblait moins irradier la lumière que la *contenir*, gainer un feu nucléaire d'une peau aussi fine que la surface d'un étang. Un ronronnement à faire vibrer les os l'accompagnait – tel du larsen surgi de haut-parleurs colossaux, dans un stade –, ainsi qu'une soudaine turbulence de l'air. Tandis que la lumière décrivait le parcours qu'avait fixé Ellie (deux mètres de large, vingt-quatre de long, entre eux et la maison, mais sans s'approcher des uns ni de l'autre), un tumulte similaire au grondement souterrain des rares tremblements de terre qu'avait connus Spencer au fil des ans, mais bien plus puissant, s'éleva. La terre trembla assez fort pour agiter le camion. Dans la zone concernée, la neige et la terre s'enflammèrent, fondirent instantanément, jusqu'à une profondeur qu'il ne pouvait deviner. Le faisceau continua sa progression, et le centre d'un grand sycomore s'évanouit en un éclair. Il ne fit pas que s'enflammer mais *disparut* littéralement, comme s'il n'avait jamais existé. L'arbre fut converti en lumière et en une chaleur détectable même à l'intérieur du véhicule, avec les vitres relevées, à presque trente mètres de distance. Nombre de branches sectionnées, qui s'étaient trouvées hors des limites bien définies du rayon, s'effondrèrent des deux côtés. Des flammes en jaillissaient au point de rupture. La lame blanc bleu acheva de tracer un chemin flamboyant à travers la cour, jusqu'au bout de la trajectoire prévue par Ellie, décrivant une diagonale entre le pick-up et la maison, empiétant sur un bord du patio, dont elle vaporisa le béton – puis elle s'éteignit d'un seul coup.

Une surface large de deux mètres et longue de vingt-quatre luisait d'un éclat blanc, telle une coulée de lave tout juste sortie du cratère, au sommet d'un volcan. Le magma bouillonnait au sein de sa tranchée. Des bulles se créaient à sa surface, puis crevaient, tandis que des nuées d'étincelles rouges et blanches jaillissaient dans l'air, et que sa luminosité colorait de rouge orangé la neige alentour, atteignant même le camion.

Durant toute la manœuvre, s'ils n'avaient pas été trop abasourdis pour parler, il aurait fallu hurler pour s'entendre. A présent, le silence paraissait aussi profond que celui du vide spatial.

Dans la maison, les serviteurs de l'agence éteignirent leur projecteur.

– Repars, enjoignit Ellie, tendue.

Spencer n'avait pas réalisé qu'il s'était totalement arrêté.

Ils redémarrèrent. Doucement. Traversant avec précaution la cage aux lions. Doucement. L'ancien policier se risqua à accélérer un peu, parce qu'en cet instant précis, les lions devaient avoir une trouille de tous les diables.

– Dieu bénisse l'Amérique, dit-il d'une voix tremblante.

– Oh, Godzilla n'est pas des nôtres.

– Ah, non ?

– Il est japonais.

– Les Japonais disposent d'un satellite équipé d'un rayon de la mort ?

– Technologie laser améliorée. Et ils ont huit satellites dans le système.

– Je les croyais trop occupés à concevoir de meilleures télévisions.

La jeune femme s'activait à nouveau sur le clavier, se préparant au pire.

– Merde. J'ai une crampe à la main droite.

Spencer constata qu'elle avait désigné la maison comme nouvelle cible.

– Les États-Unis disposent de quelque chose de similaire, reprit-elle, mais je n'ai pas les codes qui me permettraient d'y accéder. Nos imbéciles à nous appellent ça le Marteau de l'Hyper-Espace, ce qui n'a aucun sens. C'est juste le nom d'un jeu vidéo qu'ils ont bien aimé.

– C'est toi qui l'avait conçu, ce jeu ?

– A dire vrai, oui.

– Et on en trouve dans les magasins ?

– Oui.

– J'en ai vu un, une fois.

Ils étaient en train de dépasser la maison. Sans même regarder vers les fenêtres. Il ne fallait pas tenter le diable.

– Et tu peux commander à un satellite japonais secret ?

– Grâce au DOD, répondit-elle.

– Le ministère de la Défense ?

– Les Japonais ne sont pas au courant, mais le DOD peut prendre le contrôle de Godzilla quand il le désire. Je ne fais que me servir de portes déjà en place.

Spencer se rappela une chose qu'elle lui avait dite dans le désert, la veille, lorqu'il avait exprimé son scepticisme quant à la possibilité d'une surveillance satellite. Il la lui cita :

– Tu serais surpris d'apprendre tout ce qu'il y a, là-haut. « Surpris » n'est même pas le mot.

– Les Israéliens ont leur propre système.

– Les *Israéliens* ?

– Eh oui, la petite Israël. Elle m'inquiète moins que tous les autres qui en disposent. Les Chinois. Imagine un peu. Peut-être les Français. Plus question de faire des plaisanteries sur les chauffeurs de taxi parisiens. Dieu seul sait qui d'autre encore en est équipé.

Ils avaient presque dépassé la maison.

Un petit trou rond perfora la vitre latérale, derrière Ellie, alors même que la détonation résonnait dans la nuit. Spencer sentit un impact faire vibrer son siège. La vélocité de la balle était telle que le verre Securit se fendilla légèrement mais n'explosa pas. Dieu merci, Rocky aboyait énergiquement plutôt que de gémir comme un malheureux.

– Bande de cons, lâcha Ellie en appuyant à nouveau sur ENTER.

Surgissant du vide spatial, une nouvelle colonne de lumière blanc bleu s'abattit sur la ferme victorienne, en vaporisant instantanément un cylindre de deux mètres de diamètre. Le reste du bâtiment explosa. Des flammes emplirent la nuit. S'il restait des survivants dans la maison qui s'effondrait, ils seraient obligés de sortir trop vite pour se préoccuper de leurs armes et tirer à nouveau sur le pick-up.

Ellie était secouée.

– Je ne pouvais pas prendre le risque qu'ils touchent le relai-satellite, derrière nous. Si jamais ça arrivait, on serait dans une merde noire.

– Les Russes ont aussi un truc comme ça ?

– Et même d'autres, encore plus bizarres.

– Plus bizarres ?

– C'est pourquoi tout le monde, ou presque, veut désespérément obtenir sa propre version de Godzilla. Tu as entendu parler d'un certain Zhirinovsky ?

– Le politicien russe ?

La jeune femme se pencha à nouveau sur l'ordinateur, tapant d'autres instructions.

– Toute sa bande – qui continuera d'exister même après sa mort – est constituée de communistes à l'ancienne mode qui veulent régenter le monde. Sauf que, cette fois, ils sont décidés à le faire sauter s'ils ne parviennent pas à leurs fins. Plus de défaites gracieuses. Et si on est assez malin pour annihiler la faction de Zhirinovsky, il y aura toujours un malade du pouvoir, quelque part, pour se targuer d'être un politicien.

A quarante mètres d'eux, sur la droite, une Ford Bronco sortit de sa cachette, un bouquet d'arbres et de buissons. Elle s'arrêta en travers de l'allée, leur bloquant le chemin.

Spencer immobilisa le pick-up.

Le chauffeur de la Bronco demeura au volant, mais deux hommes armés de fusils à longue portée jaillirent de la banquette arrière et s'agenouillèrent en position de tir. Ils levèrent leurs armes.

– Baisse-toi ! ordonna Spencer, poussant la tête d'Ellie sous le niveau des vitres, tandis que lui-même se laissait glisser le long de son siège.

– Non ? fit-elle, incrédule.

– Eh si.

– Ils bloquent l'allée ?

– Deux tireurs d'élite et une Bronco.

– Mais ils n'ont pas encore compris ?

– Couché, Rocky ! ordonna Spencer.

Le chien était à nouveau debout, les pattes sur le siège avant, hochant la tête avec enthousiasme.

– Rocky, *couché !* lâcha sèchement son maître.

L'animal gémit, vexé, mais se laissa tomber sur le plancher.

– A quelle distance sont-ils ? interrogea Ellie.

Spencer risqua un bref coup d'œil puis se baissa à nouveau. Une balle ricocha sur le montant du pare-brise sans le faire exploser.

– Dans les quarante mètres.

La jeune femme tapa sur le clavier. Sur l'écran, une ligne jaune apparut à droite du chemin. Longue de douze mètres, elle s'étendait vers la Bronco en terrain découvert mais s'arrêtait à un ou deux mètres de l'allée.

– Je ne veux pas toucher la route, expliqua Ellie. Si on essaie de franchir de la terre en fusion, les pneus vont se dissoudre.

– Je peux appuyer sur ENTER ? demanda son compagnon.

– Je t'en prie.

Il le fit et se redressa à nouveau, plissant les yeux, tandis que le souffle de Godzilla jaillissait une fois de plus dans la nuit, dévorant le sol. La terre trembla. Un tonnerre apocalyptique s'éleva sous le pick-up, comme si la planète avait été en train de tomber en morceaux. L'air nocturne s'emplit d'un ronflement assourdissant et l'impitoyable faisceau décrivit la trajectoire qu'on lui avait assignée.

Avant que Godzilla n'eût changé la terre en magma bouillonnant sur seulement la moitié des douze mètres, les deux tireurs d'élite lâchèrent leurs armes et bondirent vers leur véhicule. Tandis qu'ils s'accrochaient aux flancs de la Bronco, le conducteur démarra, quitta l'allée, traversa à toute vitesse un pré gelé, défonça une barrière blanche en bois, franchit un paddock, démolit une nouvelle clôture et dépassa la première des écuries. Quand Godzilla s'arrêta au bord du chemin, que la nuit redevint soudain sombre et paisible, le véhicule roulait toujours, se fondant rapidement dans l'obscurité, comme si le conducteur avait décidé de continuer à travers champs jusqu'à la panne d'essence.

Spencer rejoignit la route du comté. Il s'arrêta, regarda des deux côtés. Pas la moindre circulation. Tournant à droite, il prit la direction de Denver.

Durant plusieurs kilomètres, ni lui ni la jeune femme n'ouvrirent la bouche.

Rocky, debout, les pattes sur le siège avant, contemplait la route. Depuis deux ans que Spencer le connaissait, il n'avait jamais aimé regarder en arrière.

Ellie avait une main pressée sur sa blessure. L'ancien policier espérait que ses amis de Denver pourraient lui fournir une assistance médicale. Les médicaments qu'elle avait extorqués, par ordinateur, à divers laboratoires pharmaceutiques, avaient été perdus avec la Range Rover.

– On ferait mieux de s'arrêter à Copper Mountain pour trouver un autre véhicule, dit-elle enfin. Celui-là est trop reconnaissable.

– D'accord.

Elle éteignit l'ordinateur. Le débrancha.

Les montagnes étaient couvertes de sombres conifères et de neige pâle.

La lune se couchait derrière le camion. Le ciel nocturne, devant eux, resplendissait d'étoiles.

15.

Ève Jammer détestait Washington D.C. au mois d'août. En fait, elle détestait Washington en toute saison avec une égale passion. Certes, la ville connaissait une courte période agréable, quand les cerisiers étaient en fleurs ; le reste de l'année, elle était lamentable. Humide, surpeuplée, bruyante, sale, infestée de criminels. Emplie de politiciens ennuyeux, cupides et bêtes, dont les idéaux se situaient dans le slip ou dans les poches. C'était une capitale absolument inadéquate et, parfois, Ève rêvait de déplacer le gouvernement, lorsque le moment serait venu. Peut-être à Las Vegas.

Pour rouler dans la chaleur accablante du mois d'août, elle avait réglé quasiment au maximum l'air conditionné de son Town Car Chrysler, dont les ventilateurs fonctionnaient à plein régime. Un air glacial fouettait son visage et son corps, remontait sous sa jupe, mais elle avait encore chaud. Une partie de cette chaleur, bien entendu, n'avait rien à voir avec l'été : elle était tellement excitée qu'elle aurait pu remporter un concours de moiteur contre une éponge.

Elle détestait presque autant la Chrysler que Washington. Avec son argent et sa position sociale, elle aurait dû conduire une Mercedes – sinon une Rolls-Royce. Toutefois, en tant que femme de politicien, elle devait se soucier des apparences – au moins pendant encore un certain temps. Se déplacer au volant d'une voiture étrangère aurait été mal vu.

Dix-huit mois s'étaient écoulés depuis qu'Ève avait rencontré Roy Miro et appris la véritable nature de son destin. Depuis seize mois, elle était l'épouse du très admiré sénateur E. Jackson Haynes, qui brandirait l'étendard de son parti lors des élections présidentielles, l'année suivante. Il ne s'agissait pas là de spéculation. Tout était déjà arrangé : ses rivaux échoueraient d'une manière ou d'une autre aux primaires, le laissant seul – géant sur la scène du monde.

Personnellement, elle n'avait que mépris pour E. Jackson Haynes et refusait de le laisser la toucher, hormis en public. Il avait même dû mémoriser plusieurs pages de règles définissant dans quelles limites il pouvait alors l'étreindre affectueusement, l'embrasser sur la joue et lui prendre les mains. Les enregistrements qu'elle détenait de lui en train de se livrer à l'acte sexuel avec divers enfants des deux sexes, âgés de moins de douze ans, dans sa garçonnière de Las Vegas, avaient assuré l'acceptation rapide de la proposition de mariage et des termes stricts auxquels obéiraient leurs relations.

Jackson ne se plaignait ni trop souvent ni trop fort de cet arrangement. Devenir président lui tenait à cœur, et sans la série d'enregistrements que possédait Ève, incriminant tous ses rivaux politiques sérieux, il n'aurait pas la moindre chance d'approcher de la Maison Blanche.

Durant un certain temps, la jeune femme s'était demandé si certains des politiciens et autres individus haut placés dont elle avait encouru l'inimitié ne seraient pas trop bêtes pour comprendre qu'ils ne pouvaient s'échapper des boîtes dans lesquelles elle les avait enfermés. S'ils l'assassinaient, ils se trouveraient tous enlisés dans la série de scandales politiques la plus longue et la plus répugnante de toute l'histoire. Il n'y aurait d'ailleurs pas que des scandales. Une bonne partie de ces serviteurs du peuple avaient commis des crimes assez atroces pour provoquer des émeutes, même si des agents fédéraux descendaient dans la rue avec des mitraillettes.

Certains des pires crétins n'avaient pas été immédiatement persuadés qu'elle avait dissimulé des copies de ses enregistrements dans le monde entier et que le contenu de ces disques compacts serait diffusé sur les ondes quelques minutes après sa mort, émis par des sources multiples – le plus souvent automatisées. Les derniers, pourtant, s'étaient rendus à la raison lorsqu'elle avait pris le contrôle de leurs téléviseurs grâce au satellite et au câble – dont elle avait déconnecté les autres clients – et leur avait passé à tous des fragments de leurs crimes. Installés dans leur propre chambre à coucher, dans leur bureau, ils avaient écouté avec stupéfaction, craignant qu'elle ne fût en train de faire profiter le monde entier de ces documents.

L'informatique était une invention merveilleuse.

Une bonne partie desdits crétins s'étaient trouvés en compagnie de leur épouse ou de leur maîtresse quand ces programmes inattendus et fort personnels avaient remplacé les émissions de télévision. Dans la plupart des cas, leur compagne était aussi coupable ou assoiffée de pouvoir qu'eux-mêmes et disposée à se taire. Toutefois, un sénateur influent et un membre du cabinet du président étaient mariés à des femmes à la moralité étrange, qui avaient refusé de garder secret ce qu'elles venaient d'apprendre. Avant que ne pussent commencer procédures de divorce et révélations publiques, elles avaient toutes deux été abattues, la même nuit, devant des distributeurs automatiques de billets. A la suite de cette tragédie, le drapeau national avait été amené pour vingt-quatre heures dans tous les bâtiments gouvernementaux du pays – et un projet de loi demandant l'affichage de mises en garde sur les distributeurs automatiques avait été déposé au Congrès.

Ève poussa l'air conditionné au maximum. Songer à l'expression de ces femmes lorsqu'elle leur avait braqué son pistolet sur la tête l'excitait de plus belle.

Elle se trouvait encore à trois kilomètres de Cloverfield, et la circulation était terrible. Elle avait envie de klaxonner, d'adresser un doigt levé aux insupportables demeurés qui provoquaient les embouteillages aux carrefours, mais elle devait demeurer discrète. La future première dame des États-Unis ne pouvait se permettre de faire des bras d'honneur. En outre, elle avait appris de Roy que la colère était une faiblesse. La colère devait être maîtrisée, changée en l'unique émotion noble : la compassion. Les mauvais conducteurs ne bloquaient pas la circulation par plaisir : ils ne possédaient tout simplement pas l'intelligence nécessaire pour conduire mieux. Leur vie était probablement très triste, de bien des manières. Ils ne méritaient pas d'être insultés mais envoyés avec compassion dans un monde meilleur, dès que ce soulagement pourrait leur être octroyé dans un lieu écarté.

Ève envisagea de noter leurs numéros d'immatriculation, afin de retrouver ultérieurement certaines de ces pauvres âmes et de leur faire cet incomparable présent. Elle était hélas trop pressée pour se montrer aussi compatissante qu'elle aurait voulu.

Elle brûlait d'arriver à Cloverfield afin de partager la bonne nouvelle de la générosité de son père. Grâce à une chaîne complexe de trusts internationaux et de corporations diverses, son père – Thomas Summerton, premier adjoint du ministre de la Justice des États-Unis – avait transféré à son nom trois cents millions de dollars en actions, ce qui lui procurait autant de liberté que les enregistrements réalisés deux ans durant, dans son bunker de Las Vegas infesté par les araignées.

La chose la plus intelligente qu'elle eût jamais faite, dans une vie emplie de fines manœuvres avait été de ne pas pressurer son père naguère, lorsqu'elle avait pour la première fois gagné un ascendant sur lui. Au lieu de cela, elle lui avait demandé un poste au sein de l'agence. Il s'était imaginé qu'elle désirait travailler dans le bunker parce que la tâche était aisée : rien à faire, sinon gagner cent mille dollars par an en restant assise à lire des magazines. Il avait commis l'erreur de la prendre pour une petite arriviste dépourvue de matière grise.

Certains hommes ne cessaient jamais de penser avec leur slip sans rien comprendre. Tom Summerton était de ceux-là.

Il y avait fort longtemps, quand la mère d'Ève était sa maîtresse, il aurait été bien inspiré de la mieux traiter. Lorsqu'elle était tombée enceinte et avait refusé d'avorter, il l'avait abandonnée comme une malpropre. A l'époque, papa était un jeune homme déjà riche, héritier d'une fortune encore plus grande – et bien qu'il n'eût pas beaucoup de pouvoir politique, il possédait de grandes ambitions. Il aurait pu se permettre de traiter sa mère correctement. Lorsqu'elle l'avait menacé de tout révéler publiquement et de ruiner sa carrière, il lui avait dépêché deux gorilles pour la tabasser, et elle avait failli faire une fausse couche. Par la suite, la pauvre femme était demeurée amère et terrifiée jusqu'au jour de sa mort.

Papa avait pensé avec son slip lorsqu'il avait été assez stupide pour entretenir une maîtresse de quinze ans. Ensuite, il avait pensé avec ses poches, alors qu'il eût dû se servir de sa tête ou de son cœur.

Il pensait à nouveau avec son slip lorsqu'il s'était laissé séduire par Ève – quoique, naturellement, il ne l'eût jamais vue auparavant et eût ignoré qu'elle était sa fille. A ce moment-là, il avait oublié cette pauvre maman, comme s'il ne s'était agi que d'une aventure d'une nuit, alors qu'il l'avait sautée pendant deux ans avant de la laisser tomber. Et sa mère existait à peine dans ses souvenirs, la possibilité d'avoir engendé un enfant s'était totalement effacée de son ardoise mentale.

Ève ne l'avait pas simplement séduit : elle l'avait réduit à un état de concupiscence bestiale qui avait fait de lui en quelques semaines la plus facile des cibles. Lorsqu'elle lui avait enfin suggéré un petit jeu de rôles fantasmatique, au cours duquel il ferait semblant d'être un père abusant de sa fille, cela l'avait excité au plus haut point. La résistance feinte et les appels au viol de la jeune femme l'avaient tellement enthousiasmé qu'il avait réalisé des prouesses d'endurance. Lesquelles étaient préservées sur des cassettes vidéo à haute résolution, sous quatre angles différents, et enregistrées sur le meilleur matériel hi-fi. Elle avait conservé un peu de son sperme pour faire réaliser une comparaison génétique avec un échantillon de son propre sang, afin de le convaincre qu'elle était bel et bien son enfant chérie. Le film de leur jeu de rôles serait sans le moindre doute considéré par les autorités comme un authentique viol incestueux.

Lorsqu'il s'était vu offrir ce paquet cadeau, pour une fois dans sa vie, Thomas Summerton avait pensé avec son cerveau. Convaincu que tuer Ève ne le sauverait pas, il avait accepté de payer ce qu'il fallait pour acheter son silence. Quand au lieu d'une grosse somme, elle lui avait demandé un travail sûr et bien payé pour le gouvernement, il avait été surpris – mais ravi. Il l'avait été bien moins lorsqu'elle avait voulu en apprendre plus sur l'agence et les activités secrètes dont il s'était une ou deux fois vanté au lit. Après quelques jours difficiles, toutefois, il avait compris que la sagesse commandait de la faire entrer dans les replis de son organisation.

– Tu es une rusée petite salope, avait-il dit lorsqu'ils avaient scellé leur accord, tout en lui entourant les épaules d'un bras avec une affection non feinte.

Après lui avoir procuré cet emploi, il avait été déçu d'apprendre qu'ils ne continueraient pas à coucher ensemble, mais le temps l'avait consolé de cette perte. Il considérait réellement « rusée » comme le terme la définissant le mieux. Il n'avait réalisé avec quel talent elle utilisait son poste dans le bunker à ses propres fins qu'en apprenant qu'elle avait épousé E. Jackson Haynes au bout d'une cour éclair de deux jours, et réussi à mettre dans sa poche la plupart des politiciens importants de la ville.

C'était alors qu'elle était revenue le voir afin d'entamer les discussions concernant son héritage : il avait compris que « rusée » n'était peut-être pas un mot assez fort pour la décrire.

Ève atteignit le bout de la route d'accès à Cloverfield et se gara le long d'un trottoir rouge, près de la porte d'entrée, devant un panneau annonçant STATIONNEMENT INTERDIT EN PERMANENCE. Elle posa une des cartes de membre du Congrès de Jackson sur le tableau de bord, jouit encore quelques instants de l'air glacial de la Chrysler, puis sortit dans la chaleur et l'humidité du mois d'août.

Cloverfield – tout de colonnades blanches et de murs orgueilleux – était l'une des meilleures institutions de sa catégorie dans tous les États-Unis. Un portier en livrée accueillit la jeune femme. Le concierge qui trônait à la réception, dans le hall, était un gentleman anglais très distingué, Danfield, mais elle ignorait s'il s'agissait là de son patronyme ou de son prénom.

Lorsqu'il lui eut fait signer le registre et qu'ils eurent échangé quelques propos badins, Ève suivit son chemin habituel à travers les halls silencieux. Les toiles de célèbres artistes des siècles précédents paraient les murs, complétés par d'antiques tapis persans sur un plancher en acajou sombre, poli au point d'en paraître liquide.

Quand elle pénétra dans la suite de Roy, elle trouva le cher homme en train de prendre de l'exercice, s'essayant à la marche avec un appareil prévu à cet effet. Grâce à l'attention des meilleurs spécialistes et thérapeutes du monde entier, il avait retrouvé le complet usage de ses bras. Il semblait de plus en plus certain de pouvoir marcher seul d'ici quelques mois – quoique non sans boiter.

La jeune femme lui donna un baiser sec sur la joue. Il lui en rendit un autre, encore plus sec.

– Vous êtes plus belle à chacune de vos visites, déclara-t-il.

– Les hommes se retournent encore sur mon passage, admit-elle, mais plus tout à fait comme avant, depuis que je suis obligée de porter ce genre de vêtements.

La future première dame des États-Unis ne pouvait s'habiller comme une ancienne danseuse de Las Vegas heureuse d'affoler les libidos. A présent, elle portait même un soutien-gorge qui lui séparait et lui aplatissait les seins, afin de paraître moins généreusement pourvue qu'elle ne l'était.

De toute manière, elle n'avait jamais été danseuse, et son nom de jeune fille n'était pas Jammer, mais Lincoln, comme Abraham. Elle avait fréquenté les écoles de cinq États différents et d'Allemagne de l'Ouest, car son père, militaire de carrière, était sans cesse transféré de base en base. Après avoir obtenu un diplôme à la Sorbonne, elle avait passé quelques années au royaume de Tonga, dans le Pacifique Sud, en tant qu'institutrice. Du moins, était-ce là ce que révéleraient toutes les archives, même au journaliste le plus industrieux, armé de l'ordinateur le plus puissant et de l'esprit le plus avisé.

Roy et elle prirent place côte à côte sur un canapé. Des théières emplies de thé chaud, un assortiment de pâtisseries, de la crème fraîche et de la confiture reposaient sur une charmante table basse Chippendale.

Tandis qu'ils grignotaient et sirotaient leur tasse, elle évoqua les trois cents millions que lui avait abandonnés son père. Roy en fut si heureux pour elle qu'il en eut les larmes aux yeux. Il était réellement adorable.

Ils parlèrent d'avenir.

Ils ne pourraient être à nouveau ensemble chaque nuit, sans subterfuge, qu'à une date déplorablement éloignée. E. Jackson Haynes deviendrait président le 20 janvier, d'ici dix-sept mois. Quoiqu'il ignorât ce détail, le vice-président et lui seraient assassinés l'année suivante. Avec l'approbation des spécialistes de la Constitution et sur le conseil de la Cour suprême des États-Unis, les deux chambres du Congrès prendraient la décision sans précédent de demander une élection anticipée. Ève Marie Lincoln Haynes, veuve du martyr, se présenterait, serait élue à une majorité écrasante et entamerait son premier mandat.

– Un an plus tard, je pense que j'aurai suffisamment porté le deuil, dit-elle à Roy. Vous croyez qu'un an suffira ?

– Ce sera plus que convenable. Particulièrement compte tenu du fait que le public vous adorera et voudra votre bonheur.

– Ensuite, je pourrai épouser l'héroïque agent du FBI qui a traqué et abattu ce maniaque évadé, Steven Ackblom.

– Encore quatre ans avant que nous ne soyons heureux ensemble, nota Roy. Ce n'est pas si long, vraiment. Je vous promets de vous rendre heureuse, Ève, et de faire honneur à ma position de premier gentleman.

– Je le sais, chéri, dit-elle.

– Et à partir de là, quiconque n'aimera pas ce que vous ferez...

– ... se verra traiter avec la plus grande des compassions.

– Exactement.

– Alors, ne parlons plus du temps qu'il nous reste à attendre. Discutons encore de vos merveilleuses idées. Faisons des *projets.*

Durant un long moment, ils parlèrent des uniformes des nombreuses organisations fédérales nouvelles qu'ils souhaitaient créer, se demandant particulièrement si des boutons-pressions et des fermetures à glissière métalliques ne seraient pas plus esthétiques que les traditionnels boutons en os.

16.

Sous le soleil ardent, de jeunes hommes musclés et des légions de superbes jeunes femmes en bikinis des plus échancrés se gorgeaient d'ultraviolets, allongés sur leurs serviettes. Des enfants bâtissaient des châteaux de sable. Des retraités assis sous des parasols et portant des chapeaux de paille se gorgeaient d'ombre. Tous vivaient dans la bienheureuse ignorance des yeux dans le ciel et de la possibilité d'être instantanément vaporisés par le caprice de politiciens de diverses nationalités – voire par un petit génie de l'informatique dément, vivant dans un fantasme cyberpunk à Cleveland, à Londres, au Cap ou à Pittsburgh.

Tandis qu'il marchait sur la plage, au bord des premières vagues, avec, à sa droite, de gigantesques hôtels agglutinés, il se caressa légèrement le visage. Sa barbe le démangeait. Il l'avait depuis six mois, et elle n'était nullement broussailleuse, mais au contraire douce et bien taillée. Ellie ne cessait de répéter qu'elle le rendait encore plus séduisant. Pourtant, en cette chaude journée d'août, à

Miami Beach, elle le démangeait comme s'il avait eu des puces et il aurait donné cher pour se raser.

En outre, il aimait l'aspect de son visage glabre. Durant les dix-huit mois qui avaient suivi l'attaque du ranch de Vail par Godzilla, un excellent chirurgien esthétique du secteur privé britannique avait réalisé trois opérations successives sur sa cicatrice, qui était maintenant réduite à une simple ligne, quasiment invisible – même lorsqu'il était bronzé. Quelques retouches avaient aussi été apportées à son nez et à son menton.

Il utilisait des dizaines de noms, à présent, mais ni Spencer Grant, ni Michael Ackblom n'en faisaient partie. Ses amis les plus intimes, au sein de la résistance, le connaissaient sous celui de Phil Richards. Ellie, elle, avait choisi de conserver son prénom et adopté Richards comme patronyme. Rocky répondait aussi bien au nom de « Killer » qu'à celui qu'il portait auparavant.

Phil tourna le dos à l'océan, se fraya un chemin entre les amateurs de bains de soleil, et pénétra dans le parc superbement entretenu d'un des hôtels les plus récents. En sandales, short blanc et chemise hawaïenne flamboyante, il ressemblait à d'innombrables autres touristes.

La piscine de l'établissement était plus vaste qu'un terrain de football et aussi biscornue qu'un lagon tropical. Périmètre de roche artificielle. Iles de roche artificielle au milieu. Une cascade à deux niveaux se déversait à l'une de ses extrémités bordées de palmiers.

Dans une grotte située derrière ces chutes se trouvait le bar – un pavillon de style polynésien, entouré de bambous, de feuilles de palmes séchées et de gros coquillages – accessible à pied ou à la nage. Les serveuses portaient des tongs, des jupes portefeuille faites d'un tissu imprimé d'orchidées colorées et des hauts de bikinis assortis. Chacune avait une fleur fraîche dans les cheveux.

La famille Padrakian – Bob, Jean et leur fils de huit ans, Mark – était assise à une petite table, près du fond de la grotte. Bob buvait un cuba libre, Mark un Canada Dry, tandis que Jean déchirait nerveusement une serviette en papier en se mordant la lèvre inférieure.

Phil s'approcha d'eux et surprit Jean – pour qui il était un parfait inconnu – en s'exclamant : « Salut, Sally, tu as une mine d'enfer ! », en l'étreignant et en l'embrassant sur la joue. Il ébouriffa les cheveux de Mark : « Comment ça va, Pete ? Tout à l'heure, je t'emmène faire de la plongée. Qu'est-ce que tu en dis ? » Tout en serrant vigoureusement la main de Bob, il déclara : « Tu devrais surveiller ton tour de taille, vieux, sinon tu vas finir par ressembler à Oncle Morty. » Puis il s'assit en leur compagnie et ajouta doucement : « Les faisans et les dragons. »

Quelques minutes plus tard, lorsqu'il eut achevé un *piña colada* et étudié à la dérobée les autres clients du bar pour s'assurer qu'aucun ne s'intéressait de trop près aux Padrakian, Phil paya toutes les consommations en liquide. Il fit entrer ses compagnons dans l'hôtel, sans cesser de bavarder au sujet d'imaginaires cousins communs. Leur fit traverser le hall glacial. Puis franchir une porte cochère, derrière laquelle ils retrouvèrent la chaleur et l'humidité. D'après lui, nul ne les suivait ni ne les surveillait.

Les Padrakian avaient fort bien suivi les instructions reçues au téléphone. Ils étaient vêtus comme des touristes du New Jersey à la recherche de soleil, quoique Bob poussât la chose un peu trop loin en portant mocassins et chaussettes noires avec son bermuda.

Un car touristique, avec de grandes vitres latérales, s'approcha de l'hôtel et s'arrêta devant eux, sous la porte cochère. Pour le moment, les enseignes magnétiques posées sur chacune des portières avant proclamaient : **LES AVENTURES AQUATIQUES DU CAPITAINE BARBE-NOIRE.** En dessous, outre le dessin d'un pirate souriant, des lettres plus fines expliquaient : ITINÉRAIRES GUIDÉS, LOCATION DE PLANCHES À VOILE, SKI NAUTIQUE, PÊCHE SOUS-MARINE.

Le conducteur descendit et contourna le véhicule par l'avant pour leur en ouvrir la portière coulissante. Il portait une chemise en lin blanc, froissée avec goût, un léger pantalon de coutil et des chaussures de toile rose vif, aux lacets verts. Même avec ses *dreadlocks* [1] et sa boucle d'oreille en argent, il réussissait à paraître aussi intellectuel et aussi digne qu'il l'avait jamais été en costume trois-pièces ou en uniforme de capitaine, à l'époque où Phil servait sous ses ordres dans la division ouest de la police de Los Angeles. Sa peau d'un noir de jais semblait encore

1. Sortes de nattes particulièrement appréciées des Jamaïcains. *(N.d.T.)*

plus sombre et plus luisante dans la chaleur tropicale de Miami que sur la côte ouest.

Les Padrakian grimpèrent à l'arrière du car. Phil s'assit à l'avant, avec le conducteur – que ses amis connaissaient à présent sous le nom de Ronald – Ron – Truman.

– Super, les chaussures, dit Phil.

– Ce sont mes filles qui les ont choisies.

– Ouais, mais elles te plaisent.

– Je ne peux pas le nier. Elles sont très chouettes.

– On aurait dit que tu dansais, quand tu as contourné le car, pour bien les montrer.

Ron eut un large sourire en s'éloignant de l'hôtel.

– Vous, les Blancs, vous enviez toujours notre démarche.

Il s'exprimait avec un accent anglais tellement convaincant que Phil n'avait qu'à fermer les yeux pour voir Big Ben. Tandis qu'il travaillait à perdre ses intonations antillaises, il s'était découvert un talent pour les accents et les dialectes qui avait fait de lui l'homme aux mille voix de la résistance.

– Je dois vous avouer que nous avons une trouille de tous les diables, déclara Bob, derrière eux.

– Tout va bien, à présent, répondit Phil en se détournant pour sourire aux trois réfugiés.

– Personne ne nous suit, à moins que ce ne soit d'en haut, ajouta Ron, même si les Padrakian ne savaient probablement pas de quoi il parlait. Et ce n'est pas très probable.

– Je veux dire que nous savons même pas qui diable vous pouvez bien être, reprit le père de famille.

– Nous sommes vos amis, lui assura Phil. En fait, si tout se passe pour vous comme pour moi ou pour Ron et sa famille, nous allons même être les meilleurs amis que vous ayez jamais eus.

– Plus que des amis, vraiment, insista son compagnon. De la famille.

Bob et Jean paraissaient sceptiques, effrayés. Mark était assez jeune pour ne pas s'inquiéter.

– Restez tranquilles un moment et ne vous inquiétez de rien, leur enjoignit Phil. On vous expliquera tout très bientôt.

Ils se garèrent devant un gigantesque centre commercial, dans lequel ils pénétrèrent. Passant devant des dizaines de boutiques, ils gagnèrent une des allées les moins fréquentées, franchirent une porte où figuraient les symboles internationaux des toilettes et du téléphone, et se retrouvèrent dans un long couloir. Ils dépassèrent les cabines et les W.-C. publics. Au bout du corridor, un escalier descendait jusqu'à une des grandes pièces communes du centre commercial, où les boutiques trop petites pour disposer d'un quai de débarquement personnel recevaient leurs marchandises. Deux des quatre portes escamotables étaient ouvertes, et des véhicules de livraison s'étaient insérés à reculons dans les passages. Trois employés en uniforme d'une épicerie fine vendant fromages, viandes séchées et produits divers se hâtaient de décharger le camion arrêté sur la baie numéro quatre, entassant des cartons sur des diables qu'ils roulaient jusqu'à un monte-charge. Ils n'accordèrent pas la moindre attention à Phil, à Ron et aux Padrakian. Une bonne partie des caisses portaient la mention PÉRISSABLE, CONSERVER AU FRAIS et ils n'avaient pas de temps à perdre.

A l'arrière de l'autre camion, celui de la baie numéro un – un petit modèle, comparé au dix-huit roues de la porte quatre –, le chauffeur apparut dans l'obscurité du compartiment réservé à la cargaison, long de cinq mètres. Il sauta à terre alors que les arrivants approchaient. Ils grimpèrent à l'intérieur, comme si partir en promenade à l'intérieur d'un véhicule de marchandises n'avait rien eu de remarquable. Le routier referma les portes derrière eux, et quelques instants plus tard, ils étaient sur la route.

Le camion ne recelait que des blocs de mousse du type qu'utilisent les déménageurs, sur lesquels ils s'assirent, dans le noir absolu. En raison du bruit du moteur et des vibrations sourdes des parois de métal autour d'eux, il leur était impossible de discuter.

Vingt minutes plus tard, le véhicule s'arrêta. Le contact fut coupé. Au bout de cinq minutes supplémentaires, les portes arrière s'ouvrirent et le chauffeur apparut dans un soleil éblouissant.

– Il n'y a personne en vue. Dépêchez-vous.

Ils mirent pied à terre à l'angle du parking d'une plage publique. Le soleil faisait étinceler les pare-brise et les chromes des voitures en stationnement. Des mouettes blanches évoluaient dans le ciel. L'odeur de l'eau salée montait aux narines de Phil.

– On est presque arrivé, déclara-t-il aux Padrakian.

Le terrain de camping ne se trouvait qu'à environ quatre cents mètres de l'endroit où ils quittèrent le camion. Le mobile home Road King noir et blanc était de grande taille, mais de nombreux autres, tout aussi gros, étaient garés près des bornes des installations communes, entre les palmiers.

Les arbres frissonnaient paresseusement dans la brise humide. A cent mètres de là, au bord des vagues, deux pélicans évoluaient d'avant en arrière au milieu de l'écume. Leur démarche saccadée évoquait une antique danse égyptienne.

A l'intérieur du Road King, trois personnes, dont Ellie, travaillaient devant des terminaux d'ordinateurs, dans le salon ; elle se leva en souriant pour recevoir l'étreinte et le baiser de Phil.

– Ron a de nouvelles chaussures, annonça-t-il en caressant affectueusement le ventre rebondi de sa compagne.

– Je les ai déjà vues.

– Dis-lui qu'elles lui donnent une démarche d'enfer. Ça lui fait plaisir.

– Ah oui ?

– Ça le fait se sentir noir.

– Mais il *est* noir.

– Évidemment.

Phil et elle rejoignirent Ron et les Padrakian autour d'une table en forme de fer à cheval qui pouvait accueillir sept personnes.

S'asseyant auprès de Jean Padrakian afin de lui souhaiter la bienvenue dans sa nouvelle vie, Ellie lui prit la main et la serra comme celle d'une sœur qu'elle n'aurait pas vue depuis beau temps et dont le contact l'aurait réconfortée. Elle possédait une singulière chaleur qui mettait rapidement les gens à l'aise.

Phil la contempla avec amour, fierté – et un peu de jalousie pour son sens des relations humaines.

Finalement, toujours accroché au vague espoir de retrouver un jour son ancienne vie, incapable d'accepter totalement la nouvelle existence qu'on lui offrait, Bob Padrakian déclara :

– Nous avons tout perdu. Tout. Bon, d'accord, j'ai un autre nom, une autre carte d'identité, et un passé que nul ne pourra mettre en doute. Mais qu'est-ce qui se passe, ensuite ? Comment vais-je gagner ma vie ?

– Nous aimerions que vous travailliez pour nous, dit Phil. Si vous ne le désirez pas… nous vous installerons ailleurs, avec un capital de base pour vous remettre à flot. Vous pourrez vivre totalement hors de la résistance. On vous obtiendra même un bon emploi.

– Mais vous ne connaîtrez plus jamais la paix, continua Ron, parce qu'à présent, vous savez que personne n'est à l'abri dans le nouvel ordre du monde.

– C'est votre exceptionnel talent en matière d'informatique et celui de Jean qui vous ont valu vos ennuis, reprit Phil. Et nous n'avons jamais assez de ce genre de talents.

Bob fronça le sourcil.

– Qu'est-ce que nous serions censés faire, exactement ?

– Les harceler, encore et toujours. Vous infiltrer dans leurs ordinateurs pour savoir qui se trouve sur leurs listes noires. Sortir ces personnes de leur chemin, chaque fois que c'est possible, *avant* que le couperet ne tombe. Détruire les casiers judiciaires illégaux constitués à l'encontre de citoyens innocents, seulement coupables de posséder des opinions bien tranchées. Il y a énormément de travail.

Bob jeta un coup d'œil dans les profondeurs du mobile home, vers les deux personnes qui s'activaient encore devant leur écran.

– Vous semblez bien organisés et bien financés. Est-ce que vous disposez de capitaux étrangers ? (Il jeta un regard lourd de sous-entendus à Ron Truman.) Quoi qu'il puisse se passer en ce moment dans ce pays, et quoi qu'il puisse arriver dans l'avenir, je me considère et me considérerai toujours comme américain.

Ron abandonna son accent anglais pour celui des bayous de Louisiane.

– Je suis aussi américain qu'une tarte à la langouste, Bob. (Il adopta les intonations de la Virginie profonde.) Je peux vous réciter n'importe quel passage des écrits de Thomas Jefferson. Je les ai tous appris par cœur. Il y a un an et demi, je n'aurais pas pu vous en sortir la moindre phrase. Maintenant, le recueil de ces œuvres est devenu ma bible.

– Nous nous finançons en volant les voleurs, expliqua Ellie. Nous manipulons leurs archives informatiques et transférons leur argent sur nos comptes, de bien des manières que vous trouveriez sans doute ingénieuses. De toute façon, il y a tellement de trous dans leur comptabilité que la moitié du temps, ils ne se rendent même pas compte qu'on les vole.

– Voler les voleurs ? répéta Bob. Quels voleurs ?

– Les politiciens. Les agences gouvernementales qui disposent de « caisses noires » pour des projets secrets.

Le trottinement rapide de quatre petites pattes annonça l'arrivée de Killer qui revenait de la chambre à coucher, à l'arrière, où il avait fait la sieste. Il se faufila sous la table, faisant sursauter Jean Padrakian, et fouettant de sa queue les jambes de tout un chacun. S'insérant entre la table et le banc, il posa les pattes avant sur les genoux du jeune Mark.

L'enfant eut un petit rire ravi et se trouva immédiatement gratifié d'un vigoureux coup de langue au visage.

– Comment il s'appelle ?

– Killer, répondit Ellie.

– Il n'est pas méchant, hein ? s'inquiéta Jean.

Phil et Ellie échangèrent un coup d'œil et un sourire.

– Killer est notre ambassadeur de bonne volonté, répondit le premier. Depuis qu'il a gracieusement accepté ce poste, nous n'avons pas eu la moindre crise diplomatique.

Depuis dix-huit mois, Killer ne se ressemblait plus. Il n'était plus brun, fauve, noir et blanc, comme à l'époque où il s'appelait Rocky, mais entièrement noir. Chien incognito. Errant en fuite. Toutou masqué. Boule de fourrure fugitive. Phil avait déjà décidé que lorsqu'il se raserait la barbe (bientôt), ils permettraient aussi à la robe de l'animal de retrouver progressivement ses couleurs d'origine.

– Nous vivons à une époque où la technologie de pointe permet à une poignée de totalitaristes de suborner une société démocratique et de contrôler avec une grande subtilité une bonne partie du gouvernement, de l'économie et de la culture, Bob, reprit Ron, revenant au sujet principal de la discussion. S'ils en contrôlent trop pendant trop longtemps, sans opposition, ils deviennent plus audacieux. Veulent tout contrôler, chaque aspect de la vie des gens. Et le temps que le grand public se rende compte de ce qui s'est passé, sa capacité de résistance lui a été arrachée. Les forces réunies contre lui sont invincibles.

– A ce moment-là, le contrôle subtil laisse la place à l'exercice officiel d'un pouvoir absolu, ajouta Ellie. C'est alors qu'ils ouvrent leurs camps de « rééducation » pour nous aider, nous autres, âmes égarées, à retrouver le droit chemin.

Bob la contemplait, choqué.

– Vous ne croyez pas réellement que quelque chose d'aussi extrême pourrait se produire ici ?

Plutôt que de répondre, Ellie soutint son regard, jusqu'à ce qu'il eût le temps de réfléchir aux terribles injustices déjà commises envers lui et sa famille, qui les avaient menés en cet endroit, à ce moment de leur existence.

– Bon Dieu, murmura-t-il, avant de baisser les yeux sur ses mains croisées, pensif.

Jean regarda son fils, qui caressait et grattait joyeusement Killer, puis elle jeta un coup d'œil au ventre arrondi d'Ellie.

– Notre place est ici, Bob, dit-elle. C'est notre avenir. Une bonne chose. Ces gens-là ont de l'espoir, et nous avons énormément besoin d'espérer. (Elle se tourna vers Ellie.) Quand doit arriver le bébé ?

– Dans deux mois.

– Garçon ou fille ?

– Une petite fille.

– Vous avez déjà choisi son prénom ?

– Jennifer Corrine.

– C'est joli, approuva Jean.

Ellie sourit.

– En mémoire de la mère de Phil et de la mienne.

– Nous avons effectivement de l'espoir, dit Phil à Bob Padrakian. Plus qu'assez pour faire des enfants et continuer à vivre, même dans la résistance. Parce que la technologie moderne a aussi ses bons côtés. Vous le savez. Vous aimez ça autant que nous. Ses bienfaits surpassent largement ses inconvénients. Mais il y aura toujours des Hitler en herbe. Alors, il nous appartient de livrer une nouvelle sorte de guerre, où l'on gagne plus de batailles par la connaissance que par les armes.

– Bien que les armes y aient parfois leur place, conclut Ron.

Bob contempla le ventre tendu d'Ellie, puis se tourna vers son épouse.

– Tu es sûre ?
– Ils ont de l'espoir, répéta simplement Jean.
Son mari acquiesça.
– Alors, c'est l'avenir.

Plus tard, à l'approche du crépuscule, Phil, Ellie et Killer allèrent se promener sur la plage.

Le soleil était énorme, très bas et très rouge. Il disparaissait rapidement derrière l'horizon, à l'ouest.

Vers l'est, sur l'Atlantique, le ciel se faisait vaste, profond – d'un pourpre sombre. Les étoiles arrivaient pour permettre aux marins de trouver leur route sur une mer inconnue.

Phil et Ellie discutèrent de Jennifer Corrine et de tous les espoirs qu'ils entretenaient pour elle, de chaussures, de bateaux et de cire à boucher, de choux et de rois. Ils se relayaient pour lancer une balle, mais Killer ne permettait à nul autre que lui de la rapporter.

Phil, qui avait naguère été Michael et le fils du mal, puis Spencer, si longtemps emprisonné au sein d'une nuit de juillet, passa un bras autour des épaules de son épouse. En contemplant les étoiles éternelles, il comprit que la vie des hommes était libre des chaînes du destin. Sauf sur un point : la destinée humaine était d'être libre.

Il s'assombrille, (teinte, tinte)
tout ceci notre monde amusanimal.

James Joyce,
Finnegans Wake [1].

1. Citation traduite par Wildy Petoud.

POSTFACE

Il n'existe pas de premier assistant du ministre de la Justice. J'ai créé le poste de Thomas Summerton afin de ne mettre dans l'embarras aucun employé fédéral.

Les techniques de surveillance high-tech mentionnées dans cette histoire sont réelles, nullement fictives. Le traitement d'une image filmée par satellite et colossalement agrandie serait plus long à obtenir que dans ma description, mais en cette matière, la technologie rattrape rapidement la fiction.

Il serait également possible de créer une arme laser alimentée par énergie nucléaire et de la placer sur orbite. Mais, qu'une puissance mondiale dispose d'ores et déjà d'un système tel que Godzilla est pure spéculation de ma part.

Les manipulations de données et les invasions de systèmes informatiques dépeints dans cette histoire sont toutes possibles. Pour des raisons de lisibilité, toutefois, j'en ai simplifié les détails techniques.

La loi sur la confiscation des biens dont est victime Harris Descoteaux est authentique. Elle est de plus en plus utilisée contre des citoyens innocents. Dans l'intérêt du récit, j'ai pris quelques libertés avec la manière dont elle s'applique à Harris et la vitesse avec laquelle se produit sa chute. La récente décision de la Cour suprême, exigeant une audience avant que la confiscation ne prenne effet, n'est pas une protection suffisante au sein d'une démocratie. L'audience aura lieu devant un juge qui, si l'on se fie à de nombreux précédents, prendra le parti du gouvernement. En outre, il n'est pas toujours nécessaire de fournir la moindre preuve contre le propriétaire, ni d'accuser ce dernier du moindre crime.

La propriété de la branche davidienne de Waco, Texas, a réellement existé. Il est prouvé que David Koresh la quittait régulièrement et aurait pu être arrêté de manière conventionnelle. A la suite de l'assaut fédéral, on s'est aperçu que les membres de la secte possédaient moitié moins d'armes par personne que le citoyen moyen du Texas. Il est également prouvé qu'avant l'assaut, les services de protection de l'enfance du Texas avaient mené une enquête sur les accusations de viols de mineurs pesant sur les membres de la secte et les avaient jugées dénuées de fondement. En revanche, que le gouvernement espérât se servir des davidiens comme d'un précédent pour appliquer la loi sur la confiscation aux groupements religieux est pure spéculation.

Je juge personnellement les croyances de la branche davidienne assez curieuses et même parfois détestables. Je ne vois cependant pas en quoi ces *croyances* justifiaient qu'elle soit prise pour cible par la justice.

Le comportement criminel des agences fédérales décrit dans ce roman ne sort pas entièrement de mon imagination. Les assauts paramilitaires contre des particuliers sont, à notre époque, une réalité.

L'histoire fait référence à un événement authentique : Randy et Vicky Weaver, ainsi que leur fils Sammy, s'étaient retirés dans une propriété isolée de huit hectares, en plein Idaho, afin d'échapper au stress de la vie urbaine et de mettre en pratique une vague croyance dans le séparatisme blanc. En tant que séparatistes, ils n'estimaient pas que les membres d'une autre race dussent être persécutés ou asservis – mais que les différentes races devaient vivre séparées. Certaines sectes religieuses noires défendent des idées similaires. Bien qu'à mon avis des personnes aux idées aussi étroites soient terriblement ignorantes, la Constitution des États-Unis leur donne le droit de vivre comme elles l'entendent, de même qu'elle donne aux Amish celui de vivre entre eux, tant qu'ils ne contreviennent pas à la loi. L'ATF et le FBI (pour des raisons encore obscures) en sont arrivés à la conclusion erronée que Mr Weaver défendait la *suprématie* de la race blanche et était donc dangereux. Des agents lui ont tendu des pièges à plusieurs reprises et ont fini par l'accuser d'une violation technique des lois sur les armes. Sa convocation au tribunal portait la date du 20 mars alors que le procès était fixé au 20 février. Les *prosecutors* fédéraux reconnaissent que Mr Weaver n'a pas été informé correctement, mais comme il ne s'est pas présenté au tribunal à la date prévue, il a été condamné par défaut.

En août 1992, des agents fédéraux armés de M16 munis de viseur laser ont assiégé la propriété des Weaver. Sammy, âgé de quatorze ans a été abattu dans le dos. Mrs Weaver, qui se tenait sur le pas de sa porte avec la petite Elisheba, un bébé de dix mois, dans les bras, a reçu une balle en pleine tête. Le chien de la famille a été touché au flanc, puis achevé alors qu'il tentait de s'enfuir. Par la suite, des agents conduisant des sortes de chars d'assaut ont roulé à plusieurs reprises sur son cadavre.

En juillet 1993, un jury de l'Idaho a déclaré Mr Weaver innocent du meurtre d'un marshal des États-Unis (tué durant l'assaut), innocent de toute conspiration visant à provoquer une confrontation avec le gouvernement, et innocent de toute complicité de meurtre ou incitation au meurtre. Le jury s'est affirmé particulièrement choqué du fait que le gouvernement ait tenté de faire passer les Weaver pour des néo-nazis, alors qu'ils n'entretenaient nullement de telles opinions.

Gerry Spence, l'avocat de la défense, a déclaré par la suite : « Aujourd'hui, un jury a statué qu'on n'a pas le droit de tuer quelqu'un sous prétexte qu'on porte un insigne, ni de tenter de dissimuler ces homicides en poursuivant des innocents en justice. A présent, qu'allons-nous faire en ce qui concerne la mort de Vicky Weaver, assassinée avec un bébé dans les bras, et celle de Sammy Weaver, un enfant abattu dans le dos ? Quelqu'un doit répondre de ces meurtres. »

A l'heure où j'écris ces lignes, le gouvernement fédéral se garde encore de rechercher une véritable justice. Si justice est jamais rendue dans l'affaire Weaver, ce sera certainement grâce à l'action du *prosecutor* du comté de Boundary, en Idaho.

Table des matières

DANS LA MÊME COLLECTION

BARKER Clive	Sacrements
BARKER Clive	Le royaume des devins
GOLDEN Christopher	Le passeur
HAMILTON Laurell K.	Le squelette sanglant
HERBERT James	Les rats
HERBERT James	Le survivant
HERBERT James	Le repaire des rats
HERBERT James	L'empire des rats
KOONTZ Dean	Une porte sur l'hiver
KOONTZ Dean	Le masque de l'oubli
KOONTZ Dean	La porte rouge
LUMLEY Brian	Nécroscope
LUMLEY Brian	Vamphyri
MASTERTON Graham	Katie Maguire
MASTERTON Graham	Manitou
MASTERTON Graham	Tengu
MASTERTON Graham	Le miroir de Satan
MASTERTON Graham	Les papillons du mal
MASTERTON Graham	Le démon des morts
SABERHAGEN Fred	L'échafaud pour Dracula
STRAUB Peter	Monsieur X
STRAUB Peter	Julia
STRIEBER Whitley	Le dernier prédateur
STRIEBER Whitley	Les prédateurs
SUZUKI Koji	Double hélice
SUZUKI Koji	Ring
SUZUKI Koji	La boucle
SUZUKI Koji	Ring zéro
WILKINS Kim	L'envoûtée
WILSON F. Paul	La tombe
WILSON F. Paul	La forteresse noire
WILSON F. Paul	Le testament maudit

Impression réalisée sur Presse Offset par

BRODARD & TAUPIN

GROUPE CPI

22297 - La Flèche (Sarthe), le 12-02-2004
Dépôt légal : février 2004

Imprimé en France

FLEUVE NOIR – 12, avenue d'Italie
75627 PARIS – CEDEX 13.
Tél. 01.44.16.05.00